CAPITAINE DE VAISSEAU

Patrick O'Brian

CAPITAINE DE VAISSEAU

Roman

PRESSES DE LA CITÉ

Titre original : *Post Captain*
Traduction de Jean Charles Provost, revue par l'auteur

ISBN 2-258-04173-2

À Mary, avec amour

Chapitre premier

Aux premières lueurs de l'aube, les tourbillons de pluie dérivant vers l'est sur la Manche s'espacèrent. Ils purent se rendre compte que la chasse était en train de changer de cap. Le *Charwell* avait suivi le sillage de sa proie durant la plus grande partie de la nuit, filant sept nœuds en dépit de son fond sale, et pour l'heure les deux navires n'étaient séparés que d'un mille et demi. Devant eux, la proie était en train de virer pour se placer contre le vent. Sur les ponts de la frégate, le silence se fit plus intense lorsque les hommes virent apparaître les deux rangées de sabords. Depuis que la vigie, au crépuscule, avait hélé le pont et signalé la présence d'un navire, coque sous l'horizon, un point par bâbord avant, c'était la première fois qu'ils le voyaient aussi nettement. Il filait nord-nord-est. Selon l'opinion générale à bord du *Charwell*, il appartenait à un convoi français en déroute, à moins qu'il ne s'agisse d'un forceur de blocus américain qui tentait de rallier Brest à la faveur de la nuit sans lune.

Deux minutes après le premier appel, le *Charwell* déployait ses perroquets, grands et petits. C'était une piètre surface de voile, mais la frégate avait derrière elle le long voyage des Antilles — neuf semaines sans voir la terre, les tempêtes d'équinoxe qui avaient amené ses gréements à leur point de rupture, trois jours en panne dans le golfe de Gascogne aux pires conditions — et il était compréhensible que le capitaine Griffiths souhaitât la ménager quelque peu. Peu de voilure, donc, mais même ainsi elle retrouva en quelques heures le sillage de l'étranger. Lorsque la cloche sonna les quatre coups du quart du matin, le *Charwell* se préparait au combat. Le tambour battit le rassemblement, les hamacs furent détachés et entassés dans les filets pour former des bastingages, les pièces furent placées en batterie. Les hommes du quart montant, réchauffés et en pleine forme, quoique encore ensommeillés, étaient à leur poste. Une heure déjà, à se geler jusqu'aux os.

Dans le silence qui suivit cette découverte, on entendit un des canonniers, dans le parc, expliquer au petit homme myope qui se tenait à côté de lui :

— C'est un deux-ponts français, camarade. Un soixante-quatorze pièces, peut-être quatre-vingts. On a trouvé à qui parler, camarade !

— Silence, là-bas, que le diable vous emporte ! s'exclama le capitaine Griffiths. Monsieur Quarles, prenez le nom de cet homme !

La pluie grise les enveloppa. Mais tout le monde, sur le pont arrière surpeuplé, savait à présent ce qui se cachait derrière cette voile flottante et informe : un vaisseau de ligne français, dont les deux rangées de sabords étaient ouvertes. Et le léger mouvement de la vergue, qui signifiait qu'il s'apprêtait à fixer sa voile de misaine et à mettre en panne pour les attendre, n'avait échappé à personne.

Le *Charwell* était une frégate équipée de trente-deux pièces de douze livres. S'il pouvait s'approcher assez pour faire feu des lourdes caronades disposées sur sa plage arrière et son gaillard d'avant, ainsi que de ses longues pièces, il disposerait d'une bordée de deux cent trente-huit livres de métal. Un vaisseau de ligne français pouvait en lâcher au moins neuf cent soixante. Pas question de l'affronter, par conséquent. Il n'y avait pas de honte à se placer au vent et à s'enfuir. Sauf que quelque part sur la mer indistincte, derrière eux, se trouvait leur consort, le puissant *Dee* avec ses trente-huit pièces de dix-huit livres. La dernière tempête lui avait coûté un mât de hune, ce qui le ralentissait, mais il était encore bien en vue au coucher du soleil, et il avait répondu au signal du capitaine Griffiths indiquant qu'il prenait en chasse le navire français. Car le capitaine Griffiths était le plus ancien. La puissance de tir du vaisseau de ligne restait largement supérieure à celles, additionnées, des deux frégates, mais elles pouvaient sans aucun doute s'y attaquer. Il essaierait sûrement de diriger sa bordée vers l'une d'elles pour l'endommager gravement, mais l'autre pourrait se fixer à sa proue ou à sa poupe et la mitrailler... Lui infliger, sur toute la longueur de ses ponts, un feu meurtrier auquel il serait presque incapable de répondre. C'était possible, car cela avait déjà été fait. En 1797, par exemple, l'*Indefatigable* et l'*Amazon* avaient défait un soixante-quatorze français. Mais l'*Indefatigable* et l'*Amazon* portaient à eux deux quatre-vingts longues pièces, et la mer trop forte avait empêché le *Droits de l'Homme* d'ouvrir ses sabords inférieurs. Aujourd'hui, il n'y avait guère qu'une jolie houle. Pour retenir son adversaire, le *Charwell* devrait lui couper la route de Brest, et le combattre pendant au moins... pendant combien de temps ?

— Monsieur... Monsieur Howell, dit le capitaine. Montez au ton de mât avec une lunette, et dites-nous si vous apercevez le *Dee*.

L'aspirant avait de longues jambes. Il fut à mi-chemin de la hune d'artimon avant que le capitaine n'achève sa phrase, et sa voix (« À vos ordres, monsieur ! ») retentit à travers la pluie oblique. Une bourrasque balaya le navire, avec une telle violence que l'eau jaillit des dalots sous le vent, et durant quelques instants les hommes de la plage arrière eurent du mal à discerner le gaillard d'avant. Puis elle se dissipa, et dans la lueur pâle du jour, on entendit le cri de l'aspirant.

— Hé, du pont... Il est là, coque au-dessus de l'horizon, sur le travers, sous le vent. Il a jumelé son...

— Au rapport, ordonna le capitaine d'une voix forte, sans timbre. Qu'on aille chercher M. Barr.

Le troisième lieutenant quitta son poste et courut vers l'arrière. Au moment où il mettait le pied sur la plage arrière, le vent souleva sa cape alourdie par la pluie, et il eut un geste convulsif, une main retenant le manteau qui battait tandis que l'autre faisait mouvement vers son chapeau.

— Vous devez l'ôter, monsieur ! s'écria le capitaine Griffiths, rouge de colère. Ôtez-le immédiatement de votre tête ! Vous connaissez pourtant les ordres de Lord St Vincent, n'est-ce pas... Tous, vous les avez lus... Et vous savez comment l'on doit saluer... (Il ferma brusquement la bouche. Après un moment, il reprit :) À quelle heure la marée s'inverse-t-elle ?

— Je vous demande pardon, monsieur, dit Barr. À huit heures dix minutes. Nous sommes presque à la fin de l'étale, monsieur.

Le capitaine grogna.

— Monsieur Howell ?

— Il a jumelé son grand mât de hune, monsieur, dit l'aspirant, tête nue, debout, surplombant son capitaine. Et il vient tout juste de lofer.

Le capitaine leva sa lunette vers le *Dee*, dont les perroquets étaient désormais visibles au-dessus du bord irrégulier de la mer. On voyait aussi ses huniers, quand la houle soulevait les deux frégates au même moment. Il essuya l'objectif trempé, regarda à nouveau, fit un mouvement latéral pour observer le Français, claqua sa longue-vue et se tourna vers l'arrière, dans la direction de la frégate. Il était seul, penché sur la lisse, seul sur le sacro-saint tribord de la plage arrière, et ses officiers jetaient des coups d'œil pensifs vers son dos — lorsqu'ils n'observaient pas le Français ou le *Dee*.

La situation était encore indécise. En fait, c'était plus une somme de possibilités qu'une situation vraiment définie. N'importe quelle décision la cristalliserait tout de suite, et les événements se succéderaient, d'abord lentement, avec une sorte de fatalité, puis de plus en plus vite, bientôt irrémédiables. Mais il fallait prendre une décision. Et il fallait faire vite : vu sa progression, le *Charwell* serait dans moins de dix minutes à la portée du feu du deux-ponts. Mais il y avait tant d'inconnues... Au plus près du vent, le *Dee* n'était pas très performant. Et le changement de marée allait encore le ralentir — elle était exactement en travers de son cap. Il allait peut-être devoir virer encore de bord. Dans une demi-heure, les trente-six livres du Français seraient capables d'arracher les entrailles du *Charwell*, de le démâter et de l'emmener à Brest... Le vent, en l'occurrence, soufflait dans cette direction. Pourquoi n'avaient-ils pas croisé un seul navire de l'escadre chargée de faire respecter le blocus ? Ils ne pouvaient pas avoir été dispersés, pas avec ce vent. C'était diablement bizarre. Tout était diablement bizarre, y compris l'attitude de ce Français. Le bruit du canon attirerait l'attention de l'escadre... Tactiques dilatoires...

Le capitaine Griffiths enrageait de sentir les regards rivés sur son dos. Et ils étaient nombreux, de surcroît, car le *Charwell* emportait des passagers — plusieurs officiers et deux ou trois civils — embarqués à Gibraltar et à Port of Spain. L'un d'eux était le belliqueux général Paget, un homme influent. Il y avait aussi le capitaine Aubrey. Jack Aubrey « la Chance » qui avait arraisonné, aux commandes d'un brick de quatorze pièces, la *Sophie*, une frégate-chébec espagnole de trente-six canons. Le *Cacafuego*. Toute la flotte ne parlait que de cela depuis des mois. Et cela ne rendait que plus difficile la décision du capitaine Griffiths.

Le capitaine Aubrey se tenait près d'une caronade de bâbord, l'air absent et aussi peu concerné que possible. D'où il se trouvait, grâce à sa grande taille, il avait une vue d'ensemble sur la situation : le triangle formé par les trois navires, et qui se modifiait rapidement et régulièrement. Deux hommes plus petits que lui se tenaient à ses côtés : le docteur Maturin, ex-médecin de bord de la *Sophie*, et un homme en noir — habit noir, chapeau noir et cape noire dégoulinante — dont le front étroit aurait pu porter l'inscription « agent secret ». Ou simplement « espion », puisqu'il y avait si peu de place. Ils s'exprimaient dans une langue que d'aucuns identifiaient comme du latin. Ils parlaient si énergiquement que Jack Aubrey, qui intercepta un regard courroucé de l'autre côté du pont, se pencha pour murmurer à l'oreille de son ami :

— Et si vous descendiez, Stephen ? On va avoir besoin de vous d'un moment à l'autre, en bas.

Le capitaine Griffiths se détourna de la lisse et déclara, d'un ton qu'il voulait calme :

— Monsieur Berry, veuillez envoyer ce signal : *Je m'apprête à...*

Au même instant, le vaisseau de ligne tira un coup de canon, suivi de trois torches bleues qui s'élancèrent vers le ciel et éclatèrent dans la lumière de l'aube avec une effulgence spectrale. Avant même que la dernière traînée d'étincelles se fût dispersée dans le vent, il lança encore une série de fusées... Ce fut comme une pâle nuit de Guy Fawkes, loin au-dessus de la mer.

— Par l'enfer, qu'est-ce que cela signifie ? se demanda Jack Aubrey en plissant les yeux. Son étonnement trouva un écho dans le murmure qui courut le long des ponts de la frégate.

— Holà, du pont ! hurla la vigie dans la hune de misaine. Ils mettent un cotre à la mer, sous leur vent.

La lunette d'approche du capitaine Griffiths pivota. « Je ne vois rien ! » cria-t-il. Et tandis que les cargues-points tiraient doucement la grand-voile et la misaine pour élargir son champ de vision, il aperçut le cotre — un cotre anglais — hisser sa vergue, gonfler sa voile, prendre de l'erre, et faire route sur l'eau grise en direction de la frégate.

— Serrez le cotre, dit-il. Monsieur Bower, souhaitez-lui la bienvenue.

Après toutes ces heures d'attente dans le froid, venait enfin le moment des ordres pressants, du service attentif du canon, du fracas du douze-livres, du bref tourbillon de fumée flottant dans le vent, puis des acclamations de l'équipage lorsque le boulet survola l'avant du cotre. Il y eut des vivats en réponse, on agita des chapeaux, et les deux bateaux s'approchèrent l'un de l'autre à une vitesse relative de quinze nœuds.

Rapide, proprement manœuvré — certainement par un équipage de corsaires —, le cotre se plaça sous le vent du *Charwell*, perdit de l'erre et resta là, pimpant comme un dindon, se levant et s'abaissant au rythme de la houle. Une rangée de visages bruns à l'air entendu adressa de larges sourires aux canons de la frégate.

« Il ne me faudrait pas deux minutes pour trouver là une demi-douzaine d'excellents marins » se dit Jack, tandis que Griffiths hélait le capitaine du cotre par-dessus l'espace qui les séparait.

— Bienvenue à mon bord, dit le capitaine Griffiths avec méfiance. Après quelques minutes de manœuvres diverses et de cris — « Vas-y doucement, espèce de... » —, le capitaine du cotre escalada l'échelle de coupée, un paquet sous le bras. Il franchit sans peine la lisse de couronnement et tendit la main.

— Je vous souhaite tout le bonheur que pourra vous apporter la paix, capitaine.

— La paix ? s'exclama le capitaine Griffiths.

— Oui, monsieur. Je me doutais bien de votre surprise. Ils ont signé il y a moins de trois jours. Aucun navire en voyage à l'étranger ne le sait encore. J'ai entassé dans le cotre tous les journaux de Londres, de Paris et de province que j'ai trouvés... Tous les articles, messieurs, tous les détails les plus récents.

Il n'y avait aucune raison de ne pas le croire. La plage arrière eut l'air parfaitement déconcertée. Mais le mot à peine chuchoté était déjà répercuté par les servants de caronades hilares, il avait couru le long du pont, et l'on entendit des cris de joie sur le gaillard d'avant. En dépit de la réaction machinale du capitaine (« Prenez le nom de cet homme, monsieur Quarles ! »), il reflua jusqu'au grand mât et circula dans tout le navire. Il provoqua un hurlement de joie lancé à pleine gorge, célébrant la liberté, les épouses et les maîtresses, la sécurité, les plaisirs de la terre ferme...

Mais la voix du capitaine Griffiths n'exprimait pas une

véritable colère. Quiconque aurait plongé derrière ses yeux mi-clos n'y aurait vu que soulagement. Ses préoccupations s'étaient envolées, évanouies, comme dans un nuage de fumée. Aucun être vivant ne saurait jamais quel signal il avait décidé de lancer. Malgré l'air sévère qu'il affichait toujours, sa voix refléta une urbanité inhabituelle lorsqu'il invita ses passagers, son premier lieutenant, l'officier et l'aspirant de quart à dîner en sa compagnie, l'après-midi même.

— Il est charmant de voir combien les hommes sont raisonnables. Combien ils sont sensibles aux bienfaits de la paix, dit Stephen Maturin au révérend Hake, par politesse.

— Oui. Les bienfaits de la paix... Oh, certainement ! dit l'aumônier, qui ne disposait d'aucune pension, d'aucun revenu privé, et qui savait que le *Charwell* serait désarmé dès son arrivée à Portsmouth. Il sortit ostensiblement pour rejoindre la plage arrière dans un silence recueilli, laissant le capitaine Aubrey et le docteur Maturin seuls dans le carré.

— Je m'attendais à ce qu'il soit un peu plus gai.

— Vous êtes bizarre, Stephen, dit Jack Aubrey en le regardant avec affection. Vous naviguez depuis pas mal de temps, et personne n'oserait vous traiter d'imbécile. Mais vous ne connaissez pas plus les marins qu'un nouveau-né. Vous avez sûrement remarqué, durant le repas, combien Quarles et Rodgers, et tous les autres, étaient sinistres ? Et combien ils semblaient défendre la guerre, maintenant que la paix menace ?

— J'ai mis cela sur le compte des angoisses de la nuit... La longue attente, les tensions, le manque de sommeil. Sans parler de la crainte du danger. Le capitaine Griffiths était pourtant de bien belle humeur.

— Oh, dit Jack, en fermant un œil. C'est tout à fait différent. Lui, il est capitaine de vaisseau. Il touche ses dix shillings par jour, et quoi qu'il arrive il montera dans la hiérarchie des capitaines, dès que l'un d'eux mourra ou passera amiral. Il a un certain âge — quarante ans, je dirais, peut-être plus — mais avec un peu de chance il finira amiral. Non. C'est tous les autres que je plains. Les lieutenants, avec leur demi-solde, ont peu de chances de recevoir un navire... Et aucune d'être promu. Les malheureux aspirants qui n'ont pas été nommés, qui n'ont désormais aucune chance de l'être... Aucun espoir de recevoir une commission. Et bien entendu, pas de demi-solde non plus. C'est la marine marchande qui les attend, ou bien un boulot de cireur de chaussures à l'entrée de St James's Park. Est-ce que vous connaissez cette vieille chanson ? En voici un morceau.

Il se mit à fredonner, puis chanta d'une voix sourde.

Voilà de bien bonnes nouvelles, dit Jack. La paix va régner sur terre et sur mer. Les gros canons ne serviront plus, car nous serons dispersés.
Voilà de bien mauvaises nouvelles, dit l'amiral.
Mon cœur est brisé, dit le capitaine.
Que puis-je faire ? crie le lieutenant. J'ignore quel cap je dois prendre.
Je suis aussi un gentilhomme, dit le docteur, un gentilhomme de premier rang. J'irai de foire en foire et j'y ferai le charlatan.

— Ça, c'est pour vous, Stephen ! Ah, ah, ah !

Je n'ai pas de métier, dit l'aspirant. Je n'ai pas beaucoup le choix.
J'irai aux portes de St James's, je cirerai des chaussures.
J'y serai tout le jour, et à tous les chalands je dirai :
"Voulez-vous que je vous les frotte ?" »

M. Quarles apparut à la porte, jeta un regard dans la pièce, reconnut la chanson et prit un air pincé. Mais Jack était un invité, un officier supérieur — rien de moins qu'un capitaine à une épaulette —, et sa carrure était aussi impressionnante que sa taille. M. Quarles resta dehors avec son air pincé. Il referma la porte en soupirant.

— J'aurais dû être plus discret, dit Jack. (Il approcha sa chaise de la table, et poursuivit à voix basse.) Les voilà, les gars que je plains. Je m'inquiète aussi pour moi-même, naturellement... Peu probable qu'on me donne un navire, et même alors, il n'y aurait plus d'ennemi à pourchasser. Mais ce n'est rien en comparaison de ce qui les attend. Nous avons eu de la chance avec nos parts de prises, et s'il n'y avait cette attente insupportable avant qu'on me nomme capitaine de vaisseau, je serais très heureux de pouvoir passer six mois à terre. Chasser. Écouter de la bonne musique. L'opéra... Nous pourrions même aller à Vienne ! Hein ?

Qu'en dites-vous, Stephen ? Quoique, je l'avoue, cette lenteur contrarie autant mon cœur que mon esprit. (Il saisit le *Times* et parcourut la « London Gazette », pour le cas où son nom lui aurait échappé lors de ses trois lectures précédentes. Il reposa le journal.) Passez-moi celui-ci, sur le caisson, voulez-vous ? Le *Sussex Courier*.

— Voilà qui est bien, Stephen, dit-il au bout de cinq minutes. "*La meute de M. Savile se rassemblera le mercredi 6 novembre 1802, à dix heures, à Champflower Cross.*" J'ai fait du chemin avec eux, quand j'étais gamin : le régiment de mon père était en garnison à Rainsford. Une pointe de sept milles. Une région prodigieusement belle, si vous disposez d'une monture capable de faire de la distance. Écoutez cela : "*Une belle gentilhommière, construite sur du gravier, est à louer à l'année, conditions raisonnables.*" Dix stalles d'écurie.

— Il y a des chambres ?

— Eh... bien sûr, qu'il y a des chambres ! Sans cela, on ne parlerait pas d'une *belle* gentilhommière. Vous êtes un drôle de type, Stephen. Dix chambres à coucher. Par Dieu, cela ne manque pas d'attrait, une maison à quelque distance de la mer, dans une région comme celle-là.

— N'avez-vous pas l'intention de vous rendre à Woolhampton... À la maison de votre père ?

— Si... Si. J'ai l'intention de lui rendre visite, bien sûr. Mais il y a ma nouvelle belle-mère, vous savez. À vrai dire, je ne pense pas que cela irait, entre nous. (Il fit une pause et essaya de se rappeler le nom du personnage de légende qui avait eu tant de fil à retordre avec la seconde femme de son père. Le général Aubrey avait récemment épousé sa laitière, une belle fille aux yeux noirs et aux mains moites, que Jack connaissait bien. Actéon, Ajax, Aristide ? Il avait l'impression que son histoire était assez similaire, et que le mentionner pouvait être une manière subtile de se définir. Mais le nom ne lui revint pas. Au bout d'un moment, il retourna aux petites annonces.) Cette région de Rainsford ne manque pas d'intérêt — trois ou quatre meutes dans le voisinage, Londres à une journée de cheval, et des dizaines de gentilhommières, toutes construites sur du gravier. Voulez-vous en profiter avec moi, Stephen ? Nous prendrons Bonden, Killick, Lewis et peut-être un ou deux autres anciens de la *Sophie*, et nous demanderons à quelques-uns des jeunes de nous rejoindre. Une vraie partie de rigolade... Ce sera Fiddler's Green !

— J'en serais ravi. Quelles que soient les promesses de ces annonces, le sol est calcaire, et il y a dans les downs[1] des scarabées et des plantes très curieuses. Et je meurs d'envie de voir les mares de rosée.

Polcary Down et son ciel froid. Un vent du nord hésitant qui souffle sur les noues, montant au-dessus des champs labourés, puis au-dessus de cette étendue immense herbeuse, le down, et du fourré qui s'étend sur son bord inférieur : Rumbold's Gorse. Une vingtaine de silhouettes en manteau rouge, dispersées autour du Gorse. Beaucoup plus bas, à mi-pente, un paysan au bout de son sillon, immobile derrière son attelage de bœufs du Sussex, lève la tête pour regarder les chiens de M. Savile progresser à travers les ajoncs et les restes bruns de la fougère.

Ils prenaient leur temps. L'odeur de la proie était incertaine, inégale. Les chasseurs de renards avaient donc tout le temps nécessaire pour boire dans leurs flasques, souffler dans leurs mains et contempler le paysage au-dessous d'eux — la rivière qui serpentait à travers le patchwork des champs, les tours et les clochers de Hither, Middle, Nether et Savile Champflower, les six ou sept grandes maisons disséminées le long de la vallée, la succession des downs en forme de dos de baleine, et, très loin au-delà, la mer couleur de plomb.

Ce n'était pas un grand terrain de chasse, et presque tout le monde connaissait tout le monde : une demi-douzaine de fermiers, quelques simples gentilshommes des Champflowers et des paroisses écartées, deux officiers de réserve de ce qui restait de la garnison de Rainsford, M. Burton qui était venu, malgré un rhume carabiné, dans l'espoir d'apercevoir Mme St John, et le docteur Vining, le chapeau épinglé à la perruque et l'ensemble fixé au menton par un mouchoir. Il avait interrompu très tôt sa tournée de consultations — il ne pouvait résister au son du cor — et sa conscience le taraudait depuis que les chiens avaient perdu la piste. De temps en temps, il jetait un regard sur les kilomètres d'air glacial qui le séparaient de Mapes Court, où l'attendait Mme Williams. « Elle va parfaitement bien, se dit-il. Ma science ne peut rien pour elle. Mais la charité

1. Collines crayeuses d'Angleterre, dans le sud du bassin de Londres.

chrétienne exige que je lui rende visite. Je vais y aller, vraiment... Sauf s'ils retrouvent la trace du renard avant que je compte jusqu'à cent. » Un doigt sur son pouls, il commença à compter. Il s'arrêta à quatre-vingt-dix, regarda autour de lui si quelque sursis se présentait. À l'extrémité du fourré, il aperçut une silhouette inconnue. « C'est sans doute le docteur dont on m'a parlé, se dit-il. La moindre des politesses serait d'aller lui dire un mot. Ce type a l'air bizarre. Mon Dieu, il a l'air vraiment bizarre. »

Le type bizarre était vautré sur le dos d'une mule. La présence de cet animal était assez inhabituelle sur un terrain de chasse anglais. Mais, sans parler de la mule, il avait bel et bien un drôle d'air, et pour maintes raisons : sa culotte couleur ardoise, son visage pâle, ses yeux pâles et son crâne presque chauve, encore plus pâle (il avait attaché à sa selle son chapeau et sa perruque), et la façon dont il mordait dans un quignon de pain frotté d'ail. Il s'adressait d'une voix forte à son compagnon, en qui le docteur Vining reconnut le nouvel occupant de Melbury Lodge.

— Je vais vous dire ce que c'est, Jack ! Je vais vous dire...

— Hé, vous, monsieur... Vous, sur la mule, cria le vieux M. Savile d'une voix furieuse. Allez-vous laisser ces foutus chiens continuer leur travail ? Hein ? Hein ? Est-ce que ceci est une foutue auberge ? Je vous le demande, sommes-nous ici dans un satané débat public ?

Le capitaine Aubrey pinça les lèvres d'un air modeste et poussa son cheval sur les vingt mètres qui le séparaient de son ami.

— Vous me le direz plus tard, Stephen, dit-il doucement. (Il l'attira de l'autre côté du fourré, hors de vue du maître des lieux.) Vous me le direz plus tard, quand ils auront trouvé leur renard.

L'air modeste de Jack Aubrey — que le froid rendait aussi rouge que son manteau — était un peu forcé. Dès qu'ils eurent tourné le coin, ils se trouvèrent à l'abri d'un buisson d'aubépine battu par le vent, et sa bonne humeur et son entrain naturels reprirent leurs droits. Il surveillait avec impatience les ajoncs dont les mouvements sporadiques suggéraient la présence de chiens courants.

— Ils cherchent un renard, vraiment ? demanda Stephen Maturin, comme s'il eût été plus normal, en Angleterre, de chasser l'hippogriffe. Puis il retourna à ses pensées en mastiquant lentement son morceau de pain.

Le vent soufflait sur le long flanc du coteau. Très haut

dans le ciel, les nuages dérivaient paresseusement. De temps en temps, le gros cheval de chasse de Jack agitait les oreilles. Il venait de l'acheter : un bai bien charpenté, capable de porter les cent kilos du capitaine Aubrey. Mais il se souciait peu de la chasse. Comme tant de hongres, il passait la plupart de son temps à porter le deuil de ses bijoux de famille. Un cheval mécontent. Si ses pensées avaient pu former des mots, on aurait entendu ceci : « Il est trop lourd. Il se tient trop en avant pour sauter les barrières. Je l'ai assez porté pour aujourd'hui. Je vais le jeter à terre, tout à l'heure. On verra bien si je n'en suis pas capable... Hé, une jument ! Je sens une jument ! Oh ! » Ses larges naseaux frissonnèrent, et il piaffa.

Jack tourna la tête. Des nouveaux venus entraient sur le terrain de chasse. Une jeune femme et un palefrenier montaient par le côté du pré. Le valet chevauchait un cob, la femme une jolie jument alezane pur-sang. Alors qu'ils atteignaient la clôture séparant le pré du down, le garçon poussa au petit galop pour ouvrir une barrière, mais la fille dirigea son cheval vers la clôture, qu'elle franchit sans difficulté. Dans le fourré, on entendit un gémissement, puis un véritable hurlement, promesses de grandes choses.

Le bruit cessa tout à coup. Un jeune chien sortit du fourré et regarda fixement l'espace qui s'ouvrait devant lui. Stephen Maturin se dégagea du couvert de l'aubépine pour suivre des yeux le vol d'un faucon. Lorsqu'il aperçut la mule, la jument alezane se mit à ruer, projetant ses pattes blanches en tous sens et rejetant la tête en arrière.

— Veux-tu avancer, espèce de... dit la cavalière d'une voix d'adolescente, claire et pure.

Jack n'avait encore jamais entendu une fille prononcer ce mot. Il se retourna, et l'examina avec un grand intérêt. Elle était fort occupée par l'excitation de la jument, mais elle finit par croiser son regard, et fronça les sourcils. Il détourna les yeux en souriant, car elle était jolie... Elle était très belle, en fait, avec son teint coloré et son joli dos bien droit... Elle était perchée sur sa monture avec la grâce inconsciente d'un aspirant tenant la barre sur une mer agitée. Elle avait les cheveux noirs et les yeux bleus. Elle avait aussi un air effronté assez comique et plutôt touchant chez une créature aussi mince. Elle portait un habit bleu élimé à revers et manchettes blancs qui évoquait le manteau d'un lieutenant de marine. Un tricorne trônait sur l'ensemble, plein d'allure avec sa boucle de plume d'autruche. Avec beaucoup d'ingéniosité (et sans doute l'aide de quelques peignes), elle avait relevé ses cheveux sous le chapeau, de façon à laisser une oreille exposée. Et cette oreille parfaite, que Jack observait tandis que la jument venait vers eux en crabe, était aussi rose que...

— Le voilà donc, leur renard, remarqua Stephen d'un ton neutre. Voilà ce renard dont on nous rebat les oreilles. Il est évident que c'est une renarde.

Le renard couleur de rouille glissa le long d'un pli du terrain, passa entre eux et fonça dans la direction du labour. Dressées comme des sémaphores, les oreilles des chevaux et de la mule suivirent sa direction. Quand l'animal se fut suffisamment éloigné, Jack se leva sur ses étriers, souleva son chapeau et lui lança un cri d'encouragement, un de ces rugissements de haute mer qui fit sursauter le chef de meute. La voix nasillarde du cor retentit, et les chiens surgirent de tous les coins du bouquet d'ajoncs. Ils retrouvèrent l'odeur dans une dépression du sol et s'en furent en aboyant de toutes leurs forces. Le flot de la meute se déversa à travers la barrière. Ils étaient déjà à mi-chemin, de l'autre côté du chaume, en groupe serré (quelle symphonie !), le chef de meute sur leurs traces. Toute la chasse, en grand tumulte, se retrouva autour du fourré. Quelqu'un avait ouvert la grille. Une minute plus tard, une foule impatiente se bousculait pour passer, car à cet endroit, vu la pente de la colline, le saut était diaboliquement risqué. Jack attendit. Il avait envie de ne rien forcer pour sa première sortie dans ce pays étrange. Mais son cœur battait les quartiers, à un rythme redoublé. Il avait défini la ligne qu'il suivrait dès que la foule se serait dispersée.

Jack Aubrey n'était pas le moins zélé pour la chasse au renard. Il adorait tout ce qui concernait la poursuite — du premier son de cor à l'odeur rance du renard qu'on vient de dépecer —, mais, à l'exception de quelques fâcheuses périodes sans bateau, il avait passé en mer les deux tiers de sa vie, et il était sans doute moins doué qu'il ne l'aurait voulu.

Les abords de la grille étaient toujours encombrés. Il n'avait aucune chance de passer avant que tout le monde ne fût de l'autre côté. Jack poussa son cheval, s'écria : « Allons-y, Stephen ! » et fonça vers la barrière. Du coin de l'œil, il discerna un éclair alezan, quelque part entre son ami et la foule devant la grille. Au moment où le cheval sautait, Jack se dévissa le cou pour voir où était la fille. Le hongre sentit immédiatement le changement dans l'équilibre. Il passa la barrière, très haut et très vite, baissa la tête en touchant le sol. D'une torsion des épaules, et en soulevant son arrière-train, il désarçonna son cavalier.

Jack ne tomba pas tout de suite. Ce fut une lente et ignoble glissade le long de l'épaule de la bête, sa main droite retenant une poignée de crinière. Le cheval était le maître du jeu. Vingt mètres plus loin, Jack avait vidé les étriers.

Mais le triomphe de la monture fut de courte durée. La botte de Jack était coincée dans l'étrier. Impossible de s'en libérer. Le corps pesant resta accroché, secouant et battant le flanc du hongre, tandis que Jack rageait et jurait horriblement. Le cheval prit peur. Perdit la tête. S'ébroua. Eut un regard fou. Et s'emballa à travers les sillons noirs, caillouteux, impitoyables.

Le laboureur laissa ses bœufs et monta la colline d'un pas lourd en agitant son aiguillon. Un grand jeune homme dans un manteau vert, un valet de chiens, cria : « Holà ! Holà ! » et courut vers le cheval, les bras écartés. La mule rebroussa chemin et força l'allure pour couper la route du hongre, grimpant à toute vitesse de sa démarche bizarre, très proche du sol. Elle dépassa les deux hommes, s'immobilisa devant le hongre et supporta le choc. Comme un héros, Stephen mit pied à terre, s'empara des rênes et s'y cramponna jusqu'à ce que le paysan et le garçon au manteau vert le rejoignent.

Abandonnés au milieu du sillon, les bœufs étaient si émus par l'excitation ambiante qu'ils ne furent pas loin de faire des cabrioles à leur tour. Mais tout fut terminé avant qu'ils ne prennent une décision. Le laboureur emmena le cheval penaud vers l'autre bout du champ, tandis que les deux autres soutinrent les os endoloris et la tête sanglante de Jack en écoutant gravement ses explications. La mule les suivit.

Mapes Court était une résidence exclusivement féminine. Elle n'abritait aucun homme, à l'exception du valet et du palefrenier. Mme Williams était une femme, bien sûr, au sens naturel du terme. Mais elle était femme de façon si exclusive et si catégorique qu'elle était presque dépourvue de toute personnalité. C'était une femme du commun, aussi, bien que sa famille eût quelque importance dans le voisinage et y fût installée depuis l'époque de Guillaume III.

Il était difficile de déceler le moindre air de parenté entre Mme Williams et les membres de sa famille, c'est-à-dire ses filles et sa nièce. De fait, rien dans la maison ne suggérait une telle relation. Les portraits vagues auraient pu provenir de diverses ventes aux enchères, et bien que les trois filles aient été élevées ensemble, dans le même environnement, dans la même atmosphère dominée par un aimable culte de l'argent et de la position sociale et un goût marqué pour l'indignation facile (une indignation qui n'avait pas besoin d'objet pour se justifier, mais qui pouvait toujours s'en trouver à la moindre occasion : une femme de chambre portant des boucles d'argent le dimanche pouvait alimenter les discussions pendant une semaine), elles étaient aussi différentes de caractère que d'apparence.

L'aînée, Sophia, était une demoiselle de belle taille. Elle avait de grands yeux gris, un front large et plat et une expression merveilleusement douce, de souples cheveux blonds tendant vers le doré et une peau exquise. Cette créature réservée nourrissait un rêve intérieur qu'elle voulait garder secret. Son aversion définitive pour la vie adulte découlait peut-être de la rectitude peu scrupuleuse de sa mère. En tout cas, elle avait l'air très jeune pour ses vingt-sept ans. Mais rien, chez elle, n'était affecté ni coquet. Il émanait d'elle, plutôt, le sentiment d'atteindre au sublime. Celui qui caractérise les objets sacrificiels. Iphigénie avant la lettre. On admirait son allure. Elle était naturellement élégante, mais quand elle se mettait en frais, elle était adorable. Qu'elle fût ou non en société, elle parlait peu. Mais elle était capable de lâcher soudain des traits piquants qui révélaient beaucoup plus d'intelligence et de réflexion que ne le laissaient supposer son éducation rudimentaire et sa paisible vie provinciale. Ces remarques avaient d'autant plus d'impact qu'elles venaient d'une personne aussi douce et aimable, et apparemment endormie. Elle avait déjà effarouché des hommes qui la connaissaient mal — des hommes qui jacassaient sans complexes, forts de la supériorité de leur sexe. Ils devinaient confusément, en elle, la présence d'une force intérieure. Et ils mettaient cela en relation avec l'expression secrètement amusée qu'elle affichait parfois, comme une allusion à quelque chose qu'elle n'avait pas envie de partager.

Cecilia, apparemment, tenait plus de sa mère : une petite oie au visage rond et aux yeux bleu de porcelaine qui s'intéressait avant tout aux ornements et à l'art de friser ses cheveux dorés, superficielle et idiote jusqu'à la simplicité, mais heureuse de vivre, pleine d'entrain et totalement exempte de méchanceté. Cecilia chérissait la compagnie des hommes, quels que soient leur gabarit ou leur allure. Ce n'était pas le cas de Frances, sa sœur cadette, indifférente à leurs témoignages d'admiration. C'était une nymphe aux jambes fines, toujours prête à siffler et à jeter des pierres aux écureuils du noyer. Toute la cruauté d'une jeunesse inentamée. Elle offrait un spectacle parfaitement ravissant. Elle avait les mêmes cheveux noirs et les mêmes grands yeux bleus humides que sa cousine Diana, mais elle était aussi différente de ses sœurs que si elles appartenaient à un autre sexe. Elles n'avaient en commun que leur grâce juvénile, une bonne réserve de gaieté, une parfaite santé et une dot de dix mille livres par tête.

Considérant toutes ces qualités, il était bizarre qu'aucune d'elle ne fût encore mariée, d'autant que la couche nuptiale n'était jamais vraiment absente de l'esprit de Mme Williams. La pénurie d'hommes (c'est-à-dire de beaux partis) dans la région, les perturbations provoquées par dix ans de guerre et les résistances de Sophia (elle avait eu plusieurs propositions) expliquaient en partie cette situation. Elle pouvait aussi être mise sur le compte de l'avidité de Mme Williams pour les mariages d'intérêt, et sur le peu d'empressement des messieurs de la région à en faire leur belle-mère.

Il ne fait aucun doute que Mme Williams aimait ses filles. Elle les aimait, bien sûr, et leur avait « tout sacrifié », mais sa nature profonde laissait peu de place à l'affection. Elle était beaucoup trop occupée à prouver qu'elle avait toujours raison (« As-tu remarqué ma servante Mme Williams ? Elle n'a pas sa pareille sur terre — C'est une femme intègre et droite »), qu'elle était fatiguée et qu'on la maltraitait. Le docteur Vining, qui la connaissait depuis toujours et qui avait mis ses enfants au monde, prétendait qu'elle ne les aimait pas. Mais même lui, qui la détestait cordialement, admettait qu'elle défendait leurs intérêts sincèrement et sans réserves. Elle pouvait bien refroidir leurs enthousiasmes, crachoter sa triste désapprobation d'un bout à l'autre de l'année, et gâcher jusqu'aux anniversaires avec des migraines courageusement supportées, mais elle était capable de se battre comme une tigresse avec les parents, les curateurs et les avoués pour obtenir une « provision décente ». Pourtant, ses trois filles étaient célibataires, et peut-être était-il confortable de pouvoir attribuer cela à l'ombre que leur faisait sa nièce. De fait, Diana Villiers était aussi ravissante que Sophia, quoiqu'elles fussent très différentes. Avec son allure distinguée et son beau port de tête, Diana semblait plutôt grande, mais quand elle se tenait à côté de sa cousine, elle lui arrivait à peine à l'oreille. L'une et l'autre affichaient une admirable grâce naturelle. Celle de Sophia émanait d'une parfaite élégance de mouvement, svelte, presque langoureuse, tandis que l'allure de Diana se caractérisait par un rythme vif, brillant (lorsqu'en de rares occasions un bal se tenait dans un rayon de vingt milles de Mapes, elle montrait un superbe talent pour la danse). Et enfin, son teint était presque aussi parfait que celui de Sophia, même à la lueur des bougies.

Diana Villiers était veuve. Elle était née la même année que Sophia, mais elle avait mené une vie totalement différente de celle de sa cousine. À quinze ans, après la mort de sa mère, elle était partie aux Indes pour tenir la maison de son père, un homme prodigue et libertin. Elle avait continué de vivre dans un luxe splendide, même après son mariage avec un jeune homme désargenté (l'aide de camp de son père) ; il avait emménagé dans leur immense palais, où la présence d'un gendre et de quelques domestiques supplémentaires passait presque inaperçue. Au plan sentimental, ce mariage avait été une idiotie — ils étaient l'un et l'autre trop passionnés, forts, obstinés, et déterminés à ne pas se déchirer mutuellement. Mais d'un point de vue matériel, il n'avait pas manqué d'attraits. Elle avait gagné un beau mari, et elle aurait pu gagner un domaine et une rente de dix mille livres par an — car non seulement Charles Villiers était de très bonne famille (une vie souffreteuse le séparait de la fortune), mais il était intelligent, cultivé, sans scrupules et dynamique... Et particulièrement doué en politique. Exactement ce qu'il fallait pour mener une brillante carrière aux Indes. Un nouveau Clive, pourquoi pas ? et riche à l'âge de trente et quelques années. Mais les deux hommes trouvèrent la mort le même jour, dans une bataille contre Tippoo Sahib. Son père laissait derrière lui une dette de trois cent mille roupies, et son mari à peine moitié moins.

La Compagnie offrit à Diana le voyage du retour et une rente annuelle de cinquante livres jusqu'à ce qu'elle se remarie. Elle rentra en Angleterre avec une garde-robe pleine de costumes tropicaux, une vague connaissance du monde... Et presque rien d'autre. Elle revint comme une écolière, ou peu s'en faut. Elle comprit très vite que sa tante avait l'intention de lui serrer la vis, de ne lui laisser aucune chance de porter préjudice à ses filles. Sans argent, sans point de chute, elle décida de s'adapter à l'univers mou et étriqué de la province anglaise, avec ses conceptions immuables et sa morale bizarre.

Elle dut accepter la protection de sa tante, et se résolut d'emblée à faire preuve de douceur, de prudence et de discrétion. Elle savait que les autres femmes la considéraient comme une menace, et elle n'avait pas l'intention de les provoquer. Mais en pratique... La protection selon Mme Williams était assez proche de l'annexion. Elle avait peur de Diana, et n'osait pas aller trop loin, mais elle ne renonça jamais à essayer de lui imposer son autorité morale. Il était frappant de voir cette femme fondamentalement stupide, dénuée de tout principe comme de tout sens moral, planter son aiguille là où cela faisait le plus mal.

Cela durait depuis des années, et les escapades de Diana du côté des chiens de M. Savile satisfaisaient un besoin qui allait au-delà de son plaisir à monter à cheval. Lorsqu'elle rentra ce jour-là, elle trouva sa cousine Cecilia dans le vestibule, impatiente d'admirer son nouveau bonnet dans le trumeau des fenêtres de la petite salle à manger.

— Ce chapeau lubrique te donne l'air de l'Antéchrist, dit-elle d'une voix sombre.

Les chiens avaient perdu leur renard, et le seul homme digne d'être regardé avait disparu.

— Oh ! cria Cecilia, quelle horreur de dire de pareilles choses ! C'est du blasphème ! Je n'ai rien entendu de plus choquant depuis le jour où Jeremy Blagrove a employé certain gros mot à mon sujet. Je le dirai à maman.

— Ne sois pas idiote, Cissy. C'est une citation. De la littérature. La Bible.

— Ah bon ? Il n'empêche que c'est très choquant. Tu es couverte de boue, Di. Oh, tu as pris mon tricorne ! Quelle horrible fille ! Je suis sûre que tu as abîmé la plume. Je le dirai à maman. (Elle s'empara du chapeau. N'y trouvant pas la moindre égratignure, elle s'adoucit.) Eh bien, tu es toute sale de ta promenade. Je suppose que tu es allée jusqu'à Gallipot Lane. Tu as vu la chasse ? Ils étaient du côté de Polcary toute la matinée, accompagnés de ces horribles cris.

— Je les ai aperçus.

— Tu m'as fait si peur, avec ta phrase horrible sur Jésus,

dit Cecilia en soufflant sur la plume d'autruche, que j'avais presque oublié la grande nouvelle. L'amiral est de retour !

— Déjà ?

— Oui. Il arrive dans l'après-midi. Il a envoyé Ned nous faire ses compliments, et il viendra peut-être après dîner, avec la laine à broder de maman. Quelle joie ! Il nous racontera encore des histoires pleines de ces beaux jeunes gens ! Les hommes, Diana !

La famille venait à peine de se réunir pour le thé lorsque l'amiral Haddock fit son entrée. Il n'était qu'amiral *yellow*, pensionné sans avoir reçu de pavillon, et il n'avait pas navigué depuis 1794. Mais c'était le seul spécialiste en affaires navales qu'elles avaient sous la main, et depuis l'arrivée inattendue d'un certain capitaine Aubrey de la Royal Navy, elles brûlaient de l'interroger. Elles ne savaient rien de cet officier qui s'était installé à Melbury Lodge (et se trouvait par conséquent dans leur sphère d'influence), et n'avaient, en tant que femmes, aucune possibilité de lui rendre visite (il était célibataire).

— Alors, amiral, dit Mme Williams après qu'on eut fait vaguement l'éloge de la laine à broder, qu'on l'eut examinée en plissant les yeux, avec une grimace, tout en considérant à part soi que c'était une mauvaise affaire (pour sa qualité, sa couleur, son prix). Allez-vous nous parler de ce capitaine Aubrey, dont on dit qu'il occupe Melbury Lodge ?

— Aubrey ? Ah oui, dit l'amiral en passant sa langue sur ses lèvres sèches, comme un perroquet. Je sais tout. Je ne l'ai jamais rencontré, mais j'ai parlé de lui, au club et à l'Amirauté. Quand je suis rentré chez moi, j'ai cherché son nom dans la Liste d'active. C'est un très jeune homme, vous savez, il n'est que commandant de bord...

— Vous voulez dire qu'il *prétend* être capitaine ? s'écria Mme Williams, parfaitement décidée à le croire.

— Non, non, dit l'amiral Haddock avec impatience. Les capitaines, dans la Navy, on les appelle toujours « commandant ». Mais les vrais capitaines, les capitaines en titre, nous les appelons « capitaines de vaisseau »... On le devient lorsqu'on reçoit le commandement d'un navire de sixième rang ou au-dessus, un vingt-huit pièces, disons, ou une frégate de trente-deux. Un *post-ship*, chère madame.

— Oh, vraiment, dit Mme Williams, en secouant la tête d'un air avisé.

— Il n'est pas encore capitaine de vaisseau. Mais il a eu une conduite admirable, en Méditerranée. Lord Keith lui a donné course sur course, avec ce vieux petit brick à pont arrière que nous avons pris aux Espagnols en 1795. Et il s'est montré vraiment diabolique, alors qu'il écumait la côte du nord au sud. À Mahon, parfois, le bief était presque encombré de ses prises. On le surnommait Jack Aubrey « la Chance ». Il doit avoir mis de côté une jolie somme... Et c'est lui qui s'est emparé du *Cacafuego*. En personne ! (L'amiral eut un regard triomphant et passa en revue leurs visages dénués d'expression. Un silence prolongé révéla leur incompréhension. Il secoua la tête.) Mais je suppose que vous n'avez jamais entendu parler de cette bataille ?

Non, elles n'en avaient jamais entendu parler. Elles durent même avouer qu'elles n'avaient jamais entendu parler du *Cacafuego*... Était-ce le même qu'à la bataille de St Vincent ? C'était peut-être arrivé à l'époque où elles étaient occupées avec les fraises. Elles en avaient préparé deux cents pots.

— Le *Cacafuego* est une frégate-chébec espagnole de trente-deux canons. Aubrey l'a attaqué avec son petit brick de quatorze pièces, il l'a réduit à merci et l'a conduit à Minorque. Quelle affaire ! Le service en parle encore ! Mais il y a eu des complications légales : le *Cacafuego* n'était pas commandé par son véritable capitaine. Il était prêté à des marchands de Barcelone. Techniquement, ce n'était donc pas un navire du roi, mais un corsaire. Sans cela, Aubrey aurait été nommé capitaine de vaisseau, et il en aurait reçu le commandement. Peut-être même l'aurait-on fait chevalier. Hélas... Les choses n'étaient pas si simples... Je vous en parlerai une autre fois, car ce n'est pas convenable pour de jeunes demoiselles... Bref, la Navy n'a pas acheté la frégate. À ce jour, il n'a pas encore été promu. J'ai bien peur qu'il ne le soit jamais, d'ailleurs. Bien sûr, Aubrey est une grande gueule arrogante de tory — c'est du moins le cas de son père —, mais c'est tout de même une honte. Même si ce n'est pas quelqu'un de tout à fait recommandable, j'ai l'intention de lui prêter une attention particulière — je lui rendrai visite demain — afin de marquer mon intérêt pour son action... et pour l'injustice dont il est victime.

— Ce n'est donc pas quelqu'un de recommandable, monsieur ? demanda Cecilia.

— Eh bien non, ma chère. Pas recommandable du tout, à ce qu'on m'a dit. Pour être fringant, il est fringant. Mais la discipline... Ah ! C'est souvent le problème, avec nos jeunes gens, et le service ne peut accepter cela... St Vincent ne peut l'accepter. Il y a eu beaucoup de plaintes à propos de son manque de discipline, de son indépendance... de sa tendance à désobéir aux ordres. Un tel officier n'a aucun avenir dans le service, surtout avec St Vincent à l'Amirauté. Et je crains qu'il ait beaucoup de mal à respecter autant qu'il faudrait le cinquième commandement.

Les filles firent mine de se concentrer, comme si elles récitaient mentalement le Décalogue. Une petite ride apparut sur leur visage quand elles en furent à la promenade du dimanche, puis s'effaça quand elles arrivèrent au commandement auquel l'amiral avait voulu faire allusion.

— On a beaucoup parlé de madame... la femme d'un officier supérieur, et on a dit que les choses étaient allées très loin. Voilà un bien triste débauché, je le crains. Et indiscipliné, ce qui est encore pire. On peut dire ce qu'on veut du vieux Jarvie, mais il ne souffre aucun manquement à la discipline. En outre, il n'aime pas les tories.

— Le vieux Jarvie, est-ce ainsi que l'on appelle le Démon dans la marine, monsieur ? demanda Cecilia.

L'amiral se frotta les mains.

— Il s'agit du comte St Vincent, ma chère... Le Premier Lord de l'Amirauté.

À la mention de l'autorité, Mme Williams prit un air grave et respectueux. Puis elle reprit, après un silence :

— N'avez-vous pas fait allusion au père du capitaine Aubrey, amiral ?

— Oui. Il s'agit de ce général Aubrey qui a fait tant de tapage en fustigeant le candidat whig à Hinton.

— Une honte, n'est-ce pas ? Mais ce doit être un homme d'une situation considérable, pour fustiger ainsi un membre du Parlement ?

— Tout à fait moyenne, madame. Un banal petit domaine de l'autre côté de Woolhampton. Et fort endetté, à ce qu'on m'a dit. Mon cousin Hanmer le connaît bien.

— Et ce capitaine Aubrey est fils unique ?

— Oui, madame. Mais, soit dit en passant, il a une marâtre, maintenant. Il y a quelques mois, le général a épousé une fille du village. Et l'on dit que cette jeune femme est bien fringante.

— Bonté du ciel, quelle horreur ! dit Mme Williams. Mais je suppose qu'il n'y a aucun risque ? Le général est très âgé, sans doute ?

— Pas du tout, madame. Il n'a certainement pas plus de

soixante-cinq ans. Si j'étais le capitaine Aubrey, je me rongerais les sangs.

Mme Williams s'anima.

— Pauvre jeune homme, dit-elle placidement. Comme je le comprends ! (Le valet vint débarrasser le plateau du thé. Il alimenta le feu et commença à allumer les bougies.) Comme les journées raccourcissent ! dit Mme Williams. Ne vous occupez pas des grands chandeliers près de l'entrée. Servez-vous du cordon pour tirer les rideaux, John. En touchant le tissu on l'abîme, et c'est mauvais pour les anneaux... Eh bien, amiral, que savez-vous de l'autre monsieur de Melbury Lodge, l'ami personnel du capitaine Aubrey ?

— Oh, lui... Je ne sais guère de choses. Il était médecin sur le sloop du capitaine Aubrey. Et je crois avoir entendu dire qu'il était le fils naturel de quelqu'un... Il s'appelle Maturin.

— Dites-moi, monsieur, demanda Frances, qu'est-ce qu'un fils naturel ?

— Eh bien... dit l'amiral, regardant autour de lui.

— Est-ce que les fils sont plus naturels que les filles, dites-moi ?

— Chut, ma chérie, dit Mme Williams.

— M. Lever est allé en visite à Melbury, dit Cecilia. Le capitaine Aubrey était à Londres — il est bien souvent parti à Londres, dirait-on —, mais il a vu le docteur Maturin, et raconte qu'il est tout à fait bizarre... Comme s'il était étranger. Il découpait un cheval en morceaux dans le salon d'hiver.

— Comme c'est contrariant, dit Mme Williams. Il leur faudra utiliser de l'eau froide, pour le sang. L'eau froide, c'est le seul moyen efficace contre les traces de sang. Ne pensez-vous pas, amiral, qu'on devrait leur dire d'utiliser de l'eau froide pour les traces de sang ?

— Je dirais qu'ils ont passablement l'habitude de se débarrasser de ce genre de taches, chère madame. Mais j'y pense... (Il balaya l'assemblée du regard.) Quel cadeau de la Providence, mesdemoiselles, ces marins aux poches pleines de guinées, qui débarquent à terre et tombent juste devant votre porte. Si l'une d'entre vous a besoin d'un mari, il suffit de siffler pour les voir accourir. Ah, ah, ah !

La saillie de l'amiral reçut un accueil épouvantable. Aucune de ces dames ne partagea son hilarité. Sophia et Diana prirent un air grave, Cecilia rejeta la tête en arrière,

Frances fronça les sourcils, tandis que Mme Williams pinçait les lèvres, fronçait le nez et cherchait une réponse appropriée.

— Mais ça me revient, reprit-il, étonné par le froid qui venait d'envahir la pièce, cela ne servirait à rien, à rien du tout. Quand Trimble lui a proposé sa belle-sœur en mariage, Aubrey lui a déclaré qu'il avait *tout à fait abandonné les femmes*. On dirait qu'il n'a pas eu beaucoup de chance avec sa dernière conquête, pour décider d'abandonner tout à fait les femmes. Il est vrai qu'il est poursuivi par la guigne, quel que soit son surnom. Il y a cette histoire lamentable de promotion et le mariage inopportun de son père, mais il a aussi plusieurs affaires de prises neutres devant la Cour d'appel de l'Amirauté. C'est sans doute ce qui explique ses allers et retours incessants à Londres. Ce type n'a pas de chance, c'est évident. Et il est tout aussi évident qu'il a fini par s'en rendre compte. C'est pourquoi il a renoncé à toute idée de mariage — un domaine où la chance est tout. Et qu'il a tout à fait abandonné les femmes.

— C'est parfaitement exact ! s'écria Cecilia. Il n'y a pas une seule femme dans cette maison ! Mme Burdett, qui passait *par hasard*, et notre Molly — depuis le cottage de son père, elle peut voir tout ce qui se passe — nous ont rapporté qu'il n'y avait pas de femme dans la maison ! Ils vivent ensemble, avec un groupe de marins pour s'occuper d'eux. C'est étrange, non ? Et pourtant, Mme Burdett, qui a une bonne vue, soyez-en sûr, dit que les carreaux des fenêtres brillent comme des diamants, et que toutes les boiseries et les portes ont été fraîchement repeintes en blanc.

— Comment comptent-ils donc s'y prendre ? demanda Mme Williams. Je vois bien que tout cela est très audacieux, et contre nature. Mon Dieu, je n'oserais jamais m'asseoir dans cette maison. Je vous jure que j'essuierais ma chaise avec mon mouchoir.

— Vous savez, madame, s'écria l'amiral, nous ne nous en sortons pas trop mal, en mer.

— Oh, en mer... dit Mme Williams en souriant.

— Mais comment font-ils pour le raccommodage, les pauvres ? demanda Sophia. Je suppose qu'ils doivent acheter des affaires neuves.

— Je les imagine avec leurs bas percés, s'exclama Frances avec un cri vulgaire, en train de s'escrimer avec des aiguilles... Puis-je vous demander de me passer le worsted[1] bleu, docteur, je vous prie ? Après vous, avec le dé à coudre, s'il vous plaît. Ah, ah, ah !

— J'imagine qu'ils savent cuisiner, dit Diana. Les hommes sont capables de faire griller un steak. Et puis il y a toujours des œufs et du pain beurré.

— Comme c'est merveilleux, et bizarre ! s'écria Cecilia. Comme c'est romantique ! Aussi beau que des ruines ! Oh, comme j'ai envie de les rencontrer !

1. Étoffe de laine tissée avec des fils compacts, formée de fibres longues disposées parallèlement au peignage. *(N.d.T.)*

Chapitre deux

Il ne leur fallut pas longtemps pour faire connaissance. Avec la promptitude qui caractérise les marins, l'amiral Haddock invita les dames de Mapes Court à dîner avec les nouveaux venus. Et le capitaine Aubrey et le docteur Maturin furent bientôt invités à dîner à Mapes. On décréta qu'ils étaient d'excellents jeunes gens, de la plus agréable compagnie, d'une éducation parfaite, et que leur présence était un bienfait pour la région. Sophia trouva que le pauvre docteur Maturin avait besoin d'être nourri correctement. « Il est très pâle et silencieux », disait-elle. On ne pouvait en dire autant de Jack Aubrey, même avec le cœur le plus tendre, le plus enclin à la pitié. Il fut en grande forme dès le début de la soirée (quand on entendit son rire monter l'allée) jusqu'aux ultimes adieux échangés sous le porche glacé. Sa physionomie ouverte et marquée par le combat n'avait pas manqué de susciter chez chacune d'elles des sourires et des regards de plaisir. Et bien que son regard bleu se soit arrêté avec nostalgie sur la carafe de porto (que personne ne lui présentait) et les restes du pudding (qu'on avait fait disparaître), sa conversation enjouée — peu abondante mais parfaitement aimable — n'avait jamais fait défaut. Il avait avalé avec la plus reconnaissante voracité tout ce qu'on avait posé devant lui, et Mme Williams elle-même ressentait à son égard quelque chose qui pouvait passer pour de l'affection.

— Je crois que ce fut le dîner le plus réussi que j'aie jamais donné, dit-elle tandis que le claquement des sabots de leurs montures s'évanouissait dans la nuit. Le capitaine Aubrey est parvenu à manger une seconde perdrix — il est vrai qu'elles étaient très tendres. Et l'île flottante avait fière allure dans le bol d'argent. Il en reste assez pour demain.

Hachés, les restes de porc seront délicieux. Ils ont bien mangé, c'est certain. Je doute qu'ils aient souvent l'occasion de s'offrir un tel dîner. Je m'étonne que l'amiral ait prétendu que le capitaine Aubrey n'était pas tout à fait recommandable. Moi je pense qu'il est *vraiment* recommandable. Sophie, ma chérie, allez dire à John de verser dans une petite bouteille le porto que ces messieurs ont laissé, avant de le mettre sous clé. Cela abîme les carafes que de laisser du porto dedans.

— Bien, maman.

— Maintenant, mes chéries, chuchota Mme Williams, après avoir attendu un moment après la fermeture de la porte, je pense que vous avez remarqué l'intérêt particulier du capitaine Aubrey à l'égard de Sophia. Je suis parfaitement sûre que... Je pense qu'il serait bon que nous les laissions seuls aussi souvent que possible. Vous me suivez, Diana ?

— Oui, madame. Je vous comprends parfaitement, répondit Diana en se détournant de la fenêtre.

À la lueur de la lune, au loin, les cavaliers montaient à vive allure la route qui serpentait entre Polcary et Beacon Down.

— Je me demande... Je me demande s'il nous reste de l'oie, dit Jack, ou si ces brutes auront tout avalé. En tout cas, nous pourrons nous préparer une omelette, et boire une bouteille de bordeaux. Du bordeaux ! Avez-vous déjà rencontré une femme qui ait la moindre connaissance des vins ?

— Jamais.

— Et rudement avare de son pudding, avec ça... Mais ses filles sont charmantes ! Vous avez remarqué la façon dont l'aînée, Mlle Williams, levait son verre de vin pour regarder la bougie à travers ? Une grâce... Son poignet et sa main étaient aussi fins que la bougie... Et des doigts longs, si longs... (Stephen Maturin se grattait avec obstination. Il n'écoutait pas.) Quant à cette Mme Villiers... Quel port de tête extraordinaire ! Quel teint adorable ! Peut-être n'a-t-elle pas la peau aussi parfaite que sa cousine, mais... Elle a vécu aux Indes, je crois. Ses yeux sont-ils bleus, et si profonds ! Quel âge peut-elle avoir, Stephen ?

— Moins de trente ans.

— Je me rappelle comme elle monte bien à cheval... Par Dieu, il y a seulement un an ou deux, j'aurais... Comme un homme peut changer ! Mais tout de même, j'adore être entouré de filles... Elles sont si différentes des hommes. Elle a dit quelques jolies choses sur le service. Elle parlait avec beaucoup de sensibilité, et je crois qu'elle a compris l'importance d'être au vent. Elle doit avoir des liens avec la Navy. J'espère vraiment que nous la reverrons. J'espère que nous les reverrons toutes...

Ils les revirent, et plus tôt qu'ils ne s'y attendaient. Mme Williams passant par hasard du côté de Melbury, elle ordonna à Thomas de monter l'allée bien connue. De l'autre côté de la porte, elles entendirent une voix profonde, puissante, qui chantait :

Femmes lubriques
Qui demeurent au bordel
Ha-ha ha-ha, ha-ha-ha-hé
Je suis votre type.

Les dames entrèrent pourtant dans le vestibule sans être autrement choquées. Seule Diana comprenait les paroles, et il en fallait plus que cela pour la bouleverser. Elles remarquèrent avec satisfaction que le domestique qui les introduisit portait une natte jusqu'au milieu du dos. Mais le boudoir où il les fit attendre était si propre qu'elles en furent déçues. Il aurait pu avoir nettoyé à fond le matin même, se dit Mme Williams en passant le doigt sur la tranche du lambris. Rien ne le distinguait d'un boudoir ordinaire, sinon la rigide disposition des sièges, alignés comme les vergues d'un navire, et le cordon de la sonnette — un câble de trois brasses, enroulé et fourré, qui aboutissait à une poulie de guinderesse de cuivre massif.

La voix se tut et il vint à l'esprit de Diana que quelqu'un allait rougir... Le visage du capitaine Aubrey était effectivement coloré lorsqu'il fit irruption dans la pièce, mais sa voix ne tremblait pas :

— Eh bien, voilà une visite de bon voisinage... Vraiment aimable... Je vous souhaite le bonjour, chère madame. Madame Villiers, Mlle Williams, serviteur... Mlle Cecilia, Mlle Frances, je suis heureux de vous voir. Veuillez entrer au...

— Nous passions dans le voisinage, dit Mme Williams, et j'ai pensé que nous pourrions nous arrêter un instant, pour vous demander si votre jasmin fleurissait.

— Le jasmin ?

— Oui, fit Mme Williams, en évitant le regard de ses filles.

— Ah, le jasmin. Entrez dans le salon, je vous en prie. Le docteur Maturin et moi nous y faisons du feu. Et c'est lui qui est capable de vous parler du jasmin.

Le salon d'hiver de Melbury Lodge était une belle pièce pentagonale. Deux murs s'ouvraient sur le jardin, et à l'extrémité opposée se tenait un piano clair entouré de piles de partitions. D'autres plus nombreuses encore recouvraient l'instrument. Stephen Maturin était au piano. Il se leva, s'inclina et observa les visiteuses sans mot dire. Son manteau noir était si usé qu'il paraissait vert par endroits, et il ne s'était pas rasé depuis trois jours. Il passait de temps en temps la main sur sa mâchoire râpeuse.

— Ma parole, vous êtes musiciens ! s'exclama Mme Williams. Des violons... Un violoncelle ! Ah, que j'aime la musique ! Les symphonies, les cantates ! Jouez-vous de cet instrument, monsieur ?

D'habitude, elle feignait d'ignorer Stephen, car le docteur Vining lui avait expliqué que les chirurgiens navals étaient rarement qualifiés, et jamais bien payés. Mais, ce jour-là, elle se sentait particulièrement bien disposée.

— Je viens seulement de déchiffrer ce morceau, madame. Hélas, ce piano est désaccordé.

— C'est impossible, dit Mme Williams. (C'était un Clementi. Le modèle le plus coûteux qu'on puisse trouver.) Je me souviens de l'avoir vu arriver sur son chariot, comme si c'était hier.

— Les pianos se désaccordent, maman, murmura Sophia.

— Pas les pianos de Clementi, ma chérie. Ce sont les plus chers de Londres. Clementi fournit la cour, ajouta-t-elle avec un air de reproche, comme s'ils manquaient de loyauté à l'égard de la couronne. En outre, monsieur — elle se tourna vers Jack —, c'est ma fille aînée en personne qui a peint le châssis ! Des dessins dans le style chinois.

— Alors il n'y a pas de doute, madame, s'exclama Jack. Cet instrument serait ingrat de nous faire défaut, alors qu'il a été décoré par Mlle Williams. Ce matin, nous admirions le paysage avec la pagode, n'est-ce pas, Stephen ?

— C'est exact, dit ce dernier en soulevant du couvercle l'adagio de la Sonate en *ré* majeur de Hummel. Voilà le pont, l'arbre et la pagode que nous avons tant appréciés.

C'était une chose charmante, de la taille d'un plateau à

thé. Les lignes étaient pures, douces, et les couleurs légères auraient pu être éclairées par une lune innocente.

Embarrassée, comme souvent, par la voix stridente de sa mère, et gênée par l'attention dont elle était l'objet, Sophia baissa la tête. Avec une assurance qu'elle ne se connaissait pas, elle déclara :

— C'est le morceau que vous étiez en train de jouer, monsieur ? M. Tindall me l'a fait répéter des milliers de fois.

Elle s'éloigna du piano, en tenant les partitions. Le salon était très animé, maintenant. Mme Williams affirmait qu'elle ne voulait ni siège ni rafraîchissement. Preserved Killick et John Witsoever, matelots brevetés, apportèrent des tables, des plateaux, des fontaines à thé et du charbon supplémentaire. Frances chuchota : « Ohé, ohé, du biscuit d'matelot et une lampée de rhum ! » pour faire glousser Cecilia. Jack escorta Mme Williams et Stephen : ils sortirent du salon par les portes-fenêtres et se dirigèrent vers l'endroit où il pensait trouver du jasmin.

Il s'avéra que la plante se trouvait sur le mur à l'extérieur de la bibliothèque. C'est donc par les fenêtres de cette pièce qu'ils entendirent les notes familières de l'adagio. Le son leur semblait lointain, argentin, comme celui d'une boîte à musique. C'était absurde, mais la musique ressemblait à la peinture qu'ils regardaient tout à l'heure : légère, aérienne, ténue... Stephen Maturin sursauta au *la* bémol et au *do* trop aigu. Au début de la première variation, mal à l'aise, il jeta un coup d'œil vers Jack pour savoir s'il était lui aussi agacé par les fautes dans le phrasé. Mais Jack semblait totalement absorbé par l'exposé, détaillé et circonstancié, que Mme Williams lui faisait sur la culture du jasmin.

Puis quelqu'un d'autre vint au piano. L'adagio survola le jardin au gazon pelé par le froid. Le jeu était clair, un peu imprécis, mais fort et libre. Il y avait même de la dureté dans la première variation — le pianiste avait compris ce qu'elle signifiait.

— Comme ma Sophia joue bien, dit Mme Williams en penchant la tête de côté. Et ce petit air est si joli...

— Ce n'est tout de même pas Mlle Williams, madame ? s'exclama Stephen.

— Si, vraiment. Aucune de ses sœurs n'est allée plus loin que les gammes, et je sais que Mme Villiers est incapable de déchiffrer une note. Elle est incapable de se consacrer à un travail de longue haleine.

Ils revinrent à la maison en marchant dans la boue. Chemin faisant, Mme Williams leur expliqua tout ce qu'ils devaient savoir sur le travail de longue haleine, sur le goût et sur l'application.

Diana Villiers se leva du piano, mais pas assez vite pour échapper au regard indigné de Mme Williams... Si indigné qu'elle en garda l'expression jusqu'à la fin de la visite. Elle ne se détendit même pas lorsque Jack annonça qu'il donnerait un bal pour l'anniversaire de la bataille de St Vincent, et qu'elle sut qu'elles en étaient les premières invitées.

— Vous vous rappelez la bataille menée par Sir John Jervis au large du cap St Vincent, n'est-ce pas, madame ? C'était le quatorze février 1797. Le jour de la Saint-Valentin.

— Bien sûr, monsieur. Mais... — elle eut un sourire affecté — mes filles sont beaucoup trop jeunes pour s'en souvenir. Nous avons remporté la victoire, dites-moi ?

— Bien sûr, maman, sifflèrent les filles.

— Oui, bien sûr, répéta-t-elle. Et vous, monsieur, vous y étiez... Vous étiez présent ?

— Oui, madame, dit Jack. J'étais troisième lieutenant sur l'*Orion*. C'est pourquoi j'aime célébrer l'anniversaire de la bataille avec tous les amis et les camarades que je peux rassembler. Et comme j'ai découvert qu'il y a ici une salle de danse...

— Vous pouvez être sûres d'une chose, mes chéries, dit Mme Williams sur le chemin du retour. La véritable raison de ce bal, c'est de nous rendre hommage — à moi et à mes filles — et il ne fait aucun doute que Sophie l'ouvrira au bras du capitaine Aubrey. Le jour de la Saint-Valentin ! Frankie, le chocolat a coulé sur votre robe. Si vous continuez à manger des riches pâtisseries comme vous le faites, vous allez attraper des boutons, et vous savez ce qui se passera ? Aucun homme ne vous regardera. Ce gâteau minuscule devait bien contenir une douzaine d'œufs et une demi-livre de beurre. Je n'ai jamais été aussi surprise de ma vie !

Après quelques hésitations, elle avait emmené Diana Villiers. En partie parce qu'il aurait été indécent de la laisser à la traîne, et parce que Mme Williams était persuadée qu'une femme à la tête de dix mille livres ne risquait pas la comparaison avec une femme ne les possédant pas. Mais elle avait surpris certains regards qui la poussaient à croire que ces messieurs de la Navy n'étaient peut-être pas aussi dignes de confiance que les châtelains de la région et leurs sévères rejetons.

Diana connaissait presque à la perfection la mécanique mentale de sa tante. Le lendemain matin, après le petit déjeuner, elle ne fut pas autrement surprise d'être invitée à se rendre dans la chambre de Mme Williams « pour bavarder un peu, ma chérie ». Mais elle ne s'attendait pas plus aux grands sourires qu'elle lui fit qu'à entendre le mot « cheval » répété plusieurs fois. Jusqu'alors, il s'appliquait exclusivement à la petite jument alezane de Sophia. « Comme c'est gentil, de la part de Sophie, de vous avoir encore prêté son cheval ! J'espère que la pauvre bête n'est pas trop fatiguée, cette fois. » La proposition qu'on lui faisait, enveloppée dans un long discours, c'était de lui offrir sa propre monture. On voulait l'acheter, c'était clair, pour qu'elle laisse le champ libre. Sophia refusant de priver sa cousine de la jument, la manœuvre lui permettait de chevaucher elle aussi avec le capitaine Aubrey ou le docteur Maturin. Diana accepta l'appât, recracha l'hameçon avec mépris, et se précipita aux écuries pour consulter Thomas. Le grand marché aux chevaux de Marston était à deux pas.

Elle rencontra Sophia sur le sentier qui traversait le parc et menait à Grope, la résidence de l'amiral Haddock. Elle marchait vite en balançant les bras, et marmonnait en rythme :

— Bâbord, tribord !

— Hé, matelot ! cria Diana par-dessus la haie.

Elle vit avec surprise sa cousine virer à l'écarlate. Le coup, tiré au hasard, avait fait mouche. Sophia était allée fureter dans la bibliothèque de l'amiral, cherchant dans les Listes d'active, les mémoires, le *Dictionnaire de la Marine* de Falconer et la *Naval Chronicle*. L'amiral était arrivé derrière elle dans ses pantoufles, et l'avait surprise. « Oh, la *Naval Chronicle*, n'est-ce pas ? Ah, ah ! Voici ce que vous cherchez... » Il avait sorti le volume de 1801. « Mademoiselle Di est venue bien avant vous. Elle vous a devancée... M'a demandé de lui expliquer ce que veut dire être au vent, et quelle est la différence entre un chébec et un brick. Il y a un petit croquis de la bataille, mais le type ne savait pas de quoi il s'agissait, alors il a mis beaucoup de fumée pour cacher les gréements, très particuliers sur un chébec. Donnez-moi ça, je vais vous le trouver. — Oh non, non, non, lui avait répondu Sophia, bouleversée. Je voulais seulement en savoir un petit peu sur... » Puis sa voix s'était évanouie.

Leurs relations se consolidaient. Mais elles ne mûrissaient pas, elles ne progressaient pas aussi vite que Mme Williams le souhaitait. Certes, le capitaine Aubrey n'aurait pu se montrer plus amical. Ou peut-être était-il trop amical... Il ne montrait rien de cette langueur dont elle attendait l'apparition, aucune pâleur, pas le moindre symptôme révélateur. Il semblait aussi heureux avec Frances qu'en compagnie de Sophie, et Mme Williams se demandait parfois si cet homme était *vraiment* recommandable. Et si ces histoires bizarres sur les officiers de marine contenaient un fond de vérité ? N'était-il pas étrange que Jack vive avec le docteur Maturin ? Autre chose la tracassait : le cheval de Diana. D'après ce qu'elle entendait et ce qu'elle pouvait comprendre, il lui semblait que celle-ci était bien meilleure cavalière que Sophia. Mme Williams avait du mal à le croire, mais elle se mordait les doigts d'avoir fait un tel présent à sa nièce. Elle était en proie à des doutes insupportables. Elle était persuadée que Sophia était éprise, mais elle savait que sa fille ne lui parlerait jamais de ses sentiments, et surtout qu'elle ne suivrait jamais son conseil d'essayer d'être séduisante aux yeux des messieurs — de se mettre un peu en avant, de se faire justice, de se frotter les lèvres pour les rendre plus rouges avant d'entrer dans la salle.

Si elle les avait vus, un jour qu'ils chassaient avec le jeune M. Edward Savile, ses angoisses auraient décuplé. Sophia ne s'intéressait pas outre mesure à la chasse. Elle aimait galoper, mais l'attente la rendait folle et elle se faisait un souci terrible pour le pauvre renard. Sa jument avait du caractère mais peu d'endurance, tandis que le bai de Diana, un hongre puissant, avait un cœur indestructible et le thorax aussi large que la voûte d'une église. Il pouvait porter les cinquante-deux kilos de sa cavalière sans rechigner de l'aube à la nuit tombée, et il adorait être présent à la mise à mort.

Le soleil baissait, et ils chassaient depuis dix heures et demie. Ils avaient tué deux renards. Le troisième, une femelle stérile qui leur donnait du fil à retordre, les avait entraînés dans le pays lourd, au-delà de Plimpton, avec ses labours humides, ses doubles sillons et ses larges fossés. Son avance se réduisait désormais à la largeur d'un champ. Elle perdait vite du terrain et essayait d'atteindre un fossé qu'elle connaissait bien. Au dernier pointage, Jack fut heureusement inspiré : il dévia vers la droite, empruntant un raccourci qui les amena, Sophia et lui, plus près des chiens que tous les autres. Mais il y avait un talus, une haute clôture, de la boue d'un côté et, au-delà, le miroitement d'une large étendue d'eau. Consternée, Sophia évalua l'ampleur du saut. Elle se mit en position, sans vraiment désirer passer de l'autre côté. La jument refusa de sauter, et elle en fut secrètement satisfaite. Sa monture et elle-même étaient épuisées. Sophia ne s'était jamais sentie aussi lasse. Elle était terrifiée par la vue du renard qu'on dépeçait, et la meute venait de retrouver la piste. La voix de la vieille chienne qui la menait exprimait une sorte de triomphe implacable et meurtrier. « La barrière, la barrière ! » cria Jack. Il poussa son cheval au petit galop vers le coin du champ. Il l'avait ouverte à demi (la barrière était peu commode, elle était affaissée et s'ouvrait à main gauche) lorsque Stephen fit son apparition. Jack entendit la voix de Sophia : « Je veux rentrer... Allez-y, allez-y, je vous en prie... Je connais parfaitement le chemin. » Il vit le visage pitoyable de la jeune fille, et toute trace de frustration disparut de son regard. Il renonça à son expression belliqueuse et lui adressa son sourire le plus aimable :

— Moi aussi, je vais rentrer. Nous en avons assez vu pour aujourd'hui.

— J'accompagnerai mademoiselle Williams à la maison, dit Stephen.

— Non, non, je vous en prie, continuez, supplia Sophia, les larmes aux yeux. Je vous en prie... Je suis parfaitement...

Un roulement de sabots. Un instant plus tard Diana était là. Tout son être se concentrait sur la clôture et sur ce qui se trouvait au-delà, et elle ne vit qu'un groupe indistinct qui piétinait devant une barrière. Elle se tenait en selle aussi droite et aussi souple que si elle y était montée une demi-heure plus tôt. Elle ne faisait qu'un avec son cheval, totalement inconsciente de son propre corps. Elle piqua droit sur la clôture, serra sa monture... Il y eut un craquement, une gerbe de boue, et elle fut de l'autre côté. Sa silhouette, sa tête fièrement dressée, sa joie contenue, sa gravité féroce et son assurance formaient le plus beau tableau que Jack et Stephen aient jamais vu. Elle était à des lieues de s'en douter, mais elle n'avait jamais eu si belle allure. Si Mme Williams avait vu le visage de ces hommes au moment où

Diana s'envolait au-dessus de la clôture, elle se serait trouvée mal.

Mme Williams attendait le jour du bal avec impatience. Elle faisait presque autant de préparatifs que Jack lui-même, et Mapes Court était plein de gaze, de mousseline et de taffetas. Elle mit au point une série de stratagèmes, dont l'un servirait à éloigner Diana durant les jours qui précédaient la fête. Mme Williams n'avait aucun soupçon bien défini, mais elle sentait le danger. Grâce à une demi-douzaine d'intermédiaires et autant de lettres, elle s'arrangea pour trouver un cousin insane que sa famille avait laissé sans surveillance. Mais elle ne pouvait faire fi de l'invitation, qui avait été donnée et acceptée en public. Un des invités du capitaine Aubrey raccompagnerait Diana à Champflower, le quatorze février au matin.

— Le docteur Maturin t'attend, Di, dit Cecilia. Il fait les cent pas avec son cheval. Il porte un beau manteau vert bouteille, tout neuf, et un col noir. Et il a une nouvelle perruque. C'est sans doute pour ça qu'il est monté à Londres. Tu as encore fait une conquête, Di. Avant, il était tout à fait affreux, toujours mal rasé.

— Cessez d'épier sous ce rideau comme une femme de chambre, Cissy. Et prêtez-moi votre chapeau, voulez-vous ?

— Maintenant, il est vraiment splendide, reprit Cecilia, sans cesser de regarder par la fenêtre et de froisser le voile. Il porte un gilet brodé aussi. Tu te rappelles le jour où il est venu dîner en pantoufles ? S'il voulait s'en donner la peine, il pourrait presque être élégant.

— Vous parlez d'une conquête, dit Mme Williams en soulevant le rideau à son tour. Un chirurgien naval désargenté, un fils naturel et un papiste... Vous devriez avoir honte, Cissy, de dire des choses pareilles.

— Bonjour, Maturin, dit Diana en descendant les marches. J'espère ne pas vous avoir fait attendre. Quel beau cob vous avez là ! Je suis sûre que vous ne l'avez pas trouvé dans cette partie du monde...

— Bonjour, Villiers. Vous êtes en retard. Vous êtes très en retard.

— C'est un des privilèges des femmes. Vous n'ignorez pas que je suis une femme, n'est-ce pas, Maturin ?

— Je suis bien obligé de le croire, puisque vous n'avez aucune notion du temps. Vous ne savez même pas l'heure qu'il est... Encore que je sois incapable de comprendre pourquoi les hasards du sexe doivent pousser un être sensible, un être doué de votre intelligence, à gaspiller la moitié d'une aussi belle matinée. Laissez-moi vous aider à vous mettre en selle. Le sexe... Le sexe...

— Chut, Maturin. Il ne faut pas employer ces mots. Vous en avez assez fait hier.

— Hier ? Ah oui ! Mais je ne suis pas le premier à dire que l'esprit est la copulation imprévue des idées. Loin de là. C'est un lieu commun.

— Ma tante considère certainement que vous êtes le premier homme qui ait jamais utilisé une telle expression en public.

Ils montèrent vers Heberden Down. C'était une matinée lumineuse, calme, avec un peu de givre. Les craquements du cuir, l'odeur des chevaux, la vapeur de leur souffle.

— Je ne suis pas du tout intéressé par les femmes en tant que telles. Ce sont les individus qui m'intéressent. Voici Polcary, ajouta-t-il en montrant la vallée d'un mouvement du menton. C'est ici que je vous ai vue pour la première fois. Vous montiez l'alezan de votre cousine. Allons y faire un tour demain. Je vous montrerai une remarquable famille d'hermines bariolées — une véritable congrégation d'hermines.

— Je dois vous prier de m'excuser, pour demain. Je suis confuse... Mais je suis dans l'obligation de me rendre à Douvres pour m'occuper d'un vieux monsieur qui n'a plus toute sa tête. Une sorte de cousin.

— Mais vous serez de retour pour le bal, bien sûr ?

— Oh, oui. Tout est arrangé. Un certain M. Babbington doit passer me prendre et m'escorter jusqu'ici. Le capitaine Aubrey ne vous a rien dit ?

— Je suis rentré très tard hier soir, et nous avons à peine eu le temps de parler ce matin. Mais je dois moi-même aller à Douvres, la semaine prochaine. Me permettrez-vous de vous rendre visite pour le thé ?

— Bien sûr. D'autant que M. Lowndes se prend lui-même pour une théière ! Il plie un bras, comme ceci, pour faire la poignée, tient l'autre en avant pour le bec, et il vous demande : « Puis-je avoir le plaisir de vous verser une tasse de thé ? » Vous ne pourriez donc trouver meilleure adresse... Mais ne devez-vous pas aller aussi à Londres ?

— C'est exact. J'y serai de lundi à jeudi.

Elle serra la bride pour ramener son cheval au pas. Elle

lui demanda, avec une timidité et une hésitation subites qui la faisaient ressembler à Sophia :

— Pouvez-vous me rendre un service, Maturin ?

— Mais certainement.

Il la regarda en face, mais il vit sa douleur et détourna les yeux.

— Je crois que vous connaissez un peu ma situation, ici... Voudriez-vous vendre ce bijou pour moi ? Je dois avoir quelque chose à me mettre pour le bal.

— Combien en voulez-vous ?

— On vous fera une offre, non ? Je serais heureuse d'en tirer dix livres. Si c'est le cas, voulez-vous avoir l'amabilité de demander à Harrison, au Royal Exchange, de m'envoyer immédiatement ce qui figure sur cette commande ? Voici un échantillon. La malle-poste pourrait le porter jusqu'à Lewes, et le coursier irait l'y chercher. Je dois avoir quelque chose à me mettre !

Quelque chose à se mettre. La robe fut défaite, reprise, élargie, puis enveloppée dans du papier de soie. Le quatorze février au matin, elle était prête, au fond du coffre qui attendait dans le vestibule de M. Lowndes.

— On vous demande, madame. Un certain M. Babbington.

Diana se précipita au salon. Son sourire s'évanouit. Elle regarda derechef. Elle aperçut une silhouette, si petite qu'elle n'en crut pas ses yeux, enveloppée dans un triple manteau. L'homme avait une voix flûtée.

— Mme Villiers ? Babbington au rapport, madame, s'il vous plaît !

— Bonjour, M. Babbington. Comment allez-vous ? Le capitaine Aubrey m'a fait savoir que vous aurez l'amabilité de m'escorter jusqu'à Melbury Lodge. Quand vous plaira-t-il de prendre le départ ? Ne laissons pas votre cheval prendre froid. J'ai un petit coffre pour tout bagage. Il est prêt, il se trouve à la porte d'entrée. Voudrez-vous un verre de vin avant de prendre la route, monsieur ? Mais je crois que les officiers de marine préfèrent le rhum ?

— Une goutte de rhum pour éviter le rhume, ce serait parfait. Vous vous joignez à moi, madame ? Dehors, il fait drôlement frisquet !

— Donnez-lui un petit verre de rhum mélangé à beaucoup d'eau, chuchota Diana à la domestique.

Mais la fille était trop impressionnée par le dog-cart qui attendait dans la cour pour comprendre le mot « eau ». Elle apporta un gobelet plein à ras bord d'un liquide brun que M. Babbington avala sans perdre son sang-froid. L'inquiétude de Diana s'accrut lorsqu'elle découvrit le dog-cart, très haut, plein d'allure, et le cheval nerveux, l'œil blanc et les oreilles en arrière.

— Et votre valet, monsieur ? Est-il resté dans la cuisine ?

— Il n'y a pas de valet à bord, madame, dit Babbington, en la regardant maintenant sans dissimuler son admiration. Je navigue en solitaire. Puis-je vous faire la courte échelle ? Le pied sur cette petite marche, et... vous voilà hissée ! Et ce tapis, maintenant... On se prend les pieds, dans toutes ces boucles. Toutes voiles dehors ! Taïaut !, cria-t-il au jardinier, et ils sortirent de l'avant-cour à bride abattue, en heurtant violemment le montant de la barrière.

Diana ne se calma point en voyant comment M. Babbington tenait son fouet et ses rênes. Elle avait été élevée dans un milieu de soldats et d'officiers de cavalerie, mais elle n'avait jamais rien vu de tel. Elle se demandait comment il avait pu venir d'Arundel sans provoquer un accident. Elle eut une pensée pour son coffre, à l'arrière. Quand ils quittèrent la grand-route et se mirent à progresser en zigzag le long des chemins, montant sur les talus, rasant le bord des fossés, elle prit une décision : « Nous n'y arriverons jamais. Il va falloir arrêter ce jeune homme... »

Le chemin continuait de monter raide, de plus en plus haut, et Dieu sait quelle pente à se briser le cou les attendait de l'autre côté. Le cheval revint au pas. À en juger par le pet qu'il lâcha, bruyant et interminable, on le nourrissait de haricots.

— Je vous demande pardon, dit l'aspirant dans le silence qui suivit.

— Oh, ce n'est rien, dit froidement Diana. Je croyais que c'était le cheval. (Un regard en coin : elle vit que sa remarque avait momentanément réglé son compte à Babbington.) Laissez-moi vous montrer comment l'on fait, aux Indes.

Elle s'empara des rênes et lui prit le fouet des mains. Mais, dès qu'elle eut établi le contact avec le cheval, elle s'assura qu'il suivrait le chemin et s'efforça de regagner la confiance et la sympathie de M. Babbington. Serait-il assez aimable pour lui expliquer la différence entre les escadres bleues, rouges et blanches ? Ce que signifie être au vent ?

Lui parler de la vie en mer, en général ? Ce devait certainement être un travail extrêmement dangereux et astreignant, mais très bien considéré, bien entendu... Et à bon droit : la Navy n'assurait-elle pas la sauvegarde de la nation ? Était-il possible qu'il ait pris part à cette fameuse bataille avec le *Cacafuego* ? Diana n'avait jamais entendu parler d'une disparité des forces aussi saisissante. Le capitaine Aubrey devait être un peu comme Lord Nelson, non ?

— C'est cela, madame ! s'écria Babbington. Mais je me demande si Nelson aurait été capable de mener l'affaire avec la même élégance. C'est un homme prodigieux ! À terre, il est tout à fait différent, vous savez. Vous pourriez le prendre pour un homme comme les autres — pas la moindre froideur, aucune distance. Il est venu chez nous pour soutenir mon oncle, durant les élections, et il s'est conduit comme un véritable boute-en-train... Il a assommé deux whigs à coups de canne. Ils sont tombés comme des quilles... C'étaient des braconniers et des méthodistes, bien sûr. A-t-on ri ! À Melbury, il nous a laissé choisir nos chevaux, le vieux Pullings et moi, pour faire une course avec lui. Trois fois le tour du paddock, monter les marches et entrer à cheval dans la bibliothèque, pour une guinée et une bouteille de vin chacun. Nous l'aimons beaucoup, madame, c'est certain, même s'il est très dur, en mer...

— Et qui a gagné la course ?

— Eh bien... Nous sommes tous tombés, plus ou moins, à différents moments. Je pense qu'il l'a fait exprès, pour ne pas nous prendre notre argent.

Il firent étape à une auberge pour se sustenter. Lorsqu'il eut avalé un repas et une pinte d'ale, Babbington déclara :

— Je crois que vous êtes la plus jolie fille que j'aie jamais vue. Vous devez vous changer dans ma chambre, maintenant, et je m'en réjouis. Si j'avais su que c'était vous, j'aurais acheté une pelote à épingles et un grand flacon de parfum.

— Vous n'êtes pas mal non plus, monsieur, lui dit Diana. Je suis ravie de voyager sous votre protection.

L'humeur de Babbington était au beau fixe. Mais son éducation lui faisait privilégier le sens du devoir, et il lui fallut concentrer son attention sur le cheval. Diana avait décidé de le laisser manœuvrer pour la montée de l'allée, et il garda finalement les rênes jusqu'au bout, de Newton Priors à la porte de Melbury Lodge, où il l'aida à descendre en grande pompe, sous le regard admiratif de deux douzaines de marins.

Il y avait quelque chose chez Diana, un mélange d'énergie flibustière et de franchise qui séduisait les officiers de marine. Mais ils aimaient aussi les minois de poupées des deux petites demoiselles Simmons, la manière dont Frances dansait au milieu et montrait le bout de sa langue en battant la mesure, la belle allure robuste de Cecilia, et tous les autres charmes qui se déployaient dans la longue et belle salle de danse, à la lueur des bougies. Et ils eurent le coup de foudre pour la grâce de Sophia, qui ouvrit le bal au bras du capitaine Aubrey. Elle portait une robe rose avec une grande écharpe dorée. Diana se pencha vers Stephen Maturin :

— Elle est adorable ! Aucune femme de cette assemblée ne lui arrive à la cheville. Le rose est la couleur la plus dangereuse au monde, mais avec son teint, c'est parfait. Je donnerais une fortune pour avoir une peau comme la sienne.

— L'or et les perles y sont pour beaucoup, dit Stephen. L'or fait écho à ses cheveux, les perles à ses dents. Je vais vous dire une chose, à propos des femmes. Elles sont supérieures aux hommes, car elles sont capables de ressentir une admiration sincère, objective et franche pour la beauté de leurs semblables... Jouir d'un plaisir authentique en la contemplant. Votre robe aussi est magnifiquement élégante. Les autres femmes sont en admiration, comme j'ai pu le constater. Non seulement à leurs regards, mais plus concrètement, en me tenant derrière elles et en écoutant leurs conversations.

C'était une belle robe, en effet. Une version adoucie, assez légère, du bleu des marins, avec du blanc tout autour. Mais pas de noir. Aucune concession à Mme Williams, car il était admis qu'un jour de bal, chaque femme était autorisée à se mettre en valeur du mieux qu'elle pouvait. Mais, toutes choses égales par ailleurs — goût, silhouette, maintien —, une femme qui peut payer une robe de bal cinquante guinées aura toujours meilleure allure que celle qui ne dispose que de dix livres.

— Nous devons prendre nos places, dit Diana en élevant un peu la voix.

Les seconds violons attaquaient, et la musique envahissait la salle. L'endroit était magnifique. Décoré de pavillons navals (composant des messages que seuls les marins peuvent déchiffrer, comme *Attaquez l'ennemi au corps à corps*), rutilant de cire à la lueur des chandeliers, bondé jusqu'aux portes extérieures. La ligne des danseurs et danseuses

— jolies robes, beaux manteaux et gants blancs — se reflétait dans les portes-fenêtres et dans le grand miroir disposé derrière l'orchestre. Tout le voisinage était là, mais aussi un groupe de visages inconnus venus de Portsmouth, de Chatham, de Londres, de tous les lieux où la paix les avait relégués. Chacun était sur son trente et un, chacun était résolu à prendre du bon temps. Et jusqu'ici, ils y parvenaient sans conteste. Tout le monde était heureux, non seulement parce que les bals étaient rares (il y en avait trois par an, dans la région, en plus de ceux de l'Assemblée), mais à cause de l'élégance inhabituelle avec laquelle on était servi (par des marins portant natte et veste bleue, si différents des serveurs graisseux qu'on engageait d'habitude). Et surtout parce qu'il y avait, pour une fois, plus d'hommes que de femmes... Des hommes en quantité, tous impatients de danser.

Mme Williams était assise avec les parents et les chaperons, près des doubles portes qui menaient à la salle du souper — là d'où elle pouvait surveiller toute la ligne des danseurs. Son visage rubicond s'inclinait et souriait — sourires entendus, mouvements de tête exagérés — tandis qu'elle expliquait à sa cousine Simmons qu'elle avait encouragé cette entreprise depuis le début. Diana aperçut son visage triomphant, qui disparut quand celui de Jack se matérialisa devant elle. Le capitaine s'avança pour l'inviter à danser. « Très belle soirée, Aubrey », dit-elle avec un sourire éclatant. Large et imposant, il portait un habit écarlate à galon d'or. Il avait le front couvert de sueur, et ses yeux brillaient d'excitation et de plaisir. Il accepta le compliment avec modestie, prononça quelques mots aimables mais dénués de sens, et il la fit tournoyer.

— Venez vous asseoir, dit Stephen après la seconde danse. Vous êtes toute pâle.

— Ah bon ? s'écria-t-elle en se regardant avec attention dans un miroir. Je suis horrible ?

— Non, vous n'êtes pas horrible. Mais il ne faut pas vous épuiser. Venez vous asseoir un peu à l'air frais. Venez à l'orangerie.

— J'ai promis de passer un moment avec l'amiral James. Je viendrai après le souper.

Trois marins, dont l'amiral James, désertèrent la table du souper et poursuivirent Diana dans l'orangerie. Ils se retirèrent en voyant Stephen qui l'attendait, son châle entre les mains.

— Le docteur me surprend, dit Mowett. À bord de la *Sophie*, nous l'avons toujours considéré comme une sorte de moine.

— Bon sang ! dit Pullings. Et moi qui pensais avoir progressé...

— Vous n'avez pas froid ? demanda Stephen en dépliant le châle sur les épaules de Diana. Le contact de sa main sur sa peau nue fit passer un courant, un message qui n'avait pas besoin de mots, et il eut conscience d'un changement. Malgré son intuition, il ne put que lui dire :

— Diana...

— Dites-moi, le coupa-t-elle d'une voix dure, est-ce que cet amiral James est marié ?

— Oui.

— C'est ce que je pensais. On renifle l'ennemi à des lieues de distance.

— L'ennemi ?

— Bien sûr ! Ne faites pas l'innocent, Maturin. Vous savez parfaitement qu'un homme marié est le pire ennemi qu'une femme puisse trouver sur son chemin. Apportez-moi quelque chose à boire, voulez-vous ? Je vais me trouver mal, avec cette odeur de renfermé...

— Voici du champagne. Et du punch glacé.

— Merci. Ils vous offrent leur amitié, ou je ne sais quoi de ce genre... Le mot n'a aucune importance. Et tout ce qu'ils demandent en retour, contre cette immense faveur, c'est votre cœur, votre vie, votre avenir, votre... Je ne veux pas être vulgaire, mais vous savez très bien ce que je veux dire. Il n'y a pas d'amitié possible avec les hommes. Je sais de quoi je parle, croyez-moi. Il n'y en a pas un seul, ici — du vieil amiral Haddock à ce morveux de jeune vicaire —, qui n'ait essayé... Et ne parlons pas des Indes ! Mais pour qui me prennent-ils, bon Dieu ? (Elle frappa le bras de son fauteuil.) Southampton est le seul à avoir été honnête. De Madras, il m'a envoyé une vieille femme pour me dire qu'il serait heureux de me prendre avec lui. Si j'avais eu la moindre idée de ce que serait ma vie en Angleterre, dans ce trou boueux, au milieu de péquenots buveurs de bière, je vous jure que j'aurais étudié sa proposition. Savez-vous quelle vie je mène ? Sans le sou et sous la coupe d'une femme vulgaire, prétentieuse et stupide, et qui me déteste ? Savez-vous ce que l'avenir me réserve, alors que mon seul bien, c'est ma beauté ? Écoutez, Maturin, je vous parle franchement parce que je vous aime bien. Je vous aime beaucoup, et je crois que vous avez pour moi quelque sympathie... De tous les hommes que j'ai rencontrés depuis mon retour en Angleterre, vous êtes quasiment le seul à qui je puisse parler comme à un ami.

— Je vous considère comme une amie, bien entendu ! dit Stephen avec difficulté. (Il y eut un long silence. Puis il reprit, pour alléger l'atmosphère :) Mais vous n'êtes pas juste. Vous êtes aussi désirable que possible... Votre robe... Votre corsage, surtout, enflammerait les sens de saint Antoine, vous le savez bien. Il est injuste de provoquer un homme pour le traiter de satyre si cela lui fait de l'effet. Vous n'êtes pas au bal des débutantes, mue par un instinct inconscient...

— Êtes-vous en train de me dire que je suis provocante ?

— Mais oui. C'est exactement cela. Mais je ne crois pas que vous sachiez à quel point vous faites souffrir les hommes. En tout cas, vous généralisez à tort. Même si vous avez rencontré quelques hommes qui ont essayé de profiter de vous, vous allez trop loin. Tous les serveurs français n'ont pas les cheveux roux.

— Ils ont toujours du roux quelque part, et cela apparaît tôt ou tard. Je crois que vous êtes une exception, Maturin. C'est pourquoi j'ai confiance en vous. Vous ne pouvez imaginer comme c'est réconfortant. J'ai été élevée parmi des hommes intelligents... C'était une bande de débauchés, du côté de Madras, et à Bombay c'était encore pire, mais ils étaient intelligents... Dieu sait combien ils me manquent. Pouvoir parler librement est un vrai soulagement, après toute cette guimauve.

— Votre cousine Sophia est intelligente, elle aussi.

— Vous en êtes sûr ? Disons qu'elle fait preuve d'une certaine vivacité d'esprit, si vous voulez. Mais c'est une fille... Nous ne parlons pas la même langue. J'admets qu'elle est belle. C'est une vraie beauté, mais elle ne sait rien... Comment pourrait-elle savoir ? Et je ne peux pas lui pardonner d'être riche. C'est injuste. La vie est si injuste !

Stephen ne répondit pas, mais il alla lui chercher un sorbet.

— Le mariage est la seule chose qu'un homme puisse offrir à une femme, poursuivit-elle. Un mariage équitable. J'en ai encore pour quatre ou cinq ans, et si je ne trouve pas de mari avant cela, je... Et où pourrais-je le trouver, dans ce désert glacé ? Je ne vous dégoûte pas ? J'aimerais vous dissuader, vous savez.

— Oui, je connais votre jeu, Villiers. Vous ne me dégoûtez pas du tout... Vous parlez en amie. Vous êtes en chasse. Et je crois que vous avez un gibier en vue.

— Bravo, Maturin.

— Vous tenez au mariage équitable ?

— C'est la moindre des choses. Je méprise les femmes assez timorées, assez lâches pour accepter une mésalliance. À Douvres, un petit freluquet d'avoué trop malin a eu le culot incroyable de me demander de l'épouser. De ma vie, je n'avais été aussi mortifiée. J'aurais préféré mourir sur le bûcher, ou m'occuper de la Théière pour le restant de mes jours.

— Décrivez votre proie...

— Je ne suis pas difficile. Il doit avoir de l'argent, bien sûr... L'amour dans un cottage, très peu pour moi. Il faut qu'il soit sensé. Il ne doit pas être totalement difforme, ni sénile. L'amiral Haddock, par exemple, a dépassé la limite. Je n'insisterai pas trop là-dessus, mais j'aimerais qu'il sache monter à cheval, sans tomber trop souvent. Et j'aimerais qu'il soit capable de résister au vin. Vous ne vous saoulez pas, Maturin. C'est une des choses que j'aime chez vous. Le capitaine Aubrey, lui, il va falloir l'emporter dans son lit — comme d'ailleurs la moitié des hommes présents.

— Non, j'aime bien le vin, mais je n'ai pas souvent l'impression qu'il affecte mon jugement. Pas souvent. Ce soir, pourtant, j'ai bu pas mal. En ce qui concerne Jack, vous ne croyez pas que vous arrivez après la bataille ? J'ai l'impression que la soirée pourrait être décisive...

— Il vous a dit quelque chose ? Il vous a fait des confidences ?

— J'imagine que vous ne m'auriez pas parlé comme vous l'avez fait si vous pensiez que je suis indiscret. Et l'idée que vous vous faites de moi est juste.

— En tout cas, vous vous trompez. Je connais bien Sophie. Même s'il lui déclare sa flamme, elle aura besoin de temps. Elle n'a pas à craindre d'être laissée pour compte — ça ne lui est jamais arrivé —, et elle a peur du mariage. Si vous saviez comme elle a pleuré quand je lui ai dit que les hommes avaient le torse poilu ! Et elle déteste qu'on la manœuvre... Ce n'est pas le mot correct. Vous voyez ce que je veux dire, Maturin ?

— Qu'on la manipule.

— C'est cela. C'est une fille sérieuse — elle a un sens du devoir très développé : je pense que c'est stupide, mais c'est ainsi —, ce qui ne l'empêche pas de trouver parfaitement odieuse la manière dont sa mère arrange, pousse, manœuvre et présente les choses sous leur meilleur angle. Vous deux, on a dû vous forcer à avaler des barriques du bordeaux de cet épicier. Parfaitement odieux. Et elle dissimule beaucoup d'obstination — de force de caractère, si vous préférez — derrière ses airs de gamine. Il en faudra beaucoup pour l'émouvoir. Beaucoup plus que l'excitation d'un soir de bal.

— Elle n'est pas éprise ?

— De qui ? D'Aubrey ? Je l'ignore. Je suppose qu'elle-même n'en sait rien. Elle l'aime bien. Elle est flattée par ses attentions. Et bien sûr, Aubrey est le mari dont rêvent toutes les femmes — il est beau, fortuné, il a un métier prestigieux et un avenir prometteur, il appartient à une famille irréprochable, il est enjoué et facile à vivre. Mais elle ne lui convient absolument pas, j'en suis persuadée, à cause de son caractère dissimulé, boudeur, entêté. Il a besoin de quelqu'un qui soit beaucoup plus dynamique, plus vif. Ils ne seraient pas heureux, tous les deux.

— Elle a peut-être un côté passionné dont vous ignorez l'existence, ou que vous avez décidé de ne pas voir.

— Balivernes, Maturin ! Il a besoin d'un autre type de femme, et elle a besoin d'un autre type d'homme, un point c'est tout. Vous-même, à votre manière, vous lui seriez bien mieux assorti, si vous étiez capable de supporter son ignorance.

— Ainsi, Jack Aubrey vous conviendrait ?

— Oui, je l'aime assez bien... Je préférerais un homme plus... Comment dirais-je ? Plus adulte, moins juvénile... Un homme qui ressemblerait moins à un grand garçon.

— Dans son métier, il jouit d'une haute considération, comme vous le disiez il y a un instant.

— Ça n'a aucun rapport. Un homme peut être brillant dans son travail et totalement infantile à l'extérieur. J'ai connu un mathématicien — un des plus grands du monde, à ce qu'on disait — qui était venu aux Indes pour je ne sais plus quel travail en rapport avec Vénus. Dès qu'il s'éloignait de son télescope, il était totalement inadapté à la vie en société. Un collégien maladroit ! Il est resté pendu à mon bras durant toute une soirée. D'un ennui intolérable, suant et bégayant. Non ! Parlez-moi plutôt des politiciens. Ils savent vivre. Et ils sont instruits, en général. J'aimerais qu'Aubrey montre de l'intérêt pour la culture. Plutôt comme vous... Oui, je sais ce que je dis ! Vous êtes d'une agréable compagnie. J'aime bien être avec vous. Mais lui, il est tellement beau. Regardez, le voilà (elle se tourna vers la fenêtre), en train de faire des figures... Il danse plutôt bien, non ? Quel dommage qu'il soit aussi peu résolu.

— Vous ne diriez pas cela si vous l'aviez vu lancer son navire dans la bataille.

— Je parle de ses rapports avec les femmes. Il est sentimental. Mais il ferait l'affaire, pourtant ! Oserais-je vous dire quelque chose qui risque de vous choquer pour de bon, même si vous êtes médecin ? J'ai été mariée, vous savez — je ne suis plus une petite fille —, et les intrigues ne sont pas plus rares aux Indes qu'à Paris. Il y a des moments où j'ai envie de faire l'idiote. Vraiment envie. Je veux dire que je le ferais, si j'habitais à Londres, au lieu de ce trou perdu.

— Avez-vous des raisons de penser que Jack pourrait être de votre avis ?

— Et croire que nous sommes faits l'un pour l'autre ? Oui. Il y a des signes, aux yeux d'une femme, qui ne trompent pas. Je me demande s'il a jamais regardé Sophie sérieusement. Il n'est pas intéressé, sans doute ? Sa fortune a-t-elle quelque importance ? Vous le connaissez depuis longtemps ? Mais je suppose que vous, les marins, vous vous connaissez depuis toujours.

— Oh, je ne suis pas un marin, pas du tout. J'ai fait sa connaissance à Minorque, en 1801. Au printemps 1801. J'accompagnais un de mes patients, à cause du climat méditerranéen... Il est mort, et j'ai rencontré Jack au concert. Nous nous sommes pris d'affection. Il m'a proposé de naviguer avec lui en qualité de médecin de bord. J'ai accepté, car je n'avais pas un sou... Depuis lors, nous sommes ensemble. Je le connais assez pour affirmer ceci : quant à s'intéresser à la fortune d'une femme... Il n'y a jamais eu d'homme plus éloigné des contingences matérielles que Jack Aubrey. Mais peut-être devrais-je vous raconter une histoire à son sujet.

— Continuez, Stephen.

— Il y a quelque temps, il a eu une aventure malheureuse avec la femme d'un autre officier. Elle avait l'énergie, le style et le courage nécessaires pour être aimée de lui, mais elle était dure, fausse. Et elle l'a blessé, très profondément. Alors, vous comprenez... La modestie virginale, la rectitude, les principes... ont acquis une importance qu'ils n'auraient jamais eue, sans cela, à ses yeux...

— Hein ? Ah oui, je *vois*. Je comprends, maintenant. Ainsi, vous avez le béguin pour elle, vous aussi ? Aucun espoir, je vous avertis. Elle ne fera rien sans le consentement de sa mère, et il n'y aura rien à faire tant que sa mère contrôlera sa fortune. Vous n'y changerez rien. Et vous ne convertirez pas ma tante Williams, dûssiez-vous y passer mille ans. Mais vous pouvez toujours soupirer du côté de Sophie.

— J'ai pour elle la plus grande affection et la plus grande admiration.

— Pas de tendresse ?

— Pas comme vous le définiriez. Mais je déteste faire souffrir, Villiers, ce qui n'est pas votre cas.

Elle se leva, raide comme un piquet.

— Nous devrions rentrer. Le prochain round, dit-elle en l'embrassant, je dois le danser avec le capitaine Aubrey. Si je vous ai blessé, Maturin, j'en suis sincèrement désolée.

Chapitre trois

Depuis des années, Stephen Maturin tenait un journal, qu'il rédigeait dans une sténographie secrète, tout en pattes de mouches, de son invention. Il était parsemé de croquis anatomiques, de descriptions de plantes, d'oiseaux et autres créatures vivantes. Tout lecteur curieux aurait découvert que la partie scientifique était en latin. Mais les réflexions personnelles étaient rédigées en catalan, langue qu'il avait pratiquée durant presque toute sa jeunesse. C'est en catalan qu'étaient écrites les notes les plus récentes.

> 15 février. Quand elle m'a embrassé tout à coup, mes jambes se sont ramollies, de façon tout à fait ridicule, et j'ai eu beaucoup de mal à l'accompagner dans la salle de danse sans perdre contenance. J'avais pourtant juré de m'épargner ce genre de choses. Aucune émotion forte et douloureuse. Plus jamais cela. Mais ma conduite récente prouve que je me suis menti. J'ai fait tout ce que je pouvais pour que mon cœur souffre de nouveau.
>
> 21 février. Je pense à Jack Aubrey. Comme les hommes sont vulnérables face aux attaques directes des femmes ! Dès qu'elles sortent de l'école, les filles apprennent à se protéger contre l'amour. Cela devient une seconde nature. Il ne heurte pourtant aucun code moral. Il est souhaité non seulement par le monde entier, mais par ceux-là même qui en seront exclus. C'est si différent pour l'homme ! Il ne dispose pas d'une armure aussi épaisse. Et plus il est délicat, courageux, « honorable », moins il est apte à résister, même aux

avances les plus légères. Il ne doit pas blesser. Dans ce cas-ci, il y a peu de risque.

Lorsqu'un visage que vous n'avez jamais aperçu sans plaisir, que vous avez toujours vu sourire, reste froid, indifférent, voire hostile, à votre approche, vous vous sentez curieusement démoralisé. Quelqu'un d'autre est devant vous, et vous-même avez changé. La vie avec Mme W. n'est sans doute pas une partie de plaisir, pourtant. Et la magnanimité exige de la compréhension. Pour le moment, elle exige en vain. Il y a des abîmes de sauvagerie, des possibilités que je ne soupçonnais point. Le bon sens exige un désengagement.

J.A. est mal à l'aise, mécontent de lui-même, mécontent de la *répugnance* de Sophia — *coquetterie* n'est pas le mot juste pour qualifier les hésitations de cette chère, douce, pure et affectueuse jeune fille. Il parle de tressaillements de pouliche, de balivernes. Il n'a jamais pu supporter la frustration. C'est un des aspects de ce que Diana Villiers appelle son immaturité. Même s'il n'en est pas conscient, cette attirance mutuelle évidente entre D.V. et lui lui convient parfaitement. Sophia est peut-être la fille la plus respectable que je connaisse, mais c'est une femme, après tout. J.A. n'est pas très avisé pour ces questions-là. En outre, il commence à me regarder d'un air soupçonneux. C'est la première fois que notre amitié connaît la moindre réserve, et j'en souffre. Lui aussi, je crois. Je ne peux me résoudre à penser à lui autrement qu'avec affection. Mais quand je pense aux possibilités... Aux possibilités physiques, disons, eh bien...

D.V. insiste pour que je l'invite à venir jouer au billard à Melbury. Elle est très forte, évidemment — elle peut donner du fil à retordre à n'importe lequel d'entre nous. Son insistance est renforcée par d'ignobles petites persécutions et des cajoleries non moins ignobles auxquelles je cède, elle et moi sachant parfaitement à quel jeu nous jouons. Ces paroles concernant l'amitié ne nous abusent ni l'un ni l'autre. Et pourtant l'amitié n'est pas feinte — y compris de sa part, je crois bien. Ma position pourrait être la plus humiliante du monde, n'était le fait qu'elle n'est pas aussi intelligente qu'elle le pense. Sa théorie est parfaite, mais elle ne contrôle pas assez son orgueil ni ses autres passions pour être capable de la mettre en application. Elle est cynique,

mais pas assez, loin de là — quoi qu'elle dise. Si c'était le cas, je ne serais pas obsédé par elle. *Quo me rapis* ? Quo, en effet. Mon propre comportement (douceur, humilité, avilissement volontaire) me stupéfie.
La question est : ma passion pour l'indépendance de la Catalogne est-elle à l'origine de la résurrection de ma virilité, ou est-ce l'inverse ? En tout cas, je suis sûr qu'il y a un lien direct entre les deux. Le rapport de Bartolomeu devrait arriver en Angleterre dans trois jours, si le vent se maintient.

— Stephen, Stephen, Stephen ! (La voix de Jack remonta le corridor, de plus en plus forte, jusqu'à ce que sa tête apparaisse dans l'ouverture de la porte.) Ah, vous êtes là ! Je craignais que vous ne soyez parti rendre visite à vos hermines. Le coursier a apporté un singe pour vous.

— Quelle sorte de singe ?

— Une sorte de foutu singe mal en point. Il a avalé une pinte d'ale à chaque tripot rencontré en chemin, et il titube drôlement. Et il s'est offert à Babbington.

— Ce doit être le mangabey lubrique du docteur Lloyd. Il pense que l'animal souffre de *furor uterinus*. Nous devons l'ouvrir, lui et moi, dès mon retour.

Jack regarda sa montre.

— Que diriez-vous d'une partie de cartes avant le départ ?

— Avec un immense plaisir.

Le piquet était leur jeu préféré. Les cartes furent déposées, battues, coupées, redistribuées. Ils y jouaient depuis si longtemps que chacun connaissait parfaitement le style de l'autre. Jack avait une double technique astucieuse. D'une part, il prenait le maximum de risques pour le point de huit gagnant. D'autre part, il jouait une défense régulière et classique, et se battait pour le moindre pli. La stratégie de Stephen se fondait sur les travaux de Hoyle et de Laplace, sur la théorie des probabilités, et sur sa connaissance du caractère de Jack.

— Un point de cinq, dit Jack.

— C'est mauvais.

— Une suite.

— Quelle hauteur ?

— Valet.

— C'est mauvais.

— Trois dames.

— C'est mauvais.

Ils jouèrent.

— Le reste est pour moi, dit Stephen, quand le roi singleton recouvrit son as. Dix pour les plis, et capot. Arrêtons-nous là. Cinq guinées, s'il vous plaît. Vous aurez votre revanche à Londres.

— Si je n'avais pas jeté mes cœurs, je n'aurais fait de vous qu'une bouchée. Depuis quelques semaines, vous avez des cartes extraordinaires, Stephen !

— Ce jeu exige du talent.

— C'est de la chance, voilà tout ! Vous avez une chance incroyable au jeu. Si vous étiez amoureux, je m'inquiéterais pour vous.

La pause ne dura qu'une seconde, puis quelqu'un vint les prévenir que les chevaux étaient prêts. Ils trottèrent dans le crachin glacé, sur la route de Londres. Le silence s'était installé entre eux, et se prolongea durant une partie du trajet.

La pluie cessa pendant qu'ils déjeunaient au Bleeding Heart, à mi-route. Un soleil réconfortant apparut enfin, et ils aperçurent la première hirondelle de l'année — courbe bleue qui frôla la surface de l'étang aux chevaux d'Edenbridge. Lorsqu'ils arrivèrent chez Thacker's, le café des marins, ils avaient depuis belle lurette retrouvé leur ton habituel. Ils avaient parlé sans aucune retenue de la mer, de la Navy, de l'hypothèse qui veut que les oiseaux migrateurs s'orientent avec la lune, du violon italien que Jack avait envie de s'offrir, et du renouvellement des dents chez l'éléphant.

— Eh bien, Aubrey, j'en apprends de belles ! s'écria le capitaine Fowler en s'extrayant d'un box sombre, au fond de la salle. Nous parlions justement de vous. Andrews était là il y a cinq minutes, et il nous parlait de votre bal, à la campagne... dans le Sussex. Il nous a dit combien c'était magnifique... Des filles par dizaines, de belles femmes, quelle soirée ! Il nous a tout raconté. Mais, dites-moi — il prit un air coquin —, est-ce que nous devons vous féliciter ?

— Non... Pas exactement, monsieur, je vous remercie. Dans quelque temps peut-être, si tout se passe bien.

— Qu'attendez-vous ? Allez-y, toutes voiles dehors ! Ou bien vous vous en mordrez les doigts quand vous serez vieux... Vous serez rudement moisi, dans une centaine d'années ! N'ai-je point raison, docteur ? Comment allez-vous ? N'ai-je point raison ? S'il voulait se dépêcher, il pourrait sous peu être grand-père. Savez-vous que mon petit-fils a six dents ! Déjà six dents dans la bouche !

— Je n'en ai pas pour longtemps, avec Jackson. J'ai simplement besoin d'un peu d'argent liquide — avec votre chance diabolique aux cartes, vous m'avez tout à fait lessivé —, et des dernières nouvelles du procès, pour les prises. (Jackson était son agent de prises et homme d'affaires.) Puis j'irai à Bond Street. Ce violon est horriblement cher, et je ne pense pas que je pourrai me l'offrir en accord avec ma conscience. Je ne joue vraiment pas assez bien. Mais j'ai envie de l'avoir encore une fois en main, de le coincer sous mon menton.

— Un bon violon vous aidera à vous épanouir, et chaque minute passée sur le pont du *Cacafuego* vous a rapporté de quoi vous offrir un Amati. Vous devez absolument avoir votre violon. Tous les plaisirs innocents sont bons. Et ils ne sont pas si nombreux.

— Vous croyez ? Je respecte votre jugement, Stephen. Si vous ne restez pas trop longtemps à l'Amirauté, peut-être pourrez-vous me rejoindre et me donner votre avis sur sa sonorité.

Stephen entra à l'Amirauté et donna son nom au concierge. On lui fit traverser la célèbre salle d'attente où une foule anxieuse, inconsolable et souvent misérable d'officiers sans navire attendait qu'on leur accorde un entretien — presque toujours inutile.

Il fut reçu par un homme âgé vêtu d'un manteau noir. On lui montra beaucoup de considération et on l'invita à s'asseoir. Sir Joseph les rejoindrait dès que la séance du Conseil serait levée. D'ores et déjà, ils avaient siégé une heure de plus que prévu. Entre-temps, Manteau noir se ferait un plaisir d'aborder certains points importants. Ils avaient reçu le rapport de Bartolomeu.

— Avant de commencer, monsieur, dit Stephen, permettez-moi une suggestion. La prochaine fois, je devrais peut-être utiliser une autre entrée... À moins que nos réunions, dorénavant, se tiennent à une autre adresse. Quand je suis arrivé, il y avait un type qui bayait aux corneilles, comme par hasard, de l'autre côté de Whitehall... Un homme que j'avais déjà vu en compagnie des gens de l'ambassade d'Espagne. Je me trompe peut-être. Ce n'est peut-être qu'une coïncidence. Mais...

Sir Joseph entra en hâte.

— Je vous prie de m'excuser, docteur Maturin. Seul le Conseil pouvait m'empêcher de... Comment allez-vous, monsieur ? Nous vous sommes reconnaissants d'être venu dans un délai aussi bref. Nous avons reçu le rapport de Bartolomeu, et nous souhaitions vous consulter d'urgence sur quelques problèmes qu'il soulève. Puis-je les passer en revue ? Son Excellence a insisté pour que je lui rende compte ce soir même de notre conversation.

Le gouvernement britannique savait parfaitement que la Catalogne (la province, ou la réunion de provinces, où se trouvaient concentrées la plupart de la richesse et des industries du royaume) était animée d'un désir d'indépendance. Le gouvernement savait que la paix pouvait ne pas durer — Bonaparte construisait des navires aussi vite qu'il pouvait — et que la division de l'Espagne affaiblirait toute coalition que la France voudrait entraîner dans la guerre. Les divers groupes autonomistes catalans ayant approché le gouvernement avaient avancé cet argument, bien que ce fût déjà évident dans le passé. Ce n'était pas la première fois que l'Angleterre se souciait de la Catalogne, ou qu'elle essayait de diviser ses ennemis potentiels. L'Amirauté, elle, s'intéressait aux ports catalans, à leurs chantiers de construction, leurs docks, leurs commerces et leurs industries navales. Barcelone elle-même aurait une valeur incalculable, et il y avait beaucoup d'autres ports, dont Port Mahon, à Minorque (cette possession britannique que les hommes politiques avaient bizarrement abandonnée durant les négociations du récent traité de paix). L'Amirauté, selon la tradition qui veut que les divers services de renseignements anglais ne communiquent pas (ou peu) entre eux, avait mis des agents sur l'affaire. Mais peu d'entre eux parlaient le catalan, peu connaissaient l'histoire de la nation, et personne n'était capable d'estimer à leur juste valeur les différents groupes qui se prétendaient les représentants authentiques de la résistance. Il y avait des marchands de Barcelone, et quelques-uns de Valence. Mais c'étaient des gens un peu bornés, et la longue guerre leur avait fait perdre le contact avec leurs amis. Le docteur Maturin était le conseiller le plus écouté de l'Amirauté. On savait qu'il avait eu des sympathies révolutionnaires dans sa jeunesse, mais son intégrité et son désintéressement n'avaient jamais été mis en cause. L'Amirauté manifestait aussi un respect touchant pour la distinction scientifique. Dans ce domaine, le Médecin général de la Flotte en personne répondait de Stephen Maturin. (« Tout médecin naval devrait avoir dans son coffre les *Nouvelles Considérations sur l'eau de goudron* du docteur Maturin, ainsi que ses notes sur la cystotomie suprapubique. Une telle acuité dans l'observation clinique, etc. ») Whitehall le tenait en meilleure estime que Champflower. Whitehall savait qu'il était médecin, et non simple chirurgien de bord. Qu'il était, à Lérida, un homme de bonne condition, un propriétaire terrien. Et que son Irlandais de père avait été lié aux premières familles de ce royaume. Manteau noir et ses collègues savaient aussi qu'en qualité de médecin, d'érudit capable de s'exprimer couramment en catalan et en espagnol, il pouvait se déplacer dans le pays aussi aisément qu'un autochtone. C'était l'agent idéal, sûr, discret et disposant d'une parfaite couverture. Un homme de leur trempe. Et, de leur point de vue, son restant de catholicisme constituait un avantage supplémentaire. Ils étaient prêts à sécher leurs fonds secrets pour le retenir, mais il ne voulait rien accepter. Le son des espèces trébuchantes n'allumait aucune lueur dans son regard.

Maturin sortit de l'Amirauté par une porte latérale, traversa le parc et rejoignit Bond Street par Piccadilly. Il retrouva Jack, encore indécis.

— Je vous l'ai dit, Stephen. Je ne suis pas sûr d'en aimer vraiment la sonorité. Écoutez...

— S'il faisait un tout petit peu plus chaud, monsieur, dit le marchand, il produirait tout son velouté. Il aurait fallu que vous entendiez M. Galignani en jouer, la semaine dernière, quand nous avions encore du soleil.

— Eh bien, je ne sais pas, dit Jack. Je crois qu'aujourd'hui, je vais encore vous le laisser. Enveloppez-moi seulement ces cordes dans du papier, je vous prie, avec la colophane. Gardez le violon. Je vous ferai connaître ma décision, quelle qu'elle soit, avant la fin de la semaine. (Il prit le bras de Stephen et le guida à travers la rue encombrée.) J'en ai joué pendant une bonne heure, et je ne suis toujours pas capable de prendre une décision. Jackson n'était pas là, son associé non plus, et je suis venu ici immédiatement. C'est bizarre — et diablement vexant —, car nous avions rendez-vous. Mais il n'était pas chez lui. Rien qu'un imbécile de secrétaire qui a prétendu qu'il n'était pas en ville. On attendait son retour, mais sans savoir pour quand. Je vais aller présenter mes hommages au vieux Jarvie, juste pour qu'il ne m'oublie pas. Après quoi nous pourrons rentrer chez nous. Je ne vais pas attendre Jackson.

Ils prirent le chemin du retour. Ils retrouvèrent la pluie là où ils l'avaient laissée, sous un fort vent d'est. Le cheval de Jack perdit un fer, et ils passèrent la plus grande partie de l'après-midi à chercher un maréchal-ferrant — une brute maussade et maladroite qui enfonçait ses clous trop loin. Il faisait nuit quand ils arrivèrent à Ashdown Forest. Le cheval de Jack boitait, et ils avaient encore une longue route devant eux.

— Montrez-moi vos pistolets, dit Jack, car les arbres étaient de plus en plus proches de la route. Je suis sûr que vous ne savez pas armer vos silex.

— Ils sont très bien, rétorqua Stephen, qui n'avait pas envie d'ouvrir ses fontes (l'une abritait un tératome, l'autre un loir du désert dans une bouteille). Vous craignez du danger ?

— Ce bout de route ne me dit rien qui vaille, avec tous ces soldats démobilisés qui traînent dans la région. Ils ont essayé de s'en prendre à la malle-poste, près d'Aker's Cross. Allons, donnez-moi vos pistolets. Ah, je m'en doutais. Qu'est-ce que c'est que ça ?

— Un tératome, dit Stephen d'un air maussade.

— Un tératome ? demanda Jack en soulevant l'objet. Qu'est-ce donc ? Une espèce de grenade ?

— C'est un kyste interne, une tumeur. On le trouve dans la cavité abdominale de certains patients. Il peut contenir de longs poils noirs, ou bien des dents... Dans celui-ci, il y a les deux : des poils et des dents. Il appartenait à un certain M. Elkins, de la City, un éminent grossiste en fromages. J'y attache beaucoup de prix.

— Bon Dieu !

Jack rejeta la chose dans la fonte et s'essuya vigoureusement la main sur le dos de son cheval.

— J'aimerais vraiment que vous laissiez tranquille le ventre des honnêtes gens. Vous n'avez donc pas de pistolets du tout ?

— Puisque vous voulez une réponse simple... Non, je n'en ai pas.

— Vous ne ferez pas de vieux os, mon ami.

Jack mit pied à terre et tâta la patte de son cheval.

— Il y a une auberge, pas trop mauvaise, à un demi-mille de la route. Que diriez-vous d'y passer la nuit ?

— L'idée de rencontrer ces voleurs, bandits de grand chemin et autres coupe-jarrets semble vous tracasser.

— Je tremble si fort que je puis à peine tenir sur mon cheval. Il serait ridicule de se faire assommer, bien sûr. Mais les pattes de mon cheval m'inquiètent beaucoup plus. (Il marqua une pause.) J'ai une impression bizarre. En fait, je me moque de ne pas être à la maison ce soir. C'est étrange, parce que je m'en réjouissais — ce matin, j'étais aussi excité qu'un matelot en bordée —, mais maintenant, je m'en fiche. En mer, on a parfois ce sentiment d'être drossé vers la terre... Sale temps, huniers aux bas-ris, soleil invisible, pas de point depuis des jours, aucune idée de votre position à cent milles près... Et la nuit, pourtant, vous sentez la terre sous le vent. Vous ne voyez rien mais vous pouvez presque entendre le fond du navire grincer sur les rochers.

Stephen ne répondit pas. Il s'emmitoufla dans sa cape pour se protéger de la morsure du vent.

Mme Williams ne descendait jamais pour le petit déjeuner. Ceci mis à part, la salle du petit déjeuner était la pièce la plus agréable de Mapes Court. Elle était orientée au sud-est, et les rideaux de gaze s'agitaient doucement au soleil en laissant pénétrer les odeurs du printemps. La pièce n'aurait pu être plus féminine : joli mobilier blanc, tapis vert à franges, porcelaine délicate, petits pains et miel, et quantité de jeunes filles prenant le thé après leur toilette.

L'une d'elles, Sophie Bentinck, parlait d'un dîner au White Hart, auquel avait assisté son fiancé M. George Simpson.

— À l'heure des toasts, George a proposé d'en porter un à « Sophie », et votre capitaine Aubrey s'est écrié : « Oh ! Celui-là, je lui porterai un triple ban. Sophie est un nom cher à mon cœur ! » Il ne parlait pas de moi, car nous ne nous sommes jamais vus.

Elle balaya la tablée du regard, avec la bienveillance de celle qui porte un anneau au doigt et ne souhaite qu'une chose : que chacun soit aussi heureux qu'elle.

— Le capitaine a-t-il porté un triple ban, finalement ? demanda Sophia, l'air amusé, compréhensif et flatté.

— C'était le nom de son navire, vous savez, son premier poste de commandement... répliqua Diana.

— Je le sais bien, évidemment, dit Sophia en rougissant (ce qui lui arrivait rarement). Nous le savons tous.

— Le courrier ! hurla soudain Frances. (Elle sortit en courant. Il y eut un moment d'attente, une trêve de quelques instants.) Deux pour ma mère, une pour Sophie Bentinck avec un joli sceau bleu représentant un cupidon... Non, c'est une chèvre avec des ailes. Et une lettre affranchie, pour Di. Je ne reconnais pas le timbre. D'où vient-elle, Di ?

— Frankie, mon cœur, il faudrait te conduire en bonne chrétienne, dit sa sœur aînée. Les lettres d'autrui ne te regardent pas. Il faut faire semblant de ne rien savoir.

— Maman ouvre toujours les nôtres... Quand nous en recevons, ce qui est rare.

— Après le bal, la sœur de Jemmy Blagrove m'a écrit une lettre, dit Cecilia. Elle disait qu'il lui avait dit de me dire que je dansais comme un cygne... Maman s'est mise dans un état abominable... Cette lettre était tout à fait inconvenante, disait-elle, et puis quelle histoire : on sait bien que les cygnes ne dansent pas, à cause de leurs pattes palmées. Ils chantent ! Mais j'avais compris ce que cela signifiait. Ainsi, votre maman vous autorise à correspondre ? demanda-t-elle à Sophie Bentinck.

— Oh oui. Mais nous sommes fiancés, vous savez, ce qui est tout à fait différent, dit Sophie avec un regard suffisant vers sa main.

— Tom le Postier prétend ne pas s'intéresser au courrier d'autrui, dit Frances. Il dit simplement qu'il ne peut pas identifier le timbre de Di. Mais il apporte à Melbury des lettres de Londres, d'Irlande et d'Espagne. Une double lettre d'Espagne, quel prix cela doit coûter !

À Melbury, la salle du petit déjeuner était aussi agréable, mais pour d'autres raisons. Acajou sombre, tapis turcs, lourds fauteuils, odeur de café, de bacon et de tabac, et les hommes, à peine secs : ils avaient pêché dès l'aube. Ils étaient au milieu d'un petit déjeuner bien mérité, dont les ingrédients couvraient presque toute la surface de la grande nappe : poêlons, pots à café, piles de toasts, sans compter un jambon de Westphalie, une tourte non entamée, et la truite qu'ils avaient attrapée un peu plus tôt.

— C'est celle qui était sous le pont, dit Jack.

— Voici le courrier, monsieur, dit le domestique, Preserved Killick.

— C'est de Jackson ! Et l'autre vient du fondé de pouvoir. Excusez-moi, Stephen. Je veux savoir ce qu'ils ont à me dire. Quelle excuse va-t-il... Bon Dieu ! Ce n'est pas possible !

Stephen lui jeta un regard aigu. Jack lui tendit la lettre.

M. Jackson, son agent de prises, un des hommes les plus respectables de sa profession, était en faillite. Il avait filé — il s'était enfui à Boulogne avec ce qui restait dans les caisses de la compagnie — et son associé avait déposé le bilan, sans espoir de rembourser le moindre penny.

— C'est un désastre, dit Jack d'une voix angoissée, sans force. Je lui avais demandé de placer l'argent des parts de prises de la *Sophie* dès qu'il lui parviendrait. Il faut parfois attendre des années, et l'on risque toujours d'être condamné si le propriétaire fait appel... Il n'en a rien fait ! Il m'a donné des avances en prétendant qu'il s'agissait d'intérêts sur des fonds placés, mais il n'en était rien. Il empochait tout ce qui entrait... L'argent s'est envolé, jusqu'au dernier farthing !

Il resta plusieurs minutes à regarder par la fenêtre, en jouant machinalement avec l'autre lettre.

— Celle-ci vient du fondé de pouvoir. Il s'agit sans doute des deux navires neutres dont l'affaire passait en appel. (Il se décida à en briser le sceau.) J'ai presque peur de l'ouvrir. Oui, en effet. Je suis bel et bien drossé contre la côte... Le premier jugement a été cassé, et je dois payer onze mille livres. Je n'en possède même pas le centième ! Le vent me pousse vers le récif ! Comment vais-je m'en sortir ? Il n'y a qu'une chose à faire : je renonce à mon droit d'être nommé capitaine de vaisseau, et je les supplie de me confier le commandement d'un sloop. Il me faut un navire. Prêtez-moi vingt livres, Stephen, voulez-vous ? Je n'ai pas de liquide. Il faut que j'aille à l'Amirauté aujourd'hui même. Il n'y a pas une seconde à perdre. Oh, j'ai promis à Sophia que nous irions nous promener ! Je peux encore y aller avant de partir.

— Prenez une chaise de poste. Il ne faut pas que vous arriviez là-bas éreinté.

— Oui, vous avez raison. Merci, Stephen. Killick !

— Monsieur ?

— Filez au relais du Bouc, et demandez qu'on m'envoie une chaise de poste, à onze heures, ici même. Préparez mes bagages, pour deux ou trois nuits. Non ! Pour une semaine.

— Jack, je vous en prie, dit Stephen avec insistance, dès que Killick eut quitté la pièce. Ne parlez de tout cela à personne pour le moment.

— Vous êtes terriblement pâle, capitaine Aubrey, dit Sophia. J'espère que vous n'êtes pas encore tombé de cheval ?

Veuillez entrer ! Je vous en prie, entrez et prenez une chaise. Oh, mon Dieu, je suis sûre que vous devriez vous asseoir.

— Non, non, je vous promets que je ne suis pas tombé de cheval cette semaine, dit Jack en riant. Allons profiter de cet éclat de soleil. Si nous attendons, nous risquons de prendre une saucée. Regardez ces nuages, au sud-ouest. Hé, quel bel habit !

— Vous l'aimez ? C'est la première fois que je le porte. (Elle l'observait toujours avec inquiétude : Jack avait un teint anormalement rouge.) Êtes-vous bien sûr que vous ne voulez pas une tasse de thé ? Il sera prêt dans un instant.

— Oui, oui, c'est cela, entrez et venez prendre une tasse de thé, s'exclama Mme Williams de la fenêtre, en serrant un vêtement jaune sur sa gorge. Il sera vite prêt, et il y a du feu dans le petit boudoir. Vous pourrez prendre le thé ensemble. C'est si douillet... Je suis sûre que Sophie meurt d'envie d'une tasse de thé. Elle se languit de boire une tasse de thé en votre compagnie, capitaine Aubrey. N'est-ce pas, Sophie ?

Jack sourit, s'inclina et lui baisa la main, mais il ne céda pas. Quelques minutes plus tard, ils chevauchaient sur la route de Foxdene, vers la limite des downs.

— C'est bien vrai, vous n'êtes pas tombé de cheval ? répéta-t-elle. C'était moins la crainte qu'il n'eût manqué sa question que le désir d'exprimer son inquiétude.

— Oui, c'est bien vrai.

Jack regarda ce visage adorable, d'habitude si distant, qui le fixait maintenant avec une tendresse inquiète — presque une tendresse de propriétaire...

— Mais je viens d'avoir un coup dur. Un coup dur diablement inattendu. Sophie... Je peux vous appeler Sophie, n'est-ce pas ? C'est toujours sous ce nom que je pense à vous... Quand je commandais la *Sophie* — je vous parle de mon sloop —, je me suis emparé de deux navires neutres qui faisaient route vers Marseille. Les documents de bord affirmaient qu'ils venaient de Sicile, cap sur Copenhague, avec leur cargaison de soufre. Mais ils allaient bel et bien à Marseille : nous étions à portée des batteries françaises, sur les hauteurs. Et le soufre était destiné à la France.

Le soufre, pour Sophia, c'était quelque chose qu'on mélangeait à la mélasse pour le faire avaler aux enfants, le vendredi. Il lui semblait sentir encore entre ses dents les grumeaux dégoûtants. Cela se vit sur son visage.

— Ils en avaient besoin pour fabriquer de la poudre à

canon, reprit Jack. J'ai donc expédié ces deux navires à Port Mahon. Ils ont été condamnés sans jugement comme prises légitimes — pour infraction évidente aux règles de la neutralité. Mais, finalement, les propriétaires ont fait appel, et le tribunal a décidé qu'ils n'étaient pas des prises légitimes... Qu'il fallait croire l'histoire de leurs capitaines, disant qu'ils s'étaient approchés de la côte pour s'abriter du mauvais temps. Le mauvais temps ! Pure invention ! Il y avait à peine une ride sur l'eau. Nous filions vers la terre sous cacatois, bonnettes des deux côtés, tandis que les pièces de trente-six livres, sur la colline, faisaient des ronds dans l'eau calme — des ronds d'un quart de mille de diamètre.

— Comme c'est injuste ! s'exclama Sophia avec indignation. Pour dire de tels mensonges, ils doivent être d'horribles types ! Vous avez dû risquer votre vie pour éloigner ces navires de la portée des canons. Bien sûr que le soufre était pour les Français. Je suis sûre qu'ils seront punis. Mais que peut-on faire ? Oh, que peut-on faire ?

— Pour le verdict, rien du tout. J'ai bien peur qu'il ne soit définitif. Mais je dois aller à Londres et tenter de nouvelles démarches... Voir ce que je peux obtenir de l'Amirauté. Je dois partir aujourd'hui, et je serai absent quelque temps. C'est pour cela que je vous ennuie avec mes affaires... Je voulais que vous sachiez que je ne quitte pas le Sussex de ma propre volonté, en tout cas pas de gaieté de cœur.

— Oh, vous ne m'ennuyez pas... Vous ne pouvez pas m'ennuyer... Tout ce qui concerne la Navy est si... Mais vous avez dit aujourd'hui ? Vous ne pouvez certainement pas partir aujourd'hui. Il faut vous reposer.

— Non, il le faut, hélas.

— Alors ne partez pas à cheval. Vous devez prendre une chaise de poste.

— Oui, c'est ce que Stephen m'a suggéré. J'en ai demandé une au Bouc.

— Que cet homme est précieux ! Il doit vous être d'un grand réconfort. Quel excellent ami ! Mais nous devons faire demi-tour sur-le-champ ! Il faut vous reposer le plus longtemps possible avant de partir.

Au moment des adieux, elle lui prit la main et la serra longuement.

— Je vous souhaite de réaliser vos vœux, tout ce que vous méritez. Je suppose qu'une fille de la campagne, ignorante de tout, ne peut pas faire grand-chose, mais...

— Eh bien vous voilà, vous deux ! s'exclama Mme Williams. Toujours à bavarder, comme un couple d'inséparables. De quoi pouvez-vous bien parler si longtemps ? Mais chut, voilà que je suis indiscrète ! J'espère que vous me la ramenez saine et sauve, tout à fait intacte ?

Deux secrétaires (pour le cas où l'un ferait défaut) écrivaient aussi vite que leurs plumes le leur permettaient.

Au marquis Cornwallis,

Monsieur le marquis,

Malgré mon désir d'accorder la plus prompte attention aux vœux exprimés par votre Excellence en faveur du capitaine Bull, j'ai l'immense regret de vous informer qu'il n'est pas en mon pouvoir de les satisfaire actuellement.
J'ai l'honneur, etc.

— Vous y êtes, Bates ?
— Oui, Excellence.

À Mme Paulett,

Madame,
Bien que je ne puisse admettre le bien-fondé de vos arguments en faveur du capitaine Mainwaring, il y a quelque chose de si touchant et de si louable dans le fait de voir une sœur se battre pour la promotion de son frère qu'il n'était pas nécessaire de vous excuser dans votre lettre du vingt-quatre courant — que je ne perdrai pas de temps à discuter.

Veuillez croire, Madame, etc.

À Sir Charles Grey, KB.

Mon cher Sir Charles,

Le lieutenant Beresford, pour aller en Irlande, a joué un jeu qui a tempéré l'estime que j'avais pour lui. Il est sérieux et entreprenant, mais à l'instar de tous les

aristocrates, il pense que cette qualité lui donne un droit spécial à la promotion, aux dépens d'hommes d'une plus grande valeur et d'un plus grand mérite. Ce que je n'accepterai jamais.
Considérant que je n'ai cédé ni au prince de Galles, ni au duc de Clarence, ni au duc de Kent, ni au duc de Cumberland, vous ne serez pas surpris de me voir vous répéter qu'il m'est impossible de trahir mes principes. Cela m'attirerait un tourbillon de demandes qui risqueraient d'achever la ruine de la Navy.

Très sincèrement,

À la duchesse de Kingston,

Madame,

Votre Grâce a raison pour l'essentiel, dans le portrait qu'elle trace du capitaine Hallows, du *Frolic*. Il est zélé et se tient bien, malgré son indépendance d'esprit et sa tendance à l'insoumission — que le temps finira sans doute par guérir, comme c'est le cas de certains défauts congénitaux. Attentif à l'intérêt que votre Grâce manifeste pour son avenir, je serais très heureux de rendre justice à son mérite. Mais je suis empêché de le faire par le nombre incroyable de commandants méritants ayant plus d'ancienneté et qui, ne touchant qu'une demi-solde, ont des droits antérieurs aux siens sur n'importe lequel des rares navires disponibles.
Je sollicite de votre Grâce l'autorisation de lui exprimer mon respect et l'honneur que j'ai de rester, Madame,
Votre serviteur le plus soumis et le plus humble.

— Voilà pour les lettres. Qui est sur la liste ?

— Les capitaines Saul, Cunningham, Aubrey et Small. Les lieutenants Roche, Hampole...

— J'ai le temps de voir les trois premiers.

— Bien, Excellence.

Quand le Premier Lord et Cunningham, son vieux camarade de bord, prirent congé l'un de l'autre en échangeant des blagues d'aspirants, Jack entendit leurs rires tonitruants. Il espéra trouver St Vincent de bonne humeur.

Préoccupé par son projet de réformer les chantiers

navals, paralysé par la politique, les politiciens et la fragile majorité de son parti à la Chambre, Lord St Vincent n'était pas enclin à la bonne humeur. Il lui lança un regard froid et aigu, peu encourageant.

— Capitaine Aubrey, je vous ai déjà reçu la semaine dernière. J'ai très peu de temps. Le général Aubrey a écrit une quarantaine de lettres, à moi-même et aux autres membres du Conseil. Il lui a été répondu que votre promotion, pour la bataille contre le *Cacafuego*, n'était pas à l'ordre du jour.

— Je suis venu pour formuler une autre requête, Excellence. Je veux renoncer à mon droit d'être capitaine de vaisseau, dans l'espoir qu'on me confiera un autre sloop. Mon agent de prises a fait faillite. Deux propriétaires de navires neutres viennent de gagner en appel contre moi. Il me faut un navire.

L'ouïe de Lord St Vincent n'était pas très bonne, et Jack, dans ce temple sacré de la Navy, avait baissé le ton. En tout cas, le vieux monsieur n'avait pas bien saisi le sens de sa réplique.

— Il vous faut ! Comment cela, il vous faut ? Est-ce que les commandants, de nos jours, viennent à l'Amirauté pour déclarer qu'il leur *faut* un navire ? Si vous croyez qu'il vous *faut* un navire, monsieur, que diable faites-vous à parader dans Arundel à la tête des partisans de M. Babbington, avec une cocarde de la taille d'un chou fixée à votre chapeau, et à assommer d'honnêtes bourgeois à coups de gourdin ? Si j'avais été là, monsieur, je vous aurais fait arrêter pour rixe, désordre public, et nous en aurions fini avec ces « il me faut » ! Au diable votre insolence, monsieur !

— Excellence, je me suis mal exprimé. Avec tout mon respect, Excellence, avec ce mot malheureux, je voulais dire que la déroute de Jackson me place dans l'obligation de demander à votre Excellence de m'octroyer un commandement, et de renoncer à mon autre droit. Cet homme m'a ruiné !

— Jackson ? Oui, oui. Néanmoins, si votre imprudence vous a fait perdre la fortune que vous deviez à votre commandement, reprit froidement St Vincent, vous ne pouvez pas exiger de l'Amirauté qu'elle se sente responsable au point de vous en donner un autre. Un imbécile et son argent ne restent jamais bien longtemps ensemble, dit-on, et ce n'est que justice. Pour ce qui concerne les neutres, vous savez parfaitement — en tout cas, vous devriez le savoir — qu'il s'agit là des risques du métier. Vous empochez les parts de prises à vos risques et périls, et vous devez prévoir une provision pour pouvoir les rembourser en cas d'appel. Que faites-vous, en revanche ? Vous jetez votre argent par les fenêtres, vous parlez de mariage (alors que vous savez, ou devriez savoir, que le mariage peut être fatal à la carrière d'un officier de marine, du moins tant qu'il n'est pas nommé), vous participez à des soirées d'ivrognes lors d'élections partielles tories... Et vous venez me dire qu'il vous faut un navire. Entre-temps, vos amis nous bombardent de lettres pour nous faire savoir que vous *devez* être fait capitaine de vaisseau. C'était exactement le mot que le duc de Kent a cru bon d'utiliser, encouragé en cela par Lady Keith. Cette bataille ne vous donne pas droit à ce grade. Mais quelle est cette histoire de « renoncer à votre droit » ? Il n'y a pas de « droit » !

— Le *Cacafuego* était une frégate-chébec de trente-deux pièces, Excellence.

— C'était un corsaire, monsieur.

— À cause d'un foutu avocat qui coupe les cheveux en quatre ! dit Jack en élevant la voix.

— Qui vous donne le droit de me parler sur ce ton, monsieur ? Savez-vous à qui vous parlez, monsieur ? Savez-vous où vous vous trouvez ?

— Je vous demande pardon, Excellence.

— Vous vous êtes emparé d'un corsaire commandé par Dieu sait qui avec un sloop de Sa Majesté pourvu d'un bon équipage, le bilan est de trois morts... et vous venez jacasser dans mon bureau à propos de votre *droit* au grade de capitaine !

— Trois morts et huit blessés. Si l'importance d'un combat se mesure à la liste des pertes, Excellence, vous devrez me permettre de vous rappeler que votre vaisseau amiral, à la bataille de St Vincent, ne déplorait qu'un mort et cinq blessés.

— Auriez-vous l'intention de comparer une grande bataille de la Flotte avec un...

— Avec un quoi, monsieur ? cria Jack, qui vit un voile rouge passer devant ses yeux.

Les deux voix furieuses se turent brusquement. Une porte s'ouvrit puis se referma. Les gens qui attendaient dans le corridor virent le capitaine Aubrey passer devant eux à grands pas, descendre les escaliers quatre à quatre et disparaître dans la cour.

3 mai. Je l'avais prié de n'en parler à personne. Et toute la région est au courant. Il ne connaît rien aux femmes, sauf comme objets de désir (oh, le désir peut être une chose tout à fait honorable) : il n'a pas de sœurs, et il était très jeune quand sa mère est morte. Il n'a aucune idée du pouvoir dont dispose Mme W., et de l'énergie diabolique qu'elle est capable de dépenser. Vu son absence totale de scrupules, elle a sûrement soutiré des informations à Sophia, pour les faire circuler avec une fièvre et une énergie malveillantes — la même énergie qu'elle a montrée en expédiant aussi soudainement ses filles à Bath. Chantage évident sur sa propre santé. Jouer sur la tendre générosité de Sophia et sur son sens du devoir — quoi de plus facile ? Tout a été réglé en deux jours. Rien, cette fois, de la confusion habituelle, rien de cette indécision pleurnicharde qui fait parfois traîner les choses pendant un mois. Pas même une semaine. Deux jours d'intense activité. On prépare les bagages, on s'en va. Une semaine plus tard, ils auraient eu le temps de se déclarer, et rien n'aurait eu d'importance. Sophie aurait respecté ses engagements contre vents et marées. En l'occurrence, la situation ne pourrait être pire. Séparation, inconstance (vivacité de J.A., vivacité de n'importe quel homme de son âge), éloignement, sentiment d'être négligé.
Quel animal barbare, cette mère Williams. Je n'aurais rien su de ce départ grossier sans les messages de Diana et la visite inquiète, furtive que m'a faite cette douce enfant. Je parle d'elle comme d'une enfant, bien qu'elle ne soit pas plus jeune que D.V. — que je regarde sous un autre éclairage. Encore qu'elle a dû, elle aussi, être une enfant exquise. Un peu comme Frances, je dirais. La même cruauté, sans pitié mais innocente. Envolées. Quel silence. Comment vais-je pouvoir dire tout cela à J.A. ? Je suis au supplice à l'idée de le faire souffrir. »

Ce fut très simple, finalement.

— Les filles sont parties. Mme Williams les a emmenées à Bath mardi de la semaine dernière. Sophia est venue me dire qu'elle était infiniment désolée.

— A-t-elle laissé un message pour moi ? demanda Jack, dont le visage s'éclaira.

— Non. Pas directement. Il était parfois difficile de la suivre, tant elle était agitée. Une vraie Anna Coluthon, terrifiée par ce qu'elle était en train de faire — une jeune fille rendant visite, sans chaperon, à un monsieur célibataire. Champflower n'a jamais rien vu de tel. Mais je ne la trahirai pas en résumant ainsi ses propos : elle voulait que vous sachiez qu'elle ne quittait pas le Sussex de sa propre volonté, en tout cas pas de gaieté de cœur.

— Croyez-vous que je peux lui écrire, sous couvert d'un pli adressé à Diana Villiers ?

— Diana Villiers est ici, dit froidement Stephen. Elle n'est pas allée à Bath. Elle reste à Mapes Court.

La nouvelle se répandit. Le jugement était déjà connu de tous, car la presse londonienne en avait rendu compte. Et la région comptait assez d'officiers de marine — certains d'entre eux étaient d'ailleurs affectés par la déconfiture de Jackson — pour que l'étendue du désastre soit vite de notoriété publique. En outre, un faire-part — « [...] à Woolhampton, le 19 courant, de la dame du général Aubrey, [...] un fils » — vint encore alimenter la rumeur.

Bath résonnait du triomphe de Mme Williams.

— C'est un cadeau du Ciel, mes chéries. On nous avait bien dit que c'était un triste sire, et vous vous rappelez que, depuis le début, je ne l'ai jamais aimé. Quelque chose me déplaisait dans la forme de sa bouche. Mon instinct ne me trompe jamais. Et je n'aimais pas son regard.

— Oh, maman ! s'exclama Frances, vous disiez que c'était l'homme le plus distingué de la terre, et qu'il était très beau.

— La vraie beauté, c'est la beauté des actes, s'écria Mme Williams. Vous pouvez aller dans votre chambre, Mlle Chameau. Vous serez privée de pudding pour votre effronterie.

On découvrit bientôt que des tas de gens n'avaient jamais aimé Jack, eux non plus... Sa bouche, son menton, ses yeux, sa générosité, ses chevaux, son projet d'acquérir une meute, tout se retourna contre lui. Jack connaissait cela pour en avoir déjà été le témoin. Mais bien que la vindicte ne fût ni choquante ni unanime, il la trouva plus douloureuse qu'il ne s'y attendait — les premières réserves prudentes des commerçants, une certaine familiarité et de l'affectation de la part des gentilshommes, et un très vague manque de considération.

Melbury était loué d'avance pour un an, et il n'avait pas le droit de le sous-louer. Il n'avait aucune raison de déménager. Il diminua ses dépenses, vendit ses chevaux de chasse et informa ses hommes qu'ils devraient partir — bien que cela lui fendît le cœur — dès qu'ils trouveraient un autre emploi. Il cessa de donner des dîners. Ses chevaux étaient magnifiques. Il en vendit un au prix qu'il l'avait payé. Cela suffit pour satisfaire ses créditeurs les plus pressants, mais pas pour rétablir son crédit : si la population de Champflower était disposée à accepter les yeux fermés n'importe quelle fortune, fût-elle nébuleuse (on avait estimé que la sienne était très élevée), elle connaissait la nature de la pauvreté à une ou deux livres sterling près.

Les invitations se raréfièrent. Non seulement Jack était plongé dans ses affaires, mais il était devenu irritable, trop sensible au moindre affront involontaire. Bientôt, il n'y eut plus que Mapes Court pour l'inviter à dîner. Soutenue par le pasteur, sa femme et sa sœur, Mme Villiers avait parfaitement le droit d'inviter les messieurs de Melbury Lodge.

Un soir, à l'issue d'un de ces dîners, Aubrey et Maturin rentrèrent chez eux, mirent le cob et la mule à l'écurie, et se souhaitèrent bonne nuit.

— Je suppose que vous n'avez pas envie d'une partie de cartes ? demanda Jack du haut de l'escalier.

— Non, merci, dit Stephen. J'ai l'esprit ailleurs.

Tout le corps allait suivre. Il s'enfonça dans la nuit d'une démarche rapide, et se dirigea vers Polcary Down. Il évita soigneusement une bande de braconniers, à Gole's Hanger, en restant à distance respectueuse, et s'arrêta sous un bouquet d'ormes qui craquaient en se balançant contre Mapes Court. La maison était assez antique, de forme irrégulière en dépit de transformations récentes, et l'aile la plus ancienne s'achevait dans une tour carrée aux arêtes émoussées. Il y avait de la lumière à une fenêtre. Stephen traversa rapidement le potager, le cœur battant si fort, en arrivant devant la petite porte au pied de la tour, qu'il l'entendait... Le son évoquait le halètement rauque d'un chien. Il tendit le bras vers la poignée. Son visage exprimait un sentiment serein, indifférent, de défaite. « À chaque fois que je viens devant cette porte, je saisis mon bonheur entre mes mains », se dit-il. Il ne le mit pas tout de suite à l'épreuve. Il sentit la réponse silencieuse de la serrure. Il tourna lentement la poignée.

Il monta l'escalier en colimaçon qui menait au premier étage. C'était là que vivait Diana : un petit boudoir s'ouvrant sur la chambre à coucher, l'ensemble communiquant avec le reste de la maison par un long corridor qui donnait sur le grand escalier. Le boudoir était désert. Stephen s'assit sur le sofa, et contempla la broderie au fil d'or d'un sari dont on avait fait une robe à l'occidentale. Sous la lueur de la lampe, des tigres d'or mettaient en pièces un officier britannique couché sur le sol. L'homme tenait une bouteille de brandy. Tantôt de la main gauche, tantôt de la droite, car le motif variait.

— Vous venez bien tard, Maturin ! (Diana apparut, sortant de sa chambre. Elle portait deux châles par-dessus son peignoir, et son visage était las. Aucun mot de bienvenue.) J'allais me coucher. Mais asseyez-vous un instant. Beurk, vos souliers sont couverts de saleté !

Stephen les ôta et les posa près de la porte.

— Du côté de la garenne, j'ai croisé un groupe assez patibulaire. J'ai dû m'éloigner de la route. Vous avez l'art de me mettre dans une position désavantageuse, Villiers.

— Ainsi vous êtes encore venu à pied ? Vous n'avez donc pas le droit de sortir la nuit ? N'importe qui pourrait penser que vous êtes marié à cet homme. Comment vont ses affaires, au fait ? Il avait l'air assez gai, ce soir, il riait sans arrêt avec cette oie d'Annie Strode.

— Elles ne s'améliorent pas, je le crains. L'avoué des armateurs est une brute avide qui a aussi peu d'intelligence et de bon sens que de tripes. Et la voracité imbécile — celle du vautour privé d'ailes — ne mène qu'aux profondeurs de l'ignominie.

— Mais Lady Keith...

Elle s'interrompit. La lettre de Lady Keith était arrivée à Melbury le matin même, et personne n'en avait parlé au dîner. Stephen faisait glisser entre ses mains le tissu du sari. Il remarqua que l'officier britannique avait l'air gai, extasié parfois, mais qu'en certains endroits il agonisait.

— Si vous croyez que vous avez le droit d'exiger des explications, dit Diana, vous vous trompez. Nous nous voyons de temps en temps, et nous faisons du cheval. Si vous croyez que... Parce que je vous ai laissé m'embrasser une ou deux fois... Ou parce que vous êtes venu au moment où j'étais prête à me jeter dans le puits ou à faire l'idiote pour échapper à cette routine odieuse... Seule avec ce couple de domestiques édentés... Si vous croyez que vous êtes mon amant, et moi votre maîtresse, vous vous trompez. Je n'ai jamais été votre maîtresse.

— Je le sais. Je ne vous demande aucune explication. Je ne m'arroge aucun droit. Les contraintes tuent l'amitié ! (Une pause.) Voulez-vous me servir à boire, ma chère Villiers ?

— Oh, je vous demande pardon, s'écria-t-elle d'un ton exagérément poli. Que puis-je vous offrir ? Porto ? Brandy ?

— Du brandy, s'il vous plaît. Dites-moi, avez-vous déjà vu un tigre ?

— Oh oui, dit vaguement Diana en contemplant le plateau et la carafe. J'en ai même tué deux ou trois. Il n'y a pas de verres convenables, ici. Dans la sécurité du howdah, bien sûr. On en voit souvent sur la route de Maharinghee à Bania, ou quand vous traversez le delta du Gange. Est-ce que ce verre vous convient ? Ils nagent d'une île à l'autre. Un jour, j'en ai vu un se mettre à l'eau aussi tranquillement qu'un cheval. Les tigres nagent très lentement, la tête levée, la queue tendue derrière eux. Fait-il froid, dans cette damnée tour ! Je n'ai jamais eu vraiment chaud depuis mon retour en Angleterre. Je vais me mettre au lit. C'est le seul endroit chaud de la maison. Vous pouvez venir vous asseoir à côté de moi quand vous aurez fini votre brandy.

Les jours passaient. Des jours dorés, embaumés par l'odeur du foin, un parfait début d'été... C'étaient des jours perdus, pour Jack. Perdus à quatre-vingt-dix pour cent, en tout cas. Ses affaires navales et juridiques devenaient de plus en plus sombres et de plus en plus complexes, mais il alla deux fois à Bath pour y voir sa vieille amie Lady Keith. D'abord, il rendit visite à Mme Williams dans sa famille. La seconde fois, il vit Sophia — *par hasard* — à la buvette de la station thermale. Il en revint exalté et tourmenté à la fois, mais beaucoup plus humain. C'était de nouveau l'homme résistant et enjoué que Stephen avait toujours connu.

> Je suis résolu à rompre, écrivit Stephen. Je ne dispense aucun bonheur. Je n'en reçois aucun. Cette obsession, ce n'est pas du bonheur. Je vois une dureté qui me glace le cœur, et pas seulement le cœur. Dureté, et beaucoup

d'autres choses. Violent désir de dominer, jalousie, orgueil, vanité. Tout, sauf un manque de courage. Absence de jugeote, ignorance bien sûr, mauvaise foi, inconstance. J'ajouterais cruauté, si je pouvais oublier nos adieux, dimanche soir, affreusement pathétiques pour une créature aussi farouche. Et puis il est certain que le style et la grâce, au-delà d'un certain point, remplacent la vertu... Ne *sont*-ils pas la vertu, en fait ? Mais ça n'ira pas. Non, non, vous n'obtiendrez plus rien de moi. Si cette absurdité, avec Jack, se prolonge, je m'en irai. Et s'il continue ainsi, il pourrait bien découvrir qu'il a contribué à creuser ses propres blessures. Elle aussi, d'ailleurs, car il n'est pas homme dont on puisse se jouer. Sa légèreté m'est beaucoup plus douloureuse que je ne puis l'exprimer. C'est contraire à ce qu'elle appelle ses principes. Et même, je crois, à sa nature profonde. Elle ne peut pas vouloir de lui comme mari, maintenant. Haine de Sophia, haine de Mme W. ? Quelque vengeance inconnue ? Le plaisir de jouer avec le feu dans une poudrière ?

L'horloge sonna dix heures. Il devait retrouver Jack une demi-heure plus tard aux combats de coqs de Plimpton. Il quitta la pénombre de la bibliothèque pour la cour ensoleillée, où sa mule l'attendait. Elle observait le bout de l'allée, au-delà des écuries, avec une expression rusée. Stephen suivit son regard. Il aperçut le postier, en train de voler une poire dans l'espalier du verger.

— J'ai une double lettre pour vous, monsieur, lui dit l'homme, l'air officiel, très raide — le jus de poire lui dégoulinant au coin de la bouche. Deux shillings et huit pence, s'il vous plaît. En voilà deux pour le capitaine — une affranchie, une de l'Amirauté...

Est-ce qu'on l'avait vu prendre la poire ? Il était loin, presque hors de vue...

— Merci, postier, dit Stephen en le payant. Vous semblez fatigué par votre tournée.

— C'est vrai, monsieur, dit l'autre en souriant, soulagé. Je suis allé au presbytère, puis chez Croker, puis chez le docteur Vining — une lettre de son frère à Godmersham, je suppose donc qu'il sera parti ce dimanche —, puis là-haut chez le jeune M. Savile... Du courrier de sa jeune dame. Je n'ai jamais vu une jeune femme écrire autant. Je serai content quand ils seront mariés et qu'ils pourront se parler de vive voix.

— Vous avez chaud et soif... Vous devriez manger une poire, cela maintient les humeurs en bon état.

Quand Stephen arriva, le spectacle avait commencé. Un groupe serré de paysans, négociants, bohémiens, marchands de chevaux et propriétaires terriens, tous aussi excités... La seule chose tolérable était le courage des oiseaux jetés dans l'arène.

— Deux contre un sur le moucheté ! Deux contre un sur le moucheté ! criait un grand bohémien avec une écharpe rouge autour du cou.

— Affaire conclue, dit Jack. Cinq guinées sur le moucheté.

— Voilà qui est joué ! dit le bohémien en regardant autour de lui. (Il plissa les yeux et ajouta, d'une voix joviale et enjôleuse :) Cinq guinées, Monseigneur ? Quelle bourse, pour un pauvre voyageur et un capitaine à demi-solde ! J'étale ma mise, d'accord ?

Il posa cinq pièces étincelantes sur le bord de la piste. Jack étira sa mâchoire et ajouta ses guinées, une par une. Les entraîneurs placèrent les oiseaux sur la piste. Ils les serraient toujours entre leurs mains et ils chuchotaient, tout près de leurs fières têtes rasées. On lâcha enfin les coqs. Ils s'étirèrent sur leurs pattes en décochant des regards de côté, et s'approchèrent en décrivant des cercles. Ils s'élevèrent tous les deux au même moment, et les ergots d'acier lancèrent des éclairs au moment où ils frappèrent. Il y eut un tourbillon au milieu de l'arène, tandis que la foule poussait un hurlement sauvage.

Un œil arraché, l'autre déversant des flots de sang, le moucheté titubait, mais il tenait bon, épiant son adversaire à travers le brouillard rouge. Il vit son ombre, fit un écart, mais ne put éviter le coup de grâce. Il ne mourut pas tout de suite. Il se redressa, le dos labouré par les ergots, jusqu'à ce que le poids de son adversaire le déséquilibre — un ennemi lui-même trop cruellement déchiré pour crier victoire.

— Allons nous asseoir dehors, dit Stephen. Hé, mon gars, donnez-nous une pinte de vin de sherry sur le banc, à l'extérieur ! Je ne vous dérange pas, au moins ?

— Du sherry, pour l'amour de Dieu ! dit-il. Ce jeune prétentieux est assez vilain pour appeler cela du vin de sherry. Voici du courrier pour vous, Jack.

— Le moucheté n'avait pas vraiment envie de se battre, dit Jack.

— Non. C'était pourtant un oiseau de combat. Pourquoi avez-vous parié sur lui ?

— Je l'aimais bien. Il avait la démarche chaloupée, comme un marin. Ce n'était pas ce qu'on pourrait appeler un dur, mais quand il s'est trouvé dans l'arène, quand on l'a défié, il s'est battu. Il avait du cran, et il a même rétabli l'équilibre alors que tout espoir semblait perdu. Je ne regrette pas de l'avoir soutenu. Si c'était à refaire, je le referais... Vous dites que vous avez du courrier ?

— Deux lettres. Allez-y, je vous en prie, faites comme si je n'étais pas là.

— Merci, Stephen. L'Amirauté accuse réception de la communication de M. Aubrey du sept du mois dernier... Celle-ci est de Bath. Je vais juste regarder ce que me veut Queenie... Oh, bon Dieu !

— Que se passe-t-il ?

— Bon Dieu, répéta Jack, en se frappant le genou du poing. Allons-nous-en. Sophie se marie.

Ils parcoururent un mile. Jack maugréait des phrases sans suite et laissait échapper des exclamations incompréhensibles.

— Queenie m'écrit de Bath, s'exclama-t-il. Un nommé Adams, qui possède un gros domaine dans le Dorset, a demandé Sophia en mariage. C'est plutôt rapide, non ? Je n'aurais jamais cru cela d'elle.

— N'est-ce pas une rumeur que Lady Keith aurait entendue ?

— Non, non, non ! Elle a rendu visite à la Mère Williams. À mon avis, celle-ci n'a pas pu refuser de me rencontrer lorsque je suis descendu là-bas. Queenie connaît tout le monde.

— Sûrement. Mme Williams serait flattée de la fréquenter.

— Oui. Elle y est donc allée. Mme Williams, en trépignant de joie, lui a raconté toute l'histoire, y compris une description détaillée du domaine. Vous auriez pensé que Sophie était capable de cela, Stephen ?

— Non. Mais je doute de la véracité de l'histoire, car elle suggère que la demande a été faite directement, et non par l'intermédiaire de la mère comme ce devrait être le cas.

— Bon Dieu, ce que j'aimerais être à Bath, dit Jack d'une voix sourde, le visage sombre. Qui aurait pu croire cela d'elle ? Cette pure enfant... J'aurais juré... Elle me disait des mots si doux, il y a peu de temps... Et les choses sont allées jusqu'à la demande en mariage ! Vous les imaginez se tenant la main, ou en train de se tripoter... Bon Dieu ! Une enfant si pure...

Stephen rétorqua qu'ils n'avaient aucune preuve, que Mme Williams était capable d'inventer n'importe quoi. Il était intelligent, réconfortant et avisé, mais il savait qu'il aurait aussi bien pu parler à sa mule. Le visage de Jack s'était fermé. Il déclara qu'il croyait avoir trouvé une fille parfaitement honnête — pas hypocrite, pas du tout inquiète ni compliquée —, mais qu'il ne voulait plus en entendre parler. Ils arrivèrent au carrefour de Newton Priors.

— Je sais que vous ne cherchez qu'à m'être agréable, Stephen. Mais je crois que je vais passer par les Downs, jusqu'à Wivenhoe. Je ne veux aucune compagnie, homme ou bête. Vous n'avez pas besoin du cob ? Et ne m'attendez pas pour le souper... Je mangerai un morceau sur la route.

— Killick, vous porterez le jambon dans la chambre du capitaine, avec un pot de bière, dit Stephen. Il risque de rentrer tard. Je sors.

Il marcha lentement, d'abord, le cœur paisible et le souffle régulier. Mais quand il eut franchi le trajet familier jusqu'à la montée vers Polcary, le rythme changea, s'accéléra à mesure que sa résolution s'évanouissait. Quand il atteignit le haut de la colline, son cœur battait avec force. « Boum, boum, boum, espèce d'idiot, se dit-il en souriant, en mesurant le rythme. Il est évident que je ne suis jamais monté aussi vite — mes jambes sont en forme, ah, ah, ah ! Je dois avoir fière allure ! Encore heureux que la nuit me couvre... »

Il marchait plus lentement maintenant, tous les sens à l'affût du moindre mouvement dans le bois, à Gole's Hanger ou sur le sentier au-delà. Loin sur sa droite, il entendit le cri d'un chevreuil en quête d'une femelle, et à gauche le hurlement indistinct d'un lapin qu'une hermine égorgeait. Une chouette. Sombre, endormie au milieu des arbres, la forme vague de la maison. Du côté le plus éloigné, l'œil carré découpé dans la tour, lumineux.

Un peu plus bas, vers les ormes, il eut une vue générale

du bâtiment silencieux. Et sous les arbres, il vit son cob, attaché à un buisson de coudrier. Il le reconnut avant même que l'animal ne réagisse. Il s'immobilisa. Au second hennissement, il s'approcha silencieusement. Il caressa le museau et le cou du cheval, le flatta de la main, regarda encore la lumière, par-dessus le garrot, et rebroussa chemin. Une centaine de mètres plus loin — derrière lui, la tour avait disparu sous les arbres —, il s'arrêta brusquement et mit sa main sur son cœur. Puis il reprit sa marche. D'un pas lourd, maladroit, trébuchant dans les ornières, il dut faire appel à toute sa volonté pour avancer.

— Je crois que je vais vous abandonner, Jack, dit-il le lendemain matin, au petit déjeuner. Je vais voir si je peux encore trouver une place dans la malle-poste.

— Me quitter ! s'écria Jack, atterré. Comment cela !

— Je ne me sens pas très bien. Je crois que l'air de mon pays natal me remettra d'aplomb.

— Vous avez l'air sinistre, dit Jack, en le regardant avec attention, soudain très inquiet. J'ai été tellement absorbé par mes fichues affaires... Il ne manquait plus que ça... je ne fais plus attention à vous. Je suis sincèrement désolé, Stephen. Ce doit être mortellement ennuyeux, ici, avec Killick pour seule compagnie. Je fais des vœux pour que vous ne soyez pas vraiment malade ! Maintenant je me rappelle... Depuis plusieurs semaines, vous êtes déprimé, démoralisé... Vous n'avez même pas le cœur à jouer une gigue. Ne voulez-vous pas demander conseil au docteur Vining ? Il pourra étudier votre cas de l'extérieur, si vous voyez ce que je veux dire. Je suis sûr qu'il est moins intelligent que vous, mais au moins il vous voit de l'extérieur. Permettez-moi d'aller le chercher. J'y vais sur-le-champ, avant qu'il n'entame sa tournée.

Pour rassurer son ami, Stephen n'eut point trop de l'heure qui séparait le petit déjeuner de la réception du courrier. Oui, il connaissait parfaitement son mal. Il en avait déjà été atteint. Rien de mortel. Il pouvait guérir de cette maladie qu'on appelait *solis deprivatio*.

— Le manque de soleil ? Vous vous fichez de moi, Stephen ? Vous ne pensez tout de même pas aller en Irlande pour le soleil !

— Je plaisantais, évidemment. Je pensais à l'Espagne, pas à l'Irlande. Vous savez que j'ai une maison là-bas, dans les collines derrière Figueras. Une partie du toit s'est écroulée — là où logent les moutons — et je dois m'en occuper. Il y a des chauves-souris — des molosses de Cestani — que j'observe depuis des générations. Voici le courrier, dit-il soudain en allant vers la fenêtre. Il y a une lettre pour vous. Et rien pour moi.

— Une facture, dit Jack en la mettant de côté. Mais si, vous en avez ! J'avais presque oublié. Ici, dans ma poche. J'ai vu Diana Villiers, hier, et elle m'a chargé de vous remettre ce message... Elle dit de bien belles choses à votre sujet, Stephen. Nous nous sommes dits combien vous étiez un agréable compagnon de bord, et quel talent vous aviez, avec un bistouri comme avec un violoncelle... Elle pense le plus grand bien de vous...

Peut-être bien. Le message était aimable, à sa manière.

> Mon cher Stephen,
>
> Quelle horrible manière de vous conduire avec vos amis... Pas un signe de vie depuis des jours ! Il est vrai que je me suis montrée horriblement désagréable, la dernière fois que vous m'avez fait le plaisir d'une visite. Je vous prie de me pardonner. C'était le vent d'est, ou le péché originel, ou la pleine lune, ou n'importe quoi de ce genre. Mais j'ai trouvé quelques papillons indiens très curieux — rien que leurs ailes, en fait — dans un livre qui a appartenu à mon père. Si vous n'êtes pas trop fatigué, ou trop occupé, ce soir, vous aurez peut-être envie de venir les examiner.
>
> D.V.

— ... ce qui est parfaitement naturel. J'ai fini par la convaincre de venir jouer avec nous, jeudi. Elle connaît bien notre trio, même si elle ne joue que d'oreille. Mais si vous devez partir, j'enverrai Killick pour lui présenter nos excuses.

— Peut-être ne vais-je pas partir tout de suite. Je vais voir ce que me réservent les prochaines semaines. Après tout, les moutons ont leur laine pour les protéger du froid. Et les chauves-souris peuvent toujours s'installer dans la chapelle.

Dans l'obscurité, la route était pâle. Stephen chevauchait tranquillement, en répétant un dialogue de sa composition. Il alla jusqu'à la porte et attacha sa mule à un anneau. Il allait frapper lorsque Diana lui ouvrit.

— Bonsoir, Villiers. Je vous remercie pour votre message.

— J'aime beaucoup la façon dont vous souhaitez le bonsoir, Stephen, dit-elle en souriant. (Elle était d'excellente humeur, et visiblement sur son trente et un.) Vous n'êtes pas étonné de me voir ici ?

— À peine.

— Les domestiques sont sortis. Comme vous êtes formel, à vous présenter ainsi à la grande porte ! Je suis très heureuse de vous voir. Venez dans mon antre. J'ai étalé mes papillons pour vous les montrer.

Stephen ôta ses souliers et s'installa tranquillement dans un petit fauteuil.

— Je suis venu vous faire mes adieux. Je quitte la région... La semaine prochaine, je pense.

— Oh, Stephen... Et vous abandonnez vos amis ? Que fera le pauvre Aubrey, sans vous ? Vous ne pouvez pas le laisser maintenant. Il a l'air tellement misérable... Et moi, que vais-je faire ? Je n'aurai personne à qui parler, personne dont je puisse abuser.

— En êtes-vous sûre ?

— Je vous ai rendu très malheureux, Stephen ?

— Vous m'avez parfois traité comme un chien, Villiers.

— Oh, mon Dieu. Je suis sincèrement désolée. Je vous promets de ne plus être méchante avec vous. Ainsi, vous avez vraiment l'intention de partir ? Mon Dieu ! Mais les amis s'embrassent, lorsqu'ils se disent adieu. Venez, juste le temps de faire semblant d'examiner mes papillons... Je les ai si joliment préparés... Puis vous m'embrasserez, et vous pourrez partir.

— Quand je suis avec vous, Diana, je suis faible et pitoyable, vous le savez. J'ai pris tout mon temps pour venir. Je me répétais les mots que je voulais vous dire... J'étais venu pour rompre, et je me réjouissais de pouvoir le faire sans compromettre notre amitié, dans la gentillesse, sans propos amers que nous pourrions regretter... Et je m'aperçois que j'en suis incapable.

— Rompre ? Oh mon Dieu, voilà un mot que nous ne devons jamais employer.

— Jamais.

Le mot réapparut pourtant, cinq jours plus tard, dans son journal.

> Je suis contraint de tromper J.A., et bien que la duperie soit loin de m'être étrangère, celle-ci me fait mal. Bien sûr, il essaie lui aussi de me leurrer, mais c'est par

égard pour ce qu'il croit être ma conception de ses relations avec Sophia. Il est d'un caractère singulièrement ouvert et sincère, mais ses efforts, malgré son obstination, restent inutiles. Elle a raison. Je ne peux pas l'abandonner au moment où il affronte toutes ces difficultés. Mais pourquoi en rajoute-t-elle ? Par simple vice ? En un autre siècle, j'aurais envisagé l'hypothèse d'une possession satanique... Aujourd'hui encore, d'ailleurs, c'est une idée convaincante — un jour elle est elle-même, la plus charmante des femmes, et le lendemain elle est froide, cruelle et blessante. Pourtant, à force d'être répétés, les mots qui étaient si durs à mon cœur, il y a peu de temps, ne me font plus le même effet. Une porte close n'est plus synonyme de mort. Ma détermination à rompre s'est renforcée : c'est bien plus, désormais, qu'une détermination intellectuelle. Je ne l'avais jamais remarqué, et je n'ai vu cela chez aucun auteur, auparavant : une petite tentation — presque une non-tentation — s'impose parfois plus facilement qu'une grande. Je n'ai pas très envie d'aller à Mapes. Je n'ai pas très envie d'avaler le laudanum dont je compte si superstitieusement les gouttes chaque nuit. Quatre cents gouttes actuellement — ma tranquillité en flacon. C'est pourtant ce que je fais.

— Que voulez-vous, Killick ? demanda-t-il soudain, avec l'air menaçant de l'homme qu'on surprend à se livrer à une occupation interdite. Vous avez l'air embarrassé, troublé, je dirais... Vous avez bu ?

Killick fit un pas en avant, se pencha au-dessus du fauteuil de Stephen, et lui parla à l'oreille.

— Il y a des drôles de figures, en bas, qui demandent le capitaine, monsieur. Un gros cancrelat sous une perruque en broussaille et quelques sales types. Des pugilistes. Des pédérastes puants avec des petits chapeaux ronds. J'ai vu l'un d'eux cacher une matraque sous son manteau. Des fouineurs. Les officiers du shérif.

Stephen hocha la tête.

— Je vais les recevoir dans la cuisine. Non. Plutôt dans la salle du petit déjeuner, car elle donne sur l'arrière. Préparez le coffre de marin du capitaine, ainsi que ma petite valise. Donnez-moi ses lettres. Attelez la mule à la petite voiture et emmenez-la au bout de l'allée de Foxdene avec les bagages.

— Bien monsieur ! Bagages, mule et voiture, Foxdene, à vos ordres !

Lorsqu'il quitta les fouineurs sinistres et compassés, dans la salle du petit déjeuner, Stephen eut un sourire satisfait. Enfin du concret ! Il savait où les trouver, à un ou deux miles près. Mais il ne savait pas ce que cela lui coûterait : après avoir escaladé péniblement, en plein soleil, la pente crayeuse, il se heurta à leur expression de colère froide, de ressentiment et d'hostilité.

— Bonjour ! leur dit-il en ôtant son chapeau. Diana lui fit un signe de tête lointain, et lui jeta un regard à glacer le cœur.

— On dirait que la marche vous a donné chaud, docteur Maturin. Vous deviez être impatient de voir...

— Pardonnez-moi, madame, mais je dois dire un mot au capitaine Aubrey. (Il lui rendit son regard, et tira le cob sur le côté.) Jack, ils sont venus vous arrêter, à cause de votre dette. Nous devons passer en France ce soir même, puis rejoindre l'Espagne. À l'heure qu'il est, votre coffre et la voiture nous attendent au bout de l'allée de Foxdene. Vous vous installerez chez moi. Ma maison tombe à pic. En faisant vite, nous pouvons attraper la malle de Folkestone.

Il se retourna, salua Diana et commença à descendre la colline. Il y eut un roulement de sabots, il entendit la voix de Diana — « Avancez, Aubrey. Avancez, je vous dis ! Je dois parler à Maturin ! » — et tout à coup elle fut à côté de lui.

— Il faut que je vous parle, Maturin. Stephen ! Allez-vous partir sans me dire au revoir ?

— Allez-vous enfin me laisser partir, Diana ?

Il avait les larmes aux yeux.

— Non, non et non ! s'écria-t-elle. Vous n'avez pas le droit de me laisser ! Allez-vous-en, oui, c'est cela, partez en France... Mais écrivez-moi, écrivez-moi et revenez !

Elle l'empoigna, le serra très fort avec sa petite main. Puis elle s'en alla, en faisant voler les mottes de terre sous les sabots de son cheval.

— Pas Folkestone, dit Jack, en guidant la mule à travers les allées herbeuses. Douvres. Seymour commande l'*Ame-*

thyst. Cette nuit, il fait faire la traversée à l'ambassadeur impérial. Il nous embarquera sans difficultés. Lui et moi, nous étions ensemble sur le *Marlborough*. Et dès que nous serons à bord d'un vaisseau de Sa Majesté, les huissiers pourront aller au diable.

Cinq miles plus loin, il reprit :

— Stephen, savez-vous ce qu'était la lettre que vous m'avez apportée ? La petite lettre cachetée ?

— Non.

— Elle venait de Sophie. Une lettre directe... Une lettre qu'elle m'a envoyée personnellement, vous comprenez ? Elle dit que certaines informations, sur cet Adams et sur ses prétentions, donnent quelques inquiétudes à ses amis. Qu'il n'y avait rien, en fait — rien que de la satanée flagornerie —, qu'elle l'a vu à peine une dizaine de fois, même s'il était toujours enfermé avec Maman. Elle parle de vous. Elle vous transmet son meilleur souvenir, et serait ravie de vous voir à Bath. Le temps est charmant, là-bas. Mon Dieu, Stephen, je n'ai jamais été aussi bas. Plus de fortune, peut-être plus de carrière, et maintenant, ceci...

— Je suis incapable d'exprimer à quel point je suis soulagé d'être en mer, dit-il, en se penchant pour voir si le tourmentin de l'*Amethyst* prenait le vent. C'est si clair, si simple. Je ne parle pas simplement d'échapper aux fouineurs. Je parle de toutes les complications qu'on rencontre, à terre. Je crois vraiment que la vie à terre ne me convient pas.

Ils étaient sur la plage arrière du pont supérieur, au milieu d'une foule d'attachés, de secrétaires, de membres de la suite, tous pensifs ou ébahis. Ils titubaient déjà, et s'accrochèrent aux cordages (ou à leur voisin) quand la frégate commença à rouler et à réagir à une mer contraire et agitée, et que les falaises de Douvres disparurent dans un tourbillon de pluie d'été.

— Oui, dit Stephen, j'ai marché moi aussi sur la corde raide, sans talent particulier pour cela. Et j'ai le même sentiment de libération. Il n'y a pas si longtemps, je l'aurais accueilli sans réserves.

Chapitre quatre

Toulon. Le mistral était enfin tombé, et seules quelques mouchetures d'écume apparaissaient à la surface de l'eau. Mais l'air était toujours aussi clair et brillant ; une simple longue vue pointée des collines derrière la ville aurait suffi pour déchiffrer le nom des vaisseaux de ligne à l'ancre dans la Petite Rade : deux navires de quatre-vingts pièces — le *Formidable* et l'*Indomptable* — et cinq soixante-quatorze — l'*Atlas*, le *Scipion*, l'*Intrépide*, le *Mont-Blanc* et le *Berwick*. L'amour-propre anglais aurait souffert à la vue de ce dernier, qui avait appartenu à la Royal Navy jusqu'à ces dernières années. Et si l'amour-propre anglais avait pu s'introduire dans l'Arsenal — si jalousement gardé —, il aurait été mortifié d'y découvrir deux autres soixante-quatorze britanniques : l'*Hannibal*, capturé durant la bataille menée par Sir James Saumarez dans le détroit de Gibraltar en 1801, et le *Swiftsure*, pris en Méditerranée quelques semaines plus tôt. On s'activait à réparer les deux navires.

S'il fallait décrire Toulon en deux mots, cela pourrait être : folle activité. Il y avait les collines silencieuses et vertes, les grandes avancées de terre, l'étendue immense de la Méditerranée et les îles, bleues et statiques au-delà de toute expression, le flot de lumière chaude et oppressante. Et au milieu de tout cela se trouvait la petite ville, si dense, si remuante, si bruyante, pleine de silhouettes minuscules — chemises blanches, pantalons bleus, éclat des écharpes rouges — toutes aussi intensément actives... Même sous le soleil de midi, les hommes étaient aussi industrieux que des fourmis — canots faisant la navette entre l'Arsenal et la Petite Rade, entre la Petite Rade et la Grande Rade, entre les navires et les quais et vice versa ; ouvriers fourmillant sur les grands et magnifiques navires en cale sèche, jouant de l'herminette, du marteau à calfater, de la vrille et de la mailloche ; équipes de forçats déchargeant du chêne de Raguse, du goudron de Stockholm, de l'étoupe de Hambourg, des espars et des cordages de Riga — tout cela dans le vacarme et les innombrables odeurs qu'on trouve dans tous les grands ports : puanteur des égouts à ciel ouvert, de l'eau stagnante, de la pierre chaude, de l'ail frit, et celle du poisson grillé qui dominait l'ensemble.

— Pour dîner... dit le capitaine Christy-Pallière en fermant le dossier des condamnations à mort. D'abord, je prendrai un verre de Banyuls, avec quelques anchois et une poignée d'olives... d'olives *noires*. Ensuite, je pourrais essayer la soupe au poisson d'Hébert, suivie d'une langouste au court-bouillon. Peut-être son gigot en croûte. L'agneau est délicieux en cette saison, c'est le moment où le thym fleurit. Après cela, simplement du fromage, des fraises et une broutille pour accompagner le café... Une soucoupe de ma confiture anglaise, par exemple. Rien qui ressemble à vos repas monumentaux, Penhoët. Avec cette chaleur, mon foie n'y survivrait pas, et nous avons du pain sur la planche si nous voulons que l'*Hannibal* soit prêt à prendre la mer la semaine prochaine. Il faut s'occuper de tous les dossiers de Dumanoir — comme j'aimerais qu'il soit de retour ! J'aurais dû interroger les Maltais ce matin. Si nous prenons le temps de faire un bon dîner, ils risquent de s'en sortir vivants...

— Prenons un Tavel avec l'agneau, dit le capitaine Penhoët, qui savait qu'il risquait, s'il ne l'interrompait pas, de devoir écouter ses divagations philosophiques sur la digestion... La culpabilité... Ponce Pilate... L'aspect le plus odieux des interrogatoires d'espions. Tout à fait inconvenant pour un officier...

— C'est...

— Deux roastbeefs demandent à vous voir, monsieur, dit une ordonnance.

— Oh non ! s'exclama le capitaine Christy-Pallière. Seigneur, pas à cette heure-ci ! Dites-leur que je ne suis pas là, Jeannot. Que je serai peut-être de retour à cinq heures. De qui s'agit-il ?

— Le premier s'appelle Aubrey, Jacques Aubrey. Il prétend qu'il est capitaine dans leur Navy, dit l'ordonnance en plissant les yeux pour déchiffrer son formulaire. Né le 1er avril 1066 à Bedlam, Londres. Profession du père : moine. De la mère : nonne. Nom de jeune fille de la mère :

Borgia, Lucrèce. L'autre pèlerin s'appelle Maturin, Étienne...

— Vite, vite ! s'exclama le capitaine Christy-Pallière. Mon pantalon, Jeannot, ma cravate ! (Pour des raisons de confort et de commodité, il était en caleçon.) Coquin de sort, où est ma chemise ! Penhoët, nous devons prévoir un vrai dîner... Trouvez-moi une brosse à vêtements, Jeannot... Il s'agit du prisonnier anglais dont je vous ai parlé. Excellent marin, charmant compagnon. Cela ne vous dérangera pas de parler anglais, bien sûr ? De quoi ai-je l'air ?

— Aussi *pimpont* que possible, lui dit le capitaine Penhoët en anglais. Cambrez le torse, vous leur en imposerez.

— Faites-les entrer, Jeannot. Mon cher Aubrey, s'écria Christy-Pallière en serrant Jack dans ses bras et en l'embrassant sur les deux joues, comme je suis heureux de vous voir ! Mon cher docteur Maturin, soyez le bienvenu. Permettez-moi de vous présenter le capitaine de frégate Penhoët. Le capitaine de frégate Aubrey et le docteur Maturin, qui furent mes invités à bord du *Desaix*.

— Serviteur, monsieur, dit le capitaine Penhoët.

— *Domestique, monsieur*, dit Jack en rougissant. Penhoët ? *Je préserve... Je ai... Le plus vif rémembrance de vos combatte à Ouessant, à bord* le Pong, *en vingt-quatre neuf*.

Cette déclaration fut suivie d'une seconde de silence stupéfait, mais attentif et poli. Jack se tourna vers Christy-Pallière.

— Comment diriez-vous que j'ai gardé le plus vif souvenir de l'attitude courageuse du capitaine Penhoët, au large d'Ouessant, en 1799 ?

Le capitaine Christy-Pallière répéta tout cela en bon français. Sourires renouvelés et beaucoup plus chaleureux, nouveaux serrements de mains britanniques.

— Mais nous pouvons tous parler anglais, dit-il. Mon collègue est un de nos meilleurs traducteurs. Venez, nous allons dîner sur le pouce... Vous êtes couverts de poussière, et vous avez l'air épuisés... Vous avez fait une longue route ? Comment pouvez-vous supporter cette chaleur ? Extraordinaire pour un mois de mai. Avez-vous vu mes cousines, à Bath ? Aurons-nous le bonheur de vous avoir quelque temps avec nous ? Comme je suis heureux de vous voir !

— Nous espérions bien que vous dîneriez avec nous ! s'écria Jack. Nous avons livré... réservé une table.

— Ici, vous êtes chez moi, dit Christy-Pallière, d'un ton

qui n'admettait aucune réplique. Après vous, mes chers amis, je vous en prie. Un repas très simple... Une petite auberge juste à la sortie de la ville. Mais elle a une treille de muscat... De l'air frais... Et le patron lui-même est aux fourneaux. (Il les précéda dans le corridor, et se tourna vers Stephen.) Le docteur Ramis est à nouveau des nôtres ! Il est rentré de voyage mardi. Je vais lui proposer de nous rejoindre après dîner — il ne supporterait pas de nous voir manger —, et il vous donnera les dernières nouvelles de notre accès de choléra et de la nouvelle épidémie de vérole égyptienne.

— Le capitaine Aubrey nous a fameusement fait courir, dit Christy-Pallière au capitaine Penhoët, en disposant des morceaux de pain pour représenter l'escadre de l'amiral Linois. Il commandait un petit brick à gaillard d'arrière, la *Sophie*...

— Je m'en souviens parfaitement.

— Tout d'abord, il avait le vent pour lui. Mais il est tombé... Voici le cap, et le vent soufflait... d'ici. Un vent capricieux. (Il rejoua la bataille avec ses bouts de pain, étape par étape.) Puis il a envoyé la barre dessous, bordé ses bonnettes comme dans un tour de passe-passe et rompu notre ligne de bataille à une encablure de l'amiral. Le rusé renard, il savait bien que je ne prendrais pas le risque de toucher le vaisseau-amiral ! Et il savait bien que la bordée du *Desaix* serait passée trop près ! Il a rompu la ligne, et avec un peu de chance...

Le capitaine Penhoët ne comprit pas le mot anglais.

— *De chance*. Il aurait pu s'échapper. Mais l'amiral m'a envoyé un signal m'ordonnant de le prendre en chasse. Le *Desaix* était sorti du dock une semaine plus tôt — il était parfaitement propre —, et il est au mieux lorsqu'une légère brise lui caresse la hanche. Bref... Ma dernière bordée vous aurait facilement rayé de la surface des océans, mon cher ami, si vous n'aviez pas filé comme un lièvre.

— Comme je m'en souviens ! dit Jack. C'est la mort dans l'âme que je vous ai vu commencer à lofer. Mais c'était bien pire un peu avant, quand j'ai calculé que vous parcouriez deux milles dans le temps où j'en faisais un — sans même avoir besoin de border vos bonnettes.

— Briser la ligne de bataille, c'était un exploit du tonnerre de Dieu, dit le capitaine Penhoët. J'étais à deux doigts de souhaiter que vous réussissiez votre coup. J'aurais tiré dès que l'amiral aurait dépassé mon navire. Mais n'est-il pas vrai que les bâtiments anglais, en principe, portent trop de canons ? Beaucoup trop pour filer vite avec une brise aussi légère. Beaucoup trop pour pouvoir s'échapper.

— J'avais jeté les miens par-dessus bord, dit Jack. Mais, en principe, vous avez raison. Tout comme on pourrait dire que vos propres navires, en principe, emportent beaucoup trop d'hommes, surtout des soldats, non ? Rappelez-vous le *Phoebe* et l'*Africaine*...

Le repas tout simple touchait à sa fin. On apporta une bouteille de brandy et deux verres. Le capitaine Penhoët, épuisé par ses efforts, avait regagné son bureau. On avait accompagné Stephen jusqu'à la table beaucoup plus salubre du docteur Ramis, où l'on servait l'eau gazeuse d'une source riche en soufre. Et le cap Sicié était pourpre, sur fond de mer violette. Les criquets remplissaient l'air de leur infatigable chuintement.

Jack et Christy-Pallière avaient l'un et l'autre pas mal bu. Ils échangeaient des confidences sur leurs difficultés professionnelles, et chacun d'eux s'étonnait que l'autre ait autant de raisons de se plaindre. Christy-Pallière était lui aussi bloqué sur la liste d'avancement. Il était capitaine de vaisseau, mais il n'y avait pas, « dans la Marine française, un véritable respect de l'ancienneté... Des intrigues dégoûtantes et sournoises à tous les niveaux... Les aventuriers politiques réussissent, les vrais marins se heurtent à des murs. » Il ne l'exprimait pas clairement, mais Jack savait, grâce aux conversations qu'ils avaient eues l'année précédente et à des indiscrétions des cousins Christy d'Angleterre, que son ami était un républicain peu enthousiaste, qu'il détestait la vulgarité de parvenu de Bonaparte et son ignorance totale des affaires maritimes, qu'il appelait de ses vœux une monarchie constitutionnelle et libérale, et qu'il était mal dans sa peau. Un homme dévoué à la Marine et, bien entendu, à la France, mais mécontent de ses chefs. Il avait longuement évoqué — en montrant qu'il était très bien informé, et tout aussi perspicace — la situation des officiers irlandais dans la Royal Navy et le dilemme moral qu'imposent des loyautés contradictoires. Mais, pour l'instant, bien que quatre sortes de vin et du brandy de deux marques différentes l'aient doucement amené aux limites de l'indiscrétion, il s'intéressait exclusivement à ses problèmes immédiats.

— Pour vous, les choses sont très simples. Vous rassemblez vos intérêts, vos amis, et tous les Lords et Sirs de votre connaissance. Et, un jour ou l'autre, vos élections parlementaires entraînent un changement de ministère et vos mérites évidents sont reconnus. En revanche, que se passe-t-il chez nous ? Les intérêts républicains, l'influence royaliste, les intérêts catholiques, les intérêts francs-maçons, les intérêts du régime consulaire — je me suis laissé dire qu'il deviendrait bientôt *impérial* — se heurtent mutuellement... Une horreur infecte. Finissons cette bouteille, n'est-ce pas ? Vous savez — ajouta-t-il après une pause —, j'en ai vraiment assez d'être posé sur mon cul dans un bureau. Le seul espoir, la seule solution, c'est une... Sa voix s'évanouit.

— Je suppose qu'il serait odieux de souhaiter une nouvelle guerre, lui dit Jack, dont la pensée avait suivi le même cheminement. Mais oh ! pour être en mer...

— Oui... Tout à fait odieux, vraiment.

— D'autant que la seule guerre qui vaudrait le coup, il faudrait la mener contre le pays que nous aimons le plus... Car les Hollandais et les Espagnols ne sont pas de taille à nous affronter. À chaque fois que j'y pense, je suis stupéfait de voir les Espagnols construire de beaux et grands navires, des navires si magnifiques... et de les voir les manœuvrer, en revanche, aussi bizarrement. À la bataille de St Vincent...

— C'est la faute de leur amirauté, s'écria Christy-Pallière. Les amirautés sont toutes les mêmes. Je vous jure, sur la tête de ma mère, que notre amirauté...

Un messager l'interrompit alors qu'il se trouvait à un pouce de la haute trahison. Il s'excusa, et s'éloigna d'un pas pour lire son message. Il le lut deux fois, repoussant les vapeurs de brandy qui lui embrumaient le crâne. Il dessoûlait vite. C'était un homme massif, costaud comme un ours — pas aussi grand que Jack mais plus corpulent —, et il savait encaisser la boisson. Il était large, il avait des épaules rondes et un regard brun très aimable. Aimable, mais pas idiot. Quand il revint s'asseoir à la table en apportant un pot de café, son regard était dur et pénétrant. Il hésita un peu, but une gorgée de café.

— Toutes les marines connaissent des problèmes de ce genre, dit-il lentement. Le collègue qui s'en occupe d'habitude est en permission. Je le remplace. On vient de m'apporter la description d'un homme en manteau noir, qui était sur le mont Faron ce matin, muni d'une longue vue, et qui observait nos installations. Taille moyenne, mince, yeux clairs, perruque courte, culottes grises, parle français avec un accent méridional. Après cela, il a eu une conversation avec un négociant de Barcelone, un curieux type qui a deux felouques dans la darse.

— Il s'agit sûrement de Stephen Maturin ! Cela ne fait aucun doute. Il possède une longue vue. C'est une Dolland, un des meilleurs modèles. Et je crois bien qu'il était là-haut ce matin, sur le Faron, bien avant que je me lève, en train d'observer ses précieux oiseaux. Il m'a parlé d'espèces rares, monstrueuses, de pipits ou de mésanges... Je m'étonne même... (Jack éclata de rire) qu'il ne soit pas allé jusqu'à monter au fort pour vous demander de le laisser utiliser votre grosse artillerie ! Certes non ! C'est le type le plus naïf du monde, je vous en donne ma parole ! Il est affreusement érudit, il connaît le moindre insecte et il peut vous amputer d'une jambe en un instant. Mais il est trop maladroit pour rester seul une minute. En matière d'équipement naval, il ne distingue pas bâbord de tribord, et ne reconnaît pas une vessie d'une lanterne de poupe, même si je lui ai expliqué mille fois, et qu'il fait vraiment des efforts, le pauvre. Je suis sûr que c'est de lui qu'il s'agit, d'après ce que vous me dites de cette conversation avec le négociant de Barcelone. En catalan, j'imagine ? Il a vécu des années dans cette région-là, et il parle leur jargon comme un... Eh bien, comme un indigène ! D'ailleurs nous partons là-bas, car il y a une propriété. Dès qu'il sera allé à Porquerolles pour voir je ne sais quel curieux arbrisseau qui ne pousse que sur l'île, nous nous mettrons en route. Ah, ah, ah ! — s'exclama-t-il de sa voix puissante, de plus en plus amusé — quand je pense à ce pauvre bon vieux Stephen, arrêté pour espionnage ! Oh ! Ah, ah, ah !

Sa bonne foi était si évidente que le regard de Christy-Pallière s'adoucit. Il eut un sourire soulagé.

— Vous vous portez donc garant pour lui, sur votre honneur ?

— La main sur le cœur, dit Jack, en joignant le geste à la parole. Mon cher monsieur, vos hommes doivent être rudement naïfs pour soupçonner ainsi Stephen Maturin ?

— C'est tout le problème. Nombre d'entre eux sont stupides, en effet. Mais il y a pire. Il y a d'autres services, la gendarmerie, les hommes de Fouché, et tous ces terriens, vous savez, et certains ne sont pas des plus malins. Vous devriez demander à votre ami d'être un peu plus discret. Écoutez-moi, mon cher Aubrey — il baissa la voix, d'un air entendu —, il serait peut-être mieux que vous n'alliez pas à Porquerolles, mais que vous partiez tout de suite pour l'Espagne.

— À cause de la chaleur ?

Christy-Pallière gloussa.

— Si vous voulez. Je ne dirai pas un mot de plus.

Il se tourna vers la terrasse, commanda une autre bouteille et revint vers Jack.

— Ainsi, vous avez vu mes cousines, à Bath ? reprit-il d'un ton naturel.

— Oui, oui ! J'ai eu l'honneur de leur rendre visite à Laura Place, lors de mon premier séjour, et elles m'ont très aimablement invité à prendre le thé. Toute la famille était là — Mme Christy, Mlle Christy, Mlle Susan, Mme des Aguillières, et Tom. Des gens charmants, très amicaux et accueillants. Nous avons beaucoup parlé de vous. Ils souhaitent que vous puissiez vous rendre là-bas dès que possible... Ils vous transmettent leurs plus aimables saluts et des baisers, je crois bien, de la part des filles. La seconde fois, ils m'ont invité à une excursion et un pique-nique, mais malheureusement j'étais occupé. Je ne suis allé à Bath que deux fois.

— Que pensez-vous de Polly ?

— Oh, elle est adorable... Très drôle, et si attentionnée auprès de votre vieille... Votre vieille tante, je crois ? Et comme elle jacassait en français ! J'ai fait moi-même quelques phrases qu'elle comprenait sur-le-champ, et qu'elle répétait à la vieille dame... Elle lui relayait mes signaux, pour ainsi dire.

— Elle est *vraiment* adorable... Et croyez-moi, poursuivit-il le plus sérieusement du monde, cette fille sait *cuisiner*. Son coq au vin... ! Sa sole normande... ! Et elle a une parfaite connaissance du pudding anglais. Vous voyez cette confiture de fraises ? C'est elle qui l'a faite. Une merveilleuse maîtresse de maison. Elle a même un peu de fortune, ajouta-t-il, en observant distraitement une tartane qui pénétrait dans le port.

— Ah, mon Dieu ! s'exclama Jack, avec une telle véhémence que Christy-Pallière regarda autour de lui avec inquiétude. Mon Dieu, j'avais presque oublié ! Vous ne me demandez pas pourquoi je me trouvais à Bath ?

— Dites-moi, je vous en prie.

— Nous sommes entre nous, n'est-ce pas ? (Christy-Pallière hocha la tête.) Bon Dieu, je suis tellement déprimé... Il a fallu cet admirable dîner pour que ça cesse de m'obséder pendant deux heures. Car ça ne m'a pas quitté l'esprit depuis mon départ d'Angleterre. Il y a une fille, vous voyez... Je l'ai rencontrée dans le Sussex... Une voisine. Lorsque j'ai eu mes problèmes avec l'Amirauté, à cause des neutres, sa mère l'a éloignée de moi... Elle n'approuvait plus notre relation... Nous en étions presque arrivés à nous déclarer mutuellement, mais pour une raison ou pour une autre, je n'avais jamais rien formalisé. Seigneur, quel idiot j'ai été ! Je suis donc allé à Bath, mais je n'ai pas pu m'approcher d'elle. Je crois qu'elle n'avait pas du tout apprécié mes attentions pour sa cousine.

— Des attentions innocentes ?

— Eh bien... Oui, vraiment. Mais je crois qu'elles ont pu être mal interprétées. Une fille incroyablement adorable. Une femme, plus précisément, qui a déjà été mariée. Son mari a été tué aux Indes. Une femme splendide, énergique et courageuse. Bref, alors que je me rongeais les sangs, entre l'Amirauté et les usuriers de la City, j'ai appris qu'un type avait demandé la main de la demoiselle... Tout le monde disait que l'affaire était réglée. Je vous jure que cela m'a rudement blessé. Et il y avait l'autre fille, celle qui était restée dans le Sussex... Elle était si aimable, si sympathique et si belle, que j'ai... Vous me comprenez. Mais au moment où j'ai cru que les choses avançaient bien de ce côté-là, que nous étions devenus intimes, elle m'a arrêté net, comme si j'avais forcé sa porte, en me demandant pour qui diable je me prenais. J'avais perdu tout mon argent, à ce moment-là. Je vous jure, j'étais à peine capable de lui répondre, d'autant que je commençais à comprendre qu'elle était peut-être attachée à mon meilleur ami. Y compris sur le plan... Vous me suivez ? Je n'en étais pas sûr, mais cela y ressemblait bougrement. Surtout lorsqu'ils se sont dit adieu. En tout cas, j'étais diablement épris — je ne mangeais plus, je ne dormais plus — et il lui arrivait encore, parfois, de se montrer charmante avec moi. Alors je me suis engagé un peu plus, en partie par dépit, vous voyez ? Oh, bon Dieu, si seulement... C'est alors, par-dessus le marché, que j'ai reçu un mot de la première demoiselle...

— Elle vous a adressé une lettre ? Mais ce n'est pas une intrigante, si j'ai bien compris ?

— Innocente comme le jour. Rien de plus que... Enfin, presque rien de plus qu'un baiser. Étonnant, non ? Certes, je vous parle de l'Angleterre, pas de la France. Chez nous, les choses sont bien différentes... Mais c'était tout de même étonnant. Une lettre aussi douce, aussi modeste, juste pour me dire que toute cette histoire de mariage, ce n'étaient que des balivernes... Je l'ai reçue le jour où je quittais le pays.

— Alors tout va bien, non ? De la part d'une jeune femme sérieuse, c'est un aveu... Que demander de plus ?

Jack eut l'air si misérable que Christy-Pallière — qui le trouvait jusqu'alors assez maladroit, croyant qu'il regrettait de disposer des faveurs de deux jeunes femmes à la fois — fut ému. Il lui tapota le bras pour le réconforter.

— Mais vous ne comprenez pas ? dit Jack. Il y a l'autre fille... En l'honneur, je me suis pas mal engagé vis-à-vis d'elle, même si je ne ressens pas du tout les mêmes sentiments pour elle. Sans parler de mon ami.

Stephen et le docteur Ramis s'étaient enfermés dans une étude aux murs tapissés de livres. Le grand herbier qui constituait depuis des années une des raisons premières de leur correspondance était ouvert sur la table. Une carte détaillée des défenses espagnoles de Port Mahon était pliée entre ses pages. Le docteur Ramis venait de rentrer de Minorque, son île natale, et il en avait rapporté plusieurs documents pour Stephen — dont il était le principal contact auprès des autonomistes catalans. Stephen les avait appris par cœur, les avait réduits en cendres dans l'âtre, et les deux hommes avaient abordé un sujet universel — l'incapacité générale de l'homme à s'adapter à la vie telle qu'elle est.

— C'est surtout évident chez les marins, dit Stephen. Je les ai observés attentivement, et j'ai découvert qu'ils sont plus inadaptés que les autres hommes, tous métiers confondus, à une existence normale. Je crois pouvoir en proposer une explication. En mer, c'est-à-dire dans son milieu naturel, le marin vit au présent. Il ne peut rien faire pour le passé. Et vu les incertitudes du temps et de l'océan tout-puissant, il a très peu d'influence sur son avenir. Cela, soit dit en passant, explique l'imprévoyance du matelot ordinaire. Les officiers passent leur temps à combattre une telle attitude chez leurs hommes — ils leur font serrer les cordages, tirer les amarres et bien d'autres choses, en prévision de toutes sortes d'imprévus. Mais les officiers, qui sont aussi des marins, ne sont qu'à demi convaincus par la nécessité de leur tâche. D'où un fort malaise, d'où les caprices de ceux qui détiennent l'autorité. Les marins prennent des précautions contre une tempête qui peut éclater le lendemain, voire quinze jours plus tard. Mais tout ce qui est plus éloigné est purement hypothétique, irréel. Ils vivent dans le présent, je crois. Et, me fondant là-dessus, j'ai commencé à élaborer une théorie... J'aimerais que vous me donniez votre avis.

— Mes lumières sont à votre disposition, pour ce qu'elles valent, dit le docteur Ramis. (Il se laissa aller en arrière, et lui jeta un coup d'œil aigu.) Bien que je sois l'adversaire, comme vous le savez, de toute spéculation.

— Considérons l'ensemble des désordres qui ont une origine mentale — que l'esprit soit malade ou simplement futile : grossesses nerveuses, hystéries variées, palpitations, dyspepsies, affections eczémateuses, certaines formes d'impuissance et beaucoup d'autres maux qui vous viennent immédiatement à l'esprit. Si j'en crois ma modeste expérience, on ne trouve rien de tout cela à bord des navires. Vous me suivez, cher collègue ?

Le docteur Ramis serra les lèvres.

— Avec quelques réserves, je crois que je pourrais me risquer à dire que, peut-être... je serais tenté de vous accorder cela. Mais je n'y mettrais pas ma main au feu.

— Observons maintenant notre honnête matelot à terre, là où il est contraint de vivre non plus dans le présent mais dans le futur, en référence à l'avenir... En fonction de toutes les joies, les profits, les réussites qu'il espère et qu'il attend... À terre, il est le sujet de pensées inquiètes dirigées vers le mois suivant, l'année suivante, voire la génération suivante. Pas de commissaire de bord pour lui fournir des habits neufs ni pour lui faire servir sa nourriture indéfiniment, à heures fixes. Et que trouvons-nous ?

— La vérole, l'ivrognerie, la goinfrerie, et une bestiale dissolution de tous les principes moraux. Le foie démoli en dix jours.

— Certes. Mais il y a plus que cela. Pas de grossesses nerveuses, évidemment, mais tout le reste... Angoisse, hypocondrie, malaises, neurasthénie, estomacs constipés et fragiles — tous les maux des bourgeois des villes, mais décuplés. Je connais un cas particulièrement intéressant. Un homme qui, en mer, est en parfaite santé — un protégé d'Hygie — en dépit d'excès de toutes sortes et des circonstances les plus fâcheuses. Il passe quelques semaines à terre, se découvre un intérêt pour la vie de famille, des envies de mariage — toujours le futur, remarquez bien...

Qu'observons-nous chez lui ? Perte de poids — onze livres —, rétention d'urine, selles noires, maigres et compactes, et eczéma persistant.

— Et tout cela, selon vous, résulte de la présence de votre patient sur le plancher des vaches ? Rien d'autre ?

Stephen leva les mains.

— Ce n'est qu'une hypothèse. Mais elle me plaît bien.

— Vous parlez de perte de poids. Mais vous, je vous trouve bien maigre. Cadavérique, en fait, si vous voulez un avis confraternel. Vous avez une très mauvaise haleine. Vos cheveux, déjà rares il y a deux ans, sont tout à fait clairsemés. Vous rotez tout le temps, vous avez les yeux caves et la pupille voilée. Cela ne vient pas seulement de votre usage inconsidéré du tabac — cette substance nocive devrait être interdite par le gouvernement — et du laudanum. Je suis vraiment curieux de voir à quoi ressemblent vos selles.

— Je vous les montrerai, cher monsieur, je vous les montrerai. Mais pour l'instant, je dois vous laisser. Vous n'oublierez pas ma teinture ? J'y renoncerai quand je serai à Lérida, mais maintenant j'en ai cncore besoin.

— Vous l'aurez. Et il n'est pas impossible, ajouta le docteur Ramis d'un air mystérieux, que je vous envoie par le même courrier un message de la première importance. Je le saurai dans quelques heures. Si c'est le cas, ce sera en code trois. Mais avant de partir, laissez-moi prendre votre pouls... Ténu, irrégulier, mon ami, c'est bien ce que je pensais.

« Que diable voulait-il dire ? » se demanda Stephen. Il ne pensait pas à son pouls, mais à ce message hypothétique. Une fois de plus, il regretta la simplicité de ses relations avec les agents mercenaires. Leurs motifs étaient parfaitement clairs. Ils réservaient leur loyauté à leur propre personne et à leur bourse. La complexité des hommes vraiment sincères, leurs réticences soudaines, l'interaction des loyautés contradictoires et leur sens de l'humour si particulier lui donnaient le sentiment d'être vieux et las.

— Eh bien, vous voilà enfin, Stephen ! s'écria Jack en se réveillant en sursaut. Je suis resté à bavarder avec Christy-Pallière. J'espère que vous ne m'avez pas attendu. (Le sujet de sa conversation avec le capitaine français lui revint en mémoire, et tempéra un peu sa bonne humeur. Mais cela ne dura pas. Il contempla le sol un instant, et leva les yeux avec un air enjoué.) Savez-vous qu'on a bien failli vous arrêter pour espionnage, ce matin ?

Stephen se dirigeait vers l'écritoire. Il s'immobilisa, dans une position peu naturelle.

— J'ai vraiment ri lorsque Christy-Pallière m'a lu votre portrait, l'air grave et prodigieusement mal à l'aise ! Mais je lui ai promis sur mon honneur que vous étiez à la recherche de vos moutons à cinq pattes. Il a eu l'air satisfait. À propos, il m'a fait une curieuse suggestion : il a dit que nous devrions partir tout de suite en Espagne, sans aller à Porquerolles.

— Ah bon ? Il vous a dit cela ? demanda doucement Stephen. Retournez vous coucher, mon cher. J'imagine qu'il ne traverserait pas la rue pour voir de l'*euphorbia praestans*, alors ne parlons pas d'un bras de mer... Je dois rédiger quelques notes, mais je ne vous dérangerai pas. Rendormez-vous. Nous avons une longue journée devant nous.

Quelques heures plus tard, aux premières lueurs de l'aube, un léger grattement à la porte tira Jack de son sommeil. La partie vigilante de son esprit estima qu'il s'agissait d'un rat dans la soute à pain, ce que son corps contredit immédiatement. Endormi ou non, en effet, son corps savait toujours s'il se trouvait à terre ou à bord. À aucun moment, il ne pouvait ignorer s'il était soumis aux mouvements de la mer ou à la stabilité si peu naturelle du sol. Il ouvrit les yeux et vit Stephen se lever, s'éloigner de la lueur vacillante de sa bougie, ouvrir la porte et recevoir de quelqu'un un flacon et un message. Stephen retourna vers la table, déplia le message, le déchiffra lentement, puis brûla les deux fragments de papier à la flamme de la bougie. Il demanda enfin, sans se retourner :

— Vous êtes éveillé, Jack, n'est-ce pas ?

— Oui. Depuis cinq minutes. Bonjour, Stephen. Est-ce qu'il va faire chaud ?

— Oui, absolument. Bonjour à vous, mon cher. (Sa voix se fit indistincte, presque un murmure.) Écoutez-moi bien. Ne criez pas, ne vous agitez pas. Vous m'entendez, maintenant ?

— Oui.

— Demain, nous serons à nouveau en guerre. Bonaparte fait arrêter tous les sujets britanniques.

Dans l'étroite bande de terre ombragée, au pied de la muraille nord, à Carcassonne, un gendarme compatissant fit arrêter son convoi de prisonniers anglais. C'étaient pour la plupart des marins de navires réquisitionnés ou capturés, quelques officiers qui avaient été pris de court par la déclaration de guerre, mais aussi des civils, voyageurs, domestiques, palefreniers et négociants. Bonaparte, en effet — c'était la première fois que cela arrivait dans une guerre civilisée —, avait ordonné l'arrestation de tous les sujets britanniques. Les prisonniers souffraient de la chaleur, ils étaient épuisés et désespérés. Ils n'avaient même pas la présence d'esprit d'étendre au soleil leurs balluchons trempés par l'orage. Comment auraient-ils pu admirer la splendeur des murailles délabrées et des tourelles, contempler la nouvelle ville et la rivière devant eux, ou même remarquer l'ours et son dresseur installés à l'ombre de la tour voisine ?

Le bruit de leur arrivée se répandit, et la foule de la vieille ville fut bientôt rejointe par des maraîchères venues de l'autre côté du pont. Elles apportaient des fruits, du vin, du pain, du miel, des saucisses, du pâté et des fromages de chèvre enveloppés dans des feuilles vertes fraîches. La plupart des prisonniers avaient encore de l'argent (ils n'étaient qu'au début de la longue marche qui les mènerait vers le nord-est). Ils purent donc se rafraîchir, boire et manger un peu. Après quoi ils firent sécher leurs vêtements et commencèrent à regarder autour d'eux.

— Hé, voyez cet ours ! s'exclama un marin, à qui un quart de vin avait redonné un peu d'entrain. Est-ce qu'il sait danser, compagnon ?

Le montreur d'ours, une horrible brute avec un bandeau sur l'œil et une barbe de quinze jours, n'y prêta aucune attention. Mais le matelot n'avait pas l'intention de se laisser intimider par l'humeur maussade d'un étranger. Il fut bientôt rejoint par le groupe pressant de ses amis. Il était en effet l'homme le plus populaire et le plus influent de l'équipage du pinquet *Chastity*, un navire marchand qui avait eu la mauvaise idée de venir faire provision d'eau à Sète le jour de la déclaration de guerre. Un ou deux hommes jetèrent des pierres vers cette grosse masse velue dans l'espoir de la réveiller, ou au moins pour avoir le plaisir de la voir bouger.

— Cessez de jeter des pierres, leur cria le matelot, dont le visage s'était rembruni. Faut pas taquiner les ours, camarade. Tu te souviens d'Elisha ? Rien ne porte autant la poisse que d'exciter un ours.

— Mais t'as été à des combats d'ours et de chiens, George, dis pas le contraire, répliqua un autre, en soupesant sa pierre pour ne pas avoir l'air de renoncer. On a été ensemble à Hockley.

— Les combats, c'est autre chose, dit George. À Hockley, les ours sont d'accord. Celui-là, non. On dirait qu'il crève de chaud. Les ours, c'est des bêtes du pôle Nord.

L'ours avait chaud, assurément. Il était vautré sur la seule portion d'herbe qu'il avait pu trouver, bizarrement prostré. Mais la clameur s'était répandue. D'autres équipages voulurent le voir danser. Au bout d'un moment, le dresseur dut leur expliquer que son animal était souffrant. Il ne pouvait exécuter son numéro que la nuit.

— Sa fourrure est trop épaisse, *mister*... L'a avalé une chèvre entière pour son dîner... L'a mal au ventre.

— Eh bien voilà, compagnons ! C'est comme je vous le disais ! s'exclama George. Comment voulez-vous qu'il danse avec une... pelisse comme celle-là, et sous ce... soleil ?

Mais les événements échappèrent au contrôle de George. Un officier de marine anglais, peut-être pour impressionner la dame qui l'accompagnait, parla à un sergent de gendarmerie. Celui-ci siffla le propriétaire de l'ours.

— Papiers ! Oh, un passeport espagnol, hein ? Et plein de graisse, avec ça ! Tu dors avec ton ours ? Joan Margall, né à... où ça ?

— Lérida, *monsieur le sergent,* dit l'homme, avec l'humilité servile des pauvres.

— Lérida. Profession, dresseur d'ours. *Eh bien.* Un ours dressé doit savoir danser. C'est logique. Il est de mon devoir de regarder cet ours exécuter son numéro.

— Certainement, *monsieur le sergent*, tout de suite. Mais que messeigneurs n'attendent pas trop de Flora. C'est une femelle, et... (Il chuchota quelques mots à l'oreille du gendarme.) Ah bon ? demanda le pandore. Alors un ou deux pas, tout de même, pour satisfaire mon sens du devoir.

Le dresseur tira sur la chaîne et frappa l'animal en faisant voler la poussière de son flanc poilu. L'ours avança en traînant des pieds. L'homme sortit un petit pipeau de sa chemise et se mit à jouer d'une main, sans lâcher la chaîne. Il fit lever l'ours sur ses pattes postérieures. L'animal resta sur place à se balancer, au milieu du murmure de désapprobation des marins.

— Quels saligauds, ces étrangers, dit George. Regardez son pauvre museau, avec ce... ce gros anneau.

— Messieurs les Anglais ! dit l'homme avec un mauvais regard en coin. Une matelote !

Il joua en effet une matelote plus ou moins identifiable. L'ours fit quelques pas de danse en chancelant, croisa les bras et se rassit. Des trompettes sonnèrent dans la citadelle, à l'intérieur des murailles. On releva la garde à la Porte de Narbonne. Le sergent se mit à brailler :

— *En route, en route, les prisonniers* !

Avec une avidité et une insistance éhontées, le montreur d'ours passa le long de la ligne de prisonniers.

— N'oubliez pas l'ours, messeigneurs, n'oubliez pas l'ours. *N'oubliez pas l'ours, messieurs-dames* !

Le silence. La poussière soulevée par le convoi retomba sur la route maintenant déserte. Les habitants de Carcassonne étaient partis se coucher. Même les petits garçons qui, du haut des remparts, lâchaient des mottes de terre sur l'ours avaient disparu. Le silence, enfin, et le tintement des pièces de monnaie.

— Deux livres et quatre sous, dit le dresseur. Un maravédis, deux pièces levantines de provenance inconnue, et un *groat* écossais.

— Quand un officier de marine risque d'être rôti, dit l'ours, il s'en trouve toujours un autre pour tourner la broche. Vieux proverbe de la Navy. J'espère vraiment que ce jeune salopard se retrouvera un jour sous mes ordres. Je lui ferai danser une matelote, bon Dieu, comme il n'en a jamais vu. Stephen, voulez-vous ouvrir mes mâchoires un peu plus grand, je vous prie ? Sans quoi j'ai bien peur de trépasser avant cinq minutes. Est-ce qu'on ne pourrait pas se glisser dans un champ et me débarrasser de cette fourrure ?

— Non, dit Stephen. Mais je vous mènerai à une auberge dès que le marché sera dégagé, et je vous installerai pour l'après-midi dans une cave fraîche et humide. Je vous trouverai aussi un collier avec lequel vous pourrez respirer. Nous devons être à Couiza avant l'aube.

Une route blanche sinueuse, montant toujours plus haut sur le versant français des Pyrénées, le soleil de l'après-midi — le soleil de juin — cognant droit sur la pente poussiéreuse... L'ours et son maître poursuivaient laborieusement leur chemin. Les chariots les méprisaient, les chevaux les craignaient. Ils avaient déjà parcouru trois cent cinquante miles, s'imposant de longs détours pour éviter la plupart des grandes villes et la zone côtière, très dangereuse, et pour passer une nuit ou deux dans des maisons appartenant à des amis sûrs. Stephen tenait l'ours par la patte, car Jack ne voyait pas au-delà de son museau quand sa tête était en place. De l'autre main, il tenait le large collier à clous supposé camoufler l'orifice par où Jack respirait. Mais il devait le porter durant la plus grande partie du jour. Bien qu'ils fussent dans une vallée éloignée, ils croisaient en effet des maisons isolées tous les trois ou quatre cents mètres, des hameaux tous les trois ou quatre miles, et presque tout au long du chemin, il se trouvait des imbéciles pour leur faire un bout de conduite. Est-ce que l'ours était dressé ? Combien mangeait-il par semaine ? Est-ce qu'il lui arrivait d'être méchant ? Est-ce que ses représentations publiques permettaient de joindre les deux bouts ? Plus ils approchaient des montagnes, plus les anecdotes étaient nombreuses sur les ours dont on avait entendu parler, ceux qu'on avait vus, et même ceux qu'on avait tués. Des ours, des loups, des contrebandiers et des bandits montagnards, les Trabucayre et les Miguelete. Des idiots bavards, des villageois joyeux, avides d'un cadeau... Et des chiens. Le moindre hameau, le moindre corps de ferme possédait sa horde de chiens. Ils sortaient, étonnés, ils hurlaient, jappaient, aboyaient, et s'accrochaient aux talons de l'ours — parfois jusqu'aux limites du territoire de la horde suivante. Car les chiens, contrairement aux hommes, savaient que ce plantigrade cachait quelque chose de peu catholique...

— Ce ne sera plus très long, dit Stephen. Tout au bout, au-delà de ces arbres, j'aperçois le tournant de la grand-route du Perthus. Vous pourrez vous reposer dans le bois, pendant que j'irai au village pour essayer de voir ce qui se passe. Vous voulez vous asseoir un moment sur cette borne ? Il y a de l'eau dans le fossé, et vous pouvez vous tremper les pieds.

— Ça n'a aucune importance, dit Jack en titubant, car Stephen avait modifié le rythme de sa marche pour regarder dans le fossé. En tout cas, je n'ai pas envie de les tremper une fois de plus.

L'immense silhouette velue se contorsionna — dans un geste machinal pour tenter d'apercevoir son arrière-train en lambeaux, ses cuisses et le bas de ses pattes lacérées par les crocs des chiens.

— Le bois n'est plus très loin, non ?

— Oh non. À peine plus d'une heure. C'est une hêtraie, avec un vieux puits de marne. Et l'on y trouve... Je n'en suis pas sûr, mais je crois qu'on y trouve de l'hellébore pourpre.

Allongé dans la fougère, profonde et fraîche, le collier défait, Jack sentait encore la sueur lui couler le long de la poitrine. Il sentait aussi les fourmis, les tiques et d'autres insectes non identifiés prendre possession de son corps. Il avait conscience de l'odeur de sa propre crasse et de la puanteur humide de la peau d'ours, imparfaitement préservée par la térébenthine. Mais il n'en avait cure. Il était beaucoup trop épuisé pour penser à autre chose qu'à s'étendre, à se laisser aller totalement. Il avait été impossible de le déguiser autrement, bien entendu. Dans le sud de la France, un Anglais blond de près de deux mètres était aussi repérable qu'un clocher, d'autant que la région grouillait de volontaires traquant les fugitifs en tout genre, qu'ils fussent étrangers ou non. Mais le prix à payer avait dépassé tout ce qu'il avait cru possible. Un camouflage mal ajusté qui le mettait au supplice, les démangeaisons, les multiples petites plaies, les hémorragies, ses pieds écorchés (ils étaient fixés à la fourrure par du pansement adhésif), la chaleur, la suffocation, l'infecte saleté, tout cela avait atteint un point qu'il aurait cru intolérable dix jours plus tôt — deux cents miles plus tôt —, dans le désert torride de la Causse du Palan.

Est-ce qu'ils allaient réussir ? Au fond de lui-même, il n'en avait jamais douté. À condition qu'il joue son rôle — sauf désastre naturel ou malchance inexplicable —, Stephen Maturin et lui ne passeraient pas la guerre comme prisonniers, éloignés de toute possibilité de mission, de promotion, de courses fastes, éloignés de Sophia. Éloignés de Diana. Et la guerre promettait d'être longue, car Bonaparte était fort... Jack avait été stupéfait de l'état d'avancement de tout ce qu'il avait vu à Toulon. Trois navires de ligne presque prêts à être mis à l'eau, des dizaines d'entrepôts, un zèle incomparable. N'importe quel marin-né pouvait dire, une heure après avoir embarqué sur un navire, si c'était une machine efficace et heureusement dirigée. Il en est de même avec un port de guerre. À Toulon, son œil vif et professionnel avait vu une grande machine fonctionnant à pleine vitesse, avec une efficacité maximale. La France était puissante. La France possédait la formidable marine hollandaise, contrôlait des étendues immenses en Europe occidentale. L'Angleterre était faible, isolée — elle n'avait plus aucun allié, s'il fallait en croire les informations fragmentaires qu'ils étaient parvenus à recueillir. La Royal Navy était faible, assurément. Cela ne faisait aucun doute. Plutôt que de construire des navires, St Vincent avait essayé de réformer les chantiers navals. En conséquence, il y avait moins de bâtiments disponibles qu'en 1793, même en comptant les nouvelles constructions et les captures effectuées durant dix années de guerre. C'était une des raisons — sans parler des obligations du traité — pour lesquelles l'Espagne allait se placer aux côtés de la France. C'était aussi la raison pour laquelle Jack et Stephen trouveraient la frontière fermée, et que le refuge de Stephen n'en était plus un. Leur tentative allait échouer, après tout. Est-ce que l'Espagne avait déclaré la guerre ? Depuis deux ou trois jours, ils se trouvaient dans le Roussillon, la Catalogne française, mais Jack n'avait pu saisir un seul mot des conversations que Stephen avait eues avec les paysans. Stephen était devenu étrangement réservé. Au bon vieux temps, lorsque tout était simple, Jack avait cru le connaître par cœur, et tout ce qu'il savait lui plaisait bien. Mais il lui découvrait maintenant de nouvelles profondeurs, une dureté sous-jacente, impitoyable... Un Maturin inattendu. Et Jack était exclu de ces profondeurs.

Stephen était parti, il l'avait laissé seul. Stephen avait un passeport espagnol qui lui permettait de se déplacer à son gré, guerre ou pas guerre... L'humeur de Jack s'assombrit encore, et des pensées qu'il n'osait pas formuler ressurgirent en un flot nauséabond.

« Bon Dieu, se dit-il finalement en secouant la tête, est-ce que mon courage m'aurait abandonné ? »

Le courage envolé, et la générosité avec lui ? Il avait déjà vu le courage déserter des hommes, marins s'enfuyant par les écoutilles en plein combat, officiers tapis derrière le cabestan... Stephen et lui en avaient discuté. Le courage était-il une qualité fixe, permanente ? Ou une substance qu'on ne pouvait utiliser qu'une fois, chaque homme disposant d'une quantité déterminée, avec le risque d'en manquer ? Stephen avait exposé ses vues sur le courage. Il était variable et relatif. Il dépendait du régime alimentaire, des circonstances, de l'état de fonctionnement des boyaux (la constipation va généralement de pair avec la timidité), de l'usage qu'on en fait, de la fraîcheur physique et spirituelle ou au contraire de la fatigue (la prudence proverbiale des vieux). Le courage n'est pas une entité (une qualité en soi).

Il faut considérer qu'il dépend d'un certain nombre de systèmes différents mais connexes — moral, physique, sexuel (le courage des brutes, des castrés). L'intégrité totale, le courage sans réserve, la jalousie injustifiée et puérile, ses effets sur le courage (les stoïques). La *satietas vitae* et le courage suprême de l'indifférence — l'indifférence, l'indifférence...

L'air que Stephen jouait d'habitude sur son pipeau de dresseur d'ours lui traversa l'esprit, se mêlant à la voix de son ami et aux exemples de courage (à demi oubliés) cités par Plutarque, Nicola Pisano et Boèce... C'était un curieux petit air avec des intervalles archaïques, limité à ce que l'on pouvait faire avec quatre doigts et en soufflant fort, mais subtil, complexe...

Il fut réveillé par les hurlements d'une petite fille vêtue d'un tablier blanc. En compagnie d'un ami — invisible aux yeux de Jack —, elle cherchait les petits champignons d'été qu'on trouvait dans ces bois, et elle venait de tomber sur un monstre cryptogamique.

— Ramón, braillait-elle — le vallon renvoyait l'écho de ses cris —, Ramón, Ramón, Ramón ! Viens voir ce que j'ai trouvé ! Viens voir ce que j'ai trouvé ! Viens voir...

Et ainsi de suite. Elle tournait le dos à Jack. Mais, comme son compagnon ne lui répondait pas, elle pivota, pour diriger sa voix perçante vers d'autres parties du bois.

Jack s'était fait aussi petit que possible. Lorsque la fillette tourna la tête vers lui, il ferma les yeux pour éviter qu'elle ne croise son regard féroce. Cette fois, son esprit était parfaitement éveillé. Plus la moindre indifférence, mais un désir passionné de vaincre ce nouveau défi, de s'en sortir cette fois encore, contre vents et marées.

« Effraie cette petite peste, et en moins de cinq minutes le bois sera assiégé par une bande de paysans en armes... Si tu t'éclipses, tu risques de perdre Stephen. Il est hors d'atteinte, et tous nos papiers sont cousus à l'intérieur de cette peau d'ours. »

Toutes les hypothèses lui passèrent par la tête. Mais il ne voyait aucune solution.

— Allons, allons, petite, dit Stephen. Tu vas t'abîmer la voix en criant de la sorte. Mais qu'est-ce que tu as là ? Un bolet satan ! Il ne faut pas manger le bolet satan, ma chérie. Regarde : si je le brise avec cette brindille, il devient tout bleu. C'est le fard du diable... Mais ici nous avons une ombrelle. Et ça se mange, les ombrelles, je t'assure ! Tu as vu mon ours ? Je l'ai laissé dans le bois, pour aller rendre visite à En Jaume. Il était drôlement épuisé. Les ours ne supportent pas le soleil.

— En Jaume est l'oncle de mon parrain. Mon parrain, il s'appelle En Pere. Et votre ours, il s'appelle comment ?

— Flora, dit Stephen.

Il se retourna et cria :

— Flora !

— Mais vous venez de dire *il* ! (La petite fille fronça les sourcils. Elle se mit à hurler :) Flora, Flora ! Flora, Flora ! Oh, Sainte Vierge, ce gros ours est vraiment énorme ! (Elle prit la main de Stephen et murmura :) Oh, mon... mon Dieu, quel ours ! (Mais son courage revint vite, et elle se remit à brailler :) Ramón, Ramón, Ramón ! Viens voir mon ours !

— Adieu, mes petits choux ! Que Dieu vous protège. (Stephen continua d'agiter la main dans la direction des silhouettes qui s'éloignaient.) J'ai enfin des nouvelles, confirmées. Pas vraiment bonnes. L'Espagne n'a pas déclaré la guerre. Mais les ports de la Méditerranée sont fermés aux navires anglais. Nous devons descendre jusqu'à Gibraltar.

— Et la frontière ?

Stephen serra les lèvres.

— Le village grouille de policiers et de soldats. Il y a aussi deux agents de renseignements qui fouillent partout. Ils ont arrêté un agent anglais.

— Comment le savez-vous ?

— Le prêtre qui l'a confessé me l'a dit. Mais je n'ai jamais pensé que nous prendrions la route. Je connais... je *connaissais* une autre possibilité. Regardez là-bas... Non, un peu plus loin, là-bas... Vous voyez ce toit rose, et le pic juste derrière ? Et sur la droite, au-delà de la forêt, cette montagne dénudée ? La frontière est là, et sur la pente il y a un passage, un sentier qui descend vers Recasens et Cantallops. Nous nous glisserons sur la route après le crépuscule, et nous y serons à l'aube.

— Je pourrai ôter cette peau ?

— Certainement pas. Je suis désolé, Jack. Mais je ne connais pas bien le sentier. Il y a des patrouilles — pas seulement pour les contrebandiers, mais aussi pour les fugitifs, et il est fort possible que nous en croisions une ou deux. C'est un chemin de contrebandiers, doublement dangereux. Les Français vous tireront dessus s'ils savent que vous êtes un homme, les contrebandiers ne manqueront pas de le faire s'ils vous prennent pour un ours. Mais à tout prendre, le second cas est le moins risqué. On peut discuter avec les bandits. Pas avec une patrouille.

Ils passèrent une demi-heure cachés dans les buissons au bord de la route, tandis que défilait le long train d'une batterie : canons, chariots, prostituées, plusieurs voitures (dont une tirée par huit mules aux harnais cramoisis), quelques cavaliers isolés. Depuis qu'ils étaient en vue de la frontière, leur prudence ne connaissait pas de limites.

Une demi-heure plus tard, ils prirent le chemin de terre vers Saint-Jean de l'Albère. Plus haut, toujours plus haut. Encore une heure, et la lune éclaira la forêt devant eux. Et en se levant, elle amena les premiers souffles d'un sirocco venu des plaines d'Espagne — un air brûlant sortant de la porte d'un four.

Ils montaient toujours. Après la dernière étable, le chemin n'était pas plus large qu'un ruban, et ils durent marcher l'un derrière l'autre. Jack voyait l'énorme balluchon de Stephen — forme sombre se mouvant en rythme à un ou deux pas devant lui, et quelque chose qui ressemblait à de la haine lui brûla l'estomac. « Ce sac est lourd, se dit-il. Cinquante ou soixante livres... Tout ce que nous possédons. Lui aussi, il va de l'avant depuis des jours et des jours. Jamais un murmure. Les lanières lui déchirent le dos et les épaules... Une terrible zébrure de part et d'autre. » Mais la détermination inébranlable de cette forme noire qui se mouvait devant lui — sans effort apparent, trop vite, sans le moindre répit —, l'impossibilité d'avancer encore, de faire cent mètres de plus, et l'impossibilité où il se trouvait d'exiger une pause : tout cela étouffa son bon sens, ne laissant en lui que la brûlure du ressentiment.

Le sentier serpentait, bifurquait, disparaissait parfois au milieu des hêtres géants dont les troncs argentés reflétaient la lumière de la lune. Enfin, Stephen s'arrêta. Jack le heurta, s'immobilisa et sentit une main qui l'agrippait à travers la peau d'ours. Stephen le guida jusqu'à l'abri pourpre d'un arbre abattu. Par-dessus les soupirs du vent, il entendit un son métallique répété. Lorsqu'il identifia ce battement régulier — une patrouille trop bruyante —, il oublia sur-le-champ l'air irrespirable et l'état dans lequel se trouvait son corps. Des voix basses, une toux, encore le tintement d'un mousquet contre une boucle de ceinture... Bientôt les soldats furent à moins de vingt mètres de leur cachette. Ils descendaient la pente de la montagne.

La poigne de tout à l'heure le tira de nouveau, et ils se retrouvèrent sur le sentier. Encore et toujours, l'ascension interminable. Parfois, ils traversaient le lit encombré de feuilles mortes d'un torrent, parfois une pente dégagée et si escarpée que Jack ne pouvait progresser qu'à quatre pattes. Et puis le sirocco. « Est-ce que c'est possible ? se demanda-t-il. Est-ce que cela va durer encore longtemps ? »

Les hêtres cédaient la place à des pins. Aiguilles sous les pieds, douleur accablante... Étendues infinies de pins sur une montagne infinie. Sous le vent, leurs cimes bruissantes s'inclinant vers le nord.

La forme sombre qui le précédait s'était arrêtée. Elle chuchota.

— Ce devrait être... Par ici... La deuxième bifurcation... Il y avait une clairière en forme d'âtre... Un mélèze déraciné, avec des abeilles dans le creux du tronc.

Jack ferma les yeux. Il s'accorda une longue pause, un répit. Quand il les rouvrit, le ciel, devant eux, s'éclaircissait. De l'autre côté, la lune avait sombré dans la brume, très loin, au fond d'un entrelacs de vallées cachées.

Les pins. Et soudain, il n'y eut plus de pins. Rien que quelques buissons rachitiques, de la bruyère, de l'herbe à ciel ouvert. Ils se trouvaient à la lisière supérieure de la forêt, une limite bien nette, découpée au rasoir. Ils s'immobilisèrent, regardèrent en silence. Deux ou trois minutes plus tard, dans l'œil du vent, Jack perçut un mouvement. Il se pencha vers Stephen.

— Un chien ?

Des soldats qui avaient eu l'idée d'utiliser des chiens ? Ils avaient perdu, ils avaient échoué, si près du but ?

Stephen lui souleva la tête et murmura, droit dans l'oreille velue :

— Un loup. Un jeune... Une jeune louve.

Il attendit. Il examina les buissons, les roches nues, de gauche à droite, puis il s'avança. Il marcha à pas mesurés sur l'herbe rase, jusqu'à une pierre plantée au sommet de la pente. La pierre était carrée, et la croix qui y était gravée était peinte en rouge.

— Jack, dit-il, en menant son ami au-delà de la borne, j'ai l'honneur de vous souhaiter la bienvenue chez moi. Nous sommes en Espagne. Ma maison est là, un peu plus bas... Nous sommes arrivés. Venez, que j'ôte votre tête ! Vous pouvez respirer, maintenant, mon pauvre ami. Il y a deux sources là-bas, un peu au-dessous du sommet de la colline, près des marronniers. Vous pourrez ôter cette fourrure et vous laver. Je suis ravi d'avoir vu ce loup ! Regardez, voici une crotte toute fraîche. Il n'y a aucun doute, nous sommes à l'endroit où un loup urine pour marquer son territoire. Comme tous les canidés, ils ont leurs habitudes...

Jack se laissa tomber lourdement sur la pierre, haleta, emplit ses poumons assoiffés d'oxygène. La réalité prit le dessus sur la souffrance. « Des gogues de loup... Ah, oui ! » Juste en face de lui, le sol disparaissait. Presque un précipice. Deux mille pieds plus bas, la Catalogne espagnole s'étendait dans la lumière du matin. Il vit un château avec une haute tour, juste au-dessous d'eux, sur une saillie rocheuse — à un jet de pierre. Les Pyrénées déroulant leurs longs plis, loin, très loin vers la plaine. Des champs carrés. Le vert des vignes. Une rivière étincelante, à main gauche, serpentant en direction de l'immense étendue de la mer. La baie de Rosas, et le cap Creus tout au nord. L'eau familière, et le vent chaud au goût de sel.

— Je suis heureux que ce loup vous plaise autant, dit-il enfin d'une voix de somnambule. Il y a... Ils sont excessivement rares, je suppose.

— Pas du tout, mon cher. Nous en avons beaucoup. La nuit, ils ne laissent pas nos moutons en paix. Non. Sa présence signifie que nous sommes seuls. C'est pourquoi je me réjouis. Mais je pense que nous devrions tout de même descendre à la source. Cette louve est peut-être sotte... Regardez-la, qui s'enfuit dans les genévriers. Je ne lui souhaite pas d'échouer là où nous avons réussi. Une patrouille par hasard, des douaniers plutôt que des soldats, ou un sergent zélé armé d'une carabine... Vous pouvez vous lever ? Que Dieu me vienne en aide, j'en suis à peine capable.

Jack barbota dans la source, l'eau froide et le sable arrachèrent la crasse, l'eau sale se purifiant très vite en sautant d'un rocher à l'autre. Jack s'abandonna délicieusement dans le flot, se sécha au vent, puis plongea et replongea maintes fois. Son corps était pâle comme la mort là où il n'était pas cruellement écorché, mordu, déchiré. Son visage était bouffi, décoloré, taché par la sueur, cadavérique. Une barbe jaune emmêlée lui couvrait la bouche. Il avait les yeux rouges et purulents. Mais il y avait de la vie dans son regard — un plaisir éclatant qui retrouvait ses droits, malgré la douleur physique.

— Vous avez perdu au moins vingt kilos, remarqua Stephen.

— J'en suis sûr. Et les trois quarts ont fondu dans cette satanée fourrure... Quinze kilos de bonne graisse humaine. (Il frappa la peau informe de son pied ensanglanté, la traita deux ou trois fois de fils de pute, et se souvint qu'il devait récupérer les documents avant d'y mettre le feu.) Qu'est-ce que ça pue... Mais ça pue vraiment, bon Dieu ! Donnez-moi vos ciseaux, Stephen, s'il vous plaît.

— L'ours pourrait nous être encore utile. Nous allons rouler la peau et la dissimuler sous un buisson. De la maison, j'enverrai quelqu'un pour la récupérer.

— La maison est loin d'ici ?

— Pas vraiment, dit Stephen en montrant le château. Un peu plus bas, trois cents mètres à vol d'oiseau... À droite de cette cicatrice blanche... La carrière de marbre. Mais je crains qu'il nous faille une bonne heure pour y arriver. Encore une heure avant le petit déjeuner !

— Ce château est à vous, Stephen ?

— Oui. Et ici, c'est mon pâturage à moutons. D'ailleurs, dit-il en examinant attentivement les bouses, je crois bien que ces chiens de Français de La Vaill ont encore envoyé leurs vaches se nourrir de mon herbe.

Chapitre cinq

Trois jours après avoir franchi le tropique, le *Lord Nelson*, un navire des Indes orientales de retour de Bombay, placé sous le commandement du capitaine Spottiswood, essuya un sérieux coup de vent d'ouest. Le navire survécut, mais il perdit son grand mât de hune et son mât de perroquet. La tempête arracha son artimon juste au-dessus du chouquet, fendit le mât de misaine et le grand mât, et provoqua des dégâts considérables dans les gréements. Il perdit aussi ses canots sous guis, et la plupart des guis eux-mêmes. Le temps infect rendait difficile la route vers Madère, les passagers étaient terrifiés et l'équipage, après ce voyage long et uniment désagréable, était à deux doigts de se mutiner. M. Spottiswood décida donc — même s'il n'avait aucune envie, comme tout capitaine sur le chemin du retour, de relâcher dans un port de guerre — de mettre le cap sur Gibraltar. Comme il s'y attendait, la mobilisation lui coûta un grand nombre de ses hommes d'origine anglaise — rien que des marins de premier ordre. Mais il fit réparer son navire, et il eut la maigre consolation de pouvoir emmener quelques passagers.

Jack Aubrey et Stephen Maturin furent les premiers à embarquer. Ils furent reçus dans les règles de l'art par le capitaine à la tête de ses officiers. La Compagnie des Indes possédait en effet une certaine classe (du moins s'était-elle décerné ce statut), et ses navires avaient adopté nombre des façons de la Royal Navy. Parfois, cela se justifiait. (Les sabords en damier, par exemple, ou l'apparente régularité de ses bâtiments, avaient persuadé plus d'un vaisseau ennemi qu'ils avaient affaire à un navire de guerre et qu'ils avaient autant intérêt à rebrousser chemin.) Mais certaines prétentions étaient susceptibles de vexer les hommes de la Navy. À bord d'un navire de la Compagnie, les officiers de Sa Majesté étaient enclins à chicaner. Sur le *Lord Nelson*, un regard critique aurait d'emblée trouvé à redire : malgré la présence des mousses noirs en gants blancs, la cérémonie d'accueil était incorrecte. Ce groupe de silhouettes en désordre, par exemple, était impensable à bord du *Superb*, où Jack avait dîné. (Hospitalité dont les effets sur son crâne n'étaient pas encore dissipés, même s'il parvenait à marcher droit.) Et puis il avait une sensation curieuse : quelqu'un le fixait avec un grand sourire, un signe inachevé, une familiarité discrète qui lui fit durcir son expression. Il s'adressa avec une parfaite courtoisie au capitaine Spottiswood, qui le maudit mentalement pour sa condescendance. Puis il se retourna, et reconnut l'homme qui l'observait.

— Eh bien, Pullings ! s'exclama-t-il. (Sa mauvaise humeur s'évanouit sur-le-champ, et son visage se détendit, affichant un sourire ravi.) Comme je suis heureux de vous voir ! Comment allez-vous ? Que devenez-vous ? Hein ?

— Et voici M. Jennings, notre subrécargue, dit le capitaine Spottiswood, vexé de voir perturber l'ordre de sa cérémonie. M. Bates. M. Wand. Vous connaissez déjà M. Pullings, je crois.

— Nous avons navigué ensemble, dit Jack. Il serra la main de Pullings avec une énergie en rapport avec l'affection qu'il portait au jeune homme. Ce dernier — qui avait été second maître et lieutenant par intérim sur la *Sophie* — avait l'air radieux. Il regarda le docteur Maturin par-dessus l'épaule de Jack.

Le *Lord Nelson* n'avait jamais été un navire très heureux ni très chanceux. Mais, moins d'une heure après l'arrivée de ses passagers, un vent d'est se leva, assez vif pour lui faire passer les forts courants du détroit et le pousser jusqu'à l'Atlantique. Le pauvre capitaine Spottiswood, dans son innocence, se dit que c'était un gros coup de chance — enfin un bon présage, peut-être... Le vaisseau n'était pas non plus très élégant, et ce n'était pas un très bon marcheur. Confortable pour les passagers, spacieux pour la cargaison, certes. Mais difficile à manœuvrer, lent au plus près, et presque en fin de carrière... En fait, cette croisière devait être la dernière. Lors de son départ en 1801, les assureurs avaient exigé un supplément de trente shillings par cent.

C'était la première fois que Jack montait à bord d'un navire des Indes orientales. En s'y promenant avec Pullings, durant son quart, il regarda avec étonnement le désordre qui régnait sur le pont, et les barils et les tonneaux d'eau arrimés entre les canons. Vingt pièces de dix-huit livres et six de douze. Une démonstration de force imposante pour un navire marchand.

— Combien d'hommes à bord ? demanda-t-il.

— Un peu plus d'une centaine, monsieur. Cent deux, pour être précis.

— C'est bien, c'est bien...

Dans la Navy, on estimait que neuf hommes et un mousse-poudrier n'étaient pas de trop pour servir une pièce de dix-huit livres, ou sept hommes et un mousse pour un douze-livres. Cela voulait dire cent vingt-quatre hommes pour servir une bordée (cent vingt-quatre matelots anglais bien nourris) et une autre centaine pour border les voiles, manœuvrer le navire, repousser les abordages, utiliser les armes individuelles et aider à l'occasion à servir l'autre bordée. Il jeta un coup d'œil aux lascars qui s'affairaient autour de leur bric-à-brac, sous les ordres d'un *serang* enturbanné. À leur façon, ils pouvaient s'avérer d'assez bons marins, mais il étaient tous maigres. Jack n'arrivait pas à imaginer que cinq ou six de ces hommes puissent ramener en batterie un canon de deux tonnes contre le roulis de l'Atlantique. Cette impression était renforcée par le fait que la plupart d'entre eux souffraient du froid. Les quelques hommes d'équipage européens étaient en chemise, tandis que plusieurs des lascars portaient un caban, et leur teint sombre bleuissait légèrement.

— C'est bien, c'est bien, répéta-t-il. Il n'avait pas envie d'en dire plus. Il s'était vite fait une opinion sur le *Lord Nelson*, et il ne voulait blesser personne en l'exprimant brutalement. Après tout, Pullings lui-même pouvait se considérer comme membre du navire. Le jeune homme ne pouvait ignorer le manque absolu d'autorité du capitaine Spottiswood, ni le fait que le *Lord Nelson* avançait comme une bûche, ni qu'il avait manqué deux fois le changement d'amures au large de Trafalgar, ce qui l'avait contraint à lofer. Mais il était inutile de le dire, bien sûr. Il regarda autour de lui, cherchant quelque chose qu'il pût vanter avec un semblant de franchise. Son œil s'arrêta sur le cuivre rutilant du canon de proue, à bâbord. Il le fit remarquer.

— Cette pièce brille comme si elle était en or ! dit-il.

— Oui, dit Pullings. Ils le font sans qu'on le leur demande — *poojah, poojah,* comme ils disent. Pendant des jours, au large de l'île, et de nouveau lorsqu'on a atteint Gibraltar, ils ont orné la bouche du canon avec une couronne de soucis. Ils lui adressent des prières, les pauvres bougres, comme s'ils s'imaginaient que c'est un... En fait, je suis incapable de vous dire ce qu'ils s'imaginent exactement... Mais le navire est vraiment sec, et vraiment spacieux... Aussi spacieux qu'un vaisseau de premier rang. Je dispose moi-même d'une cabine grande et confortable. Me ferez-vous l'honneur de descendre, pour y boire un verre d'arack, monsieur ?

— J'en serais ravi.

Un peu plus tard, dans la grande et confortable cabine, il s'étira avec précaution sur le caisson.

— Comment avez-vous échoué sur ce navire, Pullings, vu vos glorieux états de service ?

— Eh bien, monsieur, je ne pouvais pas recevoir un commandement, et ils n'ont pas voulu me confirmer dans mon grade. Pas de revers blancs pour vous, Pullings, mon vieux, m'a-t-on dit. Des types comme vous, on en a deux fois trop !

— Quelle infamie ! s'écria Jack. Il avait vu Pullings au combat, et il savait que la Navy n'avait certainement pas trop de *types* comme lui.

— J'ai donc essayé de me rengager comme aspirant, mais aucun de mes anciens commandants n'avait de navire... Ou s'ils en avaient un, comme l'honorable Berkely, il n'y avait pas de poste disponible. J'ai présenté votre lettre au capitaine Seymour, de l'*Amethyst*, qui était en réparation à Hamoaze. Le vieux Cozzens a bien voulu m'amener jusqu'aux Vizes. Le capitaine Seymour m'a reçu très poliment, lorsqu'il a su que vous me recommandiez. Très aimable. Rien de guindé ni de dédaigneux chez lui. Mais après avoir lu votre lettre, il s'est gratté la tête et s'est mis à jurer. Il a dit qu'il bénirait le jour où il pourrait vous obliger, que cela lui ferait honneur — c'est le compliment le plus joliment tourné que j'aie entendu de ma vie — mais que ce n'était pas en son pouvoir. Il m'a fait visiter le carré et la chambre des aspirants, pour me convaincre qu'il n'y avait pas la place sur son navire pour un jeune monsieur supplémentaire. Il avait tellement peur de ne pas être cru — de fait, je ne mettais pas sa parole en doute — qu'il a insisté pour que je compte moi-même les coffres ! Il m'a offert un dîner monumental, que nous avons pris en tête à tête, dans sa propre cabine — j'en avais bien besoin, monsieur, car j'avais parcouru les vingt derniers miles à pied. Après le pudding, nous avons parlé de la bataille que vous avez livrée avec la *Sophie*. Il la connaissait dans le moindre détail, sauf qu'il ignorait à quel point le vent était instable ce jour-là. Il a juste voulu savoir où je me trouvais, du premier au dernier coup de canon. Il s'est écrié : « Que je sois damné si je laisse un officier du capitaine Aubrey pourrir à terre sans essayer au moins de faire jouer ma modeste influence ! » Il m'a donné une lettre de recommandation pour M. Adams, de l'Amirauté, et une autre pour un certain M. Bowles, qui occupe un poste important au Bureau des Indes orientales.

— M. Bowles est son beau-frère.

— Oui, monsieur. Mais je ne m'en suis pas préoccupé sur le moment, car le capitaine Seymour m'a promis que M. Adams m'obtiendrait une audience avec le vieux Jarvie en personne. J'étais plein d'espoir, car on disait dans le service qu'il avait une affection particulière pour les gars qui font preuve d'initiative. Je suis donc retourné à Londres. Là, je me retrouve dans cette bonne vieille salle d'attente pendant une ou deux heures, rasé de près et tremblant de la tête aux pieds. M. Adams me fait entrer, et m'invite à parler clair et fort en présence de Son Excellence. Il est en train de me conseiller de ne rien dire de votre recommandation, lorsqu'un tintamarre éclate soudain, comme s'il y avait une troupe prête à l'abordage. M. Adams sort pour voir ce qui se passe, et revient pâle comme un mort. « Le vieux démon a *enrôlé* le lieutenant Salt ! Il l'a enrôlé ici même, à l'Amirauté, et il l'a fait conduire à la navette par un détachement de fusiliers. Huit ans d'ancienneté, et il le fait arrêter par des fusiliers ! » Vous le saviez, monsieur ?

— Pas un mot.

— Ce M. Salt souhaitait désespérément qu'on lui donne un navire. Chaque jour, depuis des mois, il harcelait de ses missives le Premier Lord, et il se présentait chaque mercredi et vendredi pour obtenir une audience. Le dernier vendredi — c'est le jour où je me trouvais là —, le vieux Jarvie a cligné des yeux : « Vous voulez partir en mer ? Eh bien vous irez en mer, cher monsieur ! » Et il l'a fait enrôler sur-le-champ.

— Un officier ? Enrôlé ? Comme un simple matelot ? Je n'ai jamais entendu une chose pareille !

— *Personne* n'a entendu une chose pareille ! Et surtout pas le pauvre M. Salt. Mais ça s'est bien passé ainsi, monsieur. Quand j'ai vu cela, que les gens se sont mis à murmurer... J'ai tellement perdu mes moyens que M. Adams m'a proposé de revenir un autre jour. J'ai quitté Whitehall ventre à terre, et j'ai demandé au concierge de m'indiquer le chemin le plus court pour le Bureau des Indes orientales. Là, j'ai eu de la chance. M. Bowles a été fort aimable... Voilà pourquoi je me trouve ici. Une bonne planque, si j'ose dire. Double paie, et on a le droit de mener ses propres affaires. J'ai dans l'arrière-cale un coffre plein de broderies chinoises. Mais par Dieu, monsieur, que j'aimerais rembarquer sur un navire de guerre !

— Cela ne devrait plus être très long, maintenant, dit Jack. Pitt est de retour, et le vieux Jarvie est parti. Il a refusé la flotte de la Manche... S'il n'était un si bon marin, je lui souhaiterais d'aller se faire pendre... Et Dundas est à l'Amirauté. Lord Melville. Je m'entends bien avec lui, et à condition de déployer un peu plus de voile — pour être à la maison avant que le gâteau ne soit entièrement distribué —, il serait étonnant que nous ne soyons pas bientôt en croisière ensemble.

Déployer plus de voile. C'était tout le problème. Depuis son expérience désagréable par 33° nord, le capitaine Spottiswood était peu disposé à border ses perroquets, et les jours passaient lentement. Trop lentement. Jack était la plupart du temps penché sur la lisse de couronnement, à contempler le sillage du *Lord Nelson* qui s'étirait doucement au sud et à l'ouest. Il n'avait pas envie d'observer les manœuvres trop molles de l'équipage, et la vue des mâts de perroquet couchés sur le pont le faisait bouillir d'impatience. Il passait beaucoup de temps en compagnie des demoiselles Lamb, deux aimables jeunes filles — courtaudes, trapues, joviales et bronzées — qui étaient parties aux Indes avec la flottille de pêche, comme elles disaient en riant. Elles retournaient en Angleterre, toujours célibataires, sous la protection de leur oncle, le commandant Hill, de l'artillerie du Bengale.

Ils s'installaient côte à côte, Jack entre les deux filles, la chaise de Stephen sur la gauche. Bien que le *Lord Nelson* se trouvât désormais dans le golfe de Gascogne, avec une bonne brise de sud-ouest et une température de moins de 10 °C, elles restaient courageusement sur le pont, enveloppées dans des couvertures et des châles, leurs petits nez roses pointant à l'extérieur.

— On dit que les Espagnoles sont incroyablement belles, disait Mlle Lamb. Beaucoup plus belles que les Françaises, même si elles sont moins élégantes. Qu'en dites-vous, capitaine Aubrey ?

— J'ai du mal à vous répondre, je vous assure. Je n'en ai jamais vu.

— Mais n'avez-vous pas passé plusieurs mois en Espagne ? s'exclama Mlle Susan.

— En effet, mais je suis resté presque continuellement chez le docteur Maturin, près de Lérida... Des voûtes peintes en bleu, comme on en trouve beaucoup là-bas. Une cour intérieure, des grilles, et des orangers. Mais aucune belle Espagnole dont je me souvienne. Il y avait bien une adorable vieille bonne femme qui me faisait manger ma bouillie — je ne le nierai point — et qui, le dimanche, portait un peigne et une mantille. Mais ce n'était pas ce qu'on appelle une beauté.

— Vous avez été très malade, monsieur ? demanda Mlle Lamb avec respect.

— Je le crois, car on m'a rasé la tête, on me collait des sangsues deux fois par jour, et l'on me faisait boire du lait de chèvre chaud à chaque fois que je reprenais mes sens. Et quand tout cela fut fini, j'étais si faible que je tenais à peine sur mon cheval. La première semaine, nous n'avons pas parcouru plus de quinze ou vingt miles par jour.

— Vous avez eu de la chance de voyager avec ce cher docteur Maturin, dit Mlle Susan. Je raffole de cet homme, décidément !

— Je suis persuadé qu'il m'a sauvé la vie. Tout autre que lui aurait considéré que j'étais perdu. Il est resté à mes côtés, jour et nuit, prêt à me saigner ou à me bourrer de remèdes. Seigneur, quelles doses ! Je crois que j'ai avalé le contenu d'une boutique d'apothicaire... Hé, Stephen, j'expliquais justement à Mlle Susan comment vous avez tenté de m'empoisonner avec vos brouets expérimentaux.

— Ne l'écoutez pas, docteur Maturin. Il disait que vous lui aviez sauvé la vie. Nous vous en sommes si reconnaissantes ! Il nous a appris à nouer des rides et à épisser notre laine.

— Ah bon ? Je cherche le capitaine.

Stephen regarda d'un air inquisiteur sous la chaise vacante.

— J'ai des nouvelles qui devraient l'intéresser. Qui nous intéressent tous, d'ailleurs. Quoi que prétende M. Parley, les lascars ne souffrent pas du *buldoo-panee* qu'ils auraient rapporté de leurs plaines miasmatiques. Ils ont la grippe espagnole ! Il est assez curieux de penser que dans notre hâte, nous pourrions être la cause de notre propre retard, n'est-ce pas ? Car avec le peu d'hommes qui va rester, nous aurons bientôt du mal à orienter les huniers...

— Je ne suis pas pressée. J'aimerais que ce voyage ne finisse jamais, dit Mlle Lamb.

Sa sœur fut la seule à approuver.

— C'est contagieux ? demanda Jack.

— Et comment, mon cher ! Cette grippe peut balayer le navire en quelques jours. Mais je vais les soigner. Oh, comme je vais les soigner ! Jeunes dames, je veux que vous preniez mon remède, ce soir. J'en ai préparé un petit flacon, à titre préventif, pour vous deux, et un autre un peu plus grand pour le commandant Hill. Oh ! Une baleine ! Une baleine !

— Où cela ? s'écria M. Johnstone, le premier officier. Pendant sa jeunesse, il avait navigué sur des bateaux de pêche des mers froides, et le cri de Stephen l'excita au plus haut point. Mais il n'obtint pas de réponse. Accroupi comme un babouin, le docteur Maturin installa sa longue-vue sur le bord de la lisse et la braqua vivement sur la mer houleuse, quelque part entre le navire et l'horizon. M. Johnstone suivit du regard la direction de l'objectif, et fixa le lointain en s'abritant les yeux des deux mains. Il aperçut bientôt le jet et, juste derrière, une forme immense se mouvant lentement... Du noir brillant sur fond gris.

— Oh, elle n'est pas bonne du tout, dit-il, détendu. Elle a une nageoire dorsale... C'est un rorqual.

— Vous voyez vraiment ses nageoires d'ici ? s'écria Mlle Susan. Ces pêcheurs sont admirables ! Mais pourquoi n'est-elle pas bonne, M. Johnstone ? Vous voulez dire qu'elle n'est pas comestible, comme les huîtres les mois sans R ?

— Regardez ! Elle souffle ! cria M. Johnstone. (Il reprit d'une voix détachée, professorale, comme par habitude :) Encore ! Regardez le jet, Mlle Susan. Il n'y en a qu'un. C'est à cela que l'on reconnaît le rorqual. La baleine ordinaire en a deux. Oui, oui ! Il recommence ! Ce doit être un animal de belle taille. Mais ça ne vaut rien du tout. Ça me fend le cœur de penser à toute cette bonne huile qui ne vaut rien du tout !

— Mais *pourquoi* cette baleine n'est-elle pas bonne ? insista Mlle Lamb.

— Parce que c'est un rorqual, bien sûr !

— Ce que ma sœur vous demande, c'est quel est le problème du rorqual. C'est bien cela, Lucy, n'est-ce pas ?

— Il est beaucoup trop gros, madame. Si vous êtes assez téméraire pour vous y attaquer... Si vous parvenez à le surprendre avec votre baleinière, et si votre harpon touche au but, il secoue votre canot comme un bol de navets... En tout cas, il déroule votre ligne de deux cents brasses en moins d'une minute — vous en accrochez une autre aussi vite que possible, il la déroule, puis une autre encore : il la tire. Il finit par tout arracher, à moins qu'il ne vous emmène par le fond. Vous perdez votre ligne, ou la vie, ou les deux. Ce qui signifie : soyez humbles, gardez-vous de l'ambition. *Peux-tu attraper le Léviathan avec un simple hameçon ? Contente-toi de la baleine ordinaire, ta proie légitime.*

— Oh, je vous le promets, M. Johnstone ! s'exclama Mlle Lamb. Je vous promets de ne jamais attaquer le moindre rorqual, de toute ma vie.

Jack aimait bien voir des baleines, ces aimables créatures. Mais il s'en désintéressa plus vite que Stephen — plus vite que l'homme qui était supposé, au ton de mât, faire la vigie. Depuis quelques minutes, il observait la petite tache blanche qui était apparue, à l'ouest, contre le ciel déjà sombre. Un navire, se dit-il. Un navire sous voilure réduite, à bord opposé.

C'était bel et bien un navire. La *Bellone* — un corsaire, un des plus beaux navires qui soient jamais sortis de Bordeaux, haut et léger comme un cygne, mais plus raide. Un corsaire de trente-quatre pièces gréé au carré — fond propre, voilure neuve et deux cent six hommes d'équipage. Ses marins s'entassaient à présent dans les hunes et dans les tons de mât, et bien qu'ils fussent encore incapables de se faire une idée précise du *Lord Nelson*, ils en savaient assez pour que leur commandant, le capitaine Dumanoir, décide d'avancer avec précaution pour y jeter un coup d'œil de plus près, dans la lumière faiblissante.

Une chose était sûre. Le navire qui se trouvait devant eux portait vingt-six canons. Sans doute un navire de guerre. Mais dans ce cas, le bâtiment était en partie avarié. Il n'avait aucune raison, sous une telle brise, de garder ses mâts de perroquet démontés sur le pont. Juchés sur les barres de grand mât, Dumanoir et son second examinaient le *Lord Nelson*, et ils réfléchissaient. Ils comprirent bientôt qu'il ne s'agissait pas d'un navire de guerre. C'étaient des marins expérimentés. Depuis dix ans, ils avaient souvent eu affaire à la Royal Navy. Quelque chose, dans l'allure du *Lord Nelson*, ne cadrait pas avec leur expérience.

— C'est un navire des Indes orientales, dit soudain le capitaine Dumanoir. Il n'en était qu'aux trois quarts convaincu, mais son cœur se mit à cogner et sa main trembla. Il serra le hauban de perroquet, et répéta : « Un Indien. » À l'exclusion des galions espagnols et des transports de trésors, un navire anglais de retour de Bombay était la plus belle prise que la mer pût offrir à un corsaire.

Mille petits détails confirmèrent son hypothèse. Mais il pouvait se tromper. Il risquait de jeter sa précieuse *Bellone* dans une bataille contre un de ces gros navires anglais de sixième rang, armés de caronades de vingt-quatre livres (des massacreurs !) servies par un équipage nombreux, agressif et surentraîné. Et même si le capitaine Dumanoir ne craignait pas de se frotter à n'importe quel bâtiment — vaisseau du roi ou pas — de taille comparable à la *Bellone*, il était payé avant tout pour détruire les navires de commerce de l'ennemi. Sa mission consistait à apporter des bénéfices à ses armateurs, pas à se couvrir de gloire.

Il regagna sa plage arrière, tourna un peu en rond, leva les yeux au ciel, vers l'ouest.

— Éteignez les feux, l'un après l'autre. Dans quinze minutes, virez de bord. Basses voiles et petit hunier seulement. Matthieu, Jean-Paul, Petit-André, montez là-haut. Qu'on les relève à chaque tour de sablier, monsieur Vincent.

La *Bellone* était l'un des rares vaisseaux français, à l'époque, où ces ordres (et d'autres relatifs à la préparation des canons et des armes individuelles) étaient accueillis sans commentaires et exécutés avec précision.

Ce fut si précis, en effet, qu'avant les premières lueurs du jour, la sentinelle au gaillard d'avant devina au vent du *Lord Nelson* la forme indistincte d'un navire, un navire filant dans la même direction qu'eux, à peine à un mille de distance. Ce qu'elle ne pouvait pas voir, c'était que l'inconnu était paré au combat — pièces en batterie, magasins remplis, gargousses prêtes, armes individuelles distribuées, filets antiéclats déployés, vergues protégées, canots suspendus à la poupe... Mais elle n'aimait pas qu'il soit si proche, ni le fait qu'il n'arbore aucun feu. Après avoir assuré son regard et frotté ses yeux humides, elle héla la plage arrière. Entre deux éternuements, elle fit comprendre à Pullings qu'un bâtiment se trouvait sur leur travers bâbord.

L'esprit de Pullings, qui s'était un peu assoupi sous l'effet conjugué du mouvement monotone de la mer, du murmure des gréements et de la chaleur de son blouson et de son horrible bonnet de laine, retrouva immédiatement toute son acuité. Avant même que l'autre ait fini d'éternuer, il avait surgi de son coin de l'habitacle et se trouvait à mi-chemin des haubans au vent. Il lui fallut trois secondes pour comprendre. Il appela le quart avec un rugissement qu'il avait appris sur le HMS *Sophie*. Quand il parvint à éveiller le capitaine Spottiswood, le filet d'abordage pendait déjà aux longues grues de fer, et les ordres étaient confirmés — appel au combat, dégager les ponts, mettre les pièces en batterie, conduire les femmes dans la cale.

Il trouva Jack sur le pont, en chemise de nuit.

— Il ne plaisante pas, dit-il en essayant de couvrir le son du tambour. (Le corsaire avait levé sa barre. Vergues brassées sous le vent, il négociait un long virage harmonieux qui couperait la trajectoire du *Lord Nelson* un quart d'heure plus tard. Sa grand-voile et sa voile de misaine étaient relevées, et il était évident qu'il avait l'intention de leur foncer dessus sous ses seuls huniers. Cela lui serait facile. Un lévrier coursant un blaireau.) J'ai tout de même le temps d'enfiler mon pantalon.

Un pantalon, et une paire de pistolets. Stephen disposait méthodiquement ses instruments, à la lueur d'une maigre chandelle.

— Qu'en pensez-vous, Jack ?

— Une corvette, ou un damné gros corsaire. Et il ne plaisante pas.

Retour sur le pont. La lumière du jour était déjà beaucoup plus forte, et le désordre beaucoup moins grand que Jack ne le craignait. Le capitaine Spottiswood avait placé l'Indien vent arrière afin de gagner quelques minutes pour se préparer. Le vaisseau français se trouvait encore à près d'un demi-mille, toujours sous huniers, toujours équivoque, préférant jauger la force du *Lord Nelson* plutôt que d'attaquer de suite.

Si le capitaine Spottiswood manquait d'esprit de décision, ce n'était le cas ni de ses officiers, ni de la plupart de ses hommes d'équipage. Ils avaient l'habitude des pirates des mers du Sud, des cruels Malais des détroits, des Arabes du golfe Persique... Ils avaient déjà déployé et tendu le filet d'abordage, ouvert les caisses d'armes et une bonne moitié des canons étaient déjà en batterie.

Sur la plage arrière surpeuplée, Jack se manifesta brusquement, entre deux volées d'ordres.

— Je suis à votre disposition, monsieur.

Le capitaine, hésitant, vieilli, tourna vers lui son visage aux traits tirés.

— Puis-je prendre le commandement de la section de l'avant, monsieur ?

— Faites, monsieur. Je vous en prie.

— Suivez-moi, dit Jack au commandant Hill qui rôdait à proximité, mais à l'écart du groupe. Ils longèrent le passavant jusqu'aux dix-huit-livres — deux sous le gaillard d'avant, deux autres à découvert, sous la pluie fine. Pullings commandait la section du parc, le premier officier les douze-livres du pont arrière. M. Wand tenait les dix-huit-livres de l'arrière du pont principal, tous disposés dans les cabines. Au-dessus d'eux, un aspirant grand et mince, l'air désespérément malade, lançait des ordres d'une voix faible au peloton du canon de proue.

La section de l'avant — à bâbord, les pièces numéro un, trois, cinq et sept — était constituée de beaux canons modernes à platines à pierre. Deux d'entre eux étaient déjà en batterie — amorcés, armés, parés. Le volet du sabord numéro un était coincé. Ses servants essayaient de le forcer en introduisant barres de fer et anspects dans l'ouverture étroite. Ils frappaient avec des boulets, halaient le palan. Odeurs fortes d'hommes bruns en proie à des émotions violentes. Jack se pencha, très bas sous les barrots et enfourcha le canon. Il agrippa fermement l'affût et cogna en arrière, de toutes ses forces. Des éclats de bois et de peinture tombèrent du sabord. Mais il ne bougea pas d'un pouce — comme s'il était fixé au navire. Jack s'y reprit à trois fois. Il se laissa glisser, contourna la pièce et vérifia la haussière, et cria : « Levez-moi ça ! » puis, lorsque la gueule du canon vint heurter le sabord — « Ne bougez plus ! » —, il tira sur la ride. Une étincelle, un craquement rauque (de la poudre humide, bon Dieu !) et le canon fit un bond en arrière. Une fumée âcre s'éleva par le sabord fracassé. Quand elle se dissipa, Jack vit que l'épongeur était déjà au travail, le faubert dans le tube du canon, et que ses camarades s'activaient sur le palan de train. « Ils connaissent leur affaire, se dit-il avec satisfaction, en se penchant à l'extérieur pour arracher les débris. Maudit soit ce canonnier ! » Mais ce n'était pas le moment de réfléchir. Il fallait encore mettre en place le numéro trois. Jack et le commandant Hill se mirent aux palans latéraux. Ils hissèrent la pièce — « Un, deux, trois ! » —, l'affût vint buter contre l'appui du sabord et la gueule alla aussi loin qu'elle put. Le numéro cinq n'avait en guise de peloton que quatre lascars et un aspirant, son râtelier à boulets était vide, et ils ne virent que trois bourres. Le canon devait s'être mis de lui-même en position quand ils l'avaient détaché.

— Où sont vos hommes ? demanda Jack à l'aspirant, en sortant son poignard pour couper l'amarrage dans l'étalingure.

— Malades, monsieur. Tous malades. Kalim est presque mort. Peut plus parler.

— Dites au canonnier que nous avons besoin de munitions et d'une meule de bourre. Rompez !

À un autre aspirant :

— Que voulez-vous ?

— Le capitaine veut savoir pourquoi vous avez tiré, monsieur, haleta le jeune homme.

— Pour ouvrir le sabord, dit Jack, en souriant devant son visage inquiet et rebondi. Allez lui dire, avec mes compliments, qu'il n'y a pas assez de boulets de dix-huit livres sur le pont. Rompez, maintenant.

L'aspirant disparut sans rien ajouter.

La pièce numéro sept avait belle allure. Peloton de sept hommes, mousse-poudrier debout à tribord tenant une gargousse, canon relevé, garants de poulies roulés proprement sur le sol. Tout était en ordre. Son capitaine, un Européen grisonnant, émit un gloussement nerveux et garda la tête penchée en avant, feignant de vérifier les mires. Un homme en cavale, sans doute — un marin qui avait servi dans le passé sous les ordres de Jack, qui avait déserté et craignait maintenant d'être reconnu. Un ancien canonnier, à en juger par la propreté de son matériel. « J'espère qu'il pointe sa pièce aussi bien qu'il... »

Jack se redressa, après avoir inspecté le silex et le platine. Il jeta sur le pont un regard panoramique. On apportait les hamacs par vagues, pour les empiler dans les filets. Une demi-douzaine d'hommes visiblement très malades, menés au fouet par les aides du *serang*, se déplaçaient péniblement avec des boulets. Il se tenait derrière eux, maîtrisant la situation. Il y avait encore quelque confusion sur le pont supérieur, mais la frénésie de tout à l'heure avait disparu.

Ils avaient la chance de jouir d'un moment de répit. De l'avant à l'arrière, l'Indien ressemblait bel et bien à un navire de combat — équipage peu nombreux, ponts encombrés en permanence, mais un navire de combat tout de même. Jack contempla la mer. Il y avait assez de lumière pour apercevoir le rouge du drapeau tricolore, à cinq cents mètres de là — dans une lumière froide et dure, dès lors que la pluie avait cessé. La mer était grise, uniformément grise. Un vent régulier soufflait de l'ouest. Des nuages hauts, sauf à l'horizon. Une longue houle régulière. La *Bellone* était toujours sous bâbord amures. Elle voulait savoir quelle était la puissance de feu du *Lord Nelson*. Ce dernier, toujours vent derrière, avançait lourdement — c'était l'une de ses nombreuses faiblesses. Si le capitaine Spottiswood avançait toujours, il était probable que le Français se placerait contre le vent. Comme il pouvait parcourir deux milles quand le *Lord Nelson* en couvrait un, il couperait sous sa poupe et le balaierait... Mais c'était l'affaire du capitaine. Pour le moment, l'univers de Jack se réduisait à ses canons. Il y avait un certain confort à occuper un poste subalterne, à assumer peu de responsabilités, à ne pas devoir prendre de décisions...

Pour le sept, le cinq et le trois, tout allait bien. Le numéro un était encore trop encombré pour qu'un peloton puisse le servir rapidement... Quoi qu'il en soit, il n'avait pas de peloton complet. Après avoir jeté un dernier regard vers le corsaire — il fendait la houle avec une telle élégance ! —, Jack se précipita sous le gaillard d'avant.

Il fallait être dur, rapide, obstiné... Travail mécanique : déplacer des objets lourds, des ballots, des barriques. L'air qu'il avait en tête, c'était l'adagio de la pièce de Hummel. Il revit la manière inepte dont Sophia le jouait... La rude et splendide énergie de Diana. Une émotion intense à la pensée de Sophia. Une image très claire de Sophia, tendre et rassurante, sur les marches de cette maison. Quelque idiot (Stephen, par miracle) lui avait dit que les gens qui ont quelque chose à faire ne pouvaient être ni tristes ni malheureux.

Le premier coup de canon de la *Bellone* mit brutalement fin à ces réflexions. Son huit-livres de proue de tribord venait de lâcher un boulet qui vint rebondir au flanc bâbord du *Lord Nelson*. Comme s'il avait eu besoin de cela pour se mettre en mouvement, le capitaine Spottiswood donna ses ordres. On brassa les vergues, le paysage pivota et le corsaire apparut dans le sabord — il s'y encadra, lumineux dans l'obscurité profonde du gaillard d'avant. Le *Lord Nelson* abattit un peu, se stabilisa sur son nouveau cap, la *Bellone* sur sa hanche bâbord, de sorte que Jack ne voyait plus que ses voiles d'avant, à quatre cents mètres de là. Hors de portée de mousquet. Au moment où l'Indien se stabilisait, ses canons de l'arrière crachèrent le feu — un fracas à six voix, suivi de vivats aigus. Enfin, un ordre parvint à l'avant : « Feu, quand ils pointent ! »

— J'aime mieux cela ! dit Jack en sortant du gaillard d'avant.

La longue attente qui précède le combat est toujours difficile à supporter. Mais dans quelques secondes, tout s'évanouirait à l'exception de l'instant présent — pas d'états d'âme, pas de temps pour la peur. Le sept, qui se trouvait en bonnes mains, était braqué aussi loin vers l'arrière que le sabord le permettait. Son capitaine regardait avec défi dans l'axe du canon, attendant le roulis pour pointer. Les canons du parc firent feu tous ensemble. Dans les tourbillons de fumée — qui pénétrait dans les poumons et les faisait suffoquer —, Jack et le commandant Hill se jetèrent sur les leviers pour soulever le cinq, tandis que les lascars tiraient au palan de train pour pointer sur la poupe de la *Bellone* qui se trouvait juste dans l'axe, au-dessus du collimateur. Le sept fit feu. Une pauvre explosion, trop lente, produisant trop de fumée. « Si toute la poudre est dans cet état, se dit Jack en s'accroupissant au-dessus du cinq, l'anspect prêt à lever la pièce, autant essayer de les aborder tout de suite. Mais il est probable que ce vieux ronchonneur ne l'a pas déchargée depuis une semaine, sinon plus. » Il attendit que la fumée se dissipe, pour que le roulis mette la pièce en position de visée. Elle montait, lentement... À l'instant précis où il tirait sur la ride, Jack vit la *Bellone* disparaître dans le nuage de fumée blanche de sa propre bordée. Le canon fit un bond, sous son corps arqué. La fumée l'empêchait de voir la chute du projectile, mais un joli craquement bien net lui signifia qu'il avait bien visé. La bordée du corsaire chanta et hurla dans les hauteurs. Déchirures dans le petit hunier, une bouline tranchée. Au-dessus de lui, le canon de proue cracha, et Jack fonça dans le gaillard d'avant, bondissant par-dessus le palan de train tandis qu'on épongeait et rechargeait le numéro cinq. Il assista à la mise à feu du trois et du un, tira et revint en courant pour aider à remettre le cinq en batterie.

La canonnade était générale, maintenant. Les treize pièces de bâbord du *Lord Nelson* crachaient le feu, au rythme d'une ou deux toutes les trente secondes. Les dix-sept canons de la *Bellone*, après avoir tiré trois bordées régulières en cinq minutes — un rythme splendide, même pour un navire de guerre —, lâchaient maintenant un roulement de feu irrégulier, mais ininterrompu. Son flanc sous le vent était noyé dans un nuage de fumée qui dérivait pour aller se mêler à celle que produisaient, contre le vent, les canons de l'Indien. Et l'espace tout entier était zébré par les coups de poignard des flammes orange. Par deux fois seulement, Jack eut la confirmation que les tirs de sa section avaient fait mouche. D'abord parce qu'une rafale de vent déchira le rideau de fumée sur le côté, et révéla que le sept avait touché l'ennemi par le milieu, juste au-dessus des chaînes du grand-mât. Et un peu plus tard, il vit son projectile percer la proue de l'ennemi. Ses voiles avaient perdu de leur superbe, mais il s'était tout de même approché. Il se trouvait maintenant sur le travers du *Lord Nelson*, qu'il martelait sans relâche. Allait-il pousser de l'avant pour leur couper la route ?

Le moment n'était pas propice à la réflexion (Jack courait de pièce en pièce, aidant à mettre en batterie, à écouvillonner, à charger), mais il était évident que la *Bellone* disposait de canons plus lourds que ses huit-livres, qu'elle avait l'intention de mettre en pièces les voiles, les gréements et les espars de l'Indien, plutôt que de risquer d'endommager sa coque et sa cargaison, beaucoup plus précieuses. Il était clair, aussi, qu'elle n'appréciait pas beaucoup les boulets de dix-huit livres qui la frappaient — trois ou quatre entre vent et eau pouvaient provoquer de sérieuses avaries, et un seul projectile suffisait pour emporter un mât de hune. S'ils ne parvenaient pas à l'endommager gravement, très vite, elle s'approcherait encore. Elle renoncerait à sa tactique élégante et elle s'approcherait. Elle n'était pas commode, avec sa formidable artillerie et ses tentatives répétées de couper sous la proue du *Lord Nelson*. À bout portant, elle le serait encore moins. « On verra cela le moment venu », se dit Jack en halant quelque cordage.

Son crâne résonna soudain d'un violent fracas, qui se répandit dans l'univers extérieur. Il était à terre. À l'aveuglette, tout en s'efforçant de se mettre hors de portée du recul du numéro cinq, il chercha à savoir s'il était grièvement blessé. Impossible à dire. Non, il n'était pas grièvement

ment blessé. Le numéro sept avait explosé, tué trois de ses servants, fait sauter la tête de son chef de pièce (c'est sa mâchoire qui avait déchiré l'avant-bras de Jack) et projeté dans toutes les directions des fragments de métal qui avaient blessé des hommes jusqu'au grand-mât. Un éclat d'acier lui avait éraflé le crâne et l'avait assommé. Il contemplait stupidement le visage qui venait d'apparaître devant lui. Pullings.

— Vous devez descendre, monsieur. Il faut descendre. Je vais vous aider. Il faut descendre.

Mais il reprit ses sens.

— Assurez ce canon ! cria-t-il.

Il lui sembla que sa voix venait de quelqu'un d'autre. Grâce à Dieu, ce qui restait du canon et de l'affût ne s'était pas libéré des anneaux d'amarrage. Ils l'attachèrent solidement, jetèrent les corps par-dessus bord, et emportèrent près du numéro cinq ce qu'ils purent récupérer.

Encore trois salves... Trois détonations assourdissantes à proximité de son oreille... L'explosion du canon, les morts, sa propre blessure... Tout se fondait désormais dans un même vacarme, dans le déchaînement furieux de la bataille.

La fumée était de plus en plus épaisse, les éclairs de la *Bellone* de plus en plus proches. Elle avançait rapidement. Il fallait donc servir les pièces de plus en plus vite. Avec les survivants du numéro sept, plus deux hommes d'un six-livres détruit sur la plage arrière, Jack s'activait sans répit. Le métal était brûlant, les canons bondissaient sur le pont, reculaient, et le claquement des haussières faisait un bruit terrible. C'est alors que la *Bellone* lança une bordée de mitraille, suivie par une furieuse salve de mousquets. Lorsque la fumée se dissipa, ils virent qu'elle était là, juste sur eux, coiffant son grand hunier pour mettre en panne et venir bord à bord. Les armes à feu individuelles crépitèrent dans les hunes pour dégager les ponts du *Lord Nelson*. Les hommes sur les bouts de vergue se préparaient à arrimer les espars des deux navires, les grappins étaient prêts dans le parc et à la proue. Une foule se pressait sur le gaillard d'avant et dans les haubans de misaine.

Sur la plage arrière, quelqu'un lança un ordre — « Tous parés à repousser l'abordage ! » Il y eut un craquement sourd quand les navires se touchèrent, puis les vivats des Français. Ce fut le moment des sabres taillant dans le filet d'abordage, des haches, de l'éclair des épées. Jack déchargea un pistolet vers le visage qui venait d'apparaître dans le sabord du pauvre numéro sept. Il s'empara du long et lourd levier, et avec un sentiment extraordinaire de force et d'invulnérabilité — une assurance totale —, il se jeta contre les hommes qui, agglutinés dans le filet, essayaient de s'emparer de la proue — c'était là qu'était dirigée l'offensive la plus importante. Il était debout, un pied sur la lisse brisée, tenant par le milieu l'énorme barre de fer, cognant, repoussant, terrassant les envahisseurs. Tout autour de lui, des lascars se battaient, en poussant des hurlements, à coups de piques, de haches et de pistolets. Un furieux groupe d'hommes de la Compagnie des Indes, venus du parc et du pont supérieur, nettoya le passavant où une dizaine de corsaires venaient de faire irruption, et poussèrent jusqu'au gaillard d'avant en chargeant avec leurs piques.

Le pont de l'Indien surplombait nettement celui de la *Bellone*. Celle-ci avait une forme arrondie assez prononcée — les flancs inclinés vers l'intérieur — qui dessinait dans l'entre-deux un espace malcommode. Mais les Français se cramponnaient obstinément, rendaient les coups, se démenaient avec l'énergie du désespoir, se bousculaient pour embarquer. Jack les repoussait, bien qu'il en arrivât toujours plus, des nouveaux venus par dizaines... Un mouvement de la houle sépara les navires. Un groupe d'hommes cramponnés aux chaînes de l'avant tomba à l'eau, anéanti par le tromblon que M. Johnstone venait de décharger à l'aveuglette. Le *serang* courut au bout de vergue et coupa les amarres. Les grappins désormais inutiles pendaient pardessus la lisse. Enfin, les canons du pont supérieur lâchèrent trois salves de mitraille qui blessèrent le capitaine français, fracassèrent la barre de la *Bellone* et sectionnèrent ses drisses de brigantine. Elle se cabra brusquement dans le vent. Si le *Lord Nelson* avait eu assez d'hommes pour repousser l'abordage et répliquer à ses canons, il aurait pu balayer la *Bellone* à dix mètres. Mais il était incapable de tirer la moindre salve... Sa proue retomba, et les deux vaisseaux dérivèrent en silence, s'éloignant l'un de l'autre.

Jack porta un mousse jusqu'au cockpit. Le gamin avait eu les deux bras tailladés jusqu'à l'os, en voulant protéger son visage.

— Appuyez votre pouce ici jusqu'à ce que je m'occupe de lui, fit Stephen. Comment nous en tirons-nous ?

— Nous les avons repoussés. Leurs canots récupèrent leurs hommes. Deux ou trois cents. Nous y retournons de suite. Dépêchez-vous, Stephen, je ne peux pas attendre. Nous devons réparer. Vous avez beaucoup de blessés ?

— Entre trente et quarante, dit Stephen en serrant le tourniquet. Vous vous en sortez bien, mon garçon. Jack, tenez-vous tranquille. Montrez-moi votre bras, et votre tête.

— Une autre fois. Un ou deux coups heureux, et ce corsaire sera hors d'état de nuire.

Un coup heureux. Il pria pour cela... À chaque fois qu'il servait un canon, il priait. « Au nom du père, du fils et du Saint-Esprit... » Mais le vent tombait : la fumée restait très épaisse autour de la *Bellone*... Jack ne voyait rien, et il n'avait plus que deux canons capables de faire feu. La haussière du numéro un s'était cassée à la première décharge, blessant deux lascars et un aspirant. Le canon était sur le flanc, coincé dans un équilibre précaire, derrière une barrique. Ses pelotons s'étaient éclaircis... Tout l'équipage s'était éclairci. La puissance de feu du *Lord Nelson* n'était plus que d'un tir par minute, alors que la *Bellone* entretenait un roulement régulier, à cinquante mètres contre le vent. Quand il eut le temps de jeter un coup d'œil à l'arrière, Jack vit qu'il n'y avait plus sur le pont qu'une ligne clairsemée de marins... Ce n'étaient plus les groupes serrés près de chaque canon. Des hommes étaient blessés, d'autres s'étaient réfugiés en bas — les écoutilles étaient ouvertes — et ceux qui restaient étaient hagards, faibles, exténués, le teint terreux. Ils se battaient sans conviction. Hill avait été longtemps invisible, mais il était de nouveau là, à servir le numéro trois. Jack tassa la bourre, chercha un boulet derrière lui. Pas de boulet. Ce satané poudrier était parti.

— Aux boulets ! Aux boulets ! cria-t-il. Le mousse arriva. Il remonta enfin de la grande écoutille en se dandinant, les bras serrant deux lourds boulets. C'était un mousse inconnu, ridiculement vêtu d'un costume de bordée, pantalon neuf, veste bleue et queue de cheval attachée par un ruban. Un mousse obèse.

— Prenez-les à l'avant, fils de pute vérolé ! cria Jack au garçon muet d'épouvante, en saisissant un boulet qu'il introduisit dans le tube. À l'avant, au numéro un ! Il y en a une douzaine. Allons, au galop ! (La deuxième bourre fut refoulée bien au fond du canon brûlant.) En batterie ! En batterie !

Dans un effort surhumain, ils arrachaient l'énorme masse

à la force du roulis. Un petit lascar au teint verdâtre se mit à vomir, tout en levant la pièce. La bordée de la *Bellone* beuglait avec un bel ensemble. Mitraille et chaîne, hurlements suraigus au-dessus de leurs têtes, tandis qu'ils s'affairaient sur les palans. Jack fit feu, aperçut Hill qui sortait le mousse de la zone de recul, et courut vers l'avant, dans la fumée, vers le numéro trois. Ce satané mousse était encore dans ses pieds... Il le releva, lui dit doucement :

— Reste à distance des canons. Tu es un bon garçon. T'as du cran ! Donne-m'en un seul à la fois... (Il désigna le gaillard d'avant.) Mais ne t'endors pas. Puis la gargousse. Rends-toi utile. Nous allons avoir besoin d'une gargousse.

La gargousse ne lui parvint jamais. Jack fit feu du numéro cinq. Il aperçut brièvement des huniers se dresser au-dessus de lui, et vit les vergues de misaine de la *Bellone* heurter les haubans du *Lord Nelson*. Puis il entendit des vivats tonitruants, le hurlement des hommes d'abordage, derrière lui... *Derrière* lui. Personne n'avait vu les canots du corsaire contourner le *Lord Nelson* à la faveur de la fumée. Une centaine de Français venaient d'escalader le flanc tribord laissé sans protection.

Ils occupèrent le parc, coupant la plage arrière du gaillard d'avant. Les hommes qui envahirent la proue en montant par le filet étaient si nombreux qu'il était impossible de les combattre. Tant de visages, de torses, de bras, si proches de lui qu'il ne pouvait même pas agiter sa lourde barre de fer. Un petit homme diabolique se cramponna à sa taille. Il tomba, on lui marcha dessus, il reçut un coup de pied. Debout à nouveau, il fit face, essuya des coups de feu. Un coup de couteau. La force du nombre, le poids des hommes. Arrière, arrière, un pas après l'autre, trébuchant sur des corps. En arrière, en arrière. Puis une sensation de chute, un grand vide, un bruit d'impact à peine audible, comme s'il venait d'un autre âge...

La lanterne suspendue. Il la regarda. Durant des heures, peut-être. Peu à peu, le monde se remit en place. La mémoire lui revint, une couche après l'autre, jusqu'au moment présent. Ou presque. Il n'avait aucun souvenir de tout ce qui était postérieur à l'explosion du canon de ce pauvre Haynes. Haynes, évidemment, voilà comment il s'appelait ! Un homme du gaillard d'avant, quart bâbord, sur le *Resolution*, rang de canonnier, au large du Cap... Le reste n'était que ténèbres. Cela arrive souvent lorsqu'on est blessé. Est-ce qu'il était blessé ? Il se trouvait sûrement dans le cockpit, et l'homme qu'il voyait se déplacer au milieu de tous ces corps allongés et gémissants ne pouvait être que Stephen.

— Stephen ?

— Eh bien, cher ami ? Comment vous sentez-vous ? Comment va votre crâne ?

— Pas trop mal, merci. Il semble que je sois encore en un seul morceau.

— Je le crois. Vos membres et votre tronc sont saufs. Mais pendant quelques jours, j'ai surtout eu peur du coma. Vous êtes tombé dans l'écoutille d'avant. Vous devriez prendre une dose d'Almoravie. Ces chiens n'ont pas trouvé la moitié de ma potion d'Almoravie.

— Ils nous ont capturés ?

— Oui. Nous avons perdu trente-six hommes, blessés ou morts. Et ils nous ont capturés. Ils nous ont méchamment pillés — ils nous ont tout pris, jusqu'à notre dernière chemise — et nous ont gardés enfermés plusieurs jours dans la cale. Voici votre médicament. Mais j'ai extrait une balle de l'épaule du capitaine Dumanoir, et j'ai examiné leurs blessés. Cela nous vaut d'être autorisés à prendre l'air sur le pont. Leur second, Azéma, est un homme bien élevé — un ancien officier du roi — et si l'on excepte le pillage, il a empêché ses hommes de se livrer à des excès.

— Des corsaires, dit Jack, en essayant de hausser les épaules. Et les jeunes filles ? Qu'est-il arrivé aux demoiselles Lamb ?

— Elles se sont vêtues en hommes... En mousses. Je ne suis pas sûr, d'ailleurs, qu'elles soient vraiment satisfaites de la perfection de leur déguisement.

— L'équipage de prise est important ? demanda Jack, qui pensait déjà à essayer de reprendre le navire indien.

— Énorme, dit Stephen. Quarante et un hommes. Les officiers de la Compagnie ont donné leur parole. Quelques-uns des lascars se sont fait embaucher contre double salaire. Les autres ont la grippe espagnole. Ils nous emmènent à La Coruña.

— Il ne croit tout de même pas nous emmener jusque là-bas ? dit Jack. L'entrée de la Manche et la zone plus à l'ouest grouillent de monde.

Il parlait avec assurance. Il savait qu'il y avait du vrai dans son raisonnement. Mais lorsqu'il monta sur le pont supérieur en boitillant, le mardi (quand Stephen l'autorisa à sortir), il regarda l'océan avec un sentiment de désespoir. Un immense désert. Rien à perte de vue, sauf l'élégante *Bellone* à quelque distance, contre le vent. Pas la moindre voile, pas le plus petit lougre jusqu'au bord du monde. Après des heures de surveillance, il ne vit aucune raison d'espérer que quelqu'un allait pointer à l'horizon. Un désert liquide. Et quelque part au-delà, sous le vent, le port espagnol. Il se souvint d'être rentré des Antilles à bord de l'*Alert*, jadis, en suivant la route la plus fréquentée de tout l'Atlantique : ils n'avaient pas croisé âme qui vive avant d'être en vue du Lizard, en Cornouailles.

L'après-midi, Pullings monta sur le pont, très pâle, soutenu par les demoiselles Lamb. Jack l'avait déjà vu après la bataille (quelques éclats de mitraille dans la cuisse, un coup d'épée à l'épaule et deux côtes enfoncées), tout comme il avait vu le commandant Hill (atteint par la grippe) et les autres patients de Stephen. Mais c'était la première fois qu'il revoyait les filles.

— Ma chère Mlle Lamb, s'exclama-t-il en prenant sa main libre, j'espère que vous allez bien. Vous allez vraiment bien ? insista-t-il. Il voulait dire *point trop violée*.

— Je vous remercie, monsieur, dit Mlle Lamb, l'air un peu bizarre — elle lui sembla différente de la jeune fille qu'il connaissait —, ma sœur et moi, nous nous portons comme des charmes.

— Mesdemoiselles Lamb, votre dévoué, dit le capitaine Azéma qui s'inclina devant elles, venant de tribord. C'était un grand homme brun, dégingandé, un marin solide et compétent — un homme comme Jack les aimait.

— Ces jeunes filles sont sous ma protection personnelle, monsieur. C'est moi qui les ai persuadées de porter leurs robes afin de retrouver leurs formes divines. (Il embrassa ses doigts.) Elles ne risquent pas la moindre insolence. Certains de mes hommes sont de fichus salopards, c'est vrai... Fougueux, comme on dit. Mais même sans ma protection, aucun d'entre eux n'oserait manquer de respect à de telles héroïnes.

— Hein ? dit Jack.

— Parfaitement vrai, monsieur, s'écria Pullings, en les serrant contre lui. Des héroïnes d'une résistance à toute épreuve, faisant rouler des boulets, courant en tous sens comme des folles, portant de la poudre, de la mèche quand mon silex est parti, de la bourre ! De vraies Jeanne d'Arc !

— Elles ont porté de la poudre ? s'écria Jack. Le docteur Maturin m'a parlé de culottes, ou de quelque chose de ce genre, mais je...

— Espèce d'ignoble hypocrite ! s'écria Mlle Susan. Mais vous l'avez *vue* ! Vous avez crié à Lucy les choses les plus horribles... Les plus abominables que j'aie jamais entendues ! Vous avez blasphémé contre ma sœur, monsieur. Et vous le savez parfaitement. Oh, capitaine Aubrey, quelle honte !

— *Capitaine* Aubrey ? releva Azéma. Il ajouta mentalement à sa part de prise la rançon prévue pour un officier anglais — une très jolie somme...

« Elle a vendu la mèche... Je suis drossé sur la côte, se dit Jack. Elles ont porté la poudre. Quelle chose étonnante, quel courage ! »

— Chères demoiselles Lamb, dit-il humblement, je vous supplie de me pardonner. J'ai un vrai trou de mémoire pour la dernière demi-heure de la bataille — une fichue bataille, fort vive... Je suis tombé sur la tête. Et j'ai un trou de mémoire. Mais porter la poudre, c'est la chose la plus étonnante et la plus courageuse que vous puissiez faire. Je vous salue, mes très chères. Pardonnez-moi. La fumée... Les pantalons... Dites-moi quelles sont ces horribles paroles, pour que je me rétracte sur-le-champ ?

— Vous avez dit... commença Mlle Susan. Eh bien, j'ai oublié. Mais c'était si monstrueux...

Un coup de canon fit sursauter tout le petit groupe. Ils firent un bond simultané, nerveux, ridicule. Ils parlaient tous très fort, car ils étaient encore assourdis par le grondement de la bataille. Mais le bruit du canon atteignit leur oreille interne, et ils pivotèrent d'un coup, comme des jouets mécaniques, vers la *Bellone*.

Pendant tout ce temps, elle avait navigué sous huniers à deux ris, pour permettre au *Lord Nelson* de la suivre. Mais ses hommes étaient déjà en train de prendre position sur la vergue pour larguer les ris, et le capitaine Dumanoir criait haut et fort. Il ordonna à son second de filer sans détours sur La Coruña. « Toutes voiles dehors ! » Il ajouta des instructions incompréhensibles pour Jack et Pullings, mais l'idée générale était claire. La vigie avait aperçu une voile au vent. Avec une prise aussi précieuse que le *Lord Nelson*, il n'était pas question de prendre de risques. Il avait donc l'intention de louvoyer pour identifier l'inconnu et être prêt, selon le cas, à saluer l'ami ou le neutre, à se battre contre l'ennemi ou bien, en se fiant aux magnifiques performances de la *Bellone*, à détourner l'attention de l'intrus.

Le *Lord Nelson* traînait derrière lui un véritable filet d'algues brun-noir, il faisait eau de toutes parts (ses pompes fonctionnaient sans interruption depuis la bataille), et il manquait de voiles, d'espars et de gréements. Même en bordant ses perroquets, il était incapable de dépasser quatre nœuds. La *Bellone*, elle, avait l'air d'une triple pyramide de toile blanche. Elle donnait le meilleur d'elle-même au plus près. Dix minutes plus tard, les deux navires étaient à deux milles l'un de l'autre. Jack demanda l'autorisation de monter à la hune. Le capitaine Azéma le pria d'aller où bon lui semblait. Il lui donna même la longue-vue de Stephen.

— Salut ! lui dit le corsaire posté dans la hune. (Jack lui avait donné un terrible coup de barre de fer durant la bataille, mais l'homme ne semblait pas lui en garder rancune.) Voilà une de tes frégates, là-bas.

— Ah oui ? dit Jack, en s'adossant au mât. Le vaisseau apparut, très proche dans la lunette. Trente-six canons... Non, trente-huit. Un pavillon rouge. Le *Naiad* ? Le *Minerve* ? Il filait vent arrière lorsqu'il avait aperçu la *Bellone*. Puis il avait bordé ses bonnettes et modifié son cap pour s'en approcher (les dernières se déployaient au moment où Jack l'avait bien en vue). Puis il découvrit la présence de l'Indien et modifia de nouveau son cap pour l'observer de plus près. Là-dessus, la *Bellone* tira un bord fort maladroitement, prenant une éternité pour des manœuvres — de « La barre dessous ! » à « Changez devant ! » — que Jack l'avait vue faire en cinq minutes. Il les entendait rire, faire le pitre, en bas sur le pont. Elle resta sur le même bord jusqu'au moment où elle fut à un mille de la frégate, louvoyant régulièrement contre la houle, l'écume balayant son gaillard d'avant. De la fumée blanche apparut à la proue de la frégate. Jack déplaça son regard et vit le pavillon rouge flotter au point de pic d'artimon. Il fronça les sourcils. Il aurait au moins essayé le drapeau tricolore ou, avec toutes ces grosses frégates américaines croisant dans les parages, la bannière étoilée... Cela pouvait ne pas marcher, mais il fallait essayer. Pour sa part, la *Bellone* était parfaitement capable d'arborer les couleurs françaises sans distinction, de se faire passer pour un navire national et de tromper la frégate.

C'est ce qu'elle avait fait. C'est exactement ce qu'elle avait fait. Le matelot, qui avait emprunté sa lunette, gloussa dans sa barbe. Jack pouvait imaginer les pensées du capitaine de la frégate. Loin sous le vent, il apercevait un bâtiment — sans doute un navire de commerce, peut-être une prise, sans qu'il puisse dire de quelle nature. Et trois quarts de mille plus loin se trouvait une corvette française, pas très bien manœuvrée, peu rapide, qui le bombardait à l'aveuglette. Un enfant aurait deviné ce qu'allait décider la frégate. Quelques minutes plus tard, Jack la vit lofer. Elle amena ses bonnettes et vira pour poursuivre la *Bellone*, bordant la surface considérable de ses voiles d'étai. Elle allait s'occuper du Français, et reviendrait pour s'enquérir de cette possible prise.

« Mais bon Dieu, tu ne vois pas qu'elle coiffe ses voiles ? se dit Jack. Comment peux-tu tomber dans un piège aussi éculé ? » Les deux navires s'éloignèrent rapidement — la frégate fendant l'eau avec une fière lame de proue, la *Bellone* se maintenant à la limite de la portée de ses chasseurs. Lorsqu'ils ne furent plus que deux lointaines taches blanches, coques sous l'horizon au nord-nord-est, Jack se hissa lourdement au-dessus de la hune. Le matelot lui fit un signe de tête compatissant. Cela lui était arrivé. Aujourd'hui, c'était le tour de Jack. C'étaient les petites misères de la vie.

Dès le coucher du soleil, le capitaine Azéma modifia son cap en fonction des ordres qu'il avait reçus. L'Indien cingla sur l'océan désert, traçant lentement son sillon (cent milles par vingt-quatre heures), sortant définitivement de la vue de la frégate.

Au bout de sa route, il y avait La Coruña. Il ne faisait aucun doute que le capitaine Azéma allait y accoster sans tarder. Non seulement il était un marin hors pair, mais le beau temps se maintenait, jour après jour. Un temps parfait pour faire le point, pour calculer sa position au plus précis. La Coruña. L'Espagne. Mais Jack ne serait jamais autorisé à descendre à terre : on savait maintenant qu'il était officier. À moins qu'il ne donne sa parole, Azéma le mettrait aux fers, et l'y laisserait moisir jusqu'à ce que la *Bellone* ou quelque chasse-marée puisse le conduire en France. Sa carcasse était précieuse.

Le lendemain fut un vide total : le mouvement continu de la mer, le dôme du ciel, les nuages légers diffusant leur lueur bleutée... Il en fut de même le jeudi, qui se distingua seulement par ce que Jack considéra comme un début de grippe, et une coquetterie inattendue chez les demoiselles

Lamb, poursuivies par le lieutenant d'Azéma et un jeune volontaire de seize ans aux yeux brillants.

Le vendredi, les voiles envahirent le paysage. La surface de la mer était couverte des petites taches grises d'une flotte de terres-neuvas rentrant avec leur cargaison de morue. Sous le vent, on les sentait arriver à plus d'un mille. Parmi eux on aperçut même un *bean-cod* (un petit morutier portugais gréé en double latine : une voilure étrange organisée au petit bonheur et une proue archaïque), rappel désagréable de la proximité de la côte : les *bean-cods* ne traversent pas les océans. Mais bien que le morutier fût d'un intérêt indiscutable aux yeux des marins, le simple cotre qui se profila au loin, sous le vent, absorba immédiatement toute leur attention.

— Vous voyez ce cotre, monsieur ? demanda Pullings.

Jack acquiesça. Les cotres avaient beaucoup plus les faveurs des Anglais que des Français. Ils étaient utilisés par la Navy et par les corsaires, par les contrebandiers et par ceux qui les poursuivaient, à cause de leur rapidité, de leur nervosité et de leurs performances au plus près. Ils n'étaient pas de grande utilité aux commerçants. Et celui-ci, en l'occurrence, n'était pas un navire marchand. Quel navire marchand aurait l'idée de suivre une route aussi erratique au milieu des terres-neuvas ? Il n'appartenait pas non plus à la Navy, car dès qu'il aperçut le *Lord Nelson*, une flèche-en-cul apparut au-dessus de sa grand-voile — une voile trop moderne pour que son usage fût approuvé par le service. C'était un corsaire.

Le capitaine Azéma était du même avis. Il avait fait préparer, recharger et mettre en batterie les canons des deux bordées. Il n'était pas trop pressé, car le cotre devait se déplacer dans l'œil du vent. En outre, lorsqu'il s'approcha, on comprit qu'il avait traversé des moments difficiles. On avait pris deux ris dans sa grand-voile, sans doute à cause d'avaries. Il y avait sur toute sa surface une série de déchirures bizarrement rapiécées, et encore plus dans sa voile de misaine et son foc en lambeaux. Son accastillage semblait avoir été mastiqué, et un de ses sept petits sabords de tribord avait été réparé à la hâte. Il n'y avait pas beaucoup à craindre, mais le capitaine Azéma n'allait pas prendre de risques. Il avait fait placer un nouveau filet d'abordage, remplir une quantité suffisante de gargousses et monter des munitions. Le maître d'équipage suppléant était en train d'assurer les vergues avec l'aide de tous les lascars en état de travailler.

Quand le cotre tira son premier coup de semonce et hissa l'Union Jack, le *Lord Nelson* était paré depuis longtemps. Mais il ne répondit pas tout de suite. Azéma regarda Jack et Pullings.

— Je ne vous fais pas descendre à la cale. Mais si vous tentez de leur faire signe ou d'envoyer un signal, je serai contraint de vous tuer.

Il souriait, mais il avait deux pistolets à la ceinture. Il ne plaisantait pas.

— D'accord !

Jack hocha la tête. Pullings sourit avec embarras.

Le cotre se trouvait devant l'Indien, la grand-voile frissonnante. Azéma fit un signe à l'homme de barre. Le *Lord Nelson* vira doucement, et Azéma cria : « Feu ! » La bordée des dix-huit-livres partit au roulis descendant. Les projectiles, dans une salve joliment groupée, frappèrent la surface de l'eau juste par bâbord devant et sur le travers du cotre, ricochèrent sur lui, ajoutèrent quelques déchirures à ses voiles et fracassèrent le tiers extérieur de son beaupré. Très surpris par cette entrée en matière, le cotre voulut prendre le vent et virer, mais il avait peu d'erre, et avec son foc déployé dans la brise, il ne pouvait virer de bord devant. Il abattit, tout en faisant feu de ses sept pièces de six livres, et vira lof pour lof.

Le cotre savait qu'il avait trouvé à qui parler — une demi-bordée comme celle-là suffisait à l'envoyer par le fond. Il prit de la vitesse, coupa sous la poupe du *Lord Nelson*, fit feu de nouveau, vira lof pour lof en sautant comme une danseuse et revint pour se trouver par son tribord devant. À deux cents mètres de distance, ses six-livres ne pouvaient pas endommager l'épaisse coque de l'Indien, mais ils taillaient dans son gréement. Il était évident que le cotre avait l'intention de ne pas s'arrêter là.

Mais Azéma ne voulut rien savoir. Le cotre se déplaçait de long en large, en dépit de ses embardées. Il marchait maintenant vent travers, contournant le navire à 90°. Azéma parcourut la ligne des canons, donna des instructions à chacun des pelotons, et envoya une bordée à l'endroit précis où le cotre se trouvait deux secondes plus tôt... Comme par magie, intuition ou télépathie, le capitaine du cotre envoya la barre dessous au moment précis où Azéma donna l'ordre de tirer. Il vira en un éclair et fonça sur le *Lord Nelson*. Il recommença deux minutes plus tard. C'était moins de la magie, cette fois, qu'une bonne estimation du temps dont avaient besoin les pointeurs pour le tenir dans leur collimateur. Il allait passer à l'abordage. Il avait un seul bord à tirer pour se retrouver contre la proue du *Lord Nelson*. Jack voyait nettement ses hommes, vingt-cinq ou trente, sabres d'abordage et haches d'armes prêts à l'assaut — le capitaine à la barre, une longue épée à la main. Dans un instant, ils allaient lancer leur cri d'attaque.

— Feu ! cria encore Azéma.

Lorsque la fumée se dissipa, il vit que le hunier du cotre, arraché, pendait lamentablement par-dessus bord. Le capitaine n'était plus à la barre, mais des monceaux de marins, immobiles ou non, jonchaient le pont. Son élan l'avait amené devant la proue du *Lord Nelson*, hors d'atteinte de la salve suivante. Il s'éloignait maintenant, filant pour gagner au moins une centaine de mètres avant que le *Lord Nelson* n'effectue la lourde rotation qui lui permettrait de pointer sa bordée de tribord.

Il s'en sortit finalement, bien qu'il fût difficile de savoir comment, tellement il soulevait d'écume... Azéma, qui ne mourait d'envie ni de s'en emparer, ni de le couler, se contenta de lui envoyer quelques dernières salves avant de reprendre son cap. Dix minutes plus tard, le cotre avait déployé un nouveau foc et une nouvelle voile. Il s'évanouit lentement dans le lointain, au milieu des terres-neuvas. Jack chercha sa montre — il aimait noter l'heure de début et de fin des combats — mais il n'en avait plus, évidemment.

— Ce type était téméraire et immoral, dit Azéma. Imaginez qu'il ait tué quelques-uns de mes hommes ! Il mériterait d'être bastonné. J'aurais dû le couler. Je suis beaucoup trop généreux. Ce n'est pas du courage, mais de l'inconscience et de l'idiotie.

— Je serais d'accord si les choses s'étaient passées à l'inverse, dit Jack. Un sloop qui ne s'attaque pas à un vaisseau de ligne est un imbécile.

— Je vois les choses autrement, dit Azéma, toujours contrarié par le temps perdu et les dommages subis par ses gréements. Nous n'avons pas les mêmes critères. Mais j'espère bien, en tout cas — sa bonne humeur reprenait le dessus —, que vos compatriotes nous laisseront une journée de répit.

Il eut droit à sa journée de répit, plus une matinée supplémentaire. Mais le lendemain, un peu après qu'il eut calculé sa position de midi — 45°23' nord, 10°30' ouest — et promis à ses prisonniers du pain espagnol et du vrai café pour le petit déjeuner, la vigie annonça une voile en vue, au vent.

La tache blanche indistincte se précisa peu à peu. C'était un brick. Il était évident qu'il était en chasse. Les heures passèrent. Au dîner, le capitaine Azéma se montra pensif et préoccupé — il toucha à peine à son assiette et quitta la table plusieurs fois pour se rendre sur le pont. Le *Lord Nelson* était sous perroquets, avec bonnettes basses et hautes. Il cinglait vers La Coruña à cinq ou six nœuds, et la brise allait en forçant. Azéma borda les cacatois un peu après quatre heures, en se demandant avec inquiétude comment ses mâts abîmés allaient supporter la tension. Il lui sembla pendant un moment que le brick se laissait distancer.

— Je suis presque certain qu'il s'agit du *Seagull*, monsieur, dit Pullings discrètement. (Il revenait des hauteurs, d'où il avait longuement examiné le brick.) Mon oncle en assurait le commandement en quatre-vingt-dix-neuf, et j'ai passé pas mal de temps à bord.

— Le *Seagull* ? dit Jack en fronçant les sourcils. Est-ce qu'il n'est pas équipé de caronades ?

— Si, monsieur. Seize vingt-quatre-livres, très à l'étroit dans leurs courroies. Et deux longues pièces de six. Il peut frapper fort, à condition de s'approcher assez. Mais il est très lent.

— Plus lent que nous ?

— À peu près pareil, monsieur. Il vient de border ses contre-cacatois. Cela pourrait faire la différence.

La différence était minime (peut-être la surface de deux nappes de table), mais suffisante. Après cinq heures sans changement de temps, le *Seagull* était à portée du dix-huit-livres de tribord arrière du *Lord Nelson*, et d'une longue pièce de huit qu'Azéma avait déplacée pour la faire tirer à travers la coursive de la grande cabine.

Sur dix milles nautiques, le brick (ils savaient désormais avec certitude qu'il s'agissait du *Seagull*) ne put répliquer qu'avec son six-livres de proue — sans autre résultat que de faire de la fumée et d'encourager l'équipage. Mais le *Lord Nelson* entra bientôt dans une bande d'eau plus sombre où le vent, renvoyé par la Cordillera espagnole, se combinait avec la marée descendante pour créer une sorte de zonefrontière, menaçante, un peu agitée, peuplée de mouettes et autres oiseaux des côtes.

Cinq minutes plus tard, le *Lord Nelson* abattit sensiblement. Le chant de son gréement diminua peu à peu. Le *Seagull* se trouva à la hauteur de sa hanche tribord. Avant de pénétrer à son tour sur l'eau sombre, le brick lâcha une bordée de ses caronades. Le tir était trop court, comme le suivant. Mais un boulet ricocha, traversa l'empilement de hamacs et vint retomber doucement au pied du grand mât. Le capitaine Azéma regarda pensivement le lourd boulet, puis le brick. Celui-ci pouvait encore profiter de la brise sur un quart de mille. Il lui suffisait de gagner encore cinquante mètres pour que ses vingt-quatre-livres viennent hurler à ses oreilles, percent les précieux flancs de l'Indien et compromettent ses mâts déjà fort endommagés. Il était irrité, plutôt que vraiment inquiet des conséquences : la puissance de feu et l'efficacité du *Seagull* laissaient beaucoup à désirer, malgré ses huit maîtres-canonniers. La capacité de manœuvre du brick n'était pas beaucoup plus grande que la sienne, et il lui suffisait de briser un ou deux espars pour le semer et l'empêcher de rejoindre la côte. Néanmoins, il allait avoir besoin de toute sa concentration.

— Il n'est pas très commode, votre brick, dit-il à Jack. Il pourrait nous créer de sérieux problèmes. Je dois vous demander de descendre. *Messiers les prisonniers*, dans la cale, s'il vous plaît... J'invite les prisonniers à descendre dans la cale !

Cette fois, le ton employé ne tolérait aucune discussion. Ils descendirent avec des regards désolés pour la mer vespérale, et franchirent les écoutilles l'une après l'autre jusqu'au dernier caillebotis, qui se referma sur eux avec un bruit sourd suivi d'un grattement de chaînes. C'est depuis les entrailles de l'Indien, enfermés à double tour dans les odeurs de thé, de cannelle et d'eau de cale, que Jack et Pullings assistèrent au combat, avec les membres européens de la Compagnie et tous les passagers. Ils n'en furent que les témoins auditifs, évidemment, car ils se trouvaient au-dessous de la ligne de flottaison, sans rien d'autre à regarder qu'une lanterne suspendue et les formes vagues des ballots. Mais ce qu'ils entendirent, ils l'entendirent clairement. La coque du *Lord Nelson* amplifiait le fracas de ses dix-huit-livres comme une caisse de résonance, en grondant une octave plus bas. Et la mer leur transmettait le bruit des bordées du *Seagull*. C'était comme un tambour géant, un marteau matelassé, très lointain — un son totalement dépourvu d'harmonique, et si clair qu'ils pouvaient dissocier les huit caronades, dont les coups, en plein air, auraient semblé se confondre.

Ils écoutaient avec attention, essayaient de déterminer la direction des salves, de calculer la quantité de métal par bordée — quatre cent trente-deux livres pour le *Lord Nelson*, trois cent quatre-vingt-douze pour le brick — et les différentes techniques de feu. « Azéma n'utilise que ses grosses pièces, remarqua Jack. Il concentre son attention sur les mâts, j'en suis sûr. » Parfois le *Seagull* faisait mouche : ils applaudissaient, devinaient où l'impact avait eu lieu. Une ruée soudaine dans le puisard et un redoublement de l'activité des pompes leur firent comprendre que le *Lord Nelson* avait été touché entre vent et eau, sans doute dans le coqueron avant. Une autre fois, un grand bruit de métal leur suggéra qu'un canon avait été atteint. Peut-être détruit.

Un peu avant trois heures du matin, la bougie s'éteignit. Ils restèrent dans le noir, tendirent l'oreille, interminablement, regrettant de n'avoir point de manteaux, de couvertures et d'oreillers, ou de nourriture, s'endormant parfois brièvement. La fusillade n'en finissait pas. Le *Seagull* avait renoncé à faire feu par bordées et tirait désormais pièce par pièce. C'est ce que faisait le *Lord Nelson* depuis le début de l'escarmouche — un rythme régulier, mesuré, depuis des heures et des heures...

Mlle Lamb s'éveilla soudain en hurlant.

— Un rat ! Un rat monstrueux, tout humide ! Oh, comme je regrette de n'avoir pas gardé mes pantalons !

Tandis que la longue nuit s'écoulait, leur attention se relâcha quelque peu. Une ou deux fois, Jack parla au commandant Hill et à Pullings, sans obtenir de réponse. Lui-même constata que le décompte des coups de canon se mélangeait dans son esprit avec le nombre des malades et des blessés confiés à Stephen, puis se confondait avec des remarques qu'il avait faites à Sophia. Des pensées de nourriture, de café. Leur interprétation du trio en *ré* mineur, le glissando énergique de Diana, la profonde note soutenue du violoncelle, lorsqu'ils jouaient tous les trois...

Un flot de lumière, les grincements des chaînes et du caillebotis. Jack comprit qu'il avait dormi. Pas profondément, puisqu'il savait que la canonnade s'était tue une heure auparavant. Assez tout de même pour être un peu honteux et mal à l'aise.

Sur le pont, il pleuvait. Un fin crachin, très peu de vent : une brise de terre. Le capitaine Azéma et ses hommes étaient extrêmement pâles, épuisés, mais calmes. Trop lessivés pour jouir des plaisirs de la vie, mais très calmes. Sous petits et grands huniers, le *Lord Nelson* filait au plus près. Il s'éloignait du *Seagull*, immobile, là-bas, sur sa hanche tribord. Même à cette distance, Jack comprit qu'il avait méchamment souffert. Sa vergue de misaine avait disparu, son grand mât de hune semblait vaciller, beaucoup de débris encombraient le pont et pendaient par-dessus les bords. Quatre sabords étaient défoncés. Il était beaucoup trop bas sur l'eau. Les pompes fonctionnaient à plein rendement. Il s'était éloigné pour réparer, pour colmater ses brèches, et le risque qu'il reprenne le combat — qu'il soit *capable* de reprendre le combat — était...

Le capitaine Azéma était penché sur un canon. Il le pointa avec le plus grand soin, tint compte du roulis et fit feu. Il avait envoyé un boulet en plein milieu du brick, dans le groupe de marins qui travaillaient aux réparations. Il attendit l'impact, ordonna : « Continuez, Partre ! », et retourna à la chope de café qui fumait sur l'habitacle.

C'était parfaitement légitime. Jack aurait fait la même chose. Mais Azéma y montrait une telle froideur, une telle absence de pitié que Jack refusa le café qu'il lui proposait. Il se détourna, examina les dommages subis par le *Lord Nelson* et regarda la côte qui barrait maintenant l'horizon à l'est. Les dégâts étaient importants, mais pas au point de paralyser le navire. Azéma n'avait pas accosté aussi facilement qu'il s'y attendait — le cap Prior se trouvait devant eux —, mais il serait à l'entrée de La Coruña avant midi. Jack ignora le second coup de canon. Il essayait de comprendre pourquoi cela le blessait à ce point, car il n'avait pas d'amis à bord du *Seagull*. Il ne s'expliquait pas ses états d'âme, mais il savait qu'il ressentait la plus extrême antipathie pour Azéma. C'est pourquoi il éprouva d'autant plus de plaisir — le sursaut de l'espoir retrouvé quand tout semble perdu — en apercevant le premier navire dépasser le cap devant eux, cap au nord. Un navire de ligne en route pour l'Angleterre. Le HMS *Colossus*, suivi du *Tonnant*, quatre-vingts canons.

Quelqu'un cria, au ton de mât. « Deux navires de ligne ! » Il y en avait deux autres. Un groupe puissant, toutes voiles dehors, et qui avait le vent pour lui. Pas la moindre chance de s'échapper. Consternation muette, épuisement absolu.

Jack rompit le silence, se dirigea vers le canon de dix-huit livres pointé, et posa la main sur le percuteur.

— Je ne vous conseille pas de tirer, monsieur, dit-il tranquillement. Vous feriez mieux d'amener vos couleurs, et de vous rendre au brick.

Chapitre six

À huit heures moins cinq, Jack Aubrey traversait en hâte, sous une pluie monotone, la cour pavée de l'Amirauté. La voix du cocher le poursuivait : « Quatre pence ! Et ça se prend pour un gentleman ? Un pauvre diable de demi-solde, un déchet de la Navy, voilà ce que vous êtes ! »

Jack haussa les épaules. Il esquiva le torrent qui tombait de la gouttière, et entra précipitamment dans le hall. Il dépassa la grande salle d'attente et se dirigea vers le petit bureau qu'on appelait la sellette : il avait rendez-vous avec le Premier Lord en personne. Le feu commençait à prendre, produisant un gros tourbillon de fumée jaune qui irait se mélanger au brouillard jaune à l'extérieur. De petits éclairs rouges apparaissaient dans le jaune, avec des craquements agréables. Jack se tint dos à la cheminée, tout en contemplant la pluie et en épongeant son meilleur uniforme avec un mouchoir. Il vit plusieurs silhouettes indistinctes passer l'arche de Whitehall — civils sous des parapluies, officiers exposés aux éléments. Il crut en reconnaître deux ou trois — celui-là était certainement Brand, de l'*Implacable* —, mais il préférait concentrer son attention sur la boue qui s'était incrustée dans les boucles de ses souliers.

Il était en proie à une violente excitation. Ce devait être le cas de tout marin sur le point d'être reçu par le Premier Lord... Mais son esprit, en surface, était moins préoccupé par l'entretien qui allait suivre que par le désir d'obtenir le meilleur résultat possible avec un mouchoir ordinaire, et par de vagues réflexions sur la pauvreté... Une vieille connaissance, presque une amie... Un état plus normal que la richesse, pour un officier de marine... La richesse, c'est charmant... Il adorerait être riche de nouveau. Mais il y perdrait toutes les petites satisfactions du système D... Cette sensation de triomphe quand on retrouve une guinée au fond de la poche d'un vieux gilet... Cette tension insoutenable avant de retourner une carte... Mais le fiacre avait été nécessaire, avec cette boue à hauteur de chevilles et ce satané vent de sud-ouest. Les meilleurs uniformes ne poussent pas sur les arbres. Pas plus que les bas de soie.

— Capitaine Aubrey ! dit le secrétaire. Son Excellence va vous recevoir.

— Je suis heureux de vous voir, capitaine Aubrey, dit Lord Melville. Comment va votre père ?

— Très bien, monsieur, je vous remercie... Ravi par cette élection, comme nous tous. Mais je vous prie de m'excuser, Excellence. Je suis impardonnable. Puis-je vous présenter mes félicitations pour votre titre ?

— Vous êtes très bon... Très bon, dit Lord Melville. (Après avoir répondu aux questions polies de Jack à propos de Lady Melville et de Robert, il reprit :) Vous avez eu un voyage de retour mouvementé, il me semble ?

— En effet, Excellence. Mais je suis étonné de vous savoir déjà au courant.

— Tout est dans le journal... La lettre d'une passagère à sa famille, où elle décrit la prise et la reprise du navire des Indes. Elle vous mentionne nommément... En les termes les plus aimables. Sibbald a attiré mon attention là-dessus.

Cette satanée fille, cette Mlle Lamb, avait dû expédier sa lettre par le cotre de la douane. Et lui qui s'était empressé de remonter de Plymouth avec de l'argent emprunté, et de rejoindre Londres — une ville pleine d'huissiers et de recors prévenus de son arrivée, qui attendaient de pouvoir l'arrêter pour dettes, enchantés à l'idée de l'envoyer pourrir à Fleet Street ou à la Marshalsea jusqu'à la fin de la guerre... Jusqu'à ce que toutes ses chances se soient évanouies. Il avait connu nombre d'officiers dont la carrière avait été ruinée par un huissier — le vieux Baines, Serocold... Et lui s'était pavané dans la ville, vêtu comme à l'anniversaire du roi, pour que n'importe quel avoué finaud puisse le repérer. Il en eut froid dans le dos. Cette pensée le rendait malade. Il bredouilla quelques mots. Il était vraiment étonné... Il était parti de Plymouth après avoir passé à peine quelques heures chez son père... Il était persuadé d'être allé plus vite que la rumeur... Mais il dut se montrer raisonnablement convaincant, car Lord Melville remarqua simplement, avec son fort accent écossais :

— Je suis sûr que vous avez fait de votre mieux. Mais j'aurais préféré que vous veniez plus tôt — il y a des semaines, non, des mois, avant que toutes les parts du gâteau soient distribuées. J'aurais aimé faire quelque chose pour vous. Au début de la guerre, il y avait des tas de postes de commandement. Je vais examiner ce problème de promotion pour lequel on m'a demandé d'intervenir, mais je ne peux pas vous laisser espérer un navire. Il existe néanmoins une légère possibilité, dans les Fencibles[1] ou le Service d'Enrôlement. Nous sommes en train de les développer, et ils ont besoin d'hommes actifs et entreprenants.

Il fallait aussi qu'ils soient solvables, vu qu'il s'agissait d'emplois fixes, à terre. Des hommes aimant le confort, dénués d'ambition ou fatigués de la mer. Des hommes ayant envie de s'occuper d'une sorte de milice de pêcheurs ou d'assurer les tâches odieuses de l'enrôlement forcé. C'était maintenant ou jamais, tout ou rien. Lorsque cet homme sévère, assis de l'autre côté du bureau, lui aurait fait une proposition ferme pour un poste à terre, il serait impossible de le faire changer d'avis.

— Excellence, dit Jack avec toute l'énergie qu'il pouvait exprimer sans manquer de respect, je souhaite plus que tout homme au monde obtenir un morceau de choix — un *post-ship*. Mais si je disposais de quatre planches capables de flotter, je serais heureux — le mot est faible ! — de naviguer dessus quel que soit le service, quel que soit mon rang, que j'en sois ou non le commandant. Je navigue depuis l'âge de quatorze ans, monsieur, et je n'ai jamais refusé un poste que leurs Excellences ont eu la bonté de m'offrir. Je peux vous promettre que vous ne regretteriez pas une telle décision, monsieur. Tout ce que je désire, c'est retourner en mer.

Lord Melville toussota d'un air pensif et fixa sur Jack son regard gris.

— Vous ne posez donc aucune condition ? On a fait beaucoup de bruit, jadis, sur vos amis qui voulaient vous voir capitaine de vaisseau après l'affaire du *Cacafuego*.

— Rien de la sorte, Excellence.

Jack se tut. Il eut envie d'expliquer le mot malheureux — « droit » — qu'il avait cru bon de prononcer la dernière

1. Sea-Fencibles : organisation regroupant des pêcheurs et des marins sous le commandement d'officiers de la Navy, pour assurer la défense des côtes anglaises contre les invasions. *(N.d.T.)*

fois qu'il était venu dans ce bureau. Mais, après y avoir réfléchi, il garda le silence. Il afficha un air d'attention respectueuse qui lui vint plus facilement qu'un an plus tôt — même s'il avait pour St Vincent un respect qu'il n'aurait jamais pour un civil.

— Bien, dit le Premier Lord après un silence. Je ne peux rien vous promettre. Vous n'avez sans doute aucune idée du nombre des candidatures, des intérêts qu'il faut considérer, qu'il faut maintenir en équilibre... Mais il y a peut-être une vague possibilité. Revenez me voir la semaine prochaine. J'examinerai entre-temps la question de votre promotion, même si la liste d'attente des capitaines de vaisseaux est terriblement surchargée. J'étudierai les différentes possibilités. Venez me voir mercredi. Mais entendez-moi bien, quoi que je fasse, ce ne sera pas un morceau de choix... C'est la seule chose que je puis vous promettre. Mais je ne m'engage à rien !

Jack se leva. Il remercia Son Excellence, qui avait eu la bonté de le recevoir. Lord Melville ajouta, d'un ton officieux :

— Nous nous verrons peut-être ce soir chez Lady Keith. Si je trouve le temps, j'y ferai un saut.

— Je me réjouis d'avance de vous y rencontrer, Excellence.

— Bonne journée, monsieur !

Lord Melville sonna, et regarda avec impatience la porte intérieure.

— Vous avez l'air très gai, monsieur, dit le concierge en scrutant le visage de Jack de ses yeux rougis de vieil homme. « Très gai » était un peu exagéré. « Satisfaction mesurée » aurait mieux convenu. Mais, en tout cas, l'expression de Jack n'avait rien à voir avec celle d'un officier qui vient d'essuyer un refus définitif.

— Oui, Tom, vous avez raison. Je suis venu à pied de Hampstead, ce matin. Jusqu'aux Seven Dials. Rien de tel qu'une bonne promenade matinale pour vous mettre en forme.

— Quelque chose de solide, monsieur ? demanda Tom. Il n'était pas dupe de toutes ces histoires de promenades matinales. Il était vieux, rien ne lui échappait, et il pouvait se montrer familier. Il connaissait Jack depuis l'enfance. En fait, il connaissait presque tous les officiers de la Liste d'active au-dessous de l'amiral, et il avait droit à un pourboire s'il arrivait quelque chose de *solide* lorsqu'il était de service.

— Pas... Pas exactement, Tom. (Jack jeta un regard vif dans le hall et dans la cour, vers les foules trempées qui traversaient Whitehall dans un sens ou dans l'autre — on aurait dit l'entrée de la Manche : le même trafic intense. Mais quels navigateurs, quels corsaires, quels chasse-marée se cachaient parmi eux ? Quels récifs invisibles ? Quels fouineurs ?) Mais je vais vous dire ce qui se passe, Tom. Je n'ai pas pris ma cape, et je n'ai pas d'argent. Voulez-vous m'appeler un fiacre et me prêter une demi-guinée ?

Tom connaissait bien l'absence de discernement des officiers de marine quand ils sont à terre. Que Jack puisse sortir en oubliant les nécessités premières de l'existence ne l'étonnait pas. Et il voyait à son expression que quelque chose était en route. Même s'il n'était pas nommé capitaine de vaisseau, rien que les Fencibles pouvaient lui fournir une douzaine d'emplois. Tom sortit la petite pièce de monnaie de sa poche avec un regard entendu, et appela une voiture.

Jack se jeta dans le fiacre, le chapeau baissé sur le nez, et s'installa au plus profond de l'habitacle, en épiant furtivement à travers les vitres boueuses. Sa silhouette curieusement déformée attirait l'attention et suscitait des remarques quand le cheval dépassait le trot. « Une bande d'horribles bâtards, se dit-il, en décelant un huissier derrière chaque homme. Mais, par Dieu, quelle vie ! Faire cela chaque jour, enfermé avec des livres de comptes... Quelle vie ! » Les visages défilaient sans joie, se hâtant vers leurs mornes occupations. Un flot interminable, humide, inquiet, froid et gris-jaune, des gens se bousculant, passant l'un devant l'autre comme dans un cauchemar, avec çà et là une jolie vendeuse ou une petite bonne qui rendait l'ensemble encore plus pathétique, à vous briser le cœur.

Un convoi de chariots de foin descendait Hampstead Road. Les longs fouets des paysans, leurs sarraus, les queues et les crinières des chevaux étaient décorés de rubans, et les belles et larges faces des hommes étaient rutilantes — effulgentes dans la mélancolie ambiante. De ses jours d'étude, lointains et inutiles, une citation revint à la mémoire de Jack : *O fortunatos nimium, sua si bona norint, agricolas*. « Hé, ce n'est pas mal. Dommage que Stephen ne soit pas là pour l'entendre. Je le lui réciterai tout à l'heure. » Il en aurait l'occasion. Le soir même, ils devaient aller ensemble à la soirée de Queenie. Avec un peu de chance, ils apercevraient quelques *agricolas* au sein de cette pitoyable cohue.

— Allez-vous me parler de votre entretien, maintenant ?

Stephen mit son rapport de côté, et observa le visage de Jack avec autant d'attention que le vieux concierge.

— Cela ne s'est pas trop mal passé. J'ai eu le temps d'y réfléchir, et je peux vous dire que ça ne s'est pas mal passé du tout. Jc crois qu'ils vont me promouvoir, ou me donner un navire. Ce sera ou l'un ou l'autre. S'ils me font capitaine, il y a toujours une chance de recevoir un *post-ship* le moment venu, ou un commandement par intérim. Et si l'on me donne un sloop, eh bien je le prendrai !

— Qu'est-ce qu'un commandement par intérim ?

— Quand un capitaine de vaisseau est malade, ou a besoin de passer quelque temps à terre — cela arrive souvent s'il est pair du royaume ou s'il siège au Parlement —, on en désigne un autre, un demi-solde, pour commander son navire durant la période considérée. Mais voulez-vous que je vous raconte les choses dans l'ordre ?

— Je vous en prie.

— Cela a fort bien commencé. Le Premier Lord m'a dit qu'il était heureux de me voir. Aucun Premier Lord n'avait été heureux de me voir avant cela, en tout cas ils se sont toujours arrangés pour le cacher... Il reste du café dans ce pot, Stephen ?

— Non. Mais vous pourrez bientôt avoir de la bière. Il est presque deux heures.

— Cela a donc fort bien commencé, très aimablement. Puis cela a tourné de la plus vilaine façon. Il a fait la grimace, et m'a dit qu'il était dommage que je vienne si tard... *Qu'il aurait aimé faire quelque chose pour moi*. J'ai bien cru mourir, lorsqu'il s'est mis à jaser sur les Fencibles et l'Enrôlement. J'ai compris que je devais détourner la conversation d'une façon ou d'une autre, avant qu'il me fasse une proposition directe.

— Pourquoi ?

— Parce qu'il ne faut surtout pas refuser. Si vous refusez un navire parce qu'il ne vous convient pas — parce qu'il est attaché à un port des Antilles, par exemple, et que vous n'avez pas envie d'arborer le pavillon jaune —, c'est un très mauvais point pour vous. Il est possible qu'on ne vous propose plus jamais rien. Ils n'aiment pas que chacun en fasse à sa tête. Le bien du service est la priorité absolue, disent-ils. Et ils ont parfaitement raison. Alors, vous comprenez, je ne pouvais pas lui dire que je détestais autant les Fencibles que l'Enrôlement, et qu'il faudrait m'y traîner...

— Vous avez donc éludé sa proposition ?

— Oui. J'ai renoncé à mon droit à être fait capitaine de vaisseau, et je lui ai déclaré que tout ce qui flotte ferait l'affaire. Je n'ai pas trop insisté là-dessus, mais il a tout de suite compris ce que je voulais dire. Il a un peu bafouillé, et m'a parlé de *quelque vague possibilité*, la semaine prochaine. Il va réfléchir à la question de ma promotion. Il a précisé qu'il ne prenait aucun engagement, mais je dois le revoir dans une semaine. De la part d'un homme comme Lord Melville, je trouve cela encourageant.

— Je suis de votre avis, mon cher, dit Stephen avec conviction. (Il savait de quoi il parlait. Il avait longtemps eu affaire à Melville qui avait été, durant des années, responsable des fonds secrets.) Je suis de votre avis. Mangeons, buvons et réjouissons-nous. Il y a des saucisses dans l'écritoire, et de la bière dans le pichet vert. Pour ma part, je me régalerai de fromage grillé.

Les corsaires français lui avaient volé sa montre Bréguet, avec la plupart de ses vêtements, de ses instruments et de ses livres, mais son estomac était plus précis que n'importe quel système d'horlogerie. Alors qu'ils s'installaient autour de la petite table près du feu, en effet, l'heure sonna à l'église. Les hommes de l'élégante *Bellone* s'étaient aussi emparés de l'argent qu'il avait rapporté d'Espagne — cela avait été leur premier et leur principal souci. Depuis qu'ils avaient débarqué à Plymouth, Jack et lui vivaient grâce à une petite traite laborieusement négociée avec le général Aubrey (pendant que leurs chevaux les attendaient à la porte), et l'espoir d'en escompter une autre, tirée sur un négociant de Barcelone connu sur la place de Londres, un nommé Mendoza.

Ils logeaient à présent dans un cottage idyllique près du Heath (idyllique en été, en tout cas), avec des volets verts et du chèvrefeuille au-dessus de la porte. La modicité de leurs moyens les obligeait à prendre soin d'eux-mêmes. La meilleure preuve de leur amitié était la manière dont ils surmontaient leurs différends en matière d'organisation domestique. Jack était d'avis que Stephen valait à peine mieux qu'une souillon : ses papiers, ses tartines de pain à l'ail, ses rasoirs et ses sous-vêtements traînaient dans un désordre épouvantable, sur et autour de sa table personnelle. Et l'état de sa perruque grisonnante — qui couvrait pour l'instant sa casserole de lait — prouvait qu'il avait pris de la confiture au petit déjeuner.

Jack ôta son manteau, passa un tablier pour protéger son gilet et son pantalon, et emporta la vaisselle dans l'arrière-cuisine.

— Mon assiette et ma soucoupe peuvent encore servir, Jack. J'ai soufflé dessus... J'insiste vraiment pour que vous laissiez cette casserole à lait. Elle est parfaitement propre. Qu'y a-t-il de plus hygiénique, de plus sain, que le lait bouilli ? Faut-il essuyer la vaisselle ?

— Non, non, s'exclama Jack, qui l'avait déjà vu en action. Il n'y a pas assez de place... J'ai presque fini. Contentez-vous de vous occuper du feu, d'accord ?

— Si nous faisions un peu de musique ? Le piano de votre ami est à peu près juste, et j'ai trouvé une flûte allemande. Mais que faites-vous ?

— Je passe le faubert dans la cuisine. Donnez-moi cinq minutes, et je suis à vous.

— On dirait le Déluge de Noé... (Stephen secoua la tête en regardant le feu.) Cette obsession maladive pour la propreté, cette manière de vous inquiéter pour la crasse, me rappelle la superstition des brahmanes à ce sujet. C'est presque du mauvais goût, Jack... De la cacosmie.

— Vous m'inquiétez bigrement, dit Jack avec un regard en coin. Est-ce que c'est contagieux ? (Il apparut dans l'embrasure de la porte, son tablier sous le bras.) Eh bien, monsieur, où est votre flûte ? Qu'allons-nous jouer ?

Il s'assit derrière le petit piano bas et fit courir ses doigts sur le clavier. Il se mit à chanter :

Ces salauds d'Espingouins voudraient bien qu'on leur donne
Et Gibraltar et Port Mahon...

— C'est vrai, qu'ils aimeraient l'avoir, non ? Je parle de Gibraltar.

Il passait d'un air à l'autre, dans un tapotement distrait, tandis que Stephen assemblait sa flûte sans se hâter. Au bout d'un moment, l'adagio de la sonate de Hummel émergea du tapotement.

« Est-ce par modestie qu'il joue comme cela ? se demanda Stephen, préoccupé par un filetage abîmé. Il sait parfaitement ce qu'est la musique... Il place la grande musique presque au-dessus de tout. Mais voilà qu'il joue aussi doux que de la guimauve. Jésus, Marie et Joseph, c'est sans intérêt. Et après le renversement mélodique, ce sera encore pire. C'est pire, en effet... De la complaisance sentimentale. Il se donne beaucoup de mal. Il est plein de bonne volonté, et il s'applique. Mais il est incapable de tirer de son violon autre chose que des platitudes... Sauf par erreur. Au piano, c'est encore pire, car les notes ne mentent pas. On dirait que c'est une fille qui joue. Une fille de cent kilos. Et pourtant, son visage ne reflète pas le sentimentalisme, mais la souffrance. Il souffre terriblement, j'en ai peur. Il joue à la manière de Sophia. Est-ce qu'il le sait ? Est-ce qu'il l'imite consciemment ? Je l'ignore. Leurs styles sont assez proches, en tout cas. Ou leur absence de style. C'est peut-être le manque d'assurance. Le sentiment qu'ils ne devraient pas dépasser certaines limites modestes. Ils se ressemblent beaucoup. Et puisque Jack, qui sait ce qu'est la vraie musique, est capable de jouer comme un simple d'esprit, pourquoi Sophia ne pourrait-elle pas jouer comme une gourde ? Peut-être suis-je injuste avec elle. Peut-être est-ce un cas d'homme plein d'un vrai sentiment poétique qui ne peut accoucher que de prairies fleuries — les canaux bouchés... Mon Dieu, mais il est ému aux larmes. Comme je voudrais qu'elles ne coulent pas ! C'est le meilleur des hommes... Je l'aime beaucoup... Mais il est anglais, après tout... Émotif, larmoyant... »

— Jack, Jack ! Ce n'est pas bon, cette deuxième variation !

— Quoi ? Quoi ? Pourquoi donc m'interrompez-vous, Stephen ?

— Écoutez. Voilà ce que ça donne.

Stephen se pencha au-dessus de lui et joua.

— Pas du tout ! Je le jouais correctement. (Il fit un ou deux allers et retours dans la pièce que sa silhouette, alourdie encore par l'émotion, remplissait tout à fait, regardant Stephen d'un air bizarre. Mais son sourire réapparut très vite.) Allons, improvisons, comme nous le faisions au large de la Crète. Par quoi commençons-nous ?

— Vous connaissez *St Patrick's Day* ?

— De quoi s'agit-il ? Oh, ça ? Bien sûr, que je le connais. Nous l'appelons *Bacon and Greens*.

— Je refuse d'improviser sur *Bacon and Greens*. Commençons par *Hosier's Ghost*, nous verrons où cela nous mène.

La musique se faufila dans la pièce, une ballade (et ses variations) en amenant une autre, le piano laissant s'exprimer la flûte, et vice versa. Parfois, ils chantaient aussi des airs de gaillard d'avant qu'ils avaient si souvent entendus en mer.

Venez venez, braves marins qui peinez sur le pont
Prêtez l'oreille à l'histoire que je tiens à vous dire
Sur le Litchfield qui s'est écrasé
Sur la côte barbare, au petit jour.

— La lumière baisse, dit Stephen.

— Sur la côte barbare, au petit jour... Oh, cet automne est mortel ! C'est vrai, mais la pluie a cessé, Dieu merci. (Il se pencha à la fenêtre.) Le vent a tourné à l'est... Très légèrement au nord-est. Nous allons pouvoir marcher au sec.

— Où allons-nous ?

— À la soirée de Queenie, évidemment, Lady Keith.

Stephen regarda sa manche d'un air hésitant.

— Votre manteau fera merveille à la lumière des bougies, dit Jack. Surtout si le bouton du milieu est recousu. Voulez-vous l'ôter, je vous prie, et attraper cette trousse de couture ? Je vais faire vite... Le temps que vous mettiez une cravate et une paire de bas. Des bas de soie, je vous prie. Queenie m'a donné cette petite trousse avant mon premier départ en mer. (Il noua le fil et le coupa avec les dents, au plus près de l'étoffe.) Installons maintenant cette perruque à sa place — un rien de farine, que nous prenons au fond de la huche à pain, par concession à la mode... Laissez-moi brosser votre manteau... Splendide ! Je vous jure que vous feriez bonne figure au lever du Roi.

— Pourquoi mettez-vous cette horrible cape ?

— Bon Dieu ! s'écria Jack, en lui mettant la main sur la poitrine. J'ai oublié de vous dire... Une des demoiselles Lamb a écrit à sa famille. Sa lettre est publiée dans le journal. Mon nom est mentionné. Ce qui signifie que cette brute d'avoué va lâcher ses hommes à mes trousses. Je dois m'emmitoufler, et enfoncer mon chapeau. Peut-être même devrons-nous prendre un fiacre lorsque nous serons en ville.

— Mais êtes-vous obligé d'y aller ? Une soirée de divertissement vaut-elle de courir le risque d'un séjour dans une *sponging-house* [1] ou à King's Bench ?

---

1. Sorte de prison placée sous la responsabilité d'un bailli (faisant fonction d'huissier), et réservée aux personnes arrêtées pour non-paiement de leurs dettes. *(N.d.T.)*

— Oui. Lord Melville sera là. Et je dois voir Queenie. Même si je ne l'aimais pas autant, je devrais veiller à défendre mes intérêts... L'amiral sera là lui aussi, ainsi qu'une bonne demi-douzaine de grosses légumes. Allons-y. Je vous expliquerai tout cela en marchant. Et les petits fours de Queenie sont célèbres, aussi...

— Écoutez ! C'est le cri d'une pipistrelle ! Ne bougez plus. Là, encore ! Si tard dans l'année ! C'est un prodige !

— Est-ce que ça porte chance ? demanda Jack en tendant l'oreille. On dirait un présage. Mais peut-être faudrait-il y aller, non ? Que diriez-vous de prendre un peu d'erre ?

Ils atteignirent Upper Brook Street au plus fort de la marée humaine. Éclairé par les flambeaux et les torches, un véritable flot de voitures attendait de pouvoir déposer ses passagers au numéro trois, et un contre-courant essayait d'atteindre le numéro huit (où Mme Damer recevait ses amis). La foule se pressait sur les trottoirs pour apercevoir les invités et lâcher des commentaires sur leurs habits. Des garçonnets aux pieds nus, empressés et inutiles, ouvraient les portières ou surgissaient brusquement en criant entre les chevaux, pour s'amuser, merveilleusement assommants pour les angoissés et les déprimés. Jack avait eu l'intention de se précipiter, de courir du fiacre à l'escalier, mais des groupes d'imbéciles, trop lents — certains étaient venus à pied, d'autres avaient laissé leur voiture au coin de Grosvenor Square —, piétinaient dans l'entrée comme autant de fourmis et lui interdisaient l'accès à la maison.

Il resta assis sur le bord de son siège, attendant qu'une brèche s'ouvre dans la foule. Les arrestations pour dettes étaient fréquentes (il le savait depuis toujours : plusieurs de ses amis avaient été emmenés dans des *sponging-houses* d'où ils envoyaient des appels pitoyables), mais cela ne lui était encore jamais arrivé. Sa connaissance de la procédure et de la loi était très vague. Il savait que le dimanche était sûr, et peut-être bien le jour anniversaire du roi. Il savait aussi qu'on n'arrêtait pas les pairs du royaume, et que certains endroits, comme le Savoy et Whitefriars, étaient des sanctuaires inviolables. Il fit le vœu que la maison de Lord Keith jouisse d'un tel privilège. Il fixait un regard impatient sur la porte ouverte et la lumière à l'intérieur.

— Allez, gouverneur ! cria le conducteur.

— Attention à la marche, Votre Honneur, lui dit le petit garçon qui tenait sa portière ouverte.

— Alors, gros cul, cria le cocher de la voiture qui suivait. Tu as l'intention de prendre racine ?

Il n'y avait rien à faire. Jack descendit sur le trottoir, et rejoignit Stephen dans la cohue qui progressait à peine. Il serra plus étroitement son visage dans sa cape.

— C'est l'empereur du Maroc, dit une putain peinte de couleurs vives.

— C'est le géant polonais de chez Astley.

— Montre-nous ton visage, chéri !

— Veux-tu lever la tête, beau coq !

Les uns crurent qu'il était étranger — un salaud de Français, ou un Turc —, d'autres le vieux Moore, ou encore la Mère Shipton incognito. Il avançait péniblement, en traînant les pieds, vers les portes éclairées. Un main se posa soudain sur son épaule. Il se retourna avec un air féroce qui plut à la foule — c'était ce qu'ils avaient vu de mieux jusque-là, à l'exception de Mlle Rankin marchant sur son jupon et s'affalant de tout son long.

— Aubrey ! Jack Aubrey ! s'écria Dundas. (Son vieux camarade de bord Heneage Dundas.) J'ai tout de suite reconnu votre dos... Je vous aurais reconnu n'importe où ! Comment allez-vous ? On dirait que vous avez la fièvre ! Comment allez-vous, docteur Maturin ? Vous allez là-dedans ? Moi aussi, ah, ah, ah ! Mais que devenez-vous donc ?

Dundas était capitaine de vaisseau depuis peu — il commandait le *Franchise*, trente-six canons. Il aimait tout le monde, et son bavardage les accompagna durant la traversée du trottoir et la montée des marches, jusqu'à l'entrée du hall.

La soirée avait un fort parfum de marine, mais Lady Keith ne dédaignait pas de recevoir les milieux politiques, et elle comptait parmi ses amis des tas de gens passionnants. Jack laissa Stephen en grande conversation avec le monsieur qui avait découvert le bore adamantin. Il traversa la grande salle de réception, puis une galerie un peu moins encombrée, et pénétra dans une petite salle surmontée d'une coupole, où s'étalait un buffet. Vin doux de Constantia, tourtes, petits fours. Et encore du vin de Constantia. C'est là que Lady Keith l'aperçut. Elle se trouvait en compagnie d'un homme de haute taille, vêtu d'un manteau bleu ciel à boutons d'argent.

— Jack, mon cher, permettez-moi de vous présenter M. Canning. Le capitaine Aubrey, de la Navy.

D'emblée, Jack aima l'allure de Canning. Son sentiment se trouva renforcé dès les premiers échanges de politesses. C'était un homme solidement bâti. Il n'était pas tout à fait aussi grand que Jack, mais sa façon de tenir droite, légèrement en arrière, sa petite tête ronde — le menton en l'air — le faisait paraître plus imposant et plus autoritaire. Aucune perruque ne cachait ses cheveux, ou ce qu'il en restait : de courtes boucles serrées autour d'une calvitie luisante (bien qu'il eût moins de quarante ans). Il ressemblait à un empereur romain — un de ceux qui étaient lourds et joviaux. Son visage était aimable, plein d'humour, mais suggérait une grande force cachée. « Un type avec qui il vaut mieux être copain », se dit Jack, qui lui recommanda avec ferveur « une de ces voluptueuses petites tourtes » et un verre de Constantia.

M. Canning était négociant à Bristol, ce qui ne laissa pas d'étonner Jack. Sauf pour affaires, il n'avait jamais rencontré de négociant. Des banquiers et des financiers, bien sûr. Et il les considérait comme une bande de pauvres créatures sans forces... Une classe inférieure. Mais il était impossible de se sentir supérieur à M. Canning.

— Je suis très heureux de faire votre connaissance, capitaine Aubrey, dit M. Canning en avalant deux autres petites tourtes. D'abord parce que je vous connais de réputation depuis des années. Ensuite parce que j'ai lu dans la presse des choses vous concernant, pas plus tard qu'hier. En 1801, je vous ai écrit pour vous faire part de mon sentiment sur la bataille contre le *Cacafuego*, et j'ai bien failli poster ma lettre ! Je l'aurais fait, vraiment, si j'avais eu l'excuse d'une vague connaissance ou d'un ami commun. Mais, de la part d'un parfait inconnu, cela aurait été trop cavalier, hélas. Après tout, que valent mes compliments ? De simples échos d'un admirateur profane.

Jack se fit reconnaissant.

— Trop aimable... Un excellent équipage... L'Espagnol n'a pas eu de chance avec la position des navires.

— Profane, mais pas complètement, tout de même... Pendant la dernière guerre, j'ai armé quelques corsaires. J'ai croisé à bord de l'un d'eux jusqu'à Gorée, et une autre fois aux Bermudes. J'ai donc une vague connaissance de la mer. Aucune comparaison avec vous, bien sûr. Mais une légère idée de ce que signifie une bataille comme celle-là.

— Vous avez servi dans la Navy, monsieur ? demanda Jack.

— Moi ? Non, en fait... je suis juif, dit Canning, avec l'air de s'amuser vraiment.

— Oh... Ah ? (Jack se retourna et fit mine de se moucher. Il aperçut Lord Melville, qui le regardait depuis l'entrée. Il s'inclina et cria :) Bonsoir !

— Pour cette guerre-ci, continuait Canning, j'en ai armé sept. Le huitième est en chantier. Et cela m'amène à la *Bellone,* de Bordeaux. Dès que la guerre a repris, elle a attrapé deux de mes navires de commerce, et elle s'est emparée du *Nereid*, le plus lourd de mes corsaires, armé de dix-huit douze-livres. C'était sa dernière croisière avant qu'elle vous prenne, vous et votre navire des Indes. Ce bâtiment est splendide, en mer, n'est-ce pas ?

— Prodigieux, monsieur, prodigieux. Il est capable de naviguer au plus près par temps presque calme. Il semait la *Blanche* sans difficulté. Même en étouffant ses voiles, par ruse, il file six nœuds contre quatre pour la *Blanche*. C'est pourtant au plus près que la *Blanche* rend ses meilleures performances. Par ailleurs, il est parfaitement manœuvré. Son capitaine est un ancien officier du roi de France.

— Oui. Dumanoir... Dumanoir de Plessy. (Canning se pencha au-dessus du buffet. Il resplendissait de vie et d'enthousiasme.) J'en possède les plans, et je suis en train de construire mon huitième navire sur le même modèle.

— Par le diable, vraiment ? s'écria Jack.

Les corsaires de la taille d'une frégate n'étaient pas rares en France, mais on n'avait jamais vu cela de l'autre côté de la Manche.

— Oui, mais avec des caronades de vingt-quatre livres à la place de ses longues pièces, et des chasseurs de dix-huit livres. Vous pensez qu'il supportera le poids ?

— Il faudrait que je regarde les plans, dit Jack en réfléchissant. Je crois que c'est possible, il s'en faut ! Mais je dois voir les plans.

— Mais c'est un détail, dit Canning avec un geste de la main. Le nœud du problème, c'est le commandant. Tout dépend de cela, bien entendu. En la matière, j'attache la plus grande importance à votre avis et à vos conseils. Je paierais cher pour m'assurer les services d'un capitaine audacieux, entreprenant... Et qui soit un vrai marin, bien entendu. Il est vrai qu'une lettre de marque, ce n'est pas un vaisseau du Roi. Mais j'essaie de diriger mes navires avec des méthodes que ne renierait aucun officier du Roi — discipline, régularité, propreté. Mais pas de listes noires, pas de bizutage, et très peu de fouet. Je pense que vous ne croyez pas beaucoup à l'utilité du fouet, n'est-ce pas ?

— C'est exact. Je considère qu'il ne fait pas l'affaire, avec des combattants.

— Des combattants. Précisément. Voilà encore une chose que je peux offrir... Des combattants de premier ordre, des marins de premier ordre. Ce sont pour la plupart des anciens contrebandiers, des hommes de la côte ouest, nés au bord de la mer et prêts à tout. J'ai plus de volontaires qu'il ne m'en faut. Je n'ai qu'à choisir... Et ceux que j'aurai choisis suivront leur commandant là où il leur demandera d'aller, se soumettront à une discipline raisonnable et se conduiront comme des agneaux. Un bon corsaire n'est pas une canaille s'il est placé sous les ordres d'un bon officier. N'ai-je pas raison, monsieur ?

— Je crois bien, monsieur, dit lentement Jack.

— Et pour obtenir le commandant qui convient, j'offre le salaire et les indemnités que touche un capitaine de vaisseau pour un soixante-quatorze. Je lui garantis en outre mille livres par an de parts de prises. Aucun de mes officiers n'a jamais fait moins, et ce nouveau navire fera certainement beaucoup mieux. Son tonnage sera plus du double de celui des autres, et il emportera deux à trois cents hommes. Si vous considérez qu'un navire de guerre privé ne perd pas de temps à faire respecter le blocus, à transmettre des messages ou à transporter des troupes, que sa seule fonction est de détruire le commerce de l'ennemi... Si vous considérez que cette frégate peut naviguer six mois de suite, eh bien... vous comprendrez que ses possibilités sont immenses... Immenses. (Jack hocha la tête. Oui, en effet.) Mais où vais-je bien trouver mon commandant ?

— Où avez-vous trouvé les autres ?

— Je les ai recrutés dans la région. Ils sont excellents, à leur manière, mais ils règnent sur des équipages moins importants : des parents, des amis, des hommes avec lesquels ils ont déjà navigué. Ici, le problème est différent. Il me faut un homme plus fort, un homme d'une autre carrure. Me donnerez-vous un conseil, capitaine Aubrey ? Pouvez-vous me recommander quelqu'un, un de vos anciens camarades de bord, peut-être, ou bien... ? Il aura les mains libres. Et je le soutiendrai quoi qu'il arrive.

— Il faut que j'y réfléchisse.

— Je vous en prie.

Dix ou douze personnes arrivèrent soudain au buffet, ce

qui mit fin à toute conversation privée. Canning donna sa carte à Jack. Il y griffonna une adresse au crayon et ajouta, en baissant la voix :

— Je suis ici toute la semaine. Appelez-moi, à n'importe quel moment. Je serai heureux de vous rencontrer.

Ils se séparèrent — plus précisément, on les sépara —, et Jack recula jusqu'à ce que la fenêtre l'empêche d'aller plus loin. La proposition avait été aussi directe que possible — s'adressant à un officier d'active, il fallait respecter les formes. Canning lui plaisait bien. Jack avait rarement éprouvé une sympathie aussi vive dès une première rencontre. Il devait être singulièrement riche, pour armer une lettre de marque de six ou sept cents tonneaux. Un investissement considérable pour un individu privé. Mais les hésitations de Jack portaient sur son propre choix, pas sur Canning. Il n'avait pas le moindre doute sur l'honnêteté de ce dernier.

— Venez, Jack, venez, lui dit Lady Keith en lui prenant le bras. Où sont passées vos bonnes manières ? Vous êtes un ours.

— Pardonnez-moi, ma chère Queenie, dit-il avec un grand sourire. Je suis sous le coup de la stupéfaction. Votre ami Canning veut faire ma fortune. Mais est-il *vraiment* votre ami ?

— Oui. Son père m'a appris l'hébreu. Bonsoir, Mlle Sibyl... Un jeune homme très riche, et très entreprenant. Il a pour vous une immense admiration.

— Ce qui montre sa véritable naïveté. Il parle hébreu, Queenie ?

— Oh, juste ce qu'il lui fallait savoir pour sa bar-mitsva, vous savez. Il n'est pas beaucoup plus cultivé que vous. Il a beaucoup d'amis dans le cercle du prince de Galles, mais ne vous méprenez pas... Ce n'est pas un m'as-tu-vu. Allons dans la galerie.

— Bar-mitsva... dit Jack d'une voix grave, en la suivant vers la galerie bondée.

Il aperçut, encadré par quatre hommes en manteau noir, le visage rubicond et familier de Mme Williams. Elle était assise près de la cheminée, elle avait l'air d'avoir chaud et d'être trop habillée, et Cecilia était à ses côtés. Il fut d'abord incapable de leur trouver une place dans ce contexte. Elles appartenaient à un autre monde et un autre temps, à une autre réalité. Il n'y avait pas de place disponible à côté d'elles, pas de chaise vide. Tandis que Lady Keith le conduisait vers elles, elle murmura quelque chose à propos de Sophia. Mais elle était trop discrète pour être comprise.

— Ainsi vous êtes de retour en Angleterre, capitaine Aubrey ? demanda Mme Williams quand il lui fit sa révérence. Bien, bien, ma parole !

— Où sont vos autres filles ? demanda Lady Keith en les cherchant du regard.

— J'ai dû les laisser à la maison, madame. Frankie a pris froid, et elle a de la fièvre. Sophie est restée pour s'occuper d'elle.

— Elle ne savait pas que vous seriez ici, chuchota Cecilia.

— Jack, dit Lady Keith, je crois que Lord Melville émet des signaux dans notre direction. Il veut vous parler.

— Le Premier Lord ? s'exclama Mme Williams, qui se leva à demi de son siège en tendant le cou. Où ? Où cela ? Lequel est-ce donc ?

— Le monsieur avec l'étoile, dit Lady Keith.

— Juste un mot, Aubrey, dit Lord Melville, car je dois partir. Pouvez-vous venir me voir demain, au lieu de la semaine prochaine ? Cela ne vous dérange pas ? Eh bien, bonne nuit... Je suis votre obligé, Lady Keith. (Il agita la main.) Votre humble et dévoué...

Quand Jack rejoignit les dames, ses yeux et son visage brillaient d'un éclat nouveau — une lueur qui évoquait le soleil levant. Grâce aux lois complexes de la métaphysique sociale, un peu de l'étoile du grand homme lui appartenait désormais, ainsi qu'une petite partie de l'opulence facile du jeune Canning. Il eut l'impression de contrôler la situation — toutes les situations —, en dépit des loups qui l'attendaient dehors. Il était surpris par son propre calme. Quels étaient ses sentiments, sous cette bouillonnante bonne humeur ? Il était incapable de le savoir. Il était arrivé tant de choses, ces derniers jours (sa vieille cape sentait encore la poudre), tant de choses arrivaient encore, qu'il était incapable d'en mesurer l'importance. Au combat, on peut recevoir un mauvais coup. Ce peut être une blessure mortelle, ou une simple égratignure, une éraflure — on ne peut le dire sur-le-champ... Il renonça, et décida de consacrer toute son attention à Mme Williams. Il remarqua à part soi combien la Mme Williams du Sussex, et même de Bath, était différente de la Mme Williams qui s'affichait dans un grand salon londonien. Elle avait l'air provincial, sans chic. Et il devait admettre que cela valait pour Cecilia, avec ses ornements tarabiscotés et ses cheveux frisottés — même si elle était une enfant accommodante. Obscurément, Mme Williams en était consciente. Elle avait l'air stupide, peu sûre d'elle, presque respectueuse, mais il sentait que la rancune pouvait bien ne pas être très loin. Elle avait remarqué combien Lord Melville était aimable, bien élevé. Elle dit à Jack qu'elles avaient lu dans le journal l'histoire de son évasion. Elle espérait que son retour signifiait que tout allait bien, maintenant. Mais comment avait-il échoué aux Indes ? Elle avait cru comprendre qu'il avait dû rejoindre le Continent à la suite de quelque... le *Continent !*

— C'est vrai, madame. Nous sommes allés en France, Maturin et moi, et cette fripouille de Bonaparte a bien failli nous mettre la main dessus.

— Mais vous êtes rentrés à bord d'un navire des Indes. J'ai lu cela dans les journaux... Dans le *Times*.

— Oui. Il faisait escale à Gibraltar.

— Ah ! Je vois. Le mystère est éclairci. Je savais que je finirais par comprendre.

— Comment va ce cher docteur Maturin ? demanda Cecilia. Comme j'espère le revoir !

— Oui, comment va cet excellent docteur Maturin ?

— Il va très bien, merci. Il y a quelques minutes, il était dans la salle du fond, en grande conversation avec le Médecin général de la Flotte. Quel ami inestimable ! Il a soigné sans relâche cette fièvre du diable que j'avais attrapée en montagne, et m'a administré ses remèdes deux fois par jour jusqu'à notre arrivée à Gibraltar. Sans lui, je n'aurais jamais revu l'Angleterre.

— Des montagnes... L'Espagne, dit Mme Williams d'un air réprobateur. Vous ne me ferez jamais aller là-bas, je vous le dis.

— Ainsi vous êtes descendus jusqu'au bout de l'Espagne, dit Cecilia. Ce pays n'est-il pas prodigieusement romanesque, avec beaucoup de ruines, et des moines ?

— Il y a des ruines et des moines, c'est vrai, dit Jack en souriant. Et aussi des ermites. Mais la chose la plus romanesque que j'aie vue, c'est le rocher de Gibraltar, qui se dressait comme un lion, là-bas, au bout de notre route. Ça et l'oranger, au château de Stephen.

— Un château en Espagne ! s'écria Cecilia en battant des mains.

— Un château ? Quelle idiotie, répliqua Mme Williams. Le capitaine Aubrey veut sans doute parler d'une sorte de cottage affublé d'un nom fantaisiste, ma chérie.

— Non, madame. C'est un château, avec des tours, des remparts, et tout ce qui s'ensuit. Un toit de marbre, aussi. Et la seule chose fantaisiste qui s'y trouve, c'est le bain, juste à l'écart d'un escalier en colimaçon, nu comme un œuf : il est de marbre, lui aussi, taillé dans un seul bloc... Étonnant. L'oranger, lui, est dans une cour entourée d'arches, une sorte de cloître, et il portait des oranges, des citrons et des mandarines ! Des fruits verts, des fruits mûrs, et des fleurs... Et ce parfum... Tout le romanesque que vous voulez ! Il y avait peu d'oranges, à l'époque où j'étais là, mais des citrons frais chaque jour. J'ai dû en manger...

— Dois-je comprendre que le docteur Maturin est un homme qui a du bien ? s'exclama Mme Williams.

— Certainement, madame. Une propriété monumentale, là même où nous avons traversé les montagnes... Des moutons mérinos...

— Mérinos...

Mme Williams hocha la tête. Elle connaissait l'existence de ces bêtes, assurément. Qui d'autre aurait pu produire la laine du même nom ?

— ... mais sa résidence principale se trouve plus bas, à Lérida. À propos, je ne vous ai pas demandé de nouvelles de Mme Villiers. Pardonnez ma grossièreté. J'espère qu'elle va bien ?

— Oui, oui... Elle est ici... (Mais elle évacua le sujet.) Mais je croyais qu'il n'était que chirurgien naval !

— Vraiment, madame ? Il est pourtant à la tête d'un domaine considérable. C'est un savant, aussi... Il jouit d'une grande estime, à...

— Mais comment se peut-il qu'il soit devenu votre chirurgien de bord ? demanda-t-elle, soudain soupçonneuse.

— Existe-t-il meilleure façon de voir le monde ? Saine, libre, et *payée par le Roi*.

Il n'y avait rien à redire à cela. Mme Williams resta silencieuse pendant plusieurs minutes. Elle avait entendu parler de châteaux en Espagne, mais elle avait oublié si c'était bien ou mal. C'était sûrement l'un ou l'autre. Sans doute bien, puisque Lord Melville était si aimable. Oui, très bien... Sûrement très bien.

— J'espère qu'il nous rendra visite... Que vous nous rendrez visite tous les deux, dit-elle enfin. Nous sommes chez ma sœur, Mme Pratt, George Street. Numéro onze...

Jack lui était très reconnaissant. Hélas, ses affaires officielles... Il ne disposait pas de son temps... Mais il était sûr que le docteur Maturin serait ravi. Et il exprima le vœu qu'on transmette son meilleur souvenir à Mlle Williams et à Mlle Frances.

— Vous devez avoir été informé, bien sûr, que ma Sophie est... (Par précaution, Mme Williams se lança dans un mensonge, le regretta immédiatement et se demanda comment elle pouvait s'en sortir avec élégance.)... Que Sophie est, comment dire... Mais rien n'est encore officiel.

— Voilà Di, chuchota Cecilia, en donnant un coup de coude à Jack.

Elle entra dans la galerie d'un pas lent, entre deux hommes de belle taille. Robe bleu foncé, ruban de velours noir autour du cou, splendide corsage blanc. Jack avait oublié que ses cheveux étaient noirs, *si noirs*, que son cou était si long et que ses yeux, de loin, pouvaient n'être que de simples taches sombres. Pas besoin d'analyser ses sentiments. Son cœur, qui s'était arrêté tout à l'heure, lorsqu'il cherchait des yeux la place vacante à côté de Mme Williams, battait la chamade. Une constellation, une galaxie d'idées érotiques lui passa par la tête, sans parler du plaisir sans mélange de la regarder. Comme elle avait l'air bien élevé ! Mais elle ne semblait pas très heureuse. Elle se détourna de l'homme qui marchait à sa droite, avec un mouvement du menton que Jack ne connaissait que trop bien.

— Le monsieur qui l'accompagne, c'est le colonel Colpoys, le beau-frère de l'amiral Haddock, des Indes. Diana loge avec la colonelle, à Bruton Street. Une maison médiocre, petite et mal commode.

— Comme il est beau, murmura Cecilia.

— Le colonel Colpoys ? s'exclama Mme Williams.

— Non, maman, le monsieur en manteau bleu.

— Oh, non, ma chérie... (Elle baissa la voix, et parla derrière sa main en jetant un regard sévère vers Canning.) Ce monsieur est j-u-i-f...

— Alors il n'est pas beau, maman ?

— Bien sûr que non, ma chère... (Comme si elle parlait à une idiote :) Je viens de vous dire qu'il est... (En baissant encore la voix :) J.U.I.F.

Elle pinça les lèvres, et hocha la tête avec satisfaction.

— Oh, dit Cecilia, déçue. Tout ce que je puis dire, murmura-t-elle, c'est que j'aimerais bien que des beaux garçons comme celui-là me tournent autour... Il est resté avec elle toute la soirée, ou presque. Les hommes tournent toujours autour de Di. Et en voilà un autre !

L'« autre » était un officier de l'armée de terre. Il s'efforçait de traverser la foule avec une coupe de champagne pour Diana, les deux mains tendues comme s'il s'agissait d'un objet sacré. Mais avant qu'il puisse faire avancer la grosse femme ébahie qui se dressait devant lui, Stephen Maturin fit son apparition. L'expression de Diana se modifia sur-le-champ... un plaisir non simulé, presque enfantin. Lorsqu'il s'approcha d'elle, elle lui donna les deux mains et s'exclama :

— Oh, Maturin, comme je suis contente de vous voir ! Bienvenue chez vous !

Canning, Jack et le soldat observaient la scène avec une vive attention. Ils ne virent rien qui pût les inquiéter. La roseur délicate qui envahit jusqu'aux oreilles le visage de Diana était provoquée par un plaisir simple, franc et spontané. La pâleur coutumière de Maturin, son expression un peu absente égalaient la franchise de Diana. En outre, il avait l'air plus quelconque que jamais — rouillé, négligé, défait.

Jack se détendit sur son siège. Il s'était trompé. Et son erreur lui réchauffait le cœur. Il se trompait souvent. Il se vantait de sa perspicacité, et il s'était trompé.

— Vous n'êtes pas avec nous, dit Cecilia. Vous êtes tellement occupé à examiner le monsieur en bleu que vous n'êtes pas avec nous. Maman dit qu'ils vont aller regarder la Madeleine. C'est cela que le docteur Maturin leur montre du doigt.

— Ah bon ? Ah, oui. Sûrement. Un Guido, je crois ?

— Non, monsieur, dit Mme Williams qui comprenait ces choses-là bien mieux que tout le monde. C'est une peinture à l'huile, une peinture à l'huile très coûteuse, bien que pas du tout dans le goût moderne.

— Puis-je rattraper le docteur Maturin et les accompagner, maman ?

— Je vous en prie, ma chérie. Dites au docteur Maturin de venir me voir. Non, capitaine Aubrey, restez assis. Vous allez me raconter votre voyage en Espagne. Rien ne m'intéresse plus que les voyages, soyez-en sûr. Si ma santé ne m'avait pas trahie, j'aurais été une grande voyageuse, une nouvelle... Une nouvelle...

— Saint Paul ?

— Non, non. Une nouvelle Lady Mary Wortley Montagu. Maintenant, parlez-moi du train de vie du docteur Maturin.

Jack n'avait pas grand-chose à dire. Il avait été malade,

parfois au point de délirer, et il n'avait guère prêté attention aux baux en vigueur sous ces latitudes, pas plus qu'au retour de capital. (Mme Williams soupira.) Il n'avait pas vu le registre des fermages, mais il supposait que le domaine était « assez important » : il avait pas mal de rentrées d'Aragon, et aussi de Catalogne. Il avait malgré tout ses désavantages : il était fâcheusement infesté de porcs-épics. On les chassait avec une meute de chiens à porcs-épics pure race, souvent à la lumière de la lune, et les chasseurs portaient des parapluies en cuir de Cordoue pour se protéger de leurs jets de piquants.

— Vous les hommes, vous ne vous préoccupez que de chasse, alors qu'un peu d'attention aux loyers élevés, aux amendes et aux enclosures... Je suis en train de faire clôturer Mapes Common... Ah, voici ce cher docteur !

Il était rare que le visage de Stephen trahisse son émotion, mais l'accueil démonstratif de Mme Williams lui fit écarquiller les yeux. Sa première question lui permit de comprendre la situation.

— J'apprends que vous avez un bain en marbre, docteur Maturin ? Ce doit être d'un confort inestimable, sous ce climat.

— Certainement, madame. Je l'ai conçu en wisigothique.

— Ce n'est donc pas du marbre ?

— Du marbre wisigothique, chère madame, d'un couvent détruit par les Maures.

— Et vous avez un château ?

— Oh, il n'est pas bien grand. Je conserve une aile en état, pour pouvoir y descendre de temps à autre.

— Pour chasser le porc-épic, je présume ?

Stephen hocha la tête.

— Et pour mes fermages, madame. À certains égards, l'Espagne est un pays beaucoup plus direct que l'Angleterre. Lorsque nous parlons de loyers exorbitants, dans la région, cela veut dire loyer exorbitant, des *tack-rents*, comme disent les Anglais... Nous leur faisons payer l'usage de l'instrument !

Jack trouva Diana au buffet, là où lui-même avait parlé avec Canning. Celui-ci n'était plus dans les environs, mais deux soldats l'avaient remplacé auprès de Diana. Elle ne tendit pas les deux mains à Jack — elle tenait un verre et un morceau de gâteau —, mais son accueil fut aussi gai, aussi joyeux et aussi sincère que celui qu'elle avait réservé à Stephen. Peut-être même un peu plus chaleureux, car elle s'éloigna du groupe pour lui parler — cent questions rapides, attentives...

— Comme vous nous avez manqué, à Mapes, Aubrey. Comme vous m'avez manqué ! Un troupeau de femmes qui miaulent en chœur en empotant des groseilles... Que Dieu me vienne en aide ! Et voici cette odieuse Mme Dawkins qui fonce par ici. Allons voir la nouvelle peinture de Lady Keith... La voici. Qu'en pensez-vous ?

Clairement, la Madeleine ne s'était pas encore repentie. Elle se tenait sur un quai, avec des ruines bleues à l'arrière-plan (un bleu décliné sur tous les tons, de sa robe à la mer) à côté de plats, d'aiguières et de vasques d'or entassés sur un drap cramoisi, l'air légèrement suffisant. Sa robe bleue s'envolait — c'était une bonne brise pour huniers à deux ris — ainsi que son jupon blanc vaporeux, révélant de jolies jambes et une poitrine ferme mais opulente. Cela ne manqua pas de susciter l'intérêt de Jack, qui venait de passer une longue période en mer. Il finit pourtant par détourner le regard pour examiner le reste du tableau. Il chercha ce qu'il pourrait dire — un mot approprié et, pourquoi pas, spirituel. Mais sa subtile et ingénieuse remarque resta informulée — peut-être la journée avait-elle été trop remplie — et il dut se contenter d'un « Très très beau... Regardez ce bleu ! » Un petit vaisseau, en bas à gauche, accrocha soudain son regard. Une sorte de pinquet. Il était supposé louvoyer pour entrer au port, mais il était évident — d'après la direction que prenaient les habits de la demoiselle — que le pinquet serait rudement surpris lorsqu'il passerait le promontoire.

— Quand il prendra la brise de terre, il va avoir un problème, dit Jack. Il ne pourra jamais étayer — pas avec ces latines, si peu maniables —, et il n'a pas la place de lofer. Il va être drossé sur la côte. Pauvres types. J'ai bien peur qu'ils n'aient aucune chance.

— C'est exactement ce que Maturin avait prévu que vous diriez, s'exclama Diana en lui serrant le bras. Comme il vous connaît bien, Aubrey !

— Vous savez, il n'est pas besoin d'être Nostradamus pour deviner ce que dira un marin en voyant un satané rafiot comme celui-ci drossé sur la terre. Mais Stephen est un gros malin, c'est certain... (Il retrouvait sa bonne humeur)... un grand connaisseur, sans aucun doute. Quant à moi, je ne connais rien à la peinture.

— Moi non plus, dit Diana, en levant les yeux vers la

toile. Elle a l'air de prendre du bon temps (elle rit) et elle ne manque pas d'admirateurs. Venez, allons voir si l'on peut trouver de la glace. Je meurs de chaud et de détresse.

— Regardez comme Diana a tiré ses cheveux, dit Mme Williams en les voyant se diriger vers la grande salle de réception. Elle dépasse la mesure. C'est juste pour attirer l'attention. Cela ferait plaisir à Sophie de la voir marcher ainsi, avec une telle impudence, avec ce pauvre capitaine Aubrey. Elle lui a carrément pris le bras !

— Quels sont vos projets, Aubrey ? demanda Diana. Vous êtes de retour pour de bon ? Pouvons-nous espérer vous voir bientôt dans le Sussex ?

— Ce n'est pas sûr. Vous voyez cet homme, là-bas, qui prend congé de Lady Keith ? Mais vous le connaissez, bien entendu... Vous étiez avec lui, tout à l'heure. Canning.

— Oui ?

— Il m'offre le commandement d'une... D'une lettre de marque. Un navire de guerre privé. Une frégate de trente-deux canons.

— Oh, Aubrey, c'est splendide ! Un corsaire ! C'est exactement ce qu'il vous faut... J'ai dit une bêtise ?

— Non ! Non, pas du tout... Bonsoir, monsieur. C'était l'amiral Bridges. Non, c'est juste ce mot, corsaire. Mais comme Stephen me le répète sans cesse, on ne doit pas être prisonnier des mots.

— Non, bien sûr. Et puis, qu'est-ce que ça signifie ? C'est comme si vous vous mettiez au service d'un prince indigène aux Indes. Tout le monde vous voue aux gémonies, mais tout le monde envie la fortune que vous amassez. Oh, comme cela vous irait d'être votre propre maître ! Fini d'arpenter Whitehall en tous sens, fini les amiraux qui vous imposent des missions stupides et vous prennent de grands morceaux de vos parts de prises. C'est la solution idéale, pour un homme comme vous... Pour un homme de caractère. Un commandement indépendant ! Une frégate de trente-deux canons !

— L'offre est magnifique. Je ne sais pas du tout où j'en suis...

— Et vous serez l'associé de Canning ! Je suis sûre que vous ne le regretterez pas ! Ma cousine Jersey le connaît. Les Canning sont riches au point que c'en est absurde, et il est assez semblable à un prince indigène. Mais, ce qui est rarement le cas des princes, il est honnête et courageux.

Son expression changea soudain. Jack tourna la tête. Un vieil homme se tenait à côté de lui. Il s'adressa à Diana.

— Ma chère, Charlotte m'envoie vous dire qu'elle compte rentrer bientôt à la maison. Nous devons déposer Charles à la Tour avant minuit.

— Je viens immédiatement, dit Diana.

— Non, non, vous avez le temps de finir votre glace.

— Vraiment ? Oh, puis-je vous présenter le capitaine Aubrey, de la Navy ? Le voisin de l'amiral Haddock. Le colonel Colpoys, qui a l'amabilité de m'héberger.

Après quelques brefs échanges de politesses, le colonel s'en alla voir ses chevaux.

— Quand vous reverrai-je ? Et si vous veniez à Bruton Street demain matin ? Je serai seule. Vous pourrez m'emmener au parc, et me faire visiter quelques boutiques.

— Diana, il y a un mandat d'arrêt contre moi, dit Jack à voix basse. Je préfère ne pas me montrer dans Londres.

— Vous préférez ne pas vous montrer ? Vous avez peur qu'on vous arrête ? (Jack hocha la tête.) Vous avez peur ? Je ne m'attendais pas à ça de votre part, je vous assure. Pourquoi croyez-vous que je vous ai présenté au colonel ? Pour que vous puissiez me rendre visite.

— En outre, demain, je dois me présenter à l'Amirauté.

— Comme c'est dommage.

— Je pourrais venir dimanche ?

— Non, monsieur, c'est impossible. Je n'invite pas si souvent des hommes à me rendre visite... Non, il est certain que vous devez penser à votre sécurité. Bien sûr, vous devez penser à votre sécurité. En tout cas, je ne serai plus en ville.

On entendait la voix d'un valet de pied.

— La voiture de M. Wells ! La voiture de Sir John Bridges ! La voiture du colonel Colpoys...

— Commandant Lennox, dit Diana à l'un de ses soldats qui passait par là, soyez aimable de m'apporter ma cape, voulez-vous ? Il faut que je prenne congé de Lady Keith et de ma tante, ajouta-t-elle pour elle-même en prenant son éventail et ses gants.

Jack suivit la procession — le colonel et Mme Colpoys, Diana Villiers, ce Charles qu'il ne connaissait pas, Lennox et Stephen Maturin. Puis il resta tête nue, exposé sur ce trottoir brillamment éclairé, pendant que les voitures descendaient lentement des écuries. Mais il ne souffla mot... À peine un regard. On aida les femmes à embarquer dans les voitures, qui s'éloignèrent enfin. Jack retourna lentement dans la maison avec Stephen.

Ils gravirent le grand escalier, avançant à grand-peine contre le flot croissant des invités qui s'en allaient. Leur conversation était décousue et banale : quelques remarques d'ordre général. Mais lorsqu'ils furent en haut des marches, ils savaient tous deux que c'en était fini de l'harmonie qui régnait entre eux depuis des mois.

— Je vais prendre congé, dit Stephen, après quoi je me rendrai à pied à l'Académie de Médecine. Vous restez encore un peu avec vos amis, sans doute ? Je vous supplie de prendre un fiacre à la porte, et de vous faire conduire jusqu'à la maison. Voici notre bourse commune. Si vous allez voir le Premier Lord au matin, vous devez être de la meilleure humeur, reposé et serein. Il reste du lait dans la petite cruche... Le lait détend les fibres.

Jack fit chauffer le lait, y ajouta un doigt de rhum de sa flasque personnelle, et l'avala. Mais, en dépit de toute sa foi en cette potion, ses fibres restèrent tendues. Il était très loin d'avoir retrouvé sa sérénité.

Il écrivit un message à Stephen le prévenant qu'il rentrerait sans tarder, laissa la bougie allumée, et sortit se promener sur le Heath. La lune dispensait une lumière suffisante pour qu'il puisse voir son chemin, pâle sous les arbres dispersés. Il allait vite. La marche, à un rythme soutenu, lui redonna des forces. Il transpira, aussi. Il eut du mal à supporter sa cape, qu'il roula et serra sous son bras. Il monta la colline, redescendit vers les étangs, puis remonta. Il faillit marcher sur un couple enlacé — pour traîner à pareille heure dans un lieu aussi sinistre, ils devaient être pressés — et prit à droite, tournant le dos à la lueur lointaine de Londres.

Pour la première fois de sa vie, il avait renoncé à relever un défi direct. Le bon sens larmoyant de sa remarque : « On a lancé un mandat contre moi ! » résonnait encore à ses oreilles, et il se sentit rougir dans l'obscurité. Pitoyable. Mais comment avait-elle pu lui demander une chose pareille ? Comment pouvait-elle lui en demander tant ? Il pensa à elle avec une froide animosité. Une amie n'aurait pas agi ainsi. Elle n'était pas idiote, et ne manquait pas d'expérience : elle savait parfaitement ce qu'il risquait.

Son mépris était difficile à supporter. À sa place, huissiers ou pas, elle serait venue. Il en était persuadé. L'allusion à l'Amirauté avait eu l'air d'une excuse pleurnicharde.

Et s'il prenait le risque de se montrer à Bruton Street dans la matinée ? S'il acceptait la proposition de Canning, le rendez-vous à Whitehall devenait inutile. On l'y avait traité avec une telle mesquinerie... Avec plus de mesquinerie qu'il l'avait cru possible, et il n'y avait aucune raison, aucune chance que la réunion du lendemain arrange les choses. Tout au plus, un poste à terre, inacceptable, sauverait la conscience du Premier Lord, et lui permettrait d'affirmer : « Nous lui avons offert un emploi qu'il n'a pas jugé bon d'accepter. » Peut-être un transbordeur, ou un cargo. En tout cas, Lord Melville n'allait pas le faire capitaine ni lui offrir une frégate — la seule chose qui stopperait cette injustice, la seule chose qui pourrait lui procurer quelque satisfaction. Au souvenir de la façon dont on l'avait traité, son sang s'échauffa. Une satanée hypocrisie, minable et fourbe... Des hommes n'ayant pas le dixième de ses droits étaient promus derrière son dos. En outre, on ignorait ses recommandations, et ses aspirants étaient laissés sur le rivage...

Avec Canning comme Premier Lord, secrétaire et Conseil de l'Amirauté tout à la fois, les choses seraient différentes ! Il aurait un excellent navire, un équipage composé d'hommes de premier plan, on lui donnerait carte blanche, et tous les océans du monde lui appartiendraient : les Antilles pour le profit facile, les terrains de chasse chéris de la flotte de la Manche et, si l'Espagne entrait en guerre (ce qui était presque certain), les couloirs méditerranéens qu'il connaissait si bien. Et puis, très loin au-delà de la zone habituelle des croiseurs et des navires de guerre privés, le canal de Mozambique, les abords de l'île Maurice, l'océan Indien. Toujours plus à l'est, la Malaisie et les Philippines espagnoles. Au sud de l'équateur, vers Le Cap et au-delà, on trouvait aussi des navires de commerce français et hollandais rentrant des Indes. Et s'il devait s'avancer dans la zone de mousson, il aurait Manille sous son vent, et les galions espagnols. Même sans voir si loin, une prise de moyenne importance, sous ces latitudes, suffirait à régler ses dettes. Une seconde prise le remettrait en selle. Et il serait fort étonnant qu'il ne puisse faire deux prises sur ce terrain de chasse presque vierge.

Le nom de Sophia revenait avec insistance dans la partie de son cerveau où les mots prennent forme. Il l'avait repoussé au plus profond de lui-même depuis qu'il s'était enfui en France. Il n'était pas un bon parti. Et Sophie était aussi inaccessible qu'un pavillon d'amiral.

Elle, au moins, ne lui aurait pas joué de sale tour. Dans un accès d'auto-apitoiement, Jack imagina la même soirée en compagnie de Sophie — l'extraordinaire élégance de ses gestes (rien à voir avec la vivacité de Diana), la bonté et la douceur avec lesquelles elle l'aurait regardé, ce désir infiniment émouvant de le protéger. Comment aurait-il réagi s'il avait vu Sophie, là-bas, assise à côté de sa mère ? Aurait-il tourné les talons, aurait-il rôdé dans la salle la plus éloignée en attendant de pouvoir s'esquiver ? Et elle, comment se serait-elle comportée ?

— Bon Dieu, dit-il soudain à voix haute, frappé d'horreur par une nouvelle idée, et si je les avais vues toutes les deux ensemble ?

Il examina cette hypothèse. Comme pour se débarrasser de l'image désagréable qui s'imposait (le tendre regard de Sophie plongeant dans le sien, et cette question muette : « Est-ce que ce pleutre est vraiment le capitaine Aubrey ? »), il tourna plusieurs fois à gauche, marchant à grands pas dans le Heath désert jusqu'à ce qu'il retrouve son point de départ, là où quelques bouleaux s'élevaient, blancs et fantomatiques, dans le crachin. Il se dit qu'il devrait mettre de l'ordre dans ses idées, à propos de ces deux filles. Mais il y avait quelque chose d'odieux, de grossièrement indécent, à faire des comparaisons, à hésiter, à les opposer, à les évaluer. Stephen lui reprochait d'être confus, exagérément brouillon, incapable de suivre ses idées jusqu'à leur conclusion logique. « Vous avez tous les vices des Anglais, mon cher, y compris la confusion mentale et l'hypocrisie. » Mais il était absurde de vouloir chercher la logique là où elle n'avait rien à faire. Vouloir penser clairement, dans une affaire comme celle-là, était parfaitement répugnant. La logique ne pourrait s'appliquer qu'à une tentative de séduction délibérée, ou à un mariage d'intérêt.

Quant à faire le point... c'était une autre paire de manches. Il n'avait jamais essayé, pas plus qu'il n'avait tenté de définir la nature de ses sentiments réels. Il avait une méfiance profonde pour ce genre d'exercice. Mais cette fois, c'était important... C'était de la première importance.

— La bourse ou la vie ! fit soudain une voix, tout près de lui.

— Hein ? Quoi ? Que dites-vous ?

L'homme quitta le couvert des arbres, les gouttes de pluie brillaient sur son arme.

— J'ai dit : la bourse ou la vie ! Il toussa.

Moins d'une seconde plus tard, Jack lui jetait sa cape au visage. Il l'attrapa par sa chemise, le secoua avec une violence terrible, le souleva bien au-dessus du sol. La chemise lâcha. Il chancela, les bras ballants. Jack lui donna un grand coup du poing gauche sur l'oreille, puis un coup de pied dans les jambes au moment où il tombait.

Il s'empara du gourdin et se pencha sur son assaillant. Il respirait fort, et secouait sa main gauche — il fit jouer ses articulations : le coup avait été rudement maladroit, il avait l'impression d'avoir cogné un arbre. Il était indigné.

— Espèce de salopard ! dit-il, en surveillant ses mouvements. (Mais il n'y eut aucun mouvement. Au bout de quelques instants, Jack desserra les dents. Du pied, il retourna le corps.) Hé, monsieur ! Levez-vous ! Allez, debout ! (Il répéta ces injonctions et quelques autres, puis leva le type en position assise, le secoua. Sa tête se balançait, toute molle. Le corps était froid et humide. Aucun souffle, aucun battement de cœur. On aurait dit un cadavre.) Qu'il soit damné ! s'exclama Jack. Il est mort entre mes mains !

La pluie devint plus forte, ce qui lui remit sa cape en mémoire. Il la retrouva, s'en couvrit les épaules, et retourna près du corps. Une pauvre misérable petite frappe... Il ne pesait pas plus de quarante-cinq ou cinquante kilos... Le voleur de grand chemin le plus nul qu'on puisse imaginer. Il avait été à deux doigts d'ajouter « s'il vous plaît » à sa requête. Incapable de mener à bien son agression. Était-il mort ? Non ! Une de ses mains s'agitait, dans un mouvement vague et erratique.

Jack frissonna. La chaleur que lui avaient procurée la marche et sa brève lutte se dissipait, et il dut s'emmitoufler dans sa cape. La nuit était humide, et il gèlerait sûrement avant l'aube. Il se livra encore à quelques tentatives, brutales mais inutiles, pour ressusciter son voleur. « Jésus, quelle barbe ! » dit-il. En mer, il n'y aurait pas eu de problèmes, mais à terre, c'était différent... il avait un sens plus aigu de l'ordre et de la propreté. Après quelques hésitations écœurées, il enveloppa l'objet dans sa cape (moins par humanité que pour protéger ses vêtements de la boue, du sang, voire de quelque chose de pire), le souleva et s'éloigna.

Cinquante kilos et des poussières lui firent peu d'effet

pour les cent premiers mètres, et pour les cent mètres suivants. Mais l'odeur que dégageait son fardeau, en se réchauffant, était de plus en plus désagréable. Jack vit avec plaisir qu'il n'était pas loin de l'endroit où il avait pénétré dans le Heath. La lumière de ses fenêtres était en vue.

« Stephen le remettra vite sur pied », se dit-il. Son ami était réputé pour ressusciter les morts, pourvu que la marée ne change pas de sens. Il y avait des témoins.

Ses appels restèrent sans réponse. La bougie avait fort diminué : il ne restait qu'un petit bout de mèche en forme de champignon. Le feu était presque mort. Le message de Jack était toujours là, contre la cruche à lait. Il déposa son voleur de grand chemin, approcha la bougie et l'examina. Une face grise, émaciée. Des yeux presque clos laissant apparaître de petits croissants de blanc. Une barbe de plusieurs jours en partie couverte de sang. Un petit bonhomme chétif, au torse étroit. Un bon à rien. « Je ferais mieux de le laisser tranquille jusqu'à l'arrivée de Stephen, se dit Jack. Je me demande s'il reste des saucisses. »

Les heures passèrent. Le tic-tac de la pendule. Tous les quarts d'heure, le carillon de l'église. Il alimentait régulièrement le feu. Il fixait les flammes. Toutes ses fibres, cette fois, étaient détendues... Un bonheur serein, enfin.

Stephen rentra aux premières lueurs du jour. Il s'arrêta dans l'entrée, observa avec attention Jack endormi, puis le regard terrifié du voleur ligoté dans un fauteuil Windsor.

— Bonjour, monsieur, dit-il avec un signe de tête hésitant.

— Bonjour, monsieur. Oh, monsieur, s'il vous plaît...

— Ah, vous voilà, Stephen ! s'exclama Jack. Je m'inquiétais à votre sujet !

— Ah oui ?

Stephen déposa sur la table un paquet de feuilles de chou. Il sortit un œuf de sa poche, et une miche de pain de sous sa veste.

— Je vous apporte un bifteck, pour vous remettre d'aplomb avant votre rendez-vous, et ce que les gens du quartier appellent du pain. Je vous encourage vivement à ôter vos vêtements, à vous laver de pied en cap — la lessiveuse fera admirablement l'affaire — et à vous allonger pendant une heure entre de bons draps. Reposé, rasé, avec du café et un bon steak, vous serez un autre homme. Je vous y encourage d'autant plus vivement que je vois un pou qui escalade votre col — ce *pediculus vestimenti* cherche à améliorer son ordinaire en s'installant sur votre tête —, et quand on en voit un, on peut raisonnablement supposer la présence d'une colonie.

— Berk ! dit Jack, en se débarrassant promptement de sa veste. Voilà ce que me vaut d'avoir porté ce malandrin... Allez au diable, monsieur !

— Je suis vraiment désolé, monsieur. Très sincèrement honteux, dit le voleur en baissant la tête.

— Vous devriez l'examiner, Stephen. Je lui ai donné un grand coup sur la tête. J'allume sous la lessiveuse, et je me mets au lit. Vous m'appellerez ?

— Un joli coup, dit Stephen, après avoir nettoyé et examiné la plaie. Un très joli coup, ma parole. Cela vous fait mal ?

— Pas plus que le reste, monsieur. Vous êtes trop aimable de vous inquiéter de mon sort... Puis-je vous demander de me libérer les mains, monsieur ? Ces démangeaisons sont intolérables.

— Cela ne m'étonne pas, dit Stephen, en tranchant la corde avec le couteau à pain. Vous êtes bizarrement infesté. Mais quelles sont ces marques ? Elles ne datent certainement pas de la nuit dernière.

— Ce n'est rien d'autre que du sang coagulé, monsieur, sauf votre respect. J'ai essayé de dérober une bourse, la semaine dernière, du côté de Highgate. Un homme accompagné d'une jeune femme, qui semblait me donner une certaine... Mais il m'a cruellement rossé, et m'a jeté dans un étang.

— Peut-être vos talents ne se prêtent-ils pas à ce genre d'activités. Votre régime, en tout cas, ne s'y prête pas.

— Mais c'est mon régime, ou plutôt mon absence de régime, qui m'a conduit au Heath. Je n'ai rien mangé depuis cinq jours.

— Dites-moi, vous est-il arrivé de remporter quelque succès ?

Stephen cassa l'œuf dans le lait, battit le tout avec du sucre et le restant de rhum, et commença à nourrir le voleur à la cuiller.

— Aucun, monsieur. Oh, je vous remercie... De l'ambroisie ! Non, aucun. Mon plus grand exploit, ce fut un boudin noir arraché à un garçon, à Flask Lane. Un véritable nectar ! Non vraiment, monsieur, aucun. Je suis bien certain, pourtant, que si un homme me menaçait d'un gourdin, dans le noir, et qu'il me réclamait ma bourse... je lui obéirais sur-le-champ. Mais pas mes victimes ! Ou bien elles me rossent, ou bien elles prétendent n'avoir point de bourse, ou bien elles ne m'accordent aucune attention et continuent leur chemin en me laissant crier : « Ne bougez plus ! »... Ou bien elles se mettent à m'insulter : pourquoi est-ce que je ne travaille pas ? est-ce que je n'ai pas honte ? Je ne suis peut-être pas assez impressionnant. Ou pas assez résolu. Peut-être que si je pouvais m'offrir un pistol... Oserais-je vous demander un peu de pain, monsieur ? Un tout petit morceau de pain ? Faute d'avoir l'air d'un tigre, j'en ai un dans l'estomac...

— Vous avez intérêt à mâcher lentement. Et que leur répondez-vous ?

— À propos du travail, monsieur ? Eh bien, je leur réponds que je serais très content d'en avoir. Que je suis prêt à accepter le premier que je trouverai... Je ne suis pas fainéant, monsieur. Puis-je vous demander une autre tranche ? Je pourrais ajouter que c'est le travail qui me vaut mon infortune.

— Vraiment ?

— Ne serait-il pas plus indiqué que je vous raconte mon histoire, monsieur ?

— Un bref récit de vos malheurs serait tout à fait indiqué.

— J'habitais à Holywell Street, monsieur. J'étais un homme de lettres. Nous étions assez nombreux — non pas élevés pour les affaires ou pour exercer un métier, mais dotés de quelque éducation et d'assez d'argent pour s'offrir des plumes et une main de papier —, qui commencions à écrire et à nous installer dans cette partie de la ville. Il est surprenant que nombre d'entre nous fussent des bâtards. Mon propre père, dit-on, était un juge... C'est bien possible, en effet : quelqu'un m'a envoyé à l'école près de Slough, pendant quelque temps. Certains avaient un peu d'originalité — je crois que pour ma part, au début, j'avais une vraie disposition pour les vers —, mais nous étions sur les versants inférieurs de l'Hélicon, monsieur, le genre d'auteurs qui écrivent un *Guide universel pour attraper les rats vivants* ou *La Naissance malheureuse, la vie malfaisante et la fin misérable de Judas Iscariote, l'Apôtre fourbe*. Et des opuscules, naturellement : *Réflexions sur la crise actuelle, par un aristocrate*, ou bien *Nouvelle Méthode pour consolider la dette nationale*. Pour ma part, je m'occupais de traductions, pour le compte des libraires.

— De quelle langue ?

— Oh, de toutes les langues, monsieur. Si c'était oriental, ou classique, il y avait toujours un Français qui était passé avant nous. Quant à l'italien et l'espagnol, je parvenais généralement à les déchiffrer. Le haut-flamand aussi. J'étais assez compétent en haut-flamand, à l'époque où j'avais parcouru *Elegant Diversions* de Fleischhacker et *Nearest Way to Heaven* de Strumpff. Dans l'ensemble, je m'en sortais assez bien. Il m'arrivait rarement d'avoir faim ou de me trouver sans logement, car j'étais propre, sobre, ponctuel et, je vous l'ai dit, pas fainéant. Je respectais toujours les délais qu'on m'imposait, les imprimeurs comprenaient mon écriture, et je corrigeais mes épreuves dès qu'elles me parvenaient. Mais il arriva qu'un libraire, un certain... chut, je ne peux pas citer de noms... M.G. me fit venir et me proposa de traduire *Les Mers du Sud* de Boursicot. J'étais très heureux d'accepter, car les affaires étaient plutôt calmes. Je vivais depuis un mois sur *Le Cas des druides considéré d'un point de vue impartial*, un petit texte publié dans le *Ladies' Repository*, et les druides ne me permettaient pas de m'offrir autre chose que du pain et du lait. Nous nous sommes mis d'accord pour une demi-guinée la page. Je n'ai pas osé exiger plus, bien que ce fût imprimé en petits caractères, et toutes les notes en perle.

— Qu'est-ce que cela signifiait, en revenu hebdomadaire ?

— Eh bien, monsieur, en tenant compte des passages plus difficiles, et en travaillant douze heures par jour, cela pouvait faire jusqu'à vingt-cinq shillings ! J'étais ravi, vous le pensez bien : à l'exception de l'abbé Prévost, Boursicot est l'auteur français de récits de voyages le plus prolifique que je connaisse. C'était d'ailleurs le travail le plus long qu'on m'ait jamais proposé. J'ai pensé que cela m'assurerait pour longtemps un revenu régulier. Mon crédit était bon, alors j'ai déménagé — j'ai pris la chambre avec deux fenêtres en façade, une belle pièce pour la lumière. J'ai acheté du matériel, et plusieurs livres dont je pouvais avoir besoin, y compris des dictionnaires très coûteux.

— Vous aviez besoin d'un dictionnaire pour le français ?

— Non, monsieur. J'en avais un. Il s'agissait du *Naval Expositor* de Blanckley, et des livres de Du Hamel, Aubin et Savérien, dont j'avais besoin pour comprendre les mots difficiles relatifs aux naufrages et aux manœuvres, et pour connaître les occupations des voyageurs. Je trouve qu'il est indispensable, pour traduire, de bien comprendre le texte, monsieur. J'ai toujours préféré cela. J'ai donc travaillé, dans ma jolie chambre, refusant deux ou trois propositions d'autres libraires, et mangeant deux fois par semaine dans une gargote... Jusqu'au jour où M.G. m'a envoyé un jeune homme pour m'informer qu'il avait réfléchi à *mon* projet de traduire Boursicot. Que ses associés trouvaient le coût de la gravure un peu élevé. Et qu'il n'y avait pas, vu la situation du marché, une demande suffisante pour un tel article.

— Vous aviez un contrat ?

— Non, monsieur. C'était ce que les librairies appellent un *gentleman's agreement*.

— Aucun espoir, alors ?

— Absolument aucun, monsieur. J'ai essayé, bien entendu. On m'a claqué la porte au nez, pour ma peine. Il m'en a voulu de me rebeller contre ses mauvais traitements, et il a répandu des histoires à mon sujet, dans la profession, prétendant que je devenais insolent... C'est la dernière chose qu'un libraire puisse tolérer chez un *nègre*. Il a même dit du mal d'une petite traduction anodine que j'avais faite pour la *Literary Review*. Personne ne me proposait plus de travail. Mes biens ont été saisis, et mes créanciers auraient fini par s'emparer de ma personne, si je n'avais été assez inspiré pour leur fausser compagnie.

— Les huissiers, la contrainte par corps, le processus judiciaire, toutes ces questions vous sont donc familières ?

— Il est peu de choses que je connaisse mieux, monsieur. Je suis né dans une prison pour dettes, et j'ai passé des années à Fleet Street et à la Marshalsea. J'ai écrit mes *Éléments d'agriculture* et mon *Plan pour l'éducation des fils de la petite noblesse et de l'aristocratie* à King's Bench.

— Auriez-vous la bonté de me faire un résumé de la loi, telle qu'elle est en vigueur aujourd'hui ?

— Jack, c'est l'heure de votre quart !

— Hein ? Hein ?

Jack avait cette qualité des marins de s'enfoncer dans le sommeil en un instant, de se reposer une heure et d'en émerger aussi vite. Mais ce matin-là il était loin, très loin — à bord d'un soixante-quatorze pièces au large du Cap —, il nageait dans une mer tiède et phosphorescente... Pour une fois, il resta assis au bord du lit, l'air stupide, et il dut faire un effort pour réintégrer lentement le présent. Lord Melville, Queenie, Canning, Diana...

— Que comptez-vous faire de votre prise ? lui demanda Stephen.
— Hein ? Oh, lui. Nous devrions le livrer à la police, je suppose.
— Ils le pendront.
— Oui, bien sûr. Diable... On ne peut pas laisser en liberté un type qui dérobe les bourses des honnêtes gens. Si vous ne voulez pas qu'on le pende... Peut-être pourrait-on le faire exiler.
— Je vous en donne douze shillings et demi.
— Vous avez l'intention de le disséquer sur-le-champ ? (Stephen achetait souvent des corps sur l'échafaud, à peine refroidis.) D'ailleurs, possédez-vous vraiment douze shillings et demi ? Non, non, je ne veux pas de votre argent. Prenez-le, je vous le donne. Je vous l'abandonne. Hé, quelle est cette odeur de café et de toasts ?
Il s'installa pour manger son steak, ses yeux bleus saillant sous l'effort, mais aussi par l'effet de la réflexion et de la concentration. Ils essayaient de percer le futur, mais son regard finit par se fixer sur son prisonnier. Muet de terreur sur son siège, il se grattait discrètement, en faisant de temps à autre des petits gestes de soumission. Jack remarqua son manège et fronça les sourcils.
— Dites donc ! s'écria-t-il d'une voix de stentor qui fit faire un bond au cœur du pauvre type et immobilisa sa main. Dites donc, monsieur ! Vous auriez mieux fait de manger ceci et de regarder attentivement. (Il se coupa une bouchée succulente.) Je vous ai vendu au docteur. Vous devrez donc lui obéir en tout, sans quoi vous vous retrouverez dans un fût, et jeté par-dessus bord. Vous m'avez compris, hein ?
— Oui, monsieur.
— Je dois m'en aller, Stephen. Est-ce qu'on se voit cet après-midi ?
— Je n'en suis pas encore sûr. Je vais peut-être examiner Seething Lane, encore que cela ne vaille pas la peine avant la semaine prochaine.

Le plongeon dans la cour de l'Amirauté. La salle d'attente, avec une demi-douzaine de connaissances — bavardages sans queue ni tête, les uns et les autres ayant l'esprit ailleurs. L'escalier menant au bureau du Premier Lord. À mi-hauteur, un officier obèse penché sur la rampe pleurait en silence, ses joues grasses et pâles trempées de larmes. Un marin silencieux le regardait du palier, ainsi que deux appariteurs, dans le hall, frappés d'horreur.

Lord Melville avait été désagréablement affecté par son rendez-vous précédent, c'était évident. Il avait besoin de se reprendre, de se concentrer sur les affaires courantes. Pendant quelques minutes, il feuilleta les documents qui se trouvaient sur son bureau.

— Un officier vient de m'infliger une manifestation d'émotion, dit-il enfin, qui a entamé l'estime que je lui portais. Mais je sais le prix que vous, capitaine Aubrey, attachez à la force de caractère. Vous, vous ne risquez pas d'être bouleversé par de mauvaises nouvelles.

— Je souhaite pouvoir les supporter, Excellence.

— Je dois en effet vous annoncer qu'il m'est impossible de vous faire capitaine de vaisseau pour la bataille avec le *Cacafuego*. Je suis tenu de respecter les décisions de mon prédécesseur, et je ne veux pas créer un précédent. Il est donc hors de question de vous donner un *post-ship*. Quant aux sloops... Il n'y en a que huit ou neuf sous commission, et nous avons plus de quatre cents officiers en liste d'attente.

Il laissa ces mots faire leur effet. Il n'y avait rien de nouveau. Jack connaissait ces chiffres par cœur, tout en sachant que Lord Melville n'était pas sincère. Il y avait trente-quatre sloops en construction, plus une douzaine destinés au service portuaire ou laissés en réserve. L'entendre produisait tout de même un effet sinistre. Lord Melville poursuivit :

— Néanmoins, la précédente administration nous a laissé un projet de vaisseau expérimental que je serais prêt, sous certaines conditions, à classer comme sloop plutôt que comme *post-ship*, quoiqu'il porte vingt-quatre caronades de trente-deux livres. À l'origine, ce navire était destiné à porter une arme très particulière, une arme secrète que nous avons dû abandonner après les essais. Nous l'achevons en vue d'un usage normal. Nous l'avons appelé *Polychrest*. Peut-être aimeriez-vous en voir le dessin ?

— J'en serais ravi, en effet, Excellence.

— Il s'agit d'une expérience intéressante, dit le lord en ouvrant le portfolio. Il a été conçu pour naviguer contre vents et marées. L'architecte, M. Eldon, était un homme extrêmement imaginatif, et il a dépensé une fortune en plans et en maquettes.

Une expérience intéressante, en effet. Jack en avait entendu parler. On l'avait baptisé *Faute du Charpentier* et personne, dans la Navy, n'imaginait qu'il serait jamais mis à l'eau. Comment avait-il survécu aux réformes de St Vincent ? Quelle extraordinaire combinaison d'intérêts avait permis qu'il soit mis en chantier ? Sans parler de le mettre à l'eau ? Il avait une proue et une poupe semblables, deux vergues de grand hunier, un double fond, pas de cale, une quille et un gouvernail amovibles. Le croquis indiquait qu'il était construit par un chantier naval privé de Portsmouth, Hickman's, de réputation peu recommandable.

— Il est exact que le *Polychrest* était prévu à l'origine pour transporter l'arme dont je vous parlais. Mais les travaux étaient si avancés qu'y renoncer aurait constitué un gaspillage injustifiable. Et si l'on tient compte des modifications que vous voyez là, portées à l'encre verte, le Conseil est d'avis qu'il pourra nous être éminemment utile dans les eaux territoriales. Sa morphologie ne lui permet pas d'embarquer des provisions pour une croisière de longue durée, mais on a toujours besoin de vaisseaux de cette taille dans la Manche, et j'ai prévu d'attacher le *Polychrest* à l'escadre de l'amiral Harte, dans les Downs. Pour des raisons que je ne développerai pas ici, il faut faire vite. Son capitaine devra se rendre sur-le-champ à Portsmouth pour activer l'exécution des travaux, l'armer et le sortir en mer avec la plus grande promptitude. Est-ce que ce poste vous conviendrait, capitaine Aubrey ?

Le *Polychrest* résultait des élucubrations d'un terrien, et il avait été construit par une bande de gredins incompétents. Il se trouverait sous les ordres d'un homme que Jack avait cocufié, et qui serait ravi de ruiner sa carrière. La proposition de Canning ne se représenterait pas. Lord Melville n'était pas idiot, et il savait tout cela. Il attendit la réponse en l'observant, et en tambourinant sur le bureau. On lui jouait encore un vilain tour. Le *Polychrest* avait déjà été refusé. Et en dépit de ses efforts, il serait difficile pour Melville de se justifier auprès de Lady Keith... Sa propre conscience, pourtant endurcie par des années de service, était mal à l'aise.

— Je vous en prie, Excellence. Je vous en serai obligé.

— Très bien. Alors réglons tout cela. Non, je vous en supplie, ne me remerciez pas. (Il leva la main et regarda Jack dans les yeux.) Ce n'est pas le morceau de roi que vous espériez. Je le regrette. Mais vous aurez une puissance de feu de très loin supérieure à bien des frégates. Je suis sûr que vous vous distinguerez quand l'occasion se présentera, et le Conseil sera heureux de vous faire capitaine de vaisseau, dès que possible. En ce qui concerne les officiers et les hommes de confiance, je souhaite tenir compte de vos suggestions. Votre premier lieutenant est déjà nommé. M. Parker, recommandé par le duc de Clarence.

— J'aimerais avoir mon médecin. Et Thomas Pullings, qui était second maître sur la *Sophie*. Il a été reçu à l'examen de lieutenant en 1801.

— Vous voulez qu'il soit nommé ?

— J'en serais heureux, Excellence.

C'était beaucoup demander, et peut-être devrait-il sacrifier le reste de son équipe. Mais quelque chose lui disait qu'il pouvait prendre ce risque.

— Très bien. Quoi d'autre ?

— Je voudrais avoir deux des aspirants, Excellence.

— Deux ? Oui... Je crois. Vous avez parlé d'un médecin. De qui s'agit-il ?

— Le docteur Maturin, Excellence.

— Le docteur Maturin ?

Lord Melville leva les yeux vers Jack.

— Oui, Excellence. Vous l'avez peut-être aperçu chez Lady Keith. C'est un ami personnel.

— Bien ! dit Lord Melville en regardant ses papiers. Je m'en occupe. Eh bien, Sir Evan vous fera parvenir vos instructions dans la journée par messager. Mais peut-être préférez-vous attendre ici qu'elles soient rédigées ?

À quelques centaines de mètres de l'Amirauté, à St James's Park, le docteur Maturin et Mlle Williams arpentaient le sentier de gravillons au bord de l'étang artificiel.

— Cela ne laisse pas de m'étonner, dit Stephen, quand je vois ces canards. Des foulques... Tout le monde peut gober les foulques, ces oiseaux profondément vulgaires, et même le colvert à moitié domestiqué. Mais le tadorne, le morillon, la macreuse ! J'ai rampé sur le ventre, au cœur des marais glacés, pour les apercevoir à deux cents mètres et les voir s'envoler et disparaître avant de les tenir dans ma longue-vue. Et les voici maintenant, dans une cité moderne et rugissante, nageant tranquillement et se nourrissant de pain ! Et on ne les a pas capturés, on ne leur a pas rogné les ailes... Ils sont venus d'eux-mêmes, tout droit de leurs lointaines latitudes septentrionales ! Je suis tout simplement stu-pé-fait.

Sophia regarda les oiseaux avec conviction, et déclara qu'elle aussi trouvait cela ahurissant.

— Pauvres foulques, ils ont toujours l'air de si méchante humeur... Mais voici l'Amirauté, n'est-ce pas ?

— Oui. Et je crois qu'à l'heure qu'il est, Jack est fixé sur son avenir. Il doit se trouver derrière une de ces hautes fenêtres, sur la gauche.

— Le bâtiment est impressionnant, dit Sophia. Si nous nous approchions un peu ? Pour juger vraiment de ses proportions... Diana prétend qu'il a l'air fort amaigri, pas du tout dans son assiette... *Diminué*, c'est le mot qu'elle a employé.

— Il vieillit, peut-être. Mais il mange encore comme six. Et même s'il m'est difficile de prétendre qu'il est encore obèse, il est beaucoup trop gros. J'aimerais en dire autant de vous, ma chère.

Sophia avait minci, en effet, ce qui lui allait bien, avait emporté les dernières traces de puérilité, et mettait en évidence la force cachée de ses traits. En revanche, son air lointain, mystérieux, un peu endormi, avait disparu. Sophia était désormais une jeune femme parfaitement éveillée... Une adulte.

— Si vous l'aviez vu, hier soir, chez Lady Keith, vous ne seriez pas inquiète. Bien sûr, il a perdu le reste de son oreille sur le navire des Indes... Mais rien de grave.

— Son oreille ! cria Sophia. Très pâle, elle s'immobilisa au beau milieu de l'allée.

— Vous êtes dans une flaque d'eau, ma chère. Laissez-moi vous guider jusqu'à la terre ferme. Oui, son oreille. Son oreille droite, ou ce qui en restait. Mais ce n'est rien. Je l'ai recousue. Et je vous l'ai dit : si vous l'aviez vu hier soir, vous seriez tranquille !

— Quel excellent ami vous êtes pour lui, docteur Maturin. Ses autres amis vous en sont reconnaissants...

— Je lui recouds les oreilles de temps en temps, c'est vrai.

— Quel bonheur pour lui de vous avoir à ses côtés ! Je crains qu'il ne prenne parfois des risques inconsidérés.

— Vous avez raison, en effet.

— Mais je ne crois pas que j'aurais supporté de le revoir. La dernière fois, j'ai été très cruelle avec lui. (Ses yeux s'emplirent de larmes.) C'est horrible, d'être cruel avec les gens. On ne l'oublie jamais.

Stephen la regarda affectueusement. Cette femme adorable était malheureuse, comme en témoignait la ride qui lui barrait le front. Mais il ne souffla mot.

Dans tout Westminster, les horloges sonnèrent l'heure.

— Oh, nous sommes terriblement en retard ! s'écria Sophie. J'ai promis à maman... Elle va être si inquiète ! Allons, il faut courir.

Il lui donna le bras, et ils se hâtèrent de retraverser le parc. Stephen devait la guider, car elle avait les larmes aux yeux, et elle se retournait tous les trois pas pour regarder derrière elle... Vers les fenêtres de l'Amirauté.

Ces fenêtres, pour la plupart, donnaient sur les appartements de fonction des Lords Commissioners. Celle qui abritait Jack était à l'arrière du bâtiment, côté cour. Il se trouvait dans la salle d'attente, celle-là même où il avait passé, depuis le début de sa carrière, tant d'heures inquiètes et épuisantes. Il attendait là depuis la fin de l'entrevue, depuis assez longtemps pour avoir vu cent vingt-trois hommes et deux femmes franchir le grand porche, dans un sens ou dans l'autre. De nombreux officiers se trouvaient dans la salle, mais la compagnie se renouvelait, tandis que la journée s'écoulait. Aucun d'eux — avis de convocation et instructions craquant sous leur chemise — n'attendit aussi longtemps que lui. En fait, il attendit assez longtemps pour exciter la curiosité des concierges.

Il se trouvait dans une situation absurde. Dans une de ses poches, il avait ce joli document l'invitant et lui ordonnant de se rendre à bord du sloop de Sa Majesté le *Polychrest*, et dans l'autre une bourse souple contenant en tout et pour tout un *groat* rogné. Le reste avait été dépensé en présents coutumiers. Sur le *Polychrest*, pensait-il, il serait en sécurité. La malle de Portsmouth partait à onze heures du soir. Mais il fallait aller de Whitehall à Lombard Street sans se faire arrêter. Il lui fallait traverser Londres, parfaitement repérable dans son uniforme. En tout cas, il devait contacter Stephen qui l'attendait au cottage. Mais il n'osait pas quitter l'Amirauté. S'il était pris, à ce stade, il était capable de se tuer de rage, et il avait déjà eu, un peu plus tôt, la peur de sa vie : alors qu'il traversait le hall en sortant du bureau du secrétaire, un concierge lui avait annoncé qu'« un petit bonhomme en noir avec une perruque broussailleuse » l'avait nommément demandé.

— Envoyez-le s'occuper de ses affaires, voulez-vous ? Est-ce que Tom est là ?

— Non, monsieur. Tom ne sera pas de service avant dimanche soir. Un petit bonhomme sournois, vêtu de noir, monsieur.

Depuis trois quarts d'heure, il voyait cette silhouette noire, vaguement officielle, traversant et retraversant le passage menant à Whitehall. L'homme examinait l'intérieur des fiacres qui s'arrêtaient, jusqu'à monter parfois sur le marchepied des voitures. Il l'avait même vu s'adresser à deux grands types costauds — porteurs de chaise irlandais ou huissiers revêtus de l'habit de porteur : c'était un déguisement classique des fouineurs.

Jack n'avait pas les faveurs des concierges, ce jour-là. Il n'avait pas déversé une pluie d'or, pour le moins. Mais ils avaient flairé ce qui se passait, et ils prenaient tout naturellement le parti de Jack contre le pouvoir civil. L'un d'eux, qui revenait avec du charbon, lui déclara tranquillement :

— Votre petit bonhomme à l'oreille en chou-fleur traîne toujours à l'extérieur, devant l'arche, monsieur.

— Oreille en chou-fleur... (Il aurait été heureux d'entendre cela plus tôt ! Il se précipita vers la fenêtre, épia durant quelques minutes :) Ayez la bonté de le faire entrer dans le hall. Je le verrai immédiatement.

M. Scriven, l'homme de lettres, traversa la cour. Il avait l'air vieux et fatigué, et son oreille était affreusement enflée.

— Monsieur, dit-il d'une voix tremblant d'anxiété, le docteur Maturin me charge de vous dire que tout va bien à Seething Lane. Il souhaite que vous le retrouviez aux Grapes, près du Savoy, si vous n'êtes pas occupé. Je fais venir un fiacre dans la cour. J'ai essayé de me rendre utile, monsieur... Enfin, j'espère.

— Excellent ! Très bien ! Faites comme vous dites, monsieur... Faites-le venir dans la cour, et je suis à vous.

L'allusion au Savoy, ce refuge sacré, renforça les soupçons du concierge. Il eut un sourire bienveillant, et sortit rapidement avec M. Scriven à la recherche d'un fiacre, qu'il fit passer sous l'arche (en violation des règles) et manœuvrer assez près de l'escalier pour que Jack puisse y monter sans être repéré.

— Il serait peut-être plus sage de vous asseoir sur le plancher, dit M. Scriven. Sur cette cape. (Sentant une certaine répugnance, il ajouta :) Elle a été désinfectée à l'eau bouillante. Et le docteur Maturin a eu la bonté de me raser tout le corps, de me faire tremper dans l'eau chaude et de m'habiller de neuf de pied en cap.

— Je regrette de vous avoir frappé si fort sur l'oreille, dit Jack, du fond de la paille. Cela vous fait encore très mal ?

— Vous êtes trop bon, monsieur. Je ne sens rien. Le docteur Maturin a eu l'amabilité de la panser avec un onguent qui vient de l'apothicaire oriental, au coin de Bruton Street, et elle est presque insensible. Si vous en avez envie, vous pouvez vous asseoir normalement, monsieur. Nous sommes dans le duché.

— Quel duché ?

— Le duché de Lancaster, monsieur. De Cecil Street à l'autre côté d'Exeter Change, cela appartient au duché... Ce n'est ni Londres ni Westminster, et la loi n'est pas la même. Ici, les assignations de Londres ne sont pas applicables... Même la chapelle est un privilège royal.

— Un privilège, n'est-ce pas ? dit Jack avec une profonde satisfaction. Un satané privilège, rudement intéressant ! J'aimerais qu'il y en ait beaucoup d'autres. Comment vous appelez-vous, monsieur ?

— Scriven, monsieur, à votre service. Adam Scriven.

— Vous êtes un chic type, monsieur Scriven. Nous y sommes. Voilà les Grapes. Pouvez-vous payer cet homme ? Splendide.

— Stephen, s'écria-t-il, comme je suis heureux de vous voir ! Tout n'est pas perdu. Nous respirons ! Il y a de l'espoir ! J'ai un navire. Si je parviens à gagner Portsmouth, et si le navire flotte, nous aurons notre chance. Voici mes ordres. Et voici les vôtres. Ah, ah, ah ! Et vous, vous avez eu de la chance ? J'espère qu'on ne vous a pas donné de mauvaises nouvelles. Vous avez l'air plutôt sinistre.

— Non, non, dit Stephen, souriant malgré lui. J'ai négocié la traite sur Mendoza. À seulement douze et demi pour cent d'escompte, ce qui m'a fort étonné. Enfin, on me l'a endossée. Voici quatre-vingt-cinq guinées.

Il fit glisser sur la table une bourse de cuir.

— Merci, merci, Stephen ! s'écria Jack en lui secouant le bras. Que ce tintement est agréable ! C'est le son de la liberté, ah, ah, ah ! J'ai une faim de loup ! Rien pris depuis le petit déjeuner.

Il appela la tenancière à grands cris, qui leur proposa une paire de canards et un beau filet d'esturgeon froid — arrivé frais de Billingsgate le matin même — avec du concombre.

— Nous commencerons par l'esturgeon. Si vous mettez les canards sur le feu à l'instant même, ils seront prêts lorsque nous aurons fini. Que voulez-vous boire, Stephen ?

— Du gin à l'eau. Froid.

— Une boisson pour rabat-joie abandonnés de Dieu. Commandons du champagne ! Ce n'est pas tous les jours qu'on nous donne un navire... Et quel navire ! Je vais tout vous raconter. (Il fit un résumé de son entrevue, et dessina les formes bizarres du *Polychrest* dans un peu de gin à l'eau renversé.) C'est une horreur, et je ne comprends pas comment il a survécu aux réformes du vieux Jarvie. Quand j'ai vu les plans, j'ai pensé à la frégate dont Canning supervise la construction selon les plans de la *Bellone*... Pendant quelques instants, cela m'a fait un drôle d'effet. Mais j'ai eu à peine le temps de vous parler de la belle proposition qu'il m'a faite. Excusez-moi un moment. Je dois lui écrire un mot pour lui dire combien je regrette que le service officiel m'empêche d'accepter, etc. Il faut tourner cela de la manière la plus aimable, ce doit être poli et amical, et partir ce soir même avec la poste à un penny. Je vous assure, c'était l'offre la plus belle, la plus flatteuse qu'on puisse faire. Je me suis découvert une sympathie étonnante pour Canning. J'espère bien le revoir. Vous l'aimeriez, Stephen. Vif, intelligent, il comprend tout de suite de quoi l'on parle, s'intéresse à tout... Civil, délicat et modeste. Beaucoup de classe. On jurerait qu'il est anglais. Vous devez le rencontrer.

— J'apprécie votre recommandation. Mais j'ai déjà fait la connaissance de M. Canning.

— Vous le connaissez ?

— Nous nous sommes rencontrés à Bruton Street aujourd'hui. (Jack comprit en un éclair pourquoi le nom de Bruton Street résonnait si désagréablement, à cet instant précis.) Après m'être promené dans le parc avec Sophie, j'ai rendu visite à Diana Villiers.

Un regard extrêmement douloureux assombrit le visage de Jack.

— Comment va Sophie ? demanda-t-il, les yeux baissés.

— Elle n'a pas l'air très bien. Amaigrie, malheureuse. Mais elle a mûri. Je crois qu'elle est encore plus belle que lorsque nous l'avons connue dans le Sussex.

Jack se pencha sur le dossier de sa chaise, sans mot dire. Il y eut des bruits de vaisselle, des mouvements de nappe et de linge de table, et l'on apporta l'esturgeon et le champagne. Ils mangèrent. Ils échangèrent des banalités à propos de l'esturgeon — Un mets de roi... Jack en mangeait pour la première fois... Il le trouva finalement insipide et décevant —, puis il demanda :

— Et Diana, comment va-t-elle ?

— Tout à tour exultante et oppressée. Mais une allure splendide. Pleine de vie. (Il s'abstint d'ajouter : et de cruauté impudique.)

— J'ignorais tout à fait que vous deviez vous rendre à Bruton Street. (Stephen fit un simple mouvement de tête.) Il y avait du monde ?

— Trois soldats, un juge indien, et M. Canning.

— Oui, c'est vrai. Elle m'a dit qu'elle le connaissait. Voici nos canards. Ils ont l'air fameux, non ? s'écria-t-il avec une gaieté un peu forcée. Découpez-les, je vous en prie, Stephen. Vous faites cela avec la plus grande habileté. Est-ce que nous en faisons porter un morceau à Scriven ? Que comptez-vous faire de lui, au fait ?

— C'est un homme comme les autres. J'ai pour lui une certaine sympathie.

— Vous avez l'intention de le garder ?

— Ce n'est pas impossible. Je vous sers de la farce ?

— Autant que vous voulez. Quand aurons-nous à nouveau de la sauge et des oignons ? Croyez-vous que Scriven, après avoir fini son canard, pourrait courir prendre nos places sur la malle pendant que nous faisons nos valises à Hampstead ? Il pourrait encore trouver des places à l'intérieur.

— Il serait plus prudent que vous preniez une chaise de poste, Jack. Les journaux ont publié un article sur la réception de Lady Keith, et votre nom, sinon le reste de l'histoire, est mentionné dans le *Chronicle*. Cela n'a sûrement pas échappé à vos créanciers. Leurs agents à Portsmouth sont capables d'arrêter la malle : M. Scriven sait parfaitement jusqu'où peut aller leur ingénieuse et diabolique malveillance. Il m'a expliqué qu'ils étaient aussi vigilants et empressés que s'ils chassaient des voleurs. Vous devez aller directement au chantier en chaise, et monter à bord. Je m'occuperai de votre bagage et vous le ferai expédier par la voiture.

— Comment ? Vous ne venez pas, Stephen ?

Jack repoussa son assiette et regarda son ami d'un air catastrophé.

— Je ne comptais pas m'embarquer tout de suite, dit Stephen. Lord Keith m'a offert un poste de médecin sur le navire amiral, mais j'ai demandé à être excusé. J'ai trop de choses à faire ici. Et il y a trop longtemps que je ne suis allé en Irlande...

— Mais je tenais pour certain que nous embarquerions ensemble, Stephen ! Et j'étais si heureux de vous apporter moi-même ces instructions ! Que vais-je... (Il s'interrompit, et reprit d'un ton beaucoup plus bas :) Bien sûr, je n'avais pas le droit de faire une telle supposition. Je vous prie de me pardonner. Et je vais sur-le-champ m'expliquer auprès de l'Amirauté — c'est entièrement de ma faute. Un vaisseau amiral, après tout, par le diable ! Vous ne méritez pas moins. J'ai bien peur d'avoir été présomptueux.

— Non, non, mon cher, s'exclama Stephen. Cela n'a rien à voir avec le vaisseau amiral. Je m'en soucie comme d'une guigne, de votre vaisseau amiral. Sortez-vous ça de la tête. Je préférerais de loin un sloop ou une frégate. Non. C'est simplement que je ne suis pas encore tout à fait décidé à repartir en mer. Mais restons-en là pour le moment. De fait, je n'aimerais pas qu'on me prenne pour un indécis, au Conseil, un fils de pute efféminé, dit-il en souriant. Virer de bord, ce n'est pas mon genre. Je suis simplement gêné par la soudaineté de la chose... Je suis plus réfléchi dans mes mouvements que vous autres, hommes sanguins trempés dans l'eau de mer. En tout cas, je suis pris jusqu'à la fin de la semaine. Sauf si je vous écris d'ici là, je vous rejoindrai lundi avec mon coffre de marin. Allez, finissez votre vin — il est admirable, pour ce petit tripot —, et ouvrons une autre bouteille. Et avant de vous accompagner à votre chaise de poste, je vais vous dire ce que je sais de la loi anglaise sur les dettes.

Chapitre sept

Cher monsieur,

Ceci pour vous informer que j'ai rallié Portsmouth un jour plus tôt que prévu.

Pour solliciter votre autorisation de ne pas me présenter à bord avant ce soir.

Et pour vous prier de me faire le plaisir de votre compagnie au dîner.

Restant, cher monsieur,

Votre très affectionné et très humble serviteur,

Stephen Maturin

Il plia le papier, écrivit « Capitaine Aubrey, RN, HM Sloop *Polychrest* », scella le pli et sonna.

— Savez-vous où se trouve le *Polychrest* ?

— Oui, monsieur, répondit l'homme avec un sourire entendu. Il est au quai de l'artillerie, en train d'embarquer ses canons. Et il a passé un fichu mauvais quart d'heure, à la dernière marée.

— Ayez la bonté de lui faire porter immédiatement ce message. Et ces lettres, aussi, doivent être envoyées à la poste.

Il retourna à la table et ouvrit son journal.

> « Je signe son affectionné et humble serviteur. Et sans aucun doute, c'est l'affection qui m'a mené jusqu'ici. Même un homme froid et solitaire a besoin de ce genre de relation, s'il ne veut pas tuer ce qui, en lui, n'est pas tout à fait mécanique. Les sciences naturelles, la musique, les conversations d'ivrognes, cela ne suffit pas. J'aimerais penser — je le pense, en fait — que J.A. a pour moi une affection aussi sincère que le permet sa

nature irréfléchie, spontanée. Et j'ai conscience de mon affection à son égard... Je sais combien j'étais ému par sa détresse. Mais combien de temps cette affection résistera-t-elle à l'usure d'un conflit muet et quotidien ? Son amabilité à mon égard ne l'empêche pas de courir derrière Diana. Et ce qu'il ne veut pas voir, il l'ignore délibérément. Je ne suggère pas une hypocrisie consciente. Mais le *quod volunt credere* s'applique à son cas avec une force particulière. Pour ce qui la concerne, elle, je suis perplexe... Cette façon qu'elle a d'être adorable, puis de me tourner le dos comme si j'étais son ennemi. Comme si, en jouant avec J.A., elle avait fini par s'embrouiller. (Mais est-elle capable de renoncer à son ambition ? Certainement pas. Et c'est un parti encore moins enviable que moi. Une prise encore moins légitime. Est-il possible qu'il s'agisse d'un penchant vicieux ? Même s'il n'est pas, selon moi, un Adonis, J.A. est joli garçon, ce qui n'est pas mon cas.) C'est comme si cette tête de mule s'était mise à croire à la description ridicule qu'il a faite de ma fortune, à l'intention de Mme Williams... Et que je n'étais plus son allié, son ami, ni même son complice, mais un concurrent. C'est comme si... Oh ! Il y a mille possibilités, toutes aussi folles. Je suis perdu, et je suis troublé. Mais ce n'est pas incurable. Il s'agit d'une fièvre qui échauffe le sang. Le laudanum l'apaisera, et l'éloignement, et aussi le travail et l'action. C'est l'effet de réchauffement de la jalousie. Je n'avais jamais ressenti de jalousie, et bien que toute ma connaissance du monde, toute mon expérience, la littérature, l'histoire, et l'observation ordinaire m'aient informé sur sa violence, je n'ai aucune idée de sa véritable nature. *Gnosce teipsum* — mes rêves m'épouvantent. Ce matin, je marchais à côté de la voiture qui montait péniblement la côte de Ports Down Hill. Lorsque je suis arrivé au sommet, le port de Portsmouth est soudain apparu au-dessous de moi, avec Gosport, Spithead, et une bonne moitié de la flotte de la Manche scintillant en bas — une formidable escadre sortant à hauteur de Haslar, en ligne, toutes bonnettes déployées... Et j'ai éprouvé de la nostalgie pour la mer. Elle était si nette, si propre. Il y a des moments où tout, sur la terre ferme, me semble tortueux, sombre et sordide. Mais il est vrai que le sordide ne manque pas, à bord d'un navire de guerre.

Je ne sais pas jusqu'où J.A. a excité la crédulité avide de Mme Williams. Assez loin, si j'en juge l'obséquiosité avec laquelle elle m'a accueilli. Il a obtenu un curieux résultat : sa cote a monté presque dans les mêmes proportions que la mienne. Elle n'aurait rien contre lui, si ses biens étaient libres. Sophie non plus, je le jurerais. Mais je suis sûr que cette bonne enfant est si attachée aux principes qu'on lui a enseignés qu'elle est capable de finir vieille fille plutôt que de désobéir à sa mère — par exemple en se mariant sans son consentement. Ce n'est pas Gretna Green. C'est une bonne petite fille. Et c'est une des rares personnes que je connaisse dont les principes ne compromettent pas l'humour. L'heure n'est pas à l'allégresse, bien entendu. Mais je me rappelle avoir maintes fois remarqué, à Mapes, qu'elle est toujours *enjouée*, sans affectation. Une qualité extrêmement rare chez les femmes. (Diana y compris, sauf lorsqu'elle apprécie un trait d'esprit ou, de temps en temps, lorsqu'elle en produit un.) Elles sont souvent solennelles comme des chouettes, malgré leurs rires bruyants. Comme je serais désolé — mille fois désolé — si elle s'habituait à la mélancolie. Elle vient si vite... La forme de son visage se modifie... »

Il se leva, et regarda par la fenêtre. C'était un matin clair, glacé, et cette ville horrible était aussi belle que possible. Des officiers entraient et sortaient sans interruption de l'Amirauté du port, à deux pas de l'auberge. Les trottoirs étaient couverts d'uniformes, de manteaux bleus et rouges, de femmes d'officiers sur le chemin de l'église dans leurs jolies mantes — on voyait çà et là une pelisse de fourrure —, d'enfants tout propres arborant des sourires du dimanche.

— Quelqu'un vous demande, monsieur, fit le valet. Un lieutenant.

— Un lieutenant ?... Faites-le entrer.

Le tonnerre ébranla les marches, comme si l'on y avait lâché un taureau. La porte s'ouvrit avec fracas en vibrant, et Pullings fit irruption. Son bonheur éclatant et son manteau bleu tout neuf illuminèrent la pièce.

— Je suis nommé, monsieur ! s'exclama-t-il en saisissant la main de Stephen. Nommé, enfin ! Ma commission vient de m'arriver par la poste. Souhaitez-moi bonne chance.

— Eh bien, soit, dit Stephen en tressaillant sous sa

poigne, pour autant que vous puissiez être plus heureux que maintenant... À condition qu'un peu plus de félicité ne fasse pas déborder votre coupe... Vous avez bu, lieutenant Pullings ? Mais prenez une chaise, comme un être doué de raison, au lieu de sauter ainsi à travers la pièce !

— Dites-le encore, monsieur ! (Le lieutenant s'assit, et regarda Stephen, le visage rayonnant de pur amour.) Non, je n'ai pas bu une goutte !

— J'en déduis que c'est votre bonheur présent qui vous enivre. C'est très bien ! Que cela dure longtemps, très longtemps !

— Ah, ah, ah ! C'est exactement ce que m'a dit Parker. Pourvu que ça dure, il m'a dit... Mais avec de l'envie, vous savez, comme... ce vieux crapaud gris ! Il est vrai qu'il a de quoi être un peu amer... un peu rance, je dirais, à près de trente-cinq ans, sans un navire à lui, préposé à l'armement de celui-ci, qui n'est pas une sinécure... Mais c'est un homme bon et vertueux, j'en suis sûr. Encore qu'il était vraiment surexcité, avant l'arrivée du capitaine.

— Voulez-vous boire un verre de vin, lieutenant... Un verre de sherry ?

— Vous l'avez encore dit, monsieur ! cria Pullings, dont le visage s'éclaira de nouveau.

« On jurerait vraiment que la lumière émane de ce visage », se dit Stephen.

— C'est fort agréable... Rien qu'une goutte, je vous prie. Je ne veux pas m'enivrer avant demain soir... Je donne une fête ! Est-ce qu'il est convenable que je porte un toast ? Eh bien, au capitaine Aubrey... Avec toute mon affection ! Puisse-t-il obtenir tout ce que son cœur désire... Cul sec ! Sans lui, je n'aurais jamais été promu. Oh, j'oubliais la mission qu'il m'a confiée ! Avec les compliments du capitaine Aubrey au docteur Maturin. Il vous félicite d'être arrivé sain et sauf. Il sera très heureux de dîner avec vous au George à trois heures. N'a pas encore embarqué de papier, de plumes ni d'encre, et vous prie de lui pardonner l'aspect informel de sa réponse.

— Je serais ravi que vous puissiez nous tenir compagnie.

— Merci, monsieur, merci ! Mais dans une demi-heure, je prends la grande chaloupe qui fait la liaison avec l'île de Wight. Le *Lord Mornington*, de retour des Indes, a franchi Start Point jeudi, et j'espère bien trouver à son bord, à l'aube, une demi-douzaine de bons marins à enrôler.

— Les frégates en maraude et les ravitailleurs de Plymouth vous en ont laissé quelques-uns ?

— Que le bon Dieu vous bénisse, monsieur, j'ai fait deux voyages à son bord. Il y a sous son demi-pont des caches dont vous n'avez jamais rêvé, fort utiles pour planquer des hommes. Si je n'en ramène pas une demi-douzaine, vous pourrez me dire : « Vous êtes un fichu menteur, Tom Pullings ! » « Lieutenant Tom Pullings ! » ajouta-t-il in petto.

— Nous manquons donc d'hommes d'équipage ?

— Cela va assez mal, bien entendu. Il nous manque trente-deux hommes pour un équipage complet. Mais c'est surtout un problème de qualité. Le navire d'accueil nous a envoyé dix-huit hommes du Lord-Maire et une bonne vingtaine d'autres sur les quotas de l'Huntingdonshire et du Rutland : des types qui viennent directement de leur paroisse en passant par la prison... Jamais vu la mer de leur vie. C'est de vrais marins que nous allons manquer. Mais nous avons tout de même quelques hommes de premier plan, dont deux anciens de la *Sophie* — le vieux Allen, du gaillard d'avant, et John Lakey, du grand mât. Vous vous souvenez de lui ? Vous l'avez recousu de très près, durant votre premier voyage avec nous, après un accrochage avec un Algérien. Il jure que vous avez sauvé ses... ses parties intimes, monsieur. Il vous voue une reconnaissance infinie. Il dit que sans elles, il se sentirait plutôt vieux jeu... Les autres, le capitaine Aubrey parviendra bien à les former, j'en suis certain. Il y a aussi M. Parker, qui a l'air plutôt raide. Et Babbington et moi-même, nous serons là pour repérer les saligauds qui manqueraient à leur devoir... Le capitaine n'a pas de souci à se faire à ce sujet.

— Et les autres officiers ?

— Je n'ai pas vraiment eu le temps de faire leur connaissance, dans cette ambiance de jugement dernier, avec tout le tapage de l'armement — le commissaire au Ravitaillement, le canonnier au Matériel, le quartier-maître dans la cale, ou à l'endroit où serait la cale s'il y en avait une...

— Le navire est construit selon des principes nouveaux, je crois ?

— Tout ce que je souhaite, monsieur, c'est qu'il soit construit pour flotter. Je ne peux le dire qu'à un ami, monsieur : je n'ai jamais rien vu de semblable, à Pearl River, Hugli ou sur les côtes d'Afrique. Impossible de reconnaître l'avant de l'arrière ! Non qu'il soit beaucoup moins élégant que la moyenne, ajouta-t-il, comme s'il s'était pris en flagrant délit de déloyauté. M. Parker s'en est occupé... Feuille d'or et cuivres à gogo, onguent spécial pour noircir les nœuds et les vergues, poulies estropées avec du cuir rouge. Avez-vous déjà assisté à l'armement d'un navire, monsieur ?

— Non.

— C'est une vraie maison de fous, dit Pullings en éclatant de rire. Vous avez les types de l'arsenal dans les jambes, le matériel encombre toute la surface du pont, les nouveaux enrôlés tournent en rond comme des âmes en peine, personne ne sait qui est qui, ni ce qu'il doit faire... Une vraie maison de fous ! Et l'Amirauté du port vous envoie quelqu'un toutes les cinq minutes pour savoir pourquoi vous n'êtes pas encore prêt à appareiller... Tout le monde observe le sabbat à bord du *Polychrest*, ah, ah, ah !

Tom Pullings s'abandonna à sa gaieté, et se mit à chanter :

On va vous donner des idées, vieux renards,
Que le diable vous emporte, Amirauté du port !

— Je ne me suis pas changé depuis que nous avons embarqué, dit-il. Le capitaine Aubrey s'est amené dès le point du jour, et il a lu sa commission à haute voix devant Parker et moi, les fusiliers et une demi-douzaine de satanés marins (c'était tout ce que nous avions, alors), et il a hissé son pavillon. Avant même d'achever son discours — « À tout ceci personne ne pourra manquer, sauf à y répondre à ses risques et périls... » —, il me crie : « M. Pullings, s'il vous plaît, cette poulie d'écoute de hunier a besoin d'une foutue cosse ! », sans changer de ton. Seigneur, si vous l'aviez entendu faire une scène aux gréeurs, quand il a découvert qu'ils nous refilaient des cordages recyclés ! Il était si furieux qu'ils ont dû faire appel au chef de dépôt pour le calmer. Puis il nous a tous poussés jusqu'à l'épuisement — « Pas un instant à perdre ! » —, toujours de bonne humeur, hurlant de rire en voyant que la moitié des gens couraient à la proue en cherchant l'arrière, et vice versa. Je suis sûr, monsieur, qu'il appréciera le dîner. Je ne l'ai pas vu toucher à un morceau de pain depuis que j'ai embarqué... Mais je dois prendre congé, maintenant. Il donnerait sa main droite pour un canot plein de matelots aguerris.

Stephen retourna à la fenêtre. Il suivit des yeux la silhouette de Thomas Pullings, jeune et souple, qui se faufilait dans le trafic pour traverser la rue, se hâtant vers le Point — vers une longue nuit d'attente dans un canot découvert, dans les eaux de la Manche. « C'est beau, le dévouement, se dit-il. C'est très émouvant. Mais qui paiera pour le zèle de ce charmant garçon ? Combien de coups, de jurons, de violence et de brutalités morales ? »

La scène avait changé. L'heure de la messe était passée, et les membres les plus respectables de la ville avaient disparu derrière leurs portes fermées, dans une odeur de mouton. On voyait maintenant des groupes de marins, marchant les jambes écartées comme des paysans égarés dans une grande ville. On apercevait parmi eux des noctambules en retard, des petits commerçants crasseux, des colporteurs, et les filles et les femmes du lieu, épaisses et grossières. Un tintamarre confus se fit entendre — entre l'hilarité collective et le début d'émeute — et Stephen vit apparaître les libérés de l'*Impregnable* (habit de sortie et indemnités en poche). Ils titubaient, en compagnie d'une bande de putains, un joueur de violon marchait devant eux et des petits garçons se bagarraient de chaque côté du groupe, comme des chiens de berger. Certaines des putains étaient âgées, certaines portaient des robes déchirées qui laissaient voir leur chair jaune. Elles avaient toutes les cheveux teints et frisés au fer, et elles avaient toutes l'air transies de froid.

La chaleur et l'exaltation apportées par le jeune Pullings s'estompèrent. « Tous les ports sont les mêmes, se dit Stephen. Tous les lieux où se rassemblent des marins. Mais je ne crois pas que cela reflète leur nature. Plutôt la nature de la terre. » Il se laissa emporter par ses pensées... Comment se définit la nature humaine ? Quels sont les facteurs permanents de l'identité ? Qu'est-ce qui permet à un homme d'affirmer « Je suis moi » ?... Il en fut distrait en apercevant Jack, qui avançait dans la rue avec cet air de liberté et de sérénité qu'il ne pouvait afficher que le dimanche : tête haute, pas de regards anxieux par-dessus son épaule. La rue était assez encombrée, mais deux hommes, à cinquante mètres derrière Jack — ils réglaient leur pas sur le sien —, attirèrent le regard de Stephen. Deux costauds, à l'occupation mal définie. Ils avaient quelque chose de bizarre. Une espèce de concentration, qui ne cachait pas leur absence d'intérêt véritable pour ce qui se trouvait autour d'eux, et leur donnait un air dur. Stephen s'éloigna de la fenêtre, mais les suivit des yeux jusqu'à ce qu'ils arrivent en face du George.

— Jack, dit-il, deux hommes vous suivent. Venez ici, et regardez discrètement. Là-bas, sur les marches de l'Amirauté du port.

— Je connais celui qui a le nez cassé. Il a essayé de monter à bord, l'autre jour... rien à faire, bien sûr. Je l'ai tout de suite repéré. On dirait qu'il met l'autre sur ma piste, ce salopard. Oh, qu'ils aillent au diable ! (Il s'approcha du feu.) Que diriez-vous d'un bon verre ? J'ai passé la matinée dans la hune de misaine, et je suis mort de froid.

— Un peu de brandy résoudra le problème. Un verre de vrai Nantes. En fait, vous avez l'air d'être dans un état lamentable. Nous passerons à la salle à manger dès que vous aurez bu votre verre. J'ai commandé un flétan avec une sauce aux anchois, du mouton et un pâté de venaison. Rien que de la nourriture simple.

Les rides de fatigue disparurent peu à peu du visage de Jack, et un éclat rose remplaça le gris maladif de son teint. Il remplissait de nouveau son uniforme.

— Un homme se sent diablement mieux quand on lui donne du flétan, du gigot de mouton et du chevreuil, dit-il en jouant avec un morceau de fromage de Stilton. Vous êtes un hôte bien plus compétent que moi, Stephen. Toutes ces choses dont je raffole, mais que je peux à peine appeler par leur nom... Je me rappelle ce dîner lamentable auquel je vous avais invité à Mahon, le premier que nous ayons pris ensemble. Tout allait de travers, parce que mon espagnol était incompréhensible.

— Un fameux repas, et fort bienvenu. Je m'en souviens parfaitement. Prenons-nous le thé là-haut ? Je veux en savoir plus sur le *Polychrest*.

La grande salle était presque totalement emplie d'uniformes bleus, avec çà et là un fusilier marin. La conversation était aussi peu confidentielle qu'un échange de signaux en haute mer.

— Nous en tirerons le maximum dès que nous serons habitués à ses réactions, cela ne fait aucun doute, dit Jack. À première vue, il est peut-être un peu bizarre... Pour qui a des préjugés. Mais il flotte, c'est le principal, non ? Il flotte. Et pour une batterie flottante... eh bien, j'ai rarement vu cela ! Nous n'avons qu'à nous trouver au bon endroit. Nous avons vingt-quatre pièces de trente-deux livres prêtes à entrer en jeu. Des caronades, si l'on veut. Mais des caronades de trente-deux livres ! Nous pouvons nous emparer de n'importe quel sloop français en service, car ils sont vraiment terribles ! À condition de s'approcher assez, nous pourrions attaquer une frégate de trente-six pièces.

— Avec cette hypothèse, la proximité, vous pourriez aussi bien vous en prendre à un trois-ponts, un navire de premier rang, à six pouces... Pourquoi pas deux, en fait, à condition de vous glisser entre eux et faire feu des deux bords. Mais l'argument est fallacieux, mon cher, croyez-moi... Que Dieu me pardonne. Et à quelle distance ces caronades sont-elles capables de lancer ces projectiles extraordinaires ?

— Eh bien... Pour toucher ce que l'on vise, il faut se trouver à portée de pistolet. Mais à distance de bout de vergue... elles peuvent bien fracasser du chêne massif !

— Et si votre adversaire emploie ses longues pièces pendant vos manœuvres d'approche ? Mais je ne voudrais pas vous apprendre votre métier...

— Pendant que j'approche... Voilà toute la difficulté. Il me faut des hommes pour la manœuvre. Il en manque trente-deux pour que l'équipage soit complet... Il n'y a aucun espoir de trouver un autre contingent... Et je suppose que vous récuserez quelques-uns des estropiés et des tire-au-flanc que le navire d'accueil nous a envoyés. De sales petits truands. Je dois trouver des hommes, et le temps passe... Dites-moi, vous avez amené Scriven avec vous ?

— Oui, en effet. J'ai pensé qu'il pourrait se rendre un peu utile.

— Est-ce qu'il n'a pas un certain talent pour la rédaction ? Il écrit des pamphlets, n'est-ce pas ? J'ai essayé de rédiger une affiche. Trois ou quatre volontaires, rien que cela, vaudraient leur pesant d'or... Mais je n'ai pas le temps, et de toute façon, ça ne va pas. Regardez.

Il sortit quelques papiers de sa poche.

— Non, en effet, dit Stephen. Non, ça ne va pas.

Il sonna et demanda qu'on fasse monter M. Scriven.

— Monsieur Scriven, ayez la bonté de jeter un coup d'œil là-dessus... Vous comprenez de quoi il s'agit, n'est-ce pas... Rédigez un texte qui convienne. Il y a de l'encre et du papier sur la table, là-bas.

Scriven se rendit près de la fenêtre. Il lut, prit des notes en grognant pour lui-même. Jack, confortablement installé près du feu, eut une sensation délicieuse de détente. Il épousa les formes du fauteuil de cuir, s'y enfonça, laissa son corps se détendre. Il perdit le fil des propos de Stephen, et se contenta de réagir avec des oh ! et des ah ?, ou bien en souriant et en agitant la tête avec un air ambigu. De temps en temps, ses jambes étaient prises d'une secousse nerveuse qui le faisait sortir de sa béatitude. Mais à chaque fois il sombrait à nouveau, encore plus heureux qu'avant.

— Je disais : vous ne vous déplacez qu'avec les plus

extrêmes précautions, sans doute ? répéta Stephen, cette fois en lui touchant le genou.

— Bien entendu, répondit Jack, comprenant immédiatement de quoi il parlait. Je n'ai pas une seule fois mis le pied à terre, sauf le dimanche, et les canots qui nous approchent sont soigneusement examinés. En tout cas, je sors à Spithead demain avec la marée, ce qui nous mettra à l'abri des surprises. J'ai refusé toutes les invitations de l'arsenal, y compris celle du Commissioner lui-même. Mais j'ai accepté de me rendre à la fête de Pullings. Il n'y a pas le moindre risque. Cela se tiendra dans un lieu écarté, à Gosport, près du débarcadère, à quelque distance de la route. Je ne peux pas le décevoir. Il fait venir les siens de la campagne, ainsi que sa fiancée.

— Puis-je vous montrer ma proposition, monsieur ? demanda M. Scriven.

Au moins 5 000 £ par homme !
SOYEZ SÉLECTIONNÉ POUR UNE FORTUNE FACILE !
C'EST VOTRE DERNIÈRE CHANCE DE VOUS ENRICHIR !

Le navire de Sa Majesté *Polychrest* s'apprête à appareiller pour nettoyer les mers de TOUS LES ENNEMIS DU ROI GEORGE. Conçu pour NAVIGUER CONTRE VENTS ET MARÉES, il Prendra, Coulera et Détruira sans Merci les bâtiments impuissants du Tyran, et débarrassera les Océans de son Commerce. Il n'y a pas de temps à perdre ! Là où passera le *Polychrest*, c'en sera fait de toutes les PRISES, de tous les marchands, plus de gras Français et Hollandais poltrons chargés des Trésors, des Joyaux, des Soies, des Satins et des Coûteuses Délicatesses, destinés à la Cour de l'immoral et luxurieux Usurpateur.

Construit selon des Principes Scientifiques,
cet Incroyable et tout Nouveau Vaisseau
est commandé par le renommé
CAPITAINE AUBREY !

dont le brick la *Sophie* (28 livres de bordée) a pris à l'ennemi cent mille livres sterling de butin durant la dernière guerre. 28 livres ! Le *Polychrest* peut tirer 384 livres de chaque côté ! En proportion, qu'est-ce que ça veut dire ? Plus de DOUZE FOIS la puissance de feu de la *Sophie* ! L'Ennemi sera bientôt acculé à la Faillite. Sa Fin est Proche. Joignez-vous à la Fête avant qu'il soit trop tard, mettez-vous en route !
Le capitaine Aubrey a décidé d'accepter encore quelques Hommes d'équipage. Mais on ne peut accueillir que des gens exceptionnellement alertes, intelligents, capables de soulever un boisseau d'or. VOUS ÊTES PEUT-ÊTRE CET HEUREUX HOMME ! Ne perdez pas de temps ! Venez vite à l'Audition, à... VOUS AUREZ PEUT-ÊTRE LA CHANCE D'ÊTRE ACCEPTÉ !
Aucune formalité embarrassante. Les meilleures provisions, à 16 onces la livre. Quatre livres de tabac par mois. Bière, vin et grog gratis. Danse et musique à bord. Un voyage sain et enrichissant. Vous bénirez le jour où vous aurez embarqué sur le Polychrest !

DIEU BÉNISSE LE ROI !

— Les chiffres que je mentionne sont purement imaginaires, juste pour la forme, dit Scriven.

— C'est un peu exagéré, en effet, dit Jack en notant en marge des sommes un peu plus crédibles. Mais j'aime cela. Je vous remercie, monsieur Scriven. Voulez-vous l'emporter au bureau du Courrier, et leur donner les instructions pour l'imprimer ? Vous comprenez ces questions à merveille. Qu'ils en tirent une centaine d'affiches, et deux cents prospectus qu'on distribuera au point d'arrivée des voitures et des malles de la campagne. Voici deux guinées. Quant à nous, Stephen, il faut lever l'ancre. Il y a encore assez de lumière pour inspecter les nouvelles glissières, et vous devez examiner deux contingents d'enrôlés. Prière de ne pas déclarer inapte quiconque est capable de haler un cordage !

— Vous aurez le plaisir de rencontrer les autres officiers, poursuivit-il tandis qu'ils attendaient leur canot. Ils vous paraîtront peut-être un peu rudes, au début. Ce navire leur a donné beaucoup de fil à retordre, avec l'armement... Surtout Parker. L'homme à qui on avait d'abord offert le *Polychrest* a lanterné — on ne l'a pas trouvé, il n'a pu se décider —, et cet excellent Pullings n'est pas venu avant moi. Parker s'est donc occupé de tout.

Il monta sur le canot et s'assit en silence, les pensées tournées vers son premier lieutenant. M. Parker était un quinquagénaire grisonnant, précis, strict, très efficace pour la propreté du matériel et les détails de l'uniforme — ce qui lui valait d'être recommandé par le prince William. Il était courageux, actif et consciencieux. Mais il fatiguait vite, semblait peu intelligent, et il était un peu sourd. En outre (et c'était bien pire), il ne connaissait rien aux hommes — sa liste noire était longue comme le bras, mais les vrais marins lui prêtaient peu d'attention. Jack le soupçonnait de ne rien connaître non plus à la mer. Il sentait aussi — c'était plus qu'un soupçon — que Parker pouvait laisser la discipline se relâcher. Que s'il le laissait faire, le *Polychrest* pourrait être un navire tape-à-l'œil, peinture fraîche à l'extérieur et désordres à l'intérieur, séances quotidiennes de fouet et équipage maussade, réticent et brutal... Un navire malheureux, et une machine de combat inefficace.

Il ne serait pas facile de s'entendre avec lui. Il ne devait y avoir aucun conflit sur la plage arrière. Parker devait être, aux yeux de tous, responsable de la marche quotidienne du *Polychrest*, sans qu'un capitaine laxiste ne vienne saper son autorité. Non que Jack fût le moins du monde laxiste.

C'était un officier rigide, et il aimait que son navire soit bien tenu. Mais il avait déjà servi sur un enfer flottant, il en avait connu plusieurs autres, et il ne voulait plus en entendre parler.

— Le voilà, dit-il en montrant le *Polychrest* d'un mouvement de tête, un peu sur la défensive.

— Celui-ci ?

Un bâtiment à trois mâts — Stephen hésitait à penser « navire » — aux lignes élégantes, assez haut sur l'eau. Des flancs noirs brillants, et une bande jaune citron ponctuée par douze mantelets de sabords également noirs. Au-dessus du jaune, une ligne de bleu surmontée de blanc. Des volutes dorées se déployaient sur le bleu, à partir de chaque extrémité.

— Je ne le trouve pas si bizarre que cela... Sauf qu'il a l'air d'avoir deux bouts effilés, et pas de bec — cette inclinaison, cette anfractuosité à laquelle nous sommes habitués. Mais après tout on pouvait dire la même chose du coracle dans lequel voyageait saint Brendan. Je ne comprends pas l'origine de tout ce raffut.

— Et ce coracle tenait bien la mer ? Il filait contre vents et marées ?

— Bien sûr. Est-ce qu'il n'a pas atteint les îles Bénies ?

Quand le vendredi arriva, Jack était de belle humeur. Il n'avait été de meilleure humeur depuis le jour où il avait pris son premier commandement, et qu'il avait descendu le long port de Mahon pour prendre le large. Pullings avait ramené sept marins du *Lord Mornington*, fâchés mais très capables. Ensuite, l'affiche de Scriven avait incité cinq jeunes gens de Salisbury à venir à bord pour « demander des détails ». Mais le meilleur restait à venir. Jack et Stephen se trouvaient sur le pont, prêts à se rendre à la fête de Pullings — ils attendaient dans la brume grise que l'équipage maladroit, harcelé par M. Parker et le bosco, parvienne à mettre la chaloupe à l'eau —, lorsqu'un houari sortit de la pénombre et approcha du navire. Les deux hommes qui s'y trouvaient étaient vêtus de courtes vestes bleues à boutons de cuivre sur le côté, de pantalons blancs et de chapeaux de prélat. Sans parler de leurs longues nattes, des anneaux d'or qu'ils portaient à l'oreille et de leurs foulards de soie noire, cet accoutrement suggérait des matelots d'un navire de guerre. Jack se pencha au-dessus de la lisse pour les examiner. À sa stupéfaction, il reconnut Barret Bonden, son ancien timonier, et un autre ancien de la *Sophie*, dont le nom lui échappait.

— Laissez-les embarquer ! Montez, Bonden. Je suis très heureux de vous voir, ajouta-t-il quand l'homme fut devant lui, rayonnant, sur la plage arrière. Que devenez-vous, hein ? Toujours en pleine forme, je suis sûr ? Vous m'apportez un message ?

C'était la seule façon d'expliquer la présence d'un marin se baladant sur les eaux encombrées de Spithead comme si la campagne d'enrôlement en cours — la plus formidable depuis des années — le laissait indifférent. Mais aucun nom de navire n'était inscrit sur le ruban du chapeau que Bonden avait en main, et quelque chose dans son air ravi éveilla l'espoir de Jack.

— Non, votre Honneur ! (Bonden fit un signe du pouce vers son compagnon. Ce dernier n'était autre que son cousin, Joseph Plaice. Un tribordais en poste à l'ancre de veille, d'un certain âge, assez stupide, mais digne de confiance à jeun, et merveilleusement doué — sobre ou ivre mort — pour une variante du nœud de Matthew Walker.) Joe que voici m'a dit que vous étiez de nouveau à flot. Alors nous sommes venus de Priddy's Hard pour nous présenter comme volontaires... À condition que vous nous fassiez de la place, monsieur.

La phrase était aussi proche de la franche gaieté que la décence l'autorisait.

— Je m'arrangerai pour vous en faire, Bonden. Quant à vous, Plaice, vous devrez gagner votre *place* en enseignant aux bleus votre Matthew Walker. (Le jeu de mots dépassait la compréhension de Joseph Plaice, mais il eut l'air satisfait, et se toucha le front du doigt.) Veuillez enrôler ces hommes, M. Parker. Nous mettrons Plaice au gaillard d'avant, et Bonden sera mon timonier.

Cinq minutes plus tard, Jack et Stephen étaient dans la chaloupe. Bonden barrait, comme il l'avait fait pour Jack durant tant de satanées expéditions sur la côte espagnole. Par quel hasard se trouvait-il sans engagement à ce moment précis ? Comment était-il parvenu à traverser le grand port sillonné par les enrôleurs, sans être embarqué de force ? Il était inutile de l'interroger. Il ne pourrait que mentir. Alors qu'ils approchaient de l'entrée indistincte du port, Jack lui demanda des nouvelles de son neveu, George Lucock, un jeune homme fort prometteur qu'il avait fait aspirant sur la *Sophie*.

— Notre George, monsieur ? dit Bonden, presque à voix basse. Il était à bord du *York*. (Il avait sombré corps et biens en mer du Nord.) Il était aux manœuvres hautes. Enrôlé de force sur un navire marchand de Saint-Domingue.

— Il aurait fait son chemin, dit Jack en secouant la tête.

Il revit le jeune homme, rayonnant de bonheur en recevant sa promotion, resplendissant sous le soleil de la Méditerranée, et l'éclair de cuivre poli quand il prenait le point de midi avec son sextant, ce symbole du pont supérieur. Jack se souvint que le *York* avait été construit au chantier Hickman, et que des histoires circulaient. Il aurait été mis à l'eau avec des membrures dans un tel état que les lanternes étaient inutiles dans la cale, à cause de la lumière que laissait passer le bois pourri. En tout cas, il avait été incapable d'affronter un coup de vent assassin de mer du Nord.

Ces pensées l'occupaient tandis qu'ils se faufilaient entre les navires. Ils évitèrent les câbles tendus sous les grandes formes sombres des trois-ponts, coupèrent la route d'innombrables canots faisant la navette, s'attirant parfois des cris de rage ou des mots d'esprit de la part des bateliers autorisés. Une fois, même, le cri « Ohé, la *Faute du Charpentier* ! » lui parvint de devant une balise, suivi d'un éclat de rire nerveux. Cela tempéra quelque peu l'humeur de Jack.

Stephen était parfaitement silencieux, perdu dans quelque pensée personnelle. Ce n'est qu'en approchant du débarcadère, à la vue de Pullings qui l'attendait, que Jack s'éclaira un peu. Le jeune homme était avec ses parents et une fille incroyablement jolie. Une douce petite créature, toute rose, avec des mitaines en dentelle. Elle avait d'immenses yeux bleus, et un air grave et inquiet. « J'aimerais bien en faire mon animal de compagnie », se dit Jack en la regardant avec bienveillance.

M. Pullings père était un modeste fermier des flancs de la New Forest. Il avait apporté quelques cochons de lait, une bonne quantité de gibier de roi, et une tourte qui occupait une table entière. L'auberge fournissait la soupe à la tortue, le vin et le poisson. Les autres invités étaient des jeunes lieutenants et des seconds maîtres. La fête, au début, était plus guindée, plus sinistre qu'on l'eût souhaité. M. Pullings père était trop timide pour se rendre compte de quoi que ce soit. Une fois qu'il eut prononcé un discours où il se réjouissait de l'amabilité du capitaine Aubrey à l'égard de son Tom — il parlait à mi-voix, et avec un accent si grasseyant que Jack n'en comprit pas la moitié —, il se consacra à sa bouteille avec une muette persévérance. Mais les jeunes gens étaient tous affamés, car l'heure de leur dîner était passée depuis longtemps. Très vite, les énormes quantités de nourriture qu'ils engouffraient délièrent les langues. Au bout d'un moment, il régnait un bourdonnement régulier, des rires, un plaisir partagé par tous. Jack put se détendre. Il consacra son attention à Mme Pullings qui lui fit part, en confidence, de son inquiétude de voir Tom partir en mer « sans réserve de linge, rien pour se changer — même pas ses bons bas de laine ».

— Des truffes ! s'écria Stephen. (La tourte géante était la spécialité de Mme Pullings, son chef-d'œuvre : des jeunes faisanes désossées, farcies de truffes, dans un jus préparé avec leur propre sang, du Madère et du pied de veau.) Des truffes ! Où donc avez-vous trouvé ces truffes princières, chère madame ?

Il en piqua une et agita sa fourchette.

— La farce, monsieur ? Nous appelons cela des grobbets. Pullings a une vieille truie châtrée qui en déterre des dizaines, au bord de la forêt.

Les truffes, les morilles, les pleurotes et les oreilles de juif — tous parfaitement comestibles, voire tolérés jusqu'à l'excès (mais mêmc alors, n'est-ce pas, les cas de convulsions sont très rares, avec une certaine rigidité du cou n'excédant jamais deux ou trois jours, pas de quoi se plaindre) — occupèrent Stephen et Mme Pullings jusqu'au moment de desservir. Les femmes se retirèrent, et l'on fit circuler le porto. Il n'y avait plus de grades, désormais. Chacun de ces jeunes gens était au moins aussi grand, aussi impérial et aussi important qu'un amiral. Dans la brume vineuse, à la lueur de la bougie, l'inquiétude de Jack s'estompa. (Comment le *Polychrest* réagirait-il à un coup de vent, avec le fardeau que supportaient les mâts ? Et le lest, l'orientation des voiles, la construction, l'équipage, les provisions ?) Il redevint le lieutenant enjoué qu'il était encore quelques jours plus tôt.

Ils avaient bu à la santé du roi, du Premier Lord (« Dieu le bénisse, Dieu le bénisse ! » avait crié Pullings), de Lord Nelson en triple ban, de leurs épouses et de leurs promises, de Miss Chubb (la rose enfant) et d'autres jeunes dames. Ils avaient mis au lit M. Pullings père, et ils chantaient.

Nous tempêterons et rugirons comme de vrais marins
[anglais,
Nous errerons et bourlinguerons sur toutes les mers
[salées,
Jusqu'au jour où nous r'viendrons dans la Manche de la
[vieille Albion :
D'Ouessant aux Scillies, il n'y a que trente-cinq lieues.
Nous mîmes en panne en attendant le vent du sud-ouest,
[matelots.
Nous mîmes en panne pour sonder le fond,
Puis nous bordâmes le grand hunier, matelots, pour
[avoir vent arrière,
Et nous avons mis le cap pour remonter la Manche.
Nous tempêterons, rugirons...

Le tumulte était tel que Stephen fut le seul à voir la porte s'ouvrir. Le visage de Scriven, qui semblait chercher quelqu'un, s'encadra dans l'entrebâillement. Stephen posa la main sur le coude de Jack pour l'avertir, mais les autres chantaient encore quand elle s'ouvrit à la volée, et que les huissiers firent irruption dans la pièce.

— Pullings, stoppez cette ordure qui tient le bâton ! cria Stephen. Il jeta sa chaise dans les jambes de l'autre, et prit Nez-Cassé par la taille pour l'immobiliser.

Jack fonça vers la fenêtre, ouvrit le châssis à guillotine, monta sur le rebord où il se tint en équilibre tandis que les huissiers, derrière lui, se démenaient dans la confusion. Ils tendaient leurs bâtons avec une gravité ridicule, essayant d'atteindre Jack sans se soucier des bras qui s'accrochaient à leurs tailles, à leurs genoux et à leurs torses. Ils étaient forts et déterminés. La récompense promise était élevée, et la mêlée se déplaça dans la direction de la fenêtre ouverte — légalement, un simple toucher équivalait à une arrestation.

Un bond, et il serait hors d'atteinte. Mais le chef des huissiers était malin : il avait posté un groupe d'hommes à l'extérieur. Ils levaient les yeux vers lui avec impatience en criant : « Sautez, monsieur ! Nous amortirons votre chute ! Il n'y a qu'un étage ! » Sans lâcher la fenêtre, Jack se pencha et tendit le cou vers le bas de l'allée, vers le rivage (il distinguait le miroitement de l'eau), vers l'endroit où les hommes du *Polychrest*, en toute justice, devaient être en train de boire la bière de Pullings qu'on leur avait fait parvenir avec un des cochons de lait. Pouvait-il absolument compter sur

Bonden ? Il gonfla ses poumons et hurla : « Le *Polychrest* ! » Son cri, dont l'écho courut jusqu'à Portsmouth, interrompit les conversations sur la chaloupe.

— Hé, du *Polychrest* !

— Monsieur ?

C'était la voix de Bonden, quelque part dans la pénombre humide.

— Venez à l'auberge, ventre à terre, vous m'entendez ? En haut de l'allée ! Et prenez vos traversins !

— À vos ordres, monsieur !

Une seconde plus tard, la chaloupe était vide. Les traversins... Les longs repose-pied de bois du canot. Ça voulait dire qu'on se bagarrait. Le capitaine était sans doute en train d'enrôler des hommes. Eux-mêmes enrôlés de force, ils n'avaient pas l'intention de manquer une seconde de la fête !

Jack entendit, au bout de l'allée, le martèlement des pieds qui couraient. Derrière lui, c'était le fracas des chaises brisées, les jurons, une bataille incertaine.

— Ici, ici ! Juste sous la fenêtre ! cria-t-il. (Ils étaient là, un petit groupe en sueur, haletant, bouche bée.) Placez-vous en cercle ! Restez juste en dessous ! (Il sauta, se releva, et cria :) On redescend au canot ! Prêtez-leur main-forte ! Prêtez-leur main-forte !

Le groupe dans l'allée hésita un peu, mais quand l'huissier en chef, suivi de ses hommes, sortit de l'auberge en hurlant : « Au nom de la loi ! Hé, là-bas ! Au nom de la loi ! », ils s'approchèrent, et l'endroit s'emplit de violents coups secs, de grognements, du craquement du bois contre le bois. Les marins, avec Jack en leur centre, forçaient le passage en direction de la mer.

— Au nom de la loi ! répéta l'huissier, dans une tentative désespérée pour les atteindre.

— ... la loi ! criaient les marins.

Bonden se colleta avec l'huissier ; lui arracha son bâton. Il le fit voler vers l'autre bout de l'allée, presque dans l'eau.

— Vous n'avez plus de mandat, l'ami. J'ai le droit de vous frapper, maintenant, alors faites gaffe, comme qui dirait. Faites gaffe, camarade, ou vous rentrerez chez vous sur un brancard !

L'huissier gronda sourdement, se libéra et se rua sur Jack.

— Un gros malin, hein ? dit Bonden, en lui donnant un coup de traversin sur la tête.

L'autre s'écroula dans la boue, avant d'être piétiné par

Pullings et ses invités, qui sortaient à leur tour de l'auberge. Là-dessus, les fouineurs se dispersèrent. Ils s'enfuirent en criant qu'ils allaient chercher leurs amis, la garde, l'armée. Ils abandonnaient deux des leurs étalés sur le sol.

— Veuillez enrôler ces hommes, monsieur Pullings, je vous prie ! cria Jack du canot. N'oubliez pas ce type, celui qui est dans la boue. Deux de plus ? Remarquable. Tout le monde est à bord ? Où est le docteur ? Qu'on aille chercher le docteur. Ah, vous êtes là. Poussez au large ! Allez, Nagez ! Allez, gaiement ! Il fera un satané bon marin, c'est sûr, dès qu'il aura appris nos manières, ajouta-t-il en aparté... Un vrai bouledogue !

Quand la cloche sonna les deux coups du premier quart de jour, le *Polychrest* glissait doucement sur la mer grise et froide... Dans l'air gris et froid. À minuit, le vent s'était levé un peu à l'est du sud et Jack, bien que la marée montât et pour ne pas perdre un instant (dans la Manche, en cette période de l'année, on pouvait attendre le vent durant des semaines), avait donné l'ordre de larguer les amarres. C'était une petite brise, insuffisante pour dissiper la brume — insuffisante pour produire autre chose que quelques rides sur la longue houle, et le *Polychrest* aurait pu déployer une belle surface de toile. Mais il n'avait que ses huniers, et il filait comme un spectre, l'eau murmurant à peine sur la longueur de son flanc.

La haute silhouette sombre du capitaine, encore plus imposant dans ses habits de gros temps, était debout contre le vent, sur la plage arrière. Jack entendit le loch qu'on mettait à l'eau, les cris « Tourne ! » et « Stop ! », et le bruit sourd du câble qu'on remontait à bord. Il se retourna.

— Qu'en dites-vous, monsieur Babbington ?

— Deux nœuds et trois brasses, monsieur, s'il vous plaît.

Jack hocha la tête. Quelque part dans l'obscurité, par bâbord devant, il y avait Selsey Bill. Il allait falloir virer de bord. Pour le moment, il avait encore de la marge : le hululement continu, sous le vent, venait des cornes des pêcheurs côtiers, et ils se trouvaient à un bon mille de distance. Vers le large, à intervalles de quelques minutes, on entendait le son étouffé d'un canon — sans doute un navire de guerre en route pour Portsmouth, à bord opposé — auquel la caronade de proue du *Polychrest* répondait régulièrement avec des quarts de charge.

— Il y a au moins quatre hommes qui sauront s'en servir, au matin, se dit Jack.

Il était peut-être dommage que cette première occasion d'éprouver le navire se présente à un moment où il n'y avait pas d'horizon, où il était impossible de séparer la mer et le ciel. Mais Jack était globalement satisfait — il avait gagné au moins quelques heures, et laissé derrière lui Gosport, ses horreurs et ses possibles complications. En tout cas, depuis qu'il avait posé les yeux sur le *Polychrest*, il s'enflammait à l'idée de découvrir comment il se comportait en pleine mer. Il avait une marche des plus bizarres, avec une sorte de frémissement nerveux (comme un cheval qui va broncher) quand il s'élevait sur la vague — une sorte de torsion, au milieu du roulis, que Jack n'avait jamais connue ailleurs.

À la lueur de l'habitacle, on pouvait apercevoir M. Goodridge, le premier-maître, à la barre aux côtés du quartier-maître. C'était un homme d'âge mûr, expérimenté et discret. Il avait été quartier-maître sur un navire de guerre, avant d'être cassé pour s'être battu avec l'aumônier. Il n'était réapparu que récemment en Liste d'active. Et il était aussi attentif que le capitaine au comportement du *Polychrest*.

— Qu'en pensez-vous, monsieur Goodridge ? demanda Jack.

— Eh bien, monsieur, cette remontée au vent... Je n'ai jamais rien entendu de la sorte.

Jack prit la barre. Même à cette vitesse, en effet, il sentait une forte poussée, régulière, s'opposer à lui. Le *Polychrest* cherchait à placer sa proue dans l'œil du vent. Jack le laissa prendre de la vitesse. Juste avant que les voiles ne commencent à faseyer, le navire cessa brusquement de remonter au vent. Sous sa main, la barre ne résistait plus, et le mouvement bizarre en tire-bouchon changea tout à fait de rythme. Jack était incapable de l'expliquer. Il resta là, perplexe, en essayant de ramener gentiment le *Polychrest* sur son cap. C'était comme s'il avait deux axes de rotation, deux pivots. Sinon trois... Le foc, la voile de misaine et le grand hunier arrière à un ris suffisaient évidemment pour avancer, mais le problème n'était pas là... Cela n'expliquait pas cette barre apathique, ce manque soudain de réponse.

— Trois pouces d'eau dans le puisard, monsieur, rapporta le second du charpentier.

— Trois pouces dans le puisard, monsieur, répéta le premier-maître.

— Très bien.

C'était négligeable. Certes, le navire n'avait pas encore été soumis à une véritable épreuve. Il n'avait pas encore affronté la mer déchaînée. Mais cela prouvait au moins une chose : malgré ses étranges quilles mobiles, malgré les bizarreries sans nom de ses œuvres vives, l'eau n'allait pas envahir les cales. C'était rassurant — il est vrai qu'il avait eu des doutes.

— Nous allons découvrir quelle allure lui convient le mieux, dit Jack.

Il retourna à la lisse, en essayant (à moitié consciemment) d'arpenter la plage arrière comme il le faisait sur la petite *Sophie*. Épuisé par la fête de Pullings, par l'agitation interminable de l'appareillage (des tours dans les chaînes) et par la crainte fiévreuse de rester en panne sur une route fréquentée, son esprit se tourna vers la question des forces agissant sur le navire.

Du fourneau de la coquerie, qu'on venait d'allumer, lui parvint une bouffée de fumée tourbillonnante qui amenait une odeur de porridge. Au même moment, Jack entendit les pompes d'étrave que l'on mettait en marche. Haut, bas, haut, bas. Les mains derrière le dos, le menton enfoncé dans le col de la capote à cause de la morsure de l'air. Haut, bas. Les formes du *Polychrest* étaient aussi claires dans son esprit que s'il s'agissait d'une maquette qu'on levait devant une lampe. Il étudiait ses réactions à l'influence progressive de la marée, aux rafales de vent latérales, aux remous dans les profondeurs, sous les gouvernails à l'emplacement si inattendu...

L'équipe de l'arrière aspergeait la plage arrière à coups de seaux d'eau, en évitant soigneusement la trajectoire du capitaine. Les sableurs les suivaient. Le maître d'équipage était sur le pont : Malloch, un jeune type trapu, l'air d'un taureau, qui avait été second du bosco sur le fameux *Ixion*. Jack entendit son coup de gueule, puis le claquement de sa canne quand il frappa un homme sur le gaillard d'avant. Et durant tout ce temps, il y avait le bruit sourd et régulier de la caronade, le canon désormais lointain du navire de guerre, les cornes très loin à bâbord, la litanie de l'homme qui halait la ligne de sonde, dans les chaînes... « Neuf par le fond... Ho yo, ho yo... Et neuf un quart... »

L'inclinaison des mâts était une de ses préoccupations majeures, bien sûr. Jack était un marin plus intuitif que scientifique. Il avait une idée très précise du moment où la tension des galhaubans donnerait aux mâts un angle correct, où une voix intérieure lui dirait : « Assurez ! » Les briques à pont firent entendre leur grincement régulier. Les ponts en avaient bien besoin, après la pagaille d'une mise en route aussi précipitée. Il y avait tant d'odeurs et de sons familiers, ces multiples problèmes faisaient tellement partie de l'univers que Jack connaissait depuis son enfance qu'il avait l'impression d'être enfin de retour dans son élément. Non qu'il détestât la terre ferme — c'était un endroit épatant, avec des jeux amusants, de bons divertissements — mais les difficultés, les complications y étaient vagues, imprécises, et se succédaient sans fin ni cesse. Rien qu'un homme puisse maîtriser. Ici, la vie était complexe mais il pouvait au moins affronter, en connaissance de cause, tout ce qui se présentait. La vie en mer présentait un immense avantage... Hé, quelque chose clochait. Jack essaya de savoir de quoi il s'agissait. Il balaya le navire du regard, dans la lumière grise du jour qui s'annonçait. Les bateaux de pêche, qui avaient suivi un cap parallèle au leur, se trouvaient loin derrière, maintenant. Leurs plaintes mélancoliques s'élevaient presque dans l'axe du sillage du *Polychrest*. Le cap Selsey ne devait pas être très loin devant eux. Il allait falloir virer de bord. Le moment était diablement mal choisi, car tout le monde était occupé. Jack aurait préféré attendre que l'équipe libre de quart fût sur le pont. Mais le navire pouvait avoir dérivé plus qu'il n'aurait dû. Seul un imbécile prendrait des risques par souci de belle ordonnance.

— Nous allons virer de bord, monsieur Goodridge, dit-il.

Le bosco donna ses ordres. On jeta les balais, seaux, fauberts, serpillières, briques à pont, livres de prières et chiffons à reluire dans les lieux prévus à cet effet, tandis que ses seconds rugissaient dans les écoutilles (« Tous les hommes, tous les hommes pour virer de bord ! ») et descendaient secouer les dormeurs — les rares individus assez épuisés par le labeur, le mal de mer et l'affliction pour être restés inconscients malgré les caronades et l'écho du grondement des briques à pont. Les vingt bons marins furent à leurs postes — Pullings et le bosco au gaillard d'avant, le canonnier et ses aides aux amures de grand-voile, le charpentier aux écoutes de misaine, les fusiliers aux écoutes de grand-voile, les équipes du grand mât et l'équipe des voiles d'arrière, aux bras sur le pont supérieur — dix bonnes minutes avant que le dernier terrien désespéré, abasourdi et à demi dévêtu, ait été localisé, battu et fouetté, et poussé jusqu'à sa place.

— Tournez-vous contre le vent, dit Jack à l'homme de barre en attendant que s'achève ce remue-ménage digne d'une foire de la Saint-Barthélemy.

Un second du bosco était en train de rouer de coups l'ancien huissier, pour l'aider à comprendre la différence entre un étai et une bouline. Quand il sentit que le sloop prenait un peu d'erre, quand il eut constaté qu'un semblant d'ordre régnait sur le pont, et jugé que c'était le bon moment, il cria enfin :

— Paré à virer !

— Paré à virer, monsieur !

— Allez-y, lofez avec élégance, dit-il doucement. (Il ajouta, à voix haute et claire :) Envoyez ! La barre dessous ! Écoutes de misaine, boulines de misaine, écoutes d'étai, allez-y !

Les courbes généreuses des voiles d'avant se détendirent, s'affaissèrent totalement. Le *Polychrest* entama un long virage, sans à-coups, remontant dans le vent.

— Lâchez amures et écoutes !

Tout était prêt pour l'ordre décisif qui allait faire pivoter les vergues. Tout était calme, à l'instar de la longue courbe que dessinait lentement le sloop dans ce paysage gris, houleux, informe... On avait du temps à revendre. C'était d'ailleurs aussi bien, se dit Jack, en voyant la manière dont ses hommes déplaçaient les écoutes par-dessus les étais — quelque chose entre le berceau du chat et les chaises musicales.

Le mouvement de rotation s'était ralenti. La houle frappait de plus en plus par tribord avant, s'opposant à ce que le navire tienne son cap. Il remontait lentement au vent. Moins de deux points. Un point et demi. Jack était prêt depuis longtemps à crier : « Changez derrière ! » quand il réalisa que le bruit régulier, profond, qui venait de bâbord arrière — ce bruit qui s'imposait, de plus en plus fort et de plus en plus net, dans le silence général de l'attente —, était celui des brisants du cap Selsey. Le *Polychrest* avait dérivé deux ou trois fois plus loin que le premier-maître et lui ne s'y attendaient. Au même moment, Jack sentit un changement radical, comme une soudaine réticence, dans la marche du navire. Il allait manquer son changement de bord ! Il n'allait pas passer dans l'œil du vent et au-delà, pour permettre à ses voiles de gonfler à bâbord et de l'entraîner vers le large.

Un navire qui ne peut pas changer de bord vent devant doit virer lof pour lof. Il doit abattre, faire plus que demi-tour, pivoter sur sa poupe dans un large mouvement de dérive jusqu'au vent arrière, continuer pour amener le vent sur son autre flanc, tourner encore jusqu'à ce qu'il pointe sur le cap qu'il s'est fixé. Un mouvement long, très long. Avec cette marée, cette houle et ce vent, il faudrait au *Polychrest* un bon mille pour l'effectuer, un mille de dérive avant de pouvoir brasser sous le vent et de filer vers la Manche.

Il perdait son erre. Ses voiles battaient lamentablement dans le silence ambiant. Chaque mouvement de la mer le rapprochait de la côte toujours invisible. Jack envisagea plusieurs hypothèses. Il pouvait laisser abattre, border la brigantine et faire une autre tentative. Il pouvait prendre le risque de virer lof pour lof, quitte à jeter l'ancre s'il avait calculé trop court : une méthode détestable, qui lui ferait perdre beaucoup de temps. Il pouvait aussi virer vent arrière en coiffant les misaines. Mais oserait-il le faire, avec cet équipage ? Tandis qu'il passait ces possibilités en revue, une voix aiguë protestait, au fond de son crâne. Manquer le changement de bord était injuste. Dans les conditions présentes, c'était rarissime. Ce n'était donc que pure malveillance, destinée à le faire arriver en retard à son rendez-vous pour que Harte puisse le traiter d'officier incompétent, de mauvais marin, de sybarite et de traînard. Tout le danger venait de là. Il n'y avait aucun péril sur cette mer. Juste le sentiment de s'être trompé, et le risque de recevoir un blâme odieux et irréfutable de la part d'un homme qu'il méprisait.

Ces pensées avaient pris forme entre le moment où il entendit le plomb de sonde frapper la surface de l'eau, et le marin s'exclamer : « Huit par le fond ! » À l'appel suivant : « Sept et demi ! », il prit sa décision : « Nous allons virer vent arrière en coiffant les misaines ! » Et à haute voix :

— Hissez le grand hunier et le grand hunier arrière. Écoutes de petit hunier bien au vent. Masquez le petit hunier ! Tirez sur ce bras ! Réveillez-vous, là-bas, au gaillard d'avant ! Les boulines sous le vent, les boulines sous le vent !

Comme s'il s'enfonçait doucement dans un coussin, le *Polychrest* s'immobilisa soudain — Jack le sentit sous ses pieds. Puis il se mit à reculer, sous l'effet conjugué de ses voiles d'avant et de sa dérive.

— Brassez la grand-vergue et la vergue barrée. Sautez sur ces bras, maintenant !

Peut-être le navire n'aimait-il pas remonter le vent, mais avec son étrange poupe effilée, il était très bon pour marcher à rebours. Jack n'avait jamais vu une telle culée.

— Huit et demi ! cria-t-on aux chaînes.

Il allait bon train. Brassées carré, la grand-vergue et la vergue barrée étaient parallèles au vent, les huniers frémissaient. Il allait toujours plus loin. Le vent, maintenant, soufflait grand large : logiquement, il aurait dû cesser de reculer. Ce n'était pas le cas. Il progressait toujours, avec une erre remarquable, dans la mauvaise direction. Jack fit servir les huniers et mit la barre au vent, mais le navire n'en continua pas moins de glisser en arrière, en contradiction absolue avec tous les principes physiques connus. Pendant un moment, Jack vit vaciller toutes ses certitudes. Il croisa le regard consterné, sidéré, du premier-maître... C'est alors qu'on entendit un soupir dans les mâts et les étais, une plainte étrange et douloureuse. Le mouvement du *Polychrest* s'inversa : après un instant à peine perceptible d'immobilité, il repartit en avant. Il avait le vent sur l'arrière, puis sur sa hanche bâbord. Jack borda le grand hunier arrière et orienta le tout au mieux. Il définit le cap, congédia l'équipe libre de quart. Puis il se rendit dans sa cabine, tout à fait soulagé. Les fondements de son univers étaient à nouveau solides. Le *Polychrest* cinglait droit vers le large, à un point de largue au vent. L'équipage ne s'en était pas si mal sorti, après tout. On n'avait pas perdu trop de temps. Et avec un peu de chance, son steward aurait préparé un pot de café correct. Jack s'assit sur un caisson, calé contre la cloison pour résister au roulis. Au-dessus de sa tête, il y eut des bruits de pas précipités, tandis qu'on lovait proprement les cordages, puis ce furent les sons du nettoyage longtemps interrompu... Un ours — un gros bloc de pierre matelassé — grogna sur le pont, à dix-huit pouces de ses oreilles. Jack cligna des yeux une ou deux fois et plongea dans le sommeil en souriant.

Il dormait encore lorsqu'on siffla le dîner de l'équipage. Il dormait toujours lorsque le carré s'installa devant un quartier de lard fumé et des épinards. C'était la première fois que Stephen voyait réunis tous les officiers du *Polychrest*. Tous sauf Pullings, qui était de quart. (Pour l'heure, il déambulait sur la plage arrière, les mains derrière le dos, en imitant le capitaine Aubrey aussi parfaitement que le lui permettait sa morphologie. De temps à autre, il s'efforçait d'afficher un air sévère, diabolique, une vraie tête de brute, en dépit du fait qu'il débordait de bonheur.) Au bout de la table trônait M. Parker, une connaissance de quelques jours, un homme grand et maigre, l'air désapprobateur mais d'allure plutôt agréable, mis à part l'expression de son visage. Puis venait le lieutenant de fusiliers marins dans sa veste écarlate, un Écossais des Hébrides à cheveux noirs, dont le visage était si marqué par la petite vérole qu'il était difficile de deviner quelle pouvait être son expression normale. Mais il avait fort belle allure. Il s'appelait Macdonald. Il avait pour voisin M. Jones, le commissaire. Lui aussi était brun, mais toute ressemblance s'arrêtait là. C'était un homme de petite taille, flasque et voûté. Ses joues molles encadraient une bouche charnue et très rouge. Son visage était couleur de fromage, et cette pâleur uniforme remontait au-dessus de son front haut, jusqu'à la calvitie qui s'étendait d'une oreille à l'autre. Des cheveux raides poussaient en bordure de cette zone, tombaient dans son cou et formaient des favoris. Une barbe dure, très forte, bleuissait ses joues jaunâtres. Il avait l'allure d'un petit boutiquier. Mais personne n'eut le temps de juger sa conversation. À la vue de son assiette, il quitta la table avec un rot humide, se rua dans la coursive en titubant, et on ne le revit plus. Puis il y avait le premier-maître, encore bâillant de son quart du matin. C'était un homme d'un certain âge, mince et grisonnant, aux yeux bleus étincelants. Il avait peu parlé, depuis le début du repas. Stephen, comme d'habitude, gardait le silence. Les autres cherchaient à se situer vis-à-vis de leurs nouveaux compagnons de table. Le fait que le médecin soit l'ami personnel du capitaine était un frein supplémentaire.

Mais lorsqu'il eut satisfait son appétit, son désir de s'informer reprit le dessus. Après avoir posé couteau et fourchette, il demanda au premier-maître :

— Dites-moi, monsieur, à quoi sert ce curieux endroit incliné et cylindrique, aux cloisons doublées de métal, qui jouxte ma réserve ? Comment s'appelle-t-il ?

— Je ne sais trop comment il faut appeler cela, docteur, répondit M. Goodridge, sinon une abomination. Les charpentiers en parlaient comme d'une chambre de combustion. Je suppose donc que c'est là que l'arme secrète était rangée. Cela débouchait sur le pont, là où se trouve maintenant le gaillard d'avant.

— Quel genre d'arme secrète ? demanda Macdonald.

— Quelque chose comme une fusée, je crois.

— C'est cela, dit le premier lieutenant. Une sorte d'énorme fusée, mais sans affût. C'est le navire qui devait jouer le rôle de l'affût, et ces glissières à contrepoids avaient pour fonction de l'amener sur nez ou sur cul, selon le cas, pour l'élévation. L'arme devait être capable de détruire un vaisseau de premier rang à un mille de distance. Mais il fallait qu'elle se trouve au centre pour contrebalancer l'effet du roulis. D'où ce système de quilles et de gouvernails latéraux.

— Si la fusée était du calibre de la chambre, le recul devait être prodigieux, dit Macdonald.

— Prodigieux, en effet, dit M. Parker. C'est la raison pour laquelle on a eu l'idée de la poupe effilée : pour éviter que la poussée brutale n'endommage le fond, car le recul affectait le navire entier ! Une poupe carrée, en résistant à la poussée, aurait été écrasée. Mais il a tout de même fallu placer une masse de membrures là où aurait dû se trouver l'étambot, pour essuyer le premier impact.

Un personnage haut placé, témoin du tir expérimental qui avait coûté la vie à l'inventeur, avait raconté à M. Parker que le navire avait été repoussé en arrière d'au moins sa longueur, et vers le bas, au point d'être immergé jusqu'à ses barres d'hourdi. Ce personnage haut placé avait été depuis le début contre le projet. M. Congreve, qui était revenu avec le groupe officiel, avait dit que cela ne fonctionnerait pas. Et cela n'avait pas fonctionné. Ces innovations étaient toujours vouées à l'échec. M. Parker, quant à lui, était contre toutes les entorses à la tradition. Dans la Navy, cela ne collerait jamais. Ces percuteurs pour les canons, par exemple, ça ne l'intéressait pas. Même s'ils avaient fière allure, lorsqu'ils étaient bien entretenus, en cas d'inspection.

— Comment ce pauvre homme a-t-il été tué ? demanda M. Goodridge.

— Il semble qu'il ait voulu procéder lui-même à l'allumage. Et quand la fusée a fait long feu, il a mis la tête dans la chambre pour voir ce qui n'allait pas. C'est alors qu'elle a explosé.

— Eh bien, je suis désolé pour lui. Mais s'il devait en être ainsi, il aurait pu aussi bien, par la même occasion, envoyer le navire par le fond. C'est un sabot ! Le rafiot le moins navigable que j'aie vu de ma vie, et j'en ai vu pas mal, je vous l'assure ! Entre St Helen et le cap, il a plus dérivé qu'un radeau, avec son plancher effilé et ses quilles mobiles. Et il remonte au vent comme un piège à hommes. Et il rate son changement de bord sur une mer d'huile ! Impossible de bien faire... Ce navire me rappelle Mme Goodridge : quoi que vous fassiez, c'est mal. Si le capitaine ne l'avait pas fait virer vent arrière, en un éclair... je ne sais pas où nous en serions. Une manœuvre réservée aux bons marins, je dois dire. Quoique, personnellement, je ne m'y serais pas aventuré, avec un pareil équipage de va-nu-pieds. Et de fait, il a beaucoup plus de culée que je ne croyais possible. Comme vous dites, monsieur, tout était prévu pour le recul du canon. J'ai bien cru qu'il allait reculer jusqu'aux côtes françaises ! C'est un vrai cheval fou, si vous voulez mon avis. Je remercie le Ciel que notre commandant soit un si bon marin. Mais j'ignore ce qu'il fera, ou ce que fera l'archange Gabriel, si le temps se gâte. La Manche n'est pas si vaste. Ce que ce rafiot exige, c'est le grand océan du Sud, dans sa partie la plus large.

Ces mots lui étaient dictés par le roulis qui s'accentuait, au point de projeter le bac à pain par-dessus la table. Un aspirant fut dépêché à la cabine de Jack pour l'informer que le vent tournait à l'est. C'était un petit jeune homme à l'allure de souris, raide dans son meilleur uniforme, la dague au côté. Il avait dormi avec.

— Merci, monsieur... dit Jack. Je crains d'avoir oublié votre nom.

— Parslow, monsieur.

— Oui, bien sûr. (Le protégé du Lord Commissioner, le fils d'une veuve de marin.) Mais qu'est-il arrivé à votre visage, monsieur Parslow ?

Une plaie rouge, béante, mouchetée de peluches d'ouate, lui barrait la joue de l'oreille au menton.

— Je me rasais, monsieur, répondit M. Parslow avec une fierté mal dissimulée, lorsqu'une grosse vague est arrivée.

— Allez montrer cela au docteur. Faites-lui mes compliments et dites-lui que je serais ravi qu'il vienne prendre le thé en ma compagnie. Pourquoi portez-vous donc votre meilleur habit ?

— Ils m'ont dit... Ils pensaient que je devais montrer l'exemple à l'équipage, monsieur, car c'est mon premier jour en mer.

— Excellent conseil. Mais à votre place, j'enfilerais tout

de même des vêtements de gros temps. Dites-moi, est-ce qu'ils vous ont envoyé chercher la clef de la carlingue ?

— Oui, monsieur. Je l'ai cherchée partout. Bonden m'a dit qu'elle pouvait se trouver chez la fille du canonnier. J'ai interrogé M. Rolfe. Il m'a dit qu'il était désolé, mais qu'il était célibataire.

— Très bien, très bien. Avez-vous des vêtements de gros temps ?

— Eh bien, monsieur, il y a des tas de choses dans mon coffre... Mon coffre de *marin*... L'homme, au magasin, a conseillé à maman de les y mettre, car j'allais en avoir besoin. Et j'ai le suroît de mon père.

— M. Babbington vous indiquera ce qu'il faut porter... Demandez-lui, *avec mes compliments*, de vous indiquer ce que vous devez porter, précisa Jack en se rappelant l'inhumaine cruauté du jeune monsieur. Et n'essuyez pas votre nez avec votre manche, monsieur Parslow. Ce n'est pas élégant.

— Non, monsieur. Je vous demande pardon, monsieur.

— Allons, disposez ! fit Jack avec humeur. Suis-je une foutue nounou ? ajouta-t-il in petto.

Il fut accueilli sur le pont par une rafale de pluie, mêlée aux embruns et à de la neige fondue. Le vent avait forci. C'était une bonne brise, maintenant, qui dissipait le brouillard et dévoilait un ciel bas — des bandes de nuages coulant sur fond gris acier, presque noir sur l'horizon à l'est. Agitée, mauvaise, la mer s'opposait à la marée. Bien que le *Polychrest* tînt assez bien son cap, il embarquait pas mal d'eau, et sa surface de voile très modeste le jetait en avant comme si ses perroquets étaient aux quatre vents. Il était donc aussi excentrique que Jack le craignait. Et il prenait l'eau, par-dessus le marché. Deux hommes tenaient la barre, et d'après la façon dont ils se cramponnaient, il était clair qu'ils avaient fort à faire pour l'empêcher de s'envoler.

Jack étudia le journal de bord, procéda à un calcul sommaire de leur position, ajouta une triple dérive et décida de virer lof pour lof une heure et demie plus tard, lorsque les deux équipes de quart se trouveraient sur le pont. Il y avait de la place, et il n'était pas nécessaire de surmener les rares bons marins présents à bord, d'autant que le ciel avait l'air instable, menaçant. C'était très désagréable. Ils pourraient bien avoir une nuit difficile. Et il allait devoir avant longtemps amener les mâts de perroquet sur le pont.

— Monsieur Parker, je vous prie, nous prendrons un autre ris dans le petit hunier.

Les cris du bosco, la ruée de l'équipage, le feu roulant des ordres dans le porte-voix de Parker... « Faites voler les drisses ! Suspendez-vous à ce bras ! Monsieur Malloch, que ces hommes s'y mettent ! » Les vergues se cambrèrent, on étouffa les voiles. Le *Polychrest* se redressa, mais remonta au vent si violemment que le timonier dut se jeter sur la barre pour empêcher le navire de faire chapelle. « Vers l'extérieur... Un peu de nerf, là-bas ! Et vous, monsieur, sur le bout de vergue, vous dormez ? Allez-vous faire passer cette... Cette empointure au vent ? Par le diable, allez-vous arrimer ce fond de voile ? Monsieur Rossall, prenez le nom de cet homme, je vous prie. Revenez aux vergues. »

Dans le vacarme général, Jack observa les hommes perchés dans la mâture. L'homme sur le bout de vergue, c'était le jeune Haines, du *Lord Mornington*. Il connaissait son métier. Au point qu'il pourrait faire un bon capitaine du mât de hune. Jack vit son pied glisser alors qu'il s'efforçait de monter au mât... Les « montures » avaient besoin d'être aiguilletées.

— Envoyez à l'arrière le dernier homme qui a quitté la vergue, cria le premier lieutenant, que ses hurlements rendaient écarlate. Punissez-le, monsieur Malloch !

Toujours les mêmes vieilles sottises — le dernier homme qui partait était le premier arrivé, l'homme qui allait droit sur le bout de vergue. Le travail était dur — il le fallait —, mais il n'était pas nécessaire de le rendre encore plus dur, au risque de décourager les bonnes volontés. Les hommes allaient avoir beaucoup à faire. Il était regrettable qu'ils gaspillent leur énergie à se battre mutuellement. Et puis il était facile d'acquérir une popularité à bon compte en engueulant un officier en public. Facile, et désastreux à long terme.

— Voile en vue ! cria l'homme de vigie.

— Où cela ?

— Juste derrière nous, monsieur !

Le nouveau venu émergea d'une zone sombre de pluie à moitié gelée. Une frégate, qui avait déjà la coque au-dessus de l'horizon. Elle filait sur les mêmes amures que le *Polychrest*, qu'elle rattrapait très rapidement. Français ou anglais ? On n'était pas très loin de Cherbourg.

— Lancez-leur le signal privé, dit Jack. Monsieur Parker, je vous prie, passez-moi votre longue-vue.

Il cadra la frégate dans le cercle gris de l'objectif, en se balançant pour lutter contre le roulis, le tangage et les vibrations du sloop. Lorsque le *Polychrest* fit feu de sa pièce contre le vent, derrière lui, il vit le pavillon bleu-blanc-bleu flotter à bord du nouveau venu, et le nuage de fumée du coup en réponse, quelques secondes plus tard.

— Identifions-nous, dit-il, soulagé.

Il donna des ordres pour faire aiguilleter les « montures », fit demander à M. Parker ce qu'il pensait de cette frégate, envoya Haines à l'avant, et s'installa pour observer tranquillement.

— Ils sont trois, monsieur, lui dit M. Parker. Je crois que le premier est l'*Amethyst*.

Ils étaient trois, à la file indienne.

— C'est l'*Amethyst*, monsieur ! lui dit l'aspirant responsable des signaux, en serrant son livre contre sa poitrine.

Ils se trouvaient en plein dans son sillage, et suivaient le même cap que lui. Mais la dérive du *Polychrest* était telle qu'avant peu il les verrait non par l'avant, mais selon un angle qui augmentait avec une vitesse alarmante. Cinq minutes plus tard, en effet, ils se trouvaient dans l'axe de sa hanche au vent. Ils avaient déjà amené leurs mâts de perroquets, mais leurs huniers étaient prêts : leurs équipages au complet, bien entraînés, étaient capables d'y prendre très rapidement un ris. Le premier était l'*Amethyst*, en effet. Jack ne put identifier le deuxième — peut-être le *Minerve*. Le troisième était le *Franchise*, qui portait son vieil ami Heneage Dundas, capitaine de vaisseau, aux commandes d'une magnifique frégate de trente-six canons de construction française. Comme lieutenant, Dundas était de cinq ans son cadet. Comme commandant de bord, de treize mois seulement. Jack l'avait corrigé plusieurs fois, au foyer des aspirants du Old Ironsides. Et il le referait. Dundas était debout sur la glissière d'une caronade de l'arrière. Il agitait son chapeau, l'air extatique. Quand Jack leva le sien, le vent secoua ses cheveux jaune clair et défit le ruban : ils flottèrent dans le nord-ouest. Comme en réponse à cela, une série de signaux s'éleva au pic de brigantine du *Franchise*.

— Code alphabétique, monsieur, dit l'aspirant qui déchiffra : P... S..., ah, oui... *Psaumes, CXLVII, 10*.

— Accusez réception, dit Jack, qui n'était pas un spécialiste de la Bible.

L'*Amethyst* tira deux coups de canon. Les frégates virèrent de bord l'une après l'autre, en se mouvant comme autant de modèles réduits sur une plaque de verre. Elles vinrent au vent, chacune exactement sur la même surface de mer, gardant leurs positions relatives comme si elles étaient reliées les unes aux autres. La manœuvre était magnifiquement exécutée, surtout avec une telle mer et un tel vent. C'était le résultat de nombreuses années d'entraînement. Avec des équipages capables de travailler à l'unisson, et des officiers qui connaissaient leurs navires.

Jack secoua la tête, suivant des yeux les frégates qui disparaissaient dans le noir. Huit coups de cloche retentirent.

— Nous allons amener les mâts de perroquet sur le pont, monsieur Parker, et puis nous virerons lof pour lof.

Jack voulait être sûr qu'aucun œil ironique ne les observerait durant la manœuvre. Le temps qu'on amène les mâts, ils seraient trop loin pour cela.

— Je vous demande pardon, monsieur ? demanda Parker avec un mouvement inquiet.

Jack répéta ses ordres, et se retira à la lisse de couronnement pour laisser son premier lieutenant prendre le relais.

Alors qu'il observait le sillage du *Polychrest* pour évaluer sa dérive, il remarqua un petit oiseau noir qui voletait faiblement, les pattes pendantes, juste au-dessus de l'eau. Il disparut sous la hanche bâbord. Jack voulut se déplacer pour s'en assurer. Il trébucha sur quelque chose de mou, à hauteur de genoux, quelque chose qui évoquait une bernique. C'était le jeune Parslow, dans son suroît.

— Eh bien, monsieur Parslow, dit-il, en l'aidant à se remettre sur pied, je vois que vous êtes correctement vêtu, cette fois. Vous ne le regretterez pas. Descendez vite chez le docteur, et dites-lui de venir sur le pont, s'il a envie de voir un pétrel.

Ce n'était pas le pétrel, mais un de ses cousins à pattes jaunes. L'espèce était beaucoup plus rare — si rare que Stephen ne put s'en assurer avant qu'il ne vienne percuter une vague, assez près pour que ses pattes soient visibles.

— Si la rareté est proportionnelle à la violence de la tempête qu'il annonce, se dit-il, nous sommes menacés par un ouragan prodigieux. Mais je ne dirai rien.

Un fracas épouvantable se fit entendre à l'avant. Le mât de perroquet venait de descendre sur le pont, plus vivement que sur la frégate la plus aguerrie, en assommant à moitié M. Parker et plongeant Jack dans des manœuvres qui auraient mieux convenu à un pétrel qu'à un marin. Le vent tourna toute la nuit. Il se stabilisa au nord — nord-est, nord,

nord-ouest — sans jamais leur autoriser d'autre voilure que les huniers aux bas ris. Cela dura neuf jours au total, neuf jours de pluie, de neige, de mer démontée et de lutte perpétuelle pour la vie. Neuf jours durant lesquels Jack quitta rarement le pont, et le jeune Parslow n'ôta pas une seule fois ses vêtements. Neuf jours à lofer, à mettre à la cape, à filer vent arrière sous des mâts nus, sans jamais voir le soleil. Neuf jours sans avoir la moindre idée de leur position, à cinquante milles près. Et lorsqu'un fort suroît leur permit enfin de compenser leur énorme dérive, les calculs de midi montrèrent qu'ils se trouvaient à leur point de départ.

Au début de la tempête, une embardée sous le vent avait engagé le *Polychrest*, projetant le premier lieutenant hébété dans la grande écoutille. Blessé à l'épaule, il était depuis lors dans son lit de camp, que l'eau vint assez souvent inonder, en proie à d'affreuses douleurs. Par principe, Jack déplorait la douleur (bien qu'il semblât assez naturel que quelqu'un qui aimait autant l'infliger à autrui en soit victime à son tour). Mais il était réellement satisfait d'être momentanément débarrassé de Parker. L'homme était incompétent — totalement incompétent pour la situation présente. Il était consciencieux, il faisait son devoir comme il le comprenait, mais ce n'était pas un marin.

Le premier-maître, Pullings, Rossall, le premier second maître, le bosco et le canonnier étaient de vrais marins, eux. C'était le cas d'une douzaine des hommes. Babbington et Allen, un autre ancien, s'en sortaient pas mal. Les autres savaient au moins quel cordage ils devaient haler en réponse à tel ou tel ordre. Cette longue semaine de tempête — alors qu'ils risquaient de sombrer deux fois par jour, et que chacun en était conscient — leur avait valu un entraînement intensif et concentré dans le temps. À condition de mesurer le temps au calendrier, pas à l'aune de la terreur de la mort. Ils avaient effectué toutes sortes de manœuvres, particulièrement avec les pompes : depuis le deuxième jour de la tempête, elles n'avaient pas arrêté une heure.

Ils remontaient la Manche. Ils dépassèrent le cap Selsey, portés par un petit vent de largue, presque-calme, les perroquets bordés. On avait enfin allumé les fourneaux de la coquerie. Un bon dîner chaud dans le ventre, Jack eut le sentiment qu'ils pourraient ne pas être disgraciés lorsque le *Polychrest* atteindrait sa station. Et il y arriverait. Il en était sûr, désormais, même s'il devait naviguer jusqu'au bout avec la marée — ce qui n'était pas impossible, avec ce vent qui tombait. Le navire ne serait pas disgracié. Il manquait de bras, bien sûr, et dix-sept hommes étaient à l'infirmerie — deux hernies, cinq mauvaises chutes avec fractures, le reste avec les blessures habituelles : bras et jambes brisés par des espars, des poulies ou des cordages tombant des mâts. Un terrien (un ancien gantier au chômage de Shepton Mallet) était passé par-dessus bord, et n'avait pas été retrouvé. Au large d'Ouessant, un voleur condamné par les assises de Winchester s'était mis à divaguer, à regarder dans le vide et aboyer comme un fou. En revanche, le mal de mer avait disparu, et même les hommes du Lord-Maire venus des geôles de la campagne étaient désormais capables de se déplacer sur le pont sans danger pour eux ni pour les autres. L'équipage avait piètre allure, dans l'ensemble, mais si Jack pouvait leur faire faire des exercices aux pièces, il n'était pas impossible de transformer le *Polychrest* en un navire de guerre acceptable. Il le connaissait bien, maintenant. Le maître et lui — Jack estimait beaucoup M. Goodridge — avaient établi un plan de route qui tirait le maximum des qualités du navire, et lorsqu'il pourrait modifier l'arrimage pour l'amener sur nez et régler la quête de ses mâts, il pourrait faire encore mieux. Mais Jack ne pouvait pas aimer ce navire. Il était mauvais, radicalement vicieux, atrabilaire, lourd, totalement indigne de confiance. Il ne pouvait pas l'aimer. Il l'avait si souvent déçu, là où un canot de loch se serait montré à la hauteur, que sa passion naturelle pour son commandement avait elle-même fortement diminué. Il avait navigué à bord de rudes rafiots, de bâtiments sans élégance, sans vertus particulières aux yeux du profane, mais il avait toujours été capable de leur trouver des excuses — telle ou telle qualité particulière avait toujours fait de chacun d'eux le meilleur bâtiment de l'histoire de la Navy. Ce qui se passait aujourd'hui était nouveau pour lui. Il était pris d'un sentiment si étrange, d'une impression si inconfortable de déloyauté, qu'il lui fallut du temps pour se l'avouer. Cela arriva tandis qu'il déambulait sur la plage arrière, après son dîner solitaire. Il était si mal à l'aise qu'il se tourna vers l'aspirant de quart, qui se cramponnait, immobile, à une colonne.

— Monsieur Parslow, vous trouverez le docteur dans l'infirmerie...

— Allez le trouver vous-même !

Était-il possible que quelqu'un lui ait dit cela ? Jack se

figea. En voyant l'expression neutre et la raideur du quartier-maître, de l'homme de barre et des seconds du canonnier (occupés à la caronade bâbord arrière), et les grimaces muettes des aspirants groupés sur le passavant, il comprit qu'il n'avait pas rêvé.

— Je vais vous dire, Boucles d'Or, poursuivit Parslow, en fermant un œil. N'essayez pas de le prendre de haut avec moi, car je ne suis pas d'humeur à le supporter. Alors, allez le trouver vous-même !

— Allez me chercher un second du bosco, dit Jack. Quartier-maître, le hamac de M. Parslow, s'il vous plaît. (Le second vint à l'arrière en courant, sa badine à la main.) Emmenez ce jeune monsieur au canon, dans ma cabine.

Le jeune monsieur avait relâché sa prise sur la colonne. Il était couché sur le pont, protestant qu'il ne fallait pas le battre, qu'il frapperait de sa dague quiconque essaierait de lever la main sur lui... N'était-il pas officier ? Le second du bosco le saisit par le creux des reins. La sentinelle ouvrit, puis referma la porte de la cabine. Il y eut un cri de surprise, puis quelques jurons suraigus qui firent écarquiller les yeux à tous ceux qui souriaient sur la plage arrière. Le tout ponctué des coups sourds réguliers d'un bout de corde. Puis on sortit, en le tenant par la main, un M. Monsieur Parslow sanglotant.

— Attachez-le sur son hamac, Rogers, dit Jack. Monsieur Pullings ! Monsieur Pullings, le poste des aspirants sera privé de grog. Jusqu'à nouvel ordre.

Le soir, dans sa cabine, il dit à Stephen :

— Savez-vous ce que ces canailles d'aspirants ont fait au jeune Parslow ?

— Que je sache ou non, vous allez me le dire, dit Stephen en se servant du rhum.

— Ils l'ont saoulé à mort, et l'ont envoyé sur le pont. C'est quasiment le premier jour où ils pouvaient se reposer durant leurs heures libres de quart, la première fois depuis longtemps qu'ils ne sont pas dans l'eau jusqu'aux genoux, et ils n'ont rien de mieux à faire que de saouler ce garçon ! Mais ils n'auront pas l'occasion de recommencer. Je les ai privés de grog.

— Vous feriez aussi bien d'en priver tout le navire. Cette coutume est parfaitement pernicieuse, c'est une exploitation grossière d'appétits bestiaux, une monstrueuse aberration. Une demi-pinte de rhum, en vérité ! Sans ce fichu rhum, j'aurais quatre fois moins de patients ! On me les amène avec des membres, des côtes, des clavicules fracassés, parce que l'ivresse les a fait tomber des gréements — des hommes rapides à l'action, courageux et attentifs, qui ne tomberaient jamais s'ils étaient sobres ! Allez jeter discrètement ce rhum par-dessus bord !

— Et me retrouver avec une mutinerie sur les bras ? Je vous remercie bien. Non. Je préfère les voir ivres de temps à autre, mais qu'ils fassent leur travail. Une mutinerie... Rien que l'idée glace le sang. Vous voyez des hommes, avec lesquels vous travaillez depuis le début de votre commission, des hommes que vous aimez bien, devenir froids et secrets. Plus de plaisanteries, plus de chansons, plus de zèle. Le navire se séparant en deux camps. Et les indécis, perplexes et misérables, entre les deux. Et les boulets qu'on fait rouler la nuit.

— Quoi ?

— Ils les font rouler le long du pont durant les quarts de nuit, pour que vous connaissiez leur état d'esprit... Et peut-être bien dans l'espoir de toucher les jambes d'un officier...

— D'une façon générale, dit Stephen, je suis favorable aux mutineries. Vous éloignez ces hommes de leurs foyers et des occupations qu'ils se sont choisies, vous leur imposez des conditions de vie insalubres et un régime alimentaire inadéquat, vous les abandonnez à la tyrannie des hommes du bosco, vous les exposez à des périls inimaginables. En outre, vous les frustrez de leur maigre nourriture, de leur paie et indemnités... Il ne leur reste rien, sauf ce fichu rhum, qui est sacré selon vous. Si j'avais été à Spithead, j'aurais certainement rallié les mutins. Je suis stupéfait de leur modération, en fait.

— Stephen, je vous en prie, ne parlez pas ainsi, cessez de déblatérer sur le service. Cela me déprime. Je sais que les choses ne sont pas parfaites, mais je ne peux pas à la fois changer le monde et commander un navire de guerre. En tout cas, soyez honnête. Pensez à la *Sophie*, par exemple. Pensez à n'importe quel navire heureux.

— Ces choses existent, c'est sûr. Mais elles dépendent de l'humeur, de la digestion et de la vertu d'un ou deux hommes, et c'est parfaitement inique. Je suis opposé à l'autorité, cette source de misère et d'oppression. J'y suis surtout opposé à cause de l'effet qu'elle produit chez ceux qui l'exercent.

— Eh bien, à moi, cela ne me fait rien de bon ! Cet après-midi, j'ai été agressé par un aspirant, et voilà que mon propre médecin vient me tourmenter. Allons, Stephen, finissez votre verre, et jouons un peu de musique.

Mais au lieu d'accorder son violon, il saisit un objet un peu plus loin.

— Voici quelque chose qui vous intéressera. Avez-vous entendu parler de la *carotte* ?

— Non.

— En voici un exemple. (C'était un cylindre de cuivre, pourvu à son extrémité d'un gros écrou.) Ces boulons, comme vous le savez, traversent les membrures de part en part, et servent à assembler la coque. Les meilleurs sont en cuivre, car ce métal ne craint pas la corrosion. Mais cela coûte cher... Je crois que deux livres de cuivre, un petit morceau de boulon, valent autant que le salaire quotidien d'un charpentier. Si vous êtes un sale type, vous ôtez la partie centrale, et vous remettez les deux extrémités en place. Puis vous empochez l'argent pour le segment de cuivre que vous avez subtilisé. Personne n'en saura rien avant que la charpente tombe en morceaux. Et avec un peu de chance, ça n'arrivera qu'à l'autre bout du monde. Là où le navire risque de sombrer sans laisser de témoins.

— Depuis quand êtes-vous au courant ?

— Je le soupçonnais depuis le début. Sachant qu'il venait de chez Hickman, je m'attendais au pire. Et puis ces types, au chantier, étaient si excessifs, si généreux avec leurs paniers de cadeaux... Mais je n'en suis certain que depuis hier. Maintenant qu'il a un peu navigué, il est plus facile de s'en assurer. Ce boulon, je l'ai ôté à la main !

— Vous ne pouviez pas faire des démarches auprès des services compétents ?

— Si. J'aurais pu exiger une inspection, au risque d'attendre un mois ou un mois et demi. Qu'est-ce que cela m'aurait apporté ? C'est un problème d'arsenal. On entend de drôles d'histoires à propos de navires accrédités quel que soit leur état, et de petits employés qui se mettent à leur compte... Non. Je préférais le retirer de suite. Et le fait est qu'il a survécu à une drôle de tempête ! Si j'en ai la possibilité, je le ferai mettre au sec... Si j'ai le temps, ou si c'est nécessaire pour qu'il flotte !

Ils se turent pendant quelques instants. Le battement régulier des pompes parvenait sans interruption dans la cabine, ainsi que les aboiements du dingue, presque au même rythme.

— Je dois donner encore un peu de mon laudanum à ce type, dit Stephen, en partie pour lui-même.

Jack pensait toujours aux boulons, aux membrures, et aux diverses forces qui maintenaient le navire assemblé.

— Comment va l'épaule de Parker ? Il ne sera pas capable de travailler avant longtemps, je suppose ? Sans doute allez-vous devoir le débarquer, et lui ordonner une cure thermale ?

— Pas du tout, dit Stephen. Il se rétablit admirablement. Le gruau à l'eau du docteur Ramis a été très efficace, comme son régime léger. Avec le bras en écharpe, il peut être sur le pont dès demain.

— Oh ! Pas de bon de maladie ? Pas de longue convalescence ? Vous ne pensez pas que les eaux feraient aussi du bien à sa surdité ?

Il observa Stephen d'un air rêveur, sans trop d'espoir. Dans ce qu'il considérait comme son devoir de médecin, Stephen Maturin ne se laissait infléchir par personne, ni homme, ni dieu, ni bête. Pour ces questions-là, il était au-delà de la raison, voire de l'amitié. Ils ne parlaient jamais des officiers avec lesquels Stephen prenait ses repas. Mais l'opinion que Jack se faisait de son premier lieutenant comme son désir d'en être débarrassé étaient parfaitement clairs aux yeux de quiconque le connaissait. Stephen garda son air déterminé. Il attrapa le violon, joua la gamme dans les deux sens.

— Où avez-vous trouvé cela ? demanda-t-il.

— Je l'ai pris chez un prêteur sur gages, près de Sally-Port. Il m'a coûté douze shillings six.

— On ne s'est pas fichu de vous, mon cher. J'en aime beaucoup le son... Chaud, moelleux. Pour les violons, vous avez bon goût, c'est sûr. Allons, nous n'avons pas un instant à perdre. Je dois faire ma ronde aux sept coups de cloche. Un, deux, trois...

Le pied de Stephen battit la mesure, et la cabine s'emplit de l'ouverture de la sonate à Corelli, de Boccherini. Un son d'une texture magnifique. Le violon lançait ses brillantes envolées au milieu des involutions du violoncelle. Les deux hommes s'évadèrent, loin du grincement des pompes, des aboiements, des problèmes de commandement. Ils s'envolèrent en dialoguant, se rejoignant, se séparant, serpentant, s'élevant dans leur langage naturel.

Un matin d'hiver dans les Downs : froid cinglant, lumière pâle. Les hommes prenaient leur petit déjeuner, Jack déambulait.

— L'amiral a envoyé notre code, monsieur, vint lui dire l'aspirant préposé aux signaux.

— Très bien. Armez le youyou.

Il attendait cet instant depuis qu'il avait signalé sa présence, un peu avant l'aube. Le youyou était déjà à l'eau, et son meilleur manteau était posé sur son cadre. Quand Jack réapparut, il le portait. Il franchit le bord du navire, accompagné par les coups de sifflet du bosco.

La mer n'aurait pu être plus calme. La marée était haute, et toute cette étendue grise, sous le ciel glacé, avait l'air d'attendre quelque chose... Pas une ride, pas l'ombre d'un mouvement de houle. Derrière Jack, au-delà du *Polychrest*, se trouvait la cité de Deal et, plus loin encore, North Foreland. Devant lui, c'était la masse du *Cumberland*, soixante-quatorze pièces, qui arborait le pavillon bleu à son artimon. Puis, à deux encablures, le *Melpomène*, une jolie frégate, puis deux sloops et un cotre. Et encore plus loin, entre l'escadre et Goodwin Sands, tout le commerce des Antilles, de la Turquie, de la Guinée et des Indes. Une flotte de cent quarante navires marchands à la cape dans la rade. Une forêt de mâts dans l'attente du vent et d'une escorte, chaque vergue, chaque espar se découpant distinctement dans l'air glacé. Presque aucune couleur. Rien que des lignes, incroyablement nettes.

Mais Jack avait pu contempler le spectacle dès que le disque pâle du soleil s'était levé. Durant le trajet vers le vaisseau amiral, il avait bien d'autres sujets de préoccupation. Il escalada le flanc du navire, salua la plage arrière et félicita le capitaine du *Cumberland*. Puis on l'introduisit dans la grande cabine. Pendant tout ce temps, il garda un visage grave, fermé.

L'amiral Harte mangeait des harengs en buvant du thé. Son secrétaire siégeait de l'autre côté de la table, devant une masse de documents. Harte avait affreusement vieilli depuis sa dernière entrevue avec Jack. Ses yeux à fleur de peau semblaient s'être encore rapprochés, et son air de faux jeton était encore plus prononcé qu'autrefois.

— Alors, vous voilà enfin, s'exclama-t-il — souriant malgré tout, et lui tendant une main mielleuse. Vous avez sans doute traînassé, dans la Manche. Sur mon honneur, je vous attendais trois marées plus tôt ! (L'honneur de l'un et les traînasseries de l'autre allaient de pair. Jack se contenta d'incliner la tête. Cela n'appelait pas de réponse, en tout cas. Ce n'était qu'une remarque désagréable, purement automatique. Harte poursuivit, en affectant maladroitement la familiarité et la camaraderie :) Asseyez-vous. Que vous est-il arrivé ? Vous semblez avoir vieilli de dix ans. Les filles des bas-fonds de Portsmouth Point, sans doute. Vous désirez une tasse de thé ?

L'argent, pour Harte, était le meilleur chemin vers le bonheur. C'était sa passion souveraine. En Méditerranée, où ils avaient servi ensemble, Jack avait obtenu des résultats remarquables avec ses prises. On lui avait donné croisière sur croisière, et il avait mis plus de dix mille livres dans les poches de l'amiral. Le capitaine Harte, en qualité de commandant de Port Mahon, n'en avait pas vu la couleur, bien sûr, et son aversion pour Jack était toujours la même. Mais les choses avaient changé. Ses gains étaient liés, désormais, aux exploits de Jack, et il lui fallait rentrer dans ses bonnes grâces.

Quand on reconduisit Jack à son bord, l'eau était toujours aussi silencieuse. Lui-même était un peu moins grave. Il ne comprenait pas où Harte voulait en venir. Cela le mettait mal à l'aise, et le thé tiède lui restait sur l'estomac. Mais il n'avait pas rencontré de franche hostilité, et son avenir immédiat était clair. Le *Polychrest* ne partait pas avec le convoi. Il allait rester quelque temps dans les Downs, pour veiller à l'armement de l'escadre et parer aux attaques de la flottille d'invasion.

À bord du *Polychrest*, ses officiers l'attendaient. Les hamacs étaient empilés, les ponts récurés, les cordages lovés à la flamande. Les fusiliers de marine présentèrent les armes dans une formation géométrique parfaite, et tous les officiers le saluèrent. Mais quelque chose n'allait pas. Une rougeur bizarre au front de Parker, l'obstination de Stephen à garder la tête baissée, l'inquiétude visible de Pullings, de Goodridge et de Macdonald lui donnèrent une idée de ce qui se passait. Son hypothèse se vérifia cinq minutes plus tard, quand le premier lieutenant entra dans sa cabine.

— J'ai l'immense regret, monsieur, de devoir vous rapporter un manquement grave à la discipline.

Un peu après le petit déjeuner, pendant que Jack se trouvait avec l'amiral, Stephen était monté sur le pont. Il y avait découvert un curieux spectacle. Un homme courait vers l'arrière, poursuivi par un second du bosco qui le frappait dans le dos. Scène plutôt banale sur un navire de guerre. Sauf que l'homme avait entre les dents un lourd épissoir d'acier, maintenu en place par du bitord. Et chacun de ses hurlements faisait couler des flots de sang des deux côtés de sa bouche. Plus mort que vif, il avait atteint la coupée de la plage arrière. Stephen avait sorti un bistouri de la poche de son gilet. Il s'était dirigé vers l'homme. Il avait coupé le bitord et arraché l'épissoir avant de le jeter par-dessus bord.

— J'ai protesté. Je l'ai informé que cette punition était infligée sur mes ordres... C'est alors qu'il m'a attaqué avec la plus grande férocité.

— Il vous a attaqué physiquement ?

— Non, monsieur. Verbalement. Il a fait des remarques sur mon courage et sur ma capacité à commander. J'aurais dû prendre des mesures radicales, mais je savais que vous reviendriez sous peu... Et je crois savoir qu'il est votre ami. Je lui ai suggéré de se retirer dans sa cabine. Il n'a pas jugé bon d'obtempérer. Il est resté à faire les cent pas sur la plage arrière, à tribord, même lorsqu'on lui a signifié qu'en l'absence du capitaine, c'était mon privilège.

— Mon amitié pour le docteur Maturin n'a rien à faire ici, monsieur Parker. Je suis surpris que vous y fassiez allusion. Vous devez comprendre qu'il s'agit d'un monsieur irlandais éminent dans sa spécialité. Qu'il connaît très mal le service — presque pas du tout, en fait —, et qu'il est extrêmement sensible à l'idée qu'on puisse se servir de lui... se moquer de lui. Il ne sait pas toujours ce qui est important à nos yeux, et ce qui ne l'est pas. En cette affaire, disons qu'il y a eu quelque malentendu. Je me rappelle l'avoir vu tomber à bras raccourcis sur le quartier-maître de la *Sophie*, à cause de ce qu'il croyait être une blague douteuse sur une baguette de senau.

— Un quartier-maître n'est pas un lieutenant.

— Hé, monsieur, vous voulez m'apprendre ce qu'est la hiérarchie ? Vous avez l'intention de me dire ce que sait le dernier des aspirants ?

Jack n'avait pas élevé la voix, mais il était pâle de rage. Non seulement à cause de la stupide impertinence de Parker, mais de l'ensemble de la situation, et de ce qu'elle impliquait.

— Laissez-moi vous dire, monsieur, que vos méthodes disciplinaires ne me plaisent pas. J'aurais aimé éviter cela. Je vous ai fait remarquer, par exemple, que la punition que vous avez infligée à Isaac Barrow était parfaitement illégale. Je supposais que vous auriez saisi. Et il y a d'autres exemples. Comprenons-nous bien. Je ne suis pas un capitaine prêchi-prêcha opposé au fouet. Je veux que l'ordre règne sur mon navire. Si nécessaire, on doit pour cela user du fouet. Mais je ne veux pas de brutalités inutiles. Comment s'appelle l'homme que vous avez soumis au *bâillon* ?

— Je regrette, monsieur, mais je ne me rappelle pas son nom. Un terrien... Un homme du parc, un bâbordais.

— Dans le service, on considère pourtant qu'un bon premier lieutenant doit connaître le nom des hommes. Vous m'obligeriez en retrouvant son nom sur-le-champ.

— William Edwards, monsieur, dit Parker après quelques instants.

— William Edwards. Parfaitement. Un boxeur du Rutland, qui a voulu empocher la prime d'enrôlement. Il n'avait jamais vu la mer, ni un navire, ni un officier... Il n'a aucune idée de ce qu'est la discipline. Je suppose qu'il vous a répondu ?

— Oui, monsieur. Je le blâmais pour négligence. Il m'a dit : « Je suis venu aussi vite que j'ai pu. Et vous, au fait, vous êtes qui ? »

— Pourquoi était-il blâmé ?

— Il avait abandonné son poste pour se rendre aux gogues.

— Il faut parfois faire preuve de jugement, monsieur Parker. Quand un homme navigue depuis assez longtemps pour connaître son devoir et connaître ses officiers, depuis assez longtemps pour que ses officiers le connaissent — je vous le répète, il est du devoir d'un officier de connaître ses hommes —, on peut lui donner le *bâillon* pour insolence. Pour autant que cela arrive — cas fort improbable sur un navire à moitié bien tenu. Et cela vaut pour la plupart des hommes d'équipage. Il est inutile, et préjudiciable au bien du service, de les battre s'ils ignorent ce que nous attendons d'eux. Vous êtes un officier expérimenté, mais il est clair que vous avez mal compris Edwards. Vous avez cru qu'il vous manquait délibérément de respect. Il est probable que le docteur Maturin, totalement dénué d'expérience, vous ait mal compris à son tour. Montrez-moi votre liste des punitions, voulez-vous ? Cela ne va pas, monsieur Parker. Glave,

Brown, Stindall, Burnet : tous des terriens, des nouveaux venus. Et ainsi de suite, elle est longue, on dirait la liste d'un navire de premier rang... Un premier rang mal conduit. Nous réglerons cela plus tard. Faites venir le docteur Maturin.

Il n'avait jamais vu Jack Aubrey dans cet état. Plus grand que nature, dur, froid, fort du soutien d'un siècle de tradition, totalement convaincu de son bon droit.

— Bonjour, docteur Maturin. Il y a eu un malentendu entre M. Parker et vous. Vous ignoriez que le *bâillon* est une punition coutumière, chez nous. Vous avez cru, sans aucun doute, qu'il s'agissait d'une sorte de vulgaire chahut.

— J'ai vu qu'il s'agissait d'une manifestation d'une extrême brutalité. Edwards a les dents dans un état de pourriture avancé — j'avais eu l'occasion de l'examiner — et cette barre de fer lui a écrasé deux molaires. Je l'ai ôtée sur-le-champ, et...

— Vous l'avez ôtée pour des raisons médicales. Vous ignoriez qu'il s'agissait d'une punition coutumière, ordonnée par un officier... Et vous ignoriez tout des raisons de cette punition ?

— C'est exact, monsieur.

— Vous avez eu tort, monsieur. Vous avez agi inconsidérément. Et dans votre émotion, dans l'agitation du moment, vous avez parlé à M. Parker sans réfléchir. Vous devez lui dire que vous regrettez ce malentendu.

— Je regrette ce malentendu, monsieur Parker, dit Stephen. Je regrette les remarques que je vous ai faites. Si vous le souhaitez, je suis prêt à formuler ces excuses sur la plage arrière, en présence des hommes qui les ont entendues.

Parker rougit, raide et maladroit. Sa main droite, qu'il aurait dû lui tendre, ne bougeait pas sous la bande qui lui tenait le bras en écharpe. Il inclina la tête et lâcha quelques mots... « Très satisfait... Plus que suffisant... Regrette pour ma part toute remarque désobligeante qui m'aurait échappé... » Il y eut un silence.

— Je ne vous retiens pas, messieurs, dit froidement Jack. Monsieur Parker, que les tribordais fassent des essais aux grosses pièces. Les bâbordais s'entraîneront à prendre des ris dans les huniers. M. Pullings s'occupera des hommes avec les armes de poing. Mais quel est ce raffut ? (Il appela le fusilier en sentinelle devant sa porte.) D'où vient ce boucan, Hallows ?

— Vous demande pardon, Excellence. C'est le maître

d'hôtel du capitaine et celui du carré, qui se disputent à propos d'un pot à café.

— Qu'ils soient damnés ! Je vais leur tanner le cuir... Je vais leur en donner... Je vais leur faire passer le goût de la danse ! De vieux marins, pourtant. Qu'ils aillent se faire pendre ! Monsieur Parker, il va falloir mettre un peu d'ordre sur ce sloop !

— Jack, dit Stephen, quand on eut allumé la lampe, j'ai bien peur d'être pour vous une source d'embarras. Je crois que je vais préparer mon coffre et débarquer.

— Non, mon ami, ne dites jamais cela, dit Jack avec lassitude. Cette explication avec Parker devait avoir lieu. J'espérais pouvoir l'éviter, mais il ne m'avait pas compris. En fait, je suis très content que ce soit fait.

— Je crois que je vais tout de même débarquer.

— Vous allez abandonner vos patients ?

— On trouve des médecins de bord à la pelle.

— Et vos amis ?

— Ma parole, Jack, je crois que vous serez plus à l'aise sans moi. Je ne suis pas fait pour la vie en mer. Vous le savez mieux que moi, la discorde entre officiers, sur un navire, n'amène rien de bon. Et puis je n'ai pas envie d'être témoin de ces brutalités, encore moins d'y être impliqué.

— J'admets que nos règles peuvent être dures... Mais vous ne verrez pas moins de brutalité à terre.

— À terre, je n'y suis pas impliqué.

— Sur la *Sophie*, pourtant, le fouet ne vous a pas trop dérangé ?

— Non. Le monde en général s'accommode du fouet. C'est le cas, surtout, de votre monde aquatique. Là où on tourmente, on brutalise, on cogne, on intimide et on réprimande sans cesse, et arbitrairement... Et ces supplices fantasques, l'écartèlement, le bâillon... Cette atmosphère générale d'oppression... J'aurais dû vous le dire plus tôt. Mais entre vous et moi, c'est un sujet délicat.

— Je sais. C'est l'enfer... Au début d'une commission, quand vous avez un équipage inexpérimenté, désagréable — vous savez qu'on nous refile parfois de fort mauvaises affaires —, il faut lui mener la vie dure, et lui enseigner l'obéissance. Mais c'est allé trop loin. Parker et le bosco ne sont pas de mauvais bougres... Je ne leur ai pas montré l'exemple, au début, comme j'aurais dû. J'ai été négligent. Cela ne se reproduira pas.

— Pardonnez-moi, mon cher. Ces hommes puent l'autorité, ils sont malades, sans espoir de guérison. Je dois m'en aller.

— Je vous dis que vous n'en ferez rien, dit Jack en souriant.

— Je vous dis que si.

— Savez-vous, mon cher Stephen, que vous ne pouvez pas aller et venir selon votre bon plaisir ?

Jack se pencha en arrière, et regarda son ami avec un air triomphal.

— Ignorez-vous que vous êtes soumis à la loi martiale ? Que si vous bougez le petit doigt sans mon autorisation, je devrais assigner votre nom d'un R, vous arrêter, vous mettre aux fers et vous infliger une punition des plus sévères ? Que diriez-vous du fouet sur la plante des pieds, hein ? Vous n'avez aucune idée du pouvoir dont dispose le capitaine d'un navire de guerre. Il pue l'autorité, si vous voulez...

— Je n'ai pas le droit d'aller à terre ?

— Non. Bien sûr. C'est aussi simple que cela. Comme on fait son lit, on se couche. (Il se tut, avec le sentiment que ce n'était pas tout à fait ce qu'il avait voulu dire.) Maintenant, je vais vous raconter mon entretien avec cette lavette de Harte...

— Donc, si je comprends bien... Si nous devons demeurer ici quelque temps, vous n'aurez aucune objection à m'accorder quelques jours de liberté. Sans parler du reste, j'ai un dément et une fracture multiple du fémur que j'aimerais emmener à terre. L'hôpital de Douvres n'est pas si loin... C'est un port parfaitement fréquentable.

— Certainement, s'exclama Jack. Si vous me donnez votre parole de ne pas vous enfuir, pour m'éviter l'ennui de devoir vous poursuivre à travers le pays avec un détachement... Une détachement de marins ! Certainement. Dès que vous voudrez.

— Et quand j'y serai, dit Stephen posément, je me rendrai à Mapes.

Chapitre huit

— Un monsieur demande à voir Mlle Williams, dit la femme de chambre.

— Qui est-ce, Peggy ? cria Cecilia.

— Je crois que c'est le docteur Maturin, mademoiselle.

— J'arrive immédiatement ! dit Sophia.

Elle lança dans un coin ses travaux d'aiguille, et jeta au miroir un regard affolé.

— Ce doit être pour moi, dit Cecilia. Le docteur Maturin est mon soupirant.

— Oh, Cissy, quelle idiotie !

Sophia dévala l'escalier.

— Vous en avez déjà un... Non, *deux* ! chuchota Cecilia en la rattrapant dans le couloir. Vous ne pouvez pas en avoir trois ! Oh, c'est si injuste ! siffla-t-elle.

La porte se ferma et Sophia entra dans le boudoir avec un sang-froid affecté.

— Quel plaisir de vous revoir enfin ! s'écrièrent-ils de concert, avec une telle ardeur qu'un observateur indiscret aurait juré qu'ils étaient amants, ou du moins qu'ils avaient l'un pour l'autre quelque affection particulière.

— Maman sera fort déçue de vous avoir manqué, dit Sophia. Elle a emmené Frankie en ville. La pauvre petite doit se faire aligner les dents...

— J'espère que Mme Williams va bien. Et Mlle Cecilia ? Et comment va Mme Villiers ?

— Diana n'est pas là. Tous les autres vont bien, je vous remercie. Mais vous, comment allez-vous ? Et comment va le capitaine Aubrey ?

— Florissant, florissant, merci, ma chère. Je veux dire que moi, je suis florissant. Le pauvre Jack n'est pas trop dans son assiette, avec ce nouveau commandement, et un équipage de gibiers de potence venus de la moitié des geôles du royaume.

— Oh, s'écria Sophia, en frappant des mains. Je suis sûre qu'il travaille trop dur. Priez-le de n'en rien faire, docteur Maturin. Il vous écoutera... Il m'arrive de penser que vous êtes la seule personne qu'il écoute. Mais ses hommes doivent l'aimer, non ? Je me rappelle encore ces chers matelots, à Melbury, qui faisaient tout ce qu'il demandait, et qui le faisaient si aimablement. Il était si bon pour eux ! Jamais bourru, jamais autoritaire, comme certains avec leurs domestiques...

— Ils l'aimeront sans doute quand ils auront l'occasion d'apprécier ses qualités. Mais pour le moment, nous sommes tous dans le quatrième dessous. Nous avons tout de même à bord quatre anciens de la *Sophie* — dont son timonier, qui est venu spontanément... Ils nous sont d'un grand secours.

— Je suis certaine qu'ils le suivront au bout du monde. Comme ils sont gentils, avec leurs nattes et leurs souliers à boucle... Mais dites-moi, est-ce que le *Polychrest* est vraiment si... L'amiral Haddock prétend qu'il est incapable de naviguer. Il est vrai qu'il adore nous donner la chair de poule, ce qui est très vilain de sa part. Il est très dédaigneux, il ricane et prétend que ce bateau a deux vergues de grand hunier. Je ne le supporte pas. Non qu'il soit désagréable à dessein. Mais c'est mal de parler aussi légèrement de choses aussi importantes, n'est-ce pas ? Et de dire qu'il finira sûrement au fond de la mer ? Ce n'est pas vrai, n'est-ce pas, docteur Maturin ? Et deux vergues de grand hunier, c'est mieux qu'une seule, non ?

— Vous savez, ma chère, je ne suis pas un marin, mais j'ai tendance à le penser. Il est vrai que ce navire est bizarre, inattendu, et qu'il a une curieuse façon de partir en arrière quand on essaie de le faire avancer. D'aucuns trouveraient cela distrayant, mais cela n'a pas l'air de plaire à nos officiers et à nos matelots. Et pour ce qui est de ne pas flotter, je peux vous rassurer. Nous avons essuyé une tempête de neuf jours qui nous a entraînés loin au-delà de l'entrée de la Manche, avec une mer horrible qui nous a presque totalement submergés, et fort secoué les espars, les bouts-dehors et les cordages. Et nous avons survécu. Je ne pense pas que Jack ait jamais quitté le pont plus de trois heures d'affilée... Je me rappelle l'avoir vu attaché aux bittes, dans l'eau jusqu'au milieu du corps, ordonnant au timonier de donner du mou quand on embarquait des paquets de mer. Quand il m'a vu, il m'a dit : « Il vit toujours ! » Vous voyez, vous pouvez être tranquille.

— Oh mon Dieu ! dit Sophia d'une voix faible. J'espère au moins qu'il mange bien, pour entretenir sa force.

— Non, dit Stephen avec satisfaction. J'ai le plaisir de vous informer qu'il ne mange pas bien du tout ! Quand il avait Louis Durand pour cuisinier, je lui répétais sans cesse qu'il creusait sa tombe avec ses dents. Il mangeait beaucoup, beaucoup trop, trois fois par jour. Maintenant, il n'a plus de cuisinier. Il doit se satisfaire de notre ordinaire. Et il s'en porte d'autant mieux. Il a perdu au moins quinze kilos. Il est très pauvre, désormais, et il n'a plus les moyens de s'empoisonner. De se détruire la santé. Il est vrai qu'il n'a pas non plus les moyens d'empoisonner ses hôtes, ce qui le chagrine. Il ne peut plus tenir table ouverte. Mais vous-même, ma chère, comment allez-vous ? Il me semble que vous avez beaucoup plus besoin d'attention que notre bon vieux mathurin...

Il ne l'avait pas quittée des yeux. Son incroyable teint était aussi adorable que d'habitude, mais un peu plus pâle — dès que le rose de la surprise s'était estompé. Il y avait dans ses yeux de la lassitude, du chagrin et un besoin de lumière. Un peu de sa jeunesse s'en était allé.

— Montrez-moi votre langue.

Stephen lui prit le poignet, et se mit à compter machinalement.

— J'adore le parfum de cette maison. De l'iris, non ? Dans la maison où j'ai passé mon enfance, on en mettait partout. J'en ai reconnu l'odeur dès que vous avez ouvert la porte. Oui, je m'en doutais. Vous ne mangez pas assez. Combien pesez-vous ?

— Cinquante-deux kilos, dit Sophia en baissant la tête.

— Il est vrai que vous avez une ossature très fine. Mais pour une femme aussi joliment bâtie, c'est loin d'être suffisant. Vous devriez boire un peu de porter, au dîner. Je le dirai à votre mère. Un pinte de bon stout vous donnera tout ce dont vous avez besoin. Ou presque.

— Un monsieur demande à voir Mlle Williams, dit la femme de chambre. M. Bowles, ajouta-t-elle avec un regard entendu.

— Je ne suis pas à la maison, Peggy. Priez Mlle Cecilia de le recevoir dans le salon. Oh, j'ai dit un mensonge, dit-elle en pinçant sa lèvre. C'est horrible... Docteur Maturin, aimeriez-vous vous promener dans le parc en ma compagnie ? Ainsi, je n'aurai pas menti...

— Avec un immense plaisir, ma chère !

Elle lui prit le bras, et lui fit promptement traverser le massif d'arbustes. Ils arrivèrent au portillon qui marquait l'entrée du parc.

— Je suis incroyablement malheureuse, vous savez.

Stephen lui serra le bras, sans rien dire.

— C'est ce M. Bowles. On veut me le faire épouser.

— Vous ne l'aimez pas ?

— Il m'est parfaitement odieux. Oh, je ne veux pas dire qu'il est grossier, ou désagréable, ni qu'il me manque de respect... Non, non, c'est le plus brave et le plus respectable des hommes. Mais il est d'un ennui ! Et il a les mains moites. Il s'assied et halète... Il pense assurément qu'il *doit* haleter. Il reste assis à mes côtés durant des heures et des heures. J'ai parfois l'impression que s'il halète une fois de plus en ma présence, je vais lui enfoncer mes ciseaux dans la poitrine. (Elle parlait très vite, et l'indignation lui redonnait des couleurs.) J'essaie toujours de garder Cissy avec nous dans la pièce, mais elle s'éclipse — car maman l'appelle — et il en profite pour essayer de me prendre la main. Nous glissons insensiblement tout autour de la table... C'est vraiment trop ridicule. Personne ne peut prétendre être plus adorable que ma chère maman... Mais c'est elle qui fait en sorte que je le voie... Quand elle apprendra que je n'étais pas à la maison pour le recevoir, aujourd'hui, elle sera horriblement fâchée. Et je dois faire le catéchisme, avec ces petites brochures de piété. Je n'ai rien contre les enfants — les pauvres petites créatures gâchent leur dimanche à passer tout ce temps à l'église —, mais ces visites aux paysans me rendent malade et me font honte... Enseigner à des femmes qui ont deux fois mon âge, des mères de famille qui connaissent la vie cent fois mieux que moi, leur apprendre comment mener une vie fruste et hygiénique... Leur apprendre qu'il ne faut pas acheter les meilleurs morceaux de viande pour leurs maris, parce que ce serait *du luxe*, car Dieu tient à ce qu'ils soient pauvres ! Et elles sont si polies, alors que je sais bien qu'elles doivent me trouver si prétentieuse et si stupide. Je fais un peu de couture, et je sais préparer une mousse au chocolat. Mais je suis aussi incapable de tenir une maison, avec un mari et des petits enfants, et dix shillings par semaine, que de commander un navire de premier rang. Mais pour qui se prennent-ils ? Juste parce qu'ils savent lire et écrire !

— Je me pose souvent la question, dit Stephen. Ce monsieur est un pasteur, je crois ?

— Oui. C'est le fils de l'évêque. Et je ne l'épouserai pas, dussé-je aller en enfer ! Le seul homme au monde que je voudrais épouser, s'il le voulait..., je l'ai eu à mes côtés, et je l'ai rejeté !

Les larmes débordaient maintenant, et elles roulaient sur ses joues. Sans un mot, Stephen lui tendit un mouchoir propre.

Ils marchèrent en silence. Feuilles mortes, herbe flétrie par le gel, arbres décharnés. Ils passèrent une deuxième fois, puis une troisième fois devant la même palissade.

— Ne pouvez-vous pas le lui faire savoir ? Lui, il ne peut pas bouger. Vous savez bien ce que tout le monde pense lorsqu'un homme désargenté, sans perspectives d'avenir, couvert de dettes, demande en mariage une héritière. Vous savez bien ce que votre propre mère dirait d'une telle proposition. Et il est très sensible aux questions d'honneur.

— Je lui ai écrit. Je lui ai dit tout ce que je pouvais dire, en toute modestie. En fait, c'était horriblement effronté... Ce n'était pas modeste du tout.

— C'est arrivé trop tard...

— *Trop tard*. Oh, je me le suis répété tant de fois, et cela m'a fait si mal... S'il était venu à Bath une fois de plus, je suis sûre que nous serions parvenus à un arrangement.

— Des fiançailles secrètes ?

— Je n'y aurais jamais consenti. Mais un arrangement... Non pour me l'attacher, vous comprenez, simplement pour qu'il sache que je l'attendrai toujours. C'est ce que j'avais décidé. Mais il n'est plus jamais revenu. En tout cas, je l'ai dit, et je me considère liée par l'honneur quoi qu'il advienne — à moins que lui-même ne se marie de son côté. J'attendrai le temps qu'il faudra, même si ça m'oblige à renoncer aux enfants... Et j'adorerais avoir des enfants. Oh, je ne suis pas une fille romanesque. J'ai presque trente ans, et je sais de quoi je parle.

— Mais qui vous empêche de lui faire comprendre ce que vous avez en tête ?

— Il n'est pas venu à Londres. Je ne peux pas le pourchasser, au risque de le peiner ou de le mettre dans l'embarras. Il peut s'être pris d'affection pour quelqu'un d'autre. Je ne l'en blâmerais pas, d'ailleurs... Je sais que les hommes voient les choses autrement.

— Il y a eu cette terrible rumeur, à propos de vos fiançailles avec un certain M. Allen.

— Je sais. (Un long silence.) C'est ce qui m'agace, et qui me rend si désagréable, dit-elle enfin. Si je n'avais pas été si gourde — si odieuse et si jalouse —, je pourrais être... Mais ils ne doivent pas s'imaginer que j'épouserai M. Bowles, car cela n'arrivera pas.

— Vous pourriez vous marier sans le consentement de votre mère ?

— Oh, non ! Jamais ! Ce serait terriblement mal. Outre que ce serait vilain — et je vous répète que cela n'arrivera jamais —, si je m'enfuyais, je n'aurais pas un penny. Et je tiens à aider mon mari, pas à être un fardeau pour lui. Mais se marier sur commande, parce que c'est *convenable*, et *immanquable*, c'est une autre affaire. Une tout autre affaire... Oh ! Vite ! Par ici... L'amiral Haddock est là-bas, derrière les lauriers. Il ne nous a pas vus... Nous allons contourner le lac. Personne n'y va jamais. Au fait, savez-vous qu'il va reprendre du service en mer ? demanda-t-elle en changeant de ton.

— Un poste de commandement ? s'exclama Stephen, stupéfait.

— Non. Il doit faire quelque chose, à Plymouth — les Fencibles, ou l'Enrôlement... Je n'ai pas fait très attention. Mais il y va par la mer. Un vieil ami lui offre le trajet, sur le *Généreux*.

— C'est le navire que Jack a amené à Mahon lorsque l'escadre de Lord Nelson s'en est emparé.

— Oui, je sais. Il était second sur le *Foudroyant*, à l'époque. L'amiral est si excité qu'il retourne tous ses vieux coffres pleins d'uniformes, et il essaie ses vestes à lacets. Il nous a invitées, Cissy et moi, à passer l'été avec lui, car il disposera là-bas d'une résidence de fonction. Cissy est folle de joie. C'est ici que je viens m'asseoir lorsque je ne supporte plus l'ambiance de la maison. (Elle lui montra un petit temple grec plein de moisissure, lépreux et écaillé.) Et c'est ici que nous nous sommes querellées, Diana et moi...

— J'ignorais que vous vous étiez querellées.

— Il m'a semblé qu'on nous entendait à l'autre bout du comté. C'était ma faute. Ce jour-là, j'étais horrible. J'avais dû supporter M. Bowles tout l'après-midi, et j'avais les nerfs à fleur de peau. J'ai fait une promenade à cheval jusqu'à

Gatacre, et je suis venue ici. Mais elle n'aurait pas dû se moquer de moi en me parlant de Londres, en prétendant qu'elle *le* voyait quand elle en avait envie, et qu'il n'était pas parti à Portsmouth le lendemain comme tout le monde le croyait. C'était pure méchanceté, même si je l'avais bien mérité. Je l'ai traitée de mauvaise femme, elle a surenchéri... Soudain nous étions là, à nous traiter de tous les noms en hurlant comme des harengères... Oh, ce souvenir me fait honte ! Mais elle a été si ignoble... Elle a parlé de lettres, elle a crié qu'elle pouvait l'épouser quand bon lui semblerait, mais qu'un capitaine en demi-solde ne l'intéressait pas, pas plus que les restes d'autres femmes... J'ai perdu mon sang-froid, et je lui ai promis de la corriger à coups de cravache si elle me parlait encore ainsi. Et j'en étais capable. Là-dessus, maman est arrivée. Elle était terrifiée, et elle a essayé de nous réconcilier. Mais je ne voulais rien entendre. Pas plus le lendemain. Finalement Diana est partie chez M. Lowndes, son cousin de Douvres.

— Vous m'avez parlé avec une telle sincérité, Sophie, et une telle confiance...

— Je ne peux vous dire comme cela m'a soulagée. Et réconfortée.

— ... qu'il serait monstrueux de ne pas faire preuve de la même franchise. J'ai beaucoup d'affection pour Diana.

— Oh ! Oh, comme je voudrais ne point vous avoir blessé. Je croyais que c'était Jack qui... Oh ! Qu'ai-je dit là ?

— Vous n'avez aucune raison d'être bouleversée, ma chère. Je connais ses défauts, comme tout le monde.

— Bien sûr, elle est très belle, dit Sophia en lui jetant un regard timide.

— Oui. Dites-moi, Diana est-elle vraiment amoureuse de Jack ?

— Je puis me tromper, répondit-elle après un silence. Je connais très peu ces choses, comme le reste. Mais je pense que Diana n'a pas la moindre idée de ce qu'est l'amour.

— Ce monsieur veut savoir si Mme Villiers est là, madame, dit le valet de Pot de Thé en lui tendant une carte posée sur un plateau.

— Faites-le attendre au salon.

Diana se précipita dans sa chambre, changea de robe et releva ses cheveux, observa attentivement son visage dans le miroir, et descendit au salon.

— Je vous souhaite le bonjour, Villiers, dit Stephen. On ne peut pas dire que vous êtes rapide. J'ai lu le journal deux fois, de A à Z... Flottille d'invasion, serments de loyauté, prix des obligations publiques et liste des faillites. Voici un flacon de parfum.

— Oh, merci, merci, Stephen, s'exclama-t-elle en l'embrassant. C'est de l'authentique Marcillac ! Où l'avez-vous trouvé ?

— Chez un contrebandier de Deal.

— Comme vous savez pardonner, Maturin. Sentez... Ce parfum évoque le harem d'un sultan. Je pensais ne jamais vous revoir. Je regrette d'avoir été si désagréable avec vous, à Londres. Mais comment m'avez-vous trouvée ? Où en êtes-vous ? Qu'avez-vous fait ? Vous avez bonne mine. J'adore ce manteau bleu.

— Je viens de Mapes. On m'a dit où vous étiez.

— Est-ce qu'on vous a raconté ma dispute avec Sophie ?

— Je me suis laissé dire qu'il y avait eu un désaccord entre vous...

— Elle m'a irritée, avec ses clairs de lune au-dessus du lac, et ses airs de tragédienne romantique... Si elle le désirait, pourquoi ne l'avait-elle pas pris quand elle le pouvait ? Je déteste et je méprise tout ce qui ressemble à de l'indécision... Les atermoiements. Elle a pourtant un prétendant convenable. Un homme d'Église évangélique pétri de bons sentiments. D'excellentes relations mondaines, aussi, et un tas d'argent. Je parie qu'il finira évêque. Mais je vous jure, Maturin, j'ignorais qu'elle eût tant de caractère ! Elle s'est jetée sur moi comme une tigresse, folle de rage ! Je l'avais simplement un peu taquinée à propos de Jack Aubrey. Quel pugilat ! Nous étions là à beugler, près du petit pont de pierre. Sa jument, qu'elle avait attachée à la barrière, sursautait sans cesse... Je ne sais pas combien de temps ça a duré... Au moins quinze reprises ! Comme vous auriez ri ! Nous nous prenions tellement au sérieux... Et quelle énergie ! J'ai été enrouée pendant une semaine ! Mais elle était pire que moi. Elle gueulait comme un porc qu'on égorge. Elle ne se contrôlait plus, elle disait les mots les plus terribles. Je vais vous dire une chose, Maturin. Si vous voulez faire peur à une femme, menacez-la de lui cravacher le visage, et feignez d'en avoir vraiment l'intention. L'arrivée de ma tante Williams, criant et hurlant assez fort pour couvrir nos deux voix, m'a fort soulagée. Elle a été très heureuse, quant à elle, de me demander de faire mes paquets, car elle avait peur pour le pasteur. Comme si j'avais eu l'intention de poser un doigt sur ce malotru graisseux ! Voilà pourquoi je me retrouve ici, à jouer les gardiennes et les domestiques en chef auprès de Pot de Thé. Voulez-vous boire le sherry de Son Honneur ? Vous avez l'air sinistre, Maturin. Ne soyez pas rabat-joie, soyez bon garçon. Depuis votre arrivée, je n'ai pas dit un seul mot désagréable. Il est de votre devoir d'être gai et amusant. Mais pour revenir à cette histoire... J'étais tout de même contente de m'en être sortie avec le visage intact. C'est ma seule richesse, vous savez. Vous ne n'avez fait aucun compliment, alors que j'ai été très aimable avec vous. Rassurez-moi, Maturin ! J'aurai bientôt trente ans, et je n'ai aucune confiance en mon miroir.

— Votre visage est très bien.

Il l'examina avec attention. Elle tenait la tête droite, dans la lumière dure et froide du soleil d'hiver. Pour la première fois, il vit la femme d'âge mûr. Les Indes n'avaient pas été tendres avec son teint. Il était beau, mais celui de Sophia était incomparable. Ces rides presque invisibles, près des yeux, se prolongeraient. Ce soupçon de lassitude serait bientôt plus prononcé... Visage défait. Quelques années plus tard, on croirait que Sophie l'avait profondément entaillé. Il usa de son talent de dissimulateur pour cacher ses pensées.

— Un visage étonnant. Une satanée belle figure de prouc, comme on dit dans la marine. Et il a lancé un navire, au moins.

— Une satanée belle figure de proue, dit-elle amèrement.

« Voilà la herse », se dit-il.

— Mais pourquoi donc me pourchassez-vous de la sorte ? dit-elle en versant du vin. Je ne vous ai encouragé d'aucune manière. Jamais. À Bruton Street, je vous ai dit clairement que j'étais heureuse de vous avoir pour ami, mais que je ne voulais pas de vous comme amant. Pourquoi me persécutez-vous ? Que me voulez-vous ? Si vous croyez parvenir à vos fins à l'usure, vous faites un mauvais calcul. Et même si vous réussissiez, vous n'auriez qu'à le regretter. Vous ignorez totalement qui je suis. Tout le prouve.

— Je dois partir.

Il se leva. Elle arpentait la pièce, très nerveusement.

— Eh bien, allez-y ! s'exclama-t-elle. Et dites à votre seigneur et maître que je ne veux plus le voir, lui non plus. C'est un lâche.

M. Lowndes entra dans le boudoir. C'était un monsieur

de belle taille, corpulent, l'air enjoué, la soixantaine, vêtu d'un peignoir de soie à motifs floraux et d'une paire de hauts-de-chausse déboutonnés. Une sorte de couvre-théière lui tenait lieu de perruque et de bonnet de nuit. Il le souleva, et s'inclina.

— Docteur Maturin, M. Lowndes.

Diana jeta à Stephen un bref coup d'œil implorant. Le reproche s'y mêlait à l'inquiétude, au tracas et à ce qui restait de sa colère de tout à l'heure.

— Je suis très heureux de vous voir, monsieur, très honoré. Je ne crois pas avoir déjà eu le plaisir... (M. Lowndes examina Stephen avec un soin extrême.) Je vois à votre manteau que vous n'êtes pas un aliéniste, monsieur. À moins qu'il ne s'agisse d'une innocente tromperie ?

— Pas du tout, monsieur. Je suis médecin naval.

— Très bien... Vous êtes *sur* la mer, pas *dedans*. Vous n'êtes pas partisan des bains froids. La mer, la mer ! Où en serions-nous, sans elle ? Grillés, comme de simples toasts, monsieur. Brûlés, desséchés par le simoun, ce terrible simoun. Le docteur Maturin aimerait une tasse de thé, ma chère, contre la dessiccation. Je peux vous offrir une tasse de thé extraordinaire, monsieur.

— Le docteur Maturin boit du sherry, cousin Edward.

— Il ferait mieux de boire une tasse de thé, dit M. Lowndes, l'air déçu. Mais je ne prétends pas imposer ma volonté à mes invités, ajouta-t-il en baissant la tête.

— Je serai très heureux d'accepter une tasse de thé, monsieur, dès que j'aurai bu mon vin.

— Oui, oui, c'est cela ! cria M. Lowndes, dont le visage s'éclaira soudain. Et vous pourrez emporter le pot dans vos voyages. Molly, Sue, Diana, il faut le préparer dans le petit pot rond que la reine Anne a donné à grand-maman. On y fait le meilleur thé de la maison. Et pendant qu'il infuse, monsieur, je vous dirai un petit poème. Vous êtes un homme de lettres, je le sais.

Il fit quelques pas de danse, puis s'inclina à gauche et à droite.

Le valet apporta le plateau, avec un regard aigu pour M. Lowndes, puis Diana. Celle-ci fit un léger signe de tête, installa son cousin dans une bergère et lui noua une serviette autour du cou. Quand la lampe à alcool eut amené l'eau à ébullition, elle dosa le thé et le mit à infuser.

— Maintenant, mon poème, dit M. Lowndes. Écoutez !

Écoutez ! *Arma virumque cano,* etc. Voilà. N'est-ce pas remarquable ?

— Admirable, monsieur. Merci beaucoup.

— Ah, ah, ah ! s'écria M. Lowndes, rouge de plaisir, la bouche pleine de gâteau. Je savais que vous étiez un homme d'une exquise sensibilité. Attrapez ce biscuit ! (Il jeta un petit gâteau rond à la tête de Stephen.) J'ai un certain don pour la poésie. Mon inspiration m'entraîne parfois vers les saphiques, parfois vers les glyconiques catalectiques et les phérécratiens... Le mètre priapique, mon cher monsieur. Êtes-vous grec ? Aimeriez-vous entendre une de mes odes à Priape ?

— En grec, monsieur ?

— Non, monsieur, en anglais.

— Peut-être une autre fois, monsieur, lorsque nous serons seuls... Hors de la présence d'une dame, je veux dire. Cela me fera le plus grand plaisir.

— Oh, vous avez remarqué cette jeune femme, n'est-ce pas ? Vous avez l'œil vif. Mais vous êtes jeune, monsieur. J'ai été jeune, moi aussi. Dites-moi, en qualité d'homme de science, monsieur, croyez-vous vraiment que l'inceste soit aussi peu souhaitable qu'on le dit ?

— Cousin Edward, dit Diana, c'est l'heure de votre bain.

Mais le cousin était de plus en plus confus et de plus en plus inquiet. Il pensait qu'il était risqué de laisser ce type seul avec un pot à thé aussi précieux, mais il était trop poli pour le dire. Personne ne comprit ses allusions (« ce terrible simoun »), et Diana dut le cajoler pendant cinq minutes pour qu'il accepte de quitter la pièce.

— Eh bien, compagnon, quelles sont les nouvelles de Mapes ? demanda Jack.

— Comment ? Je n'entends rien, avec ces cris et ces beuglements au-dessus de nos têtes !

— Vous êtes aussi sourd que Parker !

Jack passa la tête hors de la cabine.

— Cessez de déplacer les caronades de l'arrière ! Monsieur Pullings, que ces hommes prennent un ris dans les huniers ! Je disais : quelles sont les nouvelles de Mapes ?

— Il y a à boire et à manger. J'ai vu Sophie en tête à tête. Diana et elle se sont disputées. Diana s'occupe de son cousin à Douvres. Je lui ai rendu visite. Elle nous invite tous les deux à dîner vendredi. Il y aura un plat de soles de

Douvres. J'ai accepté, pour ma part, mais je lui ai dit que je ne pouvais pas répondre en votre nom. Vous pourriez être empêché d'aller à terre.

— Elle m'a invité ? Vous en êtes sûr ? Qu'y a-t-il, Babbington ?

— Je vous demande pardon, monsieur, mais le navire amiral vient d'envoyer un signal. Tous les capitaines sont convoqués.

— Très bien. Dès que le canot du *Melpomène* sera mis à l'eau, faites-le-moi savoir. Stephen, passez-moi ce haut-de-chausse, voulez-vous ?

Il était en tenue de travail — pantalons en toile de voile, redingote de jersey et paletot de ratine. Quand il se dévêtit, le réseau de ses cicatrices apparut en pleine lumière. Des balles, des éclats, des coutelas, une hache d'abordage... La dernière (un coup de pique en biais) était encore un peu rouge sur les bords.

— Un pouce et demi sur la gauche... Si cette pique était entrée un pouce et demi plus à gauche, vous seriez un homme mort, lui dit Stephen.

— Mon Dieu, il m'arrive de souhaiter... Mais je n'ai pas le droit de gémir.

Il enfila sa chemise blanche propre.

— Et comment va Sophie ?

— Assez déprimée. Elle est l'objet des attentions d'un pasteur argenté. (Pas de réponse. La tête de Jack n'émergeait pas de la chemise.) À Melbury, je me suis occupé de tout. Tout va bien, quoique les hommes de l'avoué rôdent dans le coin. Preserved Killick vous demande l'autorisation de rallier le navire. J'ai pris sur moi de lui répondre qu'il pouvait venir vous poser lui-même la question. Vous serez heureux de disposer à nouveau de ses services et de ses compétences. À l'hôpital, j'ai réduit cette fracture du fémur. La jambe est sauvée. Et je leur ai laissé mon fou, avec un remède à base de limon qui devrait le calmer. Je vous ai aussi apporté du fil, du papier à musique et des cordes à violon. Je les ai trouvés dans une boutique de Folkstone.

— Merci, Stephen. Je vous suis obligé. Votre voyage a dû être diablement long et épuisant. En fait, vous avez l'air vanné. Tout à fait lessivé. Ayez la bonté de me nouer les cheveux, en bon camarade, et allez vous coucher. Je dois vous trouver un second. Un assistant médical. Vous vous surmenez.

— Vous avez des cheveux gris, dit Stephen, en nouant la natte blonde.

— Cela vous étonne ? (Jack accrocha son épée à sa ceinture et s'assit sur le caisson.) Mais j'allais oublier ! J'ai eu une agréable surprise, aujourd'hui. Canning est venu à bord ! Vous vous rappelez Canning, ce type admirable avec qui je m'étais si bien entendu, à Londres, et qui m'avait offert son corsaire ? Deux de ses navires marchands se trouvent dans la rade. Il est venu, par le Nore, pour les voir appareiller. Je l'ai invité à dîner pour demain. Ça me rappelle...

Cela lui rappelait qu'il n'avait pas d'argent, et qu'il aimerait en emprunter un peu. Il avait reçu sa paie de trois mois lunaires en embarquant sur son navire, mais ses dépenses à Portsmouth — présents coutumiers, services, un minimum d'équipement — avaient avalé plus de vingt-cinq guinées en une semaine, sans parler du prêt de Stephen. Cela ne lui avait pas permis de faire des provisions. C'était là un autre de ses problèmes avec le commandement du *Polychrest*. Hors des questions de service, il connaissait à peine ses officiers. Il avait invité Parker, et il avait dîné une fois au carré durant leur longue et calme remontée de la Manche. Mais il n'avait pas échangé plus d'une demi-douzaine de mots avec Macdonald ou Allen, par exemple, hors du service. Et pourtant, le navire, la vie et la réputation du capitaine pouvaient dépendre de ces hommes. Parker et Macdonald disposaient de revenus personnels, et ils l'avaient fort bien reçu. Lui, il les avait à peine invités. Il ne se montrait pas à la hauteur de la dignité d'un capitaine. Celle-ci dépend en effet en bonne partie de l'état de son garde-manger... Un capitaine ne doit pas avoir l'air minable. Comme son maître d'hôtel du moment — un idiot bavard et arrogant — le lui répétait si souvent, le garde-manger de Jack ne contenait qu'un demi-quintal de confiture d'oranges. Un présent de Mme Babbington. « Où faut-il déposer le vin, monsieur ? Que dois-je faire du bétail ? Quand doit-on livrer les moutons ? Votre Honneur veut-elle que je fasse des cages à poules ? » En outre, il devrait bientôt inviter l'amiral et les autres capitaines de l'escadre. Et le lendemain, ce serait Canning. D'ordinaire, il se serait tourné sur-le-champ vers Stephen. Certes, le docteur était un homme frugal, indifférent à l'argent pour ce qui dépassait le strict nécessaire, et bizarrement mal informé (voire peu perspicace) pour ce qui concernait la discipline, les détails du rituel, la complexité du service et l'importance de la vie sociale à bord. Mais il ne se dérobait jamais lorsqu'on lui faisait comprendre que le respect de la tradition exigeait une mise de fonds. Il aurait sorti de l'argent de quelque fond de tiroir, sans se formaliser, comme si Jack lui faisait une faveur particulière en le lui empruntant. S'il avait affaire à quelqu'un d'autre, il aurait peut-être été la « plus belle poire » qu'on puisse trouver en mer. Jack réfléchissait à tout cela en caressant machinalement la tête de lion usée du pommeau de son épée. Mais quelque chose dans l'atmosphère de la cabine, un froid peut-être, une réserve ou quelque scrupule personnel, l'empêcha de finir sa phrase. Quelques minutes plus tard, on lui signalait que le canot du *Melpomène* venait d'être mis à l'eau.

Ce n'était pas un dimanche après-midi, avec les visites de navires et les canots pour les hommes en bordée faisant des allers et retours au milieu de l'escadre. C'était un jour de travail comme les autres. Les hommes s'affairaient dans les gréements ou s'exerçaient aux grosses pièces. Personne ne s'approcha donc du *Polychrest*, sauf un canot d'approvisionnement de Douvres et un dépanneur de Deal. Bien avant que Jack ne rembarque, pourtant, tout le monde à bord savait qu'il était sur le départ. Personne ne connaissait sa destination, quoique chacun lançât des hypothèses : l'ouest, Botany Bay, la Méditerranée (on allait apporter des présents au dey d'Alger pour racheter des esclaves chrétiens). Mais la rumeur était si insistante que M. Parker — à cause du souvenir affreux de l'appareillage à Spithead — fit dégager les chaînes, vira à pic, et fit répéter plusieurs fois la manœuvre à l'équipage, jusqu'à ce que le plus obtus des marins soit capable de trouver le cabestan et sa place devant les barres. Lorsque Jack revint à bord, il l'interrogea du regard, discret mais pressant. Le capitaine, qui avait vu ses préparatifs, lui dit :

— Non, non, monsieur Parker, vous pouvez laisser filer les câbles d'ancre. Ce n'est pas pour aujourd'hui. Que M. Babbington me rejoigne dans la cabine, s'il vous plaît.

— Monsieur Babbington, vous êtes repoussant de crasse.

Babbington avait passé le premier petit quart dans la grande hune, équipé de deux seaux de déchets de la coquerie. Il devait montrer à un artisan tricoteur, à deux couvreurs (des frères, très enclins à tirer au flanc) et à un

Finnois monoglotte comment graisser les mâts, les écoutes et les manœuvres courantes en général, et il était littéralement couvert de beurre rance et des graisses écumées dans les lessiveuses où l'on faisait bouillir le porc.

— Oui, monsieur. Je vous prie de m'excuser.

— Ayez la bonté de vous astiquer des pieds à la tête, de vous raser — je pense que vous pouvez emprunter le rasoir de M. Parslow — et de passer votre meilleur uniforme. Après quoi vous reviendrez au rapport. Dites à M. Parker, avec mes compliments, que vous prendrez le cotre bleu pour aller à Douvres. Vous serez accompagné de Bonden et de six hommes de confiance qui auront le droit à quelques heures de permission, jusqu'au coup de canon du soir. Mes compliments au docteur Maturin, aussi. Dites-lui que je serais ravi de le voir.

— À vos ordres, monsieur. Oh, merci, monsieur.

Jack se tourna vers son bureau.

> Le *Polychrest*, dans les Downs,
> Le capitaine Aubrey présente ses hommages à Madame Villiers. Il regrette beaucoup que son devoir l'empêche d'accepter sa très aimable invitation à dîner vendredi. Il souhaite néanmoins avoir l'honneur et le plaisir de lui présenter ses respects dès son retour.

Il leva les yeux.

— Stephen, je suis en train de décliner l'invitation de Diana... Nous avons reçu l'ordre d'appareiller demain soir. Voulez-vous ajouter un mot, ou envoyer un message ? Babbington lui apportera nos excuses.

— Je préfère que Babbington transmette les miennes de vive voix, si vous le permettez. Je suis heureux que vous n'alliez pas à terre ! C'eût été une totale folie, car chacun connaît la présence du *Polychrest* dans la station.

Babbington entra, étincelant de propreté. Il portait une chemise à jabot et un beau haut-de-chausse blanc.

— Vous vous rappelez Mme Villiers ? lui demanda Jack.

— Et comment, monsieur ! Je l'avais conduite au bal.

— Elle est à Douvres, précisément dans cette maison où vous êtes allé la chercher. New Place. Ayez la bonté de lui porter cette note. Je crois que le docteur a lui aussi un message à vous donner.

— Compliments. Regrets, dit Stephen.

— Maintenant, retournez vos poches, dit Jack.

Le visage de Babbington se décomposa. Un monceau d'objets divers apparut. Des choses partiellement mangées, un nombre surprenant de pièces d'argent, une pièce d'or. Jack lui rendit quatre pence (« Cela suffit largement pour vos tartes au fromage »), lui recommanda de ramener tous ses hommes (« Vous en répondez sur votre tête ») et le pria de « coiffer son bout-dehors ».

— C'est la seule manière de s'assurer qu'il reste plus ou moins chaste, dit-il à Stephen. Il y a beaucoup de filles perdues, à Douvres, j'en ai bien peur.

— Je vous demande pardon, monsieur, dit M. Parker. Un nommé Killick demande la permission de monter à bord.

— Certainement, monsieur Parker ! C'est mon maître d'hôtel.

Il monta sur le pont.

— Eh bien, vous voilà, Killick ! Heureux de vous voir. Qu'avez-vous là ?

— Des paniers garnis, monsieur. (Killick était heureux de revoir son capitaine, mais il ne put s'empêcher d'examiner le *Polychrest* sous toutes les coutures, d'un air surpris.) Un de la part de l'amiral Haddock. L'autre de ces dames de Mapes, là-haut. De Mlle Sophie, plus précisément. Le porc, les fromages, le beurre, la crème, les volailles et le reste viennent de Mapes. Le gibier vient du voisin. L'amiral a liquidé sa terre, monsieur. Il y a un chevreuil de premier choix, faisandé la semaine dernière, et une quantité de lièvres, et autres...

— Monsieur Malloch, un cartahu... Non, un double cartahu à la grand-vergue. Doucement, là, avec ces paniers. Et le troisième, qu'est-ce que c'est ?

— Un autre chevreuil, monsieur.

— D'où vient-il ?

— C'est qu'il est passé sous les roues de la voiture où je me trouvais, et il s'est blessé la patte, monsieur. (Killick regardait le vaisseau amiral, au loin, avec quelque émerveillement.) Juste un demi-mile après le tournant vers le pont de Provender. Non, j'exagère... peut-être un furlong plus près de Newton Priors. Alors j'ai abrégé ses souffrances, monsieur.

— Ah, dit Jack. Je vois que le panier de Mapes est adressé au docteur Maturin.

— C'est égal, monsieur. Mademoiselle m'a prié de vous dire que chaque quartier de porc pèse vingt-sept livres et demie, et je dois mettre les jambons en baquet à l'instant même où j'arrive à bord... La marinade, elle l'a mise de côté dans cette jarre épaisse, parce qu'elle sait que vous aimez ça. Les puddings blancs sont pour le petit déjeuner du docteur.

— Parfait, Killick, parfait, dit Jack. Allez arrimer tout cela. Doucement, avec ce chevreuil ! Ne l'esquintez pas, sous aucun prétexte.

« Penser que le cœur d'un homme pourrait se soumettre devant un museau de porc mariné », se dit-il, en feignant de retourner le gibier de l'amiral : perdrix, faisans, bécasses, bécassines, colverts, canards siffleurs, sarcelles, lièvres.

— Vous m'avez apporté le reste du vin, Killick ?

— C'est-à-dire que les bouteilles se sont cassées, monsieur. Toutes, sauf une demi-douzaine de bourgognes.

Jack lui jeta un coup d'œil en coin, soupira, mais ne répondit pas. Six bouteilles feraient l'affaire, avec ce qui restait après les petits cadeaux au chantier naval.

— Monsieur Parker, monsieur Macdonald, j'espère que vous me ferez le plaisir de dîner dans la cabine, demain ? J'aurai un invité.

Ils acquiescèrent, et répondirent en souriant qu'ils étaient ravis. De fait, la proposition leur faisait réellement plaisir : Jack avait décliné la dernière invitation du carré, et cela avait provoqué quelque malaise. Ils avaient eu l'impression que la commission commençait mal...

Stephen eut la même réaction, quand il comprit de quoi il s'agissait.

— Oui, oui, certainement, bien sûr... Très obligé... Je ne comprenais pas ce que vous vouliez dire.

— C'était pourtant clair, il me semble, et à la portée d'une intelligence moyenne. Je disais simplement : « Voulez-vous dîner avec moi demain ? Canning sera là, et j'ai invité Parker, Macdonald et Pullings. »

— Je pensais non sans inquiétude — ce que j'appellerais une inquiétude *curieuse*, un peu vulgaire — à ce qui arrivera au cœur de Mère Williams quand elle découvrira que sa laiterie, sa basse-cour, sa porcherie et son cellier ont été dévalisés. Est-ce qu'il éclatera ? Est-ce qu'il cessera de battre ? Est-ce qu'il se dessèchera tout à fait (ce qui ne changerait pas grand-chose) ? Quelles seront les conséquences sur ses humeurs viscérales ? Comment Sophie réagira-t-elle ? Est-ce qu'elle essaiera la dissimulation, les faux-fuyants ? Elle ment avec presque autant de talent que Killick — un regard désespéré, et son visage devient la plus parfaite rose de Damas. C'est dans cette région que ma pensée vagabonde. Je n'ai aucune connaissance de la vie de famille anglaise, de la vie de famille d'une *femme* anglaise. C'est pour moi une région tout à fait inconnue.

Jack, lui, n'avait pas envie de s'arrêter dans cette région. Avec un sursaut intensément douloureux, il se secoua. « Seigneur, j'aime tellement cette Sophie ! » cria-t-il silencieusement. Il fit un tour rapide sur le pont et se dirigea droit vers l'avant. Il tapota la liure de beaupré — une façon de se calmer qui datait de ses débuts dans la marine.

— Je viens d'avoir une pensée odieuse et désagréable, dit-il à son retour. Je sais que je ne peux pas donner de porc à Canning, car il est juif. Mais peut-il manger du chevreuil ? Est-ce que le chevreuil est impur ? Le lièvre ne doit pas convenir non plus, car il est sans doute dans la même catégorie que les lapins.

— Je n'en ai aucune idée. Vous n'avez pas de Bible, je suppose ?

— Bien sûr, que j'ai une Bible. Je m'en servais pour vérifier les signaux de Heneage — *Le Seigneur ne tire aucun plaisir de la force d'un cheval*, vous vous souvenez ? Qu'est-ce qu'il entendait par là, d'après vous ? Ce n'était ni très spirituel, ni très original. Car enfin, tout le monde le sait que le Seigneur ne tire aucun plaisir de la force d'un cheval. Il avait sans doute croisé ses drosses en filin. Moi-même je lis beaucoup, depuis quelques jours.

— Ah ?

— Oui. Il se peut que je dise un sermon pour l'équipage, dimanche prochain.

— Vous ? Prononcer un sermon ?

— Certes. Les capitaines le font souvent, en l'absence d'aumônier à bord. Sur la *Sophie*, je le faisais après les Articles du Code. Je crois que je dois leur parler, maintenant, très clairement... Qu'est-ce qui vous arrive ? Qu'y a-t-il de drôle dans le fait que je dise un sermon ? Allez au diable, Stephen ! (Son ami était plié en deux sur son siège et se balançait en laissant échapper des petits cris aigus saccadés. Il avait le visage baigné de larmes.) Quel spectacle ! Maintenant que j'y pense, je ne crois pas vous avoir jamais entendu rire. Voilà une réaction bien peu généreuse, je vous assure... Cela ne vous va pas du tout. Allez-y, couinez ! Très bien. Riez donc, faites-vous péter le ventre.

Il lui tourna le dos, en grommelant sur « ces singes hypocrites... minaudent et gloussent », et affecta de se plonger dans la Bible sans s'inquiéter de lui plus avant. Comme tant de gens, Jack ne pouvait subir un rire aussi franc, aussi ouvert et aussi accablant, sans perdre contenance. Mais l'hilarité de Stephen finit par s'évanouir — quelques derniers gloussements, et ce fut terminé. Il se leva, se tamponna le visage avec un mouchoir, et prit la main de Jack.

— Je suis sincèrement désolé, dit-il. Je vous demande pardon. Pour rien au monde je ne voulais vous vexer. Mais il y a quelque chose de si fondamentalement *ridicule,* si incongru... En fait, j'ai pensé à une association d'idées si drôle... Ne le prenez pas mal, je vous en prie. Bien sûr, que vous pouvez sermonner vos hommes. Je suis certain que cela fera un effet saisissant.

— Très bien, dit Jack avec un regard soupçonneux. Je me réjouis, en tout cas, que cela vous ait fourni l'occasion d'une telle gaieté aussi innocente. Même si vous trouvez...

— De quoi allez-vous parler ?

— Vous vous fichez de moi, Stephen ?

— Jamais, je vous assure. Je ne me permettrais pas.

— Eh bien, c'est le passage qui dit « Je l'appelle et Il vient. Car je suis un centurion. » Je veux qu'ils comprennent que c'est la volonté de Dieu, et que cela doit être... Il doit y avoir de la discipline — c'est dans le Livre — et que le fichu salopard qui désobéit est un blasphémateur, et qu'il sera sûrement condamné à l'enfer. Il est inutile de regimber, ce qui est aussi dans le Livre, comme je le démontrerai.

— Et vous pensez qu'il sera plus facile de leur faire exécuter les ordres, quand ils sauront que cela leur est dicté par la divine providence ?

— Oui, oui, c'est cela. Tout est là-dedans, vous savez. (Il tapa du doigt sur la Bible.) Il y a là un nombre étonnant de choses utiles, dit Jack avec un regard décidé par l'écoutille. Je n'en avais aucune idée. Au fait, il semble bien finalement que la viande de chevreuil ne soit pas impure. Je suis soulagé, je vous prie de le croire. Je m'inquiétais fort pour ce dîner.

Le lendemain leur apporta des tâches multiples — régler l'inclinaison des mâts, réarrimer tout le lest qu'ils purent récupérer, réparer une pompe à chapelet — mais son inquiétude ne disparut point. Elle fut à son comble un quart d'heure avant l'arrivée de ses invités. Il s'affaira dans sa cabine. Il tira la nappe, taquina le poêle jusqu'à ce qu'il soit rouge cerise, harcela Killick et ses assistants, se demanda si la table, après tout, n'aurait pas dû être placée par le travers, et envisagea même un changement de dernière minute. Suffisait-elle pour accueillir six personnes avec un minimum de confort ? Le *Polychrest* était plus grand que la *Sophie*, son navire précédent, mais sa construction était si singulière que la cabine n'avait ni galerie de poupe, ni belle voussure de fenêtres capable de donner, même dans une petite pièce, une impression d'espace et de lumière. L'espace réel était plus grand — le plafond était assez haut pour que Jack se tienne droit en baissant légèrement la tête —, mais sans générosité en largeur. Il s'étirait en longueur, s'étrécissait à l'arrière presque en pointe, et la lumière ne pénétrait que par une lucarne et deux petits hublots. À l'avant de cet appartement en forme de bouclier, il y avait un petit corridor, avec la cabine de repos de Jack d'un côté et sa coursive de l'autre. Ce n'était pas une véritable coursive, mais elle tenait lieu de cabinets. En plus de l'indispensable pot, elle abritait une caronade de trente-deux livres et une petite lanterne suspendue — pour le cas où l'œil-de-bœuf du panneau de sabord ne suffirait pas à prévenir un invité distrait contre les conséquences d'un faux pas. Jack s'assura d'un coup d'œil qu'elle dispensait assez de lumière, et ressortit dans le corridor. Au même instant, la sentinelle ouvrait la porte pour introduire l'aspirant de quart, qui lui annonça :

— S'il vous plaît, monsieur. Le monsieur que vous attendez vient de nous accoster.

Dès qu'il vit Canning embarquer, Jack sut que sa soirée serait réussie. Son invité portait un simple manteau jaune chamois, sans volonté affichée de ressembler à un marin, mais il monta le flanc comme un vrai matelot. Malgré sa corpulence, il se déplaçait avec agilité et tenait compte du roulis avec précision. Son visage épanoui apparut dans le passavant, et il regarda vivement de gauche à droite. Puis il se redressa, emplit l'espace, le chapeau à la main, sa calvitie luisant sous la pluie.

Il fut accueilli par le premier lieutenant, qui le conduisit trois pas plus loin, vers Jack. Celui-ci lui serra la main chaleureusement, fit les présentations nécessaires, et précéda le petit groupe vers la cabine. Il avait peu envie de s'attarder dans le crachin glacé, et encore moins de montrer le *Polychrest*, dans l'état où il se trouvait, à un œil aussi aigu et compétent que celui de son invité.

Le dîner commença assez calmement, avec un plat de morues pêchées le matin même par-dessus bord, et la conversation se borna pour l'essentiel aux banalités. Le temps qu'il faisait, bien sûr, et des questions sur des relations communes... Comment allait Lady Keith ? Quand l'avait-on vue ? Quelles nouvelles avait-on de Mme Villiers ? Est-ce que Douvres lui convenait ? Comment allait le capitaine Dundas, était-il content de son nouveau commandement ? M. Canning avait-il entendu récemment de la bonne musique ? Oh oui ! Un excellent *Figaro*, à l'Opéra. Il l'avait vu trois fois... Parker, Macdonald et Pullings étaient de simples poids morts, paralysés par l'usage qui donnait au capitaine, à sa table, un statut royal, et qui interdisait qu'on aborde d'autres sujets que ceux qu'il avait lui-même soulevés. Mais Stephen ignorait tout de cet usage. Il leur fit un exposé sur l'oxyde d'azote, le gaz hilarant — l'ivresse dans un flacon, la gaieté philosophique. Et ça ne s'appliquait pas du tout à Canning. Jack fit beaucoup d'efforts pour alimenter la conversation. Le poids mort commença bientôt à se réveiller. Canning ne fit aucune allusion au *Polychrest* (comme Jack le remarqua avec un serrement de cœur, mais avec gratitude), sauf pour dire que ce devait être un navire très intéressant, aux performances prodigieuses, qu'il n'avait jamais vu une coque aussi joliment décorée (Un tel goût, une telle élégance... Une œuvre parfaitement achevée... On aurait dit un yacht royal), mais il parla du service en général, avec une belle connaissance du sujet et une profonde estime pour lui. Peu de marins peuvent entendre un hommage sincère et argumenté de la Navy sans ressentir un vrai plaisir. D'abord réservée, l'atmosphère de la cabine se détendit, s'échauffa peu à peu et devint positivement gaie.

Les morues furent suivies par des perdrix, que Jack distribua en en posant une sur chaque assiette. Le bordeaux corrompu circula, la gaieté augmenta, la conversation devint générale. Les hommes de quart, sur le pont, entendirent monter les rires en flots réguliers.

Après les perdrix, il n'y eut pas moins de quatre plats de gibier. Le point culminant fut une selle en venaison que Killick et l'autre maître d'hôtel apportèrent sur un panneau d'écoutillon bien récuré, dans lequel on avait gougé une rigole pour la sauce.

— Le bourgogne, Killick, murmura Jack, qui se leva pour découper la viande.

Ils le regardèrent opérer, et les conversations s'évanouirent. Puis ils se penchèrent sur leurs assiettes avec une égale attention.

— Messieurs, dit Canning en posant son couteau et sa fourchette, je vous assure que l'on sait vivre, dans la Navy... Quel festin ! Mansion House n'est rien, comparé à cela. Capitaine Aubrey, voici la meilleure venaison que j'aie jamais dégustée. Ce plat est *solennel*. Et ce bourgogne ! Un Musigny, non ?

— Un Chambolles-Musigny, monsieur, de quatre-vingt-cinq. Je crains qu'il ne soit un peu vieux. Il ne m'en reste que quelques bouteilles — par bonheur, mon maître d'hôtel ne s'intéresse pas au bourgogne. Un petit morceau bien cuit, monsieur Pullings ?

Le chevreuil, de fait, était exceptionnel. Tendre, juteux, savoureux. Jack commençait enfin à se détendre. Presque tout le monde parlait en même temps. Pullings et Parker expliquaient à Canning les intentions de Bonaparte (les nouvelles canonnières françaises, les allèges gréées en trois-mâts carré de la flottille d'invasion), tandis que Stephen et Macdonald devaient se pencher au-dessus de leurs assiettes pour s'entendre (ou se faire entendre), emportés dans une discussion encore assez calme, mais qui menaçait de s'échauffer.

— Ossian ? demanda Jack en profitant d'un instant où chacun avait la bouche pleine. N'est-ce pas ce monsieur qui fut entièrement détruit par le docteur Johnson ?

— Pas du tout, monsieur, s'exclama Macdonald, qui avalait plus vite que Stephen. Le docteur Johnson était sans doute un homme respectable à certains égards, bien qu'il ne fût aucunement parent des Johnstone de Ballintubber... Mais pour une raison ou une autre, il avait conçu un étroit préjugé contre l'Écosse. Il n'avait aucune idée du sublime, et donc aucun goût pour Ossian.

— Personnellement, je n'ai jamais lu Ossian, dit Jack, qui versait peu dans la poésie. Mais je me souviens avoir entendu Lady Keith dire que le docteur Johnson avait émis quelques objections fort convaincantes.

— Produisez vos manuscrits, dit Stephen.

— Vous espérez qu'un Highlander ferait cela sous la contrainte ? (Macdonald se tourna vers Jack.) Le docteur Johnson, monsieur, pouvait commettre des erreurs monstrueuses. Il affecta de ne voir aucun arbre, durant son tour du royaume. J'ai emprunté maintes fois la même route, et j'en connais plusieurs, à moins de cent mètres. Dix, sinon plus. Je ne le tiens pas pour une autorité — dans aucun domaine. J'en appelle à votre franchise, monsieur. Que diriez-vous d'un homme qui prétendrait que l'écoute de grand-voile est la plus grande surface de voile d'un navire, qui confondrait amarrer et épisser, ou qui affirmerait qu'une boucle est la circonférence d'un cordage ? Et tout cela dans un bouquin qu'il présenterait comme un dictionnaire de langue anglaise ? Il vaut mieux en rire.

— Il a vraiment dit cela ? s'exclama Jack. Cela change mon opinion à son égard. Il est indiscutable que votre Ossian était un très brave type.

— Oui, monsieur, ma parole, dit Macdonald en posant sa main droite à plat sur la table. Et *falsum in uno, falsum in omnibus*, je dirais.

— D'accord, dit Jack, qui connaissait aussi bien le vieil omnibus que toutes les personnes présentes. *Falsum in omnibus*. Que répondez-vous à omnibus, Stephen ?

— Je m'avoue vaincu, dit Stephen en souriant. Omnibus me met en déroute.

— Buvons un verre, docteur, dit Macdonald.

— Laissez-moi vous servir encore un morceau du dessous, dit Jack. Killick, l'assiette du docteur !

— Encore des cadavres, Joe ?

La sentinelle jeta un regard inquiet aux bouteilles vides, dans le panier.

— Bonté divine, comme ils les descendent, dit Joe en haussant les épaules. Ce grand type, là, le civil... C'est un plaisir de le voir manger. Et il y a encore le *figgy-dowdy* [1] à venir, des bécasses sur canapé, et le punch.

— Tu ne m'as pas oublié, Joe ?

— La bouteille avec le bouchon de cire jaune ? Ils vont chanter d'une minute à l'autre.

La sentinelle mit la bouteille à ses lèvres, la leva le plus haut possible, et s'essuya la bouche avec le dos de sa main.

— Drôle de truc, qu'ils boivent dans la cabine. Comme du *blackstrap* [2], mais en plus léger. Comment va le patron ?

— Il faudra le porter jusqu'à son lit, camarade. Il a bordé le cacatois, les écoutes au vent. La même chose pour Gilet-Jaune. Il aura besoin de la nacelle.

---

1. Sorte de pudding aux raisins. Spécialité de la Cornouailles et du Devon. *(N.d.T.)*

2. Boisson à bon marché. Mélange de rhum et de mélasse. *(N.d.T.)*

— Cher monsieur, dit Jack, voici maintenant une spécialité de la Navy. Nous appelons cela du *figgy-dowdy*. Vous n'en prendrez que si vous en avez envie. Nous respectons la liberté de chacun. Pour ma part, je trouve que cela scelle un repas. Mais peut-être aime-t-on cela par habitude.

Canning contempla la masse pâle, amorphe, brillante et légèrement translucide qu'on venait de poser sur la table. Il voulut savoir comment c'était préparé. Il était persuadé de n'avoir jamais rien vu de la sorte.

— Vous prenez du biscuit de marin, que vous placez dans un sac de toile à voile bien solide, dit Jack.

— Vous le pilez avec un épissoir pendant une demi-heure, ajouta Pullings.

— Vous y ajoutez de la graisse de porc, des prunes, des figues et des raisins de Corinthe, continua Parker.

— Vous l'envoyez à la coquerie, et vous servez avec le grog du bosco, conclut Macdonald.

Canning déclara qu'il serait ravi — ce serait une expérience, il n'avait encore jamais eu l'honneur de dîner à bord d'un navire de guerre —, et qu'il serait heureux d'acquérir un peu du goût des marins.

— C'est excellent, dit-il. Tout à fait excellent. Et voici donc votre grog du bosco. Je crois que je vais en prendre un autre verre. Épatant, épatant ! Comme je vous le disais, monsieur... (Il se pencha vers Jack, en confidence.) Comme je vous le disais il y a dix ou vingt plats, j'ai entendu un merveilleux *Figaro* à l'Opéra. Il faut vous y précipiter, si vous le pouvez. Il y a une nouvelle venue, la Colonna, qui joue Suzanne avec une grâce et une pureté inédites. Une révélation. Elle s'arrête pile au milieu de sa note, et ça enfle, ça enfle... Ottoboni est la Comtesse. Leur duo devrait vous tirer des larmes. J'ai oublié les paroles, mais vous le connaissez, bien entendu.

Il fredonna, et les graves firent trembler les verres. Jack se mit à battre la mesure avec sa cuiller et attaqua sur « Sotto i pini... »

Ils le chantèrent jusqu'au bout, puis recommencèrent. Les autres les contemplaient avec un plaisir étonné et perplexe. À ce stade, il semblait naturel que leur capitaine incarne la femme de chambre d'une dame espagnole, en attendant les trois souris aveugles.

Mais avant les souris, un incident conforta leur affection

pour M. Canning. Le porto circulait autour de la table, et l'on venait de porter le toast royal. Canning sauta sur ses pieds, se cogna la tête contre un barrot, et s'écroula sur sa chaise comme s'il avait reçu un coup de hache d'armes. Ils savaient que c'était le genre de choses qui arrivaient aux gens de l'armée de terre et aux civils, mais ils n'y avaient encore jamais assisté. Et comme Canning n'était pas grièvement blessé, ils étaient enchantés. Ils s'employèrent à le réconforter, s'affairèrent autour de lui, frottèrent sa bosse avec du rhum et l'assurèrent qu'il allait bien. (Cela passerait bientôt... Eux-mêmes se cognaient souvent la tête... Il n'y avait rien de grave... Rien de cassé...) Jack demanda qu'on apporte le punch, ordonna à mi-voix au maître d'hôtel qu'on prépare la nacelle. Il leur servit une tournée.

— Dans la Navy, nous avons le privilège de boire à la santé du roi sans nous lever, monsieur. Sans pour autant lui manquer de respect. Mais peu de gens le savent. C'est très récent... Cela doit vous sembler étrange.

— Oui, dit Canning, en fixant Pullings d'un regard lourd. Oui. Je m'en souviens. (Puis, le punch répandant une énergie nouvelle à travers ses organes vitaux, il sourit à la ronde.) Vous devez tous me prendre pour un débutant, messieurs.

Comme on le lui avait promis, sa douleur s'envola. Un peu plus tard, il les rejoignit pour les Trois Souris, le Golfe de Gascogne, les Gouttes de Brandy, la Femme-Lieutenant, et le canon des Gars Blancs de Lis où il les surpassa tous quand il se mit à rugir

Trois, trois les rivaux
Deux, deux les gars blancs de lis, tout vêtus de vert.
Mais un est unique, et il est tout seul
Et il en sera toujours ainsi

pour conclure avec une puissance et une profondeur que personne ne chercha à lui disputer. Un véritable stentor.

— Il y a là un symbolisme qui m'échappe, dit Stephen, assis à sa droite, lorsque les acclamations se turent.

— Est-ce que cela ne se réfère pas... commença Canning. Mais les autres étaient revenus aux trois souris. Chacun chantait assez fort pour qu'on l'entende par gros temps à la hune de misaine. Tous, sauf Parker. Incapable de faire la différence entre deux mélodies, il se contentait d'ouvrir et de fermer la bouche avec une expression de convivialité polie, alors qu'il s'ennuyait ferme. Canning s'interrompit, et se joignit à eux.

Il était encore avec les souris quand on l'emmena dans la nacelle et qu'on le descendit lentement vers son canot. On le conduisit, faisant force rames, vers le groupe sombre de bâtiments en panne sous les Goodwin Sands. Jack se pencha sur la lisse, entendit sa voix s'évanouir peu à peu — jusqu'à ce qu'il reprenne à « Trois, trois les rivaux », et disparaisse tout à fait.

— C'est le dîner à bord le plus réussi dont je me souvienne, lui dit Stephen. Je vous remercie de m'y avoir invité.

— Vous êtes sincère ? J'en suis très heureux, vraiment. Je tenais surtout à ce que tout se passe bien avec Canning. Sans parler du reste, il est très riche, et il n'aime pas qu'un navire ait l'air d'un torchon. Je regrette d'avoir dû interrompre la soirée si tôt. Mais il me faut de la lumière pour manœuvrer. Monsieur Goodridge, monsieur Goodridge ! Où en est la marée ?

— Elle montera encore le temps d'un sablier, monsieur.

— Les gaffeurs sont prêts ?

— Fin prêts, monsieur. Tous fin prêts.

Le vent était bon. À la mer étale, ils étaient prêts à appareiller et à passer à travers l'escadre et le convoi. Jack était terrifié à l'idée que le *Polychrest* pouvait entrer en collision avec un des navires de guerre ou un bâtiment au milieu du convoi. Il avait armé un détachement équipé de longues perches pour le tenir à distance.

— Passons dans votre cabine. (En bas, Jack reprit :) Je vois que vous avez étalé vos cartes. Vous êtes un pilote de la Manche, n'est-ce pas, monsieur Goodridge ?

— Oui, monsieur.

— C'est très bien. Pour ma part, je connais moins bien ces eaux que la Méditerranée ou les Antilles. Je veux que ce sloop se trouve à trois heures du matin à un demi-mille au large de Gris Nez, le clocher gisant au nord, cinquante-sept degrés est, et la tour sur la falaise au sud, soixante-trois est.

Un peu avant les quatre coups de cloche du quart de minuit, Jack monta sur le pont. Le *Polychrest* était à la cape sous petit hunier et brigantine, brisant la houle en sautillant nerveusement à sa façon habituelle, si bizarre. La nuit était encore claire, la lune éclatante, et une pâle série d'étoiles était visible à l'est — Altaïr se levait au-dessus de la masse noire du cap Gris Nez, sur sa hanche tribord. Quant au vent, c'était toujours la même petite brise mordante de noroît. Mais dans le lointain, par bâbord devant, des ennuis se préparaient. Aucune étoile n'était visible au-dessus de Castor et Pollux, et la lune plongeait vers la barre sombre qui se dessinait en travers de l'horizon. Comme le baromètre baissait, cela pouvait signifier qu'un grain leur venait dessus par bâbord. Une situation inconfortable, avec la côte si proche sous le vent du navire. « J'aimerais bien que ça soit fini », se dit Jack, en entamant ses déambulations rituelles. Ses instructions lui enjoignaient de se trouver au large du cap à trois heures du matin, de tirer une fusée bleue, et de recevoir le passager que lui amènerait un canot. L'homme répondrait à son salut par le mot de passe « Bourbon ». Il l'emmènerait à Douvres au plus vite. Si le canot ne se montrait pas, ou si Jack était dérouté par des circonstances inattendues ou par le mauvais temps, il devait répéter l'opération trois nuits consécutives, et rester hors de vue durant le jour.

C'était le quart de Pullings, mais le maître était lui aussi sur le pont. Il se tenait près de la coupée de la plage arrière, surveillant ses points de repère, tandis que la routine du navire suivait son cours. De temps en temps, Pullings, modifiait l'inclinaison des voiles pour les maintenir dans un équilibre parfait. Le second du charpentier rapporta la profondeur d'eau dans le puisard. Dix-huit pouces. C'était un peu trop. Le maître d'armes faisait ses rondes. Le sablier tournait, la cloche sonnait, les sentinelles criaient « Tout va bien ! » depuis leurs différents postes. On releva les vigies et le timonier. Les hommes de quart prirent leur tour aux pompes. Et pendant tout ce temps, la brise fredonnait dans les gréements, sa mélodie s'élevant et descendant au rythme du roulis, et les mâts mettaient haubans et bras à rude épreuve, d'un côté puis de l'autre.

— Hé, là-haut, ouvrez l'œil sur l'avant, cria Pullings.

— Bien, monsieur ! répondit une voix dans les hauteurs.

C'était Bolton, un des hommes enrôlés sur le navire des Indes, une brute à l'air mauvais, renfrogné, cruel et privé de dents de devant — rien que des crocs jaunâtres de part et d'autre d'un vide zézayant. Mais c'était un bon marin.

Jack leva sa montre à la lumière de la lune. La route était encore longue, et la barre noire, au nord-ouest, avait avalé Capella. Il envisageait d'envoyer deux ou trois hommes au ton de mât, lorsque la vigie s'écria :

— Hé, du pont, monsieur ! Voile sur la hanche tribord !

Il s'accrocha aux haubans et se balança au-dessus de la lisse. Il fouilla des yeux la mer sombre. Rien.

— Où cela ?

— Droit sur la hanche. Peut-être un demi-point plus bas, maintenant. Ils rament comme de beaux diables, trois de chaque côté.

Jack découvrit l'arrivant lorsqu'il passa sous la lune. À un mille de là. Très long, très bas, très étroit, presque une ligne sur l'eau. Il filait très vite vers la côte. Rien à voir avec l'embarcation qu'il attendait. Mauvaise forme, mauvaise heure, mauvaise direction.

— Qu'en pensez-vous, monsieur Goodridge ?

— Eh bien, monsieur, c'est une de ces coques de noix de Deal. Un bateau *l'or-ou-la-mort*, comme on les appelle, ou *guinea-boats*. Vu son allure, sa cargaison est rudement lourde. Il doit avoir croisé un cotre de la douane, ou un croiseur, car il tire contre la marée, et le jusant est très fort au large du cap. Vous avez l'intention de l'attraper, monsieur ? C'est maintenant ou jamais, avec ce courant. Quelle veine !

Jack n'en avait jamais vu, mais il les connaissait de réputation, bien sûr. Ils ressemblaient plus à des bateaux de course pour rivières tranquilles qu'à des navires capables d'affronter la mer. Toute notion de sécurité était sacrifiée à la vitesse. Mais la contrebande d'or amenait de tels profits que les marins de Deal passaient souvent de l'autre côté de la Manche. Ils étaient capables de semer n'importe quel bâtiment en filant dans l'œil du vent, et — même s'il arrivait que des hommes se noient — il était rare qu'on les attrape. Mais ils pouvaient prendre le risque de se trouver sous le vent de leur poursuivant, handicapés par une marée trop forte et épuisés par un long effort aux avirons. Ou bien ils se jetaient droit sur un navire de guerre en attente.

L'or occupe peu de place. Il pouvait y en avoir cinq ou six cents livres pour lui sur cette coque fragile, plus sept hommes compétents — les meilleurs marins de la côte. Ce serait une prise légitime, car leurs protections ne leur seraient maintenant d'aucune utilité. Il était au vent. Il lui suffisait de faire servir son petit hunier, de virer de bord, de déployer toute la toile qu'il pouvait déployer, et de venir sur lui. Pour le semer, l'autre devrait ramer contre la marée, et il ne serait pas capable de tenir longtemps. Vingt minutes. Une demi-heure, peut-être. Oui, mais Jack devrait retourner au lieu de rendez-vous en louvoyant. Et il connaissait les performances du *Polychrest* dans ce domaine, hélas.

— Nous disposons de presque une heure avant le rendez-vous, monsieur, dit le premier-maître à côté de lui. Jack prit de nouveau sa montre. Le maître d'armes leva sa lanterne pour l'éclairer. La plage arrière était tout ouïe, anormalement silencieuse. Il n'y avait que des marins à l'arrière, mais désormais même l'ouvrier tricoteur, dans le parc, savait ce qui se passait.

— Une heure moins sept minutes selon moi, monsieur, dit le premier-maître.

Non. Cela n'irait pas.

— Occupez-vous de la barre, dit Jack d'un ton sec. (Le *Polychrest* venait de faire une embardée d'un point à tribord.) Monsieur Pullings, vérifiez les fusées bleues.

Il se remit à déambuler. Pendant les cinq premières minutes, ce fut difficile. À chaque fois qu'il revenait à la lisse, il voyait cette barque s'approcher toujours plus de la côte, sans être pourtant tirée d'affaire. Quand Jack eut fait vingt fois demi-tour, elle avait franchi la ligne invisible qui la séparait de la sécurité. Le sloop ne pouvait plus lui couper la route. Il ne pouvait plus changer d'avis.

Cinq coups de cloche. Jack vérifia leur position, repéra le clocher et la tour au compas de relèvement. Au nord-ouest, le mauvais temps contournait maintenant la Grande Ourse. Six coups. La fusée bleue s'éleva dans le ciel, éclata et dériva sous le vent, éclairant les visages tournés vers le haut avec une emphase exagérée — bouches ouvertes, émerveillement un peu stupide.

— Monsieur Pullings, ayez la bonté d'envoyer dans la hune un homme de confiance muni d'une lunette de nuit. (Et cinq minutes plus tard :) Hé, la grande hune ! Que voyez-vous ? Pas de canot s'éloignant de la côte ? (Une pause.) Rien, monsieur. Je tiens la ligne de ressac dans ma lunette, mais rien n'a quitté le rivage.

Sept coups de cloche. Trois navires bien éclairés, qui descendaient la Manche, disparurent au large. Des neutres, bien sûr. Huit coups. Changement de quart. Le *Polychrest* attendait toujours.

— Cap au large, monsieur Parker, dit Jack. Assez loin pour que la côte soit hors de vue. Et qu'on dérive le moins possible vers le sud. Nous devrons revenir ici demain soir.

Mais le *Polychrest* passa la nuit suivante de l'autre côté de la Manche, en panne sous Dungeness. Il embarquait tant de mer que Jack crut qu'il allait devoir rallier l'abri de l'île de Wight et se présenter au rapport chez l'amiral, la queue entre les jambes, sans avoir accompli sa mission. Mais le vent tourna à l'ouest, à l'aube, et le navire, pompant furieusement, reprit péniblement son cap sous ses huniers aux bas-ris. La mer était si forte, si furieuse qu'il progressait par à-coups vertigineux et imprévisibles. Dans le carré, malgré toute leur astuce et leur ingéniosité, les dîneurs étaient incapables de maintenir la nourriture sur la table.

La chaise du commissaire était inoccupée, comme toujours dès qu'on prenait le premier ris. Pullings, quant à lui, s'était assoupi.

— Vous ne souffrez pas du mal de mer, monsieur ? demanda Stephen à Macdonald.

— Non, monsieur. Mais je viens des Hébrides, et chez moi on navigue dès qu'on a l'âge de porter une culotte !

— Les Hébrides. Les Hébrides... Il y avait un Seigneur des îles... Quelqu'un de chez vous, monsieur, je présume ? (Macdonald hocha la tête.) Cela m'a toujours semblé le titre le plus romantique. Nous, bien sûr, nous avons notre Chevalier blanc, le Chevalier du Glen, O'Connor Don, McCarthy Mor, O'Sionnach le Renard, et bien d'autres. Mais le Seigneur des îles... Cela évoque une splendeur indéfinie. Cela me rappelle quelque chose. J'ai eu aujourd'hui une impression très bizarre... L'impression du temps retrouvé. Deux de vos hommes, qui se nomment Macrea tous les deux, je crois bien, bavardaient en astiquant leur équipement, non loin de l'endroit où j'étais, un morceau de terre de pipe posé à côté d'eux... Il ne se passait rien de bien important, vous voyez, juste un léger désaccord à propos de la terre de pipe : le premier proposait au second de lui baiser le cul, l'autre l'envoyait au diable, et quelques autres remarques de même nature. Et je comprenais immédiatement ce qu'ils disaient, sans le moindre effort conscient pour traduire...

— Vous parlez le gaélique, monsieur ? s'exclama Macdonald.

— Non, et c'est le plus curieux. Je ne le parle plus. Je croyais ne plus le comprendre ! Et puis tout à coup, sans aucun effort de volonté, je comprenais tout ! J'ignorais que le gaélique écossais et l'irlandais étaient si proches. Je pensais que les dialectes avaient évolué distinctement. Mais, dites-moi, y a-t-il une compréhension mutuelle entre vous, Hébridiens et Highlanders, et, disons, les natifs de l'Ulster ?

— Oui, monsieur. Ils communiquent assez facilement

sur des sujets d'ordre général, sur les navires, la pêche, les bordels. Les mots ne sont pas toujours les mêmes, et il y a de grandes différences dans l'intonation. Mais avec de la patience et en se répétant, ils se comprennent très bien. Une communication presque totale. Il y a quelques Irlandais parmi les enrôlés de force, et je les ai entendus parler avec mes fusiliers.

— Si je les avais entendus, ils seraient sur la liste des punitions, dit Parker qui venait de descendre, aussi trempé qu'un terre-neuve.

— Et pourquoi donc ? demanda Stephen.

— Les Irlandais sont persona non grata dans la Navy. Leur présence nuit à la discipline. Un langage secret est l'instrument idéal pour fomenter une mutinerie.

— Encore un coup de roulis comme celui-ci, dit Pullings, et nous n'aurons plus de mâts.

Les occupants du carré, avec leurs verres et ce qui restait de vaisselle, venaient d'être jetés à terre, vers le bord.

— Nous perdrons d'abord l'artimon, docteur (Il aida aimablement Stephen à s'extraire des débris.), ce qui nous transformera en brick. Puis le mât de misaine : nous serons un ridicule petit sloop. Ce sera le tour du grand mât, enfin, et nous ne serons plus qu'un radeau. Ce que nous étions sans doute à l'origine.

Par quelque miracle d'habileté, Macdonald avait sauvé le carafon.

— Si vous trouvez un verre intact, docteur, je serais très heureux de boire un doigt de vin en votre compagnie, et de ramener votre attention sur Ossian. Si j'en juge par vos aimables propos à l'égard de mon ancêtre, il est clair que vous avez une idée délicate du sublime. Et la sublimité, monsieur, est la plus grande preuve intrinsèque de l'authenticité d'Ossian. Je vais vous réciter, si vous le permettez, une brève description de l'aube.

Une fois de plus, la lumière bleue éclaira le pont du *Polychrest* et les visages levés des hommes de quart. Mais elle flotta vers le nord-est, cette fois, car le vent avait encore tourné, apportant avec lui une pluie fine et la promesse d'un peu plus. Elle fut suivie presque immédiatement d'une fusillade sur le rivage. Des flammes rouges et des coups en rafale, dans le lointain.

— Un canot quitte la plage, monsieur ! cria l'homme

dans la hune. (Et deux minutes plus tard :) Du pont, hé, du pont ! Un autre canot, monsieur. Il tire sur le premier !

— Tous les hommes, prêts à mettre à la voile ! cria Jack. (Le *Polychrest* s'éveilla à une activité tous azimuts.) Hé, le gaillard d'avant ! Détachez les pièces deux et quatre. Monsieur Rolfe, vous ferez feu sur le second canot quand nous foncerons sur la côte. Tirez au moment où ils virent, élévation maximale. Monsieur Parker, les huniers et les basses voiles !

Ils se trouvaient à un demi-mille de la côte, largement hors d'atteinte de ses caronades. Si seulement il pouvait se mettre en route, il s'approcherait en un rien de temps. Oh, rien qu'une longue pièce, un chasseur...

Les ordres se succédaient, innombrables, à un rythme d'enfer. Une clameur ininterrompue, redondante, exaspérée. « Levez-moi ça, là-haut ! Accrochez-vous ! Et que ça saute ! Hissez, déployez... Allez-vous vous réveiller, la vergue de grand hunier ? Abattez, nom de Dieu ! Le grand hunier arrière ! Bordez les écoutes ! Ho hisse, un peu d'ardeur ! Allez, hissez, hisse ! »

Dieu du ciel, c'était l'horreur. Cela aurait pu être un navire marchand à court d'équipage, un chaland vidangeur livré au chahut. Les mains derrière le dos, il se dirigea vers le bastingage pour ne pas être tenté de courir mettre de l'ordre dans la confusion qui régnait sur le gaillard d'avant. Les canots venaient droit sur lui. Sur le second, on entendait le feu de deux ou trois mousquets et un crépitement de pistolets.

Enfin, le bosco siffla l'ordre final, et le *Polychrest* se lança en avant. Sans quitter les canots des yeux, Jack déclara :

— Monsieur Goodridge, déviez pour libérer la ligne de tir du canonnier. Monsieur Macdonald, que vos tireurs d'élite montent dans la hune. Feu sur le second canot !

Le sloop avançait vraiment, maintenant, et l'angle entre les deux canots s'ouvrait peu à peu. Mais le premier commença à virer vers lui, couvrant son poursuivant contre le feu de Jack.

— Hé, du canot ! cria celui-ci. Passez au large de ma poupe ! Virez à tribord !

Que le message ait été entendu ou non, qu'on l'ait compris ou non, l'espace s'élargit entre les canots. Les caronades de l'avant crachèrent. Un craquement, une longue langue de feu. Jack ne vit pas la chute du projectile, mais il resta sans effet sur le second canot, qui n'interrompit pas son tir furieux. Un autre coup. Cette fois il le repéra : un panache blanc, d'une fraction de seconde, sur fond de gris. L'angle était bon, mais le tir trop court. Le premier mousquet claqua au-dessus de lui, suivi de trois ou quatre autres. Une caronade, encore. Cette fois le boulet passa bien au-dessus du second canot, car le *Polychrest* avait parcouru deux ou trois cents mètres. Il devait avoir ricoché au-dessus de leurs têtes : il tempéra leur ardeur. Ils continuèrent, mais au coup suivant le canot poursuivant fit demi-tour, lâcha une salve inutile de mousquets, et s'enfuit pour se trouver vite hors d'atteinte.

— Mettez en panne, monsieur Goodridge, dit Jack. Coiffez le grand hunier arrière. Hé, du canot ! Qui êtes-vous ? (On entendit un charabia, sur l'eau, à une cinquantaine de mètres.) Qui êtes-vous, du canot ?

Jack se pencha en avant au-dessus de la lisse, la pluie lui battant le visage.

— Bourbon, fit une voix faible. (Puis un cri, plus distinct :) Bourbon !

— Placez-vous sous mon vent !

Le *Polychrest* attendit en tanguant et gémissant. Le canot se mit bord à bord, s'accrocha à ses chaînes. À la lueur des lanternes de bataille, Jack aperçut le groupe qui se serrait dans les chambres du canot.

— *Monsieur est touché*, dit l'homme qui tenait la gaffe.

— Est-il gravement blessé... *Mauvaisement blessay* ?

— *Je ne sais pas, commandant. Il ne parle plus. Je crois bien qu'il est mort, à présent. Il y a du sang partout. Vous voulez me faire passer une élingue, commandant ?*

— Hein ? Vous ne pouvez pas parler ang... Qu'on aille chercher le docteur !

Ce n'est que lorsqu'on eut amené son patient dans la cabine de Jack, que Stephen put voir son visage. Jean Anquetil. Un jeune homme malchanceux, nerveux, timide et indécis. Il saignait à mort. La balle lui avait tranché l'aorte. Stephen ne pouvait rien y faire. Le sang coulait à gros bouillons.

— Dans quelques minutes, ce sera fini, dit Stephen en se tournant vers Jack.

— Ainsi, monsieur, il est mort quelques minutes après avoir embarqué.

L'amiral Harte grommela :

— Tout ce qu'il avait sur lui est ici ?

— Oui, monsieur. Capote, bottes, vêtements et papiers. J'ai bien peur que tout cela soit imprégné de sang.

— Eh bien, la question regarde l'Amirauté. Mais quelle est cette histoire de *l'or-ou-la-mort* ?

Telle était donc la raison de sa mauvaise humeur.

— Quand je l'ai repéré, je me trouvais au lieu du rendez-vous, monsieur. Nous étions à cinquante-trois minutes de l'heure prévue. Si je m'étais mis en chasse, j'aurais été en retard. Je n'aurais jamais pu revenir à temps. Vous savez comment le *Polychrest* se conduit, au plus près, monsieur.

— Et vous, savez-vous ce qu'on dit sur les bons ouvriers et les bons outils, capitaine Aubrey ? Quoi qu'il en soit, il n'est pas toujours utile d'être trop scrupuleux. Le type n'est jamais venu au rendez-vous. Ces étrangers ne sont jamais à l'heure. Et une demi-heure de plus ou de moins... Vous n'auriez pas été plus en retard, même avec un équipage de vieilles femmes. Savez-vous, monsieur, que les canots de l'*Amethyst* se sont emparés de ce crétin de Deal alors qu'il filait vers Ambleteuse avec onze cents guinées à son bord ? Je deviens fou, quand j'y pense... Vous avez salopé toute l'affaire.

Il tambourina sur la table. Jack se souvint que l'*Amethyst* était placé sous les ordres directs de l'Amirauté. L'officier supérieur ne recevait aucune part de prises. Harte avait donc perdu près de cent cinquante livres. Il n'était pas content.

— Mais il est inutile de pleurer le lait renversé. Dès que le vent du sud se décidera à tourner, je descends avec le convoi. Vous attendrez ici que les navires de la Compagnie d'Afrique vous rejoignent, ainsi que les bâtiments dont Spalding vous donnera la liste. Vous devrez les escorter jusqu'à la pointe de Lisbonne, et je suis sûr que sur le chemin du retour, vous ne manquerez pas de rattraper le temps perdu. Spalding vous donnera vos ordres. Vous n'aurez aucun rendez-vous rigide et irréfutable.

Au matin, le vent soufflait ouest-nord-ouest. Le pavillon de partance flottait sur cent petits mâts d'hune. Des canots par vingtaines amenaient en hâte les capitaines de la marine marchande, les seconds, les passagers et leurs parents venus de Sandwich, de Walmer, de Deal, voire de Douvres. Bientôt, les signaux du vaisseau amiral (renforcés par d'insistants coups de canon) firent savoir à chacun que le temps était compté. Que l'heure du départ, cette fois, avait sonné. Vers onze heures, tout ce bel ensemble (à l'exception des navires qui s'étaient emmêlé les chaînes) était prêt à appareiller en trois longues formations, ou plutôt trois masses informes. Mais qu'ils fussent en ordre ou en désordre, ils offraient un spectacle magnifique. Les voiles blanches s'étiraient sur quatre ou cinq milles de mer grise. Le ciel haut, parsemé de lambeaux de nuages, balançait entre ces deux couleurs. C'était aussi un tableau impressionnant de l'importance démesurée du commerce britannique. Un tableau qui aurait pu servir de leçon d'économie politique aux aspirants du *Polychrest*, mais aussi d'illustration des facultés du matelot moyen à échapper à la mobilisation — ils étaient en effet quelques milliers, ici, qui quittaient sains et saufs le cœur même de la zone d'activité du service d'Enrôlement.

Mais, pour l'heure, les aspirants assistaient à la délivrance des punitions avec le reste de l'équipage. Le caillebotis était en place, les seconds du bosco étaient fin prêts, le maître d'armes fit venir ses délinquants : une longue série d'hommes accusés d'ivrognerie (comme d'habitude, le gin avait été introduit à bord par les canots d'approvisionnement), d'insolence, de négligence dans leur devoir, d'avoir fumé du tabac hors de la coquerie, d'avoir joué aux dés, et de vol. En de telles circonstances, Jack était toujours maussade. Il en voulait au monde entier, innocents et coupables réunis. Il avait l'air froid, renfermé, et ceux qui subissaient son autorité — une autorité presque absolue — le considéraient comme un horrible pète-sec. Ce n'était que le début de sa commission, et il devait imposer une discipline inconditionnelle. Il devait soutenir l'autorité de ses officiers. Et, en même temps, il devait naviguer habilement entre une dureté excessive et (bien que certaines de ces accusations fussent dérisoires, en dépit de ses disputes avec Parker) un laxisme fatal. Et tout cela sans connaître vraiment les trois quarts de ses hommes. La tâche était difficile, et il avait le moral au plus bas. Il distribua des corvées supplémentaires, supprima le grog pour trois jours, pour une semaine, pour quinze jours, condamna quatre hommes à six coups chacun, un autre à neuf, et le voleur à une douzaine de coups. C'était peu, comparé à la tradition. Mais sur la vieille *Sophie*, il s'écoulait parfois deux mois sans que le fouet ne sorte de son étui de serge rouge. C'était peu, mais cela donna tout de même lieu à une cérémonie, avec lecture des articles appropriés du Code et roulements de tambour, et la gravité des cent hommes rassemblés pour l'occasion.

Les corvées de faubert nettoyèrent l'endroit, et Stephen descendit pour panser ou oindre les hommes qui venaient de recevoir le fouet — ceux, en tout cas, qui se présentèrent à l'infirmerie. Puis ils remettaient leurs chemises et retournaient à leurs occupations, comptant sur le dîner et le grog pour les remettre d'aplomb. Les terriens qui n'avaient jamais été battus à la manière navale étaient beaucoup plus affectés. Tout à fait démolis. Et le fouet réservé aux voleurs avait fait des dégâts épouvantables sur le dos du nommé Carlow : sa victime était le cousin germain du second du bosco.

Stephen remonta sur le pont un peu avant qu'on siffle le dîner des hommes. Il aperçut le premier lieutenant qui déambulait, l'air satisfait.

— Monsieur Parker, lui dit-il, auriez-vous la bonté de m'autoriser à utiliser un canot durant une petite heure ? Je voudrais arpenter Goodwin Sands à marée basse. La mer est calme, et le jour me semble favorable.

— Certainement, docteur, lui répondit le lieutenant, qu'une séance de fouet mettait invariablement de bonne humeur. Prenez le cotre bleu. Mais n'allez-vous pas manquer le dîner ?

— J'emporterai un peu de pain et un morceau de viande.

C'est ainsi qu'il partit explorer ce paysage — étrange, absolu et silencieux — de sable dur et mouillé, léché par la mer et quadrillé de ruisselets s'écoulant vers les bords. Il mangea, le pain dans une main, le bœuf froid dans l'autre. Il se trouvait si bas sur la mer que Deal et la côte étaient hors de vue. Il était entouré par un disque continu de mer calme et grise. Même le canot, mouillé dans un petit bras de mer à la limite du sable la plus éloignée, semblait à des lieues de là. Mieux : il avait l'air de se trouver sur un autre plan. Le sable s'étendait devant lui, ondoyant doucement, avec çà et là des carcasses d'épaves noires, à demi enterrées, squelettes parfois massifs, parfois évidés, dans un ordre dont le sens lui échappait, mais qu'il pourrait saisir, se disait-il, si son esprit pouvait se livrer à des contorsions aussi simples que de commencer l'alphabet par X... Simples à condition de mettre la main sur un premier indice. Un air différent, une lumière différente, un sentiment d'écrasante permanence et, par conséquent, un temps différent. Mais tout cela n'était pas si différent de ce que l'on sent sous l'emprise du laudanum. Les ondulations de la vague sur le sable. Les traces des annélides, des couteaux, des palourdes. Au loin, un vol de bécasseaux variables, très rapides, en formation serrée. Ils tournoyaient tous en même temps, et changeaient de couleur en tournoyant.

Au jusant, son domaine s'élargit. De nouvelles étendues de sable frais apparurent, s'étirèrent au loin, très loin vers le nord, sous la lumière froide et monochrome. Les îles se rejoignaient, l'eau étincelante disparut, et il n'y eut plus qu'un faible bruit sur le bord éloigné de son monde — le clapotis des petites vagues — et le cri des mouettes dans le lointain.

Puis le monde diminua, se réduisit insensiblement, un grain de sable après l'autre. Il y avait partout un mouvement secret d'aspiration, apparent dans les canaux de plus en plus larges entre les bancs de sable, là où l'eau coulait franchement de la mer.

Pendant ce temps, les hommes du canot, satisfaits, avaient pêché la limande. Leurs prises emplissaient deux paniers de belle taille.

— Regardez le docteur, dit soudain Nehemiah Lee. Il fait des grands signes du bras. Est-ce qu'y parle tout seul, ou essaie-t-y de nous appeler ?

— Oh, y parle tout seul, dit John Lakes, un ancien de la *Sophie*. Ça lui arrive souvent. C'est un type très instruit.

— Il va se retrouver coupé de nous, s'il ne fait pas gaffe, dit à son tour Arthur Simmons, un homme du gaillard d'avant, assez âgé et plutôt acariâtre. Il a l'air paumé, je dirais. Il vaut à peine mieux qu'un étranger.

— Ferme-la, Art Simmons, dit Plaice. Ou je te fais ravaler ça.

— Ah oui, et avec l'aide de qui ?

Simmons approcha son visage de celui de son camarade.

— Tu n'as donc aucun respect pour l'instruction ? demanda Plaice. Je l'ai vu lire quatre livres à la fois. Et puis, de mes propres yeux, là dans ma tête (Il la montra du doigt.), je l'ai vu ôter brusquement le crâne d'un homme, lui soulever la cervelle, la réparer, la remettre en place, flanquer une plaque d'argent par-dessus et lui recoudre le scalp, qu'il avait replié au-dessus d'une oreille, ça lui masquait la figure, avec une aiguille plate et un poinçon, aussi proprement que le maître voilier d'un yacht de Sa Majesté.

— Et quand avez-vous enterré le pauvre bougre ? demanda Simmons, avec une assurance plutôt agressive.

— Il arpente en ce moment même le pont d'un soixante-quatorze, espèce de plouc ! Il s'agit de M. Day, canonnier de l'*Elephant*, c'est son nom, il est mieux que neuf, et il a été promu. Tu peux donc te mettre ça où je pense, Art Simmons. L'instruction ? Eh bien, je l'ai vu coudre un bras qui ne tenait plus qu'à un fil, en disant des remarques en grec.

— Et mes parties, dit Lakey, en regardant modestement vers le plat-bord.

— Je me souviens de la façon dont il est tombé sur le vieux Parker quand il corrigeait ce pauvre type de bâbordais, dit Abraham Bates. Mais c'était sans doute des mots savants. Je n'en ai pas compris la moitié.

— Savant ou pas, dit Simmons, vexé par leur dévouement (une qualité irritante), il a perdu ses bottes !

C'était vrai. Stephen revenait sur ses propres traces, vers un bout de mât jaillissant du sable, là où il avait laissé ses bottes et ses bas... pour découvrir que ces traces venaient droit de la mer. Plus de bottes. Rien que de l'eau à perte de vue, et un bas qui flottait dans un peu d'écume, à cent mètres de là. Il pensa un moment au mécanisme de la marée, et reprit peu à peu ses esprits. Puis il ôta posément sa perruque, son manteau, sa cravate et son gilet.

— Bon Dieu ! s'écria Plaice. Il retire son manteau ! On n'aurait jamais dû le laisser seul à terre, sur ces... sables, M. Babbington me l'avait dit : « Ne le laissez pas se balader sur les... sables, Plaice, ou je vous ferai arracher la peau du dos... » Holà, docteur ! Holà, monsieur ! Allons, compagnons, dépêchons-nous ! Holà, holà !

Stephen ôta sa chemise, ses caleçons, son cache-nez en peau, et marcha droit dans la mer, les lèvres serrées, les yeux fixés sur ce qu'il croyait être l'extrémité d'un mât sous la surface transparente. C'étaient des bottes coûteuses, aux semelles plombées, et il y était attaché. Au fond de sa conscience, il entendit les cris désespérés qu'on lui adressait, mais il n'y fit pas attention. Arrivé à une certaine profondeur, il se pinça le nez d'une main et plongea.

Une gaffe s'accrocha à sa cheville, un aviron lui frappa la nuque et l'assomma à moitié, et son visage s'enfonça profondément dans le sable au fond de l'eau. Son pied émergea, on le souleva, on le tira dans le canot, toujours agrippé à ses bottes. Les hommes étaient furieux. « Il ne savait donc pas qu'il pouvait attraper froid ? Pourquoi ne répondait-il pas à leurs appels ? Inutile de prétendre qu'il ne les avait pas entendus. Ils le savaient parfaitement. Il n'avait pas ses oreillettes de flanelle. Pourquoi ne les avait-il pas attendus ? À quoi servait donc le canot ? Est-ce que le moment était bien choisi pour nager ? Croyait-il qu'on était au milieu de l'été ? Ou à Lammas ? Fallait voir comme il était gelé, tout bleu, tremblant comme de la foutue gelée. Est-ce que le dernier des mousses aurait fait une chose aussi abominable ? Non, monsieur, certainement pas. Que dirait le capitaine quand il entendrait parler de ces fredaines ? Et M. Pullings ? Et M. Babbington ? Ils juraient devant Dieu qu'ils n'avaient jamais rien vu d'aussi ridicule. S'ils mentaient, qu'ils perdent la vue sur-le-champ. Où avait-il laissé son intelligence ? Sur le sloop ? » Ils le séchèrent avec leurs mouchoirs, l'habillèrent de force et prirent la direction du *Polychrest* avec force rames. On allait l'emmener en bas, et l'envelopper dans des couvertures (pas de draps, désolés) avec une pinte de grog pour lui donner une bonne suée. Il monterait le flanc du navire comme un bon chrétien, et personne n'en saurait rien. Plaice et Lakey étaient peut-être les plus costauds du navire, avec des bras comme des gorilles. Ils le poussèrent à bord et l'emmenèrent dans sa cabine sans beaucoup d'égards. Ils l'abandonnèrent aux soins de son serviteur, non sans lui donner leurs recommandations.

— Tout va bien, docteur? demanda Pullings avec inquiétude.

— Tout va bien, je vous remercie, monsieur Pullings. Pourquoi cette question ?

— C'est-à-dire, monsieur, qu'en voyant votre perruque sens dessus dessous et votre cache-nez à l'envers, je me demandais si vous n'aviez pas eu... quelque malheur.

— Oh non, pas du tout. Je vous suis très obligé. Je les ai retrouvées, c'est l'essentiel... Je suis fier de penser qu'il n'y a pas dans tout le royaume une paire semblable à celle-ci. Le meilleur cuir d'âne de Cordoue. *Elles*, au moins, ne souffriront pas d'une immersion d'une petite heure. Dites-moi, quel était ce cérémonial lorsque je suis monté sur le navire ?

— C'était pour le capitaine. Il était derrière vous... Il a embarqué il y a moins de cinq minutes.

— Ah bon ? J'ignorais qu'il avait quitté le bord.

De toute évidence, Jack était de bonne humeur.

— J'espère que je ne vous dérange pas. J'ai moi-même

ordonné à Killick de ne vous déranger sous aucun prétexte quand vous êtes occupé. Mais après avoir passé une nuit aussi désagréable à l'extérieur, j'ai pensé qu'avec ce poêle qui tire si bien, nous pourrions faire un peu de musique. Mais buvez d'abord une gorgée de ce madère, et dites-moi ce que vous en pensez. Canning m'en a envoyé dix gallons. Très généreux de sa part. Je le trouve merveilleusement agréable au palais. Hein ?

Stephen avait identifié l'odeur qui émanait de Jack, et qui flotta vers lui lorsqu'il lui passa le vin. C'était le parfum français que lui-même avait acheté à Deal. Il posa tranquillement son verre.

— Vous allez devoir m'excuser, ce soir. Je ne me sens pas très bien. Je crois que je vais me coucher.

— Je suis sincèrement désolé, mon cher ami, dit Jack d'un air inquiet. J'espère que vous n'avez pas attrapé un coup de froid. Y a-t-il du vrai dans cette histoire absurde qu'on m'a racontée ? Vous seriez allé nager au large des hauts-fonds ? Vous devez vous mettre au lit sur-le-champ, c'est certain. Ne devriez-vous pas prendre un remède ? Laissez-moi vous préparer un bon...

Enfermé dans sa cabine, Stephen écrivait.

> « Il est affreusement infantile d'être bouleversé par une bouffée de parfum. Mais je suis bel et bien bouleversé, et je vais certainement dépasser la dose autorisée, à concurrence de cinq cents gouttes. »

Il remplit de laudanum son verre à vin, ferma un œil, et l'avala.

> « De tous les sens, l'odorat est de loin celui qui a le plus grand pouvoir d'évocation. Peut-être parce que notre vocabulaire est insuffisant. (Nous ne disposons que de quelques minables approximations pour décrire l'immense complexité des odeurs.) C'est pourquoi un parfum, innommé et innommable, reste libre d'associations. On ne peut l'invoquer à répétition, l'émousser, par l'usage d'un simple mot. Il frappe donc de nouveau, à chaque fois qu'on le rencontre, et ressuscite les circonstances de sa première perception. C'est surtout vrai lorsqu'un grand laps de temps s'est écoulé. La bouffée dont je parlais m'a rappelé la Diana du bal de St Vincent, si vivante, si éclatante, exactement comme je la connaissais alors, sans rien de la vulgarité

ni de la dégradation physique que je vois maintenant. Mais cette dégradation, encore insignifiante, je m'en réjouis, et je souhaite qu'elle continue. Je sais qu'elle ne perdra jamais cette qualité essentielle qui la rend si intensément vivante, cet esprit, cette énergie et ce courage, cette grâce presque ridicule, infiniment touchante, spontanée et inconsciente. Mais si son visage est sa seule fortune, comme elle le prétend, elle a cessé d'être Crésus. Sa richesse diminue. Elle continuera à diminuer, selon ses propres critères, et même avant cette fatale trentième année, elle pourrait atteindre un niveau auquel moi-même je ne serais pas un objet de mépris. C'est mon seul espoir, en tout cas. Et je dois espérer. Mais la vulgarité, c'est nouveau. Et cela m'est douloureux, au-delà des mots. On pouvait la deviner, autrefois, y compris lors de ce fameux bal, mais à *l'époque*, elle était artificielle, ou bien c'était la conséquence de l'éducation imposée par les siens. Le reflet de la vulgarité des autres. *Maintenant*, ce n'est plus le cas. Le résultat de sa haine pour Sophia, peut-être ? Ou serait-ce trop simple ? Si elle prend plus d'importance, finira-t-elle par détruire sa grâce ? La verrai-je un jour se tenir mal, se mouvoir avec une négligence affectée ? Cela me détruirait. La vulgarité. Jusqu'à quel point en suis-je responsable ? Dans une telle relation, chacun est façonné par l'autre, jusqu'à un certain point. Aucun homme ne pourrait lui donner autant que moi l'occasion d'exprimer ce qu'il y a de plus mauvais en elle. Mais la destruction mutuelle peut aller beaucoup plus loin. Cela me fait penser au commissaire du bord, même si le rapport est assez ténu. Avant notre arrivée aux Downs, il est venu me voir en grand secret, et m'a demandé de lui donner un anaphrodisiaque.

« Commissaire Jones. — Je suis un homme marié, docteur.

« S.M. — Oui.

« Jones. — Mais Mme J. est une femme très religieuse. Une femme vertueuse.
Et elle n'aime pas *cela*.

« S.M. — Vous m'en voyez très affecté.

« Jones. — Son esprit n'est pas tourné dans cette direction, monsieur. Ce n'est pas qu'elle manque d'affection ni d'amour, ou qu'elle refuse d'honorer ses devoirs, ou qu'elle ne soit pas jolie... Elle a tout ce qu'un homme peut souhaiter. Mais voilà : je suis un homme très sanguin, docteur. Je n'ai que trente-cinq ans, malgré les apparences, mon crâne chauve, mon gros ventre, et caetera, et caetera. Il m'arrive de m'agiter toute la nuit, et je brûle, comme disent les Épîtres. Mais c'est en pure perte, et parfois j'ai bien peur de lui faire une vilenie, c'est si... C'est pour ça que j'ai pris la mer, monsieur. Bien que la vie à bord ne me convienne pas du tout, comme vous le savez parfaitement.

« S.M. — Ce n'est pas bien du tout, monsieur Jones. Avez-vous essayé d'expliquer à Mme Jones que...

« Jones. — Oh oui, monsieur ! Mais elle se met à pleurer, et à promettre qu'elle veut être une meilleure épouse — je suis pas une ingrate, me dit-elle — et alors, pendant un jour ou deux, elle se tourne vers moi. Mais par devoir, monsieur, rien que par devoir. Et avant longtemps, les choses redeviennent comme avant. Un homme ne peut pas toujours réclamer. Et ce que vous réclamez, ce n'est jamais gratuit — ce n'est plus la même chose —, c'est le jour et la nuit. Un homme ne peut pas faire une putain de sa propre femme.

« Il était pâle, il suait abondamment, il était pressant, pitoyable. Il m'a dit qu'il était toujours content d'appareiller, bien qu'il détestât la mer. Que sa femme venait à Deal pour le rencontrer. Il savait que certaines drogues peuvent exciter le désir vénérien. Il espérait donc qu'il en existe d'autres capables de l'éloigner, et que je lui en prescrirais. Ainsi ils pourraient se comporter en amoureux. Il jurait qu'il préférait "qu'on les lui coupe" plutôt que de continuer ainsi, et m'a répété qu'un homme "ne peut pas faire une putain de sa propre femme". »

Quelques jours plus tard, Stephen reprenait son journal :

« Depuis mercredi, J.A. est son propre maître. Je crois qu'il abuse de sa position. Si j'ai bien compris, le convoi est prêt depuis hier, sinon avant. Les capitaines sont venus à bord pour recevoir leurs instructions, le vent et la marée étaient favorables. Mais il a retardé le départ. Il prend des risques insensés en allant à terre, et toute remarque de ma part passe pour un manque de confiance. Ce matin, ce démon a insinué que je lui mettais des bâtons dans les roues. Je pouvais le faire sans difficulté. Il a avancé une série de bonnes raisons, essentiellement de nature altruiste, et a fait allusion à l'honneur et au devoir. Je m'étonne qu'il n'y ait pas ajouté le patriotisme. Jusqu'à un certain point, J.A. connaît mes sentiments : lorsqu'il m'a annoncé qu'elle renouvelait son invitation à dîner, il a dit que « de nouveau il l'avait rencontrée par hasard », et a discouru sur la coïncidence, d'une manière qui m'a fait ressentir plus que jamais mon affection à son égard, malgré ma jalousie bestiale. Avec son style profond, contourné et intarissable, il est le menteur le plus stupide et le plus transparent que je connaisse. Le dîner était agréable. Je découvre que si je suis averti, je suis capable de supporter plus que je ne pensais. Nous avons parlé du temps passé comme de vieux camarades, nous avons très bien mangé, et nous avons fait de la musique — le cousin est un des flûtistes les plus accomplis que je connaisse. Je sais peu de choses sur D.V., mais il m'apparaît que son sens de l'hospitalité (elle est merveilleusement généreuse) surpasse tous ses autres aspects, plus turbides. Je crois aussi qu'elle nous voue, à tous les deux, une sorte d'affection. Mais même dans ce cas, qu'elle puisse tant exiger de J.A. dépasse ma compréhension. Elle s'est montrée sous son meilleur jour. Ce fut une soirée délicieuse. Mais j'attends demain, j'attends le bon vent, avec impatience. S'il revient au sud — si Jack est encore retenu par le vent pendant une semaine, ou dix jours, il est perdu. Il finira nécessairement par être pris. »

Chapitre neuf

Le *Polychrest* se sépara du convoi par 38°30′ nord et 11° ouest, avec vent de sud-ouest, la pointe de Lisbonne gisant par S87E, à quarante-sept lieues de là. Il lâcha un coup de canon, échangea des signaux avec les navires de commerce, et vira lof pour lof laborieusement jusqu'à ce que le vent porte sur sa hanche bâbord et que sa proue pointe au nord.

Les échanges furent polis, mais brefs. Ils se souhaitèrent mutuellement un voyage prospère et se faussèrent compagnie, sans aucun de ces longs signaux (souvent inexacts) que certains convois reconnaissants laissent flotter jusqu'à ce que la convexité du monde les renvoie à l'invisibilité. La veille avait été une journée calme et clémente — houle légère, vents chauds et variables, mais les capitaines des navires marchands n'avaient pas invité à dîner les officiers du roi. Car ce convoi-ci n'était pas du genre reconnaissant. Il n'y avait pas grand-chose, en fait, qui pût justifier leur gratitude. Le *Polychrest* avait différé leur départ, leur avait fait manquer la marée et l'essentiel des bons vents. En outre, il les avait freinés tout au long du trajet, à cause de sa lenteur, mais aussi de son irrésistible tendance à s'affaisser sous le vent. Ils devaient continuellement se placer comme lui, alors qu'ils étaient eux-mêmes capables de naviguer au plus près. En pleine nuit, il avait abordé le *Trade's Increase* en dérivant, alors qu'ils étaient à la cape au large du cap Lizard, et la collision avait emporté son beaupré. Dans le golfe de Gascogne, la rencontre avec un fort suroît lui coûta son mât d'artimon et son grand mât de hune, et le convoi avait dû se mettre en attente pour lui permettre de se doter d'un gréement de fortune. Rien n'était venu menacer leur sécurité — rien de plus qu'un lougre sur l'horizon —, et le *Polychrest* n'avait pas eu l'occasion de les protéger, ni même de montrer les dents (pour autant qu'il en eût). Les autres lui tournèrent le dos avec répugnance et poursuivirent leur voyage à leur rythme — un rythme beaucoup plus vif — après avoir bordé, enfin, leurs perroquets et leurs cacatois.

Mais on n'avait pas le temps, sur le *Polychrest*, de regarder le convoi disparaître derrière l'horizon. C'était jeudi, en effet, et l'on devait procéder à l'appel des effectifs. Il venait à peine de se stabiliser sur son nouveau cap, avant les cinq coups de cloche du quart de l'avant-midi, lorsqu'on battit le tambour. L'équipage se rassembla en un groupe compact à l'arrière du grand-mât. Ils étaient tous à bord depuis quelque temps, maintenant, et ils avaient assisté plusieurs fois à ce rituel. Mais certains étaient assez stupides pour que leurs camarades doivent encore leur indiquer leur place. Tous, néanmoins, étaient décemment vêtus des chemises bleues et pantalons blancs fournis par le commissaire du bord. Plus personne ne montrait la pâleur fantomatique de la prison ou du mal de mer, et l'hygiène imposée, l'air du grand large et le soleil qui brillait depuis quelque temps leur donnaient presque une apparence de bonne santé. La nourriture, elle aussi, y était peut-être pour quelque chose. Elle était au moins aussi bonne — et plus abondante — que celle à laquelle nombre d'entre eux étaient habitués.

L'initiale de la plupart des marins du *Polychrest* se trouvait dans la première partie de l'alphabet. Il y avait parmi eux quelques horribles brutes, comme Bolton l'édenté, mais ils reproduisaient en général le modèle classique — visage fort, énergique, natte, bras démesurés et jambes arquées. Ils répondaient « Présent, monsieur ! » à l'appel de leur nom, se touchaient le front et se dirigeaient d'un air enjoué jusqu'au passavant de tribord, en passant devant le capitaine. Cette partie du navire rappelait un peu la *Sophie* — un vaisseau efficace et heureux s'il en fut, où même les hommes du parc connaissaient la manœuvre... Comme Jack avait apprécié son lieutenant ! Mais bon Dieu, il y avait vraiment peu de marins, ici ! Dans tous les noms qu'on appela après le G, il y en avait tout juste un ou deux. C'étaient pour la plupart de pauvres types maigrelets, à peine plus épais que des mousses. Ils étaient renfrognés ou craintifs, parfois les deux. Pas un sourire, en répondant à leur nom ou en traversant le pont. On les avait trop fouettés, trop réprimandés...

Mais que pouvait-on faire d'autre, dans l'urgence ? Oldfield, Parsons, Pond, Quayie... De pauvres petits bonshommes. Le dernier avait tendance à moucharder. Avait déjà été banni par deux fois par ses camarades de plat. Et ce n'était pas encore le fond du panier.

Quatre-vingt-sept hommes et mousses. Pas un de plus : il en manquait trente-trois pour composer un équipage complet. Trente, peut-être, connaissaient leur travail, quelques autres essayaient d'apprendre. Tout le monde avait un peu appris, en fait, car l'on n'assistait plus aux scènes d'absolue incompétence qui avaient été le cauchemar des premiers jours. Jack connaissait tous ces visages, maintenant. Certains s'étaient améliorés, presque au point d'être méconnaissables. D'autres avaient reculé, au contraire — trop de difficultés, trop d'inconnues. Des crétins, peu habitués à apprendre, qu'on forçait à acquérir un métier difficile dans des conditions d'urgence. Ils entraient dans trois catégories. Le quart supérieur, des hommes compétents et fiables. La partie centrale, environ la moitié des effectifs : ils pouvaient monter ou descendre, selon l'atmosphère qui régnerait sur le navire et la façon dont on les mènerait. Le quart inférieur, enfin, incluait quelques cas difficiles, brutaux, stupides, voire franchement corrompus. Le cœur de Jack sombra tout à fait quand on appela les derniers noms. Wilson, Wright et Young constituaient bel et bien le fond... Des hommes de leur acabit, on en trouvait à bord de la plupart des navires de guerre dans les périodes de mobilisation forcée, et un équipage constitué pouvait sans gros risque en compter quelques-uns. Mais l'équipage du *Polychrest* n'était pas un équipage constitué. Et la proportion était beaucoup trop élevée.

Le secrétaire ferma son livre, le premier lieutenant déclara achevé l'appel des effectifs. Jack leur jeta un dernier regard avant de les renvoyer à leurs postes. Un regard pensif. Ces hommes, il pouvait les emmener le lendemain à l'abordage d'un navire de guerre français. Combien d'entre eux le suivraient ?

« Parfait, se dit-il. Chaque chose en son temps. » Soulagé, il se tourna vers l'affaire qui le préoccupait. Les nouveaux gréements du *Polychrest*. Ce serait assez compliqué, en toute conscience, avec cette coque bizarre et le calcul des forces qui s'exerçaient sur elle... Mais comparé à la tâche qui consistait à transformer en un équipage de navire de guerre le ramassis de paresseux et de vauriens de la deuxième moitié de l'alphabet, c'était simple comme bonjour. Et puis il était secondé par de bons officiers. M. Gray, le charpentier, connaissait bien son affaire. Le bosco, quoiqu'il eût la badine un peu leste, était vif, compétent et plein de bonne volonté pour ce qui concernait les gréements. Et le maître savait ce qu'est un navire. Théoriquement, les règlements de l'Amirauté interdisaient à Jack de remplacer autant de galhaubans, mais le golfe de Gascogne s'en était chargé pour lui, et avait modifié bien d'autres choses encore. Jack avait les mains libres, un temps beau et calme, une longue journée devant lui, et il avait bien l'intention d'en profiter autant que possible.

Pour la forme, il invita Parker à se joindre aux discussions. Mais le premier lieutenant se souciait plus de sa peinture et de sa feuille d'or que d'améliorer les performances du navire. Il semblait ne pas comprendre ce qu'ils cherchaient, et ils oublièrent bientôt sa présence — même s'ils écoutèrent poliment son appel en faveur d'une araignée plus large qui permettrait de disposer une double marquise — « Sur l'*Andromeda*, le prince William disait souvent que sa marquise donnait à la plage arrière l'air d'une salle de bal. » Tandis qu'il évoquait les dimensions de la poulie géante et de la grande araignée qui soutiendraient cette marquise, sans oublier le nombre de pans de toile qui la constitueraient, Jack l'observait avec curiosité. « Voilà un homme qui avait participé à la bataille des Saintes et à la grande bataille de Howe. Et il a l'air de croire que noircir les vergues est plus important que de naviguer à un demi-point plus près du vent. Je lui ai déjà dit qu'il est inutile d'organiser des courses entre les équipes des mâts lorsqu'on prend un ris dans les huniers, tant que les gens ne sont pas au moins capables de se tenir dans la mâture. Je gaspillais ma salive. Très bien, messieurs, dit-il à voix haute. Qu'il en soit ainsi. Il n'y a pas un instant à perdre. Le temps ne pourrait pas nous être plus favorable, mais qui peut dire combien de temps ça nous prendra ? »

Le *Polychrest*, qui venait de quitter l'arsenal, disposait d'assez de matériel dans les magasins du bosco et du charpentier. De toute façon, Jack avait l'intention d'en ôter plutôt que d'en ajouter. Le navire était depuis toujours excentré et surmâté, de sorte qu'il se couchait au moindre souffle de vent. En outre, son mât de misaine était planté trop à l'arrière (à cause de sa mission originale), ce qui faisait que le navire cherchait à remonter au vent, même lorsque sa brigantine était serrée, et amenait bien d'autres choses aussi désagréables. Jack ne pouvait rien faire pour l'emplanture sans autorisation officielle et sans l'aide d'un arsenal, mais il pouvait améliorer le mât en l'inclinant vers l'avant, avec un nouvel ensemble d'étais, de focs et de voiles d'étai. Il pouvait aussi rendre le navire un peu moins excentré : il fallait descendre les mâts de hune, dépasser les mâts de perroquet, et placer des misaines à baleston — des basses voiles triangulaires qui diminueraient son poids sur l'eau, et le soulageraient d'une partie de son fardeau.

Voilà un travail que Jack comprenait, et qu'il aimait. Pour une fois, il n'était pas horriblement pressé. Il déambulait sur le pont, regardait son plan prendre forme, passait d'un groupe à l'autre tandis qu'ils préparaient les espars, les gréements et la toile à voile. Le charpentier et ses seconds se trouvaient dans le parc, les scies et les herminettes produisant des monceaux de copeaux et de sciure entre les canons (qui, pour la première fois depuis que Jack avait hissé son pavillon sur le *Polychrest*, restèrent silencieux). Les deux équipes du maître-voilier avaient étalé de la voile en tous sens, sur le gaillard d'avant et la plus grande partie de la plage arrière. Le bosco entassait en bon ordre poulies et glènes. Il vérifiait sa liste, suait, multipliait les allers et retours à son magasin, sans même prendre le temps de rabrouer ou de maltraiter ses hommes — sinon dans un geste mécanique et dénué de sens, comme s'il y pensait après coup.

Tous travaillaient à un rythme soutenu, et beaucoup mieux que Jack ne s'y attendait. Les trois tailleurs enrôlés étaient accroupis, les jambes croisées, très à l'aise, maniant l'aiguille et la paumelle avec cette vitesse désespérée qu'on acquiert dans les ateliers clandestins. Un cloutier sans emploi de Birmingham déployait un talent extraordinaire à produire des anneaux de métal dans la forge de l'armurier. « Un coup à gauche, un coup à droite, ça tou-ourne rond ! » Un geste circulaire des pincettes, trois petits coups secs avec le marteau, et l'anneau rougeoyant tombait en chuintant dans le seau.

Huit coups de cloche au quart de l'après-midi. Le soleil ruisselait sur le pont bruissant d'activité.

— Dois-je siffler pour le souper, monsieur ?

— Non, monsieur Pullings. Nous allons d'abord guinder le grand mât de hune. Nous serions paralysés, ajouta-t-il en regardant la confusion qui régnait de bas en haut, si un Français pointait à l'horizon.

Le mât de misaine était déjà habillé — belle surface de toile potentielle, mais peu de traction à cause du manque d'étais. La brigantine de fortune portait encore sa petite voile latine, qui assurait la vitesse minimale de manœuvre. Mais l'énorme mât de hune était posé en travers des passavants. Des espars de toutes sortes, sans parler du reste, encombraient le pont. Il était très difficile de s'y déplacer. Il aurait été impossible de manœuvrer promptement le navire. Il n'y avait aucun espace libre. Les canots avaient pourtant été mis à l'eau et se trouvaient en remorque à la poupe, et tout ce qui avait pu être descendu avait disparu. Le *Polychrest* filait un bon trois nœuds avec la brise sous la hanche, mais en cas d'urgence il aurait été impuissant.

— Holà, monsieur Malloch ! Votre haussière est prête, au cabestan ?

— De bout en bout, monsieur !

— Alors, les hommes au cabestan ! Prêts aux ordres, à l'avant ?

— Fin prêts, monsieur, à vos ordres.

— Silence, à l'avant et à l'arrière. Hisse ! Hissez ho !

Le cabestan commença à tourner, la haussière se raidit. Elle passait dans une poulie fixée sur le pont — dans une seconde poulie placée à la tête du grand-mât — puis à la tête du mât de hune — avant de descendre jusqu'à la mortaise carrée pratiquée au talon du mât — et de revenir au sommet, où elle était amarrée. Des bandes de bitord la maintenaient au mât par intervalles. Elle se tendit, et la tête du mât commença à se lever. Le mât de hune — une colonne de bois cerclée de fer, de quelque quarante pieds de long — reposait en travers du parc, ses extrémités dépassant nettement sur chaque bord. Quand la tête se souleva, Jack donna des ordres à l'équipe du bord opposé pour qu'on soulage le talon au-dessus du bastingage, accordant chaque effort au mouvement du roulis. « Retenez-le, vous autres ! Accrochez-vous à ces barreaux ! Virez ! Virez, tous ensemble ! Tenez bon ! » Le mât s'inclinait peu à peu, approcha de la verticale. Il était tout entier au-dessus du pont, désormais. Parfaitement droit, il oscillait au rythme du roulis — pendule gigantesque et dangereux, malgré les hommes qui le contrôlaient. Sa tête pointait vers les élongis, vers la poulie placée en haut du grand-mât. Dans la hune, les hommes le guidèrent. Il s'élevait toujours, grâce au travail du cabestan. Lorsque le talon fut à un mètre au-dessus du pont, il s'immobilisa afin qu'on mette le chouquet en place.

Il monta encore, on trancha le bitord au moment où il atteignait la poulie. Une autre pause. Ils présentèrent le tenon au-dessus de la tête du grand-mât, l'entrèrent en force à coups de masse, produisant un martèlement sourd dont l'écho résonna à travers le navire attentif et silencieux.

— Ils doivent être en train d'enfiler le chouquet, dit le patient de Stephen, un jeune de l'équipe du mât de hune. Comme j'aimerais être là-haut, monsieur. Il va distribuer une ration de rhum, c'est sûr... Les huit coups de cloche étaient déjà piqués quand vous êtes descendu.

— Vous y serez bientôt, dit Stephen. Mais pas question de rhum, pas question de cet horrible grog, mon ami, jusqu'à ce que vous appreniez à éviter les dames de Portsmouth Point et les feux-au-cul de Sally-Port. Aucune émotion forte pour vous. Pas une goutte, jusqu'à votre guérison. Et même alors, vous devriez vous contenter de cacao doux et onctueux et de porridge.

— Elle m'a juré qu'elle était pucelle, dit le marin d'une voix faible et pleine d'amertume.

Le mât continuait de s'élever, la poussée approchant de la mortaise de clef de mât, au fur et à mesure qu'on tranchait les bandes de bitord. On avait libéré la haussière, remplacée par la guinderesse. On avait passé les haubans de perroquet, les étais et les galhaubans. Le palan de guinderesse le levait dans un mouvement régulier, sans à-coups, qu'interrompait seulement le roulis. À ce stade, la moindre secousse — rupture de la guinderesse ou d'un axe de poulie — pouvait être une catastrophe. Puis ce furent les derniers six pouces, très délicats, et la mortaise apparut audessus des élongis. Le capitaine du mât de hune fit un signe de la main. Jack cria : « Retenez-le bien, vous autres ! » Le capitaine du mât de hune mit en place le long tenon métallique, s'écria : « Relâchez ! », et ce fut terminé. Le mât de hune ne risquait plus de plonger, telle une flèche géante, à travers le pont, à travers la coque, et de les envoyer tous par le fond. Ils donnèrent du mou dans la guinderesse. Le mât s'assujettit sur la clef avec un doux gémissement. Il était soutenu fermement par dessous, en avant et en arrière, et de part et d'autre.

Jack lâcha un soupir de soulagement. Lorsque Pullings vint au rapport : « Le grand mât de hune est guindé, monsieur ! », il eut un sourire.

— Très bien, monsieur Pullings. Que les rides soient bien graissées, et palanquées tendues, et l'on pourra siffler le souper. Les hommes ont bien travaillé et je crois que nous pouvons distribuer une bonne ration de rhum !

— Comme il est bon de voir le soleil ! cria Jack par-dessus la lisse, un peu plus tard dans l'après-midi.

— Hein ?

Dans la vedette, Stephen était penché sur un tube qui s'enfonçait profondément dans l'eau.

— Je disais qu'il est bon de voir le soleil, dit Jack en souriant.

Ce sourire s'adressait au monde entier. Il avait enfin chaud, après des mois de crachin anglais. Le vent léger lui caressait la peau à travers sa chemise ouverte et ses vieux pantalons de toile. Derrière lui, le travail avançait bien. C'était désormais le problème des spécialistes : le bosco et ses seconds, les quartiers-maîtres et les hommes du gaillard d'avant. Les opérations de halage pur et simple étaient achevées, et la grande masse de l'équipage, à l'avant, montrait son enthousiasme. En ce jour de travail raisonnable, sans nettoyage ni harcèlement, l'état d'esprit général du bord avait changé. Le temps agréable et les rations supplémentaires de rhum y contribuaient aussi, sans aucun doute.

— En effet, dit Stephen. À deux pieds de profondeur, le thermomètre de Fahrenheit n'affiche pas moins de soixante-huit degrés. Un courant du sud, je suppose. Un requin nous suit. Un requin bleu, un *Carcharias glaucus*. Ils adorent la chaleur.

— Où cela ? Vous le voyez ? Monsieur Parslow, allez me chercher quelques mousquets, je vous prie.

— Il se trouve sous le ventre noir de ce navire. Mais il va sans doute réapparaître d'un instant à l'autre. Je lui donne de temps en temps des morceaux de viande pourrie.

Un hurlement guttural leur parvint de l'avant, dans les hauteurs. Un homme tombait d'une vergue. Il semblait s'agripper à l'air, presque immobile pendant une fraction de seconde, la tête relevée, dans un effort dément pour ne pas tomber. Puis il tomba vraiment, vite, très vite, de plus en plus vite. Il heurta un galhauban. Le choc le fit dévier au-delà du bord, et il toucha l'eau en soulevant une grande gerbe, à hauteur des chaînes d'artimon.

— Un homme à la mer !

Dix hommes reprirent ce cri, courant en tous sens, jetant à l'eau des objets divers.

— Monsieur Goodridge, placez-nous contre le vent, je vous prie ! cria Jack.

D'un coup de pied, il se débarrassa de ses souliers, et plongea de la lisse. « Comme elle est fraîche... Elle est parfaite ! » se dit-il. Les bulles passèrent devant ses oreilles dans un grondement de tonnerre, et son nez s'emplit du goût agréable et propre de l'eau de mer. Il se cambra pour remonter, regarda par-dessous la surface argentée et ridée, jaillit hors de l'eau en reniflant et secouant ses cheveux jaunes. Il vit l'homme qui sombrait, à cinquante mètres de là. Jack était un nageur puissant, faute d'être élégant. Il se précipita, la tête et les épaules hors de l'eau, comme un chien de chasse, sans le quitter des yeux de crainte qu'il ne coule. Il arriva à sa hauteur. Les yeux exorbités, le visage bestial, l'autre crachait de l'eau, s'étirait vers le ciel dans sa terreur des profondeurs (à l'instar de la plupart des marins, il ne savait pas nager). Jack le contourna et le saisit à la racine de sa natte.

— Doucement, doucement, Bolton. Tenez bon !

Bolton se contorsionnait, gesticulait avec une force incontrôlée. Jack le frappa pour se libérer et lui hurla dans l'oreille :

— Tenez vos mains tranquilles, espèce de crétin ! Vous m'entendez ? Il y a un requin dans les parages, et si vous remuez la flotte il va vous entendre.

Même pour cet esprit terrifié, à moitié ivre et imprégné d'eau de mer, le mot *requin* fit mouche. Bolton serra les mains, comme si la force de sa poigne pouvait lui sauver la vie. Il se raidit. Jack le maintint à flot. S'abandonnant au rythme de la houle, ils attendirent que le canot vienne les repêcher.

Embarrassé, obscurément honteux et stupide, Bolton s'installa au fond du canot en crachant de l'eau de mer. Pour cacher sa gêne, il feignit maladroitement d'être pris de catalepsie, et il fallut le soulever le long du flanc du navire.

— Portez-le en bas, dit Jack. J'aimerais que vous l'examiniez, docteur.

— Il a une contusion sur la poitrine. (Stephen venait de rejoindre Jack qui séchait, penché au bastingage, en appréciant l'avancement du travail sur les manœuvres courantes.) Mais aucune côte brisée. Vous lui avez sauvé la vie, je vous félicite. Le canot ne serait jamais arrivé à temps. Quelle rapidité ! Quel esprit de décision ! Je suis impressionné.

— Pas mal, n'est-ce pas ? C'est épatant, je vous jure. (Un geste du menton vers le grand-mât.) À ce rythme, nous pourrons dès demain remiser les misaines à baleston. Vous saisissez ? Remiser les misaines. Ah, ah, ah !

Est-ce par goût de l'épate, par fanfaronnade, qu'il prend tout cela à la légère ? Parce qu'il est embarrassé ? Non, pensa Stephen. Sa modestie était aussi naturelle que sa gaieté devant son ignoble petit calembour — la limite absolue de l'esprit naval.

— Vous n'avez pas eu peur, en pensant au requin ? À sa voracité légendaire ?

— Oh, lui ? Vous savez, les requins, c'est de la frime la plupart du temps. Les chiens à grande gueule ne mordent pas. Tant qu'ils ne sentent pas le sang, ils préfèrent les déchets de cuisine. Un jour, en poste aux Antilles, j'ai plongé pour secourir un fusilier, et je suis tombé juste sur le dos d'une de ces brutes monstrueuses. Il n'a pas bronché.

— Mais dites-moi, cela vous arrive souvent ? Est-ce que ça fait date dans votre vie ?

— Faire date ? Non, je ne crois pas. Bolton doit être le vingt-deuxième depuis que je navigue. Peut-être le vingt-troisième. Les types de la Humane Society m'ont même donné une médaille d'or. C'était très gentil de leur part. Avec une lettre fort aimable. Je l'ai mise en gage à Gibraltar.

— Vous ne m'en avez jamais parlé.

— Vous ne me l'avez jamais demandé. Mais il n'y a rien d'extraordinaire, vous savez, dès que vous savez comment les empêcher de se débattre. On se sent bon et respectable — on mérite bien de la patrie, et tout le tintouin, pendant quelque temps — et c'est bien agréable, je ne puis le nier. Mais il n'y a vraiment rien d'extraordinaire. Cela n'a aucune importance. Je crois que je sauterais à l'eau pour repêcher un chien, alors, vous pensez, un bon matelot ! Et si l'eau est chaude, je pourrais même y aller pour repêcher un médecin, ah, ah, ah ! Monsieur Parker, je crois que nous pouvons gréer les bigues ce soir, et nous sortirons la souche de l'artimon demain matin à la première heure. Après quoi vous pourrez nettoyer le pont et tout remettre en ordre.

— Tout va bien, à présent, dit le premier lieutenant. Mais je vous présente mes excuses, monsieur, de ne pas vous avoir accueilli à bord de manière convenable. Puis-je vous présenter mes félicitations ?

— Je vous remercie, monsieur Parker. Un bon marin est une prise de valeur. Bolton est un de nos meilleurs hommes, dans les vergues supérieures.

— Il était saoul, monsieur. Je l'ai inscrit sur ma liste.

— Nous pouvons peut-être fermer les yeux, pour une fois, monsieur Parker. Les bigues pourraient avoir un pied ici et l'autre près de l'écoutille, avec une retenue au troisième cercle du grand-mât.

Dans la soirée — il faisait trop sombre pour travailler, mais encore trop doux pour descendre —, Stephen reprit :

— Mais si vous vous entêtez à déprécier ces sauvetages, vous ne craignez pas qu'ils perdent toute leur valeur ? Que vous n'en tiriez aucune reconnaissance ?

— Maintenant que vous le dites, oui, peut-être bien. Mais cela dépend. Certains le prennent très bien. Bonden, par exemple. Je l'ai repêché en Méditerranée, vous vous en souvenez sûrement, et il y a été extrêmement sensible. Mais je crois que la plupart n'y attachent pas grande importance. Moi-même, j'ignore comment je réagirais — sauf si un ami, en connaissance de cause, sautait en disant : « Par l'enfer, je vais sortir Jack Aubrey de là ! » Non... (Jack réfléchit, avant de conclure d'un air avisé :) Il me semble que le fait de repêcher un homme tombé à l'eau est une récompense en soi.

Ils s'enfermèrent dans le mutisme. Leurs pensées prenaient des chemins différents, tandis que le sillage s'étirait derrière eux, que les étoiles se levaient les unes après les autres au-dessus du Portugal.

— Je suis enfin résolu, dit soudain Stephen en se frappant la cuisse... J'ai bien dit : résolu... à apprendre à nager.

— Je crois bien, dit Jack, qu'à l'heure où l'eau sera étale, demain, nos misaines à baleston seront prêtes à se gonfler.

— Les misaines à baleston prennent le vent, monsieur, elles prennent rudement bien le vent, dit Macdonald.

— Le capitaine est satisfait ? demanda Stephen.

— Il est ravi. Ça ne souffle pas assez fort pour les éprouver vraiment, mais le navire semble bien meilleur. Avez-vous remarqué que son mouvement est plus souple ? Nous devrions avoir à nouveau le plaisir de la compagnie du commissaire. Croyez-moi, docteur, si ce type rote encore une fois, ou s'il se cure les dents à table, je le démolis.

— C'est sans doute pour cela que vous nettoyez vos pistolets... Pour ce qui est des voiles, je suis très heureux de la bonne nouvelle. Peut-être pourrons-nous entendre parler d'autre chose que de fils de caret et de bouts-dehors, de clinfocs et de grands-focs, ou, pour couronner le tout, de faux-focs, que Dieu me pardonne... Votre matelot est un chic type, sans nul doute. Mais il a une fâcheuse tendance à jargonner... Eh, ces pistolets ont l'air élégants. Puis-je les prendre en main ?

— Jolis, non ? (Macdonald lui passa la boîte.) Joe Manton les a fabriqués pour moi. Vous vous intéressez aux armes ?

— Il y a longtemps que je n'ai pas tenu un pistolet. Ni une épée d'escrime. Mais quand j'étais jeune, j'adorais cela. Aujourd'hui encore... Ces objets possèdent une beauté particulière. Et ils peuvent être véritablement utiles. En Irlande, vous savez, nous nous battons en duel beaucoup plus souvent que les Anglais. N'en est-il pas de même pour les Écossais ?

Macdonald était de cet avis, mais il insista sur la différence entre les Highlands et le reste du royaume. Qu'est-ce que le docteur Maturin entendait par « souvent » ? Vingt ou trente fois par période de douze mois, lui dit Stephen. Pendant sa première année d'université, il avait vu des hommes dépasser ce chiffre.

— À l'époque, j'attachais peut-être une importance excessive au fait de rester en vie, et je suis devenu relativement habile au pistolet et à l'épée. J'ai une envie puérile de m'y remettre. Ah, ah... quarte, tierce, tierce, seconde, touché !

— Voulez-vous que nous échangions quelques passes, sur le pont ?

— Serait-ce bien régulier ? J'ai horreur de me faire remarquer.

— Oh oui, bien sûr ! Cela n'a rien d'inhabituel. Sur le *Boreas*, je donnais des leçons aux aspirants dès que j'en avais fini avec l'entraînement des fusiliers. Un ou deux lieutenants étaient assez bons. Allons-y ! Et prenons aussi les pistolets.

Sur la plage arrière, ils pointèrent, fendirent et trépignèrent en lançant des « Ah ! ». Les chocs et les sifflements du métal sur le métal détournèrent de leur devoir les aspirants de quart. On dut les expédier dans les hauteurs, et ils laissèrent leurs amis plus heureux se repaître des échanges de coups furieux et des violents éclats.

— Arrêtez, arrêtez ! Stop, ça suffit, on arrête là ! cria Stephen en reculant enfin. Je n'ai plus de souffle... Je suffoque... Je suis en nage.

— J'étais mort depuis dix minutes, dit Macdonald. Je n'ai continué à me défendre que mentalement.

— Certes. Depuis le tout début du combat, nous n'étions plus que des cadavres.

— Que le diable m'emporte, dit Jack. Je ne me doutais pas, cher docteur, que vous étiez un homme aussi sanguinaire.

— Avec de l'entraînement, vous devez être singulièrement redoutable, dit Macdonald. Une botte terrible, rapide et mortelle. Je ne voudrais pas me battre en duel avec vous, monsieur. Vous pouvez me traiter de gros lard, je l'accepterais bien humblement. Voulez-vous essayer les pistolets ?

Jack, qui observait la scène de la plage arrière, était stupéfait. Il ignorait absolument que Stephen pût tenir une épée, ou qu'il fût capable de charger un pistolet — encore moins de toucher les figures sur une carte à jouer à vingt pas. Il croyait pourtant bien le connaître. Il était heureux de voir que son ami s'en sortait si bien. Il était heureux du silence respectueux qu'il suscitait. Mais il était un peu triste de ne pouvoir être de la partie, de devoir rester à l'écart — il était interdit au capitaine de se mesurer à ses hommes —, et il ressentait un indéfinissable malaise. Il y avait quelque chose de déplaisant, d'un peu reptilien, dans la maîtrise de Stephen, dans la froideur avec laquelle il se mettait en position, levait son arme, visait de ses yeux pâles, et faisait sauter la tête du roi de cœur. Les certitudes de Jack vacillèrent. Il se retourna vers ses nouvelles voiles de misaine qui prenaient le vent sans à-coups et se gonflaient à la perfection. Le cap Finisterre devait se trouver sous le vent, maintenant, à quelque soixante lieues de distance. Très bientôt — vers minuit —, il modifierait son cap vers l'est. Vers Ortegal, et le Golfe.

Juste avant les huit coups de cloche du premier quart, Pullings monta sur le pont, poussant Parslow devant lui. L'aspirant bâillait, les yeux chassieux.

— La relève est bienvenue, monsieur Pullings, dit le premier-maître. Je ne suis pas fâché d'aller me coucher. (Il bâilla, à la suite de Parslow). Le navire est à vous. Basses voiles, grands et petits huniers, tourmentin et foc. Cap nord-nord-est, qui devra être modifié plein est aux deux coups de cloche. Appeler le capitaine si une voile est en vue. Oh mon cher cadre, comme il m'appelle ! Eh bien, bonne nuit. Ce gamin aurait bien besoin d'un seau d'eau sur la tête, ajouta-t-il en se dirigeant vers l'écoutille.

Au plus profond de son sommeil, Jack *sentit* le changement de quart (soixante hommes parcourant un navire de cent trente pieds peuvent difficilement rester discrets). Mais cela le perturba moins que le changement de cap, une heure plus tard. Il dériva entre le sommeil et l'éveil complet, conscient que l'orientation de son corps par rapport au nord avait changé. Et que le *Polychrest* marchait au largue. Aux sautillements rapides et nerveux du navire succédait un long glissement souple. Aucun cri, aucun ordre ne s'élevait sur le pont. Pullings n'avait eu qu'à donner calmement ses instructions pour le mettre vent arrière. Doux comme un mouton. Quel bonheur de disposer de cet excellent jeune homme ! Mais quelque chose ne collait pas. Les voiles étaient orientées, mais des bruits de course continuaient de se faire entendre. Par la lucarne, des propos excités parvenaient aux oreilles de Jack. Et lorsque sa porte s'ouvrit pour laisser passer la silhouette indistincte de l'aspirant, il était parfaitement éveillé et prêt à l'accueillir.

— Compliments de M. Pullings, monsieur. Il lui semble qu'une voile se trouve par bâbord devant.

— Merci, monsieur Parslow. Je le rejoins immédiatement.

Au moment où il atteignait la lueur de l'habitacle, Pullings descendait de la hune en glissant le long d'un galhauban, et atterrit sur la plage arrière.

— Je crois que je l'ai repéré, monsieur, dit-il en lui tendant sa lunette. Trois points par bâbord devant, peut-être à deux ou trois milles d'ici.

La nuit était sombre. Ciel dégagé, quoique brumeux sur les bords. Les grandes étoiles étaient à peine des points dorés, les petites étaient invisibles. La nouvelle lune était couchée depuis longtemps. Quand ses yeux s'habituèrent à l'obscurité, il discerna assez bien l'horizon : une barre plus claire contre le ciel noir, et Saturne qui s'enfonçait. Le vent avait viré un rien au nord. Il était un peu plus fort, aussi, et l'écume éclaboussait à chaque mouvement de la houle. À plusieurs reprises, Jack crut apercevoir des huniers, au loin. À chaque fois, ils s'évanouirent pour ne plus réapparaître...

— Vous avez de bons yeux, dit-il.

— Il a tiré un coup de canon, monsieur. J'ai vu la lueur.

Mais je ne voulais pas vous faire appeler avant d'être tout à fait sûr. Le voilà, monsieur, juste sous la vergue de civardière ! Sous huniers. Peut-être une perruche. Et il navigue au plus près, je suppose.

« Bon sang, je me fais vieux ! » se dit Jack en abaissant sa lunette.

Il l'aperçut enfin — éclair fantomatique qui cette fois ne s'évanouit pas. Il s'enfonçait, mais réapparaissait toujours au même endroit. Très clair : la lunette ne laissait voir qu'une tache pâle. Huniers brassés, au point qu'ils se chevauchaient. Et un soupçon de blanc, tout en haut : une perruche. Il filait sous tribord amures, au plus près de la bonne-brise de noroît, cap à l'ouest-sud-ouest, sans doute, ou un peu plus au sud. S'il avait tiré un coup de canon — un seul —, cela signifiait qu'il avait de la compagnie. D'autres navires qui viraient de bord en même temps que lui. Jack fouilla l'obscurité du regard, vers l'est. Cette fois il vit une, peut-être deux, de ces taches indistinctes mais persistantes. Avec ce cap, leurs routes devaient se croiser. Mais combien de temps ce vaisseau inconnu se maintiendrait-il sur les mêmes amures ? Certainement pas longtemps, car le cap Ortegal gisait sous son vent — une côte déchiquetée, protégée par de cruels récifs.

— Nous allons empanner, monsieur Pullings. (Il se tourna vers le timonier.) Lofez au plus près.

Le *Polychrest* remonta le vent. Les étoiles pivotèrent, dessinèrent un arc dans le ciel. Jack se figea. Il tendit l'oreille pour ne pas manquer le premier flottement de voile qui lui révélerait que le navire serait trop près du vent. La brise soufflait sur sa pommette gauche, maintenant. Des embruns survolèrent la lisse et vinrent lui frapper le visage. À l'avant, le bord de chute du petit hunier se mit à faseyer.

Jack prit la barre, la soulagea un tantinet.

— Raidissez cette bouline, là-bas ! Monsieur Pullings, je crois que nous pouvons encore remonter un petit peu. Veillez aux bras et aux boulines.

Pullings courut à l'avant. Sur le gaillard d'avant, un groupe sombre haletait en rythme. « Un, deux, trois, assurez ! » Quand il revint à l'arrière, les cordages étaient tendus, les vergues avaient gagné en grinçant quelques pouces supplémentaires. L'équilibre du *Polychrest* était aussi parfait que possible. Jack fit céder peu à peu la forte pression qui résistait à la barre. Il fit venir le navire encore plus près du vent. L'étoile polaire disparut derrière le grand hunier.

Toujours plus près. Il atteignit enfin le point limite. Jack n'aurait jamais cru qu'il pût venir si près. Il était presque à cinq points du vent : c'était beaucoup mieux que les six points et demi de jadis. Même s'il cédait encore à sa dérive extravagante, il serait encore capable de grignoter le vent du nouveau venu, aussi longtemps que la barre était en de bonnes mains et qu'on surveillait de près l'angle des voiles. En outre, Jack sentait qu'il avait beaucoup moins tendance à fléchir.

— C'est cela, très bien, dit-il au timonier, qu'il dévisagea à la lueur de l'habitacle. Ah, Haines, c'est vous. Eh bien, Haines, vous allez me faire le plaisir de tenir la barre deux fois votre temps. J'ai besoin d'un bon marin. Vous me suivez, n'est-ce pas ? Il ne faut pas dévier d'un cheveu.

— À vos ordres, monsieur. Comme vous voudrez.

— Continuez, monsieur Pullings. Faites vérifier toutes les bragues des canons et les râteliers à boulets. Si le vent tombe ou diminue, vous pourrez larguer un ris au grand hunier. Appelez-moi au moindre changement.

Il redescendit, enfila sa chemise et son haut-de-chausse, s'allongea sur son cadre et feuilleta la Liste d'active de Steele. Mais il était incapable de trouver le repos. Il fut bientôt de retour sur la plage arrière. Il faisait les cent pas du côté sous le vent, les mains derrière le dos. À chacune de ses volte-face, il jetait un coup d'œil à la mer sombre.

Deux navires, peut-être trois, tirant des bords de conserve... Ce pouvait être n'importe qui. Des frégates britanniques, des vaisseaux de ligne français, des neutres. Mais ce pouvait être aussi bien des navires marchands ennemis, s'esquivant sous le couvert de la lune. Une vague lueur imprudente, visible lorsque le second bâtiment s'éleva sur la houle, le fit pencher en faveur des marchands. Il était improbable, en outre, que des navires de guerre se soient disséminés sur une telle distance. On en saurait plus lorsque le ciel s'éclaircirait. Qu'ils virent de bord ou pas, en tout cas, à l'aube Jack serait au vent. Il serait dans leur vent !

Il surveilla son flanc, surveilla son sillage. Le *Polychrest* dérivait, bien sûr. Mais sensiblement moins qu'avant. Chaque levée du loch montrait que la vitesse ne variait pas. Trois nœuds et demi. Pas très rapide, mais Jack n'en demandait pas plus. Vu les circonstances, une vitesse excessive l'aurait obligé à réduire les voiles, de crainte de se retrouver trop loin, au petit matin.

Dans le lointain, sur la hanche du *Polychrest*, un éclair

illumina le ciel. Une seconde plus tard — un peu plus qu'un battement de cœur —, Jack entendit le grondement. Ils viraient de bord, de nouveau. Désormais, les inconnus suivaient une route parallèle à la sienne, et le *Polychrest* était dans leur vent, dans les meilleures conditions. Il se trouvait précisément dans l'œil du vent du premier des trois navires. Car les autres étaient trois, il en était certain depuis une demi-heure.

Huit coups de cloche. Avant longtemps, il ferait clair.

— Monsieur Pullings, que les hommes de quart restent sur le pont. Grand hunier, grand hunier arrière. Bonjour, monsieur Parker. Qu'on allume sur-le-champ les feux de la coquerie. Qu'on serve dès que possible le petit déjeuner... Un petit déjeuner copieux, monsieur Parker. Qu'on aille réveiller les hommes de jour. Et vous pourrez commencer à préparer le navire pour le combat. Nous battrons le rappel des quartiers quand la cloche piquera deux coups. Où sont les aspirants de relève ? Quartier-maître, allez sur-le-champ trancher les cordes de leurs hamacs. Qu'on aille chercher le canonnier ! (Il héla Rossall et Babbington, épouvantés.) Eh bien, messieurs, quelle est cette conduite inqualifiable ? On ne se présente plus sur le pont à l'heure de son quart ? En bonnets de nuit, visages sales, par le diable ! Vous n'êtes que deux bons à rien crasseux. Ah, monsieur Rolfe, vous voilà. De combien de poudre disposez-vous ?

Les préparatifs allaient bon train. Les quarts prirent le petit déjeuner à tour de rôle.

— Vous allez voir quelque chose, camarades, dit William Screech, un ancien de la *Sophie*, en avalant son repas de fromage et de soupe. Vous allez voir le vieux Boucles d'Or leur jouer un de ses bons tours, à ces étrangers.

— Il était temps qu'on voie quek'chose, dit un terrien. Où sont tous les dollars d'or qu'on nous a promis ? On a reçu plus de coups de pied au cul que de demi-pence, jusque-là, c'est sûr.

— Ils sont là, juste sous le vent, camarade, dit Screech. Tout ce que t'as à faire, c'est d'obéir et de servir vivement ton canon, et tout va bien, je te le dis !

— Moi, je voudrais être chez moi avec mon vieux métier, dit un tisserand. Dollars d'or ou pas dollars d'or.

On noya les feux de la coquerie qui moururent en chuintant, dans une odeur nauséabonde. Les écrans de protection furent disposés sur les écoutilles. La cabine de Jack disparut, Killick emporta ses possessions dans les profondeurs et les charpentiers démontèrent les cloisons. Les volailles du carré, gloussant, furent transportées en bas, dans leurs cages. Et pendant tout ce temps, Jack ne cessa pas d'observer la mer. Le ciel s'éclaircissait très légèrement à l'est, quand le bosco vint lui rapporter qu'on avait un problème avec les bourrelets — le capitaine voulait-il qu'ils soient placés au-dessus ou au-dessous des nouveaux rivets ? Le problème ne méritait pas beaucoup d'attention. Mais quand Jack put à nouveau regarder au large, l'étranger était en vue — aussi visible que possible. Sur l'argent terne de la surface de la mer, sa coque semblait noire lorsqu'elle s'élevait sur la houle, à un peu moins d'un mille sur la hanche tribord. Et les deux autres étaient là, derrière lui, loin sous le vent. Il ne s'agissait pas de bons navires, c'était évident. Bien qu'ils eussent déployé une belle surface de voile, en effet, ils avaient du mal à ne pas se laisser distancer. Il avait hissé ses basses voiles pour leur permettre de le rattraper. Ils se trouvaient maintenant à près de trois quarts de mille de lui. L'un d'eux semblait naviguer sous gréement de fortune. Jack glissa la lunette sous sa chemise, et monta à la grande hune. Il se cala et pointa la lunette sur le navire de tête. Immédiatement, il fit la moue et lâcha un sifflement silencieux. Une frégate de trente-deux... non, trente-quatre pièces, rien de moins. Puis il eut un sourire, et sans même décoller son œil du télescope, il s'exclama :

— Voulez-vous me rejoindre dans la hune, monsieur Pullings ? Prenez cette longue-vue. Qu'en dites-vous ?

— Une frégate de trente-deux... de trente-quatre canons, monsieur. Française, si j'en crois la forme de son foc. Non. Non ! Nom de Dieu, c'est la *Bellone* !

C'était bien la *Bellone*, sur son terrain de chasse habituel. Elle s'était engagée à escorter deux navires marchands bordelais jusqu'à un point situé à 20° ouest et 45° nord. Elle leur avait déjà fait traverser, avec succès, le golfe de Gascogne. Avec succès mais non sans problèmes, car ils étaient d'un lenteur épouvantable, et l'un d'eux avait perdu ses mâts de hune. Elle leur tenait compagnie, mais son sens du devoir n'était pas plus développé que celui de n'importe quel corsaire. Pour l'instant, elle s'intéressait fortement à cette chose triangulaire qui avait l'air de danser contre le vent. Son contrat ne lui interdisait pas de s'emparer de prises pendant son voyage. Depuis un quart d'heure — peut-être même depuis l'instant où elle avait aperçu le *Polychrest* —, la *Bellone* avait donc monté d'un point plus près du vent afin de s'en approcher. Et son capitaine se trouvait précisément dans la même position que Jack : installé dans sa grande hune, il se concentrait sur sa longue-vue.

La *Bellone*. Elle était capable de semer n'importe quel navire gréé en carré, sur un seul vent. Mais Jack avait encore l'initiative, pour dix ou vingt minutes. Il était au vent, et il pouvait décider d'engager le combat ou non. Cela ne durerait pas. Il devait penser vite, et prendre une décision avant que l'autre ne soit en mesure d'attaquer. Elle portait trente-quatre pièces, contre vingt-quatre pour le *Polychrest*. Mais c'étaient des huit-livres et des six-livres... Elle avait une bordée de cent vingt-six livres. Avec ses trois cent quatre-vingt-quatre livres, Jack pouvait la souffler comme une bougie, si les conditions étaient favorables. Rien que des huit-livres. Mais c'étaient des huit-livres longs, en cuivre, de belles pièces servies avec compétence. Elle pouvait le toucher à un mille de distance, peut-être plus... Tandis que ses caronades courtes, inadaptées et servies par des artilleurs de fortune, devaient se trouver à portée de pistolet pour être sûres de toucher leur cible. À cinquante mètres... à cent mètres, peut-être, il pouvait lui en faire baver ! Il fallait approcher. Mais pas trop. Il n'était pas question de l'aborder, pas avec ses deux ou trois cents excellents corsaires. Pas avec l'équipage dont lui, il disposait. Seigneur, il était hors de question de l'aborder !

— Monsieur Pullings, que M. Macdonald ordonne aux hommes d'ôter leurs vestes rouges. Recouvrez les canons de bâches, dans le parc. De la vieille toile grise disposée en désordre, mais de sorte qu'on puisse l'ôter en un éclair. Deux ou trois barriques vides sur le gaillard d'avant. Il faut que ce navire ait l'air d'une souillon.

Les rôles étaient proprement renversés ! Cette fois, la *Bellone* ne disposait pas d'un délai de plusieurs heures pour se préparer. Ses ponts ne seraient pas propres et nets d'un bout à l'autre. Et elle devait continuer à douter... C'est elle, cette fois, qui serait prise par surprise.

Prise... Le mot sonna comme un coup de trompette. Jack se précipita sur la plage arrière. Sa décision était prise.

— Que faites-vous, monsieur Parker ?

— Ces paillets protégeront ma feuille d'or, monsieur.

— Inutile de les arranger, monsieur Parker. Ils sont très bien ainsi. (De fait, ils avaient vraiment l'air d'appartenir à un navire marchand.) Que les hommes se rassemblent à l'arrière !

Ils se tenaient devant lui, dans la lumière grise. Quelques-uns étaient ravis, d'autres étonnés. Beaucoup étaient découragés ou inquiets, et avaient du mal à ne pas regarder du coin de l'œil la forme sombre qui se dessinait au loin.

— Compagnons de bord ! leur dit-il en souriant, d'une voix forte et claire. Ce type que vous voyez là-bas n'est qu'un corsaire. Je le connais bien. Sa longue rangée de sabords ne cache que des six et des huit livres. Nous, nous avons des vingt-quatre, mais il ne le sait pas. Tout à l'heure, je m'approcherai en douce... Il se peut qu'il nous arrose un peu avec ses petits canons, mais ça n'a aucune importance... Lorsque nous serons suffisamment proches pour être sûrs de ne pas le manquer, nous lui servirons une bordée dont il se souviendra ! Une bordée complète, chaque canon pointé sur le pied de son mât d'artimon. Mais nous ne devons pas tirer un seul coup avant d'entendre le tambour. Alors nous le pilonnerons, comme des héros. Démolissez-le ! Cinq minutes d'effort, et on l'envoie par le fond ! Tous à vos postes, maintenant, et rappelez-vous : pas un seul coup avant le roulement de tambour, tous les canons pointés sur le pied de son mât d'artimon. Pilonnez-les vite, et ne gaspillez pas un seul coup.

Il se retourna et aperçut Stephen, qui l'observait depuis le capot d'écoutille.

— Bonjour, bonjour ! s'écria-t-il en lui adressant un sourire amical. Voici notre vieille amie, la *Bellone*, juste sous le vent.

— Oui, c'est ce que Pullings vient de me dire. Vous avez l'intention de lui livrer bataille ?

— J'ai l'intention de le couler, de le prendre, de le brûler ou de le détruire, dit Jack avec un sourire radieux.

— Je m'en doute. Merci de vous souvenir de la montre qu'ils m'ont prise. Une Bréguet automatique n° 365, avec trotteuse centrale. Et trois paires de caleçons, que je reconnaîtrais entre tous. Maintenant, je dois descendre.

Le jour se levait vite, l'est se couvrait d'or. Le ciel apparut, très clair, parsemé de nuages blancs. Les marchands faisaient force de voile pour rejoindre le corsaire.

— Monsieur Parker, qu'on ferme les écoutilles, je vous prie. Monsieur Macdonald, vos meilleurs tireurs doivent être prêts à monter dans les hunes au dernier moment. Ils devront balayer la plage arrière. Rien que la plage arrière.

Son plan était très simple. Il s'approcherait doucement, sans permettre à la *Bellone* de faire feu par l'avant. Il maintiendrait rigoureusement sa position au vent. Il laisserait l'ennemi le plus longtemps possible dans l'expectative (pour pouvoir le pilonner à bout portant), et l'y maintiendrait en prenant le vent de ses voiles. Jack n'osait rien tenter de plus complexe, avec le navire et les hommes dont il disposait. Pas de manœuvres rapides, pas de passage sous sa poupe. Tout comme il n'osait pas cacher ses hommes en bas, ces brutes ignares qui n'avaient jamais vu un canon en colère.

— Soulagez le navire d'un demi-point, monsieur Goodridge.

Leurs routes convergeaient. Jusqu'où la *Bellone* le laisserait-il s'approcher ? Cent mètres de plus, c'était une minute de moins à subir son tir à longue portée. Plus près, plus près...

S'il pouvait la démâter, fracasser sa barre... Sur la *Bellone*, elle se trouvait juste à l'arrière du mât d'artimon. Il discernait, sur la plage arrière, les taches pâles des visages. Et ils avançaient toujours, pourtant, l'un vers l'autre... De plus en plus près. Quand allait-elle se décider à faire feu ?

— Encore trois ou quatre cents mètres, monsieur Goodridge. Monsieur Rossall, vous avez le Papenburg... ?

Une bouffée de fumée apparut à l'avant de la *Bellone* et un boulet ricocha le long du flanc du *Polychrest*. Les couleurs britanniques apparurent sur la frégate. « Il est anglais ! » cria une voix dans le parc, visiblement soulagée. Pauvre idiot. Un cri lui parvint, tout juste audible dans une accalmie du vent. « Réduisez la voile et mettez en panne, bougres de fainéants ! » Jack sourit.

— Doucement, monsieur Rossall, dit-il. Faisons-lui croire à une bévue... À mi-hauteur, puis ramenez-le, puis hissez-le de nouveau.

Le pavillon de Papenburg hésita un peu au pic de grand-voile et se déploya enfin, flottant au vent dans la direction du corsaire.

— Voilà qui devrait l'étonner, dit Jack. Le doute dura assez longtemps pour que les deux navires s'approchent encore un peu. Puis il y eut un autre boulet, qui frappa le *Polychrest* en plein milieu. Un ultimatum.

— Pesez sur les écoutes de petit hunier ! ordonna Jack.

Il pouvait se permettre de laisser la *Bellone* préciser son tir encore un peu. La confusion pourrait lui faire gagner une autre demi-minute.

Mais la *Bellone* en avait assez. On amena le pavillon blanc, vite remplacé par le drapeau tricolore. Le flanc de la frégate disparut dans un long nuage de fumée, et un demi-quintal d'acier traversa en hurlant les cinq cents mètres qui séparaient les deux bâtiments. Trois boulets touchèrent la coque du *Polychrest*. Les autres passèrent en sifflant au-dessus de leurs têtes.

— Serrez cette écoute, vous autres, à l'avant ! cria Jack. (La voile se gonfla.) Parfait ! Monsieur Goodridge, accostez-la, à portée de pistolet. Nos couleurs, monsieur Rossall. Monsieur Pullings, réduisez la voile, et jetez-moi ces barriques par-dessus bord !

La *Bellone* tira encore un ou deux coups isolés. Pendant un moment atroce, Jack crut qu'elle allait reculer, couper sa poupe et tenter de lofer pour gagner le vent, sans cesser de le pilonner de loin. « Qu'il envoie sa bordée », murmura-t-il. Elle vint enfin. Un fracas terrible, prolongé... Mais pas régulier, pas du tout dans le style élégant de la *Bellone*. Le corsaire était contraint d'en finir au plus vite. Il ne restait qu'à attendre que le premier-maître décide de passer à l'action, en déjouant toute tentative de dépassement, et en maintenant le *Polychrest* dans la même position par rapport au vent et à la *Bellone*. Il fallait occuper les quelques minutes durant lesquelles l'espace qui les séparait devait encore diminuer.

— Monsieur Macdonald, dit-il, vos fusiliers peuvent y aller. Tambour, vous êtes paré ?

De l'autre côté de l'eau, les canons étaient une fois de plus remis en batterie et pointés. Quand la gueule du dernier apparut dans le sabord, Jack hurla : « Couchez-vous ! À plat ventre sur le pont ! » C'était une bordée mixte, avec surtout de la grappe. Elle fit quelques dégâts dans les bas haubans et perça le pont. Des poulies dégringolèrent, des cordages se rompirent, et Macdonald chancela, à côté de lui, une main serrée sur son bras. Un petit homme pitoyable courait en tous sens, cherchant à retrouver l'écoutille d'avant. Quelques-uns de ses camarades, à quatre pattes, l'air égaré, le suivaient des yeux, curieux de savoir s'il y parviendrait. Mais le bosco lui fit un croc-en-jambe, le souleva et le renvoya à son canon. Quand la fumée se dissipa, la *Bellone* était assez proche pour que Jack distingue les caps-de-mouton de ses haubans.

— Tenez-vous près de vos pièces ! cria-t-il. Soyez prêts ! Attendez le tambour ! Les yeux sur son artimon, maintenant !

Les officiers et les chefs de peloton pointèrent les caronades, les braquèrent sur la *Bellone*, en lançant des regards furieux dans le prolongement de leurs tubes. Les yeux écarquillés, le petit tambour ne quittait pas du regard le visage de Jack. Plus près. Encore un peu plus près... Jack mesura le roulis, sentit que le navire atteignait, au terme d'un long mouvement, la cime de la houle. À l'instant précis où il entamait sa descente, Jack hocha la tête et cria : « Feu ! » Le roulement de tambour fut noyé dans le grondement général, étourdissant, des canons de tribord. La fumée était épaisse, impénétrable. Il la balaya d'un geste de la main, et se pencha au-dessus du bastingage. Flottant sous le vent, la fumée se dissipa complètement, et Jack put apprécier le résultat. Meurtrier... Une large brèche béant au flanc de la *Bellone*, les chaînes d'artimon détruites, le mât endommagé, trois sabords enfoncés, des cadavres sur le pont supérieur.

Une acclamation furieuse, sauvage, retentit sur le *Polychrest*.

— Encore une, encore une ! cria Jack. Encore une, et il se rend !

Mais les couleurs de la *Bellone* flottaient toujours, sa barre était intacte, tandis que sur la plage arrière, le capitaine Dumanoir agitait son chapeau en direction de Jack, et hurlait des ordres à ses hommes. Jack découvrit avec horreur que la maudite dérive du *Polychrest* l'entraînait à toute vitesse vers le corsaire, qu'il allait l'aborder... Tous les Français, à l'exception des canonniers, se massaient à la proue. Ils étaient près de deux cents.

— Lofez, Goodridge...

Mais ses mots furent avalés par la double bordée. Celle de la *Bellone* et celle du *Polychrest*, si proches maintenant que leurs fusées de vergue se touchaient presque.

— Tous les hommes pour repousser l'abordage ! Les piques, les piques, les piques ! hurla-t-il.

Il tira son épée et courut vers le gaillard d'avant — c'était le point d'impact le plus probable —, sauta par-dessus un canon désarçonné et deux ou trois cadavres. Il y fut avant même que la fumée ne se dissipât. Il resta là, avec un groupe de vingt ou trente hommes, à attendre que les coques entrent en collision. Sous le couvert du nuage, c'était un immense vacarme. Des ordres, en français, des acclamations... Il y eut à l'arrière un craquement déchirant. L'air était pur, la lumière étincelante : la *Bellone* changeait de direction ! Elle abattait, elle virait ! Vingt mètres, déjà, séparaient les deux bâtiments. Son artimon était passé par-dessus bord, et elle ne pouvait pas rester au vent. Le mât brisé gisait sur sa hanche tribord, retenu par ses haubans, jouant le rôle d'un gigantesque gouvernail. Le navire pivotait, sa proue s'éloignait...

— À vos pièces ! hurla Jack.

La poupe de la *Bellone* se tournait vers eux. Une bordée balayante pouvait la détruire.

— Il se rend, il se rend ! cria un imbécile.

C'est là que le manque d'entraînement était évident. Les hommes de pelotons de pièces, désemparés, couraient en tous sens. Des tubes à mèche en désordre, des boulets, des gargousses, des fauberts, des refouloirs traînaient partout. Des hommes poussaient des vivats, d'autres gesticulaient comme des simples d'esprit. Canons en place, canons en batterie... Une vraie maison de fous.

— Pullings, Babbington, Parker, que ces canons soient prêts à faire feu ! Et que ça saute ! Que le diable vous emporte ! Tenez bon la barre, Goodridge ! Il faut encore s'approcher.

Il assomma un jeune idiot de tisserand, que la joie faisait sautiller sur place, entrechoqua les têtes de deux hommes avant de les renvoyer à leurs canons, aida à mettre une caronade en place et à en remettre une autre en batterie, déchargea cette dernière dans la direction de la poupe ouverte de la *Bellone*, et retourna en courant à la plage arrièrc.

— Allez sur lui, Goodridge, allez sur lui, vous dis-je !

Et cet infâme *Polychrest*, maintenant, ne répondait plus sa barre. Depuis la dernière bordée, c'était tout juste s'il restait une écoute aux voiles d'avant, et il s'était remis à remonter au vent, comme autrefois. On avait beau forcer sur la barre : le navire ne voulait pas repartir, et de précieuses secondes s'envolaient.

Malloch et ses seconds s'activaient aux écoutes, et nouaient furieusement. Çà et là, une caronade donnait de la voix, et un boulet de vingt-quatre livres venait frapper le plomb de la *Bellone*, sur l'étambot. Mais le corsaire avait brassé ses vergues. Il avait juste vent arrière, et les deux navires s'éloignaient l'un de l'autre au rythme de cent mètres par minute. Avant même qu'on ait le temps de haler vers l'arrière les écoutes des voiles de l'avant, pour permettre au *Polychrest* de se lancer à la poursuite de la *Bellone*, un quart de mille de mer les séparait. Et la frégate lui répondait, maintenant, avec son chasseur de poupe.

— Monsieur Parker, qu'on amène deux canons à l'avant !

(Le *Polychrest* prenait de l'erre. La *Bellone*, handicapée par son mât à la traîne, marchait bizarrement en crabe. La distance diminuait à nouveau.) Monsieur Parslow, trouvez-moi une lunette !

La sienne était brisée, près de la lisse à cabillots.

— Une lunette ? Quelle lunette, monsieur ?

Le visage pâle et hébété s'avança, mort d'inquiétude.

— N'importe quelle lunette... Un télescope, mon garçon, lui dit Jack gentiment. Dans le carré. Cherchez bien.

D'un coup d'œil, il passa le navire en revue. Les misaines à baleston étaient devenues des passoires, deux voiles d'étai pendaient mollement, le petit hunier était en lambeaux et une demi-douzaine de haubans s'étaient rompus. Mais les focs et l'artimon tiraient bien. Un semblant d'ordre régnait sur le pont. Deux canons étaient démontés, mais l'un était levé, et l'on avait remplacé le percuteur. Les autres étaient en batterie, parés, les pelotons au complet, les hommes impatients et déterminés. Il y avait dans le parc un grand tas de hamacs, expulsés des filets par la dernière bordée de la *Bellone*. Pour évacuer les blessés en bas, il avait fallu les contourner.

— Votre lunette, monsieur.

— Merci, monsieur Parslow. Dites à M. Rolfe que les caronades devront être parées au feu dès qu'elles seront en batterie.

Sur la *Bellone*, à tribord, on tranchait à la hache les haubans d'artimon. Quand la dernière paire céda, le mât flottant se détacha et la frégate fit un bond en avant. Elle s'en allait ! Elle s'éloignait d'eux ! Mais Jack, qui ne l'avait pas quittée des yeux, vit son grand mât de hune vaciller... vaciller encore... Et un mouvement de tangage plus violent le fit tomber d'un seul coup par-dessus bord.

Des hourras retentirent sur le *Polychrest*. Ils allaient la rattraper... Ils gagnaient du terrain ! La caronade de proue cracha. Le tir était un peu court, mais toucha presque la *Bellone* par ricochet. D'autres vivats. « Vous déchanterez, quand elle lofera pour pouvoir nous balayer », se dit Jack. Les deux navires étaient séparés de quelque cinq cents mètres, ils avaient tous deux exactement vent arrière. Le *Polychrest* se trouvait sur la hanche bâbord de la *Bellone*. Il suffisait au corsaire de mettre son gouvernail au vent, pour lui montrer son flanc et lâcher une bordée qui les frapperait tout du long. Elle ne pouvait pas venir tout à fait au vent sans voiles d'arrière, mais elle pouvait venir vent de travers. Ce serait plus que suffisant.

Mais elle n'en fit rien. Mât de hune brisé, la *Bellone* filait encore vent arrière. Jack ajusta sa poupe, dans la longue-vue, et il comprit pourquoi... Elle n'avait pas de barre pour mettre au vent ! Par chance, le dernier tir avait désarçonné son gouvernail. Elle ne pouvait plus barrer ! Elle était obligée de continuer à filer vent arrière.

Il revenait vers les navires marchands, maintenant. Des bâtiments lourds et lents, toujours sous bâbord amures. Avaient-ils l'intention de lui faire des ennuis ? De soutenir leur ami ? Ils avaient cinq sabords sur chaque flanc, et la *Bellone* allait passer à moins d'une encablure d'eux. « Monsieur Parker, ramenez les pièces de bâbords en batterie. » Non. Ils ne feraient rien. Ils s'éloignaient lentement, cap au nord. L'un d'eux était un vrai canard boiteux, les mâts de hune équipés de gréement de fortune. Le canon de proue du *Polychrest* souleva une gerbe d'eau au-delà de la poupe de la *Bellone*. Elle gagnait du terrain. Jack devait-il s'emparer des marchands avant de se lancer à la poursuite du corsaire ? Ou bien se contenter des marchands ? Pour le moment, ils ne pouvaient pas s'échapper. Mais dans cinq minutes, il serait sous leur vent. Aussi lents fussent-ils, il serait plus difficile de les rejoindre. Une demi-heure plus tard, ce serait impossible.

La caronade tirait deux coups quand la *Bellone* en tirait un. Mais celle-ci se servait d'une longue pièce de huit, beaucoup plus précise. Un peu avant qu'ils n'arrivent à la hauteur des navires marchands, un boulet survola le pont du *Polychrest*, tuant un matelot posté près de la barre. L'homme fut projeté sur Parslow, qui attendait ses ordres. Jack souleva le cadavre, dégagea l'adolescent couvert de sang et lui demanda : « Tout va bien, Parslow ? » Puis, en réponse à Parker — « Les marchands ont amené leur pavillon, monsieur ! » —, il cria : « Oui, oui ! Voyez s'il est possible de lacer une bonnette maillée. » Il lui suffisait peut-être d'améliorer sa vitesse d'une minute pour rattraper la *Bellone*, faire un saut de côté et recommencer à la pilonner latéralement. Ils frôlèrent les navires marchands, qui laissaient flotter leurs écoutes en signe de soumission. Même dans l'affolement de la bataille — canons se répondant au rythme où on les rechargeait, fumée des explosions entre les bâtiments, cadavres sur les ponts, flots de sang s'écoulant par les dalots —, certains regards nostalgiques ne s'étaient jamais détournés des prises. Ces navires étaient de belle taille : dix, vingt, peut-être trente mille guinées. Ils connaissaient parfaitement la situation. Dès que le *Polychrest* aurait parcouru un mille sous le vent, tout ce bel argent se mettrait en mouvement. Les capitaines déploieraient jusqu'au dernier pouce carré de toile, ils loferaient et s'envoleraient. Et adieu la fortune !

Ils faisaient route au sud-est, et les navires marchands disparaissaient rapidement, à l'arrière. Ils continuaient à faire feu régulièrement. Ils effectuaient leurs réparations, et gagnaient ainsi un peu de terrain, chacun son tour... Mais ni l'un ni l'autre n'aurait pris le risque de mettre en panne pour enverguer de nouvelles voiles. Ni l'un ni l'autre n'aurait pris le risque de hisser un nouveau mât de flèche ou de perroquet, car la mer était trop agitée. En l'occurrence, ils étaient exactement de force égale. La moindre avarie supplémentaire, d'un côté ou de l'autre, serait décisive. Le moindre retard serait fatal. Ils taillaient leur route. On retournait les sabliers, les cloches piquaient les heures, dans le quart de l'avant-midi. La tension était formidable. Sur le pont, personne ne pipait mot, sauf pour les ordres. La distance entre les deux navires ne variait pas : environ un quart de mille. Tous deux essayèrent de border leurs bonnettes. Tous deux virent le vent les arracher. Tous deux vidèrent leur eau douce par-dessus bord, pour se délester de quelques tonnes — tous les trucs et astuces connus des marins étaient bons pour gagner un peu de poussée. Durant un instant, Jack crut que la *Bellone* se débarrassait de ses provisions. Ce n'étaient que ses morts. Il compta quarante gerbes. Sur ce navire surpeuplé, le massacre avait dû être épouvantable. Et ils tiraient toujours.

À midi, lorsque les hautes terres d'Espagne se dressèrent au milieu des nuages sur l'horizon, au sud, la proue du *Polychrest* était criblée d'impacts, son mât de misaine et sa vergue de petit hunier montraient de multiples entailles, et il embarquait de l'eau en quantité. La poupe de la *Bellone* se trouvait dans un état de destruction extraordinaire, et son immense grand-voile n'était plus qu'une collection de déchirures. Mais elle était de nouveau capable de gouverner, grâce à un câble qu'on laissait filer hors du sabord de l'arrière. Elle pouvait virer de quelques points par rapport au vent. C'était peu, mais c'était beaucoup plus que ce qu'elle obtenait en gouvernant avec les écoutes. Lorsqu'elle fut en vue du cap Penas, elle modifia sa route. Cela lui coûta cher. La résistance du câble lui fit perdre une centaine de mètres. Capital, dans une course aussi serrée. Rolfe, le maître-canonnier du *Polychrest* — les yeux rouges, couvert de poudre noire, mais bien à son affaire —, envoya un boulet qui fracassa d'un seul coup le chasseur de poupe de la frégate. Dans le silence de mort qui suivit, les hommes laissèrent éclater leur joie. La *Bellone* était muette, désormais, sauf pour quelques tirs de mousquet. Mais elle filait toujours. Son objectif, maintenant, c'était Gijón. Un port espagnol, fermé aux navires britanniques, et ouvert aux Français.

Mais elle devait encore couvrir plusieurs milles, et chaque tir qui toucherait sa grand-vergue ou ses écoutes la ralentirait un peu plus. Son capitaine jetait ses canons par-dessus bord pour tenter de récupérer les cent mètres perdus. Jack secoua la tête. Cela ne l'avancerait pas beaucoup, se disait-il, avec ce vent sur l'arrière et les voiles de l'avant pour toute voilure.

— Holà, du pont ! cria la vigie. Une voile en vue, par tribord devant !

Une frégate espagnole, qui dépassait le cap Penas et se plaçait contre le vent pour rejoindre Gijón. On aurait dû la repérer depuis longtemps, si les regards n'avaient pas été tournés sur le corsaire en fuite.

— Qu'il aille se faire... ! dit Jack.

Confusément, il se dit qu'il était étrange de voir des voiles d'une forme aussi parfaite, de si belles pyramides de toile blanche, après avoir fixé si longtemps des loques déchiquetées. Et comme elle filait !

Une explosion retentit à l'avant. Ce n'était pas le fracas, bien net, de la caronade. Des cris. Un hurlement d'agonie, semblable à celui d'un loup. Le canon surchauffé avait éclaté, tuant le canonnier sur le coup et blessant trois autres hommes. L'un d'eux faisait des bonds en poussant des cris d'orfraie. Il gesticulait tellement qu'il échappa à deux reprises à ses camarades qui tentaient de le porter en bas. On jeta à la mer le corps du canonnier, on nettoya les dégâts, on s'échina pour amener l'autre caronade à la place, mais c'était un sale boulot car les anneaux d'amarrage, comme le reste, avaient été arrachés. Et pendant tout ce temps, les mousquets de la *Bellone* continuaient de prendre pour cibles les hommes présents à la proue.

Ils avançaient sans mot dire, maintenant, avec malveillance et acharnement. La côte était très proche. On apercevait les falaises dangereuses et l'écume sur les récifs. Et les hurlements bestiaux remontaient du cockpit sans interruption.

Un coup de semonce de la frégate espagnole. Une série de signaux.

— Qu'il aille se faire... ! répéta Jack.

La *Bellone* laissait filer son câble, une nouvelle fois, pour virer à bâbord — vers l'entrée de Gijón. Dumanoir devait remonter d'au moins deux points, sans quoi il se retrouverait sur les rochers.

— Non, tu n'iras pas, que le diable t'emporte ! s'exclama Jack. Tenez-vous à vos pièces, là-bas ! Pointez-les vers l'avant. Trois points d'élévation. Feu sur son grand-mât, dès qu'il virera. Monsieur Goodridge, faites-nous remonter !

Le *Polychrest* dévia brutalement à bâbord, présenta son flanc incliné au corsaire. Ses canons crachèrent les uns après les autres. Trois, six, et encore trois. D'énormes déchirures apparurent dans la grand-voile de la *Bellone*. Sa vergue, seulement retenue par la fausse balancine, s'inclina dangereusement. Mais elle filait toujours.

— L'Espagnol nous tire dessus, monsieur, dit Parker.

De fait, un boulet vint fracasser la poupe du *Polychrest*. La frégate avait modifié son cap pour se glisser entre eux. Elle était vraiment très proche.

— Qu'il aille se faire...

Jack prit la barre et plaça son navire vent arrière, juste derrière le corsaire. Il avait peut-être le temps de tirer une dernière bordée avant que l'Espagnol ne lui coupe la route. Il avait peut-être encore une chance de démolir la *Bellone* avant qu'elle n'évite les récifs et n'atteigne le chenal d'entrée au port.

— À vos pièces ! (Sa voix résonna dans le silence général.) Doucement, doucement, maintenant. Trois degrés. Visez son grand-mât. Soyez sûrs de chacun de vos boulets.

Il jeta un coup d'œil par-dessus son épaule, aperçut l'Espagnol — quel magnifique déploiement de toile ! —, entendit son cri fort et clair, serra les dents et actionna la barre. Si cet Espagnol voulait se placer dans sa ligne de tir, c'était son affaire.

Il pivota, forçant sur la barre. Les canons crachèrent le feu, dans un roulement de tonnerre. Le grand-mât de la *Bellone* tomba doucement, à angle droit, par-dessus le flanc, en entraînant toute la toile qu'il supportait. Quelques secondes plus tard, elle était dans le ressac. Jack aperçut le cuivre sous sa coque. Elle fut drossée vers le récif, par deux grosses lames, et s'échoua sur le flanc. Les vagues déferlèrent sur sa coque.

— Et voilà, monsieur. C'est ainsi que je l'ai envoyé sur les rochers devant Gijón. J'aurais voulu dépêcher quelques canots à marée basse pour le brûler. Mais les Espagnols m'ont fait comprendre qu'il se trouvait dans leurs eaux territoriales, et qu'ils pourraient s'opposer à une telle manœuvre. Ils ont toutefois ajouté qu'il était irrémédiablement crevé, la carène brisée.

L'antipathie de l'amiral Harte n'était pas feinte.

— Si je comprends bien, vous avez laissé partir ces précieux navires marchands qui se trouvaient à un jet de salive, pour courir derrière un infâme corsaire... Dont vous ne vous êtes pas emparé non plus, d'ailleurs.

— Je l'ai détruit, monsieur.

— Oh, sans doute. Nous connaissons tous ces histoires de navires drossés sur les récifs, irrémédiablement crevés, et caetera, et caetera... Et qui réapparaissent un mois plus tard, propres comme des sous neufs. C'est facile d'affirmer que vous l'avez jeté sur les récifs. N'importe qui peut en dire autant, mais personne n'en a tiré d'argent. Pas le moindre sou de cuivre. Non, non, tout ça vient de votre manière ridicule de vous servir de vos voiles. Si vous aviez seulement bordé vos perroquets, vous auriez disposé du temps nécessaire pour vous emparer des marchands, après quoi vous auriez pu poursuivre jusqu'en enfer le salopard que vous prétendez avoir détruit. Ces misaines à baleston, sauf par grand vent... Non, je ne vois vraiment pas.

— Sans elles, je n'aurais jamais pu tailler ma route contre le vent du convoi, monsieur. Et je puis vous assurer que le *Polychrest* étant ce qu'il est, une voilure plus importante n'aurait fait que le coller à la mer.

— Moins vous déployez de voiles, plus vous allez vite ? C'est ce que vous essayez de me faire comprendre ? (Harte jeta un coup d'œil vers son secrétaire, qui gloussa.) Non, non, et non ! Un amiral est supposé en savoir plus là-dessus qu'un simple commandant. Je ne veux plus entendre parler de vos gréements fantaisistes... Votre sloop est assez spécial, sans qu'il soit nécessaire de le transformer en un chapeau à cornes... La risée de la Flotte... Un navire qui se traîne à cinq nœuds parce que vous refusez de lui donner plus de toile. Et alors, qu'avez-vous à dire à propos de cette... galère hollandaise ?

— Je dois avouer qu'elle m'a échappé, monsieur.

— Et qui s'en est emparé le lendemain, avec sa cargaison d'or et d'ivoire ? L'*Amethyst*, bien entendu. Encore l'*Amethyst*, et vous n'étiez même pas en vue. Je n'en touche pas un seul shil... Je veux dire qu'il n'y a pas de partage. Seymour est l'heureux verni. Dix mille guinées, au bas mot. Vous me décevez profondément, capitaine Aubrey. Je vous offre une croisière dans un sloop tout neuf, et qu'en faites-vous ? Vous revenez les mains vides... Vous me le ramenez dans un état indescriptible... Il prend tellement l'eau qu'il faut pomper jour et nuit, la moitié des espars et des cordages détruits, plus cinq morts et sept blessés... Plus cette histoire à dormir debout, sur un petit corsaire que vous auriez précipité sur je ne sais quels récifs imaginaires. Et vous exigez à grands cris une remise en état ! Et ne me parlez pas de chevilles et de cordages recyclés ! (L'amiral fit un grand geste de la main.) On m'a déjà raconté tout cela. On m'a aussi raconté que vous aviez fait des histoires, à terre, avant mon arrivée. Je dois vous rappeler qu'un capitaine n'est pas autorisé à découcher de son navire sans permission.

— Vraiment, monsieur ? (Jack se pencha en avant.) Puis-je vous demander d'être plus précis ? Est-ce qu'on me reproche d'avoir découché de mon navire ?

— Ai-je dit que vous l'aviez fait ?

— Puis-je alors vous demander comment je dois comprendre votre remarque ?

— Ça n'a aucune importance. (Harte tripota son coupe-papier et ajouta, dans un irrépressible mouvement de hargne :) Mais je vous dirai ceci... Vos huniers déshonorent le service. Pourquoi ne pouvez-vous pas les serrer en masse ?

La malveillance était trop évidente pour faire mal. Les meilleures frégates, disposant d'un équipage complet et expérimenté, étaient capables de serrer leurs voiles en masse plutôt que par le fond, mais seulement à l'abri d'un port, ou alors pour une inspection à Spithead.

— Eh bien, dit Harte, qui savait parfaitement tout cela, je suis très déçu par votre attitude, je vous l'ai dit. Vous accompagnerez les convois de la Baltique, et le reste du temps ce sloop pourrait bien servir à faire des allées et venues dans la Manche. C'est beaucoup plus dans vos cordes. Le convoi de la Baltique doit être prêt d'ici quelques jours. Ah, oui. J'ai reçu de l'Amirauté une communication plutôt extraordinaire. Il faut remettre cette enveloppe scellée à votre médecin de bord, le nommé Maturin. On lui accorde une permission spéciale. En outre, on a dépêché un assistant qui le remplacera pendant son absence, et qui le secondera quand il sera prêt à reprendre son poste. J'espère que ça ne lui donnera pas l'idée de prendre des grands airs... Une enveloppe scellée ? Ça par exemple !

Chapitre dix

La chaise de poste roulait à belle allure à travers les downs du Sussex. Stephen Maturin et Diana Villiers, les vitres baissées, mangeaient du pain et du beurre, dans une ambiance des plus agréables.

— Vous avez vu votre mare de rosée, maintenant, dit-elle, très à l'aise. Comment la trouvez-vous ?

— Cela dépasse toutes mes espérances. Et vous savez que j'attendais cela avec une extrême impatience.

— Comme j'attends d'être à Brighton avec une extrême impatience. J'espère être aussi satisfaite que vous. Oh, mais je n'ai pas le droit de me plaindre, Maturin, n'est-ce pas ? Toute une semaine en congé du Pot de Thé ! Et même s'il pleuvait tout le temps, il y a le Pavillon... Oh, comme je suis impatiente de voir le Pavillon !

— Si l'amitié ne se fondait pas sur la franchise, je vous dirais : « Eh bien, Villiers, je suis sûr que ça vous plaira ! », en affectant d'ignorer que vous y étiez la semaine dernière.

— Qui vous l'a dit ? demanda-t-elle, le pain beurré posé en équilibre.

— Babbington était là, avec ses parents.

— Eh bien, je n'ai pas prétendu n'y être jamais allée... Ce n'était qu'une visite en passant... Je n'ai pas vu le Pavillon. C'est ce que je voulais dire. Ne soyez pas désagréable, Maturin. Tout au long de la route, nous avons été charmants. Il y a fait allusion en public ?

— Oui. Jack était très préoccupé. Il tient Brighton pour une ville très débauchée, pleine de séducteurs mâles et femelles... Pleine de tentations. Et il n'aime pas non plus le prince de Galles. Vous avez sur le menton une horrible tache de beurre.

— Pauvre Jack, dit Diana en s'essuyant le menton. Vous rappelez-vous... Oh, j'ai l'impression que c'est si ancien... Je vous disais que c'était tout juste un garçon monté en graine ? J'étais sévère. Je préférais une certaine maturité, un homme adulte. Mais comme je regrette toute cette bonne humeur, tous ces rires ! Où est passée sa gaieté ? Il est devenu d'un ennui... Il est devenu donneur de leçons, moralisateur... Vous ne pourriez pas lui dire d'être un peu moins casse-pieds, Maturin ? Vous, il vous écouterait.

— C'est impossible. Les hommes parlent peut-être moins franchement que vous ne croyez, sur de tels sujets. J'ai le regret de vous dire, en tout cas, que nous ne sommes plus en assez bons termes pour que je tente quoi que ce soit de ce genre... Pour autant que nous l'ayons jamais été... Certainement pas après le dîner de dimanche... Nous continuons à faire un peu de musique ensemble, de temps en temps, mais nous sommes rudement désaccordés...

— Le dîner n'était pas très réussi. J'avais pourtant apporté beaucoup de soin au pudding. Est-ce qu'il a dit quelque chose ?

— À mon intention ? Non. Mais il a proféré quelques remarques peu honorables sur les juifs en général.

— C'est donc pour cela qu'il était si maussade. Je vois...

— Bien sûr, que vous voyez. Vous n'êtes pas idiote, Villiers. Votre préférence était nettement marquée, ce soir-là.

— Oh non, non, Stephen ! C'était de la politesse, rien de plus. Canning était l'invité, alors que vous deux, vous êtes de vieux amis de la maison. Il était donc normal qu'il soit placé à côté de moi et que je m'occupe de lui. Oh, quel est cet oiseau ?

— C'est un traquet. Nous en avons vu deux ou trois cents depuis notre départ, et je vous ai dit leur nom deux... Non, trois fois.

Le postillon serra la bride des chevaux, se retourna et demanda si le monsieur aimerait voir une autre mare de rosée. Il y en avait une, à moins d'un furlong de là.

— Je n'y comprends rien, dit Stephen en remontant dans la chaise. La rosée, *per se*, est insignifiante. Et pourtant, ces mares sont pleines d'eau. Elles sont toujours pleines, la grenouille en atteste. Elle ne fraye pas dans vos mares incertaines, éphémères. Ses têtards ne viennent pas à maturité dans vos simples flaques. Et pourtant elles sont ici (Il lui montra une grenouille parfaite, de la taille de l'ongle de son petit doigt.) par centaines, après trois semaines de sécheresse !

— Elle est ravissante ! Laissez-la aller, je vous en prie, posez-la sur l'herbe ! Puis-je vous demander quelle est cette odeur si délicieuse, sans être grondée ?

— C'est le serpolet, dit Stephen d'un air absent. Du thym sauvage, écrasé par les roues de notre voiture.

— Ainsi, Aubrey est en route pour la mer Baltique, dit Diana après un silence. Il n'aura pas ce temps charmant. Je déteste le froid.

— La Baltique, le nord, oui c'est cela, dit Stephen en se ressaisissant. Seigneur, comme j'aurais aimé l'accompagner. L'eider, le phalarope, le narval ! Depuis ma première culotte, je rêve de voir un narval.

— Que deviennent vos patients en votre absence ?

— Oh, on m'a donné un assistant. Un aimable jeune homme, vif et bruyant, de bonne composition mais un peu idiot. Avec des oreilles scrofuleuses : une mauvaise habitude du corps. Ceux qui ne sont pas encore morts survivront !

— Et où allez-vous, maintenant ? Mon Dieu, Stephen, je m'occupe de ce qui ne me regarde pas ! Je suis aussi curieuse que ma tante Williams. J'espère ne pas avoir été indiscrète.

— Oh... (Stephen fut pris d'un désir soudain de lui dire qu'on allait le débarquer sur la côte espagnole à la nouvelle lune. Tentation classique chez l'agent secret dans sa solitude, mais qu'il n'avait jamais ressentie avec une telle acuité.) Oh, il me faut simplement régler une petite affaire de droit. Je dois aller à Londres, puis à Plymouth, et peut-être quelque temps en Irlande.

— À Londres ? Mais Brighton n'est pas du tout sur votre route... Quand vous m'avez offert de me conduire, je m'étais imaginée que vous aviez à faire à Portsmouth. Pourquoi avez-vous fait un tel détour ?

— Les mares de rosée, les traquets, le plaisir de rouler sur l'herbe.

— Vous êtes une brute et un entêté, Maturin, je vous jure, dit Diana. Je ne vous ferai plus de compliments.

— Non, mais en toute sobriété, j'aime me trouver à vos côtés dans une chaise de poste. Surtout quand vous êtes ainsi... Je voudrais que cette route ne finisse jamais.

Il y eut une pause. La chaise était remplie d'attente. Mais

il ne continua pas. Au bout d'un moment, elle eut un rire forcé.

— Bien joué, Maturin. Vous êtes un vrai courtisan. Mais je crains d'en voir déjà la fin. Voilà la mer, ce doit être Devil's Punchbowl. Vous allez vraiment me conduire à ma porte dans les règles de l'art ? Je pensais avoir besoin, à l'arrivée, de ma paire de patins... Je les ai apportés, ils sont dans ce petit panier à rabat. Je vous suis reconnaissante. Et vous aurez sûrement votre narval. Dites-moi, où trouve-t-on cela ? Chez le marchand de volailles, je suppose.

— Vous êtes trop bonne, ma chère. Me révélerez-vous l'adresse où vous descendez ?

— Chez Lady Jersey, sur la Parade.

— Chez Lady Jersey ?

C'était la maîtresse du prince de Galles. Une société que Canning fréquentait.

— C'est une cousine Villiers par alliance, vous savez, ajouta-t-elle, très vite. Et il n'y a rien de vrai dans ces articles de journaux vulgaires. Ils s'aiment bien, c'est tout. Et puis Mme Fitzherbert lui est dévouée.

— Ah ? J'ignore tout de ces choses. Voulez-vous que je vous raconte maintenant ce qui est arrivé au bras de ce pauvre Macdonald ?

— Oh oui, je vous en prie ! Depuis notre départ de Douvres, je voulais vous le demander.

Ils se séparèrent devant la porte de Lady Jersey, sans s'être rien dit de plus, au milieu des allées et venues des domestiques et des bagages. Tension, sourires artificiels.

— Un monsieur demande à voir Mlle Williams, dit le valet de l'amiral Haddock.

— Qui est-ce, Rowley ? demanda Sophia.

— Le monsieur n'a pas mentionné son nom, madame. Un officier de marine. Il a demandé mon maître, puis Mlle Williams, alors je l'ai introduit dans la bibliothèque.

— N'est-ce pas un aspirant, grand et de belle allure ? demanda Cecilia. Vous êtes sûr qu'il ne m'a pas demandée ?

— C'est un commandant ? demanda Sophia. Elle lâcha ses roses.

— Le monsieur porte une cape, madame. Je n'ai pas pu voir son grade. Il pourrait être commandant... Mais ce n'est pas un aspirant, oh non, mon Dieu. Il est venu dans une chaise tirée par quatre chevaux.

De la bibliothèque, Stephen vit Sophia traverser la pelouse en courant. Elle tenait sa jupe, et semait des pétales de roses. Elle monta trois par trois les marches qui menaient à la terrasse. « Une biche n'aurait pas franchi ces marches avec plus de grâce », se dit-il. Elle se figea, et ferma les yeux une seconde, quand elle comprit que le monsieur qui attendait dans la bibliothèque était le docteur Maturin. Mais elle ouvrit la porte avec à peine une hésitation, et s'écria :

— Quelle délicieuse surprise ! Comme c'est gentil de nous rendre visite ! Vous êtes à Plymouth ? Je pensais que vous aviez reçu l'ordre de partir dans la Baltique.

— Le *Polychrest* se trouve dans la Baltique, dit-il, en l'embrassant chaleureusement. Je suis en permission spéciale. (Il la fit pivoter vers la lumière.) Vous avez bonne mine... Très bonne mine... Un teint d'un très joli rose !

— Mon cher, très cher Maturin, ce n'est vraiment pas une façon de saluer les jeunes femmes. Pas en Angleterre. Bien sûr, que je suis rose... Écarlate, même, sans doute. Mais... vous m'avez embrassée !

— C'est vrai, ma chère ? Eh bien, il n'y a pas de mal à cela. Prenez-vous votre porter ?

— Le plus religieusement du monde, dans une chope d'argent. J'aime presque cela, maintenant. Que puis-je vous offrir ? L'amiral prend toujours son grog vers cette heure-ci. Vous restez quelque temps à Plymouth ? Je souhaite vraiment que vous restiez.

— Vous me feriez un immense plaisir en me servant une tasse de café. Je loge à l'Exeter, où l'on m'a donné le plus infect des brouets... Non, je suis sur le départ. Je lève l'ancre à la prochaine marée... Mais je ne voulais pas passer ici sans vous présenter mes respects. Je suis sur la route depuis vendredi, et je considère comme un fort agréable répit de m'asseoir une demi-heure en compagnie de mes amis...

— Depuis vendredi ? Mais alors, vous ne connaissez pas les bonnes nouvelles ?

— Pas un mot, je le crains.

— Le Fonds patriotique a remis au capitaine Aubrey une épée de cent guinées, et les négociants lui ont offert un plat d'argent, pour la destruction de la *Bellone*. Excellentes nouvelles, n'est-ce pas ? Mais il n'en mérite pas moins, je suis sûre... En fait, il mérite beaucoup plus que cela. Croyez-vous qu'il sera promu ?

— Pour une lettre de marque, un corsaire ? Non. Et il

ne compte pas dessus. La promotion, ces temps-ci, est une denrée rare. Il n'y a pas assez de navires. Le vieux Jarvie ne les a pas fait construire, mais il a nommé des capitaines. On a donc des troupeaux d'officiers sans emploi. Des masses de commandants de bord sans poste.

— Personne ne le mérite autant que le capitaine Aubrey, dit Sophia en écartant d'un geste la Liste d'active. Mais vous ne m'avez pas dit comment il se porte.

— Pas plus que vous ne m'avez demandé des nouvelles de votre cousine Diana.

— Oh, j'ai honte. Je vous demande pardon. J'espère qu'elle se porte bien.

— Très bien. En excellente forme. Nous avons voyagé ensemble, il y a quelques jours, de Douvres à Brighton. Elle va passer une semaine avec Lady Jersey.

Il était évident que Sophia n'avait jamais entendu parler de Lady Jersey.

— Oh, dit-elle, j'en suis ravie. Il n'est pas de meilleure compagnie que Diana lorsqu'elle est... (Elle hésita à dire : « de bonne composition ») lorsqu'elle est en forme.

— Quant à Jack, j'ai le regret de vous dire que je ne puis le féliciter pour sa grande forme. Il est très malheureux, en fait. Son navire est minable. Son amiral est une lavette. Il a autant de problèmes au large que sur la terre ferme. Et je vous le dis brutalement, ma chère, il est aussi jaloux de moi que je le suis à son égard. J'ai plus d'affection pour lui que pour n'importe quel homme, mais il m'est souvent arrivé, ces derniers mois, de me demander si nous pouvions rester sur le même navire sans nous battre. Je ne lui apporte plus le moindre réconfort, mais un motif permanent d'irritation et une contrainte... Notre amitié est devenue une gêne. Et les tensions, refoulées jour après jour sur un petit navire, sont terribles... Mots à double sens, risques de malentendus, obligation de surveiller ce qu'on dit, et même ce qu'on chante. Cela ne va pas trop mal lorsque nous sommes au bout de l'océan. Mais avec ce service dans la Manche, ces allées et venues dans les Downs... Non, ça ne peut pas durer.

— Connaît-il vos sentiments pour Diana ? Sûrement pas. À son meilleur ami, c'est certain, il ne ferait pas... Il vous aime beaucoup.

— Oh, pour cela... Oui, je crois, à sa manière. Et je crois que s'il n'y avait pas été entraîné par une série de quiproquos malheureux, il n'aurait jamais « croisé mes chaînes », comme il dit. Quant à la nature de mes sentiments, il semble qu'il ne la connaisse pas. En tout cas pas clairement, pas au premier plan de sa conscience. Jack n'est pas très vif, pour ces questions-là. Il n'a pas une pensée analytique, sauf à bord d'un navire au combat. Mais la lumière fait une percée, de temps en temps.

Ils furent interrompus par l'apparition du café. Ils restèrent silencieux, chacun se réfugiant dans ses pensées.

— Vous savez, ma chère, dit Stephen en tournant sa cuiller, lorsqu'il est question des femmes, l'homme est très vulnérable face à l'attaque directe. Je ne parle pas d'un défi que son honneur l'engage à relever, mais d'une simple déclaration.

— Je ne pourrais pas... Non, c'est impossible... Je ne pourrais jamais lui écrire à nouveau.

— Non. Mais supposons que le *Polychrest* doive relâcher ici, par exemple (et il est fort probable que cela arrive dans le courant de l'été). Vous pourriez parfaitement lui demander — ou l'amiral pourrait le faire — qu'il vous conduise dans les Downs, vous et votre sœur. Rien d'extraordinaire à cela... Et pas de plus belle occasion d'aboutir à une compréhension réciproque.

— Je ne pourrais jamais faire cela. Cher docteur Maturin, pensez comme ce serait présomptueux, arrogant... Sans parler du risque d'essuyer un refus. J'en mourrais !

— Si vous l'aviez vu lorsqu'il parlait de votre bonté, le jour où il a reçu vos paniers garnis, vous ne craindriez pas son refus. Il en avait les larmes aux yeux.

— Oui, vous me l'avez écrit dans votre aimable lettre. Mais vraiment, c'est impossible... Je ne veux même pas y penser. Un homme pourrait faire cela. Pour une femme, c'est tout à fait impossible.

— La franchise ne manque pas d'attraits.

— Oh oui, oui ! Bien sûr ! Tout serait tellement plus simple si l'on disait ce que l'on pense, ou ce que l'on ressent. (Après un silence, elle reprit timidement :) Puis-je vous dire quelque chose, au risque de paraître incorrecte ou de me tromper ?

— Venant de vous, ma chère, je le prendrai très amicalement.

— Et si vous, vous étiez franc avec Diana ? Si vous la demandiez en mariage, est-ce que nous ne pourrions pas être tous parfaitement heureux ? Ça ne tient qu'à cela, et c'est ce qu'elle attend.

— Moi ? La demander en mariage ? Mais ma chère

Sophie, vous savez bien quel drôle de parti je ferais. Un petit bonhomme laid, sans nom ni fortune. Et vous connaissez son orgueil, son ambition, et ses relations.

— Vous êtes trop sévère avec vous-même. Beaucoup, beaucoup trop. Vous êtes beaucoup trop modeste. À votre manière, vous présentez aussi bien que le capitaine Aubrey. Tout le monde est de cet avis. En outre, vous possédez un château.

— Un château en Espagne n'est pas un château dans le Kent, ma chère amie. Le mien est presque totalement en ruines... La bergerie est la seule partie pourvue d'un toit. Et la plupart des terres sont de la montagne toute simple. Même en temps de paix, elles me rapportent à peine deux ou trois cents livres anglaises par an.

— Mais c'est bien assez pour vivre ! Si elle vous aime, juste un peu — et je vois mal comment une femme ne vous aimerait pas un peu —, elle sera ravie de votre proposition.

— Votre douce partialité vous aveugle, ma chère. Quant à l'amour... Amour, ce mot aussi joli que dépourvu de signification... Quel que soit le sens que vous lui donnez, je ne pense pas qu'elle sache ce que c'est, comme vous-même me l'avez fait remarquer jadis. L'affection, la gentillesse, l'amitié, parfois l'amabilité, oui. Au-delà, rien. Non. Je dois attendre. Cela viendra peut-être. En tout cas, je me contenterai d'être un *pis-aller*. Moi aussi, je sais attendre. Je ne peux pas prendre le risque d'un refus direct... Peut-être même un refus méprisant.

— Qu'est-ce qu'un *pis-aller* ?

— Ce qu'on accepte faute de mieux. C'est mon seul espoir.

— Vous êtes trop modeste. Oh, si... Je suis sûre que vous vous trompez. Croyez-moi, Stephen. Je suis une femme, après tout.

— En outre, je suis catholique, vous savez. Un papiste.

— Qu'est-ce que cela peut faire, surtout à Diana ? Après tout, les Howard sont catholiques... Mme Fitzherbert est catholique.

— Mme Fitzherbert ? C'est curieux que vous en parliez... Je dois m'en aller, ma chère. Merci pour vos tendres attentions à mon égard. Puis-je vous écrire encore ? Mes lettres ne vous ont pas valu de remarques désagréables ?

— Non. Je n'en ai parlé à personne.

— Mais pas avant un mois. Peut-être pourrai-je passer

par Mapes. Comment va votre maman ? Et vos sœurs ? Puis-je vous demander des nouvelles de M. Bowles ?

— Elles vont très bien, je vous remercie. Quant à lui, dit-elle le regard brillant, la tempête menaçant sous le gris calme, je l'ai remis à sa place. Il devenait impertinent. « Se pourrait-il que vos affections soient engagées ailleurs ? » a-t-il osé me demander. — « Oui, monsieur, c'est cela ! » — « Sans le consentement de votre mère ? » Je lui ai demandé de quitter la pièce sur-le-champ. C'est la chose la plus effrontée que j'aie vue de ma vie.

— Sophie, je suis votre humble serviteur, dit Stephen en se levant. Vous transmettrez mes compliments à l'amiral.

— Trop humble, oh, beaucoup trop humble, dit Sophie en lui tendant sa joue.

Marées, marées. La baie de Cork, le canot qui attendait sous la lune, la grande mule qui marchait vivement dans les montagnes dénudées et torrides, palpitant au soleil, les palmiers nains, Señor don Esteban Maturin y Domanova qui baisait les pieds du très révérend Père supérieur de Montserrat et sollicitait l'honneur d'une audience. La route blanche tortueuse, interminable, les paysages inhumains de l'Aragon, le soleil cruel et l'épuisement, la poussière, l'épuisement mental aussi, et le doute. L'indépendance est-elle autre chose qu'un mot ? Quelle est l'importance des formes de gouvernement ? La liberté, pour quoi faire ? Le dégoût, si fort qu'il dut se pencher en avant, à peine capable de se maintenir en selle. Une averse sur le Maladeta et, partout, l'odeur du thym. Les aigles tournoyant sous les nuages porteurs d'orages, s'élevant, s'élevant toujours plus. « J'ai l'esprit trop confus pour autre chose que l'action directe, se dit-il. La fuite camouflée en mouvement vers l'avant. »

La plage isolée, les signaux des lanternes au large, la mer infinie. Et l'Irlande à nouveau, avec tant de souvenirs à chaque tournant. « Si je pouvais me débarrasser d'une partie du fardeau de la mémoire, dit Stephen en s'adressant à son second verre de laudanum, je me porterais beaucoup mieux. À votre santé, Villiers, ma chère. » La malle de Holyhead, deux cent soixante-dix miles de cahots et de raffut, tombant de sommeil, s'éveillant dans un autre pays. La pluie, la pluie, la pluie. Des voix dans la nuit : du gallois. Londres. Présenter son rapport, essayer de démêler l'écheveau de l'altruisme, de la sottise, du simple enthousiasme, de l'égoïsme, du goût pour la violence et du ressentiment personnel. Essayer aussi de formuler une réponse simple (mais impossible) à la question : « L'Espagne va-t-elle s'allier à la France contre nous, et si oui, quand le fera-t-elle ? » Puis il se retrouva une fois de plus à Deal, assis solitairement dans le confort douillet de La Rose et la Couronne. Il observait la navigation dans les Downs, un pot de thé devant lui. Il voyait toute cette scène familière avec un détachement bizarre. Il connaissait parfaitement chacun des uniformes qu'il voyait passer devant son bow-window, mais c'était comme s'ils appartenaient à un autre monde, un monde situé à quelques années-lumière, et comme si leurs occupants — qui marchaient, riaient, bavardaient là-bas, de l'autre côté du carreau — étaient muets, dépourvus de couleur et de véritable substance.

Mais le bon thé (le meilleur des cholagogues), le muffin, le fauteuil, le confort et la détente après ces semaines et ces mois de course épuisante et de déplacements incessants — tension, danger et soupçon — lui firent retrouver peu à peu sa place dans le tableau, le réinstallèrent dans cet univers dont il était un acteur à part entière. On l'avait beaucoup embrassé, à l'Amirauté. Un vieux monsieur très civil, très fin et très intelligent qui venait du Foreign Office avait dit les choses les plus obligeantes. Et Lord Melville avait mentionné à plusieurs reprises leur gratitude, leur désir de le récompenser et de lui prouver leur estime de manière appropriée. Toute demande d'affectation, tout vœu exprimé par le docteur Maturin serait examiné de la manière la plus pressante et la plus favorable. Il se remémorait la scène en sirotant son thé avec de petits bruits satisfaits, lorsqu'il aperçut Heneage Dundas. Celui-ci s'arrêta sur le trottoir juste en face, s'abrita les yeux de la main et regarda par la vitre, comme s'il cherchait quelqu'un. Le bout de son nez toucha le carreau, et s'aplatit pour former un disque pâle. « On dirait le pied d'un gastéropode », se dit Stephen. Après avoir observé pendant quelques secondes l'interruption de la circulation sanguine, il attira l'attention de Dundas, lui fit signe d'approcher et lui offrit une tasse de thé et un morceau de muffin.

— Je ne vous ai pas vu depuis des mois, dit Dundas, d'un ton très amical. J'ai demandé plusieurs fois de vos nouvelles, quand le *Polychrest* était là. On m'a dit que vous étiez en permission. Comme vous êtes bronzé ! Où étiez-vous donc ?

— En Irlande... D'ennuyeuses affaires de famille.

— En Irlande ? Vous m'étonnez. À chaque fois que je suis allé en Irlande, il pleuvait ! Si vous ne m'aviez rien dit, j'aurais parié que vous étiez allé en Méditerranée, ah, ah, ah ! Eh bien, j'ai demandé plusieurs fois de vos nouvelles. J'avais quelque chose à vous dire. Excellent, ce muffin, hein ? Ce que je préfère, avec mon thé, c'est bien un morceau de muffin bien tourné.

Après ce début prometteur, Dundas redevint étrangement muet. Il était évident qu'il avait quelque chose d'important à lui dire, mais qu'il ne savait pas comment le formuler élégamment. Ou peut-être qu'il ne savait pas comment le dire, tout simplement. Voulait-il lui emprunter de l'argent ? Quelque maladie le travaillait ?

— Vous aimez bien Jack Aubrey, docteur Maturin, n'est-ce pas ?

— J'ai beaucoup d'affection pour lui, certainement.

— Moi de même. Moi de même. Nous étions camarades de bord bien avant d'être aspirants... Nous avons servi ensemble dans une demi-douzaine de commissions. Mais il ne m'écoute pas, vous savez. Il ne me prête pas attention. J'ai toujours été son cadet, ce qui a son importance, bien sûr. En outre, il est des choses que vous ne pouvez pas dire à un homme. Voici ce que je voulais vous dire : pourriez-vous simplement lui suggérer qu'il est... Peut-être pas en train de ruiner sa carrière, mais... qu'il navigue bien près du vent ? Il néglige ses convois... Il y a eu des plaintes. Il fait escale dans les Downs, même lorsque le temps ne le justifie pas. Les gens savent pourquoi. Et cela ne plaît pas. Pas à Whitehall.

— Traîner dans les ports n'est pas une pratique si rare, dans la Navy.

— Je vois ce que vous voulez dire. Mais c'est bon pour les amiraux qui ont derrière eux un titre de noblesse et quelques batailles de la Flotte. Pas pour les simples capitaines. Cela ne pourra pas durer, Maturin. Je vous supplie de le lui dire.

— Je ferai mon possible. Dieu sait à quoi ça servira. Je vous remercie pour cette marque de confiance, Dundas.

— Le *Polychrest* essaie de quitter South Foreland, maintenant. Je l'ai aperçu depuis le *Goliath*. Il venait de manquer son changement d'amures et devait encore virer lof pour lof. Il s'est dérouté, pour épier les canonnières françaises à Étaples. Il devrait y parvenir quand le vent de mer lèvera.

Mais, bon Dieu, quelle dérive ! Ce navire ne devrait pas être autorisé à naviguer !

— Je vais prendre un canot et le rejoindre, dit Stephen. Je suis impatient de retrouver mes camarades de bord.

Ils le reçurent fort aimablement. Mais ils étaient très occupés, anxieux et débordés de travail. Les deux quarts étaient sur le pont pour amarrer le *Polychrest* et Stephen comprit en les observant à la tâche que l'ambiance ne s'était pas améliorée. Loin de là. Il était capable, désormais, de voir la différence entre un équipage bien disposé et une troupe d'hommes opiniâtres, maussades, qui avaient besoin d'être tenus. Jack était dans sa cabine, où il rédigeait son rapport. Parker était responsable du pont. Cet homme était-il devenu fou ? C'était un flot ininterrompu d'ordres aboyés, de menaces et d'insultes, agrémentés de coups de pieds et de poings. Beaucoup plus véhément que lorsque Stephen avait quitté le navire. N'y avait-il pas un soupçon d'hystérie ? Le remplaçant de Macdonald n'avait pas grand-chose à envier à Parker pour les vociférations. C'était un jeune homme robuste, au teint clair et aux lèvres pâles. Son autorité ne s'exerçait que sur ses fusiliers, mais il compensait cela par son activité : il gesticulait en tous sens avec sa badine, comme un diable à ressort.

En bas, l'impression de Stephen se trouva encore renforcée. M. Thompson, son assistant, n'était peut-être ni très malin ni très talentueux — il avait tenté de pratiquer la lithotomie comme le suggérait Cheseldon (inciser la vessie pour en sortir les pierres) et le résultat dégageait une puanteur de gangrène —, mais il n'était pas du genre brutal ou cruel. Quand ils firent le tour des patients, pourtant, il ne vit aucun sourire. Des réponses correctes, mais aucun échange, rien qui ressemblât à un regard amical — sauf de la part d'un ancien de la *Sophie*, un Polonais nommé Jackruckie que sa hernie tracassait à nouveau. Mais même son jargon bizarre (il parlait très mal l'anglais) semblait inquiet, exagéré et timide. Dans le lit voisin gisait un homme à la tête bandée. Résidus syphilitiques, séquelles d'une ancienne fracture et dépression, simulation ? Pour justifier son diagnostic, Thompson pointa un doigt sur le crâne de l'homme, qui se protégea d'un brusque geste du bras.

Quand Stephen eut achevé sa ronde et rejoint sa cabine, le *Polychrest* était enfin sur amarres. Jack était parti faire son rapport, et un peu de détente et de paix semblait s'être installé sur le navire. On n'entendait plus que le grincement régulier des pompes, et les aboiements (presque inaudibles, maintenant) du premier lieutenant qui faisait serrer en masse les voiles d'avant et les huniers, assez impeccablement pour soutenir une inspection royale.

Il se rendit au carré, désert à l'exception de l'officier des fusiliers. Il était vautré sur deux sièges, les pieds sur la table. Il tendit le cou et s'exclama :

— Hé, vous devez être le charcutier, vous êtes donc de retour ! Je suis heureux de vous voir. Je m'appelle Smithers. Pardonnez-moi de ne point me lever. Les manœuvres d'amarrage m'ont épuisé.

— J'ai remarqué combien vous vous dépensiez.

— Je suis assez énergique, c'est vrai. J'aime que mes hommes sachent à qui et à quoi ils ont affaire, et j'aime qu'ils soient prompts à la manœuvre... Sinon c'est moi qui suis prompt... vous voyez ce que je veux dire, ah ah ah ! On m'a dit que vous étiez très fort au violoncelle. Nous devrions nous mesurer, un de ces soirs. Je joue de la flûte allemande.

— Je suis sûr que vous êtes un virtuose.

— Assez énergique, je l'avoue. Je n'aime pas me vanter, mais je crois bien que j'étais le meilleur à Eton, de mon temps. Si je décidais d'en faire ma profession, j'en tirerais le double de ce qu'on me donne pour me battre contre les ennemis de Sa Majesté. Je ne veux pas dire que l'étain ait de l'importance *pour moi*, bien sûr... Ce navire est d'un ennui mortel, vous ne trouvez pas ? Personne à qui parler. Rien que du whist à deux sous, assurer les missions de convoyage et chercher les allèges françaises. Que diriez-vous d'une partie de cartes ?

— Savez-vous si le capitaine est de retour ?

— Non. Il ne reviendra pas avant des heures. Vous avez le temps. Venez faire une partie de piquet.

— Je joue très peu.

— Vous n'avez rien à craindre. Il va remonter à Douvres contre la marée. Il dispose d'un succulent morceau de fille, là-bas... Il ne sera pas là avant des heures. Un morceau succulent, bon Dieu ! J'aimerais y goûter aussi. S'il n'était pas mon capitaine, j'essaierais bien de lui couper la route. Merveilleux, ce que peut faire une veste rouge, croyez-moi ! Mais je pourrais essayer... La semaine dernière, elle a invité tous les officiers, et elle me regardait...

— Vous ne parlez pas de Mme Villiers, monsieur ?

— Une jeune veuve, très jolie... Oui, c'est cela. Vous la connaissez ?

— Oui, monsieur. Et je trouverais fort regrettable qu'on lui manque de respect.

— Oh, vous êtes de ses amis ! s'exclama Smithers avec un regard en coin. C'est différent. Je n'ai rien dit. Bouche cousue. Alors, cette partie de cartes ?

— Vous jouez bien ?

— Je suis né avec un jeu de cartes dans la main.

— Je dois vous prévenir que je ne joue pas pour des clous. Cela m'ennuie.

— Oh, je ne crains rien. J'ai joué chez White... J'ai joué chez Almack avec mon ami Lord Craven, jusqu'au petit jour ! Que dites-vous de cela ?

L'un après l'autre, les officiers descendirent, et les regardèrent jouer. Ils restèrent silencieux jusqu'à la fin de la sixième partie, lorsque Stephen posa un point de huit, puis une quarte majeure. Pullings, qui était assis derrière lui — l'estomac crispé au point d'avoir mal, tant il souhaitait le voir gagner —, éclata de rire :

— Ah, ah, ah ! En vous attaquant au docteur, vous avez tiré le mauvais numéro !

— Vous ne pouvez pas rester tranquilles lorsque des messieurs jouent aux cartes ! Et la fumée de cette pipe puante, dans le carré... On se croirait dans l'une de ces tavernes vulgaires ! Comment voulez-vous qu'on se concentre dans ce tapage ? Vous m'avez fait perdre la marque. Que dites-vous, docteur ?

— Avec repic et capot, cela fera cent trente. Et comme je crois bien que vous êtes au-dessous de cent, je dois ajouter votre score au mien.

— Je suppose que vous accepterez ma dette ?

— Nous avions décidé de jouer au comptant, vous vous rappelez ?

— Je dois aller chercher l'argent. Cela me laissera sans un sou. Mais vous me devez une revanche.

— Le capitaine embarque, messieurs ! vint leur dire un quartier-maître (qui réapparut un instant plus tard :) Il monte à bâbord, messieurs.

Ils se détendirent. Le capitaine rentrait sans cérémonie.

— Je dois vous quitter, dit Stephen. Merci pour la partie de cartes.

— Mais vous ne pouvez pas vous en aller après avoir empoché tout cet argent ! cria Smithers.

— Au contraire ! C'est le moment idéal pour quitter la table.

— Eh bien ! ce n'est pas très sportif. Je n'en dirai pas plus. Ce n'est pas très sportif.

— Non ? Eh bien, quand votre or sera sur la table, je vous propose une coupe à quitte ou double. Mais *sans revanche*, hein ?

Smithers revint avec deux rouleaux de guinées, et le fragment d'un troisième.

— Ce n'est pas pour l'argent, dit-il. Mais pour le principe.

— Les as en haut, dit Stephen en regardant sa montre avec impatience. Coupez, je vous prie.

Un petit cœur. Un valet de carreau.

— Cette fois, il vous faudra bien accepter ma dette pour le reste ! dit Smithers.

— Jack, dit Stephen. Puis-je entrer ?

— Entrez, entrez, mon cher ami, entrez ! (Jack sauta sur ses pieds et l'accompagna jusqu'à un siège.) Je vous ai à peine vu... Comme c'est agréable ! Je ne sais comment vous dire à quel point le navire était morne, sans vous. Comme vous êtes bronzé !

Malgré un mouvement de recul instinctif lorsqu'il saisit le parfum qui flottait autour de la veste de Jack — jamais on n'avait fait de cadeau aussi déplacé —, Stephen ne pouvait résister à son affection pour son ami. Mais son visage ne montra qu'une curiosité sévère et professionnelle.

— Que diable faites-vous de votre corps, Jack ? Vous êtes maigre, gris... Constipé, sans doute. Vous avez encore perdu une bonne dizaine de kilos, j'en jurerais. Et sous les yeux, vous avez la peau d'un jaune parfaitement déplaisant. Est-ce que votre blessure vous tarabuste encore ? Ôtez votre chemise, je vous prie. Je n'ai jamais été certain d'en avoir extrait tout le plomb. J'ai toujours eu l'impression que ma sonde grinçait sur quelque chose.

— Non, non. C'est parfaitement cicatrisé. Je me porte très bien. C'est seulement que... Je ne dors pas. La nuit, je me tourne en tous sens, j'ai du mal à m'endormir, je fais des mauvais rêves, et je m'éveille au milieu du quart d'après-minuit... Je ne me rendors plus, et je suis abruti toute la journée. Et d'une humeur exécrable, Stephen. Je me suspends aux guinderesses pour un rien, et je le regrette amèrement. C'est mon foie, vous ne croyez pas ? Hier... non, avant-hier, j'ai eu une diable de mauvaise surprise. Je me rasais, la tête ailleurs. Et Killick avait accroché le miroir au dos d'un hublot, au lieu de l'endroit habituel. J'ai croisé mon propre regard, et j'ai cru un instant qu'un étranger m'observait de l'extérieur. Quand j'ai compris ce qui se passait, je me suis demandé : où diable ai-je attrapé cette gueule de caporal atrabilaire ? Et je me suis juré de ne plus jamais ressembler à cela... Cela me rappelait trop ce pauvre Pigot, de l'*Hermione*. Et ce matin, il était encore là, à me reluquer de l'autre côté du miroir. Voilà bien une raison supplémentaire de me réjouir de vous voir, docteur ! Vous me donnerez un de vos remèdes de cheval à triple action, pour me faire retrouver le sommeil. C'est infernal, vous savez, de ne pas dormir. Pas étonnant qu'on ait l'air d'un caporal ! Et ces rêves... Est-ce que vous rêvez, Stephen ?

— Non.

— Je m'en doutais. Vous avez une grosse tête... Mais j'en ai fait un, il y a quelques jours... Il y avait votre narval. Et Sophie y était mêlée... Cela semble insensé, mais mon rêve était si triste que je me suis éveillé en chialant comme un môme. Le voici, au fait. Il tendit le bras en arrière, et lui passa une spirale d'ivoire effilée.

Le regard de Stephen s'éclaira. Il s'en saisit et le retourna lentement entre ses mains.

— Oh, merci, merci, Jack ! s'écria-t-il ! Il est parfait ! Le summum de la dentition !

— Il y en avait de plus longues que cela, de plus d'une brasse, mais il leur manquait l'extrémité, et je pensais que vous aimeriez en voir le bout, ah, ah, ah ! ! !

C'était encore une saillie de son vieil ego ridicule. Il gloussa et ahana pendant plusieurs minutes, ses yeux bleus aussi clairs et enjoués qu'autrefois : une folle jubilation pour un minuscule grain d'humour.

— C'est un phénomène absolument prodigieux, dit Stephen en le caressant. Combien vous dois-je, Jack ?

Il mit la main à sa poche, en tira un mouchoir qu'il posa sur la table, puis une poignée d'or, et une autre, et chercha à rassembler les pièces éparses, en remarquant qu'il était idiot de les porter en vrac. Il valait mieux en faire un paquet.

— Bon Dieu, dit Jack en écarquillant les yeux. Mais qu'avez-vous fait ? Vous vous êtes emparé d'un galion ? De ma vie, je n'ai jamais vu autant d'argent.

— J'ai dépouillé un jeune prétentieux qui m'ennuyait. Le muscadin, le poseur en veste rouge. Le *homard*, si vous voulez...

— Smithers. Mais cela relève du tripot, Stephen, ce n'est plus un simple jeu de société.

— Oui. Il avait l'air ennuyé de perdre. Il en avait des sueurs froides. Il affiche pourtant tous les signes de la fortune... Toute l'arrogance coléreuse qui s'y attache, en tout cas.

— Il a des revenus personnels, je le sais. Mais vous devez l'avoir plumé... Il y a là plus d'une année de solde !

— C'est d'autant mieux. Je voulais le piquer au vif.

— Je dois vous demander de ne plus faire cela, Stephen. C'est un chiot mal élevé, je vous l'accorde, et je m'étonne que les fusiliers l'aient engagé, eux qui sont si maniaques. Mais les choses vont assez mal sur ce navire, sans lui ajouter une réputation de tripot. Et si vous lui rendiez son argent ?

— Il n'en est pas question. Mais puisque vous le souhaitez, je ne jouerai plus jamais avec lui. Maintenant, mon cher, dites-moi combien je vous dois.

— Oh rien, rien du tout. Faites-moi le plaisir de considérer ceci comme un cadeau. Je vous en prie. C'était très peu, et c'est la prise qui a payé !

— Vous avez fait une prise ?

— Oui. Une seule. L'occasion ne s'est pas représentée... Maintenant qu'il est connu, on repère le *Polychrest* dès que sa coque apparaît au-dessus de l'horizon. Il est dommage que vous n'ayez pas été des nôtres. Mais le montant n'était pas très élevé. Comme j'étais sans le sou, j'ai cédé ma part à Parker pour soixante-quinze livres, et il n'en a pas tiré grand-chose. C'était une grosse chaloupe hollandaise, qui se traînait le long du Dogger avec une cargaison de madriers. Et nous nous traînions un petit peu moins lentement que lui. La prise était négligeable — avec la *Sophie*, nous l'aurions laissée partir —, mais je pensais que je devais donner aux hommes leur baptême du sang. Cela n'a pas changé grand-chose. Le navire va assez mal. Et Harte me mène la vie dure.

— Voulez-vous me montrer votre épée honorifique, et le plat d'argent que vous ont offert les marchands ? J'ai rendu visite à Sophie, c'est elle qui m'en a parlé.

— Sophie ? s'écria Jack, comme s'il venait de recevoir un coup de pied. Oh ! Oh oui, bien sûr. Vous lui avez rendu visite. (La tentative de le détourner vers des pensées plus heureuses était un fiasco. Quelques instants plus tard, il reprit :) Je suis désolé, mais ces objets ne sont pas ici. Je me suis trouvé à court, une fois de plus. Pour le moment, ils sont à Douvres.

— Douvres ?

Stephen réfléchit, en jouant machinalement avec la dent du narval.

Douvres... Écoutez, Jack. Vous prenez des risques insensés en descendant si souvent à terre. Surtout à Douvres.

— Surtout à Douvres ? Pourquoi donc ?

— Parce que nul n'ignore que vous y allez fréquemment. Tous vos amis le savent, alors pourquoi pas vos ennemis ? Whitehall est au courant. Vos créanciers, à Mincing Lane, doivent l'être aussi. Ne prenez pas cet air buté, Jack, et laissez-moi vous dire trois choses. Mon amitié pour vous m'y oblige. Primo, vous finirez par être arrêté pour dettes si vous continuez à vous rendre à terre. Secundo, le bruit se répand dans le service que vous vous cramponnez à cette station. Vous savez mieux que moi combien cela pourrait nuire à votre carrière. Non ! Laissez-moi finir ! Tertio, n'avez-vous jamais pensé que vos attentions ouvertes à l'égard de Diana Villiers pouvaient l'exposer dangereusement, vu les circonstances ?

— Diana Villiers s'est-elle placée sous votre protection ? Vous a-t-elle requis pour me faire part de cela ?

— Non, monsieur.

— Je ne vois donc pas ce qui vous autorise à me parler de la sorte.

— Bien sûr, Jack. Écoutez, mon cher, n'ai-je point tous les droits au nom de notre amitié ? Je ne parlerai pas de devoir, car cela aurait l'air d'un cliché.

— Un ami qui aimerait avoir le champ libre, peut-être... Je ne suis peut-être pas bien malin, je ne suis pas un foutu Machiavel, mais je sais reconnaître une *ruse de guerre* quand j'en vois une. Pendant très longtemps, je ne savais que penser de vos relations avec Diana Villiers... C'était une chose, puis une autre — vous êtes un fieffé renard — et retour à la ligne de départ. Mais je comprends maintenant les raisons de ces changements, de ces absences (« Madame n'est pas à la maison ! »), du traitement inique qu'on m'a réservé et de tout ce vacarme autour du génial et amusant Stephen Maturin, qui comprend les gens et ne fait jamais de sermons... Et moi, je ne serais qu'un imbécile et un lourdaud qui ne comprend rien à rien. Le moment est venu d'avoir une explication claire à propos de Diana Villiers, pour savoir enfin où nous en sommes.

— Je n'ai pas besoin d'explications. Elles ne servent à rien, surtout pour ce genre de situation où il est question, disons, de *sexe*... Le bon sens s'envole par la fenêtre, et il entraîne la franchise avec lui. Même lorsque la passion n'est pas impliquée, de toute façon le langage est si imparfait que...

— N'importe quel lâche bâtard peut fuir un problème en s'abritant sous un torrent de mots...

— Vous en avez dit assez, monsieur, dit Stephen en se levant. Vous êtes allé trop loin. Vous devez vous rétracter.

— Je ne retire pas un mot, cria Jack, très pâle. Et j'ajouterai ceci : un homme qui rentre de permission avec le teint aussi sombre qu'un juif de Gibraltar et qui prétend qu'il a eu un temps délicat en Irlande ne peut être qu'un menteur. Je m'en tiendrai là, et j'ai parfaitement l'intention de vous en rendre compte, de la manière que vous penserez être la meilleure.

— Il est étonnant, dit Stephen à voix basse, que nos relations se soient fondées sur un défi, et qu'elles s'achèvent sur un autre...

Ils se trouvaient dans la petite salle de La Rose et la Couronne.

— Vous êtes très aimable d'être venu si vite, Dundas. J'ai le regret de vous demander d'être mon témoin. J'ai voulu suivre votre excellente suggestion, mais je m'y suis mal pris... J'ai échoué. J'aurais dû voir qu'il se trouvait sous l'empire d'une passion malheureuse. Mais j'ai insisté fort maladroitement, et il m'a traité de lâche et de menteur.

Le visage de Dundas se transforma sous l'effet de l'horreur.

— C'est terrible ! Oh, mon Dieu !

Un long silence, consterné.

— Pas d'excuses, je suppose ?

— Rien qui y ressemble. Il a retiré un mot. (« Le capitaine Aubrey présente ses compliments au docteur Maturin, et lui fait dire qu'un mot lui a échappé, la veille au soir, un mot ordinaire en rapport avec la naissance, et dont on pouvait penser qu'il répondait à un objectif précis. Ce n'était pas dans les intentions du capitaine, qui le retire et qui regrette d'en avoir fait usage dans la précipitation du moment. Il maintient ses autres remarques. ») Mais il reste le mensonge gratuit. Ce n'est pas facile à digérer.

— Non, bien sûr. Quelle triste affaire ! Nous devrons procéder entre deux voyages. Je me sens terriblement responsable. Vous vous êtes déjà battu en duel, Maturin ? S'il vous arrivait quelque chose, je ne me le pardonnerais jamais. Jack connaît la musique.

— Je suis capable de me défendre.

— Bien, dit Dundas, en l'observant d'un air dubitatif. Je vais le voir sur-le-champ. Oh, quelle fâcheuse histoire ! Cela pourra prendre du temps, à moins d'en finir cette nuit même. C'est l'inconvénient, avec la Navy. Les soldats peuvent régler les choses sans attendre... Je connais une affaire, chez nous, qui a traîné plus de trois mois.

La question ne put être réglée cette nuit-là, car le *Polychrest* avait reçu l'ordre d'appareiller à la marée du soir. Il se plaça dos au vent de sud-ouest avec deux cargos, emportant avec lui plus que sa cargaison habituelle de malheurs.

La nouvelle de leur différend se répandit sur le navire. On en ignorait l'importance et la nature meurtrière, mais une telle intimité ne pouvait s'achever aussi brutalement sans qu'on le remarquât. Stephen observa avec intérêt les réactions de ses camarades. Il savait que sur de nombreux navires, le capitaine avait un statut de monarque, les officiers jouant en quelque sorte le rôle des courtisans... Et qu'il y régnait une concurrence féroce pour les faveurs de César. Mais il n'avait jamais pensé qu'il était un *favori*. Il n'avait jamais pensé que le respect qu'on lui vouait reflétait le pouvoir du grand homme. Parker, qui vénérait l'autorité beaucoup plus qu'il détestait son capitaine, se tint à l'écart de Stephen. Il en fut de même du transparent Jones. Smithers n'essaya pas de cacher son animosité. Au carré, Pullings lui montrait une gentillesse prononcée. Mais il devait tout à Jack, et sur la plage arrière, la compagnie de Stephen semblait le mettre mal à l'aise. Non qu'il fût souvent soumis à cette épreuve, d'ailleurs, car la tradition exigeait que les futurs adversaires dans un duel, à l'instar de deux jeunes mariés, ne sachent rien l'un de l'autre avant de se retrouver devant l'autel. La plupart des anciens de la *Sophie* partageaient l'affliction de Pullings. Ils regardaient Stephen avec gêne et inquiétude, jamais avec méchanceté. Mais Stephen savait qu'en dehors de toute question d'intérêt, leur loyauté allait vers Jack, et il s'efforçait de les embarrasser le moins possible.

Il passait l'essentiel de son temps avec ses patients (la lithotomie exigea des mesures radicales : c'était un cas fascinant, qui demandait des heures de surveillance rapprochée), à lire dans sa cabine ou bien à jouer aux échecs avec le premier-maître. Celui-ci le surprit en lui manifestant beaucoup de considération et d'amitié. M. Goodridge avait navigué avec Cook, comme aspirant puis comme second maître. C'était un bon mathématicien, un excellent navigateur, et on l'aurait certainement fait officier sans cette malencontreuse dispute avec l'aumônier du *Bellerophon*.

— Non, docteur, dit-il, en levant la tête de l'échiquier, vous pouvez batailler et ferrailler autant que vous voulez, mais vous êtes coincé. Mat en trois coups.

— On dirait, en effet. Dois-je abandonner ?

— Je le crois. Quoique j'aime bien les hommes qui combattent jusqu'au bout, bien sûr. Vous êtes-vous déjà penché sur le phénix, docteur ?

— Peut-être pas autant que j'aurais dû. Si je me souviens bien, il fait son nid dans l'Arabia Felix, en utilisant de la cannelle à cet effet. Et au prix où est la cannelle, c'est certainement inconsidéré, non ?

— Vous aimez les facéties, docteur. Mais le phénix mérite que vous y pensiez sérieusement. Pas l'oiseau de la légende, bien sûr, auquel un homme aussi instruit que vous ne peut croire un instant. Mais ce que j'appellerais l'oiseau derrière l'oiseau. Je n'ai pas particulièrement envie que ça se sache sur le navire, mais à mon avis, le phénix, c'est la comète de Halley.

— La comète de Halley, monsieur Goodridge ? s'exclama Stephen.

— La comète de Halley, docteur. Et d'autres encore, dit le premier-maître, ravi de l'effet qu'il produisait. Et quand je dis « avis », je devrais dire « fait », car pour un esprit sincère, la preuve est faite au-delà du doute le plus léger. Un petit calcul vous le fera comprendre. Pour les intervalles séparant les apparitions des phénix ; les meilleurs auteurs donnent les chiffres de 500, 1416 et 7006 années. Et Tacite nous dit que l'un est apparu sous Sésostris, un autre sous Amasis, un autre sous le règne de Ptolémée III, et un autre encore durant la vingtième année de Tibère. Et nous en connaissons beaucoup d'autres. Prenons maintenant les périodes des comètes de Halley, de Biela, de Lexel et d'Encke, et comparons-les à nos phénix, en tenant simplement compte des années lunaires et des erreurs de computation des Anciens, et la cause est entendue ! Je pourrais vous montrer des calculs sur leurs orbites qui vous surprendraient. Les astronomes sont fâcheusement dans l'erreur, car ils n'ont pas tenu compte du phénix pour établir leurs équations. Ils n'ont pas vu que pour les Anciens, le soi-disant phénix était une formule poétique pour décrire un phénomène lumineux incompréhensible... Que le phénix était un emblème. Et ils sont trop fiers, trop maussades et obstinés, et trop insincères pour le croire quand on leur en apporte la preuve. L'aumônier du *Bellerophon*, qui passe pour un astronome, n'était pas convaincu. Je l'ai étalé sur le pont avec un maillet.

— Je suis tout à fait convaincu, monsieur Goodridge.

— Cela a ruiné ma carrière... (Il eut un regard brûlant pour le passé.) Cela a ruiné ma carrière, mais je le referais... Ce salaud méprisant, ce... Je ne dois pas jurer. C'était un homme d'Église. Je n'en ai pas parlé à beaucoup de gens, depuis, mais j'ai l'intention de publier quand le moment sera venu... *Le Phénix, considéré sans parti pris, Une modeste proposition*, par un officier de la Royal Navy. Cela mettra un peu d'agitation dans certains landerneaux que je pourrai citer. Cela les fera un peu réfléchir. Mes phénix, docteur, me disent que nous pouvons nous attendre à voir une comète en 1805. Je ne peux préciser le mois, à cause d'un doute chez Ussher quant à la durée exacte du règne de Nabonide.

— Je l'attendrai avec impatience, et avec une confiance absolue.

Stephen ajouta, in petto : « J'aimerais tellement qu'on puisse prédire la fin de cette attente... »

« Comme j'ai redouté cet événement, se dit-il en s'asseyant près de son patient, dont il commença à compter les respirations. Et pourtant, comme il est dur d'en attendre la conclusion. »

Dans le coin opposé de l'infirmerie, le murmure des conversations reprit. Les hommes s'étaient habitués à sa présence (et à ses absences : plus d'une fois, le camarade qui leur apportait le grog interdit était passé devant le docteur sans qu'il le remarque), et il ne les dérangeait pas. Pour le moment, deux Highlanders parlaient avec un Irlandais, qui était couché sur le ventre pour soulager son dos écorché par le fouet. Ils s'exprimaient en gaélique, lentement, en se répétant.

« Je les comprends beaucoup mieux quand je n'écoute pas, se dit Stephen. Quand je ne me concentre pas, que je n'essaie pas d'isoler des mots. C'est l'enfant, encore en robe, qui comprend. C'est moi, jadis, à Cahirciveen. Ils pensent que nous jetterons l'ancre dans les Downs avant les huit coups de cloche. J'espère qu'ils ont raison. Et j'espère que je trouverai Dundas. »

Ils avaient raison. Et avant même que le *Polychrest* ne fût à l'ancre, il entendit la sentinelle héler un canot. La réponse vint : « Le *Franchise* ! », signifiant que son capitaine montait à bord. Il y eut les coups de sifflet du bosco, les marques de respect dues à un capitaine de vaisseau, les bruits de pieds au-dessus de lui, et puis : « Les compliments du capitaine Dundas, monsieur. Pourrait-il dire un mot au docteur Maturin, à sa convenance ? »

La discrétion était essentielle, en de telles circonstances. Heneage Dundas, sachant combien il est difficile d'échanger des propos confidentiels sur un navire bondé, avait écrit son message sur un morceau de papier. « Samedi, six heures et demie. Cela vous convient-il ? Dans les dunes. Je viendrai vous chercher. » Il lui tendit le papier avec un regard grave, éloquent. Stephen y jeta un coup d'œil, puis hocha la tête :

— Parfait. Je vous remercie. Pouvez-vous m'emmener à terre ? Je devrais passer la journée de demain à Deal, non ? Peut-être seriez-vous aimable d'en aviser le capitaine Aubrey.

— C'est fait. Nous pouvons partir immédiatement, si vous le désirez.

— Je suis à vous dans deux minutes.

Il y avait quelques documents que personne ne devait lire, quelques manuscrits et des lettres dont il faisait grand cas. Mais tout était déjà presque prêt, et il avait son sac à portée de la main. Deux minutes plus tard, il montait l'escalier de la chambre sur les talons de Dundas, et ils rejoignirent le canot qui les emporta sur la mer calme, vers Deal. En faisant en sorte que Stephen soit le seul à le comprendre, Dundas l'informa que le témoin de Jack, un certain colonel Rankin, ne pouvait pas descendre avant le lendemain soir — vendredi soir —, qu'il avait vu Rankin plus tôt dans la semaine, et qu'ils avaient choisi un bel emplacement près du château, un endroit où se déroulaient de nombreux duels, et commode à tous points de vue.

— Vous avez ce qu'il faut, je suppose ? demanda-t-il juste avant que le canot n'accoste.

— Je crois. Si ce n'est pas le cas, je vous le ferai savoir.

Dundas lui serra la main.

— Au revoir. Je dois retourner à mon navire. À l'heure que nous avons décidée, donc, si je ne vous revois pas avant.

Stephen descendit à La Rose et la Couronne, demanda un cheval, et se dirigea lentement vers Douvres. Pendant le trajet, il pensa à la nature des dunes. À l'extraordinaire solitude dans laquelle tout homme était enfermé. Et aux insuffisances du langage — une pensée qu'il aurait aimé développer si Jack lui en avait laissé le temps. « Et pourtant, malgré ses insuffisances, quel outil merveilleux pour qualifier les choses matérielles ! » Il observa les navires dans la rade, l'incroyable complexité des multiples cordages, des poulies et des voiles — tous affublés d'un nom spécifique — qui emmenaient une foule d'individus isolés vers le Bosphore, les Antilles, Sumatra ou les zones baleinières des mers du Sud. Son regard s'arrêta sur le *Polychrest*, reconnaissable à sa forme de chapeau à corne. Il vit le youyou du capitaine s'en éloigner, border sa voile à bourcet, et faire route vers Douvres.

« Tels que je les connais, tous les deux, je serais bien étonné qu'il y ait entre eux beaucoup d'affection. Il s'agit d'une relation perverse. Ce qui pourrait d'ailleurs bien être à l'origine de toute cette violence. »

À Douvres, il se rendit directement à l'hôpital, pour y examiner ses patients. Son fou ne bougeait plus, roulé en boule. Il avait sombré bien au-delà des larmes. Mais le moignon de Macdonald se cicatrisait bien. Les bords de la plaie étaient aussi nets que les rabats d'un colis, et il remarqua avec plaisir que les poils poussaient dans la bonne direction.

— Vous serez bientôt sur pied, lui dit-il après le lui avoir fait remarquer. Je vous félicite pour votre excellente et très saine constitution. Dans quelques semaines, vous ferez concurrence à Nelson, vous sauterez d'un navire à l'autre avec un seul bras. Vous êtes d'ailleurs plus verni que l'amiral : le bras qui vous reste est celui qui manie l'épée.

— Vous me soulagez, dit Macdonald. L'idée de la gangrène me terrifiait. Je vous dois une fière chandelle, docteur. Croyez-moi, j'y suis sensible.

Stephen rétorqua que n'importe quel boucher, n'importe quel *apprenti boucher*, en aurait fait autant... Une opération simple... Un réel plaisir de trancher dans une chair aussi robuste... Puis leur conversation dévia sur les risques d'une invasion française et d'une rupture avec l'Espagne, sur la rumeur bizarre selon laquelle St Vincent attaquait Lord Melville pour malversation, avant de revenir à Nelson.

— Vous le considérez sans doute comme un héros ? demanda Macdonald.

— Oh, je ne sais pas grand-chose de ce monsieur, dit Stephen. Je ne l'ai même jamais rencontré. Mais d'après ce que je sais, il semble être un officier dynamique, zélé et entreprenant. Il est fort apprécié dans le service, non ? Le capitaine Aubrey ne jure que par lui.

— Peut-être, dit Macdonald. Mais pour moi, ce n'est pas un héros. Je n'ai pas digéré la mort de Caracciolo. Et puis il y a l'exemple qu'il donne lui-même.

— Pourrait-il y avoir un meilleur exemple pour un officier de marine ?

— Depuis que je suis sur ce lit, j'ai eu le temps de réfléchir. J'ai pensé au problème de la justification. (Le cœur de Stephen chavira. Il connaissait la réputation des Écossais en matière de débat théologique, et il redoutait de devoir affronter un torrent d'idées calvinistes, peut-être parfumées de quelques éléments de doctrine particuliers au corps des Fusiliers marins.) Les hommes, surtout s'ils sont de Basse-Écosse, ne se contentent jamais d'assumer leurs péchés et de faire leur propre loi. Un jeune type peut se conduire comme une fripouille, non pas parce qu'il estime que ses autres actes l'emporteront sur celui-là, mais parce que Tom Jones a été payé pour coucher avec une femme... Et puisque Tom Jones est un héros, il est dans l'ordre des choses de l'imiter. Il aurait peut-être mieux valu pour la Navy que Nelson soit tombé dans un baquet d'écurie quand il était petit bébé. Si l'attitude d'un type, dans une pièce de théâtre ou un récit, suffit à fabriquer une fripouille, pensez à ce que peut faire un héros en chair et en os ! Forniquer ! Courir les ports ! Pendre des officiers qui se rendent sous conditions. Un bel exemple ! (Stephen l'observait attentivement, cherchant des signes de fièvre. Il y en avait certainement, mais pas au point d'être dangereux. Macdonald regarda par la fenêtre. Quoi qu'il ait pu apercevoir, à part un mur aveugle, il déclara tout à coup :) Je hais les femmes. Elles sont totalement destructrices. Elles dessèchent les hommes, les minent, et s'emparent de tous leurs biens. Et rien n'est trop bon pour elles. (Après un silence, il conclut :) Horribles femelles !

— J'ai un service à vous demander, monsieur Macdonald.

— Dites-moi, monsieur. Rien ne me ferait plus plaisir.

— Il s'agit de me prêter vos pistolets.

— Quoi que vous vouliez en faire, sauf tirer sur un officier des fusiliers, ils sont à vous, je vous en prie. Dans mon coffre, là, sous la fenêtre, si vous voulez bien regarder.

— Merci. Je vous les rapporterai — ou vous les ferai rapporter — dès qu'ils auront rempli leur office.

Quand il prit le chemin du retour, la soirée était aussi douce que pouvait l'être une soirée de début d'automne. Calme, très humide, la mer d'un bleu profond à main droite, les dunes désertes sur la gauche, et une légère chaleur montant du sol. Son cheval, une bête douce et de bon caractère, marchait d'un pas confortable. Il connaissait la route, mais il ne semblait pas pressé de retrouver son écurie. Il s'arrêtait de temps en temps pour arracher quelques feuilles d'un arbuste que Stephen ne put identifier. Il s'abandonna à une langueur agréable. Il était presque séparé de son corps. Une paire d'yeux, rien de plus, flottant au-dessus de la route blanche, et regardant de gauche à droite. « Il y a des jours... Bonsoir, cher monsieur ! » Un pasteur croisa son chemin, marchant avec son chat, la fumée de sa pipe lui tenant compagnie. « Il y a des jours où l'on voit le monde comme si l'on avait été aveugle toute sa vie. Une clarté absolue. La perfection en toute chose, et pas seulement pour l'extraordinaire. On vit l'instant présent. Intensément. Rien ne presse. Être, tout simplement, est le bien suprême. Et pourtant... » Il fit tourner le cheval vers la gauche, vers les dunes. « Pourtant, certaines choses doivent être faites. » Il se laissa glisser de la selle, s'adressa au cheval : « Comment puis-je être sûr, mon cher, que tu ne me fausseras pas compagnie ? » L'animal le regarda de ses yeux humides et intelligents, et agita ses oreilles. « Oui, oui, tu es un bon garçon, sans aucun doute. Mais tu n'aimes peut-être pas les coups de feu. Et cela pourrait être plus long que ce que ta patience peut supporter. Allez, laisse-moi te passer cette petite sangle. Comme je sais peu de choses de ces dunes ! » Il calcula sa distance et disposa sur le sol un mouchoir — sur une pente sablonneuse, à bonne hauteur. « Une étude fort intéressante... Une flore et une faune spécifiques, indiscutablement. » Il étala son manteau pour protéger les pistolets du sable, et les chargea avec soin. « Ce qu'on est *tenu de faire*, on le fait d'ordinaire sans beaucoup de sentiment. Un vague désespoir, sans plus. » Il se mit en position. Son visage se figea — il devint froid, dangereux — et son corps se déplaça avec la souple précision d'une machine. Au bord du mouchoir, du sable vola. La fumée resta presque immobile. Le cheval eut l'air peu affecté par le bruit. Il le regarda paresseusement pendant les dix ou douze premiers coups de feu.

« Je n'ai jamais vu d'armes aussi précises, dit Stephen à haute voix. Je me demande si je peux encore faire le vieux truc de Dillon. » Il sortit de sa poche une pièce de monnaie, la jeta en l'air. La balle la toucha en son centre, au sommet de sa trajectoire, juste avant de commencer à tomber. « Des instruments magnifiques, vraiment. Je dois les protéger de la rosée. » Le soleil s'était couché. Le soleil avait baissé, au point qu'à chacun de ses tirs, la langue de feu semblait illuminer le creux envahi par la brume. Le mouchoir était depuis longtemps réduit en lambeaux. « Seigneur, je dormirai ce soir ! Oh, quelle rosée prodigieuse ! »

À Douvres, à cause des hauteurs qui s'élèvent à l'ouest de la ville, il fait nuit plus tôt. Jack Aubrey, qui avait fait le peu qu'il avait à faire et s'était rendu en vain à New Place — « M. Lowndes est souffrant, Mme Villiers n'est pas chez elle. » —, buvait de la bière dans une brasserie à deux pas du château. C'était une petite gargote, triste, sale et sordide (avec un bordel à soldats au premier étage), mais l'endroit avait deux issues, et avec Bonden et Lakey postés dans la salle du devant, il se sentait raisonnablement à l'abri des mauvaises surprises. Il ne s'était jamais senti aussi mal. Une déprime mortelle, insupportable. Et l'hébétude produite par les deux pots de bière qu'il avait avalés ne faisait rien pour l'atténuer. Ses seuls refuges restaient la fureur et l'indignation, et bien que cela ne lui ressemblât pas, il était bel et bien furieux et indigné.

Un enseigne de deuxième classe entra, avec une fille à l'air minable. Ils hésitèrent en voyant Jack, puis s'installèrent dans le coin opposé en se poussant du coude et en se donnant des claques dans le dos, par manque de conversation. La tenancière lui apporta une bougie et voulut savoir s'il désirait autre chose. Il vit, par la fenêtre, que la nuit tombait. Non, il ne voulait rien. Que lui devait-il, pour lui et pour les messieurs qui étaient au bar ?

— Un shilling, neuf pence, dit la femme.

Pendant qu'il cherchait dans ses poches, elle le dévisagea avec une curiosité ouverte, ignorante, soupçonneuse, avide. Elle avait les yeux enfoncés dans les orbites, et sa lèvre supérieure découvrait trois dents jaunes. Elle n'aimait pas la cape qu'il portait par-dessus son uniforme. Elle n'aimait pas la sobriété de ses hommes, ni la manière dont ils fuyaient la compagnie. Et puis les vrais messieurs boivent du vin, pas de la bière. Il n'avait pas réagi aux avances de Betty, pas plus qu'à ses modestes propositions de le loger. Elle ne voulait pas de pédérastes chez elle, et elle préférait avoir une chambre vide plutôt que la compagnie de cet homme.

Il regarda dans le bar, ordonna à Bonden de l'attendre au canot, et sortit par la porte de derrière... pour tomber sur un groupe de putains et de soldats. Deux filles se battaient, en s'arrachant les cheveux et les habits, mais le reste du groupe était assez joyeux. Deux femmes le hélèrent, et s'approchèrent pour exposer leurs talents, proposer leurs tarifs et lui promettre qu'elles avaient un certificat sanitaire récent.

Il remonta vers New Place. Le regard modeste qui avait accompagné la réponse — « Madame est absente ! » — l'avait convaincu qu'il verrait de la lumière à la fenêtre de Diana. Il vit une faible lueur, là-haut, entre les rideaux tirés. Il vérifia par deux fois, fit les cent pas dans la rue. Finalement, il contourna les maisons et emprunta une ruelle qui menait derrière New Place. Les palissades ne constituaient pas vraiment un obstacle, mais le jardin intérieur était clôturé. Il dut utiliser sa cape pour se protéger des éclats de verre disposés au faîte du mur, et il lui fallut courir pour prendre son élan. Au moment où il atterrit dans le jardin, le bruit de la mer disparut soudain. Il était là, au milieu des fritillaires, et il régnait un silence absolu, dans la rosée qui tombait. Peu à peu, le silence se fit moins pesant. Des sons lui parvinrent de la maison — des fenêtres laissaient échapper des bruits de conversation, quelqu'un fermait des portes, bloquait les volets du bas. Il entendit un pas lourd, rapide, sur le sentier, puis le souffle profond de Fred, le mastiff. On le laissait en liberté, la nuit, dans le jardin et la cour et il dormait dans le pavillon d'été. Mais le chien resta muet. Il connaissait le capitaine Aubrey. Son museau humide vint renifler sa main, et ce fut tout. Mais son humeur pouvait changer. Quand Jack parvint enfin à l'allée couverte de mousse, Fred le suivit vers la maison en grognant, et en le poussant derrière les genoux. Jack se débarrassa de son manteau, le plia sur le sol, puis retira son épée. Fred se coucha immédiatement sur le manteau, et surveilla l'habit et l'épée.

Quelques mois plus tôt, un ouvrier était venu remplacer les tuiles de la toiture. Sa grue improvisée — une grosse poulie qui s'avançait au-dessus du garde-fou et une corde à laquelle on avait fixé un seau — était encore là. Jack en noua les extrémités, éprouva la solidité, donna un peu de mou, et se suspendit à la corde. Il s'éleva à la force des poignets, passa devant la bibliothèque où M. Lowndes écrivait à son bureau, puis devant une fenêtre donnant sur les escaliers, continua encore vers le garde-fou. Il n'était qu'à quelques pas de la fenêtre de Diana. Mais à mi-hauteur du garde-fou, il avait reconnu le grand rire de Canning — un rire triomphal qui montait de la basse profonde, un rire si particulier qu'on ne pouvait s'y tromper. Il alla jusqu'au bout, malgré tout, et s'assit sur le garde-fou. De là, il avait une vue en profondeur sur l'ensemble de la chambre qui l'intéressait. Il se sentait prêt à éclater. Tout était extraordinairement net — la chambre éclairée, les visages, les expressions saisies par la lueur des bougies, leur vie intense, leur inconscience totale de la présence d'un tiers. Alors la honte, le désespoir, une extrême fatigue vinrent effacer tout le reste. Pas de rage, pas de feu. Tout s'en était allé, et rien ne le remplaçait. Jack s'éloigna de quelques pas pour ne plus rien voir, ne plus rien entendre. Quelques secondes plus tard, il tendit le bras vers la grue, saisit le bout de la corde. Machinalement, il noua les deux brins, s'y suspendit comme le font les marins, se balança à nouveau dans le noir, et descendit, descendit, de plus en plus bas, poursuivi par ce rire tellement amusé.

Stephen passa la matinée du vendredi à écrire, à coder et à décoder. Il avait rarement travaillé aussi vite ou aussi bien, et il avait le sentiment agréable d'être parvenu à décrire clairement une situation complexe. Un scrupule moral l'avait poussé à s'abstenir de sa dose habituelle, et il avait passé la plus grande partie de la nuit dans un état d'extrême lucidité. Quand il eut tout ficelé, scellé ses documents sous une double enveloppe — et adressé la première au capitaine Dundas —, il se tourna vers son journal.

> « C'est peut-être le détachement final. Et c'est peut-être la seule façon de vivre. Libre, étonnamment clair et net, sans perte d'intérêt pour le monde mais sans obligations. Une liberté que j'aurai à peine connue. La vie sous sa forme la plus pure. Admirable à tous points de vue, sauf que ce n'est pas la vie au sens où j'ai toujours compris ce mot. Comme cela change la nature du temps ! Les minutes et les heures s'étirent. On a le loisir d'observer le mouvement du présent. J'irai à pied, au-delà de Walmer Castle, en passant par les dunes. Il y a dans cet univers arénacé une immensité de temps. »

Jack s'était lui aussi installé à son écritoire. Mais avant midi, il reçut l'ordre de se rendre sur le vaisseau-amiral.

« Je vous ai pas mal réduit, gros malin », se dit l'amiral Harte, en le regardant avec satisfaction.

— Capitaine Aubrey, j'ai des ordres pour vous. Je veux que vous alliez examiner Chaulieu. Le *Thetis* et l'*Andromeda* ont poursuivi une corvette jusque dans le port. On pense qu'il s'agit de la *Fanciulla*. On dit aussi qu'un certain nombre de canonnières et d'allèges se préparent à remonter la côte. Vous devrez prendre toutes les mesures nécessaires, compatibles avec la sécurité de votre navire, pour mettre la première hors d'état et détruire les autres. Il est essentiel d'agir avec la plus grande promptitude. Vous m'avez bien compris ?

— Oui, monsieur. Mais je dois vous faire remarquer pour la forme que le *Polychrest* a besoin d'être mis à quai, qu'il me manque vingt-trois hommes pour disposer d'un équipage complet, que le navire embarque dix-huit pouces d'eau à l'heure par temps calme, et que sa dérive rend extrêmement périlleuse la navigation côtière.

— Balivernes, capitaine Aubrey. Mes charpentiers affirment que vous pouvez parfaitement rester en mer encore un mois. Quant à cette dérive, eh bien... Nous avons tous de la dérive. Les Français aussi ont de la dérive, mais ils n'ont pas peur d'entrer à Chaulieu et d'en sortir.

Et pour être sûr que l'allusion soit bien comprise, il répéta sa dernière phrase en appuyant sur le mot « peur ».

— Certainement, monsieur, dit Jack avec une sincère indifférence. Je le répète, je n'en parlais que pour la forme.

— Vous désirez sans doute des ordres écrits ?

— Non, je vous remercie, monsieur. Je crois que je m'en souviendrai facilement.

En retournant au navire, il se demanda si Harte était conscient de la nature de la mission dont il chargeait le *Polychrest*... S'il savait à quel point ses ordres ressemblaient à une condamnation à mort. Après tout, il n'était pas un bon marin. Par ailleurs, il avait sous ses ordres des vaisseaux autrement plus adaptés aux difficultés du passage entre le Ras du Point et les rades intérieures. L'*Aetna* et le *Tartarus*, par exemple, auraient été parfaits pour ce boulot. L'ignorance et la méchanceté intervenaient à parts égales, décida-t-il. Et puis, Harte espérait peut-être qu'il contesterait les ordres et insisterait pour obtenir une expertise, au risque de s'attirer des ennuis. Si c'était le cas, il avait bien choisi son moment, vu l'état du *Polychrest*. Jack monta le flanc d'un air assuré et enjoué, en se demandant ce que cela signifiait. Il donna les ordres ad hoc. Quelques minutes plus tard, le pavillon de partance flottait à la tête du petit mât de hune, et l'on tira un coup de canon pour attirer l'attention sur lui. Stephen entendit le canon, vit le signal, et s'empressa de rentrer à Deal.

Plusieurs membres de l'équipage se trouvaient à terre : M. Goodridge, Pullings qui rendait visite à sa fiancée, Babbington avec ses parents dévoués, et une demi-douzaine d'hommes en bordée. Il les rejoignit sur les galets, où ils étaient en train de marchander les services d'un passeur. Dix minutes plus tard, il était de retour dans les odeurs de pharmacie, d'eau de cale, d'humidité et de livres de sa propre cabine. Il avait à peine fermé la porte que ces liens commencèrent à se resserrer sur lui, insensiblement, le ramenant à son rôle de chirurgien de bord responsable, engagé dans une existence quotidienne complexe avec une centaine d'autres hommes.

Pour une fois, le *Polychrest* démarra proprement sur bâbord et se mit en mouvement à marée haute. La petite brise qui soufflait sur l'arrière de son travers le poussa de l'autre côté de South Foreland qu'il frôla de justesse, et à l'heure où l'on siffla le souper de l'équipage, il se trouvait en vue de Douvres. De l'infirmerie, Stephen monta sur le pont par l'écoutille d'avant, et se dirigea vers la proue. Quand il arriva au gaillard d'avant, les conversations s'interrompirent brusquement. Il nota avec surprise que le vieux Plaice et Lakey lui jetaient un regard fuyant, maussade.

Depuis quelques jours, il s'efforçait de rester à distance de Bonden, car c'était le timonier du capitaine. Il supposa que Plaice, son cousin, se comportait ainsi par solidarité familiale. Mais il était étonné de l'attitude de Lakey, un homme tapageur, au caractère enjoué et amical. Quelques instants plus tard, il redescendit. Il était occupé avec M. Thompson lorsque retentit le cri : « Tous les hommes à leurs postes, pour virer de bord ! », tandis que le *Polychrest* portait au large. Personne n'ignorait qu'ils descendaient la Manche pour espionner un port français. Les uns parlaient de Wimereux, d'autres de Boulogne, certains poussaient jusqu'à Dieppe. Mais lorsqu'on servit le souper au carré, la nouvelle se répandit que leur objectif était Chaulieu.

Stephen n'avait jamais entendu parler de cet endroit. Smithers, qui avait retrouvé sa bonne humeur, le connaissait bien.

— Mon ami le marquis de Dorset y allait tout le temps avec son yacht, avant la guerre. Et il me suppliait toujours de l'accompagner... « Avec mon cotre, disait-il, il ne faut absolument pas plus d'un jour et une nuit pour y aller. Venez, George ! Sans vous et votre flûte, le voyage ne présente aucun intérêt ! »

M. Goodridge, l'air pensif et renfermé, ne se mêlait pas à la conversation. Après quelques échanges de vues sur les yachts, leur luxe stupéfiant et leurs performances en matière de navigation, on en revint aux triomphes de M. Smithers, à ses amis plaisanciers et à leur touchant dévouement à son égard, puis aux corvées de la saison londonienne et au mal qu'il avait à maintenir les débutantes à bonne distance. Une fois de plus, Stephen remarqua combien tout cela plaisait à Parker. Ce dernier, bien qu'il fût d'une famille respectable et, à sa manière, un dur à cuire, encourageait Smithers et l'écoutait attentivement, comme si cela l'intéressait vraiment. Cela ne manquait pas d'étonner Stephen, mais ne suffit pas à lui remonter le moral. Il se pencha au-dessus de la table, et s'adressa discrètement au premier-maître :

— Je vous serais très obligé, monsieur Goodridge, de me parler un peu de ce port.

— Dans ce cas, suivez-moi, docteur, dit le maître. J'ai sorti les cartes, dans ma cabine. Ce sera plus facile à expliquer, si nous avons ces bas-fonds sous les yeux.

— Ici, je suppose, ce sont les bancs de sable, dit Stephen.

— Précisément. Ces chiffres indiquent la profondeur à

marée basse et marée haute. Lorsqu'ils sont en rouge, c'est qu'ils émergent.

— Un dédale bien dangereux. J'ignorais que de telles quantités de sable pouvaient se rassembler.

— Eh bien, c'est le mouvement des marées, vous voyez... Elles sont très fortes, autour de Point Noir et des Prelleys... Et de ces anciens cours d'eau. Ils ont dû être beaucoup plus larges, autrefois, pour transporter toute cette vase.

— Avez-vous une carte à grande échelle, pour m'en donner une vue générale ?

— Juste derrière vous, sous l'évêque Ussher.

Cela ressemblait beaucoup plus aux cartes dont il avait l'habitude. On y voyait la côte française de la Manche. Elle dessinait presque un axe nord-sud, d'Étaples jusqu'au-delà de l'embouchure de la Risle. Puis elle tendait vers l'ouest sur trois ou quatre milles pour former une baie peu profonde, ou plutôt un coin arrondi, s'achevant à l'ouest avec l'île Saint-Jacques, une petite terre en forme de poire située à cinq cents mètres de la côte. Celle-ci reprenait la direction du sud et sortait de la page, en direction d'Abbeville. Dans l'angle intérieur de ce coin arrondi, au point où la côte s'orientait vers l'ouest, on voyait un petit rectangle nommé Square Tower — la Tour carrée. Puis plus rien, pas même un hameau, sur un mille vers l'ouest, jusqu'à un promontoire qui entrait dans la mer sur deux cents mètres. Une petite étoile, et un nom : Fort de La Convention. Il était de la même forme que l'île, sauf que la « poire », ici, n'était pas tombée tout à fait à l'extérieur du continent. Ces deux poires — Saint-Jacques et La Convention — étaient distantes d'un peu moins de deux milles. Chaulieu se trouvait entre les deux, à l'embouchure d'un modeste cours d'eau, la Divonne. Au Moyen Âge, cela avait été un port important, mais il s'était envasé. Et les célèbres hauts-fonds de la baie avaient contribué à décourager un peu plus le commerce. Mais le port présentait des avantages. Il était abrité des vents d'ouest par l'île, et des vents du nord par les bancs de sable. Grâce aux fortes marées, les rades restaient utilisables, et le gouvernement français, depuis quelques années, nettoyait le port, édifiait un imposant brise-lames pour le protéger du noroît, et draguait les chenaux. Les travaux s'étaient poursuivis durant la Paix d'Amiens : Chaulieu, ranimé, serait un refuge précieux pour la flotte d'invasion de Bonaparte quand celle-ci remonterait la côte depuis chaque port, chaque village de pêcheurs (de Brest à

Biarritz) pouvant fournir le moindre lougre — quand la Flotte, enfin, rallierait ses points de rassemblement, Étaples, Boulogne, Wimereux et autres. Il s'y trouvait déjà plus de deux mille de ces allèges, canonnières et navires de transport, et Chaulieu en avait construit une douzaine.

— Voilà où se trouvent leurs cales, dit Goodridge, en montrant l'embouchure de la petite rivière. Et voilà où ils font l'essentiel de leur dragage et de leur maçonnerie, juste à l'intérieur de la jetée du port. Cela le rend presque inutilisable pour le moment, mais cela ne les dérange pas. Ils peuvent mouiller en toute sécurité dans la rade intérieure, sous La Convention. Ou bien dans la rade extérieure, sous la protection de Saint-Jacques, sauf quand les vents soufflent du noroît. Mais j'y pense... Je crois que j'ai des gravures. Oui... Les voici.

Il sortit un volume de forme bizarre, montrant de longs segments de la côte vue du large. Une demi-douzaine par page. Une côte basse et monotone, sans rien d'autre que ces curieuses éminences crayeuses de part et d'autre du misérable village. Elles étaient l'une et l'autre d'une belle hauteur et, comme il le vit en observant de près, chacune était couronnée par la marque omniprésente de l'industrieux Vauban.

— Vauban, c'est comme la graine d'anis dans la pâtisserie, dit Stephen. Un peu, c'est excellent. Mais on en attrape vite la nausée... Ah ! Ces espèces de poivriers, partout, de l'Alsace au Roussillon !

Il revint à la carte. Il était évident que la rade intérieure, qui commençait aux limites du port et s'étendait vers le nord-est devant La Convention, était protégée par deux longs bancs de sable situés à un demi-mille de la côte : West Anvil et East Anvil. Il était tout aussi évident que la rade extérieure, parallèle à la première, mais côté mer par rapport aux Anvils, était abritée à l'est par l'île et au nord par le haut-fond de Old Paul Hill. Ces deux bons mouillages coupaient la carte en diagonale, du coin inférieur gauche au coin supérieur droit, et ils n'étaient séparés que par les Anvils. Tandis que la rade intérieure avait à peine plus d'un demi-mille de large sur deux milles de long, l'autre représentait une belle surface, sûrement deux fois plus étendue que l'autre.

— Il est curieux que ces bancs portent des noms anglais, dit Stephen. C'est fréquent ?

— Oh oui ! Nous considérons comme nôtre tout ce qui

appartient à la mer... Pour nous, Setubal s'appelle St Ubes, La Coruña est The Groyne, et tout à l'avenant. Celui-ci, nous l'avons baptisé le Galloper, en référence au nôtre, car ils ont plus ou moins la même forme. Et ceux-ci, ce sont les Anvils[1], parce que par vent de nord-ouest, quand la marée monte, les lames viennent les marteler, l'une après l'autre, en cadence, comme un forgeron. J'y suis entré, en 1788 ou 1789, à bord d'un cotre, par le Goulet. (Il désigna l'étroit passage qui séparait l'île du continent.) Il y avait un vent de noroît, dans la rade intérieure, et les embruns nous tombaient dessus, des hauts-fonds, avec une telle violence qu'on pouvait à peine respirer.

— Cet ensemble de bancs de sable et de caps présente une symétrie troublante. Peut-être y a-t-il un rapport. Quel labyrinthe de chenaux ! Comment allez-vous nous y faire entrer ? Pas par le Goulet, je présume, il est beaucoup trop près du fort... Mais je n'aurais pas dû parler de cap. Elle en a bien l'air, sur la gravure, si on la regarde de front, mais c'est bien une île.

— Cela dépend du vent, bien entendu. Mais s'il souffle un tant soit peu du nord, j'aimerais que nous suivions le chenal entre le Galloper et Morgan's Knock jusqu'à la rade extérieure, que nous passions devant Saint-Jacques... Après quoi nous passerions entre les Anvils, ou bien nous doublerions la queue de West Anvil pour déboucher sur l'entrée du port. Puis nous sortirions avec le jusant, à la grâce de Dieu ! par le Ras du Point — ici, au-delà d'East Anvil —, pour filer au large avant que La Convention ne fracasse nos mâts. Ils ont monté des pièces de quarante-deux livres. Une puissance terrible ! Nous devons entamer notre entrée pendant la première moitié de la marée montante, vous comprenez, pour pouvoir nous libérer si nous touchons le fond, et faire ce que nous avons à faire à marée haute. Puis nous partirions au jusant, de façon à ne pas être drossés par la marée montante s'ils nous ont trop malmenés et que nous avons du mal à contrôler le navire. Car il est certain qu'il vont nous malmener, avec leurs grosses pièces, sauf si nous les prenons par surprise. Ces canonniers français sont excellemment entraînés. Je suis heureux d'avoir confié ma *Modeste Proposition* aux bons soins de Mme G., copiée au propre et fin prête pour l'imprimerie.

1. Les Enclumes. *(N.d.T.)*

— La marée est donc d'une importance cruciale, dit Stephen après un silence.

— Oui. Le vent et les marées, et si possible l'effet de surprise. Les marées, il est facile d'en tenir compte. Il faudrait se trouver là, l'île gisant plein sud et la Tour carrée au sud-est un demi-point est, avec la marée montante... Pas demain soir, plutôt après-demain... Dimanche. Et il faudra prier pour qu'il souffle une petite brise d'ouest ou de nord-ouest pour nous aider à y entrer. Et à en sortir, peut-être bien.

Chapitre onze

Dans l'infirmerie qui oscillait doucement, Stephen était assis aux côtés de son patient. Il était presque certain, désormais, qu'il l'avait tiré d'affaire. Le pouls, presque défaillant, se renforçait depuis une heure, la fièvre était tombée, le souffle était presque normal. Mais le sentiment de triomphe n'occupait qu'un coin éloigné de sa conscience. Le reste était paralysé par la peur. Dans des bribes de conversation, saisies presque inconsciemment, il avait entendu trop de compliments à son égard. « Le docteur est correct... Le docteur n'acceptera pas qu'on nous maltraite... Le docteur est pour la liberté... Il a de l'éducation, il parle français... Et il est irlandais, aussi... » Les murmures s'étaient tus, à l'autre bout de la pièce, laissant la place au silence de l'attente. Les hommes regardaient dans sa direction avec empressement, en se poussant du coude. Un grand Irlandais, qui était venu rendre visite à un camarade malade, restait debout, le visage tourné vers le docteur. Dès qu'il fit un mouvement, Stephen se glissa hors de l'infirmerie. Sur la plage arrière, il vit Parker, en conversation avec le lieutenant de fusiliers. Ils regardaient un navire de ligne de bataille, un trois-ponts portant au sud-ouest toutes voiles dehors, bonnettes à bâbord et tribord, qui taillait sa route sur la Manche, une belle lame de proue remontant le long de son flanc. Deux aspirants, libres de quart, étaient assis sur le passavant, et fabriquaient quelque objet complexe avec un morceau de corde.

— Monsieur Parslow, dit Stephen, je vous prie de demander au capitaine s'il a un moment de libre.

— J'irai quand j'aurai fini ceci, dit froidement Parslow, sans se lever.

Babbington laissa tomber son burin et donna un violent coup de pied qui fit basculer Parslow en bas de l'échelle.

— J'y vais, monsieur ! (Un instant plus tard, il revenait en courant.) Le capitaine est avec Chips pour le moment, monsieur, mais dans cinq minutes, il sera très heureux...

« Très heureux » était une formule convenue. Il était évident que le capitaine Aubrey avait eu une conversation désagréable avec son charpentier. Stephen vit sur le bureau un morceau de bois pourri et un anneau arraché, et Jack avait l'air d'avoir reçu un coup de gourdin. Il restait debout, mal à l'aise, hésitant, embarrassé, la tête inclinée sous le barrot.

— Je regrette de devoir vous déranger, monsieur, dit Stephen. Mais il est probable qu'une mutinerie éclatera demain soir, lorsque le navire sera en vue des côtes françaises. Leur projet est de le conduire à Saint-Valéry.

Jack hocha la tête. Cela confirmait son sentiment sur la situation — l'air abattu, misérable des anciens de la *Sophie*, l'attitude de l'équipage, les boulets de vingt-quatre livres qui quittaient leurs râteliers pour rouler sur le pont durant le quart de la mi-nuit. Son navire tombait en morceaux sous ses pieds, et ses hommes étaient en train de trahir leur devoir et leur allégeance.

— Vous pouvez me dire qui sont les meneurs ?

— Non, monsieur, je ne peux pas. C'est impossible. Vous pouvez me traiter de tous les noms, mais pas de mouchard... Je vous en ai dit assez. Plus qu'assez.

Non. De nombreux médecins, un pied dans chaque monde, étaient plus qu'à moitié solidaires des mutins. Il y avait eu cet homme, au Nore, et le malheureux Davidson qu'on avait pendu pour cela à Bombay. Même Killick, son propre serviteur, même Bonden... Ils devaient avoir entendu ce qui se tramait... Mais ils ne pouvaient pas trahir leurs camarades, même s'ils étaient très proches de lui.

— Je vous remercie d'être venu me voir, dit-il avec raideur.

Quand la porte se ferma derrière Stephen, Jack s'assit, la tête entre les mains, et s'abandonna à un chagrin absolu — un état d'esprit proche du désespoir... Ils avaient partagé tant de choses, et maintenant ce cruel regard froid... Il se reprocha amèrement de n'avoir pas saisi l'occasion de lui présenter ses excuses. « Si seulement j'avais pu le lui dire. Mais il parle si vite, et il est si froid... Mais j'aurais le même air si quelqu'un, n'importe qui, me traitait de menteur...

C'est insupportable... Bon Dieu, qu'est-ce qui m'a pris ? C'est tellement dérisoire, tellement hors de proportion... Aussi vulgaire qu'un écolier qui profère des grossièretés... Indigne d'un homme. Et pourtant, il me tire d'embarras parce qu'il le veut bien... De quoi ai-je l'air, ne serais-je pas abject, maintenant que je sais qu'il manie si bien et l'épée et le pistolet ? » Mais à côté de cet accès d'indulgence, une autre partie de son cerveau traitait déjà le problème immédiat. Presque sans transition, il s'écria « Bon Dieu, si seulement j'avais Macdonald ! » Cela n'avait rien à voir avec un besoin de réconfort ou de conseils — il savait que Macdonald le désapprouvait — mais d'efficacité. Macdonald avait la stature d'un officier. Ce n'était pas le cas de ce roquet de Smithers. Tout de même, il ne pouvait pas être totalement idiot.

Il agita sa sonnette.

— Qu'on aille quérir M. Smithers !

— Asseyez-vous, monsieur Smithers. Donnez-moi les noms de vos fusiliers, je vous prie. Très bien. Et il y a votre sergent, bien sûr. Maintenant, écoutez attentivement ce que je vais vous dire. Pensez à chacun de vos hommes, l'un après l'autre, avec beaucoup d'attention, et dites-moi si oui ou non chacun d'eux est digne de confiance.

— Ils le sont tous, sans nul doute, monsieur ! s'écria Smithers.

— Non, non. Réfléchissez, monsieur, dit Jack en essayant de trouver un peu de responsabilité dans ce petit sourire satisfait. Réfléchissez, et donnez-moi vos conclusions. Tout cela est de la première importance.

Il avait pris un ton exagérément pénétrant et féroce. Cela fit de l'effet. Smithers perdit contenance, se mit à transpirer. De toute évidence, il produisait un douloureux effort mental. Le mouvement de ses lèvres suggérait qu'il passait ses hommes en revue. Quelques instants plus tard, il donna sa réponse :

— Parfaitement fiables, monsieur. Sauf un nommé... En fait, il porte le même nom que moi. Mais aucune relation, bien sûr... Un papiste d'Irlande...

— Vous en répondez ? Vous êtes absolument certain de ce que vous dites ? Je dis bien : absolument certain ?

— Oui, monsieur, dit Smithers en le dévisageant, terriblement mal à l'aise.

— Merci, monsieur Smithers. Vous ne mentionnerez cette conversation à personne. C'est un ordre direct, absolu.

Vous ne laisserez pas paraître la moindre appréhension. Et demandez à M. Goodridge de me rejoindre sur-le-champ.

— Soyez bon de me faire connaître notre position, monsieur Goodridge, dit-il, debout derrière la table des cartes.

— Précisément, monsieur, ou à une ou deux lieues près ? demanda le premier-maître, la tête penchée et l'œil gauche fermé.

— Précisément.

— Je dois aller chercher le journal, monsieur.

Jack hocha la tête. À son retour, le maître s'empara de l'échelle graduée et des compas, et piqua une épingle sur la carte.

— Ici, monsieur.

— Je vois. Sous basses voiles et huniers, c'est cela ?

— Oui, monsieur. Si vous vous rappelez, nous sommes convenus de descendre sous voilure réduite pour attraper la marée de dimanche, et ne pas devoir attendre au large, à cause du risque d'être reconnus.

— Je crois, je crois... (Jack examina la carte et le journal.) Je crois que nous pourrions avoir la marée dès ce soir. Qu'en dites-vous, maître ?

— Nous y parviendrons si le vent se maintient, et en forçant l'allure. Mais je ne compterais pas trop sur le vent, monsieur. Le baromètre monte.

— Pas le mien, dit Jack après avoir vérifié. Vous m'enverrez M. Parker, s'il vous plaît. Entre-temps, il conviendrait d'amener dans les hauteurs les bonnettes, cacatois et contre-cacatois.

— Monsieur Parker, nous avons une mutinerie sur les bras. Afin de régler le problème, j'ai l'intention d'entraîner le *Polychrest* au combat aussi vite que possible. Nous allons forcer l'allure pour rallier Chaulieu dès ce soir. Mais avant de mettre à la voile, je parlerai aux hommes. Que le canonnier charge avec de la grappe les deux pièces placées le plus près de la poupe. Aux six coups de cloche, les officiers se rassembleront sur la plage arrière... Dans dix minutes. Avec leurs armes de poing. Les fusiliers formeront les rangs sur le gaillard d'avant, avec leurs mousquets. Avant l'heure dite, personne ne doit se douter de quoi que ce soit. Lorsque tous les hommes seront rassemblés, les pièces seront amenées à l'avant, et un vétéran se mettra en faction auprès de chacune d'elle. Quand j'aurai parlé aux hommes, et que nous mettrons à la voile, aucun homme ne devra être battu ni puni, jusqu'à nouvel ordre.

— Puis-je faire une remarque, monsieur ?

— Je vous remercie. Non, monsieur Parker. Ce sont mes ordres.

— À vos ordres, monsieur.

Il n'avait aucune confiance dans le jugement de Parker. S'il avait dû demander conseil à quelqu'un du bord, c'eût été à Goodridge. Mais il en allait de sa responsabilité de capitaine, et de lui seul. En tout cas, il avait la conviction d'en savoir plus sur les mutins que n'importe lequel des officiers du *Polychrest*. N'avait-il pas servi à l'avant du mât, autrefois — aspirant déclassé —, sur un navire en proie au mécontentement ? Il connaissait bien la face cachée du monde. Il vouait beaucoup d'affection aux matelots, et s'il n'était pas totalement certain de ce qui pouvait leur plaire, au pont inférieur, au moins savait-il à coup sûr ce qui ne leur plaisait pas.

Il consulta sa montre, enfila son plus beau manteau et se rendit sur la plage arrière. La cloche piqua les six coups du quart de l'avant-midi. Les officiers se rassemblèrent autour de lui, silencieux et graves.

— Tous les hommes à l'arrière, s'il vous plaît, monsieur Parker.

Les coups de sifflet perçants, les cris sous les écoutilles, les piétinements précipités, les vestes rouges se rassemblant à l'avant au milieu de la cohue... Puis le silence, à l'exception du claquement des garcettes de ris, au-dessus de leurs têtes.

— Messieurs, je sais foutrement bien ce qui se prépare. Je sais foutrement bien ce qui se prépare ! Et je ne le tolérerai pas. Crétins que vous êtes, à écouter des plaideurs de la mer, de beaux parleurs désinvoltes ! Certains ont tressé la corde pour les pendre. La corde pour les pendre, vous comprenez ? Vous voyez le *Ville de Paris*, là-bas ? (Toutes les têtes se tournèrent vers le navire de ligne, sur l'horizon.) Il suffirait de lui lancer un signal, à lui ou à une demi-douzaine d'autres qui croisent dans le coin, et vous vous balanceriez à une fusée de vergue au son de la Marche des Coquins. Pour écouter leurs beaux discours, il faut que vous soyez une belle bande d'imbéciles ! Mais je n'enverrai pas de signal au *Ville de Paris*, ni à aucun autre navire du roi. Pourquoi ? Parce que le *Polychrest* va livrer bataille ce soir même, voilà pourquoi. Je ne vais pas laisser le bruit se répandre, dans la Flotte, qu'un seul d'entre vous, un seul homme du *Polychrest*, a peur des coups durs.

— C'est bien vrai, dit une voix.

C'était Joe Plaice, bien visible devant, la bouche grande ouverte.

— Rien contre vous, monsieur, dit un autre, invisible celui-là. C'est lui, le vieux Parker ! Ce vieux salaud !

— Je vais amener le *Polychrest* ce soir, continuait Jack avec un rugissement convaincu, et je vais pilonner les Français à Chaulieu, dans leur propre port, vous m'entendez ? Et s'il en est un seul parmi vous qui a peur des coups durs, il ferait mieux de rester en arrière. Y a-t-il un seul homme ici qui a peur des coups durs ?

Une sorte de grondement général, pas vraiment méchant. Quelques rires. Quelques cris, certains répétant :

— Ce vieux salaud de Parker !

— Silence, vous tous ! Eh bien, je suis fort aise qu'il n'y en ait pas ! Il y a bien parmi nous quelques types maladroits — voyez cet affreux cargue-à-vue ! — et quelques autres qui parlent trop, mais j'ai toujours pensé qu'il n'y avait pas un seul lâche à bord de ce navire. On peut bien reprocher au *Polychrest* de n'être pas très rapide vent devant. On peut raconter qu'on n'y serre pas les huniers avec beaucoup d'élégance. Mais prétendre qu'on a peur, qu'on n'aime pas les coups durs... J'aime autant être pendu ! Quand nous avons fait son affaire à la *Bellone*, il n'est pas un seul matelot qui n'ait rempli son devoir avec le courage d'un lion. C'est pourquoi nous allons entrer à Chaulieu, je vous le dis, et nous allons pilonner Bonaparte. C'est ainsi que l'on mettra fin à cette guerre — pas en écoutant des gibiers de potence et des baratineurs —, et plus tôt ce sera fini, plus tôt vous pourrez rentrer chez vous, plus je serai heureux. Je sais que ce n'est pas un lit de roses, de veiller sur notre pays comme nous devons le faire. Maintenant, je vais vous dire ceci... Écoutez bien ! Il n'y aura aucune punition à la suite de cette histoire. Elle ne sera même pas mentionnée dans le journal de bord, je vous en donne ma parole. Il n'y aura aucune punition. Mais chacun d'entre vous, hommes et mousses, devra être à son poste ce soir. Il devra être très attentif, car Chaulieu, ce n'est pas du tout cuit. Des hauts-fonds très dangereux. Une marée peu commode. Et nous avons besoin du dernier d'entre vous à sa manœuvre, et qu'il hale avec toute l'ardeur dont il est capable. Vous avez compris ? Ordres rapides, action immédiate. Je vais désigner quelques-uns d'entre vous pour la vedette. Et puis nous ferons force de toute la voile dont nous disposons. (Il pénétra leur groupe compact, il passa au milieu du bourdonnement des murmures, et le silence se fit devant lui. Visages souriants, confiants. Visages inquiets, ou impassibles. Quelques-uns craintifs, d'autres morts de peur, ou féroces.) Davis, vous allez dans la vedette. Le regard de l'homme était aussi apeuré que celui d'une bête sauvage. Il jeta des regards affolés à gauche et à droite.) Allez, vous m'avez entendu, dit Jack d'une voix posée. (Davis se dirigea pesamment vers l'arrière, le dos voûté, d'une démarche peu naturelle. Il régnait maintenant un silence absolu, l'atmosphère avait changé. Mais il n'allait pas permettre à ces hommes de dîner avec leurs camarades et de tenter quelque folie désespérée. Il lui semblait avoir une conscience exceptionnellement aiguë des événements. Il choisissait les hommes sans l'ombre d'un doute.) Wilcocks, dans la vedette ! Anderson ! (Il était loin, maintenant, au milieu du groupe. Sans arme.) Johnson ! Et remuez-vous ! (Très vite, la tension fut à son comble. Il fallait donner du mou.) Bonden, dans la vedette ! (Il avait le regard fixé au-delà de la tête de son timonier.) « Moi, monsieur ? » s'écria Bonden d'une voix pitoyable. Obéissez ! Bantock, Lakey, Screech !

À la périphérie, les murmures excités avaient repris. On envoyait à la vedette des hommes au-dessus de tout soupçon. Ils allaient à l'arrière, descendaient l'échelle de poupe et passaient dans le canot en remorque. Ce n'était pas une punition, ni une menace de punition. Il lova le cargue-à-vue incriminé comme on doit le faire dans la marine, et retourna à la plage arrière.

— Hommes du *Polychrest* ! Maintenant, nous allons forcer l'allure de ce navire, jusqu'à ce qu'on l'entende gémir à nouveau. Bonnettes de bas en haut, cacatois et, que le diable m'emporte, bonnettes de cacatois et contre-cacatois s'il supporte tout cela ! Plus vite nous y serons, plus vite nous rentrerons chez nous. Les hommes des manœuvres hautes, vous êtes prêts ?

— Fin prêts, monsieur !

Un large cri collectif, agréable à entendre. Soulagement ? Gratitude ?

— À mon ordre... Allez-y ! Hissez-ho !

Le *Polychrest* s'épanouit comme une rose blanche. Ses bonnettes, qu'on utilisait rarement, déployèrent l'une après l'autre leur blanc éclatant. Ses cacatois neufs brillèrent bien haut. Et par-dessus tout, ses contre-cacatois (que personne n'avait jamais vus) scintillèrent au soleil. Le navire gémit, gémit encore quand on borda les écoutes. Il plongea profondément de l'avant, tandis que la vedette fonçait dans son sillage, de l'eau presque jusqu'aux plats-bords.

Si le *Polychrest* avait eu un angle au vent idéal, ce serait à trois points au grand large. Il conserva cet angle, précisément, toute la journée. Le vent varia à peine de sa position initiale à l'ouest-nord-ouest (tendant au nord), et souffla avec une belle énergie qui obligea les hommes à lever les yeux en permanence pour surveiller les cacatois et contre-cacatois. Il forçait l'allure, en effet, taillant sa route à travers la Manche comme si la vie de son équipage en dépendait, et il embarquait tellement d'eau que M. Gray, le charpentier, remonta du puisard pour déposer une protestation officielle. Le vent emporta un contre-cacatois, et un peu plus tard, un gros objet non identifié se détacha de son fond. Mais son sillage s'étirait sur des milles et des milles. Jack, qui ne quittait pas la plage arrière, parvint presque à l'aimer.

Sur le gaillard d'avant, les hommes de l'équipe libre de quart vaquaient à leurs occupations. L'équipe de quart travaillait sans relâche aux voiles. Et chacun semblait se réjouir de la vitesse, des efforts déployés pour tirer la moindre once de poussée supplémentaire. Les ordres de Jack, à propos des punitions, furent exécutés à la lettre. Et ni homme ni mousse n'eut l'air d'essayer d'en profiter pour se la couler douce. Les hommes de la vedette avaient été rembarqués, de crainte qu'elle ne passe sous la poupe, et ils avaient pris leur dîner dans la coquerie. Il n'avait plus peur d'eux, maintenant... Leur influence avait disparu, et les autres les évitaient. Davis, la brute dangereuse, capable d'une explosion soudaine, semblait totalement hébété. Et Wilcocks, l'éloquent clerc d'avoué devenu pickpocket, ne trouvait personne pour l'écouter. Avec leur versatilité habituelle, la plupart des marins étaient passés d'un désastre à l'attente du suivant. Pour le moment, Jack contrôlait la situation.

Sa seule inquiétude concernait le vent. Tout au long de l'après-midi, il baissa, se fit moins régulier, autant de signes suggérant qu'il pouvait tomber tout à fait avec le coucher du soleil. Quand vint l'humidité du soir — que la rosée vint à raidir les gréements —, le vent s'anima encore un peu. C'était toujours ce noroît dont on avait tant besoin. Mais il était impossible de s'y fier. À six heures, ils avaient parcouru la distance prévue, et firent route vers la côte pour s'approcher de l'immanquable cap du Point Noir, surmonté de sa tour, après avoir effectué un relèvement croisé sur Camaret. Mais quand ils filèrent à l'est-sud-est pour reconnaître la côte un peu au-dessus de Chaulieu, la brume s'épaissit peu à peu jusqu'à l'entrée de la baie. Ils se retrouvèrent dans la purée de poix. Seules les taches pâles des cacatois étaient visibles, loin au-dessus du pont. Le brouillard, flottant un peu au-dessus de la surface de l'eau à peine agitée par la houle, se déchirait en de longs filaments tour à tour denses et clairs, vaguement lumineux sous la lune qui se levait.

Ils étaient à peine en retard pour la marée, et ils approchaient toujours de la côte. Le premier-maître tenait la barre. Deux plombs de sonde allaient et venaient sans interruption — « Huit par le fond, huit par le fond, dix à la marque, dix moins un quart, neuf par le fond, et sept et demi, cinq à la marque, cinq moins un quart, et quatre et demi... » La profondeur diminuait très vite.

— Nous sommes à la limite de la rade extérieure, monsieur, dit le maître en regardant le mélange de vase et de coquillages accroché au plomb de sonde.

— Très bien ! Huniers seuls, je crois.

— Il est à vous, monsieur Goodridge !

Jack recula d'un pas. Le navire murmurait dans l'eau, et le maître le fit entrer dans la rade. Il était depuis longtemps prêt pour le combat. Les hommes étaient silencieux et attentifs. En taillant sa route dans les chenaux, le bâtiment répondait promptement au gouvernail, écoutes et bras manœuvrés sur commande.

— Voilà sans doute le Galloper, dit M. Goodridge, en montrant du menton une surface pâle par tribord devant.

— Tribord, un point. Deux points... Doucement ! Doucement, maintenant... Nous y sommes. Bâbord la barre ! Forcez là-dessus !

Silence. Silence de mort dans le brouillard.

— Morgan's Knock à bâbord, monsieur, dit-il en venant à l'arrière. Jack était satisfait. Leur dernier relèvement croisé semblait dater d'un siècle, et il jouait à colin-maillard. Il ne connaissait pas cette eau. Morgan's Knock derrière eux, ils devaient se diriger vers l'ouest et contourner le haut-fond de Old Paul Hill, puis mettre le cap un peu au-dessous de l'est pour s'introduire dans la rade extérieure en croisant l'île Saint-Jacques. « Trois points à tribord ! » dit le premier-maître. Le navire vira à l'ouest. Merveilleux, comme ces vieux pilotes de la Manche connaissaient leur mer. À l'odeur et à l'instinct, sûrement. Presque à voix basse, le maître donna un ordre.

— Occupez-vous de cette bouline, vous autres, à l'avant !

Il y eut un silence, un long silence, tandis que le *Polychrest* venait au plus près du vent. Bonne brise, maintenant.

— Baissez la barre ! Doucement, doucement. Nous y sommes. Regardez, monsieur, par bâbord devant... C'est Saint-Jacques !

Une déchirure dans le brouillard. À un mille de là, Jack apercevait une haute masse blanchâtre surmontée d'une fortification qui descendait jusqu'à mi-pente.

— Bravo, monsieur Goodridge ! Bravo, vraiment !

— Holà, du pont ! héla la vigie. Une voile en vue, sur travers bâbord. Oh, ils sont une palanquée. Huit, neuf... une vraie flottille !

— Ils doivent être à l'autre bout de la rade extérieure, monsieur, dit le premier-maître. Nous y sommes.

Le vent ouvrait de grandes fenêtres dans le brouillard. Jack regarda attentivement. Il découvrit un véritable rassemblement de navires de bonne taille, gréés en trois-mâts carré ou en brick, étincelants sous la lune. Ses proies. Les transports et les canonnières prêts pour l'invasion.

— Vous êtes satisfait qu'ils soient là, dans la rade extérieure, monsieur Goodridge ?

— Oui, monsieur. Il y a quelques minutes, nous avions Saint-Jacques gisant sud-sud-est. Entre eux et nous, l'espace est totalement découvert.

— Baissez un peu la barre.

Le vent sur sa hanche bâbord, le *Polychrest* fila avec la marée, droit sur les canonnières.

— Ôtez les tampons ! cria Jack. Tous à vos pièces !

Son intention était de faire irruption parmi eux en ouvrant le feu des deux bordées, pour profiter de l'effet de surprise et obtenir le maximum de la première salve. Quelques minutes plus tard, les batteries lâcheraient un feu d'enfer, et les hommes n'auraient plus de sitôt l'occasion de se tenir droits. La brume avait de nouveau dérivé, mais elle s'éclaircissait : Jack discernait vaguement son objectif, tandis qu'ils s'en approchaient peu à peu.

— Que personne ne tire avant...

Un choc le précipita à plat ventre sur le pont. Le *Polychrest* s'immobilisa brutalement. Il s'était littéralement jeté sur West Anvil.

Cela ne faisait aucun doute. Jack se releva. L'éclaircie du brouillard lui révéla la présence d'un fort, juste à l'arrière. Il y en avait un autre, exactement identique, par tribord devant. L'un et l'autre s'éveillèrent tout à coup, dans un grondement épouvantable, une explosion de feu d'artillerie qui illumina le ciel. Ils avaient confondu Saint-Jacques et La Convention, la rade intérieure et la rade extérieure ! Ils étaient entrés par la mauvaise passe, et une langue de sable infranchissable les séparait des vaisseaux. Ceux-ci se trouvaient dans la rade intérieure, pas dans l'autre. Par miracle, tous les mâts du *Polychrest* étaient encore debout. Mais la houle le souleva, et il alla s'échouer un peu plus loin sur le haut-fond.

— Aux écoutes ! cria-t-il à pleins poumons. (Inutile d'essayer d'être discret, maintenant.) Aux écoutes ! (La tension sur les mâts se relâcha.) Parker, Pullings, Babbington, Rossall, faites déplacer les canons vers l'arrière ! (S'il n'accrochait qu'à l'avant, on pourrait le renflouer. On pouvait voir, de l'autre côté du haut-fond, de nombreux mouvements de voiles — navires s'ébranlant tous azimuts —, et deux formes distinctes, bien ordonnées, se détachaient de la confusion générale et se dirigeaient vers eux. Des bricks, qui signalèrent leur présence par deux doubles salves. Cela signifiait qu'ils allaient le balayer de la proue à la poupe.) Laissez les pièces du gaillard d'avant ! cria-t-il. Messieurs Rossall, Adams, maintenez un feu nourri sur ces bricks.

La lune brilla soudain d'une clarté inattendue. Le vent dissipa la fumée. La lune éclaira les batteries comme en plein jour. Elle éclaira l'ensemble de la rade intérieure couverte d'embarcations. Une corvette était au mouillage, juste sous les canons de La Convention. Sans doute le navire que le *Thetis* et l'*Andromeda* avaient poursuivi jusqu'ici. Le gibier de Jack. « Un fichu endroit pour mouiller ! » se dit-il (une des mille réflexions qui lui traversèrent l'esprit). La lune éclaira de même le pont du *Polychrest*. Parfaitement disciplinés, la plupart des hommes, l'effet de surprise passé, s'activaient auprès des canons, qu'ils déplaçaient bruyamment vers l'arrière sans se préoccuper du tonnerre qui tombait des forts. Saint-Jacques tirait à côté, de crainte de toucher ceux des leurs qui se trouvaient devant le *Polychrest*. La Convention n'avait pas réglé son tir. La pluie d'acier passait encore trop haut. Les bricks étaient beaucoup plus dangereux.

Jack agrippa un cordage, aida à déplacer un canon vers l'arrière, réclama des coins pour le caler en attendant qu'on puisse l'amarrer.

— Tout le monde à l'arrière ! Tous les hommes, tous les hommes à l'arrière ! Nous allons le faire rebondir dans l'eau ! À mon ordre, tous ensemble, sautez sur place ! Une, deux ! Une, deux ! (Ils sautèrent. Cent hommes, tous ensemble. Ajouté à celui des canons, leur poids suffirait-il à faire glisser le navire dans l'eau profonde ?) Une, deux ! Une, deux ! (Non, ça n'irait pas.) Jolis sauts ! (Il courut à l'avant, jeta un regard anxieux vers le port. Il consulta sa montre. Neuf heures et quart. Il restait peu de temps avant le changement de marée.) Mettez tous les canots à l'eau. Monsieur Parker ! La caronade dans la vedette !

Il fallait le sortir de là. Pour le renflouer, il suffisait de jeter une ancre de bossoir dans l'eau profonde et de la haler au cabestan. Mais même la vedette ne supporterait pas le poids de l'ancre. Il fallait s'emparer d'un bateau plus gros. Un boulet passa en sifflant à quelques pieds de Jack, et le déplacement d'air le fit chanceler. À l'avant, il y eut des vivats : la caronade de tribord venait de fracasser la figure de proue d'un des bricks. Il fallait s'emparer d'un navire. Les transports faisaient force de voile vers le Ras du Point. Ils ne les rattraperaient pas à temps. Il y avait quelques petits lougres, dans l'entrée du port. Il y avait aussi cette corvette solitaire, sous les canons de La Convention. Incroyablement proche, amarrée à l'avant et à l'arrière, à cinquante mètres de la côte, en travers, la proue dans la direction de Saint-Jacques. Et pourquoi pas la corvette ? Il écarta la question, c'était absurde. Et pourquoi pas ? Les risques étaient énormes. Mais ce n'était pas plus risqué que de rester en panne sous le feu croisé quand les batteries auraient réglé leur tir. Cela ressemblait fort à de l'inconscience, à de la folie. Mais pas tout à fait. Et avec la corvette, il n'aurait pas besoin d'aller jeter une ancre. Il gagnerait du temps.

— Monsieur Rossall, prenez la vedette. Vous allez détourner le feu de ces bricks. Munissez-vous d'une provision de cartouches et d'une douzaine de mousquets. Faites autant de bruit que possible. Hurlez. Chantez à tue-tête. (L'équipage de la vedette embarqua promptement. Jack inspira profondément et hurla, en essayant de se faire entendre malgré le canon :) Des volontaires ! Des volontaires pour venir avec moi, pour nous emparer de cette corvette. Richards, distribuez des coutelas, des pistolets, des haches. Monsieur Parker, vous restez ici. (Les hommes ne le suivraient pas... Et lui, combien le suivraient ?) Monsieur Smithers, vous prenez le cotre rouge. Vous et vos fusiliers, vous passerez à l'abordage à tribord. Monsieur Pullings, avec le cotre bleu, vous l'aborderez sur sa hanche bâbord. Dès que vous y êtes, tranchez ses amarres. Prenez des haches. Puis vous monterez dans la mâture, et vous déploierez ses huniers. Ne vous occupez de rien d'autre. Prenez vos hommes. Vite ! Les autres, vous venez avec moi. Allons, remuez-vous ! Il n'y a pas un instant à perdre !

Killick lui tendit ses pistolets. Il sauta dans son youyou sans se retourner. Les Polychrests passèrent en grand nombre par-dessus bord, et embarquèrent dans les canots. Les armes s'entrechoquaient, une voix brailla à deux doigts de son oreille :

— Pousse-toi, George ! Fais-moi un peu de place, veux-tu ?

Combien d'hommes s'entassaient dans les canots ? Soixante-dix ? Quatre-vingts ? Ils étaient beaucoup plus. Son cœur se gonfla d'allégresse, et toutes les ténèbres s'évanouirent d'un seul coup.

— Allons-y ! Silence, sur les canots ! Juste au-delà du haut-fond, Bonden. Dirigez-vous droit dessus.

Un craquement, derrière lui. Une salve de La Convention venait d'emporter le petit mât de hune du *Polychrest*.

— Pas une grosse perte ! dit-il en s'installant dans le fond du canot, son épée entre les genoux. Ils touchèrent le fond une seule fois, à peine un raclement, au sommet du haut-fond. Soudain, ils furent de l'autre côté, dans la rade intérieure. Cap sur la corvette, à huit cents mètres. Le risque était énorme, en effet — il pouvait y avoir deux cents hommes à bord de leur proie —, mais cette fois encore, l'effet de surprise jouerait en leur faveur. Les Français ne s'attendaient certainement pas à être pris d'abordage par un navire échoué. Surtout pas sous leurs propres canons. Trop loin de leurs canons, aussi — quelle naïveté de mouiller à cet endroit ! —, car la batterie de La Convention était haut perchée, au sommet du promontoire. Ils seraient incapables d'abaisser suffisamment leurs canons pour balayer la mer à moins de deux ou trois cents mètres du fort. Plus que cinq cents mètres à couvrir. Les hommes ramaient comme des fous — dans un concert de grognements rythmés —, mais le canot était plein, lourd, bondé... Ils n'avaient même pas la place pour tirer les avirons. Bonden était serré à côté de lui, puis le petit Parslow. Ce gamin n'aurait pas dû venir... Le commissaire, mortellement pâle à la lueur de la lune. La face abominable de Davis. Lakey, Plaice, tous les Sophies...

Encore quatre cents mètres... La corvette, enfin, avait compris le danger. Un appel. Une bordée irrégulière, des tirs de mousquets. D'autres mousquets, qui crépitaient tout le long de la côte. Un déluge de gerbes, dû aux grosses pièces de La Convention. Elles s'étaient détournées du *Polychrest* pour viser ses canots, qu'elles manquaient de très peu. Pendant tout ce temps, la vedette, derrière eux, harcelait les bricks sans désemparer avec sa petite caronade de six-livres, grondait, lâchait des tirs de mousquets, détournait merveilleusement leur attention de l'avance silencieuse de Jack à travers la rade intérieure. Encore La Convention, les canons baissés à la limite du possible, tirant tout de même, au-delà de leurs positions.

Deux cents mètres. Cent mètres. Les autres canots fonçaient devant, Smithers à droite, Pullings virant à main gauche pour contourner la poupe de la corvette.

— Aux chaînes d'artimon, Bonden !

Jack détacha son épée dans son fourreau.

Un effroyable jaillissement de feu, un grondement collectif... Les fusiliers étaient passés à l'abordage à la proue.

— Les chaînes d'artimon. Nous y sommes, monsieur ! dit Bonden, en pesant sur la barre.

Une ultime bordée au-dessus de leurs têtes. Le youyou vint embrasser le flanc de la corvette.

Monter. Jack bondit au meilleur du roulis, il s'agrippa aux caps-de-mouton. Monter. Pas de filet d'abordage, nom de Dieu ! Les hommes se frayaient un passage, s'accrochant à tout ce qui leur tombait sous la main. L'un d'eux lui tira les cheveux. Monter, franchir la lisse, forcer la mince ligne de défenseurs — quelques piques, des fauberts, un mousquet qui détona près de son oreille —, puis courir vers la plage arrière, l'épée au clair, le pistolet dans la main gauche. Droit sur le groupe d'officiers, en hurlant : « Polychrests ! Polychrests ! », un essaim compact d'hommes sur les talons, une bagarre étourdissante au mât d'artimon, une mêlée ouverte, des hommes luttant en silence, une violence sans merci, très brutale. Jack déchargea son pistolet, le jeta au visage de l'agresseur suivant. Babbington, à gauche, courut droit sur le canon d'un mousquet. L'éclair, la fumée. Il tomba. Jack se figea, vint s'interposer. Très violemment, il fit dévier le coup de baïonnette mortel — elle se ficha dans le pont. Il souleva son épée et la fit tournoyer, en y mettant tout son poids, toute sa force. Un terrible coup de revers qui trancha la tête du soldat, la séparant presque du reste du corps.

Un petit officier, dans l'espace dégagé devant lui, pointa son épée sur sa poitrine. Leur ballet ferraillant les mena vers la lisse de couronnement, les épées étincelantes à la lumière de la lune. Une méchante brûlure à l'épaule. Mais avant que l'officier ait eu le temps de récupérer sa lame, Jack était sur lui, lui écrasait son pommeau sur la poitrine et lui donnait un violent coup de pied aux jambes, par-dessous.

— *Rendez-vous !* cria-t-il.

— *Jé mé rendre*, dit l'officier à terre, en lâchant son épée. *Parola !*

Coups de feu, craquements, cris à la proue, cris dans le parc : Pullings en train de taillader les amarres au flanc de la corvette. Vestes rouges, assombries par la lune, nettoyant le passavant de tribord. Et partout, partout, le cri : « Polychrest ! » Jack fonça vers l'avant, vers le petit groupe rassemblé près du grand-mât. Des officiers, pour la plupart. Ils reculaient, déchargeaient leurs pistolets, pointaient des épées et des piques. Derrière eux, côté terre, leurs hommes sautaient par dizaines, qui dans l'eau, qui dans les canots. Haines dépassa Jack en courant, se fraya un chemin au plus fort des combats et se précipita dans les hauteurs, suivi d'un groupe de camarades.

Voilà Smithers, hurlant, suant, avec une dizaine de ses fusiliers... Partis de la proue, ils avaient atteint la plage arrière. Et puis Pullings, une hache sanguinolente à la main. Les huniers flottaient — grand hunier, petit hunier, grand hunier arrière — et les hommes étaient déjà aux écoutes.

— *Capitaine !* cria Jack, *Capitaine, cessez effusion sang ! Rendez-vous ! Hommes désertés ! Rendez-vous !*

— *Jamais, monsieur !* dit l'autre, qui s'élança furieusement vers lui.

— Bonden, faites un croc-en-jambe à ce monsieur !

Jack para le coup et frappa en hauteur. L'épée du capitaine français jeta un éclair. Bonden passa dessous, le saisit au collet, et ce fut réglé.

Goodridge était à la barre — comment était-il arrivé là ? — et ordonnait, d'une voix de stentor, qu'on borde les écoutes du petit hunier. Déjà la terre fuyait, elle glissait doucement vers l'arrière, vers le lointain...

— *Capitaine, en bas, dessous, s'il vous plaît ! Toutes officiers dessous !*

Les officiers remirent leurs épées à Jack, qui les passa à Bonden. Des phrases incompréhensibles... De l'italien ?

— Monsieur Smithers. Qu'on les installe dans la soute aux câbles.

Une bagarre isolée, un coup de feu solitaire sur le gaillard d'avant en réponse aux tirs du rivage. Des cadavres sur le pont. Des blessés qui rampaient.

La corvette allait à l'ouest, et le vent béni soufflait juste devant son travers. Elle devait contourner West Anvil avant de changer de bord pour rejoindre le *Polychrest*. Durant tout le trajet, elle serait dans la ligne de tir de Saint-Jacques. Il allait falloir ramper sur un demi-mille, de plus en plus près de cette batterie mortelle.

— Misaine et brigantine ! cria Jack.

Il fallait faire vite. Et, par-dessus tout, il ne fallait pas manquer le changement d'amures. La corvette semblait facile à manœuvrer, mais si elle manquait son changement d'amures, elle serait mise en pièces.

Derrière eux, La Convention tirait toujours. Un peu au hasard, à présent, mais un gros boulet traversa les trois huniers en enfilade. Jack courut à l'avant pour mettre de l'ordre dans les amures de la voile de misaine. Le pont grouillait de Polychrests. Ils l'interpellaient. Bonne humeur délirante, parfois jusqu'à l'exaltation.

— Wilkins, dit-il en lui posant la main sur l'épaule, prenez Shaddock avec vous et commencez à jeter les cadavres par-dessus bord.

C'était un petit vaisseau bien entretenu. Dix-huit... Vingt canons. Plus large que le *Polychrest*. La *Fanciulla*... C'était donc bien la *Fanciulla*. Mais pourquoi ceux de Saint-Jacques ne tiraient-ils pas ?

— Monsieur Malloch, débarrassez-moi de cette petite ancre de bossoir, et faites filer un câble par un des sabords de l'arrière.

Pourquoi ne tiraient-ils pas ? Un triple craquement à l'arrière du grand-mât — La Convention venait de crever la coque de la corvette —, mais rien de Saint-Jacques. Ceux-ci n'avaient pas encore compris que la *Fanciulla* avait été prise

— ils pensaient peut-être qu'elle allait attaquer le *Polychrest*, échoué un peu plus loin. « Pourvu que ça dure ! » se dit-il. Les amures étaient prêtes, la corvette fendait le flot un peu plus vite. La mer était étale, maintenant. Il leva sa montre à la lumière de la lune. Un éclair, du côté de Saint-Jacques : il était onze heures précises. Ils avaient enfin compris. Mais l'extrémité du banc de sable n'était plus très loin.

— J'en ai tué un, monsieur ! s'écria Parslow, qui traversa le pont en courant pour le rattraper. Je lui ai tiré dessus au moment où il se ruait sur Barker avec une pique !

— Très bien, monsieur Parslow. Maintenant filez à la soute aux câbles, et prêtez main-forte à M. Malloch, voulez-vous ? Monsieur Goodridge, je crois que nous allons très bientôt pouvoir virer de bord.

— Encore cent mètres, monsieur, dit le premier-maître, les yeux fixés sur Saint-Jacques. Je dois simplement amener ces deux tourelles dans l'axe.

Plus près, toujours plus près. Les tours convergeaient.

— Tous les hommes, tous les hommes ! hurla Jack. Prêts à virer de bord ! Monsieur Pullings, vous êtes tous prêts, là-bas ? (Les tours s'embrasèrent, bientôt noyées sous leur propre fumée. Le mât de hune d'artimon de la corvette passa par-dessus bord, des torrents d'éclaboussures noyèrent la plage arrière.) Prêt ! Envoyez ! La barre dessous ! Levez les lofs ! Changez derrière, changez ! (La corvette pivota, se remit en mouvement, très vite, malgré la perte de ses voiles d'arrière.) Halez tout, halez avec ardeur !

Ça y était, elle avait viré aussi facilement qu'un cotre. Avec trois points de largue au vent, elle cinglait maintenant vers le *Polychrest*... Le *Polychrest* qui n'avait plus de mât de misaine, plus de grand mât de perroquet, rien que le moignon de son beaupré, mais qui continuait de faire feu de ses caronades d'avant et qui les acclama faiblement quand la *Fanciulla* s'approcha de lui, remonta contre le vent du côté éloigné du chenal et jeta l'ancre.

— Tout va bien, monsieur Parker ? héla Jack.

— Tout va bien, monsieur. Nous sommes un peu étourdis, et la vedette a coulé sous nos yeux. Mais tout va bien.

— Installez le cabestan, monsieur Parker, et préparez un passage pour le câble. (Sa voix fut noyée par le grondement des canons et le vacarme des boulets qui touchaient l'un ou l'autre navire, frappaient la surface de l'eau ou passaient au-dessus de leurs têtes. Il réitéra ses ordres et poursuivit :)

Monsieur Pullings, amenez le cotre sous la poupe, pour prendre la ligne.

— Ce satané mât de flèche a enfoncé le cotre rouge, monsieur, et je crains que l'amarre des fusiliers se soit détachée, quelle qu'en soit la raison. Il ne reste que votre youyou, monsieur. Les Français ont utilisé leurs canots pour s'enfuir à terre.

— Eh bien, nous prendrons le youyou. Monsieur Goodridge, dès que le câble sera fixé, vous commencerez à virer de l'avant. Pullings, suivez-moi. (Il sauta dans le youyou, prit le bout de la ligne en main — leur ligne de vie ! — et déclara :) Il nous faudra au moins vingt hommes de plus au cabestan. Faites autant d'aller et retour que possible, Pullings.

Il était de retour sur le *Polychrest*. Des bras se tendirent avec empressement au sabord de l'arrière pour saisir la ligne. Un obus de mortier explosa, orange vif, plus proche des bricks-canonnières que de sa cible.

— Beau travail, monsieur. Je vous félicite pour votre prise.

Parker parlait d'une voix curieusement hésitante, en cherchant ses mots. À la lueur des éclairs, il avait l'air d'un vieil homme. D'un vieil homme voûté.

— Merci, Parker. Pas mal, en effet. Allons, vous autres, tirez sur cette ligne ! Virez de bon cœur !

La ligne entra, mètre par mètre. Bientôt, elle amena une petite haussière qui tira à son tour, beaucoup plus lentement, un câble lourd de la taille d'un serpent. Les hommes de Pullings continuaient d'arriver. Enfin, le câble fut fixé au cabestan. Tandis qu'on assujettissait les barres, Jack regarda sa montre, une fois de plus. Minuit passé. La marée descendait depuis une demi-heure.

— Virez de l'avant ! cria-t-il à la *Fanciulla*. Et maintenant, les Polychrests, réveillez-vous ! Virez de tout cœur ! Virez, tous ensemble !

Le cabestan commença à tourner, les linguets cliquetèrent. Le câble émergea peu à peu, se tendit, jaillit enfin de l'eau.

Mais les bricks, effrayés par les obus, avaient changé de direction, et les artilleurs de Saint-Jacques pouvaient user de tous les canons — de lourds mortiers — dont ils disposaient. Un boulet tua quatre hommes au cabestan. Le grand mât de hune s'effondra sur le gaillard d'avant. Le youyou, bord à bord, fut pulvérisé au moment précis où son dernier occupant en sortait. « Virez ! Virez, allez, tous ensemble ! » criait Jack. En poussant sur sa barre, il glissa dans une flaque de sang et donna un coup de pied à un cadavre. « Virez ! Virez ! » Le câble se soulevait au-dessus de la mer. Il était presque horizontal. Les hommes rescapés du youyou se jetèrent sur les barres. « Virez ! Virez ! Il bouge ! » Malgré le grondement du canon, ils entendirent très distinctement — ou ils sentirent — le grincement de la coque se déplaçant sur le sable. Quelques vivats essoufflés. Les linguets cliquetèrent encore une fois, deux fois, puis s'immobilisèrent. Les barres ne rencontraient plus de résistance, le cabestan tournait à vide. Un boulet avait tranché le câble.

Jack tomba comme les autres. On le foula aux pieds. Il se dégagea de l'enchevêtrement de corps et de membres, et se pencha sur la lisse.

— Goodridge ! Goodridge, hé ! Est-ce que vous pouvez venir m'accoster ?

— Je ne crois pas, monsieur. Pas avec le jusant. Je n'ai que quelques brasses de fond, ici. Pas de canot ?

— Pas de canot. Faites-moi étalinguer une autre ligne, promptement ! Vous m'entendez ?

Lui-même entendait à peine le son de sa voix. Les bricks avaient fait le tour et leur tiraient dessus depuis l'entrée du port, au-delà du haut-fond. Jack se débarrassa de son manteau, posa son épée et se jeta à l'eau. Au moment où il plongeait, un éclat de métal déchiqueté lui frappa la tête, ce qui l'envoya dans les profondeurs. Mais, quel que fût son état, son corps était encore capable de nager. Au flanc de la *Fanciulla*, des bras tâtonnèrent pour le saisir.

— Hissez-moi à bord ! (Haletant, dégoulinant, il s'assit sur le pont.) Est-ce que quelqu'un sait nager, ici ? (Pas un mot. Pas de réponse.)

— Je peux essayer avec un caillebotis, dit une voix hésitante.

— Donnez-moi la ligne, dit Jack, en se dirigeant vers l'échelle de poupe.

— Vous ne voulez pas vous reposer, monsieur, et prendre un remontant ? Vous êtes couvert de sang, dit Goodridge, en regardant son visage d'un air suppliant. Jack secoua la tête avec impatience, aspergeant le pont de son sang. C'était le jusant, et chaque seconde comptait. L'eau avait déjà baissé de six pouces autour du *Polychrest*. Il descendit l'échelle, se laissa aller dans l'eau et s'éloigna en nageant sur le dos. Le ciel était presque continuellement éclairé *a giorno*. Entre les éclairs, la lune était visible, courbée comme un bouclier. Il comprit tout à coup qu'il y avait deux lunes, flottant et pivotant chacune de son côté. Et ce n'était pas à Cassiopée qu'il devait se fier. De l'eau lui pénétra dans la gorge. « Bon Dieu, je fatigue ! Je perds le contrôle ! » se dit-il. Il se retourna dans l'eau, le cou tendu vers le haut, retrouva ses repères. Le *Polychrest* était loin sur sa gauche. Pas devant lui. Ils le hélaient. Oui, ils le hélaient. Il enroula le bout de la ligne autour de son épaule, et se concentra sur le fait qu'il devait nager, fixer le navire, replonger à chaque mouvement, fixer à nouveau le navire. Mais que ses mouvements étaient faibles ! Il nageait contre la marée, bien sûr. Et comme cette ligne était lourde, comme elle le tirait vers le fond !

« Très bien, très bien », se dit-il, changeant de direction pour tenir compte du courant. Sur les vingt derniers mètres, ses forces semblèrent lui revenir, mais il ne put que se cramponner sous la poupe. Ses bras n'avaient plus aucune force, il ne pourrait pas monter à bord. Mais les hommes s'affairaient, ils essayaient de le tirer hors de l'eau.

— Attrapez la ligne, par l'enfer ! cria-t-il, d'une voix qui lui semblait très lointaine. Tirez-la à l'avant, et virez, virez...

Au pied de l'échelle de poupe, Bonden le sortit de l'eau et le soutint pendant la montée. Jack s'assit sur un baquet de mèche, tandis qu'on faisait tourner le cabestan — vite, d'abord, puis de plus en plus lentement. Et pendant tout le temps qu'ils virèrent, la houle régulière soulevait la poupe du *Polychrest*, et elle retombait sur le sable dur avec un bruit sourd. Pendant tout ce temps, l'artillerie française continuait de les pilonner. Le charpentier passa en courant, avec toujours plus de bourre pour colmater les brèches. Ils avaient déchiré la coque du *Polychrest* une douzaine de fois depuis que Jack était revenu à bord, mais il était totalement indifférent à leurs tirs — c'était un simple fond sonore, une nuisance, une gêne pour la seule chose qui comptait vraiment. « Virez, tous ensemble ! Virez, tous ensemble ! » La tension du câble était à son comble. Pas un cliquetis du côté des linguets... Il se dirigea en titubant vers une place libre à une barre, se jeta en avant de tout son poids, glissa dans le sang, retrouva l'usage de ses pieds. Clic. Et le cabestan tout entier se mit à grogner. Clic. « Il bouge », murmura un type à côté de Jack. Un grincement lent, hésitant, et puis... Lorsque la houle vint de l'arrière... Il se souleva. « Il flotte !

Il flotte ! » Des vivats délirants, auxquels des acclamations répondirent, de l'autre côté de l'eau.

— Virez, virez ! dit-il.

Il fallait le libérer totalement. Le cabestan tournait, il filait vraiment bien, plus vite que le câble lui-même, et le *Polychrest* progressa lourdement, droit vers le chenal d'eau profonde.

— Beau travail ! Tous à vos postes pour mettre à la voile. Monsieur Parker, bordons toute la voile que nous pouvons border.

— Quoi ? Je vous demande pardon, monsieur ? Je n'ai pas...

Aucune importance. Les marins qui avaient entendu se trouvaient déjà dans les hauteurs. La grand-voile en lambeaux retomba, puis la pouillouse, presque intacte, et le *Polychrest* disposa de sa vitesse minimale de manœuvre. Il sentait le navire vivre sous ses pieds. La vie se transmit à son cœur, s'empara de lui à nouveau.

— Monsieur Goodridge ! cria-t-il avec une énergie retrouvée, tranchez vos câbles et faites-nous sortir d'ici par le Ras du Point. Filez une touline dès que vous serez en route.

— À vos ordres, monsieur.

Il prit la barre, emmena le navire du côté contre le vent du chenal, pour que sa tendance à la dérive ne le fasse pas s'échouer de nouveau. Seigneur, comme il était lourd, comme la houle le ballottait ! Et il était très bas sur l'eau. On déploya encore un peu de toile : une voile d'étai au mât de hune d'artimon, un morceau de brigantine, quelques débris ayant survécu. Mais cela suffit pour lui faire gagner deux nœuds. Avec le jusant, s'il descendait directement le chenal, il pouvait être sorti d'affaire en dix minutes.

— Monsieur Rolfe !

— M. Rolfe est mort, monsieur.

— Son second, alors. Qu'on remette les canons en place. (Il valait mieux ne pas demander à Parker. Il avait assez de mal à se tenir debout.) Monsieur Pullings, emmenez à l'avant quelques hommes vigoureux, et voyez si vous pouvez attraper la touline. Que voulez-vous, monsieur Gray ?

— Nous avons six pieds d'eau, en bas, monsieur. Le docteur demande si nous pouvons installer les blessés dans votre cabine. Il les avait déjà déplacés du cockpit au carré, mais il est tout inondé, maintenant.

— Oui. Certainement. Pouvez-vous venir à bout de ces

brèches ? Nous allons immédiatement faire activer les pompes.

— Je ferai de mon mieux, monsieur. Mais je crains qu'il ne s'agisse pas des brèches. Le navire s'ouvre comme une fleur.

L'enfer se déchaîna à nouveau, étouffant ces derniers mots. Certains boulets étaient rouge feu. Là-bas, on avait allumé les chaudières. La plupart des tirs étaient imprécis, trop à l'arrière, mais trois coups touchèrent au but, secouèrent de la proue à la poupe le navire empli d'eau, et tranchèrent le dernier de ses haubans d'artimon de tribord. Babbington vint à l'arrière en titubant... une de ses manches flottait, vide — pour rapporter qu'on avait embarqué la touline et qu'elle était amarrée aux apôtres.

— Très bien, monsieur Babbington. Allen, descendez avec quelques hommes. Aidez le docteur Maturin à transporter les blessés dans la cabine.

Il se rendit compte qu'il criait très fort, sans aucune raison. Sauf les derniers tirs d'une affreuse longue pièce de La Convention, le silence était général. Silence et obscurité : la lune était très basse, maintenant. Il sentit la touline se raidir, tirer doucement le *Polychrest*, qui subit une légère secousse. Devant, la corvette avait bordé ses basses-voiles et ses huniers, et les hommes s'occupaient de dégager l'épave du mât de hune d'artimon. Quel joli navire, si net et si soigné ! Quelle puissance de traction ! Et elle devait être très rapide.

Ils longeaient East Anvil, côté terre. Le haut-fond était hors de l'eau maintenant, et un aimable ressac venait s'y briser. Devant eux se trouvait l'entrée du Ras du Point, encombré par les navires de transport. Ils semblaient ignorer que la *Fanciulla* avait changé de mains. Des cibles faciles. C'était une chance inouïe.

— Monsieur Goodridge ! L'état de vos canons, je vous prie ?

— Parfait, monsieur, parfait. Des douze-livres de cuivre. Quatre huit-livres. Et des stocks de gargousse, prêts à servir.

— Allons rendre visite à ces transports, voulez-vous ?

— À vos ordres, monsieur !

— Jenkins, l'état de notre poudre ?

— Trempée, monsieur. Le magasin est inondé. Mais nous avons trois charges par canon, et des tas de munitions.

— Alors armez-les, en double charge, Jenkins. Nous allons leur faire un salut en passant.

Ce ne serait pas une bordée de grand style. Il y avait à peine assez d'hommes pour tirer des deux côtés, sans parler de mettre les pièces en position après chaque tir et de les recharger promptement. Mais il fallait marquer le coup. Jack n'en avait-il pas reçu l'ordre ? Il rit très fort. Et il rit aussi en découvrant qu'il devait se tenir à la barre pour ne pas tomber.

La lumière de la lune s'évanouissait. Le Ras du Point glissait vers eux, très lentement. À l'avant, Pullings avait installé une manière de gréement de fortune, et une autre voile gonflait avec vigueur. Parslow dormait à poings fermés sous la lisse aux râteliers fracassée.

Il y avait maintenant du mouvement et de l'agitation, du côté des transports. Jack entendit un appel, puis la réponse assourdie de la *Fanciulla*, suivie de rires bas. Des voiles firent leur apparition, et la confusion s'installa.

La *Fanciulla* se trouvait à cent mètres en avant.

— Monsieur Goodridge, cria Jack, coiffez un petit peu votre grand hunier !

Le *Polychrest*, péniblement, réduisit un peu la distance. Les transports partaient dans plusieurs directions. Trois d'entre eux au moins s'étaient emmêlé les chaînes dans l'étroit chenal. Les minutes se succédaient comme en rêve, et puis soudain ça y était, l'exaltation de l'action immédiate — même après ces excès de bruit et de violence. Un transport gisait par bâbord devant, à deux cents mètres de là. Trois autres s'immobilisaient mutuellement, échoués, à tribord.

— Feu quand nous serons sur eux, dit Jack, en baissant la barre de deux points.

Au même instant, la *Fanciulla* lâcha une explosion de flamme et fumée — c'était un grondement beaucoup plus aigu. Ils étaient au milieu du groupe, maintenant, et tiraient des deux bordées. Sur les vaisseaux échoués, on agitait des lanternes, en criant des mots que personne n'entendait. Un autre, qui avait manqué son changement d'amures, dériva vers le flanc du *Polychrest* après que la dernière caronade eut tiré sa dernière charge. Ses vergues s'emmêlèrent dans ce qui restait des haubans du *Polychrest*. Quelque gros malin avait amarré sa grand-vergue. Son commandant, debout sous la gueule de ses canons vides, les informa qu'il avait amené son pavillon.

— Allez en prendre possession, monsieur Pullings, dit Jack. Et serrez au mieux sous mon vent. Vous n'avez droit qu'à cinq hommes. Monsieur Goodridge, Monsieur Goodridge ! Continuez à avancer !

Une demi-heure plus tard, il n'y avait plus un seul transport dans le chenal. Trois s'étaient échoués. Deux étaient partis vers la côte. Un avait sombré (l'œuvre des massacreurs de vingt-quatre livres à bout portant). Les autres avaient filé dans la rade extérieure ou vers Chaulieu, où l'un d'eux avait été incendié par un boulet chauffé au rouge de Saint-Jacques. Une demi-heure plus tard — le temps de parcourir la longueur du chenal et de provoquer tous ces ravages —, le *Polychrest* se déplaçait si lourdement, maintenait une telle tension sur la touline, que Jack fit venir bord à bord la *Fanciulla* et le transport.

Il alla en bas, Bonden le tenant par le bras, s'assura de l'exactitude du rapport désespéré du charpentier, donna des ordres pour qu'on évacue les blessés sur la corvette, qu'on mette les prisonniers en sécurité et qu'on emporte ses propres documents. Il s'assit enfin, tandis que les trois navires se balançaient sur la légère houle de l'étale. Il regarda les hommes épuisés qui débarquaient du *Polychrest* leurs camarades, leurs effets et tous les objets de valeur.

— Il faut partir, monsieur, dit Parker. Pullings et Rossall étaient là, prêts à soulever leur capitaine.

— Allez-y. Je vous suis.

Ils hésitèrent, mais ils remarquèrent la gravité de son ton et de son regard. Ils franchirent le bord et sautèrent pardessus le bastingage de la corvette. Le vent tournait. Il soufflait de la côte, maintenant. À l'est, le ciel était déjà plus clair. Ils avaient dépassé le Ras du Point. Les hauts-fonds étaient derrière eux. Au large, l'eau était d'un beau bleu profond. Jack se leva, marcha aussi droit que possible vers un sabord défoncé, fit un pauvre bond qui le jeta dans la *Fanciulla*, se rattrapa en chancelant, et se retourna pour regarder son navire. Il ne sombra pas avant dix bonnes minutes. Ce fut suffisant pour que le sang de Jack — ou le peu qui lui restait — forme une flaque à ses pieds. Le *Polychrest* s'enfonça très doucement, l'air produisit comme un soupir dans les écoutilles, et il se posa au fond de l'eau, les extrémités de ses mâts brisés émergeant d'un bon pied.

— Venez, mon frère, lui souffla Stephen à l'oreille, comme en rêve. Suivez-moi. Il faut venir en bas... Il y a déjà trop de sang, ici. Allons, en bas ! Hé, Bonden, aidez-moi à le porter, voulez-vous ?

Chapitre douze

La Fanciulla
The Downs
le 20 septembre 1804

Mon cher Monsieur,

C'est à la demande de votre William, mon brave et respectable aspirant, que j'écris hâtivement ces quelques lignes pour vous informer de notre accrochage avec les Français, la semaine dernière. Le navire que je commande s'est vu décerner une citation. Hors la divine providence, je le dois entièrement au zèle et à la fidélité de mes officiers, parmi lesquels votre fils occupe une place de choix. Il se porte très bien, et je souhaite qu'il continue dans cette voie. Par malchance, il a été blessé quelques minutes après l'abordage de la *Fanciulla,* et son bras souffre d'une si vilaine fracture qu'il devra peut-être, je le crains, subir une amputation. Mais ce n'est que son bras gauche, et il a la chance de se trouver entre les mains du talentueux docteur Maturin. J'espère que vous y verrez plus une marque honorifique qu'un signe d'infortune.

Le quatorze courant, nous nous sommes introduits dans la rade de Chaulieu. Par malheur, nous nous sommes échoués dans le brouillard, sous le feu croisé de leurs batteries. Pour pouvoir renflouer notre navire, nous avons jugé nécessaire de nous emparer d'un bâtiment ennemi. Nous avons choisi pour cela un vaisseau au mouillage sous l'une des batteries, et nous l'avons rallié avec la promptitude requise, dans nos canots. C'est durant l'abordage de ce navire que votre fils a été blessé. Il s'agissait d'une corvette ligurienne de vingt canons, la *Fanciulla*, emmenant aussi quelques officiers français. Nous avons alors décidé d'attaquer des transports ennemis, et votre fils a combattu avec le plus grand dévouement et la plus grande bravoure. Nous avons pris un navire ennemi, coulé un autre, et jeté cinq sur la côte. À ce point, malheureusement, le *Polychrest* a sombré. Il avait été frappé de plus de deux cents coups et avait cogné durant cinq heures sur un haut-fond. Nous avons enfin repris la route des Downs à bord de nos prises. La cour martiale, siégeant hier après-midi sur le *Monarch*, a très honorablement acquitté les officiers du *Polychrest* de la perte de leur navire, non sans formuler quelques remarques très obligeantes. Vous trouverez un récit complet de ma modeste bataille dans ma lettre à la Gazette, qui sera publiée dans les journaux de demain, et dans laquelle j'ai le plaisir de citer nommément votre fils. Et puisqu'en ce moment même je suis en route pour l'Amirauté, j'aurai le plaisir de le citer dans mon rapport au Premier Lord.

Je présente mes hommages à Madame Babbington, et je vous donne, mon cher Monsieur, mes compliments les plus sincères,

Jno. Aubrey

P.-S. Le docteur Maturin vous transmet ses compliments, et me demande de vous faire savoir que le bras de votre fils a de grandes chances d'être sauvé. Je veux ajouter qu'il est, de toute la flotte, le plus habile à se servir d'une scie — si nous devions en arriver là. Je suis certain que cela vous sera, à Madame Babbington et à vous, d'un précieux réconfort.

— Killick, cria-t-il après avoir plié et scellé la lettre. Voici pour la poste. Est-ce que le docteur est prêt ?

— Je suis prêt, et je vous attends depuis quatorze minutes, dit Stephen d'une voix aigre. Vous êtes d'une lenteur exécrable, quand vous tenez une plume, je vous jure que c'est d'un ennui ! Vous ne faites que gratter et soupirer. Vous auriez eu le temps d'écrire l'*Iliade* plus un essai sur le texte !

— Je suis désolé, mon cher ami. Je déteste écrire des

lettres. Je ne sais pourquoi, mais cela ne me vient pas naturellement.

— *Non omnia possumus omnes*. Mais nous devrions être capables de prendre un canot à l'heure dite, non ? Voici votre médicament, et votre bol. Et souvenez-vous : un quart de porter au petit déjeuner, un quart à midi...

Sur le pont, c'était l'activité des grands jours. Fauberts, serpillières, briques à pont, livres de prières et ours crissant tous azimuts. Vingt canons de cuivre chauffés par les polissages répétés. Odeurs de peinture. Les Fanciullas — les anciens Polychrests — avaient entendu dire que le service voulait acheter leur prise, et ils avaient le sentiment qu'un vaisseau bien tenu atteindrait un prix plus élevé qu'un bateau crasseux. Et cela les concernait au premier chef : il leur reviendrait trois huitièmes du montant de la transaction.

— Vous n'oublierez pas mes recommandations, monsieur Parker, dit Jack avant de descendre par le côté.

— Oh non, monsieur ! Tout cela est volontaire.

Il regarda Jack avec gravité. Sans parler du reste, l'avenir du lieutenant dépendait du rapport que ferait le capitaine le soir même, à l'Amirauté.

Jack hocha la tête, saisit les haubans extérieurs et se laissa descendre doucement dans le canot. Quelques vivats bon enfant, mais dispersés et très brefs, retentirent quand le canot poussa au large, et les Fanciullas retournèrent vite à leurs travaux de récurage, d'étrillage et de polissage. L'inspection devait avoir lieu à neuf heures.

— Un peu plus à gauche... à *bâbord* ! dit Stephen. Où en étais-je ? Un quart de porter au dîner. Pas de vin... Mais vous pourriez prendre un ou deux verres de négus froid avant de vous coucher. Ni bœuf, ni mouton. Du poisson, je dirais, du poulet, quelques lapins... Et, bien sûr, *venerem omitte*.

— Hein ? Oh, elle... Oui, certainement. Bien sûr ! Tout à fait exact. Allez, abordez ici.

Le canot accosta sur les galets. Ils avancèrent péniblement sur la plage, puis traversèrent la route et prirent la direction des dunes.

— C'est ici ? demanda Jack.

— Juste après le gibet... Un petit vallon, un endroit que je connais, commode à tous points de vue. Nous y sommes.

Ils contournèrent une dune. Il y avait là une chaise de

poste vert foncé. Le postillon prenait son petit déjeuner, qu'il tirait d'un sachet de toile.

— J'espérais que nous aurions le corbillard, murmura Jack.

— Balivernes. Avec tous vos pansements et votre teint exsangue, jaunâtre, de moribond, votre propre père ne vous reconnaîtrait pas. Mais il est vrai que vous êtes plus en état de prendre un corbillard que la plupart des gens que j'ai autopsiés. Allons, il n'y a pas un moment à perdre. Montez là-dedans. Attention à la marche. Killick Preserved, prenez soin du capitaine. Le médicament, deux fois par jour. Il faut bien le secouer. Le bol, trois fois par jour. Il pourrait être tenté de l'oublier, ce bol, Killick.

— Il prendra cet excellent bol, monsieur, ou je ne m'appelle pas Preserved Killick.

— Fermez la portière. Allez-y. Allez-y ! Appareillez ! Bordez les voiles ! Aux amarres ! Du large !

Ils regardèrent la chaise de poste disparaître dans un nuage de poussière.

— Oh, dit Bonden, comme j'aurais préféré qu'on ait ce corbillard avec le cercueil ! S'ils le pinçaient maintenant, j'en aurais le cœur brisé.

— Comment pouvez-vous être aussi naïf, Bonden ? Imaginez un corbillard tiré par quatre chevaux, fonçant à bride abattue sur la route de Douvres ! Ce serait la meilleure manière d'attirer l'attention. Et puis, faut-il vous rappeler que la position couchée est déconseillée au capitaine, pour le moment ?

— Bien, monsieur. Mais un corbillard aurait été plus sûr Aucun huissier n'a jamais arrêté un cadavre, que je sache En tout cas, c'est trop tard. Rentrez-vous au navire avec nous, monsieur, ou faut-il que nous revenions vous chercher ?

— Je vous suis très obligé, Bonden. Mais je crois que je vais aller à Douvres à pied. Là-bas, je prendrai un canot pour le retour.

La chaise de poste traversa le Kent à toute allure, dans un silence presque total. Depuis Chaulieu, Jack était hanté par sa crainte des huissiers. Son retour aux Downs, avec deux prises mais sans son navire, avait fait beaucoup de bruit — favorable, mais du bruit tout de même —, et il n'avait pas mis le pied sur la terre ferme jusqu'à ce matin, refusant toutes les invitations, y compris celle de Lord Warden. Sa situation financière s'était notablement améliorée. La *Fanciulla* lui rapporterait près de mille livres, le transport cent ou deux cents livres. Mais l'Amirauté accepterait-elle de payer la récompense en se basant sur le rôle de l'équipage de la corvette, alors que la plupart de ses hommes avaient pu s'enfuir à terre ? Est-ce que sa demande de prime pour les canons des transports détruits serait acceptée ? Son nouvel agent de prises avait secoué la tête. Il ne pouvait rien promettre, sauf que l'attente serait longue. Il avait néanmoins avancé une jolie somme, et Jack sentait sous sa chemise l'agréable froissement des billets de la Banque d'Angleterre. Mais il était loin d'être solvable. Pendant la traversée de Canterbury, de Rochester et de Dartford, il se recroquevilla prudemment dans un coin de la chaise. Malgré son assurance, Stephen avait du mal à le convaincre. Il savait qui il était, et il lui semblait inévitable que les autres reconnaîtraient Jack Aubrey, débiteur de Grobian, Slendrian & Cie pour la somme de onze mille et douze livres sterling, six shillings et huit pence. À plus forte raison, il lui semblait inévitable que ceux qui s'intéressaient à lui sussent qu'il serait convoqué à l'Amirauté, et prissent les mesures nécessaires. Lorsqu'on s'arrêta pour changer les chevaux, il resta dans la chaise. Il passa l'essentiel du voyage à se cacher et à sommeiller — depuis quelque temps, il était perpétuellement épuisé. Il s'était endormi, lorsque Killick vint le secouer en lui annonçant, d'un ton respectueux mais ferme :

— C'est l'heure de votre bol, monsieur.

Jack le toisa. C'était peut-être le remède le plus nauséabond que Stephen ait jamais préparé, si infect qu'il se demanda si sa santé était assez précieuse pour qu'il se force à l'avaler.

— Je ne peux pas le faire descendre sans boire quelque chose ! dit-il.

— Tenez bon !

Killick passa la tête et les épaules par la fenêtre et appela le postillon.

— Hé, petit ! Mettez en panne au prochain bistrot, vous m'entendez ? (La voiture s'arrêta peu après.) Je vais juste entrer et m'assurer que la voie est libre.

Killick avait passé très peu de temps à terre, durant toute sa vie, et pour l'essentiel cela s'était passé dans un village amphibie, dans la gadoue de l'Essex. Mais c'était un malin.

Il avait une bonne connaissance des terriens — pour la plupart des racoleurs, des pickpockets, des putains ou des hommes du Service des Bras Cassés — et il était capable de repérer un argousin à un mile de distance. Il en voyait partout. Il était le pire compagnon que puisse trouver un débiteur traqué, faible et diminué, d'autant plus que sa certitude absolue et inébranlable d'être un type remarquable — rien à voir avec un naïf — emportait une certaine conviction. Grâce à quelque ruse de guerre, il s'était procuré un chapeau d'ecclésiastique. Combiné à ses boucles d'oreilles, à sa natte d'un mètre de long, à sa veste bleu watchet à boutons de cuivre, à ses pantalons blancs et à ses souliers bas à boucles d'argent, ce couvre-chef eut un tel succès que plusieurs clients du bar le suivirent quand il se pencha audessus de la chaise et déclara à Jack :

— N'y allez pas, monsieur. J'ai aperçu quelques drôles de types dans le bar. Vous devrez le boire dans la chaise. Qu'est-ce que ça sera, monsieur ? Un *dog's nose* [1] ? Un *flip* [2] ? Allons, monsieur ! (Il s'exprimait avec l'autorité des gens bien portants vis-à-vis des malades dont ils ont — ou n'ont pas — la charge.) Qu'est-ce que c'est ? Il faut l'avaler, ou bien ce ne sera plus l'heure. (Jack se dit qu'un peu de sherry...) Oh non, monsieur ! Pas de vin. Le docteur l'a dit : pas de vin ! Du porter serait plus indiqué. (Il rapporta du sherry — bien obligé d'en commander, puisque c'était pour le passager d'une chaise — et une chope de porter. Il but le sherry, et regarda le bol disparaître dans les éructations et les haut-le-cœur, poussé par le porter.) C'est un médicament du tonnerre ! Allez, compagnon, démarrez !

Quand Killick le réveilla une nouvelle fois, Jack était plongé dans un sommeil beaucoup plus profond.

— Hein ? Qu'est-ce qui ne va pas ?

— Nous sommes bord à bord, monsieur. Nous y sommes.

— Ouais. Ouais... Ah bon. (Jack regarda la porte d'entrée, la cour familières. Soudain, il fut tout à fait éveillé.) Très bien. Ne vous éloignez pas, Killick. À mon signal, vous rentrerez vivement dans la cour et viendrez me récupérer.

Il était sûr qu'on allait lui réserver, à l'Amirauté, un accueil assez aimable. Le raid sur la *Fanciulla* avait alimenté les conversations dans le service, et suscité maints commentaires dans la presse. Cela se passait à un moment

1. Mélange de bière et de gin, ou bien d'ale et de rhum.*(N.d.T.)*
2. Mélange de bière et d'alcool, sucré et chauffé. *(N.d.T.)*

où les journaux manquaient un peu de matière, et où cette menace d'invasion déprimait les gens et les rendait nerveux. Le *Polychrest* n'aurait pu choisir meilleur moment pour sombrer, et rien ne pouvait lui valoir autant d'éloges. Les journalistes se réjouissaient du fait que les navires étaient l'un et l'autre, théoriquement, des sloops, mais que la *Fanciulla* emportait un équipage presque deux fois plus nombreux. Ils omettaient de préciser que quatre-vingts hommes, sur la *Fanciulla*, étaient de paisibles conscrits italiens, et ils avaient la bonté d'inclure les petits canons des transports dans le décompte général. Un monsieur du *Post*, particulièrement cher au cœur de Jack, avait parlé de « cet exploit courageux, voire stupéfiant, réalisé par un équipage inexpérimenté, aux effectifs largement inférieurs aux normes, constitué pour l'essentiel de terriens et de mousses. Cela devrait montrer à l'empereur français le sort que l'on destine à sa flotte d'invasion. Car si nos matelots au cœur vaillant sont capables de la traiter aussi rudement lorsqu'elle se camoufle derrière d'infranchissables hauts-fonds, sous la protection de batteries géantes, qu'est-ce qui les arrêtera lorsqu'ils se retrouveront face à face en pleine mer ? » Il y eut beaucoup d'autres allusions aux cœurs de chêne et aux honnêtes mathurins. Cela fit plaisir aux Fanciullas (les hommes les plus instruits lisaient et relisaient à leurs camarades les exemplaires écornés qui circulaient sur le navire), et Jack savait que cela faisait également plaisir aux pontes de l'Amirauté. En dépit de leur morgue majestueuse, ils étaient aussi sensibles que le commun des mortels aux bruyants éloges publics. Jack savait que cette approbation générale serait encore plus forte après la publication de son rapport officiel, avec la macabre liste des pertes (dix-sept morts et vingt-trois blessés). Les civils aimaient pouvoir déplorer les effusions de sang des marins, et plus une victoire coûtait cher en vies humaines, plus elle était estimée. Si seulement le petit Parslow avait trouvé le moyen de se faire assommer, cela aurait été parfait. Jack savait autre chose que les journaux, contrairement à l'Amirauté, ignoraient. Le capitaine de la *Fanciulla* n'avait pas eu le temps (ou le bon sens) de détruire ses documents confidentiels. Les signaux secrets des Français ne l'étaient plus. Leurs codes étaient percés à jour.

Mais dans la salle d'attente, Jack, mal à l'aise, repensa à toutes sortes de méfaits passés. Tout ce que la méchanceté de l'amiral Harte pouvait faire avait été fait. Et Jack n'avait pas eu une conduite irréprochable, dans les Downs. L'avertissement de Stephen était tombé sur une conscience écorchée. Et cela ne pouvait venir que de Dundas... Dundas, qui était si bien placé pour savoir ce qu'on pensait de sa conduite, ici. Si l'on envoyait chercher ses livres et journaux de bord, on y trouverait des choses difficiles à expliquer. Un par un, ces astuces et ces stratagèmes avaient semblé impénétrables. Maintenant, vus comme un ensemble, ils avaient l'air tristement idiots. Et comment est-il possible que le *Polychrest*, tout d'abord, se soit échoué sur le haut-fond ? Expliquez-moi ça, espèce de satané marin d'eau douce... !

Jack fut donc encore plus heureux que d'habitude lorsque Lord Melville, derrière son bureau, se leva et lui serra la main avec chaleur.

— Je suis ravi de vous voir, capitaine Aubrey ! Je vous avais dit que vous alliez vous distinguer, vous vous rappelez ? Je vous l'ai dit ici même, dans cette pièce. Et vous n'y avez pas manqué, monsieur. Le Conseil est content, heureux, éminemment satisfait de vous avoir confié le commandement du *Polychrest*, et de votre conduite à Chaulieu. Certes, j'aurais aimé que le prix en soit moins élevé. Je crains que vous n'ayez terriblement souffert, qu'il s'agisse de votre équipage ou de votre propre personne. Dites-moi... (Il regardait la tête de Jack.) Dites-moi, quelle est la nature de vos blessures ? Est-ce qu'elles... Est-ce qu'elles vous font mal ?

— Eh bien... Non, Excellence, pas vraiment...

— Dans quelles circonstances avez-vous été blessé ?

— Celle-ci, Excellence : c'est quelque chose qui m'a frappé la tête. Un éclat d'obus de mortier, j'imagine. Par chance, je me trouvais dans l'eau quand c'est arrivé. Pas beaucoup de dégâts, par conséquent. Juste une déchirure du cuir chevelu, large comme la main. L'autre, c'est un coup d'épée auquel je n'ai pas prêté attention sur l'instant. Mais il semble avoir tranché quelque vaisseau. J'ai perdu la plus grande partie de mon sang avant de m'en rendre compte. D'après le docteur Maturin, il m'en restait tout juste trois onces, et presque exclusivement dans les doigts de pied.

— Vous êtes en de bonnes mains, il me semble.

— Oui, Excellence. Il a appliqué un fer rouge sur la plaie, arrêté l'hémorragie en un tour de main, et m'a renvoyé tout de suite sur le pont.

— Que vous a-t-il prescrit ?

Lord Melville s'intéressait passionnément à son corps, et aux corps en général.

— De la soupe, Excellence. D'énormes quantités de soupe, de l'orgeat, et du poisson. Un médicament, bien sûr... quelque chose de vert. Et du porter.

— Du porter ? Le porter serait bon pour le sang ? Je vais essayer d'en prendre un peu, aujourd'hui. Ce docteur Maturin est un homme remarquable.

— En effet, Excellence. Sans son dévouement, nos pertes auraient été beaucoup plus élevées. Les hommes le portent aux nues. Ils se sont cotisés pour lui offrir une canne à pommeau d'or.

— Bien, bien. Très bien... J'ai ici votre rapport. Je vois que vous faites l'éloge de tous vos officiers. En particulier Pullings, Babbington et Goodridge, le premier-maître. À propos, j'espère que la blessure du jeune Babbington n'est pas trop grave ? Son père a voté pour nous aux deux derniers scrutins, par sympathie pour la Navy.

— Un coup de mousquet lui a fracassé le bras durant l'abordage, Excellence. Mais il l'a serré sous sa veste et s'est battu avec l'énergie du désespoir. Plus tard, dès qu'on a pu le panser, il est retourné sur le pont et s'est conduit fort vaillamment.

— Ainsi vous êtes pleinement satisfait de vos officiers ? Y compris de M. Parker ?

— Plus que satisfait de chacun d'eux, Excellence.

Lord Melville sentit qu'il essayait d'éluder sa dernière question. Il regarda Jack droit dans les yeux.

— Est-ce qu'il est capable de commander des hommes ?

— Oui, Excellence.

Cas de conscience. Le réflexe de loyauté et la solidarité triomphaient du bon sens, de la responsabilité, de l'amour de la vérité, du dévouement au service et de bien d'autres considérations.

— J'en suis ravi. Le prince William a longtemps fait pression sur nous pour que nous aidions son vieux camarade de bord.

Il sonna, et un secrétaire entra avec une enveloppe. Le cœur de Jack battit furieusement, son sang (rare et léger) ne fit qu'un tour. Son visage devint exagérément pâle.

— Voilà un instant mémorable, capitaine Aubrey. Je veux avoir le plaisir d'être le premier à vous féliciter pour votre promotion. J'ai un peu insisté, et vous êtes nommé capitaine de vaisseau avec ancienneté à partir du 23 mai.

— Merci, Excellence, merci beaucoup, vraiment ! s'exclama Jack, soudain écarlate. Cela me fait... Cela me fait extrêmement plaisir de la recevoir de vos mains... Plus encore que la générosité avec laquelle elle m'est accordée. Je vous suis profondément obligé, Excellence.

— Bien, bien... Eh bien, voilà ! dit Lord Melville, assez touché. Asseyez-vous, capitaine Aubrey, asseyez-vous. Vous n'avez pas l'air du tout dans votre assiette. Quels sont vos projets ? Sans doute votre santé exige-t-elle que vous preniez quelques mois de repos ?

— Non, Excellence, certes non. Ce n'était qu'une petite faiblesse passagère... C'est fini, maintenant... Le docteur Maturin m'assure que ma constitution particulière a besoin de l'air du large, et rien que cela. Que je dois me trouver le plus loin possible de la terre ferme.

— Vous ne pouvez pas avoir la *Fanciulla* bien sûr, puisqu'elle ne sera pas classée comme *post-ship*. Ce que les dieux vous offrent d'une main, ils vous le retirent de l'autre... Et puisque vous ne l'aurez pas, il semble que nous devons, par considération pour vous, la donner à votre premier lieutenant.

— Merci, Excellence, dit Jack, le visage si défait, si sombre que l'amiral le regarda avec surprise.

— Néanmoins, je pense que nous pourrions garder quelque espoir de vous trouver une frégate. Le *Blackwater*, peut-être. Il est sur cales. Si tout va bien, il pourra être mis à l'eau dans les six mois. Cela vous donne le temps de vous refaire une santé, de rendre visite à vos amis, et de superviser son armement dès le départ.

— Je ne sais comment vous remercier pour toute cette bonté à mon égard, Excellence. De fait, j'ai honte de devoir vous demander encore plus, après avoir tant reçu. Mais pour être franc, mes affaires se trouvent dans une confusion totale, depuis la banqueroute de mon agent de prises. J'ai vraiment besoin d'une mission, sur-le-champ. Un commandement temporaire, peu m'importe.

— Vous étiez chez cette crapule de Jackson ? demanda Lord Melville, en le regardant sous ses sourcils en broussaille. Ce pauvre Robert, lui aussi... Il a perdu plus de deux mille livres, une jolie somme. Bien, bien... Ainsi, vous accepteriez un commandement par intérim, même bref ?

— Très volontiers, Excellence. Quelle que soit la durée, quelles que soient les conditions. J'accepterai des deux mains.

— Il y aurait bien quelques vagues possibilités... Mais je ne m'engage à rien. Le capitaine de l'*Ethalion* est malade. Il y a le *Lively*, du capitaine Hamond, et l'*Immortalité*, de Lord Carlow. Ils veulent aller au Parlement, je le sais. Il y en a d'autres dans le service, bien sûr, mais je n'ai pas le détail en mémoire. Je demanderai à M. Bainton de regarder cela lorsqu'il aura un moment. Mais en ce domaine, rien n'est certain, vous comprenez. Où logez-vous, puisque vous ne pouvez pas retourner sur la *Fanciulla* ?

— Les Grapes, au Savoy, Excellence.

— Le Savoy ? répéta Lord Melville, en prenant note. *Och aye*. Très bien. Devons-nous aborder d'autres questions officielles ?

— Permettez-moi de faire une observation, Excellence. Les hommes du *Polychrest* se sont conduits de manière irréprochable. Ils n'auraient pu faire mieux. Mais les laisser ensemble pourrait avoir des conséquences fâcheuses. Je pense qu'il serait plus avisé de scinder l'équipage en petits groupes, et de les assigner sur divers navires de ligne.

— C'est une remarque d'ordre général, capitaine Aubrey, ou bien vous pouvez me fournir des noms, même avec des réserves ?

— C'est une remarque d'ordre général, Excellence.

— Il en sera tenu compte. Voilà pour les affaires du service... Si vous êtes libre, Lady Melville et moi-même serions ravis de vous inviter à dîner dimanche. Robert sera là, ainsi que Heneage.

— Merci, Excellence. Je serai très heureux de présenter mes hommages à Lady Melville.

— Alors permettez-moi de vous féliciter une fois de plus, et de vous souhaiter une excellente journée.

La joie. Tandis qu'il descendait le grand escalier, lourd et solennel, il se sentit envahi par une grande vague de bonheur calme. À la troisième marche, sa déception momentanée de n'avoir point la *Fanciulla* s'était entièrement dissipée. (Il comptait là-dessus, pourtant. Comme ce bateau était rapide, ferme, maniable et agréable au vent !) Oubliée, engloutie. À mi-chemin, sur le palier, il réalisa que son bonheur était presque total. On l'avait fait capitaine de vaisseau ! Il était capitaine de vaisseau ! Il était sûr de mourir amiral, enfin !

Il regarda avec bienveillance le concierge en gilet rouge,

au pied des marches, qui lui fit une petite révérence en souriant.

— Mes félicitations, monsieur, dit Tom. Mais... Oh mon Dieu, mais votre uniforme laisse à désirer, monsieur !

— Merci, Tom, dit Jack, distrait de sa béatitude... Hein ?

Par réflexe, il baissa le regard vers ses pieds.

— Non, non, monsieur...

Tom le mena vers l'abri du profond fauteuil de cuir des concierges, et décousit l'épaulette de son épaule gauche pour la fixer sur la droite.

— Voilà... Votre andouille était arrimée comme celle d'un simple commandant. Voilà qui est mieux. Avec tout le respect, monsieur, savez-vous que j'ai fait la même chose au Lord Vicomte Nelson, quand il a descendu l'escalier après avoir été nommé capitaine de vaisseau ?

— Vraiment, Tom ? dit Jack, profondément heureux.

C'était impossible, bien sûr, mais l'histoire le ravissait. Il fit couler un flot d'or... Un flot mesuré, mais suffisant pour que Tom soit assez aimable et affectueux pour héler promptement sa chaise et la faire entrer dans la cour.

Il s'éveilla lentement, pleinement réconforté et détendu, clignant des yeux sans difficulté. Il s'était couché à neuf heures, après avoir avalé son bol et son pot de porter. Puis il avait fait le tour du cadran, plongé dans un sommeil plein d'un bonheur diffus et de son impatience à le communiquer (impatience trop accablée par la fatigue pour aboutir au moindre résultat). Il avait eu quelques rêves exquis. La Madeleine du tableau de Queenie lui avait dit : « Pourquoi ne pas accorder votre violon sur le fauve-orange, le jaune, le vert, et ce bleu, au lieu de ces notes si banales ? » C'était si évident. Stephen et lui s'étaient accordés — le violoncelle en marron et cramoisi profond — et ils s'étaient évadés, en produisant une couleur unique. Et quelle couleur ! Mais Jack fut incapable de la rattraper. Elle s'effaça, il ne resta plus que des mots. Cette sensation magnifique, évidente, lumineuse, avait disparu. Sa tête bandée rumina ses rêves — il leur trouvait parfois un sens — et se cogna soudain hors de l'oreiller... Et tout ce bonheur, tout ce rose fut balayé. Son manteau, qui avait glissé du dossier de la chaise, n'avait pas changé depuis la veille. Mais là, sur la tablette de la cheminée, parfaitement repliée, se trouvait la précieuse enveloppe en toile à voile. Il sauta du lit, s'en saisit, la retourna, la posa en équilibre sur sa poitrine, par-dessus les draps, et se rendormit.

Killick se déplaçait dans la chambre plus bruyamment que nécessaire, cognant les objets sans raison apparente et jurant sans arrêt. Il était d'une humeur terrible. Son odeur parvenait jusqu'à l'oreiller de Jack. Il lui avait donné une guinée pour célébrer son épaulette, ce dont Killick s'était acquitté consciencieusement. Il avait bu jusqu'au dernier penny, et on l'avait ramené sur une civière.

— Eh, monsieur, dit-il avec une toux exagérée. C'est l'heure de votre bol. (Jack dormait toujours.) Ce n'est pas bien de faire semblant, monsieur. Vous avez bougé, je vous ai vu. Il faut avaler ça. Capitaine de vaisseau ou pas, ajouta-t-il (peut-être pour lui-même), vous allez l'avaler, Excellence, ou vous devrez me dire pourquoi. Sans oublier cet excellent porter.

Jack se leva vers midi. Il examina son crâne à l'aide de deux miroirs. La plaie cicatrisait bien, mais comme Stephen avait rasé le sommet de sa tête sans toucher aux longs cheveux qui tombaient à l'arrière du cou, il avait l'allure vaguement criminelle que donnent l'alopécie ou la gale commune. Il s'habilla en civil et sortit pour voir la lumière du jour. Personne ne pouvait l'atteindre, aux Grapes, quel que soit le moment de l'année. Avant de partir, il demanda au bar qu'on lui fasse une description précise du Savoy, qu'on lui indique où se trouvaient les murs du sanctuaire. Il s'intéressait particulièrement, prétendit-il, à tous ces vestiges du passé.

— Vous pouvez aller jusqu'à Falconer's Rents, puis couper vers Essex Street, longer jusqu'à la quatrième maison à partir du coin, puis revenir à Cecil Street, côté City. Mais ne traversez surtout pas, et ne dépassez pas les poteaux sur Sweating-House Lane, Votre Honneur, ou tout est fichu. Mais fichu !

Aux Grapes, on entendait trois fois par semaine le couplet sur les passionnants vestiges du passé.

Jack arpenta les rues du Duché. Il entra dans un café, et prit négligemment un journal. Sur la page ouverte devant lui s'étalait sa lettre à la Gazette, avec ses mots ridiculement familiers et sa signature, déformée par l'impression. Sur la même page figurait un texte sur la bataille. On pouvait lire que nos vaillants mathurins ne sont jamais aussi heureux que lorsqu'ils peuvent se battre à douze et un huitième contre un... Jack ignorait cela. Comment l'auteur avait-il trouvé ce chiffre ? Sans doute en additionnant les canons et les mortiers des batteries et des vaisseaux présents dans la baie, et en divisant le total par le nombre de pièces du *Polychrest*. Mis à part cette bizarre définition du bonheur, l'homme faisait preuve de bon sens, et il était évident qu'il en connaissait un bout sur la Navy. Le capitaine Aubrey, écrivait-il, est connu pour être très attentif à la vie de ses hommes (« Parfaitement exact ! » se dit Jack). Il se demandait donc comment on avait pu charger le *Polychrest*, dont les défauts étaient notoires, d'une mission à laquelle il était totalement inapte, alors que tant de bâtiments — les noms étaient cités — restaient au mouillage, inactifs, dans les Downs. Un relevé des pertes à hauteur d'un tiers de la compagnie du navire exigeait des explications. Commandée par le même officier, la *Sophie* s'était emparée du *Cacafuego* sans avoir à déplorer plus de trois morts.

« Réponds à cela, espèce de vieux... » pensa Jack, à l'intention de l'amiral Harte.

Alors qu'il se promenait sans but précis, il passa derrière la chapelle. À l'intérieur, quelqu'un jouait de l'orgue — un instrument aux sonorités douces, aériennes, qui poursuivait une fugue dans ses charmantes circonvolutions. Jack suivit la main courante. Mais il eut à peine le temps de trouver la porte et de prendre place sur un banc, que toute la complexe structure sonore s'effondra dans un sifflement d'agonie. Un gros garçon émergea d'un orifice pratiqué sous la tribune d'orgues, et descendit bruyamment l'allée centrale en sifflotant. Jack était terriblement frustré. C'était comme la rupture soudaine d'une tension délicieuse. Comme être démâté lorsqu'on file toutes voiles dehors.

— Je suis très déçu, monsieur, dit-il à l'organiste qui venait d'apparaître dans la semi-obscurité de l'église. J'avais tant espéré vous entendre achever ce morceau.

— Hélas, je n'ai plus de vent, dit l'autre, un curé d'un certain âge. Ce garçon a soufflé pendant une heure, et aucune puissance au monde ne le retiendrait ici une minute de plus. Mais je suis heureux d'apprendre que vous aimez l'orgue. Celui-ci est un Father Smith. Musicien, monsieur ?

— Oh, purement en dilettante, monsieur, mais je serais ravi de souffler pour vous, si vous avez envie de continuer. Il serait dommage de laisser Haendel en l'air, faute de vent.

— Vous feriez cela, vraiment ? Vous êtes très bon, monsieur. Je vais vous montrer la manivelle... Mais je suis sûr que vous connaissez tout cela. Je dois me dépêcher de me remettre au clavier, car ces jeunes gens vont arriver. J'ai un mariage, tout à l'heure.

Jack se mit donc à pomper. La musique virevolta, les lignes mélodiques distinctes se succédèrent en de multiples envolées et autant d'arabesques baroques, jusqu'à se rejoindre enfin dans le final magnifique... au grand étonnement du couple qui venait d'entrer en silence. Les jeunes gens s'étaient assis, furtifs, embarrassés, nerveux et incroyablement nets dans la pénombre, avec leur logeuse et une sage-femme. Ils n'avaient pas payé pour la musique. Ils ne désiraient que la cérémonie la plus simple. Ils étaient ridiculement jeunes et beaux, et ils n'étaient éloignés l'un de l'autre que de l'épaisseur d'un soupir. Et ils avaient anticipé le sacrement. Mais le pasteur, après les avoir mariés d'un ton grave, rappela que l'objet de leur union était de faire des enfants, et qu'il valait mieux se marier que de brûler.

Quand ce fut fini, ils semblèrent revenir à la vie, ils retrouvèrent leurs couleurs et leur sourire. Ils avaient l'air heureux d'être unis, et étonnés en se regardant. Jack embrassa la mariée toute rose, serra la main du garçon en lui souhaitant toute la bonne fortune possible, et sortit de la chapelle avec un sourire béat. « Comme ils vont être heureux, ces pauvres petits... Soutien mutuel... Finie, la solitude... Finie, la foutue solitude... Aborder de front le bonheur et les chagrins... Douce enfant, pas du tout l'air d'une mégère... Confiante, sûre d'elle... Le mariage est une chose épatante, rien à voir avec... Bon Dieu, je suis du mauvais côté de Cecil Street ! »

Il fit demi-tour pour traverser, et percuta un jeune homme vif qui s'était précipité dans sa direction, au milieu du trafic, un papier à la main :

— Capitaine Aubrey, monsieur ? (Impossible de s'échapper de l'autre côté. Jack jeta un coup d'œil derrière lui. Ce gamin n'allait tout de même pas essayer de l'arrêter tout seul ?) On m'a dit, aux Grapes, que je vous trouverais dans le Duché, Votre Honneur, en train de vous promener. (Rien de menaçant dans sa voix. Juste une modeste satisfaction.) J'aurais pu brailler, mais les bonnes manières...

— Qui êtes-vous ? demanda Jack, hésitant sur la conduite à tenir.

— Le neveu de Tom, Votre Honneur. Le coursier. On m'a chargé de vous remettre ceci.

Il lui tendit une lettre.

— Merci, mon garçon. Vous êtes efficace. Dites à votre oncle que je suis son obligé. Et voici pour votre course.

Il y eut une éclaircie dans le trafic. Il s'élança vers Lancaster. De retour aux Grapes, il commanda un verre de brandy. Il s'assit, en proie à la plus grande exaltation de sa vie.

— Pas de brandy, monsieur, dit Killick, qui intercepta le garçon en haut des marches et confisqua le petit verre. Pas d'alcool de vin, ordre du docteur. Et vous, face de serpillière, courez au bar et rapportez un quart de porter pour le capitaine. Et pas de tours de cochon avec la mousse !

— Que le diable vous emporte, Killick. Filez à la cuisine, et demandez à Mme Broad de monter.

— Qu'avez-vous pour dîner, Mme Broad ? J'ai une faim de loup !

— Ni bœuf ni mouton, m'a dit M. Killick. Mais j'ai une belle longe de veau, et une splendide pièce de venaison, aussi dodue que possible. Un jeune faon bien tendre, monsieur.

— Ce sera la venaison, Mme Broad, s'il vous plaît. Peut-être auriez-vous l'amabilité de me faire apporter quelques plumes et un encrier ? Ah, mon Dieu... dit-il quand elle fut sortie. Un jeune faon bien tendre !

Les Grapes
Samedi

Mon cher Stephen.

Vous allez devoir me féliciter... Je suis nommé capitaine de vaisseau ! Je ne m'y attendais pas du tout, bien que Lord Melville m'ait reçu le plus cordialement du monde. Mais il a soudain sorti ma promotion de je ne sais où, il l'a signée et me l'a délivrée, avec ancienneté à partir du 23 mai. Cela m'a fait le même effet qu'une grande bordée tirée d'un trois-ponts, prodigieuse, inattendue, énorme, mais chargée de bonheur ! Je n'ai pas vraiment réalisé sur-le-champ, j'étais trop interloqué, mais le temps de retourner aux Grapes, toujours en me camouflant, j'étais épanoui comme une rose. Ivre de bonheur. Comme j'aurais voulu que vous soyez là ! J'ai célébré l'événement avec un quart de votre horrible porter et un bol, et je me suis endormi tout de suite, complètement claqué.

Mais ce matin, j'allais beaucoup mieux. J'ai assisté dans la chapelle du Savoy à la plus belle chose de ma vie. Le pasteur jouait une fugue de Haendel ; son souffleur a abandonné son poste, et j'ai dit qu'il serait dommage de laisser Haendel en l'air *faute de vent*. J'ai donc soufflé pour lui. C'était d'un spirituel ! Mais j'ai dû pomper quelque temps avant de comprendre combien c'était drôle. J'ai eu du mal à ne pas éclater de rire. Peut-être les capitaines de vaisseau sont-ils des gens pleins d'esprit, et je suis en train de m'y faire.
Un peu plus tard, en revanche, j'ai bien cru que vous alliez perdre votre patient. J'avais franchi les limites du sanctuaire, comme un imbécile. Un garçon a soudain pointé à l'horizon en s'exclamant : « Capitaine A ! » Je me suis dit : « Voilà qui met fin à toutes tes aventures. Jack, tu es drossé sur la côte, cette fois ! » En fait, il m'a remis mes ordres. Je dois rallier le *Lively*.
Ce n'est qu'un commandement temporaire, et vous savez qu'un capitaine par intérim ne peut pas faire engager ses amis. Mais je vous supplie, mon cher Stephen, de m'accompagner en qualité d'invité. Les Polychrests vont être libérés... Parker va recevoir la *Fanciulla*, « par considération pour moi », ce qui est l'amabilité la plus cruelle qu'on ait vue depuis que ce type est dans la pièce de théâtre. Mais je me suis occupé des hommes du *Polychrest*, afin qu'il n'y ait aucun problème d'aucune sorte. Venez, je vous en prie. Je ne puis vous dire combien cela me ferait plaisir. Et pour me montrer encore plus égoïste (dans une lettre qui m'apparaît déjà comme un chef-d'œuvre d'égoïsme), je veux que vous sachiez qu'après avoir été soigné par vous, je ne pourrai plus confier ma carcasse au premier charcutier venu... Ma santé est loin d'être parfaite, Stephen.
Le *Lively* est une frégate de premier plan, avec une bonne réputation. Je crois que nous allons recevoir l'ordre de faire route vers les Antilles... Pensez aux bonites, aux pailles-en-cul, aux tortues, aux palmiers !
J'envoie Killick vous porter cette lettre. Je suis heureux de me débarrasser de lui, car il est devenu une vraie brute autoritaire, avec sa cuiller à remèdes... Il emportera nos effets au Nore. Dimanche, je dîne avec Lord Melville. Robert me reconduira avec son cabriolet, et je me faufilerai à bord le soir même, sans m'arrêter à une auberge. Et je jure devant Dieu que je ne mettrai plus

le pied à terre avant de pouvoir le faire sans cette peur ignoble d'être emmené dans une *sponging-house* et à la prison pour dettes.

Votre très affectionné.

— Killick !

— Monsieur ?

— Vous êtes sobre ?

— Comme un juge, monsieur.

— Préparez mon paquetage, en laissant de côté mon uniforme et mon meilleur chapeau. Vous l'emporterez au Nore, sur le *Lively*, et vous remettrez cette note au premier lieutenant. J'embarquerai dimanche soir pour en prendre le commandement temporaire. Ensuite, vous irez aux Downs. Remettez cette lettre au docteur, et celle-ci à M. Parker — il s'agit de bonnes nouvelles pour lui, vous pouvez la lui donner en mains propres. Si le docteur décide de rallier le *Lively*, prenez son coffre de marin et tout ce qu'il veut emporter... Peu importe de quoi il s'agit, d'une baleine empaillée ou d'une guenon à deux têtes engrossée par le bosco. Vous prendrez aussi mon coffre, bien entendu, et tout ce que nous avons sauvé du *Polychrest*. Répétez-moi tout cela. Bien. Voici ce dont vous aurez besoin pour le voyage, plus cinq shillings pour vous acheter un chapeau décent. Vous pouvez balancer l'autre dans la Tamise. Je ne vous laisserai pas embarquer sur le *Lively* sans une coiffure digne d'un bon chrétien. Et procurez-vous une nouvelle veste, tant que vous y êtes. Il s'agit d'une frégate de premier plan.

C'était une frégate de premier plan, en effet. Mais le cabriolet de Robert perdit une roue dans un fossé isolé, au milieu de la nuit, et Jack ne put embarquer qu'au petit jour, après avoir traversé les rues bondées de Chatham — une épreuve considérable pour conclure une nuit déjà pénible. Mais ce n'était rien, comparé à ses retrouvailles, sur l'eau, avec le docteur Maturin. Stephen avait été inspiré de pousser au large à la même heure que Jack — quoique d'un point de départ différent — et leurs routes convergèrent à quelque trois furlongs du flanc de la frégate. Stephen faisait le voyage dans l'un des cotres du *Lively*, qui salua Jack d'un lever d'avirons et se plaça sous le vent de son houari, de sorte qu'ils arrivèrent ensemble, le docteur bavardant aimablement tout du long. Jack saisit le coup d'œil effrayé de Killick, remarqua le masque inexpressif de l'aspirant et de l'équipage du cotre, et aperçut le visage souriant de Matthew Paris, du *Polychrest*, le valet de Stephen, un ancien artisan tricoteur réfractaire au métier de marin (son regard myope et amical suggérait qu'il ignorait tout des conventions). Lorsque Stephen se leva pour le héler avec des signes de la main, Jack vit qu'il portait, des pieds à la tête, un unique vêtement d'un marron sinistre. Ce vêtement était si collant que son visage pâle, qui émergeait d'un col de laine roulé, avait l'air bizarrement large. Son allure générale évoquait à la fois un gorille en réduction et un ours plutôt maigre. Et il tenait sa dent de narval. Le dos et les épaules du capitaine Aubrey gardèrent une raideur absolue. Il s'efforça de se montrer souriant. Il dit même quelques mots. « Bonjour !... Oui... Non... Ah, ah, ah ! » Et tandis qu'il se recomposait un air de gravité et d'immuable indifférence, une idée le frappa brusquement : « Mon pauvre vieil ami est complètement saoul. »

Puis ce fut la montée sur le flanc de la frégate (c'était très long, comparé au *Polychrest)*, les ordres discrets, le scie des sifflets, les claquements de talons et les cliquetis des fusiliers présentant les armes. Jack était à bord.

De la proue à la poupe, précision mathématique et rigoureuse exactitude. Il avait rarement vu, sur un pont supérieur, un étalage aussi splendide de bleu et or. Même les aspirants portaient des chapeaux à pointes et des hauts-de-chausse blancs immaculés. Les officiers se tenaient immobiles, tête nue. Les lieutenants de marine, les lieutenants de fusiliers ; puis le premier maître, le chirurgien de bord, le commissaire ; puis deux manteaux noirs — sans doute l'aumônier et l'instituteur. Et puis la foule des jeunes messieurs... L'un d'eux, trois pieds de haut et cinq ans d'âge, suçait son pouce : c'était la note agréablement discordante dans ce parfait agencement de galons d'or, de ponts d'ivoire et de coutures d'ébène.

Jack agita son chapeau en direction de la plage arrière, mais sans l'incliner de plus d'un pouce, à cause de son bandage.

— On a hérité d'un gredin ! chuchota le capitaine du mât de misaine.

— Un orgueilleux fils de pute, compagnon ! répliqua le sergent des écoutes. Le premier lieutenant fit un pas en avant. Il était grand et mince, et il avait l'air grave et sévère.

— Bienvenue à bord, monsieur. Je m'appelle Simmons.

— Merci, monsieur Simmons. Messieurs, bonjour à vous tous. Monsieur Simmons, ayez la bonté de me présenter les officiers. (Courbettes, marmonnements polis. Ils étaient jeunes, sauf le commissaire et l'aumônier. Un groupe d'aspect agréable, mais réservé et poliment distant.) Très bien, dit Jack au premier lieutenant. Aux six coups, nous passerons l'équipage en revue, s'il vous plaît, et je leur ferai moi-même la lecture. (Il se pencha par-dessus bord et s'écria :) Vous n'embarquez pas, docteur Maturin ? (Stephen n'avait pas plus le pied marin qu'à ses débuts dans la Navy. Il lui fallut un certain temps pour se hisser en grognant sur le flanc de la frégate, soutenu par un Killick agonisant. Son arrivée à bord ne manqua pas de surprendre les hommes rassemblés sur la plage arrière.) Monsieur Simmons, dit Jack en le fusillant du regard, voici mon ami le docteur Maturin. Il est mon invité. Docteur Maturin, voici M. Simmons, le premier lieutenant du *Lively*.

— Serviteur, monsieur ! fit Stephen avec une petite révérence.

Jack se dit que c'était le mouvement le plus hideux que puisse exécuter une créature engoncée dans un vêtement aussi peu humain. Jusqu'alors, le pont supérieur avait réagi noblement à cette apparition, avec une vexante et hautaine perfection. Mais quand M. Simmons s'inclina avec raideur (« Serviteur, monsieur ! ») et que Stephen tenta de lui répondre le plus aimablement qu'il put (« Quel splendide vaisseau, je vous assure ! Ces ponts sont immenses ! On dirait presque un navire des Indes ! »), il y eut un éclat de rire strident, enfantin — un rire vite étouffé, suivi d'un hurlement, puis de sanglots qui disparurent dans l'escalier de la chambre.

— Peut-être aimeriez-vous rejoindre la cabine, dit Jack en agrippant le coude de Stephen. Vos effets seront embarqués d'un moment à l'autre, ne vous en inquiétez pas.

Stephen jeta un regard dans le canot et sembla sur le point de se libérer.

— Je m'en occupe personnellement, sur-le-champ, monsieur, dit le premier lieutenant.

— Oh, monsieur Simmons, s'écria Stephen, je vous en prie, veillez à ce qu'on manipule mes abeilles avec la plus grande délicatesse.

— Certainement, monsieur, dit l'autre en inclinant poliment la tête.

Jack le conduisit enfin dans la chambre de l'arrière. C'était une pièce spacieuse, nue, joliment dessinée. Rien n'attirait le regard, sauf deux gros canons placés de part et d'autre, et la splendide surface courbe des fenêtres de tableau. De toute évidence, le capitaine Hamond n'était pas un sybarite. Assis sur un caisson, Jack examina le vêtement de Stephen. De loin, il l'avait trouvé horrible. De près, c'était pire... Bien pire.

— Stephen, dites-moi... Hé, Stephen... Entrez !

C'était Paris, avec un paquet rectangulaire enveloppé dans de la toile à voile. Stephen se précipita, le lui prit des mains avec d'infinies précautions et le posa sur la table. Il colla son oreille sur le côté de la boîte.

— Écoutez, Jack, dit-il en souriant. Posez votre oreille là-dessus et écoutez bien, quand je donne un petit coup. (Le paquet émit une sorte de bourdonnement.) Vous avez entendu ? Cela prouve qu'elles vont bien... Que la reine n'a pas souffert du voyage. Mais il faut l'ouvrir immédiatement. Elles ont besoin d'air. Là ! Une ruche de verre. N'est-ce pas ingénieux et charmant ? J'ai toujours eu envie d'élever des abeilles.

— Mais bon Dieu, comment avez-vous l'intention d'élever des abeilles sur un navire de guerre ? Comment comptez-vous leur trouver des fleurs, au large ? Comment se nourriront-elles ?

— On voit le moindre de leurs mouvements, dit Stephen, collé contre la vitre, extatique. Oh, pour ce qui concerne leur nourriture, ne tourmentez pas votre esprit anxieux. Elles mangeront avec nous, dans une soucoupe de sucre, à intervalles réguliers. Si l'ingénieux Monsieur Huber peut élever des abeilles, alors qu'il est aveugle, le pauvre homme, nous y parviendrons sûrement sur ce grand et spacieux chébec, non ?

— C'est une frégate.

— Ne coupons pas les cheveux en quatre, je vous en prie. Voilà la reine ! Allons, venez voir la reine !

— Combien de ces... reptiles peut-il bien y avoir ? demanda Jack, en restant à distance raisonnable.

— Oh, sans doute près de soixante mille, dit Stephen imprudemment. Lorsque le vent soufflera, nous installerons la ruche dans des cardans. Cela les préservera de tout mouvement latéral excessif.

— Vous avez presque pensé à tout. Eh bien, je tolérerai les abeilles, comme Damon et Pythagore... Que représentent soixante mille abeilles dans une cabine, finalement ? Mais je vais vous dire une chose, Stephen : vous ne pensez pas toujours à tout.

— Vous faites allusion au fait que la reine est vierge ?

— Pas exactement. Non. Ce que je veux dire, c'est que nous nous trouvons sur une frégate de premier plan.

— J'en suis ravi. Regardez, ça y est ! Elle est en train de pondre ! Ne vous inquiétez plus pour sa virginité, Jack.

— ... Et sur cette frégate, les gens sont très méticuleux. Vous avez remarqué la parade des uniformes, quand vous êtes arrivé ? C'était digne d'une inspection de l'amiral... Que dis-je, d'une inspection royale.

— Non. En toute sincérité, je ne peux pas dire que j'aie remarqué quoi que ce soit. Dites-moi, mon ami, quelque chose vous tracasse ?

— Stephen, allez-vous, pour l'amour de Dieu, ôter cette... chose ?

— Mon vêtement de laine ? Vous l'avez remarqué, n'est-ce pas ? J'avais oublié, sinon je l'aurais signalé. Avez-vous déjà vu quelque chose d'aussi rationnel ? Regardez, je peux y entrer la tête tout entière. Et c'est la même chose pour les pieds et les mains. Très chaud, et pourtant peu encombrant. Léger. Et très sain, surtout. Il n'y a aucune constriction ! Paris, qui a été tricoteur, l'a confectionné selon mes indications. À présent, il en prépare un pour vous.

— Stephen, vous me rendriez un fier service en l'ôtant sur-le-champ. C'est une attitude peu philosophique, de ma part, je le sais. Mais ce commandement n'est que temporaire, et je ne puis me permettre d'être l'objet de moqueries.

— Mais vous m'avez souvent répété qu'en mer la manière de se vêtir importait peu. Vous vous montrez souvent en pantalons de nankin, une chose que je ne pourrais jamais, jamais admettre. Et ceci... (Il se frappa le torse, l'air déçu.) Ceci tient à la fois de la redingote en jersey et de la culotte décontractée.

Durant toute la période de paix, le *Lively* était resté sous commission. Ses hommes naviguaient ensemble depuis de nombreuses années, peu de changements étaient intervenus du côté des officiers, et ils avaient leurs méthodes. Jusqu'à un certain point, chaque navire était un royaume séparé, avec ses coutumes et son atmosphère particulière. C'était vrai surtout de ceux qui se trouvaient en service détaché ou qui jouissaient d'une certaine indépendance, loin des amiraux et du reste de la flotte. Le *Lively* était resté plusieurs années d'affilée aux Indes orientales. Il était sur le chemin du retour, au lendemain de la reprise de la guerre, quand il avait tiré le gros lot : deux Français des Indes, le même jour, au large du cap Finisterre. Quand le navire fut débarqué, le capitaine Hamond n'avait eu aucun mal à lui constituer un équipage, car la plupart de ses hommes rempilèrent, et il put s'offrir le luxe de refuser des volontaires. Jack l'avait rencontré une ou deux fois. C'était un homme d'une quarantaine d'années, calme et réfléchi, dénué d'humour et d'imagination, prématurément gris, passionné par l'hydrographie et les lois naturelles de la navigation, un peu âgé peut-être pour commander une frégate. Lorsqu'ils avaient fait connaissance, Hamond était en compagnie de Lord Cochrane, et Jack l'avait trouvé un peu terne en comparaison de ce bouillant aristocrate. Les cérémonies de l'appel et des quartiers ne modifièrent pas sa première impression. Le *Lively* était de toute évidence un navire très efficace, fort d'un équipage hautement qualifié de bons marins de guerre. Un navire heureux, aussi, à sa manière tranquille, s'il fallait en croire l'attitude des hommes et ces innombrables indices que seul peut déceler un regard professionnel et inquisiteur. Heureux, mais sévère. Une distance considérable était maintenue entre les officiers et les hommes. Quand Jack prit place avec Stephen dans sa cabine-salle à manger, et qu'ils attendirent leur souper, il se demanda ce qui valait au *Lively* sa réputation de frégate de premier plan. Certainement pas son apparence extérieure. Chaque chose à bord était rangée de manière impeccablement militaire, mais on ne décelait aucun désir d'atteindre à une perfection extraordinaire. Le navire n'avait rien d'extraordinaire, d'ailleurs, sauf ses vergues immenses et ses cordages de manille blanche. La coque et les panneaux de sabords étaient recouverts d'une banale peinture grise, avec une bande ocre à hauteur des pièces. Les trente-huit canons étaient de couleur chocolat, et la seule pièce de cuivre visible était la cloche du navire, qui brillait comme de l'or bruni. Ce n'étaient pas non plus ses performances au combat. Sans que ce soit vraiment de sa faute, il n'avait jamais affronté quiconque aurait représenté un véritable défi pour ses longues pièces de dix-huit livres. Peut-être devait-il sa réputation à sa remarquable disponibilité. Le *Lively* était paré au combat presque en permanence. Quand le tambour battait les quartiers, il s'en fallait de peu qu'il ne puisse s'engager sur-le-champ dans une bataille, n'étaient quelques cloisons et un minimum d'équipement. Les deux chèvres du pont supérieur pouvaient descendre l'escalier sans l'aide de personne, et un ingénieux système de plans inclinés faisait disparaître les cages à poules. Jusqu'aux canons de la propre cabine de Jack, qui étaient détachés : il n'avait jamais vu cela en exercice. Ce navire avait une allure spartiate. Cela n'expliquait rien. Et ce n'était pas une question de pauvreté. Le *Lively* était riche. Son capitaine venait de s'offrir un siège au Parlement, ses officiers jouissaient de gros revenus personnels bien avant leur coup de chance, et Hamond exigeait une rente confortable des parents de ses aspirants.

— Comment vont vos abeilles, Stephen ?

— Très bien, je vous remercie. Elles se montrent très actives, voire enthousiastes. (Une légère hésitation.) Mais je crois déceler chez elles une certaine répugnance à réintégrer leur ruche.

— Vous voulez dire que vous les avez laissées sortir ? Vous voulez dire que soixante mille abeilles sont en liberté dans la cabine, en quête de sang frais ?

— Non, non. Oh non ! Tout au plus la moitié de cela. Peut-être moins. Et si on ne les provoque pas, je suis persuadé qu'il est possible d'aller et venir sans la moindre inquiétude. Ces abeilles ne sont pas d'humeur revêche. Je suis sûr qu'elles seront rentrées avant le matin. Je m'introduirai discrètement pendant le quart de minuit pour fermer leur petit portillon... Peut-être serait-il préférable que nous restions tous les deux dans cette pièce ce soir, afin qu'elles s'habituent à leur nouvel environnement. Une certaine agitation initiale est compréhensible, après tout, et ne doit pas être refrénée.

Jack n'était pas une abeille. Son agitation initiale passa à un nouvel objet. Il était clair que le *Lively* constituait une communauté fermée, autarcique, un groupe où il n'avait pas sa place. Il avait lui-même servi sous les ordres de capitaines par intérim. Il savait qu'on les considérait parfois comme des intrus, qu'ils pouvaient susciter des rancunes s'ils se prenaient trop au sérieux. Ils avaient beaucoup de pouvoir, certainement, mais ils devaient avoir la sagesse de ne pas en tirer profit. Par ailleurs, il pouvait être contraint d'entrer en conflit avec ce navire. La responsabilité ultime — la perte ou le maintien de la réputation de la frégate —

revenait à lui seul. Bien qu'il ne fût là que pour un temps limité, bien qu'il n'en fût pas le véritable propriétaire, il n'avait pas l'intention de jouer au Roi des Bûches. Il devait agir avec précaution, tout en faisant preuve d'esprit de décision... Un équilibre instable. Un premier lieutenant peu coopératif pouvait se révéler le diable en personne. Mais grâce à Dieu, il avait un peu d'argent. Il avait les moyens de les entretenir décemment pendant quelque temps — même si sa table ne pouvait rivaliser avec celle de Hamond (qui recevait chaque jour six personnes à dîner). Il espérait toucher bientôt une autre avance de son agent. Mais dans l'immédiat, il ne donnerait pas l'impression d'être sans le sou. Il y avait un proverbe latin sur la pauvreté et le ridicule... Mais foin du latin. Il ne pouvait pas être ridicule. Un capitaine ne pouvait pas se permettre d'être ridicule.

— Stephen, cher ami ! dit-il à l'adresse du mouchard fixé au-dessus de son lit de camp. Qu'est-ce qui vous a poussé à revêtir cette horrible chose ? Quel singulier génie que le vôtre, que de camoufler ainsi vos talents... Surtout sous un déguisement aussi imprévisible.

Dans le carré, c'était un autre son de cloche.

— Non, messieurs, disait M. Floris, le chirurgien. Je vous assure que c'est un grand homme. J'ai lu et relu son livre au point de l'écorner tout à fait. Une exposition lumineuse, pleine de réflexions fécondes, une mine d'expressions nerveuses. Quand le Médecin général de la Flotte est venu en inspection, il a voulu savoir si je l'avais lu. J'ai eu le plaisir de lui montrer mon exemplaire, abondamment interfolié et annoté, et de lui dire que j'exigeais de mes assistants qu'ils en apprennent certains passages par cœur. Je vous le dis, je brûle de lui être présenté. Je brûle de connaître son opinion sur le cas de notre pauvre Wallace.

Le carré était impressionné. On y avait un profond respect pour l'éducation, et sans cette remarque malheureuse sur les navires des Indes, on aurait été prêt à accepter le vêtement de laine comme un caprice de philosophe, une version tricotée du tonneau de Diogène.

— Mais s'il a été dans le service, dit M. Simmons, comment devons-nous interpréter son allusion au navire des Indes ? Cela ressemblait bien à un affront direct, et il a dit cela avec un drôle de regard entendu.

M. Floris regarda son assiette sans y trouver d'explication. L'aumônier toussa, et suggéra qu'il ne fallait peut-être pas juger selon les apparences. Peut-être ce monsieur avait-il été victime d'une absence passagère. Peut-être voulait-il dire que le navire des Indes représentait le type idéal de vaisseau de croisière luxueux, ce qui était d'ailleurs le cas. En termes de confort, un navire des Indes bien aménagé valait mieux qu'un vaisseau de premier rang.

— Dans ce cas, c'est encore pire, observa le troisième lieutenant, un jeune homme ascétique si grand et si mince qu'il était difficile d'imaginer qu'il pût dormir de tout son long ailleurs que dans la soute aux câbles.

— Pour ma part, dit l'officier des fusiliers et fournisseur du mess, je boirai à sa santé et à son bonheur éternel ! Un verre de cet excellent margaux, aussi solide qu'une noisette, quoi qu'en dise le pasteur. Embarquer sur ce navire emmitouflé dans un sac en blaireau, une dent de narval dans une main et une ombrelle verte dans l'autre, me semble une preuve de courage extraordinaire. Que Dieu le protège ! »

Le carré but à la santé du docteur Maturin, sans beaucoup de conviction, à l'exception de M. Floris. Puis ils discutèrent de la santé de Cassandra, le dernier gibbon du *Lively* — le dernier survivant de la nombreuse ménagerie qu'il avait ramenée de Java et des îles plus lointaines des mers orientales. Ils ne parlèrent point de leur capitaine par intérim. Il avait la réputation d'être un bon marin et un valeureux combattant. Un débauché. Un protégé de Lord Melville. Le capitaine Hamond soutenait Lord St Vincent, et il était au Parlement pour voter en faveur des amis de St Vincent. Et Lord St Vincent, qui haïssait Pitt et son administration, s'efforçait de faire mettre Lord Melville en accusation pour malversation sur des fonds secrets, et de le faire expulser de l'Amirauté. Les officiers du *Lively* partageaient les idées de leur capitaine. Des whigs énergiques, jusqu'au dernier.

Le petit déjeuner fut un peu décevant. Le capitaine Hamond avait toujours bu du cacao, d'abord pour encourager l'équipage à faire de même, ensuite parce qu'il s'était mis à aimer cela. Jack et Stephen, quant à eux, ne reprenaient forme humaine qu'après avoir descendu un pot de café, chaud et fort.

— Foutez-moi cette eau de cochon par-dessus bord, Killick, et apportez-moi du café sur-le-champ !

— De... demande pardon, monsieur, dit Killick, sérieusement alarmé. J'ai oublié d'en embarquer, et votre coq n'en a pas.

— Alors courez chez le maître d'hôtel du commissaire, chez le cuistot du carré, à l'infirmerie, n'importe où, et trouvez-en ! Ou bien je vous assure qu'on ne pourra plus vous appeler Preserved. Filez ! Sacré marin d'eau douce ! Oublier notre café !

Jack était indigné.

— Si nous devons l'attendre, nous l'apprécierons d'autant plus quand il arrivera, dit Stephen. (Afin de distraire son ami, il prit une abeille.) Ayez la bonté d'observer cette ouvrière. (Il la posa sur le bord d'une soucoupe où il avait déposé un mélange de sucre et de sirop de cacao. L'abeille y goûta, en aspira une quantité raisonnable, s'envola, voltigea au-dessus de la soucoupe et regagna la ruche. Stephen prit note de l'heure.) Maintenant, monsieur, vous allez assister à un prodige.

Vingt-cinq secondes plus tard, deux abeilles apparurent, tournèrent au-dessus de la soucoupe avec un bourdonnement aigu. Elles plongèrent, aspirèrent un peu de sirop et rentrèrent chez elles. Après le même laps de temps, quatre abeilles sortirent Puis seize, puis deux cent cinquante-six. Mais au bout de quatre minutes, cette progression géométrique simple fut embrouillée par celles des premières vagues, qui connaissaient le chemin et n'avaient plus besoin de reconnaître ni la ruche ni le sirop.

— Eh bien, s'écria Stephen, du haut de son nuage, avez-vous encore le moindre doute sur leur pouvoir à communiquer un *locus*, un lieu ? Comment font-elles ? Quels signaux emploient-elles ? Est-ce qu'elles utilisent un compas de relèvement ? Je vous en prie, Jack, n'essayez pas d'importuner cette abeille. Elle ne vous a rien fait. Elle se repose, c'est tout...

— Vous demande pardon, monsieur, mais il n'y a pas une goutte de café sur ce bateau. Oh, Dieu miséricordieux...

— Je vais faire un tour, Stephen.

Jack quitta la table en se tortillant, et sortit vivement, les épaules voûtées.

— Je ne comprends vraiment pas pourquoi ils appellent ça une frégate de premier plan, se dit-il, en avalant un verre d'eau dans sa cabine de repos. Pas une goutte de café pour deux cent soixante hommes...

Il en comprit la raison deux heures plus tard, lorsque l'Amirauté du port lui lança ses instructions : « *Lively*, appareillez ! »

— Accusez réception, dit Jack quand on lui transmit le message. Monsieur Simmons, nous larguons les amarres, s'il vous plaît.

Les manœuvres d'appareillage étaient un spectacle de premier choix. Aux sifflets de « Tout le monde à son poste pour appareiller ! », les hommes volèrent à leurs postes plutôt qu'ils n'y coururent. Il n'y eut pas de ruée le long des passavants, pas de défilé de marins se télescopant brutalement dans leur hâte à fuir les corvées. Pour autant qu'il puisse voir, il n'y avait pas d'hésitations et assurément très peu de bruit. On mit en place les barres du cabestan. Les fusiliers et les hommes des voiles d'arrière l'actionnèrent. Un fifre suraigu se mit à jouer *Drops of Brandy* tandis qu'un câble chassait l'autre. Un aspirant du gaillard d'avant vint au rapport. La grosse ancre de bossoir était caponnée. Le premier lieutenant passa l'information à Jack.

— Continuez, monsieur Simmons !

Le *Lively* n'était plus que sur une seule ancre. Le cabestan tourna de nouveau jusqu'à ce que le navire se trouve à sa verticale.

— Haut et bas, monsieur ! cria le bosco.

— Haut et bas, monsieur, répéta le premier lieutenant à l'intention de Jack.

— Continuez, monsieur Simmons, dit Jack.

C'était le moment décisif. L'équipage devait à la fois s'activer aux tenailles (les lanières fixant le gros câble au tournevire, ce cordage qui s'enroule sur le cabestan) pour s'assurer une meilleure prise, et déferler les huniers afin d'arracher l'ancre du sol. Même sur les navires les mieux manœuvrés, cette opération provoquait immanquablement un certain raffut. Ce jour-là, avec la marée coupant l'axe du vent — circonstances délicates qui exigeaient un minutage d'une extrême précision —, Jack s'attendait à un feu roulant, à une salve d'ordres en tout genre.

M. Simmons avança jusqu'à la coupée de la plage arrière, jeta un regard rapide de haut en bas, dit : « Parés à lever l'ancre ! » et, avant que le grondement de la ruée se soit évanoui : « Mettez à la voile ! » Rien d'autre. Un instant plus tard, les haubans pliaient sous la masse des hommes qui se ruaient dans les hauteurs. Les huniers — magnifiques, profonds, bien coupés — furent lâchés en silence, on borda les écoutes, on hissa les vergues, et le *Lively* fit un bond en avant et arracha son ancre, sans un mot. Ce n'était pas tout. Avant même que la petite ancre de bossoir ne sorte de l'eau, le foc, le tourmentin et le petit perroquet étaient déployés, et la frégate prenait déjà de l'erre, filant presque droit sur le feu du Nore. Et toujours sans un mot, sans un cri... Sauf un hululement surnaturel — hou, hou, hou ! — dans les gréements supérieurs. Jack n'avait jamais rien entendu de tel. Stupéfait, il leva les yeux vers la vergue de grand perroquet. Il aperçut une silhouette minuscule suspendue par un bras. Elle se balança vers l'avant, au rythme du roulis, et se laissa tomber — une longue trajectoire courbe, à vous soulever le cœur — vers l'étai de grande hune avant. C'était inimaginable. Il s'y rattrapa et continua, de manière aussi incroyable, à sauter d'un gréement à l'autre, jusqu'au petit cacatois, où il s'installa.

— Il s'agit de Cassandra, monsieur, dit M. Simmons en voyant l'horreur envahir le visage de Jack. Une sorte de... singe de Java.

— Dieu tout puissant ! dit Jack en se ressaisissant. J'ai cru que c'était un des mousses, soudain pris de folie. Je n'ai jamais rien vu de tel... Je veux parler de la manœuvre. Est-ce que vos hommes ont l'habitude de mettre à la voile suivant leur propre méthode ?

— Oui, monsieur.

Le premier lieutenant avait le triomphe poli.

— Bien. Très bien. Le *Lively* fait les choses à sa manière, je vois. Mais ce que je n'ai jamais vu...

La frégate donnait de la bande, merveilleusement vivante. Jack se dirigea vers la lisse de couronnement. Vêtu d'un manteau de couleur indéfinie et de hauts-de-chausse gris, Stephen était en conversation avec M. Randall, vers lequel il devait se pencher pour entendre sa toute petite voix. Jack regarda l'eau sombre glisser vivement sur le flanc du navire, en dessinant une longue courbe sous les chaînes. Il filait déjà sept nœuds, peut-être sept et demi. Jack observa le sillage, prit pour repères un soixante-quatorze au mouillage et le clocher d'une église. Presque pas de dérive. Il se pencha au-dessus de la hanche bâbord. À un point, par bâbord devant, gisait le feu du Nore. Le vent était à deux points de largue, sous tribord amures. N'importe lequel des navires sur lesquels il avait navigué se serait échoué dans les cinq minutes.

— Vous êtes satisfait de votre cap, monsieur Simmons ?

— Parfaitement satisfait, monsieur.

Simmons connaissait son navire, c'était évident. Il savait ce dont il était capable. Jack se le répéta. Il en était persuadé. Il devait en être ainsi. Mais il vécut les cinq minutes les plus terrifiantes de sa vie. Ce navire magnifique peut-être transformé en simple bigue, démâté, crevé... Quand le *Lively* fendit l'eau turbide, sableuse, à la limite du haut-fond, là où la moindre dérive l'aurait irrémédiablement anéanti, il cessa de respirer. Puis le haut-fond se trouva derrière eux.

Aussi imperturbable que possible, il inspira profondément l'air scintillant, et ordonna à M. Simmons de mettre le cap sur les Downs. Il devait y embarquer quelques surnuméraires et son propre timonier (pour autant que Bonden n'ait pas disparu), vu que le capitaine Hamond avait emmené le sien à Londres. Il se mit à aller et venir sur la plage arrière, au vent, sans cesser d'observer avec enthousiasme le comportement du *Lively* et de son équipage.

Il savait maintenant pourquoi elle passait pour une frégate de premier plan... Ses qualités pour la navigation sortaient vraiment de l'ordinaire, et la calme discipline de l'équipage dépassait tout ce qu'il avait vu. Sa promptitude à prendre de l'erre et à mettre à la voile avait quelque chose de surnaturel : c'était presque aussi étrange que le cri du gibbon dans les gréements.

Les côtes familières, basses, grises et boueuses glissaient devant eux. La mer était d'un gris dur, métallique. L'horizon, au large, délimitait nettement le ciel tacheté. Et la frégate filait, à un point de largue, comme si elle suivait un garde-fou rectiligne. Il vit des marchands entrer dans l'embouchure de la Tamise, quatre navires de la Compagnie d'Afrique, et un brick de guerre de Chatham, sans compter les habituels *peter-boats* et canots de dépannages. Comme ils avaient l'air mous et lâches, en comparaison !

Il y avait aussi le fait que le capitaine Hamond, homme à l'esprit scientifique, avait choisi ses officiers avec beaucoup de soin et passé des années à former son équipage. Même les hommes du parc connaissaient les manœuvres courantes. Pendant des années, Hamond avait fait concourir l'une contre l'autre les équipes de mât, pour le ferlage et le déferlage des voiles. Il leur avait fait exécuter toutes les manœuvres existantes, dans toutes les combinaisons possibles, jusqu'à ce qu'ils atteignent les uns et les autres à la perfection, à une vitesse maximale. Aujourd'hui, jaloux de l'honneur de leur navire, ils s'étaient surpassés. Et ils en étaient conscients. Lorsqu'ils croisaient leur capitaine par intérim, ils lui jetaient des regards discrètement satisfaits, qui semblaient signifier : « On t'a montré ce qu'on sait faire, grande gueule ! On t'en a mis plein la vue, non ? »

Quel beau navire pour le combat, pensait Jack. S'il croisait une de ces grosses frégates françaises, il n'en ferait qu'une bouchée, aussi joliment construites soient-elles. Oui. Mais quid des hommes du *Lively* ? C'étaient des marins, sans aucun doute, des marins tout à fait remarquables. Mais n'étaient-ils pas un peu âgés, dans l'ensemble, et singulièrement calmes ? Jusqu'aux mousses, qui étaient de gros types hirsutes, un peu lourds pour faire des acrobaties sur les vergues de cacatois. La plupart d'entre eux avaient de grosses voix bourrues. Et puis il y avait à bord un certain nombre d'hommes au poil déjà poivre-et-sel. Low Bum, qui barrait, pour le moment — avec un art si merveilleusement précis ! —, n'avait pas eu besoin de se laisser pousser une natte quand il s'était engagé à Macao. Pas plus que John Satisfaction, Horatio Jelly-Belly et une demi-douzaine de ses camarades. Ces hommes étaient-ils des combattants ? Les Livelies n'avaient pas connu les multiples expéditions guerrières qui faisaient du danger une affaire de routine, et le rendaient inoffensif. Ils avaient vécu des circonstances totalement différentes... Il aurait dû lire le journal de bord pour connaître l'histoire du navire. Son regard s'arrêta sur l'une des caronades de la plage arrière. Elle était marron. Un peu de peinture, terne et maintes fois brossée, recouvrait la lumière. Cette pièce n'avait pas tiré depuis belle lurette. Oui, sûrement, il devrait jeter un coup d'œil au journal pour savoir à quoi les Livelies occupaient leurs journées.

Sous le vent, M. Randall expliquait à Stephen que sa mère était morte. Ils possédaient une tortue. Il espérait que la tortue ne s'ennuyait pas de lui. Était-il vrai que les Chinois ne mangeaient ni pain ni beurre ? Jamais, à aucune occasion ? Le vieux Smith et lui prenaient leurs repas avec le canonnier, et Mme Armstrong était très gentille avec eux. Pinçant la main de Stephen pour attirer son attention, il dit de sa petite voix claire :

— Pensez-vous que le nouveau capitaine fera fouetter George Rogers, monsieur ?

— Je n'en sais rien, mon cher. J'espère bien que non.

— Oh, j'espère qu'il le fera, cria l'enfant en sautillant. Je n'ai encore jamais vu un homme recevoir le fouet. Et vous, monsieur, avez-vous déjà vu un homme recevoir le fouet ?

— Oui.

— Est-ce qu'il y avait beaucoup de sang, monsieur ?

— Oui, vraiment. Plusieurs seaux pleins à ras bords.

M. Randall sautilla de nouveau, et demanda s'il fallait encore attendre longtemps avant les six coups de cloche.

— George Rogers était en proie à une horrible colère, monsieur. Il a traité Joe Brown de marin d'eau douce et de galérien, et par deux fois il lui a dit d'aller au diable. Je l'ai entendu. Voulez-vous que je vous récite les points du compas sans reprendre mon souffle, monsieur ? Oh, voici mon papa, il me fait signe. Au revoir, monsieur.

— Je vous demande pardon, monsieur, dit le lieutenant en interceptant Jack. Je dois vous parler de deux choses que j'avais oubliées. Le capitaine Hamond autorisait les jeunes messieurs à utiliser la cabine de l'avant, le matin, pour prendre leurs leçons avec l'instituteur. Souhaitez-vous maintenir cette tradition ?

— Certainement, monsieur Simmons. C'est une idée épatante.

— Merci, monsieur. Par ailleurs... Nous avons l'habitude, sur le *Lively*, d'appliquer les punitions le lundi.

— Le lundi ? Quelle drôle d'idée !

— Oui, monsieur. Le capitaine Hamond pensait qu'il était bien de laisser aux coupables la journée du dimanche pour méditer.

— Bien, bien. Qu'il en soit ainsi, alors. J'avais l'intention de vous demander comment on envisage les punitions, sur ce navire. Je n'ai pas envie d'imposer des changements brutaux, mais je vous préviens : je ne suis pas trop partisan du fouet.

Simmons sourit.

— Le capitaine Hamond non plus, monsieur. Notre punition habituelle, c'est la pompe. Nous ouvrons un robinet de prise d'eau de mer, et nous laissons l'eau propre se mélanger à ce qui stagne dans les fonds de cale, et on fait tout pomper... Cela permet de garder le navire propre. Nous usons rarement du fouet. Dans l'océan Indien, nous sommes restés près de deux ans sans le sortir de son étui. Depuis notre retour, nous ne l'avons pas fait plus d'une fois tous les deux ou trois mois. Mais je crains qu'aujourd'hui, vous ne le jugiez nécessaire. Une affaire désagréable.

— Pas l'article trente-neuf ?

— Non, monsieur. Un vol.

Le délit était donc qualifié de vol. L'autorité, s'exprimant par la voix rauque et officielle du maître d'armes, annonça qu'il y avait vol, sédition et résistance à arrestation. Toute la compagnie du navire étant rassemblée à l'arrière, les fusiliers au garde-à-vous, et en présence des officiers, il amena sa victime devant le capitaine.

— A volé une tête de singe...

— Mensonges ! cria George Rogers, toujours en proie à une horrible colère, de toute évidence.

— ... la propriété d'Evan Evans, canonnier...

— Mensonges !

— Et ayant été requis de se rendre à l'arrière...

— Rien que des mensonges ! cria Rogers.

— Silence ! dit Jack. Vous parlerez à votre tour, Rogers. Continuez, Brown.

— Et ayant été informé que j'en savais assez pour penser qu'il était en possession de cette tête, et ayant été requis, en toute civilité, de me rendre à l'arrière pour vérifier les déclarations d'Evan Evans, canonnier, bâbordais... (Seuls les yeux du maître d'armes pivotaient dans la direction de Rogers.) A proféré des expressions insultantes. Se trouvait en état d'ébriété. Et a tenté d'aller se dissimuler dans la soute aux voiles.

— Mensonges !

— Et, en ayant été extrait, a exercé des actes de violence à l'égard de Button, Menhasset et Mutton, matelots de seconde classe.

— Tout ça, c'est des mensonges ! criait Rogers, hors de lui. Rien que des mensonges !

— Eh bien, dit Jack, qu'est-il arrivé, alors ? Racontez-moi ça à votre façon.

— C'est ce que je vais faire, Votre Honneur, dit Rogers en lançant des regards furieux autour de lui, pâle et tremblant de colère. À ma manière, oui. Le maître d'armes est venu à l'avant... Je buvais un coup, ma division était libre de quart... Il me donne un coup de pied au cul — je m'excuse, capitaine — et il me dit : « Mets les patins, George, tu es foutu. » Je me lève, et je lui dis : « Je t'emmerde, Joe Brown, toi et ce sale petit connard d'Evans. » Sans vouloir vous offenser, Votre Honneur. Mais c'est la vérité, sur l'Évangile, pour montrer à Votre Honneur ses mensonges, avec ses « vérifier les déclarations ». Rien que des mensonges.

Cette version semblait sonner un peu plus juste. Mais elle

fut suivie d'un récit décousu sur la question de savoir qui avait poussé qui, sur quelle partie du navire, avec témoignage contradictoire de Button, Menhasset et Mutton, et des remarques sur le personnage. Et il semblait bien que le véritable problème était que quelqu'un avait prêté deux dollars à quelqu'un d'autre au large de Banda, et n'avait jamais été remboursé — en grog, en tabac ou de toute autre manière.

— Et cette tête de singe ? demanda Jack.

— La voici, monsieur.

Le maître d'armes sortit de sa chemise une chose velue.

— Vous dites qu'elle est à vous, Evans. Et vous, Rogers, qu'elle vous appartient. C'est donc votre propriété ?

— C'est mon Andrew Masher, Votre Honneur, dit Evans.

— C'est mon pauvre vieil Ajax, monsieur, que j'ai gardé dans mon nid-de-pie depuis qu'il est tombé malade au large du Cap.

— Comment pouvez-vous l'identifier, Evans ?

— Hein, monsieur ?

— Comment savez-vous qu'il s'agit de votre Andrew Masher ?

— À son expression affectueuse, monsieur, Votre Honneur. À ses expressions. Griffi Jones, animaux empaillés, à Douvres, m'en donne une guinée quand je veux, ouais...

— Qu'avez-vous à dire, Rogers ?

— C'est rien que des mensonges, monsieur ! C'est mon Ajax... Je l'ai nourri depuis Kampong... Il partageait mon grog, et mangeait du biscuit comme un bon chrétien.

— À quoi le reconnaissez-vous ?

— Eh bien, à son allure, monsieur. Je le reconnaîtrais entre tous, même s'il s'est un peu ratatiné.

Jack examina la gueule du singe. L'animal affichait une expression de profond mépris, mélancolique. Qui disait la vérité ? Chacun était persuadé d'avoir raison. Il y avait eu deux têtes de singe sur le navire. Il n'y en avait plus qu'une. Mais il ne comprenait pas comment l'on pouvait reconnaître les traits de cette noix de coco rouge toute desséchée qu'il avait dans la main.

— Andrew Masher était une femelle, si je comprends bien. Et Ajax était un mâle, c'est cela ?

— C'est exact, Votre Honneur.

— Que le docteur Maturin vienne sur le pont, s'il n'est pas trop occupé, dit Jack. Docteur Maturin, est-il possible de déterminer le sexe d'un singe par ses dents, ou quelque chose de ce genre ?

— Cela dépend du singe. (Stephen examina l'objet avec empressement. Il le prit, le retourna.) Ceci, par exemple, est un remarquable spécimen de *Simia satyrus* mâle — l'homme sauvage des bois de Buffon. Voyez la dilatation latérale des joues, que mentionne Hunter, et les vestiges de cette poche jugulaire, si caractéristique du mâle.

— Eh bien, nous y voilà, dit Jack. Il s'agit donc d'Ajax. Merci beaucoup, docteur. L'accusation de vol est abandonnée. Mais vous n'avez pas le droit d'assommer les gens, Rogers. Quelqu'un a-t-il quelque chose à dire pour sa défense ?

Le second lieutenant s'avança. Rogers était dans sa division. Attentif à son devoir, généralement sobre, bon caractère, mais une certaine tendance à s'abandonner à la colère. Jack dit à Rogers qu'il ne devait pas s'abandonner à la colère. Que c'était très mal. Que cela finirait par lui valoir l'échafaud, s'il n'y remédiait pas. Il devrait contrôler son humeur, et serait privé de grog pendant une semaine. La tête de singe était provisoirement confisquée pour examen approfondi — elle avait déjà disparu dans la cabine, d'ailleurs, ce qui ne manquait pas de laisser Rogers stupéfait.

— Vous la récupérerez en temps utile, dit Jack, l'air plus convaincu qu'il ne l'était vraiment. Tous les autres délinquants, reconnus coupables d'ivrognerie simple, reçurent le même traitement. Le caillebotis fut démonté. On rangea le fouet, qui n'était toujours pas sorti de son étui. Un peu plus tard, on siffla le dîner de l'équipage. Jack invita le premier lieutenant, l'officier et l'aspirant de quart et l'aumônier à partager son dîner. Puis il reprit ses déambulations.

Ses pensées l'entraînèrent vers l'artillerie. Sur de nombreux navires, on faisait très rarement des exercices aux grosses pièces, et on les faisait rarement tirer, sauf pour le combat ou les saluts. Si c'était le cas du *Lively*, se dit Jack, il allait faire en sorte que ça change. Même à bout portant, il fallait pouvoir frapper là où cela fait le plus mal. Et dans le type de batailles auxquelles se livraient généralement les frégates, la précision et la vitesse étaient essentielles. Mais ce n'était pas la *Sophie* avec ses gros pistolets à bouchons. Une simple bordée du *Lively* devait brûler plus d'un demi-quintal de poudre... Mazette ! Chère *Sophie*, parfaite pour maintenir un feu nourri contre l'ennemi...

Il reconnut la musique qui s'imposait à son esprit avec

une telle insistance. C'était le morceau de Hummel que Stephen et lui avaient joué si souvent à Melbury Lodge. L'adagio. Et presque aussitôt, il eut devant lui une image très précise de Sophia — grande et mince, debout près du piano, l'air embarrassé et secouant la tête.

Il refusa de se laisser distraire, et s'efforça de consacrer toute son attention au problème du moment. Mais c'était inutile. La musique venait se faufiler au milieu de ses calculs de poudre et de munitions. Il était de plus en plus agité, de plus en plus malheureux. Il se mit soudain à battre des mains. « Je vais parcourir le journal de bord, se dit-il, pour savoir enfin quelle est leur expérience réelle... Je dois aussi ordonner à Killick de déboucher le bordeaux. *Ça*, au moins, il ne l'a pas oublié. »

Il descendit, renifla l'odeur des aspirants dans la cabine de l'avant, passa dans celle de l'arrière... et se retrouva dans une totale obscurité.

— Fermez cela ! cria Stephen, qui surgit devant lui et claqua la porte.

— Que se passe-t-il ? demanda Jack, qui s'était concentré sur la navigation au point d'oublier les abeilles — comme si l'on pouvait oublier un tel cauchemar.

— Elles possèdent une remarquable faculté d'adaptation. Peut-être plus que n'importe quelle espèce d'insectes sociaux, dit Stephen, d'un autre point de la cabine. On les trouve en Norvège, et dans les étendues brûlantes du Sahara. Mais elles ne sont pas encore tout à fait habituées à leur environnement.

— Oh, bon Dieu, dit Jack, en cherchant la poignée à tâtons. Elles sont toutes sorties ?

— Non, pas toutes. Et quand Killick m'a appris que vous attendiez des invités, j'ai pensé que vous préfériez sans doute les savoir à l'abri. L'ignorance suscite tellement de préjugés que la présence d'abeilles dans une salle à manger...

Jack sentit quelque chose ramper sur son cou. La porte avait tout à fait disparu. Il se mit à suer abondamment.

— J'ai donc eu l'idée de créer une nuit artificielle. La nuit, dans des circonstances normales, elles regagnent leur ruche. J'ai aussi allumé trois feux, pour faire de la fumée. Mais ils n'ont pas eu l'effet recherché. C'est peut-être que l'obscurité est trop complète. Faisons un compromis. Un crépuscule. Sombre, mais pas trop.

Il souleva un coin de la toile à voile. Un rayon de soleil

révéla un nombre incalculable d'abeilles, rassemblées sur toutes les surfaces verticales et la plupart des planes. D'autres volaient d'un point à l'autre de manière erratique, saccadée. Une cinquantaine d'entre elles se promenaient sur son manteau et sur sa culotte.

— Là, dit Stephen, n'est-ce pas beaucoup mieux ? Faites-les monter sur votre doigt, Jack, et portez-les à la ruche. Doucement ! Il ne faut surtout pas montrer (ni ressentir) la moindre inquiétude. La peur est toujours fatale, je crois que vous le savez.

Jack tenait la poignée de porte. Il l'entrouvrit, et se glissa prudemment dehors.

— Killick ! hurla-t-il, en frappant ses vêtements.

— Monsieur ?

— Allez aider le docteur. Allez-y, donnez-lui un coup de main !

— Je n'ose pas, dit Killick.

— Ne me dites pas que vous avez peur ! Vous, un homme de la marine de guerre ?

— Si, monsieur.

— Eh bien, libérez la cabine de l'avant, et mettez-y la table. Et débouchez une douzaine de bouteilles de bordeaux.

Il se jeta dans sa cabine de repos et arracha sa cravate... Quelque chose s'était glissé dessous.

— Qu'avons-nous au dîner ?

— De la venaison, monsieur. J'ai trouvé chez Chators une selle de premier choix. Comme celle que ces dames nous ont envoyée de Mapes.

— Messieurs, dit Jack, je vous souhaite la bienvenue. — La cloche piquait les six coups du quart de l'après-midi, et ses invités venaient de le rejoindre. — J'ai peur que nous devions nous serrer un peu, car mon ami se livre à une expérience philosophique à l'arrière de la cabine. Killick, faites savoir au docteur que nous espérons jouir de sa présence, dès que ça lui conviendra.

— Allez ! murmura-t-il en serrant discrètement le poing, avec un furieux mouvement de la tête vers son maître d'hôtel. Allez-y, je vous dis. Vous pouvez l'appeler à travers la porte.

Le dîner se déroula parfaitement bien. Le *Lively* était peut-être spartiate dans son aspect extérieur et son mobilier, mais Jack avait hérité d'un excellent coq habitué aux appétits du grand large, et ses invités étaient des hommes bien élevés, parfaitement à l'aise dans les strictes limites de l'étiquette navale. Même l'aspirant de quart, qui garda le silence, le fit avec élégance. Mais la déférence à l'égard du capitaine, le respect de la hiérarchie étaient très forts. Comme Stephen avait de toute évidence la tête ailleurs, Jack eut le plaisir de trouver en l'aumônier un homme plein d'entrain et bavard, et qui n'avait aucune idée du caractère sacré d'un dîner dans la cabine. M. Lydgate, vicaire perpétuel de Wool, était le cousin du capitaine Hamond, et il effectuait ce voyage pour sa santé. Il n'avait pas renoncé à sa paroisse pour entamer une nouvelle carrière, mais pour changer momentanément d'air et de paysages. L'air de Lisbonne et celui de Madère lui étaient recommandés. Celui des Bermudes, encore plus. Et s'il avait bien compris, c'était là qu'ils allaient, n'est-ce pas ?

— Peut-être bien, dit Jack. Je l'espère, en tout cas. Mais la guerre évolue, et en ces domaines, on n'est jamais sûr de rien. J'ai vu des capitaines embarquer des provisions pour Le Cap, et se voir expédiés au dernier moment dans la mer Baltique. Tout est soumis au bien du service, ajouta-t-il pieusement.

Mais il sentit que des remarques de cet acabit pouvaient déprimer ses invités.

— Monsieur Dashwood, cria-t-il, le vin reste devant vous. Le bien du service exige que vous le fassiez circuler. Monsieur Simmons, je vous prie, parlez-moi de ce singe qui m'a tellement surpris ce matin. Le singe vivant, je veux dire.

— Cassandra, monsieur ? C'est un des six ou sept qui ont embarqué à Tungoo. Le docteur dit que c'est un gibbon de Tenasserim. Tous les hommes l'adorent, mais nous craignons qu'elle ne soit en train de dépérir. Nous l'avons vêtue d'une veste de flanelle lorsque nous avons passé l'entrée de la Manche, mais elle ne l'a pas gardée. Et elle refuse d'absorber de la nourriture anglaise.

— Vous entendez cela, Stephen ? Il y a un gibbon à bord. Et il ne se porte pas bien.

— Oui, oui, dit Stephen, en se ressaisissant. J'ai eu le plaisir de faire sa connaissance ce matin, alors qu'il se promenait main dans la main avec le plus petit des jeunes messieurs. Il était impossible de décider lequel des deux soutenait l'autre. Une créature ravissante, tout à fait charmante en dépit de son état déplorable. J'attends avec beaucoup d'impatience de pouvoir la disséquer. Monsieur de Buffon suggère que les callosités pelées que l'on voit aux fesses des hylobates pourraient cacher des glandes odoripares. Mais il ne va pas jusqu'à l'affirmer.

Cela jeta un froid. Après un léger silence, Jack répliqua :

— Il me semble, cher ami, que la compagnie de ce navire vous serait infiniment plus reconnaissante de soigner cet animal que de faire plaisir à Monsieur de Buffon... De redonner sa santé à Cassandra, plutôt que de donner raison à un Français ! Hé, hé, hé !

— Mais c'est précisément la compagnie de ce navire qui est en train de le tuer ! Ce singe est un alcoolique invétéré. Et le peu que je connaisse de vos matelots me suggère qu'aucun argument ne les empêchera de donner du rhum à quelqu'un qu'ils aiment. Rappelez-vous notre moine, en Méditerranée. Ce pauvre phoque s'est noyé un jour qu'il était ivre mort, un sourire figé au milieu de la gueule. Nous l'avons repêché et disséqué, pour découvrir qu'il avait les reins aussi abîmés que ceux de M. Blanckley, de la galiote *Carcass*. Un second-maître de soixante-trois ans, jamais promu, que j'ai eu le plaisir d'ouvrir à Port Mahon. Un homme qui n'avait pas été sobre depuis trente-cinq ans. J'ai vu ce gibbon un peu après la distribution du grog (il avait plongé d'un ton de mât aux premières notes de *Nancy Dawson*. L'animal était éperdument éméché. Mais il était conscient de son état, et il essayait de le cacher. Il a mis sa patte noire dans la mienne avec un air embarrassé. Qui est ce très jeune monsieur, au fait ?

Il s'agissait de Josiah Randall, le fils du second lieutenant. De retour chez lui, celui-ci avait trouvé sa femme morte, et personne ne pouvait s'occuper de l'enfant. Il n'avait aucune famille proche.

— Il l'a donc pris à bord, dit M. Dashwood, et le capitaine l'a enrôlé comme valet du bosco.

— Comme c'est triste, dit Jack. J'espère que nous pourrons bientôt livrer bataille. Rien de tel pour changer les idées d'un homme. Une frégate française, ou un Espagnol, si ça se trouve. Rien de tel qu'un Espagnol pour se battre avec détermination.

— Je crois que vous avez participé à de nombreux combats, monsieur ? demanda l'aumônier avec un geste vers le bandage de Jack.

— Pas plus que la plupart, monsieur ! Beaucoup d'officiers ont eu plus de chance que moi.

— Que considérez-vous comme un nombre raisonnable de batailles ? continua l'aumônier. J'ai été fort surpris, en arrivant sur ce navire, de découvrir qu'aucun de ces messieurs ne pouvait me dire à quoi ressemblait une bataille rangée.

— C'est surtout une question de chance, ou peut-être devrais-je dire de Providence, dit Jack en s'inclinant vers la nappe. Cela dépend de l'endroit où l'on se trouve, et de tas d'autres choses. Après tout... (Il fit une pause, essaya de formuler le mot d'esprit qu'il avait sur le bout de la langue, puis y renonça.) Après tout, il faut être deux pour se disputer, et si les Français ne se montrent pas, eh bien... Il n'est pas facile de livrer bataille quand on est seul ! En outre, le travail de routine est si important... Faire respecter le blocus, escorter les convois, transporter des troupes, vous savez... La moitié des lieutenants de la Liste d'active n'ont jamais vu de bataille, c'est-à-dire de combat entre deux vaisseaux — ou deux flottes — de même force. Peut-être même plus de la moitié.

— Je n'en ai jamais vu, c'est certain, dit Dashwood.

— J'ai *assisté* à une bataille lorsque je me trouvais sur le *Culloden*, en 1798, dit Simmons. Une très grande bataille. Mais nous nous sommes échoués, et nous n'avons jamais pu nous dégager. Cela nous a presque brisé le cœur.

— Ce fut certainement une tragédie, dit Jack. Je me souviens de l'énergie avec laquelle vous haliez vos amarres, pour vous renflouer.

— Vous étiez à la bataille d'Aboukir, monsieur ?

— Oui, c'est exact. Je me trouvais sur le *Leander*. Je me rappelle que je suis monté sur le pont au moment où le *Mutine* passait sous votre poupe pour essayer de vous remorquer.

— Vous avez donc assisté à une grande bataille, capitaine Aubrey, dit l'aumônier avec empressement. Je vous en prie, dites-moi à quoi cela ressemble ? Pouvez-vous m'en rapporter quelque impression précise ?

— Je ne crois pas, monsieur, vraiment. Pas plus que je ne pourrais vous faire partager une symphonie, disons, ou un banquet magnifique. Il y a beaucoup de bruit. Beaucoup plus de bruit que vous ne sauriez imaginer. Le temps qui passe semble prendre une autre signification, si vous voyez ce que je veux dire. C'est physiquement éreintant. Et quand c'est fini, il faut nettoyer les dégâts.

— C'est ce que je voulais entendre. Et le vacarme est si épouvantable ?

— Énorme. À Aboukir, par exemple, nous nous trouvions à proximité de *L'Orient* quand il a explosé. Pendant dix jours, nous n'avons pas pu nous exprimer autrement qu'en criant. Mais à la bataille de St Vincent, c'était encore pire. Dans ce que nous appelions l'abattoir, là où je me trouvais — c'est la partie du *gundeck* qui est au milieu du navire, monsieur —, il y avait une rangée de seize canons de trente-deux. Seize monstres qui crachaient aussi vite qu'on pouvait les charger, qui reculaient et sautaient sur place dans un hurlement strident quand ils étaient chauds, et qu'il fallait remettre en batterie pour tirer à nouveau... Juste au-dessus de nos têtes se trouvait une autre rangée de canons, qui tonnaient sur le pont supérieur. Et les chocs formidables des boulets ennemis qui nous atteignaient parfois ! Le craquement des espars s'écroulant au-dessus de nous ! Les hurlements des blessés ! Tout cela au beau milieu d'une fumée qui nous empêchait de voir et de respirer, les hommes applaudissant comme des fous, transpirant et engloutissant des quantités d'eau à la moindre pause. À St Vincent, nous faisions feu des deux bordées, ce qui doublait le nombre de pièces par rangée ! Oui... C'est de ça qu'on se souvient... Ce bruit énorme, partout. Les éclairs dans l'obscurité. Et puis l'importance de l'artillerie, de la promptitude et de la précision des manœuvres, et de la discipline. Nous lâchions une bordée toutes les deux minutes, tandis que l'ennemi tirait en moyenne toutes les trois et demie ou quatre minutes. C'est pour cela que nous avons gagné, ce jour-là.

— Vous étiez donc aussi à St Vincent, dit l'aumônier. Quelles autres batailles, si je ne suis pas trop indiscret ?... À part, bien entendu, cette dernière capture, fort audacieuse, dont nous avons tous entendu parler.

— Rien que des affaires de peu d'importance... Des escarmouches en Méditerranée et aux Antilles, pendant la dernière guerre... Ce genre de choses.

— Et il y a eu le *Cacafuego*, n'est-ce pas, monsieur ? dit M. Simmons en souriant.

— Cela devait être formidable, quand vous étiez jeune, monsieur, dit l'aspirant, malade d'envie. Il ne se passe plus rien, maintenant.

— Pardonnez-moi si je vous semble indiscret, reprit l'aumônier. Mais j'aimerais me forger une image de l'officier qui a vu, comme vous dites, une quantité raisonnable de batailles. En plus de vos batailles avec la flotte, à combien de combats avez-vous participé ?

— Eh bien, ma parole, j'ai oublié !

Jack avait le sentiment que les autres avaient sur lui un avantage injuste, et que les aumôniers n'étaient pas à leur place sur un navire de guerre. Il fit signe à Killick d'apporter le rôti et une autre carafe de vin. Et lorsqu'il se leva pour découper la viande, son état d'esprit se modifia aussi radicalement que si un boulet de dix-huit livres venait de percer la coque de la frégate. Il eut soudain la poitrine oppressée, et il s'étrangla, penché en avant, le couteau à la main. Le premier lieutenant, qui avait depuis longtemps remarqué que l'insistance de M. Lydgate déplaisait au capitaine Aubrey, ramena la conversation sur la question des animaux à bord. Les chiens qu'il avait vus sur des navires. Le terre-neuve si adorable qui rapporta un jour une grenade fumante. Le crocodile apprivoisé du *Culloden*. Des chats...

Mais l'aumônier n'était pas prêt à laisser le silence s'emparer de son coin de table.

— Les chiens... Cela me rappelle, messieurs, une question que je voulais vous poser. Ce quart de l'après-midi, plus court que les autres, ou plutôt ces deux petits quarts... pourquoi les appelle-t-on *quart du chien* ? Quel est le rapport avec la gent... euh, *canine* ?

— C'est parce qu'ils sont coupés, bien sûr, dit Stephen.

Un silence de plomb. Stephen soupira. Mais il avait l'habitude.

— Monsieur Butler, dit Jack, la bouteille reste devant vous. Monsieur Lydgate, permettez-moi de vous servir un peu de filet.

L'aspirant fut le premier à réagir. Il se tourna vers Dashwood et chuchota :

— Coupés, il a dit. Le quart de chien est coupé[1]. Vous pigez ?

C'était le genre de transition lamentable qui convenait parfaitement à cette assemblée. Leur gaieté communicative, leur cris de joie, leur hilarité étourdissante se répandirent jusqu'au gaillard d'avant, où ils suscitèrent conjectures et

1. Adaptation d'un jeu de mots entre *dog-watch* (petit quart, litt. : quart du chien) et *curtail* (raccourcir), qui se décompose en *cur* (sale cabot) et *tail* (queue).

stupéfaction. Jack se balança sur sa chaise, essuya les larmes qui inondaient son visage cramoisi, et s'écria :

— Oh, c'est la meilleure... C'est la meilleure ! Bravo, Stephen ! Je vous sers un verre de vin. Monsieur Simmons, si nous dînons avec l'amiral, posez-moi la question, et je vous répondrai : « Eh bien, c'est parce qu'ils sont réduits[1], bien sûr ! » Non, je me trompe ! *Coupés*... Mais je serai bien incapable de garder mon sérieux.

Ils ne dînèrent point avec l'amiral. Aucun message affectueux ne répondit au salut qu'ils adressèrent au vaisseau-amiral. Mais au moment où ils jetaient l'ancre dans les Downs encombrés, Parker vint leur rendre visite. Il venait de la *Fanciulla*, avec son épaulette toute neuve, pour donner et recevoir des félicitations.

Jack eut un pincement de cœur quand le canot répondit « *Fanciulla* » aux signaux du *Lively*, pour annoncer la présence à bord de son capitaine. Mais la vue du visage de Parker, rayonnant de bonheur et de gratitude, quand il apparut sur le pont, effaça toutes ses hésitations. Parker avait rajeuni de dix ou quinze ans. Il escalada le flanc du navire aussi agilement qu'un jeune homme. Il était aux anges. Il regrettait amèrement de devoir appareiller dans l'heure — c'étaient les ordres ! —, mais il invita solennellement Jack et Stephen à dîner en sa compagnie à leur prochaine rencontre. Il trouva que « coupés » était la meilleure blague qu'il ait entendue de sa vie, et il ne manquerait pas de la raconter à son tour. Ne savait-il pas depuis longtemps que le docteur Maturin était un homme d'une grande intelligence ? D'ailleurs, il prenait toujours ses pilules matin et soir, et continuerait jusqu'à la fin de ses jours. Il prit avec humour la suggestion hésitante de Jack — « Le capitaine Parker ne serait sans doute pas offensé si le docteur lui prescrivait un peu de détente... Comme couper les queues du *chat*[2], pourrait-on dire. » Parker leur promit d'accorder toute l'attention nécessaire au conseil d'un... collègue aussi estimé, d'un collègue qui méritait la plus haute considéra-

1. *To dock* : couper, écourter (à propos de la queue d'un animal). Phonétiquement proche de *dog*.

2. Cette fois, le jeu de mots opère sur *cat* (chat), qui désigne aussi le « fouet » utilisé pour châtier les matelots indisciplinés dans la Royal Navy.

tion. Au moment des adieux, il prit les deux mains de Jack. Ses petits yeux rapprochés étaient pleins de larmes :

— Vous ne pouvez savoir ce que cela signifie, monsieur, de réussir à l'âge de cinquante-six ans... La réussite, enfin ! Cela change complètement... le *cœur* d'un homme. Je pourrais embrasser les mousses !

Les sourcils de Jack heurtèrent son pansement, mais il rendit à Parker son étreinte chaleureuse, et il l'accompagna jusqu'au passavant. Profondément ému, il resta à contempler le canot qui filait vers le beau petit sloop, jusqu'au moment où le premier lieutenant s'approcha de lui.

— M. Dashwood a une requête, monsieur. Il aimerait pouvoir emmener sa sœur jusqu'à Portsmouth. Elle est mariée à un officier des fusiliers, là-bas.

— Oh, bien sûr, monsieur Simmons. Elle est la bienvenue. Elle peut occuper la cabine de l'arrière. Non, attendez, la cabine de l'arrière est pleine de...

— Non, non, monsieur. Il n'acceptera pas de vous expulser ainsi ! Ce n'est que sa sœur, après tout. Il suspendra un hamac dans le carré, et elle prendra sa cabine. C'est ainsi que nous avions l'habitude de procéder, dans ce genre de circonstances, avec le capitaine Hamond. Descendrez-vous à terre, monsieur ?

— Non, Killick ira chercher mon timonier, quelques provisions, et du baume contre les piqûres d'abeilles. Mais je reste à bord. Tenez un canot à la disposition du docteur Maturin, cependant. Je pense qu'il voudra descendre... Je vous souhaite le bonjour, madame !

Il s'écarta, et souleva son chapeau au passage de Mme Armstrong, la femme du canonnier, dont le poids faisait vibrer le passavant.

— Soyez prudente, madame. Tenez-vous des deux mains aux cordages.

— Je vous remercie, monsieur, dit Mme Armstrong en ahanant. Mais je connais les navires depuis l'époque où j'étais encore une jeune fille.

Elle prit un panier entre ses dents, en coinça deux autres sous son bras gauche, et se laissa tomber dans le canot comme un véritable aspirant.

— Une excellente femme, dit le premier lieutenant, en regardant, en bas, le canot du passeur. Elle m'a aidé à surmonter une fièvre, à Java, alors que M. Floris et les médecins hollandais avaient renoncé à me sauver.

— Il y avait des femmes dans l'Arche, je suppose donc

qu'il y en a des bonnes. Mais d'une manière générale, je n'ai jamais vu leur présence à bord durant une croisière amener autre chose que des complications... Querelles, discussions, pas assez pour tout le monde, jalousies. Même dans les ports, je ne m'en occupe pas... L'ivrognerie, vous savez bien, et une liste de maladies longue comme le bras. Mais tout cela ne concerne pas le moins du monde Madame la canonnière, bien entendu, ni les épouses des autres officiers auxiliaires... Et encore moins la sœur de M. Dashwood... Ah, Stephen, vous voilà !

Simmons prit congé.

— Je disais au premier lieutenant que vous avez sans doute envie de descendre à terre. Vous prendrez la vedette, n'est-ce pas ? Deux des surnuméraires ne peuvent pas embarquer avant le matin, vous disposerez donc de tout le temps nécessaire.

Stephen le regarda, de ses étranges yeux pâles qui ne cillaient pas. Est-ce que cette vieille gêne était de retour, ce malheur singulier ? Jack avait l'air de se forcer. Une gaieté exagérée, déplacée. Un piètre acteur.

— Et vous, Jack, vous n'y allez pas ?

— Non, monsieur. Je reste à bord. Entre nous, je ne crois pas que je remettrai jamais les pieds à terre de bon gré. J'ai fait le serment de ne jamais prendre le risque d'être arrêté. Mais je vous supplie, s'exclama-t-il (avec cette feinte légèreté, artificielle et pénible, que Stephen connaissait si bien), de nous rapporter du café digne de ce nom. Killick n'y connaît rien. Il sait reconnaître un bon vin d'un mauvais vin, c'est le moins qu'on puisse attendre d'un contrebandier. Mais il ne connaît rien au café.

Stephen hocha la tête.

— Je dois aussi acheter quelques topiques. Je passerai à New Place, et j'irai prendre des nouvelles à l'hôpital. Vous avez des messages ?

— Mes compliments, bien sûr. Mes meilleurs compliments. Et mes vœux les plus sincères à Babbington et aux Polychrests blessés... Ceci servira à leurs commodités. À Macdonald, aussi. Veuillez dire à Babbington que je suis particulièrement désolé de ne pouvoir lui rendre visite. Mais c'est tout à fait impossible.

Chapitre treize

Quand Stephen quitta l'hôpital, le soir approchait. Ses patients allaient beaucoup mieux. Il avait été surpris de découvrir qu'un des hommes, atteint d'une grave blessure au ventre, avait survécu, et le bras de Babbington était sauvé. C'est donc très sereinement qu'il prit le chemin de New Place. Mais cette sérénité n'était que professionnelle. Quant au reste... Il disposait d'antennes invisibles, capables de lui faire toucher l'immatériel. Son esprit était si alarmé qu'il ne fut aucunement surpris de trouver la maison fermée.

Il apprit que le monsieur dérangé avait été emmené dans une voiture à quatre chevaux « il y a des semaines et des semaines », ou « dans le courant du mois dernier, peut-être bien », ou encore « avant qu'on rentre les pommes », penché à la fenêtre et riant à s'en faire péter les côtes. Il apprit aussi que le cocher portait une cocarde noire. Puis les domestiques étaient partis dans le chariot, « le lendemain », ou « une semaine plus tard », ou « quelque temps plus tard ». Ils se rendaient « dans un village du Sussex », ou « à Brighton », à moins que ce ne fût « à Londres ». Aucun de ses informateurs n'avait remarqué, depuis plusieurs semaines, la présence de la dame. M. Pope, le valet de chambre de New Place, était un homme fier et dédaigneux. Les domestiques étaient un tas de Londoniens raides qui préféraient rester entre eux.

Partisan de méthodes moins directes que celles de Jack, Stephen ouvrit la serrure du portail du jardin avec un bout de fil de fer, et utilisa un écarteur Morton pour la porte de la cuisine. Il monta posément l'escalier après avoir franchi la porte matelassée et traversé l'entrée. Une haute horloge de trente jours fonctionnait encore, mais son poids touchait presque le sol. L'écho de son tic-tac solennel se répercutait dans l'entrée et le suivit jusqu'au salon. Le silence. Une perfection de housses, de tapis roulés, de meubles rangés. Des rayons de lumière se faufilant entre les volets, faisant scintiller des grains de poussière. Des mites. Les premières toiles d'araignées, fragiles, dans des endroits inattendus, comme le dessus de cheminée sculpté, dans la bibliothèque — où M. Lowndes avait tracé sur le mur, à la craie et en grands caractères, quelques vers de Sapho.

« Belle écriture. » Stephen s'arrêta pour les déchiffrer. « *La lune s'est couchée, comme les Pléiades. Minuit est passé. Les heures s'envolent, et je suis seule. Seule. Peut-être ici, moi, Sapho, je suis seule, pour donner le genre*. Non. Le sexe est sans importance. C'est la même chose pour nous deux. »

Le silence. La perfection anonyme. L'air immobile. Pas le moindre souffle, pas le moindre mouvement. Le silence. L'odeur des planchers nus. Une commode, face tournée vers le mur.

Dans sa chambre. Le même ordre stérile et nu. Le miroir lui-même était recouvert. Ce n'était pas austère, la lumière grise était trop douce pour cela. C'était dénué de signification. Le silence ne recelait pas d'attente, pas de tension d'aucune sorte. Sous les pieds de Stephen, le grincement du plancher n'exprimait aucune menace, aucune passion. Il aurait pu sauter sur place, ou hurler, sans affecter cette inhumaine absence de sentiment. C'était aussi dénué de sens que la mort absolue — un crâne dans un buisson obscur. L'avenir s'en était allé, le passé était effacé. Jamais Stephen n'avait ressenti une telle impression de *déjà-vu*. Elle lui était pourtant familière, cette conscience de la fin d'un rêve, les mots prononcés dans une voiture par une étrangère, et sa réponse à lui — aussi familière que l'agencement des meubles (jusqu'au motif du papier mural) dans une pièce qu'il n'avait jamais vue auparavant.

Dans la corbeille, il trouva quelques feuilles de papier chiffonnées. C'était la seule imperfection, avec l'horloge encore vivante, dans ce désert total — et la seule exception à la complétude de son impression de *déjà-vu*. « Qu'est-ce que je cherche ? » dit-il. Le son de sa voix courut dans les pièces ouvertes. « L'annonce, désormais inutile, de ma propre mort ? » Ce n'étaient que des listes, sans intérêt, de la main d'un domestique. Il y avait aussi un bout de papier où l'on avait essayé une plume... Lignes d'encre bredouillantes qui pouvaient avoir eu un sens, mais que personne ne comprendrait jamais. Il les jeta, resta un long moment à écouter les battements de son cœur, et se rendit droit au cabinet de toilette. Il y trouva ce qu'il savait y trouver. Le dénuement, le vide, le joli mobilier en bois de citronnier serré contre le mur, n'avaient aucune importance. Ils ne signifiaient rien. L'important, c'était le spectre de son parfum qui régnait dans la pièce, sans que cela vienne de tel placard ou étagère en particulier — tantôt un peu fort, tantôt si ténu que Stephen le saisissait à grand-peine, malgré son extrême attention.

— Au moins, dit-il, ce n'est pas l'horreur de la fin.

Il ferma la porte avec d'infinies précautions et regagna l'entrée. Il arrêta l'horloge — pour laisser un signe de son passage — et retourna au jardin. Il referma la serrure derrière lui, longea les sentiers jonchés de feuilles, déjà à l'abandon, franchit la porte verte et continua vers la route qui longeait la côte. Les mains derrière le dos, les yeux fixés sur cette route qui défilait sous ses pieds, il la suivit jusqu'à ce qu'il aperçoive les lumières de Deal. Il se souvint alors qu'il avait laissé son canot à Douvres, fit demi-tour et parcourut le même chemin dans l'autre sens. « C'est très bien, se dit-il. J'aurais pu aller m'asseoir dans l'arrière-salle d'une auberge, jusqu'à l'heure de retourner au navire et d'aller dormir sans voir ni parler à quiconque. C'est beaucoup mieux. Je me réjouis d'être sur ce chemin dur et sablonneux, où je me traîne interminablement. »

La matinée fut riche en événements. On lui présenta M. Floris. Le chirurgien l'invita à se rendre à l'infirmerie, qu'il avait équipée d'une manche à vent de son invention pour y faire circuler de l'air frais. Il montra un empressement flatteur — flatteur et *respectueux* — à connaître l'opinion du docteur Maturin sur le cas de Wallace... (Celui-ci affichait les symptômes exigeant une cystotomie suprapubique instantanée les plus évidents que Stephen ait jamais vus.)

Et l'on avait assisté de bon matin — le *Lively* était sur une seule ancre et le pavillon de partance flottait déjà sur son mât — à l'arrivée de Mme Miller et de son petit garçon. C'était une jolie femme à l'air décidé, avec un soupçon d'on-ne-sait-quoi — moins de l'effronterie, peut-être, que cette liberté que procurent une alliance et la présence d'un enfant. Mais rien de tout cela n'était visible lorsque Jack l'accueillit sur la plage arrière. Ce n'était que modeste gratitude et excuses répétées pour son intrusion. Petit Brydges ne gênerait personne, promit-elle... Il avait une grande habitude des navires — il était déjà allé à Gibraltar et retour. Il n'était jamais malade, et ne pleurait jamais.

— Eh bien, madame, dit Jack, nous sommes ravis d'avoir l'honneur de votre compagnie, et j'aimerais pouvoir vous conduire plus loin que Portsmouth. Il serait bien triste qu'un homme ne puisse rendre service à la femme et la sœur de ses frères officiers. Néanmoins, je crois que nous pouvons espérer vous garder quelque temps parmi nous. Ce bon D... Ce vent est très ennuyeux. Il est en train de tourner au sud.

— Pourquoi faites-vous tous ces signes et ces grimaces à maman, oncle John ? demanda le jeune Brydges. Elle ne parle pas depuis si longtemps au capitaine. Elle va sans doute bientôt cesser. Et moi, je n'ai rien dit du tout.

— Puis-je entrer, Stephen ? J'espère que je ne vous réveille pas... Vous dormiez ?

— Non, pas du tout.

— Le carré est dans de beaux draps. Il semblerait qu'un bon million de vos reptiles se soient introduits ce matin dans leur pot à chocolat... Elles se sont immolées par centaines, en se glissant par le versoir. Les hommes ont déclaré que s'ils devaient affronter l'angoisse d'un autre petit déjeuner comme celui-là, ils démissionneraient.

— Est-ce qu'ils ont pris note de l'heure exacte ?

— Oh, j'en suis sûr. Je suis bien sûr que repousser l'agression, avaler leur petit déjeuner et exécuter les manœuvres du navire leur ont laissé le temps de courir pour mesurer les délais avec précision sur le double chronomètre du premier-maître. Ah, ah, ah !

— J'imagine que vous faites de l'ironie. Il s'agit pourtant d'un exemple probant de la sagacité des abeilles. Je les nourris au sirop de cacao et de sucre. Elles associent l'odeur du chocolat à leur nourriture. Elles découvrent un nouveau gisement de cacao. Elles s'empressent de communiquer leur découverte à leurs congénères, et leur en indiquent l'emplacement. Et voilà le résultat ! C'est la preuve la plus satisfaisante qu'on puisse souhaiter. J'espère bien que demain, le carré prendra note de l'heure précise de leur apparition. Je parierais gros que ce sera à moins de dix minutes des sept coups de cloche — c'est-à-dire de l'instant où elles ont été nourries la première fois.

— Vous voulez dire qu'elles vont y retourner ?

— Aussi longtemps que le carré continuera à boire du cacao très sucré, je ne vois pas pourquoi elles s'en priveraient. Il serait intéressant de savoir si l'information se transmet aux générations successives. Jack, je vous remercie de m'avoir parlé de cela. Il y a des années qu'une découverte ne m'a fait autant plaisir. Dès que j'aurai procédé aux vérifications — sur une durée de quelques semaines, voire de quelques mois —, j'en ferai la communication à Monsieur Huber.

Son visage cireux et tourmenté brilla soudain d'un tel plaisir que Jack ne put se résoudre à tenir la promesse qu'il avait faite au carré. Ils pouvaient calfater leurs cloisons, leurs trous de serrure et leurs lucarnes, boire du thé ou du café, s'envelopper pendant un jour ou deux dans des moustiquaires... Qu'est-ce donc qu'un peu d'inconfort, quand on est en service d'active ?

— J'ai une surprise pour vous, Stephen... Une jolie femme à dîner ! La sœur de Dashwood a embarqué ce matin. Une très belle fille, vraiment. C'est un plaisir de la regarder, et sa conduite est irréprochable. Elle est allée en bas dès son arrivée, et personne ne l'a vue depuis lors.

— Je dois, hélas, vous prier de m'excuser. En fait, je dois opérer, dès que mes opiats feront leur effet. M. Floris m'attend, et ses assistants sont en train d'aiguiser les bistouris. J'aurais préféré attendre que nous soyons à Haslar, mais je présume qu'avec ce vent, nous n'y arriverons pas avant plusieurs jours. Et le malade ne peut pas attendre. Ils sont impatients d'assister à l'opération, et je suis tout autant impatient de leur être agréable. C'est pourquoi je me repose un peu. Il serait stupide de commettre un impair dans une telle démonstration. En outre, nous devons penser à notre patient. Il doit être assuré que ma main ne tremblera pas lorsque j'irai tâtonner dans ses organes vitaux, armé de mes instruments. Après tout, il va s'écouler un certain temps avant que j'aie terminé.

Le patient (qui n'était autre que le malheureux Wallace) était peut-être assuré que la main de Stephen ne tremblerait pas, lorsqu'on l'amena — ou plutôt qu'on le propulsa vers le banc, abruti par l'opium, étourdi par le rhum et soutenu par des récits sur la distinction du docteur. Finalement, il était peut-être moins assuré que prévu, à en juger par sa pâleur effrayante. Ses camarades le portèrent à l'endroit désigné, et l'attachèrent comme savent le faire les marins. L'un d'eux fixa sa natte à un anneau d'amarrage, un autre lui donna une balle de mousquet dans laquelle il devrait mordre, tandis qu'un troisième lui expliquait qu'il économisait cent guinées : à terre, aucun toubib de cette classe n'aurait accepté de lui ouvrir le ventre pour moins que ça.

— Vous remarquerez, messieurs, dit Stephen en relevant ses manches, que je prends la crête iliaque comme point de repère. Je traverse comme ceci, ce qui me permet de trouver mon point d'incision.

Dans la cabine de l'avant, Jack tenait la pointe de son couteau à découper au-dessus du pâté au gibier.

— Permettez-moi de vous couper un morceau de ce pâté, madame. C'est une des rares choses que je sache découper. Lorsque nous avons un festin, d'habitude, j'invite mon ami le docteur Maturin, que j'espère pouvoir vous présenter cet après-midi. C'est un as, en matière de découpage.

— Je vous remercie, monsieur, dit Mme Miller. Il a l'air fameux. Mais je ne peux croire ce que vous dites. Il n'y a pas si longtemps, vous avez taillé en pièces les gens de Chaulieu. N'était-ce pas une belle opération de *découpage* ?

Tandis qu'à l'avant, on se livrait à ces plaisirs variés, le *Lively* filait vaillamment sur la Manche, au plus près du vent — une bonne brise de sud-ouest —, sous tribord amures, porté par ses perroquets et un bel étalage de voiles d'étai.

— Eh bien, monsieur Simmons, dit Jack en montant sur le pont, n'est-ce point épatant ? Comme ce navire aime naviguer *sur une bouline* !

C'était un bel après-midi, chaud et clair. De gros morceaux de nuages voguaient dans le ciel. Quand la frégate donnait de la bande, ses voiles scintillantes et ses gréements blancs brillaient splendidement devant eux. Elle n'avait rien du yacht. Ses peintures étaient strictement fonctionnelles, parfois très laides. Seule exception, ses cordages neigeux — cette manille qu'ils avaient rapportée des Philippines — la hissaient à des sommets de beauté rarement atteints. Ça, et bien entendu sa maîtrise de la mer, si souple et si agréable. Une houle longue et régulière venait du sud. Une lame de surface léchait sa coque au vent, projetant parfois vers l'arrière, au-dessus du parc, une averse d'embruns avec de brèves apparitions d'arcs-en-ciel. Ce serait un après-midi et une soirée parfaits pour l'artillerie.

— Dites-moi, monsieur Simmons, quel entraînement aux grosses pièces vous a-t-on dispensé ?

— Au début de la commission, nous avions l'habitude de tirer une fois par semaine, monsieur. Mais le Navy Board a si souvent contrôlé le capitaine Hamond pour sa consommation de poudre et de boulets qu'il a fini par se décourager. (Jack hocha la tête. Lui aussi avait reçu de ces lettres plaintives, vertueuses et indignées qui, bizarrement, s'achevaient toujours par : « Vos amis affectionnés.) Maintenant, nous ne faisons des essais de tirs qu'une fois par mois, par divisions. Mais bien entendu, au moins une fois par semaine, aux « sections », nous nous exerçons à amener les canons en batterie et à les remettre en place.

Jack alla déambuler sur la plage arrière, contre le vent. S'entraîner à déplacer les canons, c'était très bien, mais rien ne valait les exercices de tir. Absolument rien. Et une bordée du *Lively* coûtait dix guinées. Il réfléchit à la question, la retourna en tous sens. Il se rendit dans la cabine du premier-maître, où il se pencha sur les cartes. Puis il appela le maître-canonnier qui lui fit un rapport sur les cartouches pleines et la poudre disponible, et un commentaire sur chacun des canons. Les quatre pièces longues de neuf livres étaient ses préférées. Servies par lui-même, ses seconds et les canonniers, c'étaient elles qui tiraient la plupart du temps à bord du *Lively*.

Par bâbord devant, la ligne irrégulière de la côte française brisait l'horizon. La frégate vira de bord. Comme elle manœuvrait joliment ! Elle prit le vent sans le moindre à-coup, se mit en mouvement et gonfla ses voiles sur une encablure, presque sans perdre de vitesse. Malgré l'immense surface de toile et la quantité d'écoutes de voile d'étai, il s'écoula à peine un quart d'heure entre les coups de sifflet de « Tous à vos postes pour virer de bord ! » et le moment où les hommes se mirent à lover leurs cordages et à ranger le pont .La France, à l'arrière, fut à nouveau hors de vue.

Que ce navire était agréable à manœuvrer ! Pas de bruit, pas d'histoires, pas l'ombre d'un doute sur la réussite du changement d'amures. Et il filait déjà huit nœuds. Il pouvait manger le vent de n'importe quel bâtiment gréé au carré. Mais à quoi cela servait-il, s'il ne pouvait pas frapper son ennemi lorsqu'il lui tombait dessus ?

— Nous allons très rapidement virer de bord, monsieur Norrey, dit-il au premier-maître, qui venait de prendre le quart. Et puis vous aurez la bonté de nous conduire à un demi-mille de Balbec, sous huniers.

— Comment s'est déroulée l'opération ?

— Parfaitement, je vous remercie. J'ai pu me livrer à une magnifique démonstration de ma technique. Un cas exemplaire pour une intervention immédiate. Lumière excellente, beaucoup de place pour se mouvoir. Et le patient a survécu.

— Bravo ! Dites-moi, Stephen, me feriez-vous une faveur ?

— Peut-être, dit Stephen, l'air soupçonneux.

— Il s'agit de déménager vos monstres, de les installer dans la coursive. Nous allons nous servir des canons, dans la cabine, et il est possible que les abeilles ne supportent pas les détonations. En outre, je ne veux pas me retrouver avec une autre mutinerie sur les bras.

— Oh, certainement. Je porterai la ruche, et vous vous chargerez des cardans. Allons-y immédiatement.

Quand Jack remonta, encore tremblant, la sueur lui dégoulinait le long de l'épine dorsale, et c'était l'heure de l'appel des divisions. Le tambour battit le rassemblement, et les Livelies coururent à leurs postes comme d'habitude. Mais ils savaient très bien qu'il ne s'agissait pas d'une cérémonie banale. Primo, à cause de l'activité inhabituelle et des regards entendus du canonnier. Secundo, parce qu'on avait demandé à Mme Miller de descendre à la cale. Un aspirant lui avait montré le chemin, les bras chargés d'une douzaine de coussins. Lorsqu'on lui avait demandé si les explosions la dérangeaient, elle avait répliqué : « Oh non, j'adore ça ! »

La frégate glissait sans bruit à huit cents mètres de la côte, sous huniers seuls — si près de la terre qu'on distinguait nettement les moutons paissant l'herbe d'un pré, et le berger qui regardait fixement vers la mer. Les Livelies ne furent pas surpris, après qu'on se fut assuré que chacun d'entre eux était « présent et sobre », d'entendre ordonner : « Ôtez les tampons ! »

Certains d'entre eux étaient coincés dans les gueules des canons depuis si longtemps qu'il fallut se démener furieusement pour les en extraire. Mais lorsque la frégate approcha de la batterie qui gardait le petit port de Balbec, toutes les pièces semblaient regarder dans cette direction, leur œil unique grand ouvert. C'était une petite batterie de trois canons de vingt-quatre livres, placée sur un îlot à l'extérieur de la crique. Dès qu'ils furent à sa portée, elle disparut sous sa propre fumée. Seul l'immense drapeau tricolore, flottant au-dessus du nuage, était encore visible.

— Nous ferons feu en succession, monsieur Simmons, avec des intervalles d'une demi-minute. Je donnerai l'ordre de tirer. Monsieur Fanning, prenez note de la chute de chaque boulet, avec le numéro du canon.

Les artilleurs français étaient précis, mais lents. Sans doute leurs effectifs étaient-ils insuffisants. Leur troisième salve arracha la lanterne de poupe du *Lively*. Mais ils n'avaient rien fait d'autre qu'un trou dans le grand hunier quand la frégate atteignit la position choisie par Jack — c'est-à-dire, quand il donna l'ordre de tirer. Le feu du *Lively* était lent et imprécis. Les hommes ignoraient les tirs en succession, et ils étaient incapables de régler l'élévation de leurs canons. Un seul de leurs boulets de tribord toucha la batterie. Des acclamations ironiques leur vinrent de la côte, saluant son dernier tir.

La frégate était presque de front aux pièces ennemies, à un peu plus d'un quart de mille.

— Est-ce que ces canons sont en batterie, monsieur Simmons ? Nous allons leur en donner une bordée.

Un boulet de vingt-quatre livres creva la coque du *Lively* à hauteur des chaînes d'artimon, un autre survola la plage arrière en hurlant. Jack vit deux des aspirants faire une révérence en direction de ce boulet, puis jeter autour d'eux des regards inquiets, en se demandant précisément si Jack les avait vus. C'était leur baptême du feu.

— Feu ! cria-t-il.

Le navire tout entier émit un rugissement, sa carlingue frissonnant de la proue à la poupe. La fumée masqua le soleil pendant quelques instants, avant d'être emportée par le vent. Jack se pencha par-dessus la lisse. C'était un peu mieux. Des pierres volaient sur les côtés, et le drapeau français penchait comme un ivrogne. Les Livelies poussèrent des cris de joie. Mais ils étaient loin de servir leurs canons aussi vite qu'ils serraient les huniers. Les minutes se traînaient. Un boulet de la batterie toucha la poupe du *Lively*. « Peut-être a-t-il eu la coursive », se dit Jack, un vague espoir naissant derrière sa saillante impatience.

— Le grand hunier faseye ! Forcez à tribord ! Allez-vous enfin faire servir ces canons, monsieur Simmons ? (L'écart augmentait toujours plus. Un boulet frappa les canots sur les guis, le choc fit voler des fragments de bois en tous sens.) Bâbord la barre ! C'est ça, c'est ça ! Feu ! Prêt à virer, prêt, ho !

Deux de ses coups seulement avaient touché au but, mais l'un d'entre eux avait réduit un canon au silence en le frappant en plein dans l'embrasure. Le *Lively* vira de bord, fit feu de bâbord en succession — les hommes avaient ôté leurs chemises —, puis en bordée. Quand il arriva une seconde fois de front à la batterie, se glissant de plus en plus près, les caronades prêtes à intervenir, on aperçut la petite garnison qui s'enfuyait vers la côte. Tous les hommes s'entassaient dans un seul petit canot. Le second, l'amarre sectionnée, s'en allait à la dérive.

— Feu ! cria Jack.

La batterie sembla faire un bond, dans un nuage de poussière et d'éclats de pierre.

— Les canots ont souffert ? demanda-t-il à un aspirant de l'arrière.

— Votre youyou a été touché, monsieur. Pour les autres, rien à signaler.

— Mettez le cotre à l'eau. Monsieur Dashwood, prenez le cotre, s'il vous plaît. Vous irez enclouer tous les canons utilisables, et vous emparer de ce qui reste de leur drapeau. Vous l'offrirez à Mme Miller avec les compliments du *Lively*. Et n'oubliez pas de vous assurer de ce canot, voulez-vous ? Alors, nous serons quittes.

La frégate attendit en tanguant doucement sur la houle, tandis que le cotre fit l'aller et retour. Il n'y avait rien dans le petit port, sauf quelques bateaux de pêche. Il n'y avait donc rien à faire.

— Pourtant, dit Jack quand on eut rembarqué les canots, le bien du service exige que nous détruisions tout à fait cette batterie. Hissez le foc ! Nous allons savoir, monsieur Simmons, si nous sommes capables de faire mieux que quatre minutes et demie entre deux bordées.

La frégate continua d'aller et venir, fracassa, pulvérisa, s'acharna sur les monceaux de décombres. Les pelotons de pièces, très satisfaits, servaient leurs canons avec beaucoup de conviction, sinon de précision.

Quand le moment vint de prendre le large, leur technique s'était améliorée, les délais étaient un tout petit peu plus proches de ce que Jack espérait, et les hommes s'étaient habitués au vacarme et aux secousses provoqués par leurs charges meurtrières. Mais tout cela était encore d'une lenteur abominable, bien entendu.

— Ce n'était pas mal du tout, monsieur Simmons, dit Jack au premier lieutenant qui le regardait avec inquiétude. Les numéros quatre et sept ont très bien travaillé. Mais le jour où nous pourrons tirer trois bordées en cinq minutes et en visant juste, rien ne pourra nous résister. Nous donnerons l'aubade à toutes les batteries françaises que nous croiserons sur notre route — c'est beaucoup plus amusant que de tirer sur des cibles — et nos « amis affectionnés » ne trouveront raisonnablement rien à redire. J'espère que nous aurons encore l'occasion de nous distraire un peu dans la Manche avant qu'on nous envoie à l'étranger.

Jack n'aurait pas formulé ce vœu s'il avait su qu'il s'accomplirait si vite. Ses ordres lui parvinrent dès que le *Lively* eut jeté l'ancre à Spithead. Il devait se rendre sans délai à Plymouth pour prendre en charge un convoi en route pour le nord. Les Bermudes étaient hors de question pour quelques semaines, sinon pour de bon. Le canot de l'Amirauté du port lui amena aussi un jeune homme, envoyé par le nouvel agent de Jack. Il lui remit un chèque, supérieur de cent trente livres à ce que Jack espérait, et une lettre du général Aubrey. Celui-ci annonçait son élection à St Muryan, la circonscription la plus pourrie de toutes les circonscriptions pourries de Cornouailles — et propriété de son ami M. Polwhele —, sur la base d'un programme simple : « Mort aux whigs ! » « J'ai rédigé mon premier discours, écrivait le général. Je le prononcerai lundi. Cela va les démolir complètement... Une telle corruption, vous auriez du mal à le croire. Et s'ils ne font rien pour nous, j'en prononcerai un autre encore plus dur, après les vacances parlementaires. Nous avons versé notre sang pour notre pays, et que je sois damné si notre pays ne donne pas son sang pour nous, en quantité raisonnable. » Ces trois derniers mots étaient rayés, et la lettre s'achevait sur le vœu que Jack introduise le nom de son petit frère sur les registres de la Navy, sous prétexte que « cela pourra être utile, un jour ». Jack était soucieux. Ce n'est pas qu'il fût opposé à l'argument du « sang versé ». Bien au contraire. Mais il connaissait, hélas, les idées de son père en matière de discrétion. Ils renvoyèrent Mme Miller à terre, fière comme Ponce Pilate avec son fragment de drapeau, et poursuivirent leur route en zigzag dans la Manche, contre les vents d'ouest et de sud-ouest. Il firent une seule pause, pour célébrer la bonne fortune de Jack et l'élection du général Aubrey, en détruisant une batterie sur la pointe de Barfleur, et en réduisant en poussière le poste de sémaphore du cap Levi. La frégate dépensa des barils de poudre en quantité, et sema des tonnes de fer sur la terre française. Les progrès de son artillerie étaient évidents. Après le plaisir de tirer sur leur prochain, les Livelies aimaient détruire ses œuvres. Tirer sur des cibles au large ne leur aurait jamais permis de progresser avec autant de zèle. Cela ne leur aurait pas procuré le dixième du plaisir qu'ils prirent à viser les fenêtres du poste de sémaphore, tous les canons en élévation maximale. Lorsqu'ils les touchèrent enfin, lorsque vitres et boiseries s'évanouirent dans un fracas épouvantable, ils lancèrent des vivats comme s'ils avaient coulé un navire de ligne. Sur le pont supérieur, tout le monde, y compris l'aumônier, se réjouit comme si c'était fête.

Jack n'aurait pas formé son vœu, non plus, s'il avait su que cela priverait Stephen des délices tropicaux qu'il lui avait promis. Sans parler du plaisir de se promener lui-même à terre sans être pourchassé, à Madère, aux Bermudes ou aux Antilles, sans devoir jeter sans cesse des regards inquiets derrière soi. Sans autres ennemis que les Français, et peut-être les Espagnols et la fièvre jaune.

Mais c'était ainsi. Son vœu imprudent était exaucé. C'est pourquoi il se trouvait pour l'heure sous le vent de Drake's Island, Plymouth Hoe gisant par bâbord devant. Il attendait que les hommes du 92e régiment d'infanterie embarquent dans leurs transports, à Hamoaze. Ce qui ne serait pas une mince affaire, vu leur manque total de préparation.

— Allez-vous rendre visite à l'amiral Haddock, Jack ?

— Non. Je n'irai pas. J'ai fait le serment de ne pas descendre à terre, vous le savez.

— Sophie et Cecilia sont toujours chez lui.

— Oh, s'écria Jack, sans cesser de tourner en rond dans la cabine comme un ours en cage. Je n'irai pas, Stephen. Qu'est-ce que j'ai à lui offrir, pour l'amour de Dieu ? J'y ai beaucoup pensé. C'était mal, et égoïste, de la poursuivre à Bath. Je n'aurais jamais dû faire cela. Mais j'étais pressé par mes sentiments, vous savez... Je n'ai pas réfléchi. Quelle sorte de parti suis-je donc ? Capitaine de vaisseau, si vous voulez, mais endetté jusqu'au cou, et sans beaucoup de perspectives d'avenir si Melville s'en va. Un type qui doit rôder et se camoufler dès qu'il est à terre, aussi furtivement qu'un pickpocket, les argousins sur les talons. Non. Je dois cesser de l'importuner. Et je ne veux plus souffrir les mille morts. Et puis enfin, est-ce qu'elle s'intéresse encore à moi, après tout cela ?

Chapitre quatorze

— Demande pardon, madame, dit le valet de chambre de l'amiral. Savez-vous où se trouve Mlle Williams ? Un monsieur la demande.

— Elle descend tout de suite, dit Cecilia. Qui est-ce ?

— Le docteur Maturin, madame. Il a insisté pour que je dise bien son nom.

— Oh, faites-le entrer, Rowley, amenez-le-moi ! Je vais le faire patienter. Comment allez-vous, docteur Maturin ? Que nous vaut le plaisir de votre visite ? Je suis étonnée, ma parole ! Quelles bonnes nouvelles à propos du capitaine Aubrey, le cher homme, et de cette *Fanciulla* ! Quand je pense à ce pauvre *Polychrest*, tout à fait sombré sous les vagues... Mais vous avez sauvé vos habits, monsieur, on dirait ? Comme nous étions contentes de lire la Gazette ! Sophie et moi, nous nous sommes pris les mains, et nous avons gambadé comme des cabris dans le salon rose, en criant des hourras ! Et pourtant, nous étions dans un tel état, oh mon Dieu, docteur Maturin, dans un tel état ! Nous avons pleuré toutes les larmes de notre corps, et j'étais toute bouffie et horrible pour le bal de l'amiral du port ; d'ailleurs Sophie ne voulait même plus y aller du tout, non que ça lui aurait beaucoup manqué... Un bal si stupide, avec tous les jeunes hommes collés à la porte, seuls les vieux croûtons dansaient — si on peut appeler cela danser — par ordre de grade ! Je ne me suis levée qu'une fois... Oh, comme nous avons pleuré ! Nous en avons mouillé, des mouchoirs, je vous assure... C'est très triste. Mais elle aurait pu penser à nous. Nous ne pourrons plus jamais marcher la tête haute ! Je pense que c'est très mal de sa part... Elle aurait pu attendre que nous soyons mariées... Je pense que c'est une vraie... Mais je n'ai pas le droit de vous dire cela, parce que je sais que vous vous étiez tout à fait entiché d'elle, autrefois, il y a une éternité, n'est-ce pas ?

— Mais qu'est-ce qui vous met dans cet état ?

— Diana, bien sûr ! Vous n'étiez pas au courant ? Oh, mon Dieu !

— Dites-moi tout, maintenant !

— Maman m'a interdit d'en parler. Et je n'en parlerai pas. Sauf si vous me promettez de ne pas le répéter : je vous le chuchoterai à l'oreille... Di est partie avec ce M. Canning ! Je croyais que vous seriez étonné. Qui aurait pu le deviner ? Pas maman, en tout cas, et elle est pourtant fine mouche. Elle était dans une rage folle. Elle y est toujours, d'ailleurs. Elle dit que cela compromet toutes nos chances de faire un mariage décent, que c'est honteux. Non que j'attache tant d'importance à un mariage *décent*. Mais je n'aimerais pas rester vieille fille. Cette idée me rend folle. Chut ! J'entends une porte. C'est Sophie. Je vous laisse tous les deux, je ne veux pas tenir la chandelle. Je n'ai peut-être pas six pieds de haut, mais au moins personne ne peut me reprocher de tenir la chandelle. Vous ne direz rien, n'est-ce pas ? Rappelez-vous, vous avez promis.

— Sophie, ma chère, dit-il en l'embrassant, comment allez-vous ? Je réponds tout de suite à vos questions. Jack a été nommé capitaine de vaisseau. Nous sommes arrivés sur la frégate, en passant par cette petite île. Il est commandant par intérim.

— Quelle frégate ? Où cela ? Où ?

— Venez, dit Stephen, en faisant pivoter le grand télescope de cuivre de l'amiral. Regardez, là-bas, il fait les cent pas sur la plage arrière, dans ses vieilles culottes de nankin.

Dans l'objectif, en effet, elle vit Jack qui déambulait. Il allait des garde-corps à la dernière caronade, et retour.

— Oh ! Il a un pansement sur la tête. Ce n'est pas... Ce ne sont pas de nouveau ses pauvres oreilles ? murmura-t-elle, en s'efforçant de faire le point.

— Non, non, c'est une simple déchirure du cuir chevelu. À peine une douzaine de points de suture.

— Est-ce qu'il vient à terre ?

— Non. Mettre le pied sur la terre ferme et être arrêté pour dettes ? Aucun ami ne pourrait l'en convaincre, et aucune femme lui vouant quelque amitié ne pourrait l'y encourager...

— Non, non. Bien sûr. J'oubliais.

À chaque fois que Jack faisait demi-tour, il levait les yeux vers Mount Edgcumb — la résidence officielle de l'amiral Haddock. Leurs regards se croisèrent, et elle recula.

— L'image est floue ?

— Non, non. Mais c'est si indiscret de regarder ainsi... C'est indécent. Comment va-t-il ? Je suis heureuse que... Je suis tout à fait embarrassée... C'est si soudain... Je ne m'y attendais pas. Comment va-t-il ? Et vous, comment allez-vous ? Comment allez-vous, mon cher Stephen ?

— Je vais très bien, merci.

— Non, ce n'est pas vrai. Allons, venez vous asseoir tout de suite. Stephen, est-ce que Cissy a encore jacassé ?

— Ne vous en faites pas, dit Stephen en détournant le regard. Dites-moi, est-ce que tout ça est vrai ?

Elle était incapable de lui répondre. Mais elle s'assit à côté de lui et lui prit la main.

— Maintenant, mon chou, écoutez-moi bien ! dit-il en lui serrant les doigts à son tour, avec la même gentillesse.

— Oh, je vous demande pardon ! dit l'amiral Haddock, qui passa la tête dans l'entrebâillement de la porte et se retira immédiatement.

— Maintenant, mon chou, écoutez-moi bien. Le *Lively*, la frégate, a reçu l'ordre de remonter la Manche, jusqu'au Nore, avec ces idiots de soldats. Elle lèvera l'ancre à l'instant même où ils seront prêts. Vous devez venir à bord cet après-midi, et lui demander de vous conduire jusqu'aux Downs.

— Je ne pourrai jamais faire une chose pareille. Ce serait tout à fait inconvenant. Effronté, insolent, indécent, inconvenant...

— Pas du tout. Venez avec votre sœur. Ce sera parfaitement convenable. La chose la plus normale du monde. Venez tout de suite, ma chère, allez faire vos paquets. C'est maintenant ou jamais. Dans un mois, il sera peut-être aux Antilles.

— Jamais ! Je sais que vos intentions sont généreuses — vous êtes un ange, Stephen ! —, mais une jeune femme ne peut pas... Elle ne peut pas faire des choses pareilles.

— Je n'ai pas le temps d'attendre, mon cœur, dit Stephen en se levant. Alors écoutez-moi bien. Faites ce que je vous dis. Prenez vos paquets. Venez à bord. C'est le moment. Il faut le faire maintenant, ou il y aura entre vous trois mille milles d'eau salée, et des années de perdues.

— Je suis confuse... Mais je ne peux pas. Non, je ne ferai jamais cela. Peut-être ne veut-il pas de moi.

Les larmes débordèrent. Elle tordit désespérément son mouchoir, secoua la tête, et murmura :

— Non, non. Jamais.

— Eh bien, Sophie, au revoir. Comment pouvez-vous être aussi naïve ? Vous vous conduisez comme une oie blanche. Pauvre Sophie. Où est votre courage, ma fille ? C'est la chose qu'il admire par-dessus tout.

« Je n'aurais jamais cru, écrivit-il dans son journal, voir réuni au même endroit autant de misère, de sordide et de désespoir qu'à Plymouth. Tous les ports militaires que j'ai visités étaient des endroits infâmes, froids et puants, mais cette bonne cité de Plymouth bat tous les records de l'horreur. Et ce faubourg, ce quartier parasite qu'on nomme Dock, va encore plus loin — au sens où Sodome dépassait Gomorrhe. J'ai flâné dans ses rues crasseuses — sollicité, importuné par ses habitants barbares, mâles, femelles et épicènes — et je suis allé à l'hospice où l'on accueille les vieux jusqu'à ce que l'heure soit venue de les enterrer avec un semblant de dignité. Je ne suis pas parvenu à me débarrasser de l'impression de détresse absolue, insensée, qui règne en cet endroit. L'exercice de la médecine m'a habitué à la misère sous toutes ses formes. Je ne suis pas délicat. Mais pour ce qui est des complications qu'entraînent la crasse, la cruauté et l'ignorance bestiale, l'endroit (et son infirmerie) dépasse tout ce que j'ai jamais vu ou imaginé. Un vieillard dément, enchaîné dans l'obscurité, nageant dans ses excréments, nu à l'exception d'une simple couverture. Les enfants idiots. Le fouet. Je connaissais tout cela. Rien de nouveau. Mais cela se trouvait réuni à un degré de concentration qui m'a paralysé, bien au-delà du stade de l'indignation. Je ne pouvais plus ressentir qu'une irrépressible nausée. C'est par le plus pur des hasards que j'ai pu honorer mon rendez-vous avec l'aumônier pour assister à un concert. Ce sont mes pieds, plus aimables que ma tête, qui m'y ont conduit. Curieuse musique, bien interprétée, surtout la trompette. Un compositeur allemand, un certain Molter. La musique, il me semble, n'avait rien à dire. Mais l'arrière-plan de violoncelles et de bois était agréable à entendre, et la trompette produisait des sons exquis — couleur pure filant, élégance formelle. Je cherche à définir, en tâtonnant, une relation qui n'est qu'à moitié évidente. J'ai cru que c'était la musique, puis j'ai pensé que la grâce et le style physiques étaient la vertu. Ou remplaçaient la vertu. Ou que c'était la vertu sur un autre plan. Mais si la musique a pendant quelque temps détourné le courant de mes pensées, elles sont de retour aujourd'hui, et je n'ai pas assez d'énergie mentale pour éclaircir l'une ou l'autre position. Chez moi, il y a une pierre romaine où sont gravés les mots *fui non sum non curo*. J'ai ressenti à cet endroit, où je m'allonge souvent pour écouter mes engoulevents, une véritable paix — une véritable *tranquillitas animi et indolentia corporis*. J'ai dit « chez moi ». Le mot est singulier. Et pourtant, un éclat de haine pour les Espagnols couve sous les cendres de la complaisance et de la lâcheté — une ardente affection pour l'indépendance catalane. »

Stephen regarda par la fenêtre de la cabine — l'eau grasse de la Sound où flottait l'innommable saleté de Plymouth, un cadavre de chiot gorgé d'eau —, et trempa sa plume.

« Par ailleurs, est-ce que cet éclat peut encore briller, si je pense à ce qu'ils feront de l'indépendance ? Si je laisse mon esprit s'attarder sur les vastes potentialités du bonheur, et sur notre situation réelle ? De telles potentialités, et tant de misère ? La haine est la seule force en mouvement, une irascible malheureuse et exigeante... L'enfance est le seul bonheur, et ça sans le connaître. Puis la bataille continuelle qu'il est impossible de gagner. Un combat perdu d'avance contre la maladie... La pauvreté pour presque tous. La vie est une longue maladie qui ne connaît qu'une seule issue. Les dernières années sont épouvantables. Faible, torturé par les calculs rénaux, les rhumatismes, la dégradation des sens, la disparition des amis, des parents, des occupations. L'homme doit prier pour qu'on lui accorde l'imbécillité ou un cœur de pierre. Tout le monde attend l'exécution d'un verdict de mort, souvent dans la honte, plus souvent dans l'angoisse. Et puis l'indicible légèreté avec laquelle la faible chance de bonheur est compromise par la jalousie, les disputes, l'aigreur, la vanité personnelle, l'humour déplacé, cette idée fatale, faible et idiote. Mes intuitions ne sont pas toujours très avisées — toute mon attitude à l'égard de Diana est là pour le prouver —, mais je jurerais que Sophie a plus de culot qu'avant. Qu'elle est plus franche, plus directe, plus courageuse. Mais bien entendu, je connais la profondeur des sentiments de Jack à son égard. Elle, peut-être pas. »

Il leva de nouveau les yeux de sa page... Pour se trouver nez à nez avec elle. Elle était juste de l'autre côté de la fenêtre, à quelques pieds au-dessous de lui. Elle traversa son champ de vision de gauche à droite, tandis que son canot contournait la poupe de la frégate. Elle levait les yeux, au-delà de la fenêtre de la cabine, vers la lisse de couronnement. Elle avait la bouche légèrement ouverte, se mordillait la lèvre, et l'inquiétude se lisait dans ses grands yeux renversés. L'amiral Haddock était assis à ses côtés, avec Cecilia.

Quand Stephen arriva sur la plage arrière, l'amiral faisait part des réflexions que lui inspiraient les cordages de manille. Jack et Sophie se trouvaient un peu à l'écart, l'air contraint et gêné. « Il a l'air plus consterné que concerné par ce qui se passe, se dit Stephen. Il ne sait plus à quel saint se vouer. Il répond à l'amiral à l'aveuglette. »

— Et tout cela, mes chères, doit être passé au goudron lorsque nous sommes gréés avec du chanvre ordinaire.

— Au goudron, monsieur ? s'écria Sophie. Oh, vraiment ? Avec... avec une brosse à goudron, sans doute ?

Sa voix s'évanouit, et elle rougit à nouveau.

— Eh bien, Aubrey, je vous confie les filles, dit l'amiral. Je transfère cette responsabilité sur vos épaules. Deux grandes jeunes filles, c'est une très lourde responsabilité. Je vous les envoie à bord jeudi.

— Vous êtes trop bon, monsieur, ma parole... Mais ce n'est pas digne d'une dame. Je veux dire, c'est parfaitement digne d'une dame, mais... Très à l'étroit. Serais très heureux, et plus encore... De pouvoir montrer à Mlle Williams toutes les attentions... En mon pouvoir.

— Oh, ne vous inquiétez pas pour elles. Ce ne sont que des jeunes filles, vous savez... Elles peuvent vivre à la dure... Ne vous en préoccupez pas. Dites-vous que vous les mettez de côté comme argent de poche. Casez-les n'importe où. Qu'elles dorment avec le docteur, ah, ah, ah ! Ah, vous voilà, docteur Maturin. Je suis heureux de vous voir. Cela ne vous dérangerait pas, hein ? Hein ? Ah, ah, ah ! Je vous ai vu, espèce de gros malin. Ayez-le à l'œil, Aubrey. Il est sournois !

Les officiers présents sur la plage arrière froncèrent les sourcils. L'amiral appartenait à une Navy plus ancienne, plus grossière que la leur. Et il avait dîné avec son collègue, l'amiral du port, grand amateur de plaisirs terrestres.

— Alors, Aubrey, c'est arrangé ? Épatant, épatant ! Venez, Sophie. Venez, Cecilia. Dans la nacelle. Accrochez-vous à vos jupons, attention au vent ! (Alors que l'on descendait à l'aide de la nacelle, il ajouta, dans ce qu'il crut être un murmure :) Oh, un mot en privé, Aubrey. Avez-vous lu le discours de votre père ? Je pensais bien que non. « Et maintenant, a-t-il dit à la Chambre, tournons-nous vers la Navy. Là aussi, nous découvrons que l'ancienne administration a permis, pardon, a *encouragé* un relâchement scandaleux et une corruption sans précédent. Mon fils, qui est officier d'active, m'apprend que tout cela est parfaitement choquant. De mauvais officiers sont promus sur simple recommandation, les cordages et les voiles sont inadéquats, et pour couronner le tout, M. le Speaker, des femmes — des *femmes* ! — sont admises à bord des navires ! On assiste à des scènes d'indescriptible débauche plus dignes, oh ! beaucoup plus dignes, des Français. » Si vous voulez le conseil d'un vieil homme, Aubrey, il faut y mettre le holà sur-le-champ. Rien de tout cela ne peut faire de bien au service. Qu'il s'en tienne à l'armée ! À bon entendeur, salut, hein, hein ? Vous me suivez ?

Avec un air infiniment fourbe, l'amiral franchit le bord, accompagné par les honneurs dus à son grade prestigieux. Après l'avoir suivi des yeux avec respect, durant le laps de temps nécessaire, Jack appela un petit messager.

— Faites venir le charpentier, s'il vous plaît. Monsieur Simmons, ayez la bonté de choisir quelques hommes, parmi les plus compétents à manier la brique à pont et le faubert, et de les appeler à l'arrière. Lequel de nos officiers a le meilleur goût, selon vous ?

— Du goût, monsieur ?

— Oui. Je parle de goût artistique. Vous savez bien, le sentiment du sublime...

— À ma connaissance, monsieur, aucun de nous n'est vraiment doué en ce domaine. Je ne me rappelle pas que la question du sublime ait jamais été mentionnée au carré. Mais il y a Mallet, monsieur, un des hommes du charpentier, qui connaît tout ça. Il a été receleur, autrefois. Si j'ai bien compris, il était spécialisé dans les objets de grande valeur, les vieux maîtres, vous voyez... Lui-même est assez vieux, et pas très costaud. C'est pourquoi il aide M. Charnock pour la menuiserie et les finitions. Mais je suis sûr qu'il connaît mieux la question du sublime que n'importe qui à bord.

— Je lui parlerai. J'ai besoin de quelques ornements pour la cabine. On peut l'envoyer à terre en toute confiance, je suppose ?

— Oh, mon Dieu, certainement pas, monsieur ! Il s'est enfui deux fois. À Lisbonne, il a essayé de rejoindre le rivage dans un tonneau, mais nous étions du mauvais côté de la barre. Une autre fois, il a volé la robe de Mme Armstrong, et il a tenté de se glisser devant le maître d'armes en se faisant passer pour une femme.

— Eh bien nous irons avec Bonden et une escouade de fusiliers. Venez avec moi, monsieur Charnock, et voyons ce que nous pouvons faire dans la cabine, pour la rendre digne d'une dame. Monsieur Simmons, que le voilier nous confectionne un tapis en toile à voile. Des carreaux noirs et blancs, comme sur le *Victory*. Il n'y a pas un moment à perdre !

— Stephen, mon héros ! dit-il, dans la relative intimité de la cabine, en passant son bras sur l'épaule de son ami, n'êtes-vous pas ébahi ? Ravi et ébahi ? Seigneur, j'ai de la chance d'avoir un peu d'argent ! Venez me faire part de vos idées sur l'amélioration de cette cabine.

— La cabine est très bien ainsi. Parfaitement à la hauteur. Tout ce qu'il manque, c'est un second lit suspendu, un simple cadre avec couvertures et oreillers, une carafe d'eau et un gobelet.

— Nous pouvons déplacer la cloison d'un bon dix-huit pouces vers l'avant. Au fait, vous ne voyez pas d'inconvénient à ce qu'on débarque vos abeilles pour quelque temps, n'est-ce pas ?

— On ne les a pas débarquées pour Mme Miller. La présence de Mme Miller n'a suscité aucun caprice tyrannique, il me semble. Elles sont tout juste en train de s'habituer à leur environnement... Et elles ont commencé à édifier une cellule pour leur reine !

— J'insiste, mon ami. Je vous jure que si les rôles étaient inversés, je débarquerais mes abeilles à terre pour vous être agréable. Je dois vous demander de me rendre un grand service. Je vous ai raconté mon dîner en compagnie de Lord Nelson, n'est-ce pas ?

— Pas plus de deux ou de trois cents fois.

— Sans doute alors vous ai-je décrit ses belles assiettes d'argent. Elles ont été fabriquées ici. Voudriez-vous descendre à terre et m'en commander quatre — si cette somme suffit. Sinon, deux suffiront. Elles doivent avoir un cordage commis en haussière sur la bordure. Vous vous en souviendrez ? La bordure, le bord, doit être en forme de cordage en haussière... Mallet ! (Il se tourna vers un homme entre deux âges, aux cheveux raides et clairsemés, qui multipliait les courbettes à côté du premier lieutenant.) M. Simmons me dit que vous êtes un homme de goût.

— Je vous assure qu'il n'en est rien, monsieur ! se rebiffa Mallet. M. Simmons est trop aimable. Mais j'ai eu quelques prétentions, autrefois. J'ai apporté ma modeste contribution au Pavillon, monsieur.

— Très bien. Écoutez, je veux des ornements pour cette cabine, vous voyez ? Un miroir. Un grand, un immense miroir. Des rideaux. De délicates petites chaises. Peut-être un... comment appelle-t-on cela ? Un pouf. Tout ce qui convient à une jeune dame.

— Oui, monsieur. Je comprends parfaitement. En quel style, monsieur ? *Chinois*, classique, directoire ?

— Dans le *meilleur* style, Mallet. Et si vous trouvez quelques peintures, ce sera encore mieux. Bonden vous accompagnera pour éviter les coups fourrés... Qu'on ne vous vende pas des Raphaël pour des Rembrandt, vous voyez ? C'est lui qui portera la bourse.

Les derniers jours que Stephen passa sur le *Lively* furent ennuyeux et mentalement épuisants. La cabine fut récurée à maintes reprises. Elle empestait la peinture, la cire d'abeille, la térébenthine et la toile à voile. On changeait plusieurs fois par jour la disposition des deux lits suspendus, qu'on avait décorés de fleurs raides placées dans des baquets à mèches. Toute cette partie du navire était fermée et interdite, sauf un espace où il dut dormir dans une déplaisante promiscuité, car Jack s'agitait et ronflait toute la nuit. Tandis que l'atmosphère générale sur la frégate ressemblait de plus en plus à celle du *Polychrest* à la limite de la mutinerie — murmures et regards en coin —, son capitaine était dans un état d'esprit agaçant. Il riait, claquait des doigts, sautait lourdement sur le pont. Ceux des officiers qui étaient mariés l'observaient avec un plaisir cruel. Les autres montraient leur réprobation.

Stephen se rendit à pied chez l'amiral Haddock, où il s'assit en compagnie de Sophie, dans le pavillon d'été qui surplombait la Sound.

— Vous allez le trouver fort changé. Dans les circonstances présentes, il semble très étrange de le dire, mais en fait presque toute sa gaieté s'en est allée. Il est beaucoup plus sombre, moins enclin à se lier d'amitié. C'est surtout sur ce navire que je l'ai remarqué... Il est nettement plus éloigné de ses officiers et de son équipage. Et puis il supporte sa frustration avec beaucoup plus de patience qu'auparavant. Il est beaucoup moins passionné. Disons que le petit garçon qui était en lui a disparu. Le jeune flibustier que j'ai connu n'est plus. On dirait qu'un homme qui découvre la maturité, en devenant moins vulnérable, perd son intérêt pour les choses qui lui procuraient du plaisir. Je ne parle pas, bien entendu, du bonheur de votre compagnie ! (Sophia, soudain, avait eu l'air inquiet.) Ma parole, Sophie, vous êtes prodigieusement épanouie aujourd'hui, dit-il en plissant les yeux pour la regarder. Vos cheveux... Vous les avez brossés, n'est-ce pas ?... Bref. Ce qui se passe, c'est qu'il est devenu un meilleur officier, et un homme plus ennuyeux.

— Ennuyeux ? Oh, Stephen...

— Mais je dois avouer que son avenir me préoccupe. D'après ce que je sais, des changements peuvent intervenir à Whitehall d'un jour à l'autre. Il ne dispose pas de protections très puissantes. Et même s'il est sans aucun doute un officier compétent et capable, il pourrait ne jamais recevoir un autre navire. Plusieurs centaines de capitaines attendent un poste. J'en ai aperçu plusieurs, sur cette espèce de terrain vague pelé et sinistre que vous appelez le Hoe, en train d'observer avec convoitise les navires stationnés dans la Sound. Cet intérim pourrait prendre fin bientôt, et nous serions renvoyés à terre. Il n'y a aujourd'hui que quatre-vingt-trois navires de ligne naviguant en commission, cent une frégates, et peut-être une vingtaine d'autres *post-ships*. Et Jack est en 587ᵉ position sur une liste de 639 officiers. Il aurait été plus simple qu'il reste commandant, ou même lieutenant. Il aurait ainsi beaucoup plus d'occasions de trouver un emploi.

— Mais la présence du général Aubrey au Parlement est certainement une bonne chose, non ?

— Oui, s'il pouvait avoir la bonne idée de se taire. Mais il multiplie les discours à la Chambre, où il s'emploie à désigner son fils comme un tory bon teint. St Vincent et ses amis, vous le savez, sont des whigs enragés... Jusqu'à un certain point, dans la Navy, la majorité est extrêmement favorable aux Whigs.

— Oh, mon Dieu ! Peut-être fera-t-il une prise magnifique ! Il le mérite tellement ! L'amiral prétend que pour la navigation, le *Lively* est un des meilleurs navires qui soient. Il est plein d'admiration pour lui.

— Oui, c'est vrai. Il file sans accrocs, et à une vitesse surprenante. C'est un spectacle admirable. Ses hommes d'équipage sont attentifs à leur devoir. Mais l'époque des prises magnifiques est révolue, ma chère. Au début de la guerre, on rencontrait encore des navires coloniaux français et hollandais. À présent, il n'y en a plus un seul sur les océans. Et il faudrait que Jack dévalise une bonne douzaine de *Fanciulla* pour rembourser ses dettes et pouvoir mettre pied à terre sans danger... À propos, il vous rendra visite dimanche. Nous serons heureux d'être débarrassés de lui ! Gardez-le aussi longtemps que possible, je vous en prie, ou les hommes vont se déclarer en rébellion ouverte. Non seulement on les oblige à récurer le navire jusqu'au-dessous de la ligne de flottaison, mais on leur fait peigner les agneaux, maintenant.

— Comme nous serons heureuses de vous voir tous les deux ! Mais dites-moi, il y a des agneaux sur le navire ? Pour comprendre le déroulement des batailles, j'ai lu le *Dictionnaire de la Marine* jusqu'à ce que les pages s'en détachent toutes seules. Mais je ne me souviens pas d'avoir vu des agneaux.

— Il y en a parfois. Il y a des montures, des poissons, des chats, des chiens et des souris, dans le jargon barbare des marins. Des ours, aussi. Pourquoi n'y aurait-il pas des agneaux, des béliers, des brebis et des moutons ? De fait, il y a bel et bien des agneaux. Pour votre table. Jack a entassé plus de provisions qu'il n'en faut pour deux ogresses — une caisse de petits fours, qui seront diablement rassis, quatre fromages de Stilton, un pot de savon parfumé, des essuie-mains... Et puis les agneaux, qu'il ordonne de laver et de peigner deux fois par jour... Invitez-le à dîner. Gardez-le à souper. Peut-être aurons-nous un peu de paix.

— Qu'aimerait-il qu'on lui serve ? Un pudding, bien sûr. Peut-être de la marinade... Et vous, Stephen, que voulez-vous manger ? Oh, je sais. Quelque chose avec des champignons.

— Hélas, je serai à cent miles d'ici. Je dois faire une commission pour le capitaine Aubrey, et je prendrai la malle de nuit. Je ne pense pas être parti longtemps. Voici mon adresse à Londres. Je vous l'ai inscrite sur cette carte. Écrivez-moi un mot pour me dire comment s'est passé votre voyage.

— Alors vous ne venez pas, Stephen ? s'écria-t-elle en lui serrant le bras. Mais que va-t-il m'arriver ?

— Non, ma chère. Je vous lâche. Il faut nager ou sombrer, Sophie. Nager ou sombrer. Où est mon chapeau ? Allons, donnez-moi un baiser. Je dois m'en aller.

— Eh bien, Jack, où en êtes-vous ? dit-il en entrant dans la cabine.

— J'essaie de faire tenir debout ces nom de Dieu de plantes. Mais quoi que je fasse, elles se flétrissent. Je les arrose avant le petit déjeuner et pendant le deuxième petit quart, mais elles se flétrissent tout de même. C'est trop vexant, ma parole !

— Avec quoi les arrosez-vous ?

— La meilleure eau qui soit, fraîchement tirée de notre baril d'eau douce.

— Pas étonnant qu'elles se fanent, si vous les trempez dans cette ignoble décoction qui nous sert de boisson et d'eau de toilette. Envoyez quelqu'un à terre chercher de l'eau de pluie. Et vu le taux d'humidité à bord, prenez des plantes aquatiques.

— Quelle idée admirable, Stephen ! Je m'en occupe sur-le-champ. Et à part ces maudits végétaux, ne trouvez-vous pas que la cabine a de l'allure ? Elle vous semble confortable ? Douillette ? La femme du canonnier m'a dit qu'elle n'avait jamais rien vu de semblable. Elle a seulement suggéré qu'on ajoute quelque chose pour suspendre les vêtements, et une pelote à épingles.

La cabine tenait à la fois du bordel et du salon funéraire, mais Stephen affirma qu'il était d'accord avec Mme Armstrong. Il avança seulement qu'on aurait moins l'impression d'assister à des funérailles nationales si les tubes à mèches n'étaient pas disposés de manière aussi rigide au pied de chaque lit.

— J'ai vos assiettes, dit-il, en lui tendant un paquet matelassé.

— Oh, merci, merci, Stephen ! Quel excellent ami vous faites ! Quelle beauté, par l'enfer ! Comme elles brillent, hein ! Oh, oh ! (Il se rembrunit soudain.) Stephen, je ne veux pas avoir l'air ingrat, mais... Je vous avais bien dit : cordage commis en haussière. La bordure devait être *en haussière*.

— Eh bien, c'est pourquoi j'ai demandé : « Il faut qu'il y ait une haussière sur le bord extérieur ». Et le marchand — que ce voleur aille en enfer ! — m'a répondu : « Voici, monsieur, la plus jolie haussière que Lord Vicomte Nelson en personne ait jamais vue » !

— C'est exact. Cette haussière est épatante. Mais est-il possible que vous ignoriez, mon cher Stephen, après avoir passé tout ce temps en mer, qu'une haussière est *commise en grelin*, et non pas *en haussière* ?

— Non, je ne le sais pas. Et je refuse absolument d'entendre un mot de plus à ce sujet. Une haussière qui n'est pas en haussière ! Quelles sottises ! Je dois discuter avec l'orfèvre pendant des heures, et l'on vient me dire que les haussières ne sont pas commises en haussières ! Non, non et non ! Le vin est tiré, il faut le boire. La grenouille n'a ni plumes ni poils, et pourtant elle chante ! Vous allez devoir naviguer jusqu'aux Downs en mangeant le pain de l'affliction dans vos babioles commises en grelin, et en le trempant dans les larmes du désespoir. Mais je vous préviens, monsieur, vous le mangerez sans moi. Une affaire importante m'appelle loin d'ici. Quand je serai à Londres, je descendrai aux Grapes. J'espère y être avant la Saint-Michel. Envoyez-moi un mot. Bonne journée, et que Dieu vous garde.

Quand le docteur Maturin quitta le Père supérieur de Montserrat, les vendanges étaient finies en Catalogne. Dans toute la région, alors qu'il se dirigeait vers l'ouest au trot léger de sa mule, les vignes dévastées, violentées, avaient leur aspect habituel. Dans les villages, les rues charriaient de la lie rouge sang, et l'air était chargé de fermentation. Récolte précoce, cru prometteur. Autour de Lérida, des melons partout, dix pour un *realillo*, partout des figues à sécher. Les oranges mûrissaient. En Aragon, l'automne était plus marqué. Lorsqu'il traversa le vert Pays basque, enfin il rencontra la pluie. Une pluie dense, interminable. Elle le poursuivit jusqu'à la plage isolée où il devait attendre le canot. Les gouttes tombaient de sa cape détrempée pour disparaître sous les galets. Enfin, il entendit les rames qu'on maniait avec précaution. Un appel, lancé d'une voix faible, traversa la pluie.

— Abraham et ses fils, pour toujours.

— Wilkes et liberté, répondit Stephen.

— Jette l'ancre, Tom !

Quelque chose tombant dans l'eau, puis un choc sourd. Une voix, tout près de lui :

— Vous êtes là ? Je vais vous aider, monsieur. Vous êtes trempé, ma parole !

— Ce n'est que la pluie.

La pluie qui balayait le pont du lougre. La pluie qui fouettait les vagues durant toute la remontée de la Manche. La pluie battante dans les rues de Londres, et qui débordait des gouttières de l'Amirauté.

— Quelle pluie ! dit le jeune monsieur qui l'accueillit en bonnet de nuit et robe de chambre à fleurs. Voulez-vous me donner votre cape, monsieur ? Je vais l'étendre devant le feu.

— Vous êtes très aimable, monsieur, mais puisque Sir Joseph n'est pas dans les parages, je pense que je vais me rendre à mon auberge. Le voyage a été éprouvant.

— Je suis très inquiet, monsieur, car le Premier Lord et Sir Joseph doivent être encore à Windsor. Mais j'envoie un messager sur-le-champ, si vous êtes bien sûr que l'amiral Knowles ne fait pas l'affaire.

— Il s'agit avant tout d'une affaire politique. Elle est assez pressante, mais il vaut mieux attendre demain.

— Je sais qu'ils doivent rentrer cette nuit. Vu les ordres que m'a laissés Sir Joseph, je suis sûr de ne pas commettre d'impair en vous invitant à prendre le petit déjeuner avec lui. Vous pourrez vous rendre à ses appartements de fonction aussi tôt que vous le jugerez bon.

Les Grapes étaient endormis, clos, sombres, et si peu disposés à répondre que tout le monde aurait pu avoir succombé à la peste. Stephen fut traversé d'une pensée désespérée. Il était livré à lui-même, il devrait finir la nuit dans le fiacre, ou dans un bordel.

— Peut-être aurions-nous dû essayer les bains turcs, dit-il d'une voix lasse.

— Je vais cogner encore une fois, dit le cocher... Quelle satanée bande de loirs !

Il claqua son fouet contre les volets avec une brutalité légitime. Une voix résonna enfin, derrière le rideau ruisselant.

— Qui est là ?

— C'est un monsieur qui veut entrer pour s'abriter de la pluie, dit le cocher. Il dit qu'il n'est pas une sirène ensanglantée.

— Oh, c'est donc vous, docteur Maturin, s'écria Mme Broad, qui ouvrit la porte avec force grincements et halètements. Entrez ! Le feu brûle dans votre chambre depuis mardi. Que Dieu vous protège, monsieur, comme vous êtes mouillé ! Donnez-moi votre cape. Mais elle pèse une tonne !

— Madame Broad, dit Stephen en la lui abandonnant avec un soupir, ayez la bonté de m'apporter un œuf et un verre de vin. J'ai si faim que je me sens défaillir.

Enveloppé dans un vêtement de flanelle qui avait appartenu à feu M. Broad, il examina sa peau. Elle était épaisse, pâle, molle et détrempée. Là où elle avait été en contact avec sa chemise ou sa culotte (y compris sur son ventre), elle avait pris un ton gris-bleu. Ailleurs, l'indigo de ses bas et le jaune tabac de son manteau avaient si profondément imbibé sa peau que son canif tira du sang, avant de pouvoir en ôter la teinture.

— Voici votre œuf, monsieur, avec une belle tranche de bacon. Et ces lettres vous sont adressées.

Il s'assit près du feu et dévora son repas, les lettres en équilibre sur son genou. L'écriture ferme et très nette de Jack. Le script arrondi de Sophie, dont les pleins semblaient fort déterminés.

« Vous trouverez ceci tout barbouillé de larmes, écrivait Sophie. Je voudrais qu'elles coulent sur le côté de l'écriture, mais il y en a tant que quelques-unes tomberont sur le papier, c'est inévitable. » En effet. La surface de la lettre était souillée et gondolée. « La plupart de ces larmes expriment un bonheur total et sans mélange. Le capitaine Aubrey et moi avons échangé une promesse. Jamais nous ne nous donnerons à quelqu'un d'autre ! Jamais ! Ce n'est *pas* un engagement secret, ce qui ne serait pas bien du tout. Mais cela y ressemble tellement que je crains que ma conscience ne soit devenue fâcheusement élastique. Je suis sûre que vous, vous saurez voir la différence. Comme je suis heureuse ! Et comme vous avez été gentil avec moi, très très gentil... »

« Oui, oui, ma chère... » Stephen sauta quelques aimables expressions de gratitude, des remarques particulièrement obligeantes et un récit détaillé des circonstances dans lesquelles ils avaient échangé leur promesse, dans la cabine. (Ils étaient déventés au large de l'île de Wight, un samedi soir « si chaud et si parfumé, ces excellents matelots chantaient sur le gaillard d'avant et dansaient au son du violon grinçant, et M. Dredge, des fusiliers, montrait les étoiles à Cecilia »...) « Oui, oui... Venez-en au fait, je vous en supplie. Parlez-moi des autres larmes. »

Il lui fallut attendre le bas de la page trois. À leur arrivée, Mme Williams était entrée dans une colère terrible... Elle se demandait ce qui était passé par la tête de l'amiral Haddock... Elle était stupéfaite que sa fille ait pu se compromettre avec un homme dont chacun savait qu'il connaissait des difficultés... Un chasseur de dot, sans aucun doute... Sophia n'avait-elle donc aucune idée de son devoir sacré à l'égard de sa mère... À l'égard d'une mère qui avait consenti tant de sacrifices ? N'avait-elle aucune espèce de religion ? Mme Williams exigeait qu'elle mette fin sur-le-champ à leur relation. Et si cet homme avait l'impudence de se présenter, on le mettrait à la porte... Mais Mme Williams était sûre qu'il n'oserait pas se montrer à terre. C'était très bien, de capturer des petits bateaux français et d'être cité dans les journaux. Mais le premier devoir d'un homme est de penser à ses créanciers et à son compte en banque. Mme Williams n'était pas du tout impressionnée par ces histoires. Dans sa famille à elle, personne n'avait jamais eu son nom dans les journaux, Dieu merci, sauf lorsque le *Times* publiait leurs faire-part de mariage. Quel genre de mari ferait un homme qui est toujours par monts et par vaux dans des endroits étrangers, au gré de sa fantaisie, et qui attaque les gens avec une telle furie ? D'aucuns pourraient vanter l'exemple de son cher Lord Nelson. Mais Sophie avait-elle envie de partager le sort de la pauvre Lady Nelson ? Ignorait-elle ce qu'est une maîtresse ? Que savait-on du capitaine Aubrey, d'ailleurs ? Il était très possible qu'il eût des liaisons dans chaque port, et des quantités d'enfants naturels. Mme Williams n'allait pas bien du tout.

À ce point du récit, les larmes avaient débordé. L'orthographe et la syntaxe s'égaraient. Deux lignes étaient transformées en pâtés. Stephen put lire « ... mais j'attendrai pour toujours, si nécessaire... » et « ... je suis sûre, tout à fait sûre, que lui aussi... ». Il renifla, survola les lignes qui disaient « ... dois me dépêcher, pour ne pas manquer la poste... », sourit en déchiffrant « ... vôtre, très affectueusement, Sophie » et prit la lettre de Jack. Il l'ouvrit avec un irrésistible bâillement, s'allongea sur le lit après avoir approché la bougie de l'oreiller, et fixa sur le papier son regard vacillant. « *Lively*, en mer. 12 septembre 1804. Mon cher Stephen... » 12 septembre. Le jour où Mendoza était à El Ferrol. Stephen s'efforçait de garder les yeux ouverts. Les lignes semblaient pétiller de vie et de bonheur, mais elles tanguaient. « Vous me devez des félicitations ! » Eh bien, je vous les donne. « Vous ne devinerez jamais les nouvelles que je vous apporte ! » Oh si, mon ami. Mais épargnez-moi ces points d'exclamation. « Une femme m'a donné le meilleur d'elle-même ! ! Son cœur, je veux dire ! ! ! » Stephen renifla de nouveau. Suivait une description indescriptiblement ennuyeuse de Mlle Williams — que Stephen connaissait beaucoup mieux que le capitaine Aubrey... Son allure, ses vertus. « Si directe... si franche... pas d'angles morts, si vous me comprenez... pas de satanés coups fourrés... mais il ne faut jurer de rien... comme pour un trente-deux livres. » Est-ce qu'il a vraiment comparé Sophie à un canon de trente-deux ? Tout à fait possible. Les lignes tanguaient de plus belle. « Il ne faut pas manquer de respect à sa belle-mère putative, mais... » Quel sens Jack pouvait-il bien accorder à ce mot ? « Serais parfaitement heureux si seulement... navire... me rejoindre à Falmouth... Portsmouth... convoi... Madère, le cap Vert ! Les cocotiers !... doit se presser pour ne pas manquer la poste. » Des cocotiers, des palmes immenses se balançant, se balançant... Deus ex machina.

Quand il s'éveilla, d'un sommeil profond et ininterrompu, il faisait jour. Stephen se sentait heureux. Il commanda du café, des petits pains au lait et un petit verre de whisky. Avec son petit déjeuner, il relut leurs lettres, en souriant et en hochant la tête. Il but à leur bonheur, et sortit ses papiers de leur rouleau étanche. Il s'installa à sa table, décoda, rédigea un résumé de rapport. Il écrivit dans son journal :

« Le bonheur est toujours un bien. Mais s'ils doivent payer le leur par des années d'attente, voire de disgrâce, ce pourrait être un prix trop élevé. J.A. est beaucoup plus âgé, maintenant, peut-être plus mûr qu'il le sera jamais. Mais ce n'est qu'un homme, et le célibat ne lui conviendra pas. Lord Nelson disait : passé Gibraltar, tout homme est célibataire. Qu'accompliront la chaleur des tropiques, les jeunes femmes sans scrupules, l'habitude de trop manger, et une énergie diabolique ? Quid d'un feu renouvelé, quid d'un défi renouvelé de la part de Diana ? Non, non. Sans l'intervention d'un deus ex machina dans cette intéressante conjoncture, cela va devenir une tragédie — triste, interminable et, au bout du compte, sordide. Dieu sait que j'ai prévu un long engagement. Mais si je comprends bien, Lord Melville est presque au bout du rouleau. Dans cette affaire, il y a des choses qu'il ne peut pas révéler... Il ne peut pas se défendre. Ni lui-même ni, a fortiori, ses amis.

« N.B. Cette nuit, j'ai dormi neuf heures d'affilée sans avoir pris une seule goutte. Ce matin, j'ai vu mon flacon sur la cheminée. Intact. C'est sans précédent. »

Il ferma son livre et sonna. « Ayez la bonté de me demander un fiacre, belle et jeune demoiselle ! » Un peu plus tard, au cocher : « La place d'armes de la Garde à cheval ! » À l'arrivée, il paya le cocher et le regarda s'éloigner. Il fit un peu les cent pas, puis se dirigea vivement vers une petite porte verte qui donnait sur l'arrière de l'Amirauté.

Sir Joseph avait les joues couvertes de mousse à raser lorsqu'il fit irruption dans la pièce. Il invita Stephen à s'asseoir près du feu, à lire le journal et à se mettre à l'aise. On allait apporter de quoi manger. Lui-même serait prêt dans une minute.

— Nous étions très inquiets à votre sujet, docteur Maturin, dit-il en revenant propre et net. Mendoza a été capturé à Hendaye.

— Il n'avait rien sur lui. Les seules informations qu'il aurait pu leur donner étaient déjà inutiles. L'Espagne va entrer en guerre.

— Ah, dit Sir Joseph. (Il posa sa tasse.) C'est un engagement ferme ?

— Oui. Ils se sont totalement engagés. C'est la raison pour laquelle j'ai pris le risque de vous voir si tard, la nuit dernière.

— Comme j'aurais voulu être ici ! Lorsque le messager nous a retrouvés, tout juste passé Staines, j'ai maudit Windsor ! Je savais que ce serait de la première importance. Le Premier Lord était du même avis.

Stephen sortit son bref rapport de sa poche.

« Ils sont en train d'armer une flotte à Ferrol. Les navires du traité de San Ildefonso. Voici une liste des bâtiments. Ceux qui sont marqués d'une croix sont prêts au départ, avec des provisions de bord pour six mois. Voici les régiments espagnols stationnés dans le port et alentour, avec des remarques sur leurs officiers supérieurs. Le point d'interrogation en face de certains noms veut dire que je ne me fie pas trop au commentaire. Et voici les régiments français qui sont déjà en route.

Il lui tendit le document.

— C'est parfait, c'est parfait, dit Sir Joseph en le déchiffrant avec un air gourmand... Il préférait de loin les listes et les tableaux, les chiffres et les renseignements factuels aux vagues impressions et aux ouï-dire qu'on lui rapportait d'habitude.

— Parfait ! Cela recoupe de très près ce que nous avons appris de l'amiral Cochrane.

— Oui. Un peu trop parfait, peut-être. Mendoza était un agent intelligent, mais c'était un agent rémunéré, un professionnel. Personnellement, je ne répondrais pas de lui. Bien qu'il soit probable qu'on puisse lui faire confiance. Mais ce que je tiens pour acquis, et c'est ce qui m'a poussé à vous atteindre au plus vite, c'est le programme établi entre Madrid et Paris. Madrid, vous le savez, est soumis depuis juillet dernier à une pression de plus en plus forte. Godoy a fini par céder, mais il refuse de se déclarer avant que les galions de Montevideo soient arrivés à Cadix. Cela représente une immense quantité d'argent liquide. Si l'Espagne perdait cela, elle serait au bord de la banqueroute. Les navires en question sont des frégates de la Marine espagnole : le *Medea*, quarante canons, le *Fama*, le *Clara* et le *Mercedes*, trente-quatre canons. Le *Fama* a la réputation d'être un voilier d'une vivacité exceptionnelle. Les autres ont bonne réputation. L'escadre est commandée par le contre-amiral don José Bustamente. Un officier compétent et déterminé. La valeur totale des espèces embarquées à Montevideo est estimée à cinq millions huit cent dix mille piastres. Les navires sont attendus à Cadix début octobre. Dès que Madrid sera informé que le trésor est arrivé en

Espagne, nous pouvons nous attendre à ce qu'ils nous déclarent la guerre. Le *casus belli*, le prétexte, sera l'incident du *Sarastro*. Sans ce trésor, Madrid se trouverait dans une situation difficile, au point qu'un soulèvement en Catalogne, appuyé par les bâtiments qui se trouvent au large de Toulon, aurait de fortes chances de réussir.

— Docteur Maturin, nous vous sommes reconnaissants, s'exclama Sir Joseph en lui serrant la main. Cela devait arriver tôt ou tard, nous le savions tous... Mais connaître le moment précis, ou en tout cas quelque chose qui s'en approche... ! Nous avons encore le temps d'agir. Je dois parler sur-le-champ à Lord Melville. Il voudra certainement vous voir. M. Pitt doit être informé sans délai... Oh, cette visite à Windsor, quelle plaie ! Excusez-moi un instant.

Il sortit précipitamment. Stephen prit le café intact de Sir Joseph, et le versa dans sa propre tasse. Il n'avait même pas fini de l'avaler lorsque Sir Joseph revint, l'air découragé.

— Il est encore à cette maudite enquête. Il ne sera pas disponible avant plusieurs heures, et chaque minute compte. Mais je lui ai fait parvenir une note... Il faut agir sans attendre. Officiellement, bien sûr, il revient au cabinet de prendre une décision. Mais il ne fait aucun doute que nous devons passer à l'action. Prenons le vent que Dieu nous donne. Le temps nous est compté.

— Vous envisagez une action décisive, c'est cela ?

— Certainement. Je ne peux pas m'engager pour le cabinet, mais si l'on tient compte de mon avis... Il faut frapper fort, c'est la seule solution. Mais vous faisiez peut-être allusion à la moralité de l'affaire ? demanda-t-il en souriant.

— La moralité de l'affaire n'est pas de mon ressort. Je vous ai rapporté des faits, et j'ai observé qu'une action directe favoriserait le succès des Catalans. Mais dites-moi, comment se passe cette enquête ?

— Mal, très mal. Nous savons parfaitement que Lord M a les mains liées. Il ne peut pas, en tout honneur, admettre l'existence des fonds secrets, et ses ennemis — dont certains en savent autant que nous — tirent avantage de la situation. Mais je n'en dirai pas plus, car je suis fonctionnaire.

Oui, en effet. C'était un fonctionnaire. Un fonctionnaire permanent, et l'un des plus puissants au sein de l'Amirauté. Et tous les Premiers Lords, à l'exception de St Vincent, avaient suivi ses conseils. Mais Sir Joseph était aussi entomologiste. Après un bref silence, il reprit :

— Quelles nouvelles m'apportez-vous de l'autre monde, docteur Maturin ?

Stephen se ressaisit, et fouilla dans sa chemise.

— De grandes nouvelles, monsieur. Mon Dieu, j'étais si pressé que j'ai failli oublier. C'est cet ingénieux curé de Sant Marti qui l'a trouvé, cet été... Que ce soit *lui*, ou *elle*, ou *eux*, d'ailleurs... Un peu écrasé, un peu abîmé par la pluie, mais parfaitement reconnaissable.

Entre les pages de son carnet de notes apparut un Jaune Sombre tout aplati. Un phénomène génétique. Ses deux ailes tribord étaient vert clair, les deux autres dorées.

— Un véritable gynandromorphe ! s'écria Sir Joseph en se penchant sur la bestiole. Je n'en avais jamais vu ! Parfaitement mâle d'un côté, parfaitement femelle de l'autre ! Je suis stupéfait, monsieur, stupéfait ! Ceci est presque aussi étonnant que les nouvelles que vous m'apportez.

Ils parlèrent papillons et phalènes, évoquèrent le douteux privilège d'appartenir aux deux sexes. Un vieux secrétaire entra, chuchota à l'oreille de Sir Joseph et ressortit sur la pointe des pieds.

— Nous aurons la réponse dans une demi-heure. Docteur Maturin, puis-je demander encore un peu de café ? C'est étrange comme il diminue.

— S'il vous plaît. Maintenant, Sir Joseph, j'aimerais vous parler officieusement, ou en tout cas à moitié officiellement, d'un de mes amis marins, à qui je m'intéresse beaucoup.

— Mais certainement ! Je vous en prie.

— Il s'agit du capitaine Aubrey. Le capitaine Jack Aubrey.

— Jack Aubrey « La Chance » ? Oui, oui... C'est lui qui s'est emparé de la *Fanciulla*... Une jolie petite bataille, très honorable. Mais vous le savez bien, évidemment ! Vous y étiez !

— Je voulais vous demander quelles étaient ses chances, à l'avenir, de recevoir des commandements.

Sir Joseph se pencha en arrière et réfléchit.

— Je connais assez mal les questions de postes et de nominations. Ce n'est pas mon rayon. Mais je sais que Lord Melville a de l'estime pour lui, et qu'il avait l'intention de favoriser ses intérêts quand l'occasion se présenterait. Peut-être en lui donnant le commandement d'un vaisseau actuellement en cale sèche. Mais sa promotion récente venait en récompense de ses services passés. Peut-être serait-il avisé de n'espérer rien de plus avant quelque temps, sinon des commandements temporaires. La pression qui s'exerce sur les nominations, vous ne l'ignorez pas, est très forte. Et puis je le répète : il est probable, hélas, que Lord M s'en aille avant de pouvoir réaliser ses propres vœux, si j'ose dire. Son successeur pourrait avoir des idées différentes. Dans ce cas, les chances de votre ami seraient... eh bien... (Il agita la main.) Je crois qu'on pourrait opposer un certain nombre d'objections à ses brillants états de service. Il semble qu'il ait mal choisi son père ! Connaissez-vous le général Aubrey, cher monsieur ?

— J'ai eu l'occasion de le rencontrer, naguère. Je n'ai pas été ébloui par son intelligence.

— Chacun de ses discours rapporte cinq voix à ses ennemis ! Et il en prononce un nombre étonnant. Il a une fâcheuse tendance à interpeller la Chambre sur des sujets auxquels il ne connaît rien.

— Il aurait du mal à faire autre chose... À moins que les Communes ne mettent à l'ordre du jour la stratégie à la chasse au renard.

— Précisément. Et il raffole, hélas, des affaires maritimes. Même s'il n'y avait qu'un remaniement partiel, son fils aurait toutes les chances d'être regardé d'un sale œil.

— Tout cela confirme ce que je pensais, Sir Joseph. Je vous remercie.

Ils revinrent à leurs papillons, aux scarabées. Sir Joseph n'avait pas étudié les scarabées autant qu'il l'aurait voulu. Ils parlèrent de Cimarosa. On donnait à Covent Garden une excellente interprétation des *Astuzie Femminili*. Sir Joseph encouragea le docteur Maturin à y assister. N'allait-il pas le soir même l'entendre pour la troisième fois ? Charmant, charmant... Mais son regard revenait sans arrêt à l'horloge austère et précise qui trônait au mur. Son plaidoyer en faveur de Cimarosa était énergique, mais n'occupait pas plus du quart de son attention.

Le vieux secrétaire revint. Il avait rajeuni de dix ans. L'excitation le faisait sauter sur place. Il tendit une note, et s'en alla.

— Nous passons à l'action ! s'exclama Sir Joseph, qui agita quelques sonnettes. Maintenant, je dois trouver les navires. Monsieur Akers, apportez-moi les dossiers A12 et 27 et les registres mis à jour. Monsieur Roberts, que des copistes et des messagers se tiennent prêts. Docteur Maturin, je dois vous transmettre les compliments de Lord Melville. Ses compliments très particuliers. Il serait ravi de vous dire un mot, à onze heures vingt très précises. Voulez-vous accompagner l'escadre, cher monsieur ? Des pourparlers ne sont pas à exclure. Ce serait de très loin préférable à la *manière forte*.

— Oui, j'irai. Mais je ne me montrerai pas. Sinon, je serais grillé, comme agent. Qu'on me donne un homme qui parle espagnol, et je m'exprimerai par sa voix. Je voudrais ajouter ceci : pour traiter avec Bustamente, il faut lui envoyer une escadre très puissante. Des navires de ligne. Il faut lui permettre de se rendre sans perdre la face. Nous devons lui opposer une force écrasante, ou bien il résistera et se battra comme un lion. Ses frégates ont un équipage bien entraîné, et très discipliné. Des navires avec lesquels il faut compter.

— J'en tiendrai compte, docteur Maturin. Mais vu la disposition de nos flottes, je ne promets rien. Avez-vous d'autres suggestions, des observations ? Un moment, monsieur Robinson... Des remarques ?

— Oui, monsieur. J'ai une requête. Une faveur à vous demander. Vous le savez, je n'ai jamais rien accepté en retour, pour les missions que j'ai eu l'occasion d'accomplir, en dépit de la très aimable insistance de l'Amirauté...

L'air grave, Sir Joseph l'assura que ses requêtes seraient toujours reçues avec l'attention qu'elles méritaient.

— Je voudrais que le capitaine Aubrey, avec le *Lively*, soit membre de l'escadre.

Le regard de Sir Joseph s'éclaira merveilleusement.

— Mais certainement ! Je crois pouvoir vous le promettre, sous ma responsabilité. Je crois que Lord Melville sera d'accord. C'est peut-être la dernière chose qu'il fera pour son jeune ami. C'est tout, monsieur ? Êtes-vous bien sûr que vous ne voulez rien d'autre ?

— C'est tout, monsieur. Vous m'obligez déjà beaucoup, Sir Joseph. Je vous remercie très sincèrement.

— Mon Dieu, ça suffit ! s'écria Sir Joseph, qui chassa ces marques de gratitude en agitant un dossier. Voyons voir. Le navire a déjà un chirurgien de bord, bien entendu. Je ne peux décemment pas le supplanter... En outre, cela n'irait pas. Vous devez avoir un grade temporaire... C'est cela. Vous embarquerez au petit matin. Il faudra quelque temps pour rédiger les ordres complets — le Conseil doit siéger —, mais ils seront prêts ce soir. Vous pourrez vous rendre là-bas avec le messager de l'Amirauté. Vous ne voyez pas d'inconvénient à voyager de nuit ?

Lorsque Stephen sortit dans le parc, la pluie n'était plus qu'un fin crachin. Mais cela suffit à le dissuader de flâner chez les bouquinistes de Wych Street comme il en avait eu l'intention. Il retourna donc aux Grapes. Il s'installa dans un haut fauteuil de cuir, les yeux fixés sur le feu. Sa pensée erra tous azimuts. Puis il s'abandonna peu à peu à une confortable léthargie, jusqu'à ce que la lumière grise se fonde en une nuit peu exaltante, pâle, brumeuse, baignée de la lumière orange de l'extérieur. Il fallut l'arrivée d'un messager de l'Amirauté pour le distraire de la délicieuse sensation d'avoir des membres en coton... Il réalisa qu'il n'avait rien avalé depuis le biscuit et le madère que lui avait offerts Lord Melville.

Il commanda du thé et des crêpes, beaucoup de crêpes. À la lueur des bougies posées sur la table, il prit connaissance de ce que le messager lui avait apporté. Un : un message amical de Sir Joseph confirmant que le *Lively* faisait partie de l'expédition, et mentionnant qu'« en hommage au docteur Maturin, il avait ordonné que sa commission temporaire soit modelée autant que possible sur celle qui était allouée à Sir J. Banks, de la Royal Society » — ce qui, selon ce dernier, devrait lui faire plaisir. Deux : la commission elle-même. Un document imposant, entièrement manuscrit à cause de la rareté de sa forme, et portant la signature de Melville tracée à la hâte. Trois : une lettre officielle l'enjoignant de se rendre au Nore pour rallier son navire sur-le-champ. Quatre : un second message où Sir Joseph l'informait que les ordres ne seraient prêts qu'après minuit, et s'excusait pour le retard. Y était joint un billet pour *Le astuzie femminili*. Cela aiderait le docteur Maturin à passer le temps agréablement, et le persuaderait peut-être de rendre justice à Cimarosa, « cet aimable phénix ».

Sir Joseph était riche, et célibataire. Il aimait le confort. Le billet donnait accès à une loge, une petite loge perchée tout en haut sur le côté gauche du théâtre. On y voyait mieux le public et l'orchestre que la scène, mais Stephen s'y installa non sans quelque suffisance. Les mains encore pleines de la graisse des crêpes, il s'appuya sur le rebord matelassé et regarda en bas, vers les occupants des fauteuils d'orchestre (ses pareils, en toute autre occasion) avec une certaine *hauteur*, morale autant que physique. Le théâtre se remplissait rapidement, car cet opéra était à la mode, on en parlait beaucoup. Bien que la loge royale, très loin sur sa droite, fût vide, presque toutes les autres étaient occupées par des gens qui se déplaçaient, disposaient leurs sièges, observaient le public et saluaient leurs amis. Juste en face de lui, Stephen aperçut un groupe d'officiers de marine. Il connaissait deux d'entre eux. En bas, dans la fosse, il aperçut Macdonald, sa manche vide épinglée en travers de son manteau. Il était assis à côté d'un homme qui ne pouvait être que son frère jumeau. Stephen reconnut d'autres visages. Tout ce que Londres comptait de mélomanes semblait s'être rassemblé là, plus quelques milliers d'autres, formant un tableau animé. Bourdonnement des conversations, scintillement des bijoux. Et les va-et-vient des éventails, dès lors que la plupart des spectateurs eurent trouvé leur place.

Le théâtre plongea dans l'obscurité. Les premières notes de l'ouverture étouffèrent la plupart des conversations et firent taire les autres. Stephen dirigea son attention vers l'orchestre. Des sottises, vides, pompeuses et ampoulées. Pas désagréables mais tout à fait banales. Quelle mouche avait piqué Sir Joseph, pour qu'il compare cet homme à Mozart ? Stephen admira néanmoins les mouvements d'archet d'un violoncelliste rubicond — agile, déterminé, vif. À droite, un éclair lumineux attira son regard. Un groupe de retardataires entraient dans leur loge, et la porte ouverte laissait passer la lumière du vestibule. Des Goths. Des barbares. Non que la musique eût tant d'importance. Non que son attention ait été détournée de quelque objet qui exigeât une concentration totale. Mais même s'il s'était agi d'Orphée en personne, ça n'aurait pas eu, pour ces ploucs, la moindre importance.

Le chant charmant d'une harpe s'éleva au milieu des cordes. Puis il y en eut deux, dialoguant en un aimable gazouillis. Ça n'avait aucune signification, bien sûr. Mais c'était agréable à l'oreille. Agréable. Oui, c'était sûrement agréable, comme il avait été agréable d'entendre la trompette de Molter. Pourquoi, alors, son cœur était-il si oppressé, plein d'un affreux pressentiment, de la terreur de quelque chose d'indéfinissable mais imminent ? La fille à l'air malicieux qui prenait des poses sur la scène avait une petite voix douce, elle chantait juste, et elle était jolie comme un cœur. Et son art la mettait en valeur. Mais Stephen n'en tirait aucun plaisir. Il avait les mains moites.

Un crétin d'Allemand avait dit un jour que l'homme pensait avec des mots. C'était faux, absolument faux. Une doctrine pernicieuse. La pensée venait à l'être humain simultanément sous une centaine de formes, en des milliers d'associations. L'esprit parlant les sélectionnait et les transformait grossièrement à l'aide de ces symboles inadaptés que sont les mots. Inadaptés parce que communs à de nombreuses situations. Inadaptés à de vastes domaines de l'expression humaine, qui disposent de langages parallèles comme la musique et la peinture. Les mots n'étaient pas nécessaires pour exprimer certaines formes de la pensée. Mozart pensait sûrement en termes de musique. Stephen lui-même ne pensait-il pas, au même instant, en termes de parfum ?

Musiciens et acteurs s'activaient laborieusement pour amener le climax prévisible qui éclata enfin. Le théâtre croula sous un tonnerre d'acclamations. Dans la loge des retardataires, il aperçut Diana Villiers qui applaudissait poliment, sans enthousiasme. Elle ne regardait pas la scène — où les comédiens affichaient des sourires satisfaits —, mais quelqu'un assis derrière elle, dans la profondeur de la loge. Elle était tournée, dans une position qu'il aurait reconnue entre mille. Ses longs gants blancs battaient en rythme, les doigts dressés vers le haut, tandis qu'elle parlait avec force mimiques et mouvements de la tête pour se faire comprendre dans le vacarme général.

Une femme se tenait à ses côtés (Stephen reconnut Lady Jersey) et quatre hommes étaient derrière elle. Canning. Deux officiers en écarlate et or. Un civil arborant les couleurs vives des Hanovres et le ruban de la Jarretière en travers de la poitrine. Un membre éloigné de la famille royale. C'est à lui qu'elle parlait. Il avait l'air stupide, et ne comprenait manifestement pas ce qu'elle lui disait. Mais il semblait heureux, presque enjoué.

Stephen observa la scène sans émotion particulière, mais avec une extrême précision. Il avait bien entendu remarqué les bonds que son cœur avait faits au premier instant, et le désordre de son souffle. Mais il nota aussi que cela n'affectait aucunement sa capacité d'observation. En fait, il devait avoir été conscient de la présence de Diana depuis son arrivée. C'était son parfum qui avait traversé son esprit avant le tomber de rideau. C'était sa présence qui avait suscité ses réflexions quand il écoutait les harpes.

Les applaudissements avaient cessé, mais les mains de Diana étaient toujours levées. Stephen se pencha en avant, regarda avec une intensité accrue. Elle bougeait sa main droite en parlant à l'homme qui était derrière elle et — par le Christ ! — elle la bougeait avec une grâce *affectée*. Au fond de la loge, la porte s'ouvrit. Un autre grand ruban bleu. Les femmes se levèrent, puis s'inclinèrent. Il ne pouvait pas voir le visage des hommes qui se tenaient debout. Mais il eut la confirmation de ce changement essentiel dans son attitude : tous les mouvements de son corps, du port de tête au geste coquet de son éventail en plume d'autruche, s'étaient subtilement modifiés. Nouvelles révérences, encore des regards baissés, des rires. On ferma la porte, le groupe se reforma, face vers l'extérieur. La silhouette réapparut dans une autre loge. Stephen ne s'y intéressait aucunement, peu lui importait que ce fût le duc de l'enfer ou d'ailleurs. Il concentrait toute son attention sur Diana, pour vérifier ce qu'il savait déjà être vrai. C'était ainsi. Tout le prouvait, mais il voulait boire le calice jusqu'à la lie... Subir le spectacle jusqu'au bout. Elle était en représentation. La pureté de sa grâce naturelle avait disparu. La pensée que dorénavant il allait associer la vulgarité à l'idée qu'il se faisait d'elle fut si douloureuse que son esprit en fut paralysé. Rien de visible, pourtant, aux yeux de quiconque l'aurait connue moins bien ou aurait accordé moins d'importance à la pureté. Rien qui diminuât l'admiration que lui portaient ses compagnons et les autres hommes présents dans le théâtre — c'était du grand art, instinctif. Mais cette femme n'était pas quelqu'un à qui il aurait eu envie d'accorder la moindre attention, à aucun moment.

Elle était mal à l'aise. Elle sentait l'intensité de son regard braqué sur elle, et elle parcourait de temps en temps le théâtre des yeux. Et à chaque fois il baissait les siens, comme il l'aurait fait en traquant une biche. Beaucoup d'hommes, dans les autres loges ou dans la fosse, ne cessaient de la regarder. Elle était peut-être la femme la plus belle de ce théâtre, avec sa robe décolletée bleu ciel et les diamants fichés dans ses cheveux relevés très haut. Malgré ses précautions, leurs regards se croisèrent finalement. Elle se tut. Il voulut se lever pour la saluer, mais ses jambes le lui refusèrent. Il était stupéfait. Avant qu'il ait eu le temps de saisir la rampe placée devant lui, le rideau se leva et les harpes se lancèrent dans une nouvelle série de glissandos.

Que mon corps puisse être affecté à ce point, se dit-il, dépasse toute mon expérience. Dieu sait que j'ai déjà eu la nausée, mais cette perte de contrôle... La Diana que j'ai vue à New Place, la dernière fois, a-t-elle jamais existé ? Est-elle une création de mon imaginaire ? Peut-on créer une licorne rien que par la force du désir ?

Malgré la musique et la cacophonie qui régnait sur scène, les coups insistants qu'on donnait à la porte troublèrent le cours de ses pensées. Comme il ne répondit pas, ils cessèrent au bout d'un moment. Il se demanda s'il avait joué un rôle dans la mort de Diana. Il secoua la tête, pour se convaincre du contraire.

Le rideau tomba enfin, la lumière revint. En face, la loge était vide. Une paire de longs gants blancs pendaient sur la rampe. L'orchestre jouait « God save the King ». Stephen resta assis. La foule s'était levée, et sortait lentement en traînant les pieds. Quelques-uns revinrent précipitamment, pour récupérer un chapeau oublié. L'endroit, bientôt, fut tout à fait vide, comme une gigantesque coquille. Les gens du théâtre firent leur ronde habituelle, ramassèrent des détritus, éteignirent les lampes.

— Regardez, dit l'un d'eux, il y a encore un type là-haut, dans la loge.

— Il est saoul ?

— Il croit peut-être qu'il y a encore un acte. Mais Dieu merci, c'est fini.

Ils ouvrirent la porte avec leur passe-partout.

— Allons, monsieur. C'est fini, maintenant. C'est la fin de la pièce.

L'aube était encore loin lorsque les hurlements du bosco éveillèrent le *gundeck* surpeuplé, chaud et malodorant, à une activité énergique et inattendue. « Tous à vos postes ! Tous à vos postes pour appareiller ! Allez, secouez-vous ! Pied à terre ! Debout, là-dedans ! Debout, debout ! » Les Livelies — ceux de sexe masculin en tout cas, car il y avait à bord une centaine de femmes — s'arrachèrent à leurs dames de compagnie (ou, plus prosaïquement, à leurs épouses légitimes). Ils se levèrent dans l'obscurité moite pour larguer les amarres comme on le leur ordonnait. Le cabestan tourna, le violon couina, les belles se dépêchèrent de rentrer à terre, et le phare du Nore s'évanouit bientôt derrière eux. La frégate mit le cap sur North Foreland, avec une marée favorable et un vent de hanche.

L'officier de quart tenta de mettre fin aux spéculations. Mais les murmures se poursuivirent, étouffés par le grondement des briques à pont des hommes qui lessivaient. Qu'est-ce qui se passait ? Est-ce que Boney avait lancé son invasion ? Quelque chose était dans l'air, sans quoi on ne les ferait pas appareiller avec la moitié seulement de leurs réserves d'eau. La vedette de l'amiral du port était venue bord à bord. Un civil et un officier étaient montés. Un des types était resté avec le capitaine. On n'avait encore aucune information, mais Killick ou Bonden en sauraient plus avant la fin du petit déjeuner.

Dans le carré, on était aussi perplexe, et aussi mal informé. Mais il y régnait de surcroît une inquiétude, un malaise qui n'existait pas à l'avant du mât. Le bruit s'était répandu que le docteur Maturin était revenu à bord. Et malgré l'affection qu'on lui portait, on se demandait avec terreur ce qu'il avait apporté avec lui, cette fois.

— Vous en êtes sûr ? demandèrent-ils à Dashwood, qui avait assuré le quart du matin.

— Je ne le jurerais pas, car il faisait sombre, et l'homme était emmitouflé pour se protéger de la pluie. Mais je ne connais personne d'autre, dans le monde entier, qui monte le flanc d'un navire de cette façon, comme un ours maladroit. Il faut le voir pour le croire. Je n'en douterais pas, si le canot ne lui avait répondu : « À vos ordres, monsieur ! »

— Eh bien, nous voilà fixés, dit M. Simmons. Le timonier de l'amiral n'aurait jamais commis une erreur aussi grossière. Il doit s'agir d'un officier sous commission, assez proche du capitaine pour qu'il l'appelle son cher ami. Un vieux camarade de bord, sans doute. Cela ne peut être le docteur Maturin.

— Certainement pas, dit M. Randall.

— Jamais de la vie, dit le premier-maître.

Le commissaire, dont la cabine était hors d'atteinte des abeilles, s'inquiétait des raisons politiques de leur départ précipité, et de la situation déplorable de ses réserves. « Je n'ai même pas cinquante brasses de coutil, se plaignait-il, et pas le moindre bout de tresse. Que deviendrons-nous quand nous franchirons la ligne ? Que deviendrons-nous à Madère, tout simplement ? Sans parler de Fernando Póo. Car notre destination est bel et bien Fernando Póo, j'en suis bien sûr, pour des raisons de haute stratégie. »

Un peu plus tôt, après avoir donné ses instructions pour prendre le large — en chemise de nuit et veste de quart —, Jack était retourné à sa cabine. Ses ordres immédiats étaient sur la table, à côté de la liasse contenant les instructions détaillées et d'une grosse enveloppe scellée où l'on pouvait lire : « Ne pas ouvrir avant la latitude 43° nord ». Il avait son air des grands jours, mais assez inquiet.

— Je vous remercie mille fois de nous avoir rejoints si vite, mon cher Stephen. Je ne pensais guère vous revoir avant Falmouth. Mais je crains de vous avoir attiré à bord sous un mauvais prétexte... Madère et les Antilles ne sont plus à notre programme. J'ai reçu l'ordre d'appareiller sans perdre une minute. « Rendez-vous au large du Dodman. » (Il approcha le papier de la lampe.) « Rendez-vous avec l'*Indefatigable*, le *Medusa* et l'*Amphion*. » Bizarre. Et des ordres scellés, à n'ouvrir qu'à tel ou tel moment. Qu'est-ce que cela peut bien signifier ?

— Je n'en ai aucune idée.

— La peste soit de l'Amirauté et de tous ces lords ! s'écria Jack. Sans perdre une minute... pour anéantir les projets des gens... Je vous prie de m'excuser, Stephen. (Il poursuivit sa lecture.) Hé, hé Stephen ! Je croyais que vous ne saviez rien... J'avais cru que vous étiez arrivé avec le messager seulement par hasard. Mais en cas de séparation d'un ou plus... et certaines éventualités, etc., on me demande et on m'ordonne de tenir compte des conseils et suggestions de S. Maturin, esquire, MD, etc., etc., nommé *pro hac vice* capitaine de la Royal Navy... à sa connaissance et discrétion...

— Il est possible que vous deviez mener des négociations. Dans ce cas, je pourrais peut-être vous être de quelque utilité.

— Si je comprends bien, je dois aussi être discret, dit Jack, qui s'assit et lui lança un regard admiratif. Mais vous disiez...

— Écoutez-moi, Jack, voulez-vous ? J'ai parfois tendance à mentir. Les circonstances l'exigent de temps à autre. Mais je ne tolérerai pas que quiconque se permette de me le dire.

— Oh non, non ! Il ne me viendrait jamais à l'esprit de faire une chose pareille. (La mémoire lui revint, et il rougit.) En tout cas, pas quand je suis dans mon état normal. Sans parler de mon affection pour vous, ce serait beaucoup, beaucoup trop dangereux. Mais chut ! Pas un mot. Motus et bouche cousue. Je comprends tout à fait... Je suis stupéfait de ne pas avoir pigé plus tôt... Vous êtes un sacré filou... Je comprends tout, maintenant.

— Ah bon ? Bravo, mon cher !

— Mais ce qui me coupe le souffle, ce qui me sidère absolument, c'est qu'ils vous aient accordé une commission temporaire. La Navy, vous savez, est singulièrement jalouse de ses grades, et très avare de tels honneurs. Je ne crois pas me souvenir d'un cas semblable... Sauf une fois... On doit vous tenir en très haute estime, à Whitehall.

— Mais je suis moi-même étonné de leur insistance à me

donner une commission. Cela m'a frappé. Je suis sensible à l'honneur qui m'est fait, mais je suis perplexe. Pourquoi n'ont-ils pas voulu que je sois votre invité, tout simplement ?

— Je crois que j'ai compris ! s'écria Jack. Puis-je vous demander, sans être indiscret, s'il pourrait s'agir de... comment dirais-je ? d'une expédition *profitable* ?

— Ce n'est pas impossible.

— Ils veulent que vous touchiez votre part. Quoi qu'il arrive, ils veulent que vous touchiez une part de capitaine. Nos ordres nous viennent directement de l'Amirauté. Par conséquent, aucun amiral ne pourra revendiquer une part. Si cela tourne bien, vous pourriez bien recevoir une somme coquette.

— C'est une pensée aimable de Sir Joseph. Remarquablement délicat. Je ne regrette pas de lui avoir envoyé mon gynandromorphe via le messager. Le type semblait surpris, il y avait d'ailleurs de quoi... Un cadeau princier. Dites-moi, que pourrait être une part de capitaine sur... Je cite un chiffre au hasard... Disons un million de livres ?

— Pour une escadre de quatre, non, cinq capitaines, c'est cela ? Dix par cinq, cela fait deux... Un huitième de deux cents, vingt-cinq... Soixante-quinze mille livres. Mais à notre époque, aucune prise de cette valeur ne file sur les mers, mon pauvre Stephen... Et c'est bien dommage.

— Soixante-quinze mille livres ? C'est absurde. Qu'est-ce que Sir Joseph a pu imaginer que je ferais d'une telle somme ? Qu'est-ce qu'un homme raisonnable ferait d'une telle somme ?

— Je peux vous le dire, moi, ce qu'il en ferait ! s'écria Jack, les yeux brillants. En dépit du cri : « Attendez ! ». Il se rua hors de la cabine pour s'assurer que les faux-focs prenaient bien le vent, et que chaque bouline était bien tendue comme une corde de harpe. Il redescendit après avoir harcelé les hommes de quart pendant quelques minutes, non sans susciter quelques réflexions amères.

— J'espère que ce capitaine ne va pas devenir un maniaque du foc et de la voile d'étai, dit le chef de l'équipe des manœuvres hautes.

— Je n'aime pas du tout l'allure que ça prend, dit le sergent des écoutes. Se donner des airs, comme il le fait, c'est nouveau !

— Il a peut-être rendez-vous avec sa demoiselle, dit Blue Edward, le Malais. Que le diable m'emporte, moi aussi je forcerais l'allure si je devais voir une fille comme celle-là, surtout si elle s'appelle Sophie.

— Pas d'insolences, Blue Edward ! cria George Allen. Je ne le permettrai pas.

— Bien entendu, dit Stephen, on pourrait faire le tour de la Laponie, ou bien essayer d'imiter Banks dans les grandes mers du Sud... Au fait, Jack, comment le voyage s'est-il passé ? Comment Sophie a-t-elle supporté le mouvement du navire ? A-t-elle pris son porter à chaque repas ?

— Oh, ce fut admirable ! Admirable !

Cela avait été une suite absolument délicieuse de journées chaudes, douces, avec à peine quelques mouchetures d'écume... Simmons leur avait donné un spectacle magnifique avec les cacatois et les contre-cacatois, et les bonnettes en haut et en bas... elle n'avait jamais rien vu d'aussi beau... le *Lively* avait semé l'*Amethyst*... des visages rouges sur sa plage arrière... il y avait eu des moments charmants de calme plat, ça durait des jours entiers... ils parlaient souvent de Stephen... comme il leur avait manqué !... elle avait été d'une gentillesse extraordinaire avec le petit Randall, qui avait pleuré toutes les larmes de son corps quand Cassandra était morte... Randall père était fou de Sophie. Comme tout le monde au carré... ils avaient dîné deux fois avec les officiers... Cecilia semblait au mieux avec Dredge, des fusiliers... Jack lui était reconnaissant de l'avoir convaincue de venir... oui, bien sûr, Sophie avait bu son porter, et un verre de grog du bosco... elle avait mangé comme quatre... Jack aimait qu'une fille boulotte de bon cœur... quant à l'avenir... ils étaient pleins d'espoir, mais... ils pourraient s'en sortir avec trois fois rien... pas de chevaux... un cottage... des pommes de terre...

— Stephen, vous dormez !

— Pas du tout. Vous venez de me faire un compte rendu exhaustif avec un plaisir évident. Mais j'avoue que je suis fatigué. J'ai voyagé toute la nuit, et la journée d'hier n'a pas été de tout repos. Si vous le permettez, je vais me coucher. Où dois-je dormir ?

— Il y a un problème. Où dois-je vous loger, en fait ? Je vais vous donner mon cadre, bien sûr. Mais d'un point de vue strictement officiel, où devez-vous être ? Voilà de quoi rendre perplexe Salomon lui-même. Quelle ancienneté vous ont-ils donnée ?

— Je n'en ai aucune idée. Je n'ai pas lu le document, sauf la phrase « *Nous, qui plaçons notre confiance et notre créance en SM* », qui me plaisait bien.

— Je suppose que vous êtes moins ancien que moi. Vous prendrez donc le côté sous le vent de la cabine, et je dormirai contre le vent. Et à chaque changement d'amures, nous changerons de côté, ah, ah, ah ! Je suis un drôle d'oiseau, non ? Soyons sérieux... Je suppose qu'on devrait vous présenter à l'équipage... Quelle situation étonnante !

— S'il y a le moindre doute, ne faites pas cela, je vous en prie. Il vaut beaucoup mieux que je reste dans l'ombre. Entre ce que nous nous sommes dit et ce que vous avez peut-être deviné, je compte vraiment sur votre discrétion, Jack, n'est-ce pas ? Ma vie pourrait en dépendre en certaines circonstances.

Il avait raison de faire confiance à Jack, qui était capable de garder pour lui ce qu'il savait. Mais tous les capitaines n'étaient pas aussi discrets. Lorsque le *Medusa* descendit de Plymouth à toute allure, avec un monsieur dont on savait qu'il parlait espagnol — un monsieur qui resta enfermé avec le docteur Maturin et les capitaines du *Lively*, de l'*Amphion* et du *Medusa* pendant tout le temps qu'ils passèrent au large du Dodman, à attendre l'arrivée de l'*Indefatigable* —, l'opinion générale était que leur destination ne pouvait être que Cadix, et que l'Espagne avait déclaré la guerre ou s'apprêtait à le faire. Cela ne manqua pas d'exciter l'équipage, car les navires marchands espagnols, jusqu'alors, étaient à l'abri des prédateurs. Sur des mers presque totalement désertées par les proies éventuelles, ils taillaient tranquillement leur route au nez et à la barbe des croiseurs, traversaient les escadres chargées de faire respecter le blocus, riant et se congratulant, les cales tellement pleines de richesses qu'un simple matelot aurait pu gagner sa paie de cinq ans en un agréable dimanche après-midi.

L'*Indefatigable* pointa enfin à l'horizon, lourde frégate de quarante pièces qui se compliquait la tâche. Elle filait au plus près du fort vent d'ouest, en projetant de gros paquets d'eau verte qui lavaient sa proue en bec. Elle arborait le signal *Formation en ligne à ma poupe, toutes voiles dehors*.

Le départ des quatre frégates vers le sud-sud-ouest, en formation parfaite, à intervalles de deux encablures, fut pour les Livelies le début d'une longue période d'ennui et de frustration. Les hommes du mât de hune se trouvaient rarement sur le pont, et ce n'était pas pour mettre à la voile.

Afin de ne pas dévier de sa position dans le sillage de l'*Amphion*, le *Lively* devait sans cesse prendre des ris, amener ses focs, ses voiles d'étais et sa brigantine et choquer les écoutes. Quand on ouvrit les ordres scellés — quand, après la dernière réunion des capitaines à bord de l'*Indefatigable*, il fut évident qu'ils allaient intercepter une escadre espagnole ralliant Cadix à Rio de la Plata —, leur impatience était telle qu'ils accueillirent sans déplaisir le changement de temps qui s'opéra le dimanche soir. Au sud et à l'ouest, le ciel s'était couvert d'un immense voile noir informe. La houle s'était levée, énorme, si haute que même les hommes qui n'avaient pas mis les pieds sur la terre ferme depuis des années furent malades. Le vent fit le tour du compas, alternativement chaud et glacé, et le soleil se coucha dans une horrible bande pourpre où se devinaient des lueurs vertes... Le cap Finisterre n'était pas très loin, sous leur vent. Ils doublèrent les faux-étais et les palans de roulis, déployèrent les voiles de tempête, fixèrent les canots aux guis, doublèrent la culasse des canons et dépassèrent les mâts de perroquet, tout cela avec le plus grand soin.

Au deux coups du quart d'après-minuit, le vent, qui soufflait par à-coups du sud-ouest, remonta soudain trois quarts de compas pour virer au nord, et lutta contre la houle gigantesque avec une force redoublée. L'enfer se déclencha audessus de leurs têtes. Le déluge était tel qu'on ne distinguait pas, de la plage arrière, la lampe-tempête placée sur le gaillard d'avant. La voile d'étai de grand hunier sauta de sa ralingue et disparut comme un spectre sous le vent, en pâles bandes de tissu. Jack envoya des renforts à la barre, fit installer des palans de retenue. Puis il se rendit à la cabine, où Stephen se balançait sur son lit de camp, pour le prévenir qu'ils allaient être secoués.

— Vous exagérez, mon ami, dit Stephen. Et comme vous dégoulinez ! En quelques secondes, vous avez déposé un litre d'eau... Regardez, elle coule dans tous les sens, en dépit de la gravité.

— Je ne déteste pas un bon coup de vent, dit Jack, et celui-ci en est un vraiment charmant. Mais voyez-vous, je dois rattraper ces Espagnols, et Dieu sait que nous disposons de peu de temps. S'ils rentrent à Cadix sous notre nez, nous aurons l'air de beaux imbéciles.

— Vous voyez ce morceau de ficelle qui pend là-bas, Jack ? Auriez-vous la bonté de la fixer à ce crochet... de la rattacher ? Elle s'est défaite. Merci. Je tire dessus pour modérer les mouvements du lit, qui exacerbent tous mes symptômes.

— Vous n'êtes pas bien ? Vous tournez de l'œil ? Vous êtes malade ?

— Non, non. Quelle idée ridicule ! Non. C'est peut-être le début d'une maladie grave. Il y a quelque temps, j'ai été mordu par une chauve-souris apprivoisée, et j'ai de bonnes raisons de douter de sa santé mentale. C'était un oreillard... Une femelle. Je crois pouvoir déceler certaines ressemblances entre mes symptômes et la description de la maladie de Ludolphus.

— Voulez-vous un verre de grog ? Ou un sandwich au jambon, avec du bon saindoux ? dit Jack en grimaçant.

— Non, non, s'exclama Stephen. Rien de ce genre. Je vous dis que c'est une question grave, qui exige... Oh, ça recommence. Ce navire est horrible. Jamais la *Sophie* ne s'est conduite ainsi... Des bonds furieux, insensés... Puis-je vous demander de baisser la lampe et de me laisser seul ? J'imagine que la situation exige toute votre vigilance ? Que ce n'est pas le moment de rester là les bras croisés en souriant d'un air satisfait ?

— Vous êtes sûr que vous n'avez besoin de rien ? Un bassin ?

— Non, non, et non ! (Stephen prit un air crispé, méchant. Sa barbe ombrait de noir le vert nacré de sa peau.) Est-ce que ce genre de tempête dure longtemps ?

— Jamais plus de trois ou quatre jours, dit Jack. (Une embardée le fit chanceler.) Je vous envoie Killick avec un bassin.

— Jésus, Marie, Joseph ! Ça recommence ! (Dans le creux des énormes vagues, la frégate était proprement abreyée, mais dès qu'elle remontait, le vent la saisissait et la précipitait de plus en plus vite, dans un mouvement sans fin, la proue levée au point que son beaupré pointe vers les nuages.) Trois jours de ce régime, se dit-il... Aucun esprit humain n'est capable d'y survivre.

Par bonheur, le *Lively* n'avait croisé que la queue d'un de ces grains de septembre. Le quart du matin vit le ciel s'éclaircir. Le baromètre remonta. La frégate ne pouvait supporter que ses huniers aux bas ris, mais il était évident qu'avant midi, elle pourrait déployer plus de voile. À l'aube, la mer était toute blanche d'un bout à l'autre de l'horizon. Rien n'était en vue, sauf l'épave imprégnée d'eau d'un morutier portugais et, loin contre le vent, le *Medusa*, apparemment intact. Jack, qui se retrouvait premier capitaine à l'ancienneté, lui ordonna par signaux de mettre un peu plus de voile, pour filer vers leur prochain point de rendez-vous, au large du cap Santa Maria, le point d'accostage pour Cadix.

À l'approche de midi, il mit le cap plein sud, ce qui porta le vent sur la hanche du *Lively* et facilita grandement sa marche. Stephen apparut sur le pont, toujours l'air grave, mais plus humain. M. Floris, ses assistants et Stephen lui-même avaient passé la matinée à se soigner mutuellement. Ils avaient tous été frappés par l'attaque d'une maladie grave (orchite, scorbut, ou la cruelle paralysie de Ludolphus), mais dans le cas de Maturin, au moins, le mal avait été neutralisé grâce à un judicieux mélange de baume de Lucatellus et de poudre d'Algaroth.

Après dîner, on fit quelques manœuvres aux grosses pièces. On s'exerça à les déplacer — en position, en batterie, en position... — et l'on tira bordée sur bordée. La frégate filait vers le sud à onze nœuds, à quelque vingt lieues des côtes portugaises, précédée par le nuage de sa propre fumée. L'entraînement récent n'avait pas été inutile. Certes, les tirs étaient encore terriblement lents — on ne fit jamais mieux que trois minutes dix secondes entre deux bordées —, mais ils étaient beaucoup plus précis, en dépit du roulis et du tangage. La première salve fit sauter au-dessus de l'eau un tronc de palmier emporté par le courant, tribord devant, à trois cents mètres du navire. Avant de le dépasser, ils le touchèrent une seconde fois, avec des acclamations qui portèrent jusqu'au *Medusa*. À bord de celui-ci, on se livra aussi, pendant une heure, à un vigoureux entraînement. Ses hommes s'employaient à trier les boulets avec soin, choisissant les plus parfaitement sphériques et les débarrassant de leurs écailles de rouille. Mais le *Medusa* consacrait la plupart de son énergie à essayer de rattraper le *Lively*. Il borda ses perroquets avant que celui-ci ait largué le dernier ris de ses huniers, et il essaya les bonnettes et les cacatois quand la brise se modéra un peu. Mais ce fut pour perdre deux de ses bouts-dehors, sans avoir remonté le moindre demi-mille. Les officiers et le voilier du *Lively* en furent très satisfaits. Mais leur plaisir cachait une inquiétude obsédante. Arriveraient-ils à temps pour intercepter l'escadre espagnole avant son arrivée à Cadix ? Et dans l'affirmative, l'*Indefatigable* et l'*Amphion* les auraient-ils rejoints avant l'accrochage ? Les Espagnols étaient réputés pour leur courage, sans parler de leurs qualités de marins. Le rapport de force était assez inégal : une frégate de quarante canons et trois de trente-quatre contre une trente-huit et une trente-deux... Jack avait exposé la situation à ses officiers dès qu'il avait pu ouvrir ses ordres scellés — c'est-à-dire dès qu'il n'y avait plus le moindre risque de communication avec la terre. Tout l'équipage partageait son angoisse : qu'ils arrivent trop tard. Chacun savait parfaitement ce que les Espagnols allaient chercher au Río de la Plata, et les rares qui l'ignoraient encore (un type de Bornéo et deux Javanais) l'apprirent bien vite. « De l'or, camarade ! Voilà ce qu'ils expédient du Río de la Plata. De l'or et de l'argent, dans des coffres et des grands sacs de cuir ! »

Tout au long de la journée et de la nuit, le vent déclina. Alors que le tour de loch, levée après levée, avait longtemps affiché douze, voire treize nœuds, l'aspirant de quart annonça d'une voix sombre, à l'aube du 30 septembre : « Deux et une brasse, monsieur, s'il vous plaît ! »

Ils eurent une journée de vent variable presque-calme, la plupart du temps en face d'eux. On siffla sur le pont. Leurs prières furent exaucées le jeudi 2 octobre quand une bonne brise se leva. Ils passèrent le cap St Vincent un peu plus tard dans la journée, sous cacatois, en compagnie du *Medusa*. Ils s'étaient un peu exercés aux pièces, en guise de salut à cette longue avancée de terre à peine visible du ton de mât, sur le travers bâbord, quand le bosco vint à l'arrière et s'adressa au premier lieutenant. M. Simmons serra les lèvres, eut l'air indécis, hésita, puis se dirigea vers Jack.

— Le bosco vient de m'informer que les hommes... Avec tout leur respect... Ils souhaitent que vous vous demandiez... s'il ne serait pas recommandé de ne plus tirer avec les canons de proue.

— Ah bon ? s'exclama Jack, qui avait déjà croisé quelques regards bizarrement réprobateurs. Pensent-ils aussi qu'il serait... recommandé de doubler leurs rations de grog ?

— Non, monsieur ! dirent les servants de la pièce la plus proche.

— Silence, vous autres ! cria M. Simmons. Non, monsieur. C'est-à-dire... Beaucoup d'hommes croient que faire feu des canons de proue ralentit la marche du navire. Et nous disposons de si peu de temps...

— Il y a peut-être quelque chose de vrai là-dedans... Les philosophes n'y croient pas, mais je ne veux courir aucun risque. Qu'ils continuent à manœuvrer les canons de proue, mais on se contentera de tirs simulés.

Des sourires satisfaits se répandirent sur le pont. Les hommes s'essuyèrent le visage — il faisait très chaud, sous les voiles —, serrèrent des mouchoirs autour de leur front, crachèrent dans leurs mains et se préparèrent à faire entrer et sortir leurs monstres de fer en moins de deux minutes et demie. Mais après deux bordées et quelques coups solitaires, la tension (qui n'avait pas beaucoup baissé depuis le Finisterre) fut de nouveau à son comble. Le *Medusa* signalait une voile, à un point sur sa hanche bâbord.

— Montez là-haut, monsieur Harvey, dit Jack à un aspirant grand et mince. Prenez la meilleure longue-vue du bord. M. Simmons vous prêtera la sienne.

La lunette suspendue à l'épaule, l'homme monta jusqu'à la flèche de cacatois et son itague. La pauvre Cassandra elle-même aurait eu du mal à le devancer. Quelques instants plus tard, Jack entendit sa voix :

— Hé, du pont ! C'est l'*Amphion*, monsieur ! On dirait qu'il s'est monté un petit mât de hune de fortune !

C'était bien l'*Amphion*. Il remonta le vent et rattrapa les autres avant la tombée de la nuit. Ils étaient trois, maintenant. Le lendemain matin les trouva à leur dernier point de rendez-vous. Le cap Santa Maria, à trente milles au nord-est, était visible des hunes, dans la lumière scintillante.

Sutton, de l'*Amphion*, étant de nouveau premier capitaine à l'ancienneté, les trois frégates louvoyèrent toute la journée — bord au large, bord à terre. Les tons de mâts se hérissaient de télescopes balayant l'océan, vers l'ouest, sans désemparer. Sur l'immensité bleue, rien ne les séparait de l'Amérique, sauf peut-être l'escadre espagnole. L'*Indefatigable* les rattrapa dans la soirée. Le 4 octobre, les frégates couvraient le maximum de terrain, tout en restant assez proches les unes des autres pour pouvoir échanger des signaux. Elles louvoyaient en silence : par crainte de donner l'alarme, on avait renoncé aux canonnades depuis le cap St Vincent. Les seuls bruits audibles, à bord du *Lively*, étaient le grincement de la meule sur le gaillard d'avant (les hommes affûtaient leurs coutelas et leurs piques) et les grattements des artilleurs écaillant les boulets.

Bord au large, bord à terre. Ils lofaient toutes les demi-heures, au premier coup de cloche. Les hommes en poste aux tons de mât surveillaient les autres frégates dans l'attente d'un signal. Une douzaine de lunettes scrutaient l'horizon lointain.

— Vous vous souvenez d'Anson, Stephen ? demanda Jack alors qu'ils déambulaient sur la plage arrière. Il s'est trouvé dans la même situation, au large de Paita, durant des semaines. Vous avez lu son livre ?

— Oui, je l'ai lu. Cet homme a gâché toutes ses chances.

— Il a circumnavigué dans le monde entier, il a rendu fous les Espagnols, et il s'est emparé du galion de Manille... Qu'auriez-vous souhaité de plus ?

— Qu'il prête un peu attention à la nature du monde qu'il a parcouru si étourdiment. Sauf quelques remarques très superficielles sur l'éléphant de mer, son livre ne contient aucune observation digne d'intérêt. Il aurait certainement dû se faire accompagner d'un naturaliste.

— Si vous vous étiez trouvé à son bord, il aurait pu donner son nom à une demi-douzaine d'oiseaux aux becs bizarres... Mais vous auriez au moins quatre-vingt-seize ans, aujourd'hui... Je ne sais pas comment ils ont pu, ses hommes et lui, rester aussi longtemps à louvoyer... Mais tout s'est bien terminé.

— Pas un seul oiseau, pas une seule plante, pas un soupçon de géologie... Si nous faisions un peu de musique après le thé ? J'aimerais vous faire entendre le morceau que je viens de composer. C'est une complainte en hommage au Tir nan Og.

— Le Tir nan Og ?

— La seule région fréquentable de mon pays. Elle a disparu depuis longtemps.

— Pouvons-nous attendre la tombée de la nuit ? Alors, je serai votre homme. Vous pourrez vous abandonner autant que vous voudrez à la nostalgie.

L'obscurité. Une longue, longue nuit dans le *gundeck* étouffant et dans les cabines. Peu de sommeil. Plusieurs hommes, y compris un officier, allèrent boire une goutte sur le pont ou dans les hauteurs. Avant l'aube, le 5 octobre, on était en train de nettoyer les ponts (les hommes s'étaient levés sans se faire prier) et la fumée de la coquerie voletait dans le vent de noroît, lorsque la vigie de l'avant, le bienheureux Michael Scanlon, héla le pont d'une voix qu'on devait entendre depuis Cadix. Le *Medusa*, dernier de la ligne de frégates quand elles portaient au nord, signalait la présence de quatre bâtiments de belle taille, au sud-ouest.

À l'est, le ciel s'éclaircissait, les hautes volutes nuageuses captant la lumière dorée au-delà de l'horizon. La mer laiteuse commençait à scintiller. Soudain, ils furent en vue, juste sur leur arrière, en route vers Cadix. Quatre taches blanches, au bord de l'horizon.

— Ce sont des Espagnols ? demanda Stephen en se hissant, non sans mal, jusqu'à la grande hune.

— Bien sûr, dit Jack. Voyez l'épaisseur de leurs mâts de hune. Prenez ma lunette. Holà, du pont ! Que tous les hommes soient prêts à lofer !

Au même moment, le signal de lofer pour se mettre en chasse apparut à bord de l'*Indefatigable*. Stephen descendit laborieusement, soutenu par Jack, Bonden et un second du bosco, s'accrochant à la natte de ce dernier avec une telle force que le pauvre homme en eut les larmes aux yeux. Il avait préparé les grandes lignes de son argumentation pour M. Osborne, mais il voulait les relire avant de s'entretenir avec lui sur l'*Indefatigable* (dont le capitaine faisait fonction de commodore de l'escadre). Il revint donc en bas, le cœur battant plus vivement que d'habitude. Les Espagnols se rassemblaient, échangeaient des signaux. Les négociations allaient être délicates. Oh combien délicates !

Petit déjeuner sur le pouce. Le signal du commodore appelant le docteur Maturin. Stephen sur le pont, une tasse de café dans une main et un morceau de pain dans l'autre, pendant la mise à l'eau du cotre. Comme ils étaient près, tout à coup ! Les Espagnols avaient formé leur ligne de bataille. Ils filaient sous tribord amures, avec un point de largue. Ils étaient si proches que Stephen apercevait leurs sabords. Tous ouverts, largement béants...

Les frégates britanniques, obéissant au signal de chasse, avaient brisé leur formation en ligne. Le *Medusa* était le plus au sud : il se trouvait donc en première position après qu'ils eurent lofé. Il faisait route, vent arrière, vers le navire espagnol de tête. L'*Indefatigable* se trouvait quelques centaines de mètres derrière lui, et se dirigeait vers le second Espagnol, le *Medea*, où flottait le pavillon de Bustamente. Venait ensuite l'*Amphion*. Et enfin, remontant de l'arrière, le *Lively*. Il comblait vite son retard. Dès qu'on eut expédié Stephen dans le cotre, Jack borda son petit perroquet, coupa le sillage de l'*Amphion* et se dirigea vers le *Clara*, dernier de la ligne de bataille espagnole.

L'*Indefatigable* dévia un peu, coiffa ses huniers, on hissa Stephen à bord, et il fonça. Le commodore, un homme brun, coléreux, au visage rubicond, avait les nerfs à vif. Il fit venir Stephen sans attendre. Il l'écouta à peine lui exposer les arguments qui devaient convaincre l'amiral espagnol de se rendre. Il se contentait de tambouriner sur la table, respirant bruyamment, le souffle coupé par l'excitation. M. Osborne, vif et intelligent, fixait Stephen dans les yeux en hochant la tête. Il hochait la tête, prenait note de chaque point et hochait à nouveau la tête, sans desserrer les lèvres.

— ... et enfin, dit Stephen, persuadez-le par tous les moyens de venir discuter ici. Cela nous permettrait, si nécessaire, d'accorder notre réponse à des objections imprévues.

— Allons, messieurs, allons ! s'écria le commodore. Il courut sur le pont.

Plus près, toujours plus près. Il étaient maintenant à portée de tir, tous pavillons dehors. À portée de mousquet. Les ponts espagnols étaient noirs de monde. À portée de pistolet...

— Forcez sur la barre ! dit le commodore. La grosse frégate vira, contourna l'amiral sous le flot des ordres rugis, et vint se placer sur son travers tribord, à vingt mètres contre le vent. Le commodore saisit son porte-voix.

— Réduisez les voiles ! cria-t-il en direction de la plage arrière du *Medea*. Les officiers espagnols se concertèrent brièvement. L'un d'eux haussa les épaules. Un silence de mort régnait sur toute la ligne. On n'entendait que le vent dans les gréements, et le claquement de la mer léchant les coques.

— Réduisez les voiles ! répéta-t-il, plus fort. Aucune réponse. Aucun signe. L'Espagnol maintenait son cap vers Cadix, à deux heures de route... Les escadres filaient sur deux lignes parallèles, glissant en silence à cinq nœuds, si proches que l'ombre des mâts de perroquet espagnols venait couvrir les ponts anglais.

— Feu à sa proue ! dit le commodore. Le boulet frappa l'eau à un mètre de l'avant du *Medea*. Ce fut comme si le choc avait brisé le vœu de silence et d'immobilité qui régnait à bord de ce navire. Il y eut un remous, quelques mouvements rapides, on lança des ordres, et ses huniers furent relevés.

— Faites de votre mieux, monsieur Osborne, dit le

commodore. Mais, par Dieu, je lui donne cinq minutes pour prendre une décision.

— Amenez-le ici, si vous pouvez, dit Stephen. Et surtout, surtout ! Souvenez-vous que Godoy a trahi le royaume d'Espagne au profit des Français.

Le canot traversa l'espace entre les deux bâtiments. On lança des grappins. Osborne monta à bord de la frégate espagnole. Il ôta son chapeau et s'inclina devant le crucifix, l'amiral et le capitaine. On le vit disparaître en bas avec Bustamente.

Le temps semblait immobile. Stephen se tenait près du grand mât, les mains serrées derrière le dos. Il haïssait Graham, le commodore. Il détestait ce qui allait arriver. De toutes ses forces, il essayait à la fois d'imaginer et d'influencer la conversation qui se déroulait là-bas. Si seulement Osborne parvenait à amener Bustamente à bord, il y aurait une faible chance de trouver un accord.

D'un regard machinal, il balaya la double ligne de navires. Devant l'*Indefatigable*, le *Medusa* se balançait doucement à côté du *Fama*. À l'arrière du *Medea*, l'*Amphion* s'était déplacé sous le vent du *Mercedes*. Enfin le *Lively* attendait derrière, tout près au vent du *Clara*. Même aux yeux profanes de Stephen, les Espagnols étaient sur le qui-vive. Il ne voyait rien de cette agitation — les barriques, les cages à poules et les bestiaux qu'on jette à la mer pour libérer les ponts — qu'il avait observée si souvent en Méditerranée. Derrière chaque pièce se tenait le peloton en bon ordre, immobile, et la fumée des mèches lentes dans leurs baquets, le long de la rangée de canons, produisait une fine brume bleutée.

Graham allait et venait d'un pas vif et inégal :

— Est-ce que ça va durer toute la nuit ? répétait-il d'une voix forte, en regardant sa montre. Toute la nuit ? Toute la nuit ?

Ce fut un quart d'heure interminable, dans cette odeur de mèche à combustion lente. Après une douzaine d'allées et venues, le commodore n'y tint plus :

— Rappelez le canot !

Une fois de plus, un boulet frôla la proue du *Medea*.

Osborne apparut sur le pont de l'Espagnol, passa dans le canot et réintégra l'*Indefatigable*. Il secouait la tête. Il était pâle et tendu.

— Avec les compliments de l'amiral Bustamente, monsieur, dit-il au commodore. Mais il ne peut pas honorer vos propositions. Il ne peut pas accepter d'être prisonnier.

— Il a presque cédé quand j'ai mentionné Godoy, dit-il en aparté à Stephen. Il le hait.

— Laissez-moi me rendre à son bord ! s'exclama Stephen. Il est encore temps.

— Non, monsieur ! cria le commodore avec un regard furieux. Il a eu le temps qu'il fallait. Monsieur Carrol, allons-y, passons devant lui.

— Bras sous le vent !

L'ordre fut noyé dans le bruit de la bordée que le *Mercedes* venait de lâcher, droit dans l'*Amphion*.

— Signal du combat rapproché ! hurla le commodore. L'immense baie renvoya le cri d'une centaine de canons. Un grand voile de fumée se forma immédiatement. Il prit de la hauteur et dériva vers le sud-ouest. Dans l'épaisseur du voile, les éclairs se succédaient pour former un torrent continu de lumière éblouissante. Au cœur du vacarme, le cœur et l'épine dorsale frissonnants, Stephen était toujours au pied du grand mât, les mains derrière le dos, observant le combat. Il avait dans la bouche le goût cruel de la poudre, et sentit monter en lui cette émotion violente qu'on associe à la corrida... Les acclamations forcenées des canonniers l'envahirent. Puis elles se turent. Elles étaient noyées, écrasées par une explosion si formidable qu'elle anéantit sa pensée, presque sa conscience. Le *Mercedes* venait de sauter, dans une fontaine gigantesque de lumière orange qui déchira le ciel.

Des espars, des poutres informes, une tête tranchée retombèrent en pluie de la colonne de fumée. Au milieu de ce déluge infernal, le grondement des canons retentit de nouveau. L'*Amphion* s'était mis sous le vent du *Medea*, et l'Espagnol était pris entre deux feux.

Les vivats se succédaient, les tirs roulaient sans interruption, et les mousses-poudriers couraient. Encore des vivats. Puis une acclamation plus forte que les autres. Un cri différent, triomphal. « Il se rend ! L'amiral se rend ! »

Tout au long de la ligne, les tirs diminuèrent. Seul le *Lively* continuait de marteler le *Clara*, tandis que le *Medusa* lâchait quelques salves vers le lointain *Fama* qui, après avoir amené ses couleurs, avait pourtant filé. Indemne, il fuyait toutes voiles dehors, sous le vent.

Quelques minutes plus tard, le *Clara* amenait ses couleurs. Le *Lively* vint se placer bord à bord avec l'*Indefatigable*. Jack héla le commodore.

— Mes félicitations, monsieur. Puis-je aller à sa poursuite ?

— Merci, Aubrey. Poursuivez-le de toutes vos forces. Il emporte le trésor. Foncez ! Nous, nous sommes de la chair à pâté.

— Puis-je avoir le docteur Maturin, monsieur ? Mon médecin est à bord de ma prise.

— Oui, oui. Hé, vous, venez donner un coup de main ! Ne les laissez pas s'enfuir, Aubrey, vous m'entendez ?

— À vos ordres, monsieur. Hé, là-bas ! Qu'on m'envoie promptement le cotre !

Le *Lively* évita de peu l'*Amphion* estropié, frôla son beaupré. Il borda ses perroquets et cingla vers le sud-ouest. Le *Fama*, dont les mâts et les gréements n'avaient pas souffert, avait déjà trois milles d'avance. Il s'efforçait d'atteindre une bande plus foncée : un vent plus fort qui le conduirait aux Canaries ou lui permettrait de faire demi-tour de nuit pour rallier Algésiras.

— Eh bien, mon vieux Stephen, lui dit Jack en le hissant à bord de vive force, voilà ce qu'on appelle un accrochage, hein ? Rien de cassé, j'espère ? Sain et sauf ? Vous avez la tête toute noire de fumée. Allez tout de suite en bas. Au carré, on vous prêtera une bassine, en attendant que la cabine soit remise en ordre. Lavez-vous, et nous finirons notre petit déjeuner dès qu'on aura rallumé le feu dans la coquerie. Je vous rejoins quand nous aurons nettoyé le plus gros.

Stephen le regarda avec curiosité. Il était droit comme un piquet, exubérant, et il semblait littéralement rayonnant.

— Cette bataille était sans doute nécessaire, dit Stephen.

— Bien sûr ! Je ne connais rien à la politique, mais je crois qu'elle était diablement nécessaire. Non, ce n'est pas ce que je voulais dire, s'exclama-t-il en voyant Stephen faire une grimace et détourner le regard. Je veux dire qu'il s'en est pris à nous. Si nous n'avions pas répliqué, eh bien... nous aurions été dans un joli pétrin. Sa première salve a désarçonné deux canons. (Il lâcha un gloussement ravi.) Mais bien sûr, c'était nécessaire aussi dans l'autre sens du mot. Allez, descendez, je vous dis. Je vous rejoins tout à l'heure. (Un signe du menton vers le *Fama*, dans le lointain.) Nous ne le rattraperons pas avant midi, au plus tôt.

Stephen descendit au cockpit. Il avait déjà assisté à plusieurs batailles, mais c'était la première fois qu'il entendait des rires venir de l'endroit où les hommes payaient au prix fort ce qui s'était déroulé sur le pont. Deux des seconds de M. Floris et trois patients étaient assis sur des coffres, autour de la table des aspirants. On venait de placer une attelle et des bandages au quatrième patient (une simple fracture du fémur). Il racontait comment, dans sa hâte, il avait oublié son refouloir dans son canon. Il était allé se planter droit dans le flanc du *Clara*, et M. Dashwood, voyant cela, lui avait dit d'un ton sec et ironique : « Ce sera déduit de votre paie, Bolt, espèce de salopard ! »

— Bonjour, messieurs, dit Stephen. Puisque M. Floris n'est pas à bord, je viens voir si je puis vous être utile.

Les seconds du chirurgien se levèrent d'un bond. Ils prirent un air exagérément grave, s'efforcèrent de faire disparaître leur bouteille et assurèrent Stephen de leur gratitude. Mais les seuls blessés étaient les hommes présents dans la pièce : deux plaies superficielles provoquées par des éclats de bois, une balle de mousquet, et la fracture.

— Sans compter John Andrews et Bill Owen, qui ont perdu la tête quand la figure de proue du vieux *Mercedes* les a coupés en deux, fit remarquer l'homme au fémur brisé.

— C'est qu'il tirait un feu d'enfer, dit un autre matelot. Et presque toujours sur nos gréements. Savez-vous, monsieur, que nous avons tiré dix-sept bordées en vingt-huit minutes, d'après la montre de M. Dashwood ? Dix-sept bordées en moins d'un tour de câblier !

Le *Lively* retrouva le sillage du *Fama* et se lança dans une course-poursuite, avec toute la gravité, le sérieux et la concentration dont ses hommes étaient capables. Il manquait d'effectifs, car il avait dû constituer, pour le *Clara*, un équipage de prise sous le commandement de M. Simmons. Quand Stephen se rendit à la cabine, il la trouva prête au combat, les canons encore chauds, l'odeur de la bataille, un boulet de dix-huit livres espagnol roulant au milieu des gravats juste sous la brèche qu'il avait percée dans le flanc du navire. L'endroit était nu et vide... jusqu'à mi-distance de la cloison avant. Il y avait là une unique chaise, sur laquelle se trouvait le capitaine espagnol, les yeux fixés sur le pommeau de son épée.

Il se leva, salua froidement. Stephen s'avança et se présenta, en français. Il était persuadé, dit-il, que le capitaine Aubrey souhaitait qu'il accepte un rafraîchissement. Que pouvait-il lui offrir ? Du chocolat, du café, du vin ?

— Par l'enfer, je l'avais presque oublié, dit Jack en entrant dans la cabine dévastée. Stephen, voici le capitaine du *Clara. Monsieur, j'ai l'honneur de introduire une amie, le docteur Maturin. Docteur Maturin, l'espagnol capitaine, don Garcio*. Ayez la bonté de lui offrir de ma part quelque chose à boire... *Vino, chocolato, aguardiente* ?

Avec une gravité immuable, l'Espagnol se contenta de continuer à saluer. Il était très touché de leurs attentions, mais il n'avait besoin de rien pour l'instant. S'ensuivit une conversation un peu guindée, jusqu'au moment où Jack pria don Ignacio d'aller se reposer dans la cabine du premier lieutenant jusqu'à l'heure du dîner.

— J'avais failli l'oublier, répéta-t-il en sortant. Pauvre diable ! Je sais ce qu'il ressent. Il y a des moments où la vie vaut à peine d'être vécue. Je lui ai laissé son épée. Cela soulage un peu, et il s'est battu autant qu'il a pu. Mais que c'est déprimant, mon Dieu ! Est-ce qu'il reste du mouton, Killick ?

— Deux gigots, monsieur, et la plus grande partie du collet. Il y a aussi un morceau d'aloyau. Bien assez pour trois.

— Ce sera le mouton. Et puis, Killick, préparez la table pour quatre... Avec les assiettes d'argent.

— Pour quatre, monsieur ?... Oui, monsieur, à vos ordres. Pour quatre...

— Prenons le café sur le pont supérieur. Ce pauvre don Garcio me hante. Au fait, Stephen, vous ne m'avez pas félicité. C'est à nous que le *Clara* s'est rendu, vous savez.

— Je vous félicite, mon cher. Oui, vraiment. J'espère que vous ne l'avez pas payé trop cher. Allons, donnez-moi le plateau.

L'escadre et les prises étaient loin derrière. Le *Medusa* avait été aussi détaché pour poursuivre le *Fama*, mais il était encore loin, la coque sous l'horizon. L'Espagnol était aussi éloigné (peut-être même un peu plus) qu'au début de la chasse, mais les Livelies semblaient ne pas s'en préoccuper. Ils s'affairaient avec des cordages neufs, des poulies et des balles de toile à voile, et jetaient de temps à autre un regard désinvolte sur l'évolution de la poursuite. L'aisance et la liberté de ton des heures de combat régnaient encore sur les ponts. On discutait ferme, surtout chez les hommes du mât de hune travaillant aux gréements les plus élevés, et on riait beaucoup. Alors qu'il passait devant Jack, un madrier sur l'épaule, un second du charpentier s'adressa à lui sans y avoir été invité :

— Ce ne sera plus long, maintenant, monsieur.

— Ils ont fracassé la plupart de nos bouts-dehors de bonnettes, remarqua Jack, alors que nous n'avons pas touché les leurs. Attendez qu'ils soient réparés...

— Il a l'air de filer bien vite, dit Stephen.

— Oui. C'est un bolide, c'est évident. On dit qu'il a nettoyé son fond à la Grande Canarie, et ses formes sont admirables. Là ! Regardez, il jette ses canons par-dessus bord. Vous avez vu la gerbe ? Encore une ! Tout à l'heure ils vont devoir se débarrasser de leur eau douce. Vous vous souvenez comme nous avons pompé et ramé, sur la *Sophie* ? Ah, ah, ah ! Vous avez tiré sur votre aviron comme un vrai lion, Stephen. Mais lui, il ne peut pas ramer... Non, non, il ne peut pas s'enfuir à l'aviron. Voilà la dernière de leurs pièces de tribord. Voyez comme il nous distance, maintenant... Une belle vitesse, non ? C'est un de leurs meilleurs navires.

— Vous avez tout de même l'intention de vous en emparer ? Le *Medusa* est loin derrière nous.

— Je n'aime pas me vanter, Stephen, mais je vous parie une dizaine de bouteilles de n'importe quel bordeaux contre une boîte d'ale que nous l'aborderons avant le dîner. Vous ne le savez peut-être pas, mais sa seule chance de nous échapper est qu'un navire de ligne vienne à sa rescousse, ou que nous perdions un de nos mâts.

Il peut aussi nous atteindre s'il garde ses canons de chasse.

— Vous ne touchez pas du bois ? Mais je prends le pari...

Jack lui jeta un regard en coin. Le cher homme reprenait ses esprits. Il devait avoir été cruellement choqué par l'explosion.

— Non, dit-il. Cette fois, je défie le sort. Je l'ai déjà fait, remarquez, en ordonnant à Killick de préparer le dîner pour quatre. La quatrième assiette est réservée au capitaine du *Fama*. Je l'inviterai. Mais je ne lui laisserai pas son épée... Amener ses couleurs et s'enfuir, comme il l'a fait, c'est assez mesquin.

— Tout est prêt, monsieur, dit M. Dashwood.

— Épatant, épatant ! Vous avez fait vite. Mettez-les en place, monsieur Dashwood, je vous prie.

De part et d'autre des perroquets, des huniers et des basses voiles du *Lively*, les bonnettes se déployèrent. Ils élargirent la grande surface de toile avec une vitesse et une efficacité qui désespérèrent les hommes du *Fama*.

— Ils jettent leur eau douce, dit le maître, la lunette braquée sur ses dalots.

— Je crois que vous pouvez border les *water-sails*, dit Jack, et relever le grand hunier arrière.

Le *Lively* commença à pencher sur l'avant, sa proue projetant l'eau bouillante qui remontait les flancs pour rejoindre le sillage. Enfin, il montrait de quoi il était capable. Il mangeait vraiment le vent du *Fama*. La distance qui les séparait diminuait. À tout moment, chacune des voiles tirait à la perfection, surveillée et manœuvrée sans relâche par l'équipage désormais silencieux. Cette progression régulière, rapide, sans à-coups, était le summum de la navigation à voile.

Le *Fama* avait déployé presque toute la voile dont il disposait. Il essaya tout de même sa brigantine. Beaucoup trop à l'extérieur. Sur la plage arrière du *Lively*, Jack et ses officiers hochèrent la tête. Cela n'irait jamais. Cela ne pouvait réussir, avec le vent si loin sur l'arrière. Le *Fama* commença à barrer furieusement. Ils hochèrent la tête derechef. Une embardée lui fit perdre deux cents mètres... Son sillage n'était plus rectiligne.

— Monsieur Dashwood, le canonnier pourrait essayer un des canons de proue. J'aimerais gagner mon pari. (Il regarda sa montre.) Il est une heure moins le quart.

Le canon de proue de tribord cracha, et son grondement sembla ridicule comparé au tumulte de la bataille. Une gerbe s'éleva à l'arrière du *Fama*. Blanc sur bleu. Le coup suivant, un peu haut à dessein, tomba à quelque trente mètres de son flanc. Puis un autre, qui dut survoler son pont de très près car il fit une autre embardée. Le *Lively*, maintenant, approchait de plus en plus vite.

Ils attendaient le prochain coup de canon. Leurs oreilles se préparaient au choc. Mais l'attente fut interrompue par une explosion de liesse à l'avant. Elle se répandit à la vitesse de l'éclair. Le lieutenant traversa en courant la foule des hommes d'équipage qui se serraient les mains et se donnaient des grandes claques dans le dos. Il fonça jusqu'au capitaine. Il ôta son chapeau.

— Il se rend, monsieur.

— Très bien, monsieur Dashwood. Ayez la bonté d'en prendre possession et de m'envoyer son capitaine sur-le-champ. Je l'attends pour dîner.

Le *Lively* s'approcha à toute allure, se plaça vent debout, replia ses ailes comme le ferait un oiseau et s'immobilisa en travers du *Fama*. On mit le canot à l'eau. Il fit la navette. Le capitaine espagnol embarqua sur le *Lively*, salua, présenta son épée en inclinant la tête. Jack la remit à Bonden, derrière lui, et lui demanda :

— Vous parlez anglais, monsieur ?

— Un peu, monsieur.

— Eh bien, monsieur, je serais très heureux de dîner en votre compagnie. Le repas nous attend dans la cabine.

Ils s'installèrent autour de la table élégamment dressée dans la cabine transformée en salle à manger. Les Espagnols se conduisirent de manière irréprochable. Et ils se régalèrent, car ils se contentaient depuis dix jours de biscuits et de pois chiches. Les plats se succédant, ils se détendirent peu à peu, abandonnant leur dignité rigide pour une attitude un peu plus humaine. Les bouteilles circulèrent autour de la table. La tension se relâcha. Les conversations allèrent bon train, entre l'espagnol, l'anglais et une sorte de français. Il y eut même quelques rires... Lorsque enfin le noble pudding céda la place aux dragées, aux noix et au porto, Jack fit circuler le carafon et les invita à se servir à plein bord. Puis il leva son verre.

— Messieurs, j'aimerais porter un toast. Je vous invite à boire à la santé de Sophia.

— À Sophia ! crièrent les capitaines espagnols en levant leurs verres.

— À Sophie, dit Stephen. Que Dieu la bénisse !

Achevé d'imprimer en août 1996
sur presse CAMERON
par Bussière Camedan Imprimeries
à Saint-Amand (Cher)

N° d'Édit. : 6482. — N° d'Imp. : 1/1951.
Dépôt légal : août 1996.
Imprimé en France